Ainu Upashkuma
Itak Kampi

アイヌ神謡集辞典

テキスト・文法解説付き

切替 英雄 編著

Lexicon to Yukiye Chiri's Ainu Shin-yōsyū (Ainu Songs of Gods)
with
Text and Grammatical Notes
Hideo Kirikae

東京 大学書林 発行

はしがき

『アイヌ神謡集』(1923年[大正12年]出版)はアイヌの女性,知里幸恵(1903年[明治36年]～1922年[大正11年])によりローマ字で採録された13篇の民話からなるアイヌ民話集であって,採録者による日本語訳もつけられている.

本書はこの『アイヌ神謡集』に見られるアイヌ語の単語および単語構成要素を網羅的に分析した辞典であり,索引を兼ねる.

さらに,『アイヌ神謡集』のテキストに関する解説と同テキストに基づくアイヌ語文法概説,原テキストと改訂されたテキスト,『アイヌ神謡集』に関連する書誌が付記されている.

The present work is a lexicon to *Ainu Shin-yōshū* (Ainu Songs of Gods) (1923), an Ainu folklore text written in Roman letters and translated into Japanese by a native Ainu, Yukiye Chiri (1903-1922).

All the words and word-formative elements which occur in the text are listed with the description of their meanings and grammatical functions. This lexicon is also designed as an exhaustive index to the text: every occurrence of every Ainu word and word-formative element is noted.

The main part (3), the Lexicon, is preceded by (1) General Remarks on the *Ainu Shin-yōshū* and the Grammatical Notes, which may serve as an introduction to the terminology used in the lexicon, and (2) the Text both in its original form and in a revised transcription. (4) Bibliography of Material for the Study of *Ainu Shin-yōshū* is appended.

目　次
AEKIRUSHI

はしがき……………………………………………………………ⅰ

第1章　『アイヌ神謡集』の言語 ……………………………1
1.1　『アイヌ神謡集』に関する一般的知識 …………………3
　1.1.1　アイヌ民族とアイヌ語 ……………………………3
　1.1.2　口承文学 ……………………………………………4
　1.1.3　知里幸恵とアイヌ語 ………………………………5
1.2　『アイヌ神謡集』のテキスト ……………………………7
　1.2.1　使用したテキスト …………………………………7
　1.2.2　行立ておよび折り返し句（サケヘ sakehe）の
　　　　扱い方 …………………………………………………8
　1.2.3　アイヌ語の表記法 …………………………………9
　　1.2.3.1　母音間に挿入される音素 /w/, /y/ を表わす
　　　　　文字の取り扱い方と分かち書きの仕方 …9
　　1.2.3.2　二種のテキストにおける文字の対応 ………11
1.3　『アイヌ神謡集』の文法 …………………………………14
　1.3.1　アイヌ語の音 ………………………………………14
　　1.3.1.1　音節 …………………………………………14
　　1.3.1.2　音素 …………………………………………14
　　1.3.1.3　変異形 ………………………………………16
　1.3.2　文と節と句 …………………………………………17
　　1.3.2.1　文の終結 ……………………………………19
　1.3.3　動詞句 ………………………………………………19
　　1.3.3.1　いろいろなタイプの動詞句 ………………19
　　1.3.3.2　動詞語基と複合動詞の構成 ………………20
　　1.3.3.3　動詞につく接辞と名詞句の関係 …………26
　　1.3.3.4　cvc 語根と動詞語基形成接尾辞 ……………27

目　次

　　　　1.3.3.5　動詞複数形 ……………………………28
　　　　1.3.3.6　動詞反復形 ……………………………32
　　　1.3.4　名詞句 ………………………………………32
　　　　1.3.4.1　いろいろなタイプの名詞句 ……………33
　　　　1.3.4.2　名詞の所属形 …………………………34
　　　　1.3.4.3　位置名詞 ………………………………35
　　　　1.3.4.4　人称接語と格表示 ……………………36
　　　　1.3.4.5　連体詞 …………………………………37
　　　　1.3.4.6　合成名詞の構成法 ……………………37
　　　　1.3.4.7　節の名詞句化 …………………………39
　　　1.3.5　副詞句 ………………………………………40
　　　　1.3.5.1　本来的な副詞と動詞から派生した副詞 ……40
　　　　1.3.5.2　後置詞と後置詞的副詞 ………………40
　　　　1.3.5.3　節の副詞句化 …………………………42
　　　1.3.6　副助詞 ………………………………………43
　　　1.3.7　詩句の韻律的構造 …………………………43
　　　　1.3.7.1　アクセント ………………………………43
　　　　1.3.7.2　詩句の音節数 …………………………44
　　　　1.3.7.3　雅語的表現(1) 接頭辞と長形の活用 ……45
　　　　1.3.7.4　雅語的表現(2) アクセント法の制約 ……47
　　　　1.3.7.5　雅語的表現(3) 雅語特有の動詞 ………48
　　　　1.3.7.6　雅語的表現(4) 雅語特有の名詞句 ……49
　　参考文献 ……………………………………………………50
　　　文法書 …………………………………………………50
　　　神謡研究 ………………………………………………50
　　文法用語一覧 ………………………………………………51
第2章　『アイヌ神謡集』テキスト ………………………………55
　　序 ……………………………………………………………57
　　2.1　梟の神の自ら歌つた謡「銀の滴降る降るまはりに」59
　　2.2　狐が自ら歌つた謡「トワトワト」………………………88
　　2.3　狐が自ら歌つた謡

― iii ―

「ハイクンテレケ ハイコシテムトリ」…………106
　2.4　兎が自ら歌つた謡「サムパヤ テレケ」…………122
　2.5　谷地の魔神が自ら歌つた謡「ハリツクンナ」………136
　2.6　小狼の神が自ら歌つた謡「ホテナオ」……………147
　2.7　梟の神が自ら歌つた謡「コンクワ」………………156
　2.8　海の神が自ら歌つた謡「アトイカトマトマキ,
　　　　　クントテアシフム,　フム！」……………………172
　2.9　蛙が自ら歌つた謡
　　　　　「トーロロハンロクハンロク！」………………197
　2.10　小オキキリムイが自ら歌つた謡
　　　　　「クツニサクトンクトン」……………………203
　2.11　小オキキリムイが自ら歌つた謡
　　　　　「この砂赤い赤い」……………………………207
　2.12　獺が自ら歌つた謡「カツパレウレウカツパ」……216
　2.13　沼貝が自ら歌つた謡「トヌペカランラン」………223
　原注 ………………………………………………………229
　知里幸恵さんの事 ………………………………………235
第3章　『アイヌ神謡集』辞典 …………………………237
　凡例 ………………………………………………………238
　参考文献 …………………………………………………240
　『アイヌ神謡集』辞典 …………………………………241
　語彙（日本語・アイヌ語）……………………………430
第4章　『アイヌ神謡集』関連書誌 ……………………469

『アイヌ神謡集』のおもしろさ　知里幸恵展にちなんで……484
あとがき …………………………………………………502

－ iv －

第1章

『アイヌ神謡集』の言語

本書で使われる文法用語の説明箇所は，本章末尾の「文法用語一覧」で捜すことができる．また，第3章末尾の「語彙（日本語・アイヌ語）」も手がかりとなる．

1.1 『アイヌ神謡集』に関する一般的知識

1.1.1 アイヌ民族とアイヌ語

　現在，アイヌ語が日常生活で用いられることはまずない．アイヌ語を比較的流暢に話す人の数はきわめて少なく，われわれアイヌ語研究者が直接知っているそのような人の数は，10名を越えないのではないかと思われる．しかも，ほとんどが80代，90代の高齢である．その人々が人前でアイヌ語を使うのは，主に口承文学作品の朗唱および語り，また祈りを唱えるとき，さらにアイヌ語に特に関心を持つ者にアイヌ語を問われたときに限られる．しかし中にはアイヌ語による手紙，自分が伝承する口承文芸作品などを仮名文字で書く人もいる．それらの話し手以外にも，幼年時代にアイヌ語を聞き，話していた人の数は多い．その人々はかなりの数の単語を思い出すことができるが，アイヌ語を理解したり話したりはできない．おそらく学童期以降そのアイヌ語の運用能力が抑圧されてしまったものと思われる．もし機会があって，ある種のムードが生まれたら，その人々もある程度アイヌ語で話し始めるかもしれない．なおその人々の父母の世代には，ほぼ完全な二言語併用（アイヌ語と日本語）が行われていたと思われる．
　アイヌ語には伝統的な文字体系がない．幾人かの人はアイヌ語を書くためにローマ字，仮名文字，キリル文字を用いた．アイヌ語を母語とする人に限れば，現在は仮名文字で書く人しかいない．
　アイヌ語には樺太，北千島，北海道の間でかなり大きな方言差があることが知られているが，また樺太，北海道両島はそれぞれの内部にも方言差が認められる．『アイヌ神謡集』のアイヌ語は北海道南部胆振地方中部の方言を反映しているものと推定される．
　アイヌ語と同系統の言語は知られていない．
　アイヌ民族はかつて本州の東北地方北部，北海道，樺太，千島

列島，カムチャッカ半島先端部を生活圏とし，狩猟，漁労，植物採集を営んでいた．また一部，農耕も行っていた．現在の主な居住地は北海道である．樺太にも居住していると推定される．

　最近，アイヌによる民族としての地位を確立しようという運動が盛んになってきた．同時に，アイヌおよび和人 sísam，また外国人によるアイヌ語，アイヌ文化の研究・学習が盛んになりつつある．

1.1.2　口承文学

　アイヌ民族には豊かな口承文学があって，おびただしい数の叙事詩，昔話が残されている．それらの多くは英雄的人物か神（主に動物神）が主人公で，かつ，主人公が自分の体験を物語るという形をとる．アイヌ語学の開拓者，金田一京助博士はアイヌ口承文学の特色として「一人称説述体」ということを言う．しかし，和人 sísam の 2 人組やペナンペ penanpe，パナンペ pananpe と呼ばれるトリックスター的人物が主人公となる物語は三人称で語られ，かつ，叙事詩のように韻律法がないため，朗唱されない．ただし固有の韻律法がなく，朗唱されない物語でも，英雄的人物，動物神が主人公のものは一人称説述体をなす．

　英雄や神を主人公にする叙事詩には『アイヌ神謡集』に見られるような折り返し句（サケヘ sakehe［1.2.2］）があって，それを各句の間に差入れて朗唱するものと，折り返し句がないものとがある．知里幸恵の出身地である胆振地方の方言では，前者を kamuy yukar「神謡」(『アイヌ神謡集』の諸作品はその例．知里幸恵の遺稿では kamuikar）と呼び，後者のうち代表的なものが yukar「英雄叙事詩」である．

　叙事詩で用いられるアイヌ語（雅語）は，日常用いられたアイヌ語（日常語）とはやや異なり，より複雑な形態法を用いるのが特色である（1.3.7）．

1.1 『アイヌ神謡集』に関する一般的知識

1.1.3 知里幸恵とアイヌ語

　知里幸恵（ちり・ゆきえ．1903 年［明治 36 年］6 月 8 日～1922 年［大正 11 年］9 月 18 日）は北海道の登別市幌別に生まれたアイヌの女性である．アイヌ語学の知里真志保博士（1909 年［明治 42 年］～1961 年［昭和 36 年］）は知里幸恵の令弟である．博士は著書『アイヌ民譚集』の後書きで「北海道胆振国幌別村」だけについて言うならばと断った上で，「生活のあらゆる部門にわたって，『コタンの生活』は完全に滅びたと云ってよい．」（165 頁）と述べ，昭和初期の幌別のアイヌの生活を簡単に叙述し，さらに「私は生まれたのは幌別村であったが，育ったのは温泉で有名な登別であった．そこでは最早アイヌの家が二三軒しか無く，日常交際する所は殆ど和人のみであったから，私は父母がアイヌ語を使うのを殆ど聞いたことが無かった．だから，祖母と共に旭川市の近文コタンで人と為った亡姉幸恵は別として，私達兄弟は少年時代を終える迄殆ど母語を知らずに通したと云ってよい．」（165-166 頁）と述べている．知里幸恵は幼少より父方，母方両祖母に親んで育ち，6 歳になってからは両親と離れ旭川市近文に移り，母方の祖母金成モナシノウクと伯母（母の姉）金成まつに養育された．祖母，伯母ともアイヌ口承文学のすぐれた伝承者であった．アイヌ語を習得する上で比較的恵まれた環境にあったことが推察される．
　事実，知里幸恵がアイヌ語の優れた能力を持っていたことをはっきり示す記録が残されている．
　「**Supne-shirika** 平村コタンピラ口述　大正十一年七月森川町金田一宅ニ於テアイヌ同勢七人ト共ニ同座シテ．金田一速記ニモトヅキ知里幸恵一週間ホドカヽリテ筆録ス．但シ実演ナル故早クシテ金田一ノ筆記ハ片仮名ニテ語頭グラキヅヽカキツケエタル全然不完全ナモノ．幸恵ハ一度キヽテスッカリ知悉シ，金田一ノ手記ヲ座右ニオキテ思ヒ出シツヽ完全ニ全部ヲコヽニ再記ス．」（遺稿『知里幸恵ノート』4「**XIII Shupne shirika** コタンピラ傳（4883

行）I Chiri Yukiye」に見られる金田一博士による記載）

　また，金田一京助（筆録・訳注）『アイヌ叙事詩ユーカラ集』VIII「例言」に「（前略）その後，大正十一年七月に同じ平取の平村コタンピラが私方へ客となって，この「蘆丸の曲」を堂々と演じた．終わった時に，それまでじっと聞いて居た知里幸恵さんが，私の幌別方言とは少し違いますが，それでも，すっかりわかりました，と言って書き出したのが蘆丸の別伝である．」とある．さらに，金田一京助「暗誦の限界」に「昭和三年，その（知里幸恵の［切替］）七年忌に，養母の金成マツさんが上京しており，私がその二冊（遺稿「知里幸恵ノート」4，5のこと［切替］）を取り出して朗読したら，金成さんおどろいて「あの子は，日高ことばで書いております．何というあの子のえらいこと！」と舌をまいたことだった．」(157頁) とある．

　また，知里幸恵の言語に対する洞察の深さを示すものとして次のような知里真志保博士の思い出がある．

　「女学校の二三年の頃でしょうか，たまたま，真志保先生が室蘭中学の一年生で，夏休みに伯母のいる近文に遊びに行っているとき，旭川の教会に英人宣教師が来て，英語で講演をしたことがあったそうです．その時，幸恵さんがその講演を聞いて帰ってから真志保先生に『今日，英人のお話を聞いてきましたが，英語でミルクと云うのは，ミウクと発音した方が正しいと思います．Kの前のLはルよりウになるのですね』と教えられたそうです．」(石田肇「知里幸恵さんのこと」4頁)

　知里幸恵の何よりも大きなアイヌ語学への貢献は音節末の弾き音rの発見であると考えられるが，これもこの才能がしからしめたことであろう（切替英雄「アイヌによるアイヌ語表記」『国文学解釈と鑑賞』62-1，1997年，103-107頁）．

　先に触れたように『アイヌ神謡集』の言語は胆振地方中部の方言を反映しているものと考えられる．この点に関して，知里真志保『アイヌの神謡』では次のように記されている．

「亡姉知里幸恵の『アイヌ神謡集』に載っている十三篇の神謡は，著者は特にことわってはいないけれども，やはり幌別の神謡であり，亡姉はこれを近文のコタンで祖母（金成モナシノウク［切替］）や伯母（金成まつ［切替］）と一緒に暮らしている間にやはり，幌別本町生まれの祖母（金成モナシノウク．金成まつも幌別本町生まれ［切替］）から聞き伝えたのである．」（18頁）

1.2 『アイヌ神謡集』のテキスト

1.2.1 使用したテキスト

　知里幸恵著『アイヌ神謡集』はローマ字アイヌ語文の13篇の神謡と同著者による日本語訳と「序」，後書きをなす金田一京助「知里幸恵さんのこと」からなり，郷土研究社（東京）から1923年（大正12年）8月に出版された．口碑，伝説，土俗を収録する「炉辺叢書」の一冊である（菊版半截形）．知里幸恵の名は編者として扉に記されているが，奥書きでは著作者とされている．

　その後1926年（大正15年）8月に郷土研究社より再版が出されている．また1970年（昭和45年）9月に弘南堂書店（札幌）から補訂版が出版され，これには金田一京助談，山田秀三筆記「再版にあたって」，萩中美枝「幸恵と真志保」，藤本英夫「知里幸恵年譜」が添えられ，また，河野本道氏が「校正後記」を記した．更に，1974年（昭和49年）1月には，同じく弘南堂から再補訂版が出され，これには藤本英夫「幸恵『アイヌ神謡集ノート』」が追加せられ，萩中美枝氏，高木庄治氏が「再補訂版後記」を記した．また，1978年（昭和53年）8月に岩波文庫（赤帯80-1）の一冊になった．

　『アイヌ神謡集』のもとになった原稿は，金田一京助博士のもとに，博士が亡くなった後は御子息の金田一春彦博士のもとに保管され，現在，北海道立図書館（江別市）で閲覧することができ

る(本書の4.「『アイヌ神謡集』関連書誌」遺稿の欄に内容目録を掲載した).この原稿と刊行された『アイヌ神謡集』のテキストは相当違っている.この変更の事情は不明である.

本書の2.「『アイヌ神謡集』テキスト」は,郷土研究社の再版(1926年［大正15年］)に基づき,弘南堂の再補訂版(1974年［昭和49年］)を参考としている.

本書は『アイヌ神謡集』のアイヌ語テキスト(ローマ字文),および原本における日本語訳,同じく原本における「序」,脚注,原本のあとがきをなす金田一京助「知里幸恵さんのこと」を転載し,また,辞書編集の便宜のためアイヌ語テキストのローマ字表記を改めたものを併記した(後述).

1.2.2 行立ておよび折り返し句(サケヘ sakehe)の扱い方

原本(郷土研究社版,弘南堂版)のアイヌ語テキストでは複数の句(詩句)が1行にまとめられ,各句の間には2字分のスペースが置かれている(1982年7月の山田秀三氏の教えによる.詩句の韻律的構造については,1.3.7を参照).本書の2.「『アイヌ神謡集』テキスト」では,これをスラッシュ「/」で示した.

折り返し句(サケヘ sakehe)は実際の朗唱では,まず冒頭で歌われ,次いで各句の間で繰り返される.最後の数句の間には現れない.原著者は各物語の折り返し句を各物語の副題として用い,また各物語の本文の中では,冒頭にとどめただけで,あとは省略した.本書もそれに従った.朗唱を締めくくる文句として,例えば第一話では ari kamuichikap kamui isoitak.「と,ふくらふの神様が物語りました.」とあるが,これらの文句を含め最後の数句は朗唱される詩句ではなく,日常語の話し方で言われる.語り手も聞き手も,それによって物語の世界から日常の世界に戻った気持ちになったと推定される.なお,神謡の各作品には本来,題目はないのであって,原本に見られるものは刊行にあたって著者がつけたものと思われる.

1.2 『アイヌ神謡集』のテキスト

1.2.3 アイヌ語の表記法

この節では原本に見られるアイヌ語表記，辞書編集のためにこれを改めた表記について述べる．

1.2.3.1 母音間に挿入される音素 /w/, /y/ を表わす文字の取り扱い方と分かち書きの仕方

本書ではアイヌ語原文の各行の下に，原本とは別の表記法に従って書き改めたものを併記した．つまり本書には 2 種のアイヌ語テキストがあることになる．3.「『アイヌ神謡集』辞典」はこの改めたテキストに基づいて編集されている．

改めたテキストで採用された表記法は知里真志保博士以来，現在のアイヌ語研究者が用いているものに近い．ただ，母音間に挿入される音素 /w/, /y/ の取り扱い方，および分かち書きの仕方は人によって一定しない．本書のテキストでは以下の要領によった（原文→改めたテキスト）．

(1) 原文で母音間に挿入される音素を表わしている w と y はすべて省いた．以下にそれを示す．この音素は単語内部の語構成要素の境界に現れる．

　　chieuwenewsar → ci euenewsar 私たちは皆で～を語りあう
　　chiuweshuye → ci uesuye 私は～を何度もゆする
　　chiuweunu → ci ueunu 私は（矢を）つがえる
　　euweshinot → euesinot ～が～で遊びあう
　　unuwetushmak → un uetusmak ～が私をめがけて競いあう
　　usawokuta → usaokuta ～がこぞって下手へ駈ける
　　uwekarpa → uekarpa ～が集まる
　　uwekatairotke → uekatayrotke ～が仲良くしあう
　　uwenewsarash → uenewsar as 私たちは話しあう
　　uweunu → ueunu ～が～（弓）に～（矢）をつがえる
　　uweunupa → ueunupa ～たちが～（弓）に～（矢）をつがえる

uweushi ta → ueus i ta 〜と〜が出会うところに
uweutanne → ueutanne 〜たちが連れ立って(行く)
eiyetusmak → e i etusmak おまえは私たちより〜に関して先んじる
iyeutanne → ieutanne 〜が仲間に加わる
iyoshino → iosino 後(あと)から
iyosserkere → iosserkere 〜が人を驚かせる
iyuta → iuta 〜が粟をつく
uniyuninka → un iuninka 〜が私を苦しめる

(2) 単語と単語，単語と助詞の間を離す．

ashurpeututta → asurpe utut ta 耳と耳の間に（耳・の間・に）
awa → a wa …すると（完了の助動詞・接続助詞）

(3) 人称接語と動詞の間，人称接語と名詞所属形の間，人称接語と位置名詞の間を離す．(「私」を示す人称接語 ci, un, as を例にとる)

chiehorari → ci ehorari 私は坐る
unahunke → un ahunke 私を入れる
sapash → sap as 私は川を下る
chinetopake → ci netopake 私の体
unchorpoke → un corpoke 私の下

(4) 合成語ともみられるものには，それが一つの単語としてまとまった真の合成語であるか，あるいは単語の連続体に過ぎないのか判断が付かないことが多く，多くは離して表記した．ただし特に合成名詞（1.3.4.6）については この方針は一貫はできなかった．

ihomakeutum → ihoma kewtum 憫みの心（憫み・心）
amset → amset（変更なし）高床（am「横たわる」・set「台」）

原文の分かち書きの仕方は，実際の朗唱の仕方をある程度反映しているものと考えられる．一方，改めたテキストでは辞書編集の便宜が考慮されている．

1.2 『アイヌ神謡集』のテキスト

　原本では，文の頭と固有名詞の頭を多くの場合大文字で表記するが，改めたテキストではすべて小文字に置き換えた．

1.2.3.2　二種のテキストにおける文字の対応
　『アイヌ神謡集』原文と本書の改めたテキストで用いられる文字の対応は以下のようである（アイヌ語の音については 1.3.1 を参照）．
　　　ch → c
　　　　chep → cep 魚
　　　s ～ sh → s
　　　　sa → sa 姉（変更なし）
　　　　shik → sik 目
　　　　shu → su 鍋
　　　　ash → as 立つ
　原文では，/s/ の音は，音節頭では /i/ と /u/ の前で，音節末では常に sh と表記される．
　　　y ～ i（音節末）→ y
　　　　ya → ya 陸（変更なし）
　　　　rai → ray 死ぬ
　原文では，/y/ の音は音節頭で y，音節末で i と表記される．
　　　w ～ u（音節末）→ w
　　　　wa → wa（どこそこ）から（変更なし）
　　　　hau → haw 声
　原文では，/w/ の音は音節頭で w，音節末で u と表記される．
　原文の ch を c に替えたのは，1 つの文字が 1 つの音を示すことが好ましいという考えがあるからである．
　s ～ sh，w ～ u（音節末），y ～ i（音節末）の文字をそれぞれ s, w, y にまとめたのは，これらの文字が，それぞれ本質的に同じ音を示していて，ただ音節頭か音節末か，あるいはある特定の母音の前などといった現れる位置によってやや異なる音を書き分

けているにすぎないと見なすからである．
　原本においては，p の前の鼻音の表記に若干の揺れ（-mp- と -np-）があるが，ほぼ以下のようになっている．
　(1)　語根内部で鼻音と p が接触した場合：
　　-mp-（やや揺れがある）
　　　　humpe　鯨
　(2)　形の上では分割できないが，意味の上では 2 つの要素からなる単語内部の見かけ上の切れ目で -n と p- が接触した場合：
　　-mp-（やや揺れがある）
　　　　ampa　手に持つ（ani の複数形）
　(3)　複合語内部の切れ目で -n と p- が接触した場合：
　　-mp- ～ -np-（揺れが多い）
　　　　kampe　水面（kan-pe「上部（の）水」）
　　　　soyunpa　外に出る（soyun の複数形）
　(4)　句の中の単語と助詞などの境目で -n と p- が接触した場合：
　　-np-（揺れが少ない）
　　　　newaanpe　それ（ne wa an pe「それ・で・ある・もの」）
　書き改めたテキストでは，p- と接触する以前に -n であったものが -m と表記されていれば -n とし，初めから p- と接触している鼻音は -m とした．すなわち，上記
　(1)の場合, -np- を -mp- に改める．
　　hunpe → humpe
　(2)の場合, -mp- を -np- に改める．
　　ampa → anpa
　(3)の場合, -mp- を -np- に改める．
　　kampe → kanpe
　(4)の場合は問題なく, -np- のままとする．ただし句であるから, newaanpe は 1.2.3.1(2)に従い ne wa an pe となる．
　-m と p- が接触したと考えられる場合は常に -mp- と表記されている．これはこのままとする．

1.2 『アイヌ神謡集』のテキスト

  hekompa 帰途につく（hekomo の複数形）
 原本ではまれに有声子音字 b, d, g が用いられている．すべて鼻音字の後ろに現れることが注意される．inunbe (6-46) ないし inumbe(6-52), chiande(8-137), ingarash(5-29, 59, 65), asange (1-161), koehangeno(5-69)．以上が全用例（数字は作品番号-行番号を示す．以下同様）．本書 2 で改めたテキストでは，これらは inunpe, ci ante, inkar as, a sanke, koehankeno と無声子音字で表記される．なお，アイヌ語にはいわゆる鼻濁音はない．これらの有声子音字で示される音の鼻音化は僅かであったろうと推定される．

 原本の以上の表記法はジョン・バチェラー（John Batchelor），金田一京助，また知里幸恵の伯母であった金成マツの表記法の流れを汲むものと考えられる．この表記法に従うならば，共通する要素を持つ単語の間で書記形が一貫しない．例えば，

  rise むしる rishpa （複数形）
  hau 声 hawe （所属形）
  kai 折れる kaye （使役形「折る」）
  kan 物の上部 kampe 水面（pe「水」）
  ani 手に持つ ampa （複数形）

これに対し，本書のテキストの表記法は先にも述べたように主に知里真志保博士に由来するものである．この表記法の実用面で優れている点の一つは，一貫した書記形が得られることにある．上の例で言うなら，語根 ris-, haw, kay, kan, an- の形が保たれる．

  rise rispa
  haw hawe
  kay kaye
  kan kanpe
  ani anpa

1.3 『アイヌ神謡集』の文法

1.3.1 アイヌ語の音

1.3.1.1 音節
　北海道のアイヌ語には次の2つの音節の型が見られる．『アイヌ神謡集』のアイヌ語も同様であったと推定される．
　　開音節：子音＋母音
　　閉音節：子音＋母音＋子音
　sa「姉」は1つの開音節からなる単語で，sap「下る」は1つの閉音節からなる単語である．kotan「村」は開音節 ko と閉音節 tan からなる．nispa「紳士」は閉音節 nis と開音節 pa からなる．
　なお，a「座る」は頭に子音のない開音節，apka「牡鹿」の ap は頭に子音のない閉音節に見え，kooterke「蹴り落とす」は母音連続を含むように見えるが，以下に述べるように声門閉鎖音 /'/ (1.3.1.2) が表記されていないだけである（'a, 'apka, ko'oterke）．

1.3.1.2 音素
　北海道のアイヌ語には次のような音素がある．『アイヌ神謡集』のアイヌ語も同様であったと推定される．
　　母音
　　　　　i　　　　u
　　　　　　e　　o
　　　　　　　a
　　子音

	唇音	口蓋音	軟口蓋音	声門音
閉鎖音	p	t	k	'
破擦音		c		
摩擦音		s		h

1.3 『アイヌ神謡集』の文法

	唇音	口蓋音	軟口蓋音	声門音
弾き音		r		
鼻音	m	n		
半母音		y		w

　本書で改めたテキストでは，上の表に見られる文字を使ったが，/'/（声門閉鎖音）は2, 3 の特別な場合を除いてすべて省略した. 『アイヌ神謡集』原文においても表記されていない．この音は非常に弱い音であって，語中においては容易に脱落する．1.2.3.1 (1)で例としてあげた uweutanne は /'u'e'utanne/ が本来の形であるが，2番目の /'/ は半母音 w と交代し，3番目の /'/ は落として発音されたと推定される．語頭でもていねいに発音するとき以外は脱落したと推定される．本書の3.「『アイヌ神謡集』辞典」においては，eyaykiror'ante などや yay'eyukar, kamuy'esani などでこれを表記した．それは，'eyaykiror'ante が eyaykiror- と ante に切り離されて，別々の詩句に置かれており（1.3.7.5），-ran- という音節が構成されていないからであり，yay'eyukar, kamuy'esani は原文で yaieyukar kamuiesani と表記されており，ye という音節が示されていると思われないからである．

　/i/, /e/, /a/, /o/ はほぼ日本語のイ，エ，ア，オと同じ音．/u/ は日本語のウと異なり唇の丸めを伴うものであったと推定される．

　/p/, /k/ はほぼ日本語のパ行，カ行の子音と同じ音．/t/ はほぼ日本語のタ，テ，ト，の子音と同じ音．/c/ はほぼ日本語のチ，ツ，チャ，チュ，チョの子音と同じ．/s/, /h/, /r/, /m/, /n/, /y/, /w/ はほぼ日本語のサ行，ハ行，ラ行，マ行，ナ行，ヤ行，ワ行の子音と同じ音であったと推定される．

　日本語と同じく /ti/ という音連続はないが，/tu/ はあり /cu/ と区別される．

　日本語と同じく /wi/, /wu/ という音連続はないが，/yi/, /ye/, /we/, /wo/ はある．ただし『アイヌ神謡集』では，/wo/ は複合動詞 haw-okay[1] と第4話の2番目の折り返し句の中の woy という

− 15 −

音節に見られるだけである.
　/yi/ という音連続は，ene kan rusuy i nepkor という句に見られ，また，ene hawokay は，ene hawokay i[1] である可能性がある. yairaike と書かれている単語はおそらく yayirayke であろう.
　また, /'/, /h/, /c/ は音節末に立たない.
　/p/, /t/, /k/ が音節末で破裂しないこと，および弾き音 /r/ が音節末に現れることが注意される.
　アクセントについては 1.3.7.1 と 1.3.7.4 で述べる.

1.3.1.3　変異形

　1.2.3.2で述べた p- の前の鼻音の表記の揺れは，口頭のアイヌ語で -n と p- の接触が避けられ，-n が後ろの p- に同化するのを不完全に反映したものである. 同様にある種の子音と子音の接触を避けるため最初の子音が変化することがある. 音節末の弾き音 /r/ がこの種の変化を最も顕著に示す. 次の例はいずれも所有の意味を表す kor[1] の変異形である.

　　-r → -n / n- の前で
　　　　kotan kon nispa 村長
　　-r → -n / r- の前で
　　　　kon repa cip 〜が所有する海猟舟
　　-r → -t / t- の前で
　　　　okikirmuy kot turesi オキキリムイの妹
　(kotan「村」, nispa「紳士」, repa cip「海猟舟」, okikirmuy「人名」, turesi「妹」)

　別のタイプの変異形もある. 次の例は「名詞的助詞」(1.3.4.1 (6)(7)(8)) と呼ばれる p 〜 pe「…するもの」の例である.

　　-p / 母音の後ろで
　　　　sinki p 疲れた者
　　-pe / 子音の後ろで
　　　　kamuy e rusuy pe 神が食べたがるもの

1.3 『アイヌ神謡集』の文法

(sinki「疲れる」, kamuy「神」, e「～が～を食べる」, rusuy「…したがる」)

1.3.2 文と節と句

文は1つあるいはそれ以上の節(せつ)から成り立つ．多くの場合，文の境界を認定することはきわめて困難である．例えば，下の例文の大文字，ピリオド，コンマの使用および日本語訳は原著者に従ったが，これが1つの文としてまとまっているか否かは，にわかに決められない．

4-65	Nea okkaypo	彼の若者は
	ape are wa,	火を焚いて
4-66	tan poro su	大きな鍋を
	hoka otte,	火にかけて
	sosamotpe	掛けてある刀を
	etaye wa,	引き抜いて
4-67	ci netopake	私のからだを
	rus turano	皮のまゝ
	tawkitawki	ブツブツに切って
4-68	su oro esikte,	鍋一ぱいに入れ
	oro wano	それから
	su corpoke	鍋の下へ
	euseus	頭を突き入れ突き入れ
4-69	ape are.	火を焚きつけ出した．

この「文」は nea okkaypo を主語とする次の7つの節から成り立っている．

(1) {nea okkaypo} {ape} **are**（wa）
　　{かの若者}は{火}を**焚く**

(2) {nea okkaypo} {tan poro su} {hoka} **otte**
　　{かの若者}は{大きな鍋}を{火}に**かける**

(3) {nea okkaypo} {sosamotpe} **etaye**（wa）
   {かの若者}は{掛けてある刀}を引き抜く
(4) {nea okkaypo} {ci netopake} rus turano **tawkitawki**
   {かの若者}は{私の体}を皮ごとブツブツ切る
(5) {nea okkaypo} {ci netopake} {su oro} **esikte**
   {かの若者}は{私の体}で{鍋}をいっぱいにする
   （oro wano）
   （それから）
(6) {nea okkaypo} {su corpoke} **euseus**
   {かの若者}は{鍋の下}に頭を突き入れ突き入れする
(7) {nea okkaypo} {ape} **are**
   {かの若者}は{火}を焚く

　これらの節はすべて単独で1つの文に成りうるものである．原文では(1)と(3)の節の末尾に接続助詞 wa「…して」が付いていて，そこではまだ文が終わっていないことを示しているが，ほかの節の末尾にはそのようなものは付いていない．各節が動詞で終わっているため，動詞の連用形で節がどんどん連ねられて行く日本語のスタイルに似ているように見えるが，アイヌ語には日本語に見られるような動詞の活用がないので，後ろに続いて行くのか，そこで文が終止しているのかの判断は難しくなる．なお，oro wano「それから」は口承文芸の実演で頻繁に用いられる句で，朗唱の途切れを埋める働きを持つものである．

　節内部の語順はほぼ日本語と同じで，名詞句（主語，目的語）の後ろに動詞句（上の例で動詞句はすべて単独の動詞からなる［1.3.3.1］）が続く．太字のものが「動詞句」である．各節において，{ }で囲まれているものは，「名詞句」であり，そのうち，文脈から自明のものは元の文では省略されている．(4)に見られる rus turano「皮ごと」の rus「皮」は名詞であるが，turano「～とともに」と結合して「副詞句」と呼ばれるものを形成している(1.3.5)．

　以上見て来たように節は種々の句から成り立つ．句は1つある

1.3 『アイヌ神謡集』の文法

いは2つ以上の単語から成り立つ．また1つあるいは2つ以上の助詞を伴うこともある．

1.3.2.1 文の終結
引用文（会話文）の中で，文は終助詞を文末に持つことがあり，文の明かな終結を示す．

 2-50 aynu oruspe 人の話を
   ci nu **okay**." 聞きたいものだ

okay は願望の終助詞．節 aynu oruspe ci nu「私は人間の話を聞く」）と比較されたい．

1.3.3 動詞句
既に見たように動詞句は節の末尾に現れる．アイヌ語のきわめて重要な特徴であるが，動詞句は，名詞句が節の中でどのような役割を果たすかを決定する．従って節のかなめと言いうる．

1.3.3.1 いろいろなタイプの動詞句
以下のような動詞句が見られる．

 ゼロ項動詞　例：sirki「あるできごとが起こる」
  ene sirki i「あるできごとが起こったこと」(1-214) ene ... i は節を名詞句化する形式（1.3.4.7）．
 一項動詞　例：mina「〜が笑う」
  aynu okkaypo mina「人間の若者が笑う」(4-61) aynu okkaypo「人間の若者」は名詞句．この節は aynu okkaypo sanca ot ta mina kane「人間の若者はニコニコして」(4-61) から簡単化して引用したもの．sanca ot ta「下唇のところで」は副詞句．kane は接続助詞（1.3.5.3）．以下，断らずにこのように簡単化して引用することがある．
 二項動詞　例：etaye「〜が〜を引き抜く」
  nea okkaypo sosamotpe etaye「かの若者は掛けてある刀

を引き抜く」(4-66) nea okkaypo「かの若者」, sosamotpe「掛けてある刀」は名詞句.

三項動詞　例：esikte「〜が〜で〜をいっぱいにする」
　　　nea okkaypo ci netopake su oro esikte「かの若者は私の体で鍋をいっぱいにする」(4-68) nea okkaypo「かの若者」, ci netopake「私の体」, su oro「鍋の中」は名詞句. なお四項動詞, 五項動詞などは見られない.

動詞＋助動詞 例：... + okere「…してしまう」
　　　ne inunpe sattek okere「その炉縁木はからからに乾いてしまう」(6-41) ne inunpe「その炉縁木」は名詞句. sattek「〜がからからに乾く」は一項動詞. sattek okere「〜がからからに乾いてしまう」が動詞句.

　本書では動詞など名詞句を要求するものの意味を説明するさい「〜」という記号を用いている. 動詞の場合, 一項動詞か二項動詞か三項動詞かの区別を明瞭に示すことができる.「〜」が1つならば一項動詞, 2つならば二項動詞, 3つならば三項動詞ということになる.「〜」には名詞句が「代入」されると考えるとよい. また, 名詞句を捉える動詞の腕と考えてもよい. 代入されるべき・捉えられるべき名詞句が見あたらなくとも, 文脈から何を代入すべきか・何を捉えているか容易に判断できる (1.3.2で述べた名詞句の省略を参照). ただしそれは前の文の内容などのように名詞句の形をとっていないものでもありうる.

1.3.3.2　動詞語基と複合動詞の構成

　アイヌ語にはいろいろな構成要素からなる「複合動詞」が多い. それらは「動詞語基」と呼ばれるものを核にして構成されている. 動詞語基はそのままでも動詞として働きうるもので, いわば最小の動詞である. これは自動詞的であるか他動詞的であるかのどちらかであって, 自動詞的なものは「自動詞語基」と呼ばれるが, それが単独で用いられると一項動詞となる. 例えば mina「〜が

1.3 『アイヌ神謡集』の文法

笑う」などがある．他動詞的なものは「他動詞語基」と呼ばれるが，単独で用いられると二項動詞となる．例えば etaye「〜が〜を引き抜く」などがある．単独で三項動詞になる動詞語基は『アイヌ神謡集』にはない．前節で例にあげた三項動詞 esikte「〜が〜で〜をいっぱいにする」については下の I(4) を参照されたい．

　動詞語基は最小の動詞であるに違いないが単純な構成体であるとは限らない．例えば，自動詞語基 san「〜が下る」は sa と -n に分割できるが，sa「下手(しもて)」は名詞で，-n は「自動詞語基形成接尾辞」であり（1.3.3.4），どちらの要素もそれだけでは動詞として働かない．

　上で述べたように動詞語基はいろいろな接辞，名詞，他の動詞語基，副詞をとって複合動詞を構成することができる．複合動詞の中に取り込まれている自立語的要素のうち名詞と副詞はその動詞の中に「抱合」されていると言われることがある．複合動詞の中に取り込まれた動詞語基は核となっている動詞語基に対して副詞的に働く（下の I(5) を参照）．

　以下の例はアイヌ語の複合動詞の一端を示すものである．星印 * のついた形は『アイヌ神謡集』には出てこない．これらの中には，ほかの資料でもまだ実証されていない形があるが，それらは語構成のプロセスを説明するために理論的に構成した．なお，副詞が抱合されている例としては，3.「『アイヌ神謡集』辞典」の ci-oar-kay-e などを参照されたい．

　I．自動詞語基を核に構成された複合動詞の例
　　(1) sinot
　　　　一項動詞 sinot 〜が遊ぶ
　　　　二項動詞 *e-sinot 〜が〜で遊ぶ
　　　　　　e-「〜で」は手段・道具・場所を導くもので，「補充接頭辞」と呼ばれる（1.3.3.3）．「〜で」に代入される名詞句を e- の目的語と呼ぶことがある．
　　　　一項動詞 *u-e-sinot 〜が遊びあう

― 21 ―

u-「互い」は名詞的な接頭辞の一つで reciprocal の「再帰接頭辞」(1.3.3.3). ここでは e-「〜で」の目的語. u-e- で「…しあう」. 主語は当然二人以上の者.
 二項動詞 e-u-e-sinot 〜が〜で遊びあう
(2) an
 一項動詞 an 〜がある
 二項動詞 an-te 〜が〜を置く
  「あらしむ」ということ. -te は「使役接尾辞」と呼ばれる (1.3.3.3).
 一項動詞 hawe-an 〜が言う
  hawe「〜の声」は haw「声」の所属形 (1.3.4.2). an の主語に相当するものとなって抱合されている.「〜の声がある」ということ.
(3) mina
 一項動詞 mina 〜が笑う
 二項動詞 e-mina 〜が〜をあざ笑う
  e- は補充接頭辞.
 二項動詞 *mina-re 〜が〜を笑わせる
  -re は使役接尾辞. 使役接尾辞には -re や上の(2)の -te のほかにもいくつかの形がある.
 一項動詞 *u-mina-re 〜が大勢で笑う
  u-「互い」.「〜が互いに笑わせあう」ということ.
 二項動詞 e-u-mina-re 〜が〜を大勢であざ笑う
(4) sik
 一項動詞 sik 〜(容器)がいっぱいである
 二項動詞 *e-sik 〜が〜でいっぱいである
  e- は補充接頭辞.
 二項動詞 *sik-te 〜が〜をいっぱいにする
  -te は使役接尾辞.
 三項動詞 e-sik-te 〜が〜を〜でいっぱいにする

1.3 『アイヌ神謡集』の文法

二項動詞 ci-e-sik-te 人が〜を〜でいっぱいにする
（〜が〜でいっぱいである．= e-sik）
　　名詞的な接頭辞の一つである不定人称接頭辞の主格形 ci- の用法については 3.「『アイヌ神謡集』辞典」の ci^3- を参照されたい．とりあえず「人（が）」と訳す．
ci-...-te は意味の上で冗長な要素である．
(5) san
　一項動詞 san 〜が下りる
　二項動詞 san-ke 〜が〜を下ろす
　　　-ke は使役接尾辞．
　二項動詞 sana-san-ke 〜が〜を下手へ下ろす
　　　sana「〜が下手にある」（自動詞語基）．先にも述べたが，複合動詞の中に取り込まれた動詞語基はこのように副詞的に働く．
　一項動詞 ci-sana-san-ke 人が〜を下手へ下ろす（〜が下手へ下りる = san)
　　　ci- は上の(4)の ci- と同じく不定人称接頭辞の主格形．
　sana も ci-...-ke も意味の上で冗長な要素である．
II. 他動詞語基を核に構成された複合動詞の例．
(1) osura
　二項動詞 osura 〜が〜を投げ捨てる
　一項動詞 yay-osura 〜が身を投げる
　　　「〜が自分を投げる」ということ．yay-「自分」は再帰接頭辞．
(2) puni
　二項動詞 puni 〜が〜を持ち上げる
　一項動詞 he-puni 〜が顔を上げる
　　　「〜が自分の先端を持ち上げる」ということ．he- は再帰接頭辞で「自分の先端」．

(3) kus
　二項動詞 kus ～が～を横切る
　三項動詞 kus-te ～が～に～を横切らせる
　三項動詞 *ka-kus-te ～が～に～の上を横切らせる
　　　ka「～の上」は「位置名詞」(1.3.4.3)と呼ばれる．kus の目的語に相当するものになって抱合されている．「～の上」に代入される名詞句を ka の目的語と呼ぶことがある．
　二項動詞 u-ka-kus-te ～が～を繰り返す
　　　u- は「～を」に代入される名詞句と再帰的関係にあり，かつ ka「～の上」の目的語に相当するものになっている．「～が～（複数のもの）に互いの上を横切らせる」の意味．

(4) us
　二項動詞 us ～が～にくっつく
　二項動詞 e-us ～が自分の頭を～にくっつける
　　　「～の先端が～にくっつく」の意味．e-「～の先端」は名詞的な接頭辞の一つで「部分接頭辞」(1.3.3.3)と呼ばれる．I(2) の hawe-an の hawe「～の声」とか II(5) の kisar-sut-maw-kururu の kisar-sut「耳の付け根」と似て，「先端」の所属先を示す名詞句を導く．
　三項動詞 *us-i ～が～に～をくっつける
　　　-i は使役接尾辞．
　二項動詞 osor-us-i ～が～に腰を下ろす
　　　「～が～に自分の尻をくっつける」ということ．ここで名詞 osor「尻」は he-puni「～が顔を上げる」（～が自分の先端を上げる）の he-「自分の先端」と似て，再帰的な「自分の尻」の意味で用いられており，us の主語に相当するものとなって抱合されている．抱合された名詞が再帰的に用いられるときは I(2) の hawe-an の hawe「～の声」のような所属形にならない．

1.3 『アイヌ神謡集』の文法

(5) kuru

二項動詞 *kuru ～が～（押し寄せる流体状のもの）を受けて揺れる

一項動詞 *i-kuru ～が何か流体状のものを受けて揺れる
  不定人称接頭辞の目的格形の i- の用法については 3.「『アイヌ神謡集』辞典」の i³- を参照されたい．ここではとりあえず「何か（を）」と訳す．

二項動詞 *i-kuru-re ～が～に何か流体状のものを受けさせて揺らす
  -re は使役接尾辞．

一項動詞 ci-i-kuru-re 人が～に何か流体状のものを受けさせて揺らす（～が何か流体状のものを受けて揺れる＝ i-kuru）
  ci- は不定人称接頭辞主格形．

二項動詞 *kururu ～が～（流体状のもの）を受け振動する
  kururu は kuru の反復形（1.3.3.6）．繰り返しの意味．

一項動詞 *maw-kururu ～が風を受けて振動する
  maw「風」は名詞．kururu の目的語に相当するものになって抱合されている．

一項動詞 *kisar-sut-maw-kururu ～の耳の付け根が風を受けて振動する
  kisar-sut「耳の付け根」は［名詞＋名詞］型の合成名詞（1.3.4.6）．kururu の主語に相当するものとして抱合されている．所属形は kisarsutu になると考えられる．
  動詞の中に抱合される名詞には，I(2) の hawe-an の hawe「～の声」のように所属形になる場合と，このように所属形にならず，基本形のままなお動詞の外に所属先を示す名詞句を要求する場合とがある．また，II(4) の osor のように基本形が再帰的に用いられることもある．

二項動詞 e-kisar-sut-maw-kururu ～の耳の付け根が風を

− 25 −

受けて～（落下する音）をたてて振動する
　　補充接頭辞 e- は普通，道具・手段・場所などの意味の名詞句を導くものである．

1.3.3.3　動詞につく接辞と名詞句の関係

　上の例でいくつか取り上げたように，動詞につく接辞には次のものがある．
　　再帰接頭辞
　　　yay-　　自分
　　　si-　　　自分（yay- と si- の区別はまだはっきりしない点
　　　　　　　がある）
　　　he-　　自分の先端
　　　ho-　　自分の末端
　　　u-　　　互い
　　不定人称接頭辞
　　　ci- / i-　（主格形 / 目的格形）
　　部分接頭辞
　　　e-　　　～の先端
　　　o-　　　～の末端
　　補充接頭辞
　　　e-　　　～で（部分接頭辞の e- と同音異義）
　　　ko-　　～とともに；～に対して
　　　o-　　　～の方へ（部分接頭辞の o- と同音異義）
　　使役接尾辞
　　　-i, -ke, -re, -te（など）（動詞によってどの形をとるかが決
　　　　まっている）
　再帰接頭辞は目的語に相当するものとして，不定人称接頭辞は主語ないし目的語に相当するものとして動詞に接頭する（つまり「～」に代入される）ので派生形全体としては「～」が1つ減る（とりうる名詞句の数が1つ減る）．「再帰」というのは，ある行

1.3 『アイヌ神謡集』の文法

為が行為の主体（の一部）に帰ってくることを言う．

本書で部分接頭辞と呼ばれるものは田村すず子によって発見されたもので，主語ないし目的語に相当するものとして動詞に接頭しつつ（「～」に代入されつつ），所属先を示す名詞句を要求するので派生形全体として「～」の数は変わらない（とりうる名詞句の数に増減はない）．

補充接頭辞は金田一京助によって発見され，applicative「充当相」の接頭辞と呼ばれたものである．これと使役接尾辞は名詞句に相当するものではなく，節に新たな名詞句を導入する働きがある点で上記3種の接辞と異なる．派生形全体として「～」が1つ増える（とりうる名詞句の数が1つ増える）．

接辞などがつく動詞をその接辞の「語幹」と呼び，例えば he-puni「～が顔を上げる」の再帰接頭辞 he-「～の先端」は語幹 puni「～が～を上げる」についているなどと言うことがある．

1.3.3.4 cvc 語根と動詞語基形成接尾辞

動詞として働かない非自立的な語根がさまざまな接尾辞によって動詞語基になることがある．そのような語根は，「子音＋母音＋子音」の形をしているので，「cvc 語根」と呼ぶことにする．c は英語の consonant「子音」の頭文字から，v は英語の vowel「母音」の頭文字からとった．cvc 語根には擬音・擬態語かと見られるものが多い．以下の例の -rototke, -kosanu, -natara, -ne は「自動詞語基形成接尾辞」．-e, -pa は「他動詞語基形成接尾辞」．

  mes- （いびきの音）
    自動詞語基 mes-rototke ～（いびきをかく音）がグーグー聞こえる
  tok- （物を叩く音）
    自動詞語基 tok-kosanu ～がポンと音をたてる
  noy- （捻れた様子）
    他動詞語基 noy-e ～が～を捻る

　　　　　　他動詞語基複数形　noy-pa（noyeの複数形）
　　tak-　（短く途切れる様子）
　　　　　自動詞語基　tak-natara　～は小刻みである
　　　　　自動詞語基　tak-ne　～は短い
　名詞からも動詞語基が形成されることがある．下の例のsa,
toyは名詞であり，-n, -p, -kosanuは自動詞語基形成接尾辞である．
　　sa　　浜手；下手
　　　　　自動詞語基　sa-n　～が下る
　　　　　自動詞語基複数形 sa-p（sanの複数形）
　　soy　　外
　　　　　自動詞語基 soy-kosanu　～が外へ飛び出る

1.3.3.5　動詞複数形

　いくつかの動詞語基は複数形を持つ．複数形には次の3つの型
がある（単数形/複数形）．
　(1)　単数形と複数形とでは形が全く変わるもの
　　　　an / okay　～がある
　　　　ek / arki　～が来る
　(2)　単数形の末尾の母音が -pa と入れ替わって複数形が形成さ
れるもの（3.「『アイヌ神謡集』辞典」の -pa[7] を参照）
　　　　hoyupu / hoyuppa　～が走る
　　　　rari / rarpa　～が～に載る
　(3)　単数形末尾の -n が -p と入れ替わって複数形が形成される
もの（3.「『アイヌ神謡集』辞典」の -n[2], -p[2] を参照）
　　　　ahun / ahup　～が家の中に入る
　単数と複数の区別をしない動詞語基がある．そのような語基に
複数の観念を盛り込みたいときには任意に -pa[6] をつける．
　　　　kus / kus-pa　～が～を横切る
　この kus-pa のようなものも 3.「『アイヌ神謡集』辞典」では複
数形に含め，-pa[6] を「動詞複数形形成接尾辞」と呼ぶことにする．

− 28 −

1.3 『アイヌ神謡集』の文法

一方，(2), (3)の -pa^7, -p^2 は「動詞語基複数形形成接尾辞」と呼ぶ．

主語・目的語の複数性と動詞の複数形の呼応関係には，注意すべき点がある．

言うまでもなく単数・複数を区別する自動詞語基の複数形は主語に相当するもの（自動詞語基が意味する行為の担い手）の複数性に一致する．

 1-57 tane nispa ne p 今金持になっている者の
    poutari   子供たちは
    …   （中略）
    hoyuppa wa **arki**, 走って来て，

「今が金持になっている者の子供たちは(中略)かけつけて」

自動詞語基 hoyupu「走る」，ek「来る」の複数形 hoyuppa, arki は主語 poutari「～の子供たち」（poutar「子供たち」の所属形）の複数性に一致している．

一方，単数・複数を区別する他動詞語基の複数形は目的語に相当するもの（他動詞語基が意味する行為の受け手）の複数性に一致する．次の例で anpa は ani「～が～を持ち運ぶ」の複数形．niatus「手桶」に対し手に余るほどの kina tantuka「蒲の束」を複数的にとらえたと解釈すべきである．太字のものが複数形，イタリックのものは複数形をもつ動詞語基の単数形である．

 12-5 samayunkur   サマユンクル
    kot turesi   の妹は
    …   （中略）
    oattekkor   片手に
    niatus *ani*   手桶を持ち
 12-6 oattekkor   片手に
    kina tantuka   蒲の束を
    anpa kane   持って
    ek kor *an* wa kusu 来ているので

「サマユンクルの妹が(中略)片手に手桶を持ち片手に蒲の束

を持つて来てゐるので」

　自動詞語基を核として形成された二項動詞では，その自動詞語基が意味する行為の担い手が主語になっているか目的語になっているかに従い，主語の複数性に一致することも，目的語の複数性に一致することもある．

　次の例はそのような二項動詞が主語の複数性に一致した場合である．主語は自動詞語基が意味する行為の担い手，すなわち走る者であり，場所の意味の目的語が付け加わっている．

　　1-12　　un corpoke　　　　　　私の下を
　　　　　　ehoyuppa　　　　　（子供たちが）走る
「（子供等は）が私の下を走りながら」

e-hoyuppa は e-hoyupu「～が～を走る」の複数形．hoyuppa は hoyupu「～が走る」の複数形語基である（e- は補充接頭辞）．

　一方，次のような二項動詞は目的語の複数性に一致する．目的語は行為の担い手，すなわち入る者であり，主語は使役者（入れる者）である．ahup-te は ahun-ke「～が～を（家の中に）入れる」の複数形．ahup は ahun「～が（家の中に）入る」の複数形語基である（-ke, -te は使役接尾辞）．

　　1-175　cise kor katkemat　　家の夫人が
　　　　　...　　　　　　　　　　（中略）
　　1-176　aynu opitta　　　　　 人皆（を）
　　　　　...　　　　　　　　　　（中略）
　　　　　ahupte ko　　　　　 家の中に入れると
「家の夫人が（中略）人皆を（中略）家の中に入れますと」

　本来は単複を区別しない動詞語基が動詞複数形形成接尾辞 -pa[6] をとって主語ないし目的語の複数性に一致したり，行為の多回性・過剰性を示すことがある．このうちどれが動詞複数形が出現する引き金になっているか特定できない場合がはなはだ多い．

　　8-71　　ci kore p　　　　　　私がやったもの（一頭半の鯨）を
　　　　　...　　　　　　　　　　（中略）

1.3 『アイヌ神謡集』の文法

  8-72 aynu pito utar 人間たちが
     …   （中略）
  8-75 kar wa **epa** ko 処理して食べたとして
     nekon ne hawe? それがどうした
 「人間たちにくれてやつたもの（だから）自分たちの自由に食
  べたらいゝではないか」

他動詞語基 e¹「～が～を食べる」に接合した -pa⁶ が，主語である人間たちの複数性に一致しているのか，目的語である一頭半の鯨肉，鯨油の分量に一致しているのか，あるいは食べ過ぎるほど食べるという食行動の過剰性を示しているのか，にわかには決められない．ちなみに，沢井トメノ氏によれば，十勝地方のアイヌ語で「食べ過ぎる」「むさぼり食う」ことを ipepa というとのことである（ipe「～が食事をする」は自動詞語基である）．これは行為の過剰性を示している例だと考えられる．

 次の例で，同一の行為　itak「～が話をする」が行為者間で交わされることを表わす eukoitak「～が～について話し合う」が主語に複数の観念が盛られていることを要求し，また，arki（ek「～が来る」の複数形）がそれに一致しているのは当然であるが，他動詞語基 kus「～が～を通る」が -pa⁶ をとってやはり主語に一致していることが注意される．

  5-6 tu okkaypo   二人の若者が
     …   （中略）
  5-10 hemanta okay pe 何か
     eukoitak kor   話し合いながら
  5-11 **arki** a ine   やってきたが
     ci kor nitat   私の谷地の
     samakehe **kuspa** そばを通り
 「二人の若者が（中略）何か話合ひながらやって来たが私の谷
  地の側を通り」

以上のこととは別に，複数形の用法には未解明の点が多い．例え

ば，次の arki は ek「～が来る」の，okay は an「～がある」の複数形であるが，主語は「一人の女」である．上の例（12-6）の最後の句と比較されたい．なお se「～が～を背負う」は単数・複数の区別のない動詞であるから問題にならない．

  13-6 sine menoko   一人の女が
  13-7 saranip *se* kane 籠を背負って
      arki kor **okay** 来ている
「一人の女が籠を背負つて来てゐます」

人称接語 as と複数形との結合の仕方については 3.「『アイヌ神謡集』辞典」の as[3] を参照されたい．

1.3.3.6　動詞反復形

動詞の全体ないし一部を反復して動作の繰り返し，ある種の姿勢の維持を表すことがある．(2)の(a), (b)は cvc 語根の全体的ないし部分的反復．(c)の型は語基が［子音＋母音＋子音＋母音］という開音節が2つ続く形をしているものの反復形に見られる．

 (1)　全体の反復
  （a） tawki   ～が～をぶつ切りにする
     tawki-tawki ～が～をブツブツ切る
 (2)　部分の反復
  （a） caw-   （弓の鳴る音）
     caw-caw-atki ～がビュンビュン鳴る
  （b） cop-   （水の跳ねる音）
     copop-atki ～がパシャパシャ音を立てる
  （c） tara   ～が～をかざす
     tarara   ～が～をかざし続ける

1.3.4　名詞句

名詞句は動詞の主語，目的語になったり，後置詞，後置詞的副詞に導かれ副詞句を構成する．

1.3 『アイヌ神謡集』の文法

1.3.4.1 いろいろなタイプの名詞句

以下のような名詞句がみられる．(6), (7), (8)に見られる動詞は「連体修飾的」あるいは「付加語的」に用いられていると言われることがある．

(1) 名詞
   atuy 海
   sapa 頭
   yuk 鹿

(2) 名詞所属形
   sapaha（誰かの）頭（所属形については 1.3.4.2 を参照）

(3) 名詞＋名詞所属形
   yuk sapaha 鹿の頭（7-82）

(4) 位置名詞
   kasike その上（kasike は位置名詞 ka「～の上」の長形．位置名詞とその長形については 1.3.4.3 と 1.3.7.3 を参照）

(5) 名詞＋位置名詞
   atuy ka 海の上（3-16）

(6) 一項動詞＋名詞
   pirka wakka きれいな水（10-22）pirka「～はきれいだ」．wakka pirka「水がきれいだ」という節に対応する．名詞は一項動詞の被修飾語であって，対応する節の主語に相当する．

   また，名詞の位置に名詞的助詞が立ちうる．名詞的助詞は名詞的性質を持った非自立語で，動詞に修飾される．
   ukirare p こぞって逃げる者たち（5-44）（ukirare「～がこぞって逃げる」．p が名詞的助詞）

(7) 名詞₁＋二項動詞＋名詞₂
   okikirmuy eak pon ay オキキリムイが射た小さな矢(3-85) eak「～が～を射る」, pon ay「小さな矢」．okikirmuy

— 33 —

pon ay eak「オキキリムイは小さな矢を射る」という節に対応する．名詞₁は二項動詞の主articlesubjct. 名詞₂は被修飾語であって，対応する節の目的語に相当する．

名詞₂の位置に名詞的助詞が立ちうる．

kamuy e rusuy pe 神が食べたがる物（1-155) kamuy「神」．e「～が～を食べる」．rusuy「…したがる」．pe は名詞的助詞 p¹ の変異形（1.3.1.3).

(8) 名詞₁＋二項動詞＋名詞₂

kotan kor nispa 村長 (8-95) kotan「村」，kor「～が～を所有する；支配する」，nispa「紳士」．nispa kotan kor「（その）紳士が村を所有する」という節に対応する．名詞₁は二項動詞の目的語．名詞₂は被修飾語であって，対応する節の主語に相当する．

名詞₂の位置に名詞的助詞が立ちうる．

mat tek anpa p 妻の手をとる者たち（5-43）mat tek「妻の手」．anpa は ani「～が～を手に持つ」の複数形．p は名詞的助詞．

(9) 連体詞＋名詞（これについては 1.3.4.5 で述べる）
(10) 節＋形式名詞（これについては 1.3.4.7 で述べる）

1.3.4.2 名詞の所属形

名詞の中には所属形形成接尾辞をとって所属形を形成するものがある．所属形形成接尾辞は母音1個からなるもので，-a, -i, -u, -e, -o の5つの形があるが，どれをとるかは名詞によって決まっている（長形については後述）．

 kem 血（基本形）
 kem-i ～の血（所属形）(4-34)

このような名詞のうち，母音で終わるものの所属形はもとの形と同じくなる．

 sapa 頭；～の頭（1.3.4.1(2) の sapaha は後述の所属形長

1.3 『アイヌ神謡集』の文法

形 [1.3.7.3])

  po 子；〜の子

所属形が動詞に抱合される例については 1.3.3.2 I (2) を参照．

[名詞＋位置名詞] 型の合成名詞 (1.3.4.6(2)) の所属形は後述の位置名詞長形 (1.3.7.3) でもって示される．上と同じく，位置名詞が母音で終わるものはもとの形と同じくなる．

  sik-sam 目の周囲

  sik-sam-a 〜の目の周囲 (8-111)

  ikkew noski 腰のまん中；〜の腰のまん中 (1-78)

  sik「目」, sam「〜の傍ら」(位置名詞), sam-a (位置名詞長形), ikkew「腰」, noski「〜のまん中」(位置名詞).

所属形を持たない名詞は，二項動詞 kor「〜が〜を持つ」を付加語として用いることによって 1.3.4.1(7) の型の名詞句を構成し所有関係を表す．

  okikirmuy kon repa cip オキキリムイの海猟舟 (3-90), okikirmuy (人名), repa cip「海猟舟」, kon は kor の変異形 (1.3.1.3).

  samayunkur kor wakkataru putuhu サマユンクルの水汲み場のある沢の出口 (12-4) samayunkur (人名), wakkataru「水汲み場 (のある沢)」, put「河口」「沢の出口」, putuhu は put の所属形長形．

1.3.4.3 位置名詞

ka「〜の上」, sam「〜の傍ら」, noski「〜のまん中」のように何かを基準とし，そこから見た位置を表す名詞は位置名詞と呼ばれる．位置名詞には韻律を整えるためと思われる長形がある (1.3.7.3).位置名詞が動詞に抱合される例については 1.3.3.2 II (3) を参照されたい．基準を示す名詞の後ろに立つ場合については 1.3.4.1(5) を参照されたい．また，名詞と後置詞の間に現れる場合については 1.3.5.2 を参照されたい．

1.3.4.4 人称接語と格表示

　一人称，二人称，不定人称を示すものに人称接語と呼ばれるものがある．三人称の人称接語はない．というより，人称接語の欠如が三人称を示す．

　物語の主人公を示す一人称（1.1.2）は，主格・目的格形の違いがあるのみならず，同じ主格でも一項動詞の主語になる場合と二項動詞・三項動詞の主語になる場合とでは形が異なる（不定人称にも同じ様な格形の違いがある．3.「『アイヌ神謡集』辞典」の $a^2/an^2/i^2$ を参照されたい．二人称には格形の違いがない．3.「『アイヌ神謡集』辞典」の e^2 参照されたい．またこの接語が名詞の所属形について所属先を示すときは二項動詞・三項動詞の主語に相当する形をとり，位置名詞について基準を示すときは目的語に相当する形をとる．

　　ak　〜が矢を射る（一項動詞）
　　　ak as　私は矢を射る（1-15）
　　nospa　〜が〜を追いかける（二項動詞）
　　　ci nospa　私は〜を追いかける（5-25）
　　　un nospa　〜は私を追いかける（4-95）
　　omare　〜が〜を〜に入れる（三項動詞）
　　　ci omare　私は〜を〜に入れる（8-136）
　　　un omare　〜は私を〜に入れる（13-26）
　　sapaha　〜の頭（所属形）
　　　ci sapaha　私の頭（3-108）
　　ka　〜の上（位置名詞）
　　　un ka　私の上（9-29）

　人称接語は動詞の直前・直後につく．したがって ci-as-tustek-ka「〜が立ちすくむ」や e-kisar-sut-maw-kururu「〜の耳の付け根が〜(音)をたてて振動する」のような長い形でも，それぞれ ciastustekka as「私は立ちすくむ」，ci ekisarsutmawkururu「私の耳の付け根が〜(音)をたてて振動する」のような人称接語のとり

― 36 ―

方をするので一つの動詞と認められる．しかし人称接語の現れない場合（三人称の場合）には動詞の境界がしばしば問題となる．人称接語は名詞句と異なり，省略することができない．

1.3.4.5 連体詞

連体詞は名詞，名詞的助詞の前に立ち，それを修飾するものである．単独で現れることはないが，中には補充接頭辞が付くものがあり，その点で動詞的で，また，名詞，名詞的助詞を修飾するなどは動詞の連体修飾的用法（1.3.4.1(6)(7)(8)）を思わしめる．

  tu 2つの～
   tu menoko 2人の女（2-87）
   tu-p 2つ（-pは名詞的助詞）
  e-tu ～で2つの～
   humpe arke e-tu humpe 鯨半分で 2つの鯨（8-47）「1つ半の鯨」の意味．humpe arke「鯨半分」．

1.3.4.6 合成名詞の構成法

合成名詞の型を列挙する．
(1) 最も普通に見られる型は，［名詞＋名詞］である．
  amam toy 粟畑（amam「粟」，toy「畑」）(13-36)
(2) 位置名詞が目的語をとる型のもの，［名詞＋位置名詞］もよく見かける．
  ikkew noski 腰のまん中（1-78）
   もしこの形が単に名詞（ikkew「腰」）と位置名詞（noski「～のまん中」）が並置されたものに過ぎないのであれば「ポン・ルプネクル（人名）の腰のまん中」は pon rupnekur ikkew -e noski となるはずであるが（ikkew-e は ikkew の所属形），原文では pon rupnekur ikkew noski となっているので確かに合成名詞と認められる（1.3.4.2）．
(3) 一項動詞とこれに準じるものは行為を表す名詞となる．

ray　死ぬこと（ray「～が死ぬ」）(3-107)
　　sirka nuye　鞘の彫刻 (8-6)
　　　「鞘・～が～に彫刻する」＝「～が鞘に彫刻する」．nuye「～が～に彫刻する」は二項動詞で sirka「鞘」を目的語にしているため，全体として一項動詞に準じるものとなっている．
　(4) したがって次のようなものは，［名詞＋名詞］型の合成名詞と認めるべきであって，動詞の連体修飾による名詞句とは区別しなければならない．
　　uray kik tuci　簗の杭を打つ槌 (10‐12)「簗・～が～を打つ・槌」＝「～が簗を打つ・槌」．
　　　kik「～が～を打つ」は二項動詞で uray「簗」を目的語にしているため，uray kik「～が簗を打つ」は全体として一項動詞に準じるものになっている．
　(5) また，形の上に所属先が現れないが，当の所属先を示す合成名詞が存在する．
　　siki-mana-us　目の曇った奴（2‐32)
　　　siki「～の目」は sik「目」の所属形で，us「～が～にくっつく」の目的語，mana「ほこり」は主語に相当するもの．全体で「～の目にほこりがくっつく」ということであって，所属先を示す名詞句を欠く一項動詞となっている．
　(6) 同様に，補充接頭辞の目的語が形の上に現れないが，当の目的語に相当するものを示すものがある．
　　kanciw-e-tunas　流れの早い川（川の名）(6-30)
　　　kanciw「流れ」は e-tunas「～が～（場所）で速い」の主語に相当するもの．全体で「～（場所）で流れが速い」ということであって，補充接頭辞の目的語 (1.3.3.2 I (1)(3)(4)，II (5)) を要求する一項動詞となっている．(ただし，この型の例はもう1つ，kanciw-e-moyre「流れの遅い川」しかなく，この型を『アイヌ神謡集』に求めるのは問題がある．というのも，kanciw-e を kanciw の所属形と見ることも可能で，そ

― 38 ―

1.3 『アイヌ神謡集』の文法

れならば(5)の型に入れなければならないからである)
(7) 動詞の連体修飾によるもの（1.3.4.1 (6)(7)(8)）
kut-o-sintoko　たがの付いた漆塗の容器
　「帯（たがの比喩）・〜が〜にはまる・漆塗の容器」. kut sintoko o「帯が漆塗の容器にはまる」という節に対応する合成名詞.

1.3.4.7　節の名詞句化
節は形式名詞によって名詞句化される.
　okikirmuy ona sak **ruwe**「オキキリムイに父がいない**こと**」 ona「父」, sak「〜に〜がない」
　okikirmuy ona sak「オキキリムイに父がいない」という節が形式名詞 ruwe によって名詞句化したものである. 次の例文はこの名詞化した節が二項動詞 eraman の目的語になったものである.
　okikirmuy ka ona ka sak unu ka sak **ruwe** ci eraman「オキキリムイも父もなく母もない**の**を私は知つて」(12-48) ci「私」, eraman「〜が〜を知っている」, unu「母」, ka「も」.
　形式名詞の中には名詞化される節の内容がどのような感覚によって認識されるかを示すものがある. hawe は人の声を聞くことによって得られる認識を示し, siri は視覚による認識を示す.
　aynu nispa ... a piye **hawe** a korewen **siri** ci nukar「アイヌのニシパが（中略）ばかにされたりいぢめられたりしてる**さま**を私が見て」(1-124) aynu nispa「人間の紳士」, a piye「〜が馬鹿にされる」, a korewen「〜がいぢめられる」, ci「私」, nukar「〜が〜を見る」.
　なお視覚以外の感覚（声の聴取によるものは除く）や第六感による認識は hum[1] や hum[1]-i[8] で示される.
　形式名詞は二項動詞 ne「〜は〜である」をとって新たに節を構成する. この場合, 形式名詞によって名詞句化された節は ne の目的語（〜である）となっており, 主語（〜は）は省略されてい

− 39 −

ると考えられる．「(それは) …するのである」ということ．この構成には名詞句化された節の内容そのものを提示する働きがある．
　　　humpe yan　「鯨が陸にあがる」
　　　humpe yan **ruwe** ne「鯨が上つた**の**だ」(2-21) humpe「鯨」，yan「～が (水から) 陸に上がる」

1.3.5　副詞句

　動詞ないし節を修飾するものを副詞句と呼ぶ．副詞句をなす主なものには，本来的な副詞，動詞から派生した副詞，名詞句が後置詞ないし後置詞的副詞をとったもの，節が接続助詞をとったものがある．

1.3.5.1　本来的な副詞と動詞から派生した副詞

　本来的な副詞とは，nani「すぐに」，hetak「早く (…しろ)」，poronno「たくさん」，tane「今」のように，複合的でない副詞のことである．
　　　nani　すぐに
　　　　nani kira as kusu (私は)「直ぐに逃げやうと」(4-46) kira「～が逃げる」，as「私」，kusu「…するために」
　このほか副詞形成接尾辞 -no により主に動詞から形成されたものがある．
　　　pirka-no　きれいに (一項動詞 pirka「～が美しい」から形成される)
　　　　yuk sapaha ka pirkano tomte wa (人間たちは)「鹿の頭もきれいに飾つて」(7-105) yuk「鹿」，sapaha「～の頭」，ka「も」(副助詞 [1.3.6])，tomte「～が～を飾る」，wa「…して」

1.3.5.2　後置詞と後置詞的副詞

　後置詞と後置詞的副詞は名詞句の後ろに置かれ副詞句を構成す

1.3 『アイヌ神謡集』の文法

るものであるが，後置詞がかならず前に名詞句を立てなければならないのに対し，後置詞的副詞は前に立つ名詞句を省略しうる（独立的用法．副詞としてふるまっているようにみえる）．

　　後置詞的副詞　ari「～で（道具・手段）」
　　　aynu pito utar cikuni ari yuk sapa kik「人間たちは木で鹿の頭を叩く」(7-81) aynu pito utar「人間たち」，cikuni「木」，yuk sapa「鹿の頭」，kik「～が～を叩く」
　　　aynu pito utar ari cep koyki「人間たちはそれで魚をとる」(7-104)（独立的用法）cep「魚」，koyki「～が～（獲物）をとる」
　　後置詞　ta「～に（場所）」
　　　pet ot ta「川に」(6-44) pet「川」，ot は位置名詞 or「～があるところ」の変異形．
　　　kim ta「山に」(4-37) kim「山」
　　　samayunkur kor wakkataru putuhu ta「サマユンクルの水汲み場のある沢の出口に」(12-4) samayunkur（人名），wakkataru「水汲み場（のある沢）」，put「川の支流が本流と出会うところ」，putuhu はその所属形．
　　　kamuy utar hekompa i ta「神様だちが帰る時に」(1-216) kamuy utar「神様たち」，hekompa「～が帰る」，i「とき」（形式名詞）

後置詞的副詞と異なり，後置詞は前に立つべき名詞句を省略できないから，ta だけでは「そこに」の意味にならない．「そこに」などと言いたいときは前に位置名詞を立てなければならない．

　　　ot ta「そこに」(1-94)

後置詞のとり方に関して名詞句に2種の区別がある．pet ot ta の pet「川」のような名詞は後置詞 ta（また un「～へ」[方向]，wa「～から」[始点]）と直接結合できず，後置詞との間に位置名詞を挟み込まなければならない．kim「山」のような名詞は後置詞と直接結合できる．また，putuhu のような所属形と形式名詞

— 41 —

のiも後置詞と直接接合できる．

1.3.5.3 節の副詞句化

　接続助詞は節と節とを接続するものであるが，接続された前の節（「前文」と呼ぶことにする）は後ろの節（後文）の副詞句と見なされる．

　　　aynu kotan enkasike ci kus *kor* si corpok un inkar as *ko*
　　　私が人間の村の上を通り**ながら**下を眺める**と**（1-3, 4）

　kor の前文は，後文の副詞句をなしており，さらに，この2つの節が合わさった全体が ko の前文となり，次の節に続く．

　　　前文　aynu kotan enkasike ci kus「私は人間の村の上を横切
　　　　　る」ayun kotan「人間の村」，enkasike「〜の上空」，ci
　　　　　「私」（人称接語），kus「〜が〜を横切る」．
　　　後文　si corpok un inkar as「私は自分の下に目をやる」si「自
　　　　　分」（再帰接頭辞），corpok「〜の下」，un「〜へ」（方向
　　　　　の後置詞），inkar「〜が目をやる」，as「私」（人称接語）．
　　　接続助詞　kor　…しながら；ko　…すると

　文と節と句に関してあげた 1.3.2 の例文が示しているように，接続助詞がなくとも節と節は接続しうる．接続助詞は上の例文のように接続の意味を限定する（kor ならば同時的進行の意味）．接続助詞のなかには，後ろに一項動詞 an/okay「〜がある」（単数/複数）をとって，その限定された意味のまま新たに節を構成するものがある．kor と an/okay の結合体は「…している」と訳すことができ，助動詞に類似した意味を持つにいたっている．

　　　cis as kor okay as「私は泣いてゐる」(4-53) cis「〜が泣く」，
　　　as「私」（人称接語）

　なお，接続助詞や助動詞（1.3.3.1）の意味を説明するさい，それらが節を受けるものであることを明示するために記号「…」を用いる．

1.3 『アイヌ神謡集』の文法

1.3.6 副助詞

　副助詞と呼ばれるものは前に立つ句の統語論的機能を変えない助詞である．前に立つ句の意味を際立たせる働きがある．
　　anak　は（節の主題を提示し，対比を意味する）
　　　　teeta anak（今と違い）「昔は（…であった）」(1-84)
　　　teeta「昔」は副詞．teeta anak は副詞句．
　　ka　　も（譲歩・列挙）
　　　　ona ka sak unu ka sak　～には「父もなく母もない」
　　(12-48) ona「父」，unu「母」は名詞．ona ka「父も」，unu ka「母も」は名詞句．sak「～には～がいない」
　　　　paye as ka eaykap（私は）「行く事が出来ない」(7-119)
　　paye「～が行く」は動詞，paye as ka は動詞句．as「私」は人称接語，eaykap「…できない」は助動詞（1.3.3.1）．

1.3.7 詩句の韻律的構造

　アイヌ叙事詩の韻律法の研究はまだ，ほとんど未開拓であるため，ここでは叙事詩特有の文体に関わる留意すべき点を二，三述べるにとどめる．

1.3.7.1 アクセント

　『アイヌ神謡集』ではアクセントが示されていないので，推定するほかない．また，実際の朗唱でアクセントがどのように生かされるのかについても研究は進んでいない．アイヌ語のアクセントはいわゆる高さアクセントで，もし仮に，神謡の各詩句が朗唱されず，つまり，節をつけずに語られたとしたら，それぞれの詩句がアクセントの単位となり，1番目か2番目の母音が最も高く発音されたと推定される．普通，1番目の音節が閉音節（1.3.1.1）ならば，その母音が高くなり，1番目の音節が開音節（1.3.1.1）ならば，2番目の音節の母音が高く発音される．太字はアクセン

― 43 ―

トのある音節，斜線 / は詩句の切れ目，山がた ⌒ はそこで音節が切れないことを示す．第1句目と第3句目と第4句目は例外的なアクセントである．

  ari an **rek**po / ci **ki** kane / pe⌢t esoro / sa⌢p as a ine /
  aynu kotan / **en**kasike / ci **kus** kor

という歌を・わたしは歌いながら・流れに沿って・下り・人間の村の・上を・通りながら（1-2, 3, 4）

しかし，

  ma as wa   私は泳いで（12-3）
  ne ku   その弓（4-5）
  su corpoke   鍋の下（4-68）

のような例外的な詩句が見られる（1.3.7.2 を参照）．

1.3.7.2 詩句の音節数

 1.1.2 で触れたように，神謡のような叙事詩で用いられるアイヌ語（雅語）は，日常用いられたアイヌ語とはやや異なる．しかし全く別の文法規則がそれぞれに行われているわけではなく，ただ形態法の複雑さの程度に違いがあるに過ぎない．より複雑な形態法が雅語の特色である．雅語が日常語に比べ複雑な形態法を好むようになった原因の1つは韻律法に求められると思われる．アイヌの叙事詩では，4音節, 5音節の句（詩句）が最も好まれ，ついで，ずっと数は少なくなるが, 6音節以上の句が認められる．3音節ときに2音節の句もわずかに見られるが，それは次のように説明できることが多い．

  12-3   **ma** as wa   私は泳いで
  4-5   **ne** ku   その弓
  4-68   **su** corpoke   鍋の下

すなわち，ma「〜が泳ぐ」は一つの開音節からなる自立語（単独で発話されうる単語）である．一方, as「私」, wa「…して」は人称接語と接続助詞であって，単独では発話されない非自立語

1.3 『アイヌ神謡集』の文法

である．maの［子音＋母音］ような形の自立語は長めに発音される（また，日本語のように声門閉鎖音がmaの後に現れることもない）．したがって，ma as waは4音節の句と同じ長さに数えられる．またne kuは，ne「その」とku「弓」がともに自立語であるためそれぞれ長めに発音され，結局4音節の句に相当する長さになっていると考えられる．もっとも，neは句頭にあるためkuよりずっと高く発音されたであろう．しかし，長いはずのsuに続くcorpoke「鍋・の下」がなぜわざわざcorpok「〜の下」を長く伸ばしたcorpokeという形（1.3.7.3）になっているかなど，アクセントと音節数の問題にはまだ未解明の点が多い．

1.3.7.3 雅語的表現(1) 接頭辞と長形の活用

韻律法に起因する雅語の形態法には次のような例がある．
 1-12 un corpok-e 私・〜の下
    e-hoyuppa 〜が〜を走る
  （子供たち）が私の下を走る

これは，日常語で次のようになると考えられる．（enはunに対応する日常語の形．Vは息の切れ目）
  en corpok(-e) ta V hoyuppa
  私 〜の下 を 〜が走る
  （子供たちが）私の下を走る

雅語では場所を目的語にとる複合動詞e-hoyuppa「〜が〜を走る」（e-は補充接頭辞）が用いられているが，日常語では目的語をとらないhoyuppa「〜が走る」が用いられ，その不備を補うように後置詞ta（場所）が「私の下」を導いている（1句目の-eについては後述）．このように雅語には後置詞の使用を避けて複合動詞で済ます傾向がある（ただし，一般に雅語で後置詞が用いられず，日常語で補充接頭辞e-が用いられないということではない）．

ここで雅語が後置詞に頼らないのは次のような理由からだと思われる．即ち，雅語で後置詞taを用いてun corpok(-e) ta「私の

下を」としたとすると，この句自体には韻律上の問題がないが，次の句にしわ寄せが行き，e-hoyuppa「～が～を走る」がhoyuppa「～が走る」とならざるをえず音節数の不足を来すのである．

次に，un corpok-e「私の下」が un corpok とならないのは，そうしても意味上は問題ないが，音節数が不足となるからである．なお，接尾辞 -e は音節数を増やすためについたものであるが，日常語でも用いられないことはない．

音節数増加を目的とする接尾辞は，所属形長形形成接尾辞と位置名詞長形形成接尾辞の 2 種があり -e のほかさまざまな形をとる．

所属形長形形成接尾辞 -ihi の例
 名詞基本形 sik 目
 所属形   sik-i ～の目（-i は所属形形成接尾辞）
 長形   sik-ihi （同上）

位置名詞長形形成接尾辞 -si, -ke の例，
 位置名詞基本形 ka ～の上
 長形   ka-si （同上）
 （同上）   ka-si-ke（同上）

今，位置名詞長形が実際の句の中でどのように用いられているかを長形でない形と対比して示す．下の 7 つの例はいずれも 1 つの詩句をなしている．

 3-16 atuy *ka* osma ～が海面にぶつかる （5 音節）
 3-5 atuy so *ka* ta 海原の上に   （5 音節）
 11-43 kenas so *ka* 木原の上   （4 音節）
 3-89 atuy so *kasi* 海原の上   （5 音節）
 8-5 amset *kasi*   高床の上   （4 音節）
 8-95 *kasike* ta   その上に   （4 音節）
 1-63 un *kasike*   私の上   （4 音節）

atuy「海」，osma「～が～にぶつかる」，kenas「木原」，so「平面」（平面的な広がりを表す），ta「～に」（後置詞），amset「高床」，un「私」（人称接語）．

1.3 『アイヌ神謡集』の文法

　なお，位置名詞の類に入らないけれど，場所・部位を表す名詞のうちあるものは位置名詞長形形成接尾辞をとりうる．
　　名詞基本形　　soy　　　　（家の）外
　　長形　　　　　soy-ke　　　（同上）
　　（同上）　　　soy-ke-he　　（同上）
　-no¹ の機能は動詞から副詞を形成することにあるが（pirka「～がよい」，pirkano「よく」），本来的な副詞や後置詞，後置詞的副詞，接続助詞など副詞句を構成する要素に付くことがある（hoski-no「初めに」，wa-no「～から」（始点），pak-no「～まで」，kotom-no「…らしく」）．これらの冗長な -no は音節数を増やすためのものである．

1.3.7.4　雅語的表現(2)　アクセント法の制約

　雅語の形態法には音節数ばかりではなく，アクセント法の制約も加わる．
　　2-48　　cip ko-hokus　　舟・～が～とともにひっくり返る
　　　　　　utar hene　　　　人々・でも
　　　　　　「舟といつしよに引繰りかへつた人でも」（動詞の付加語的用法）
　この cip ko-hokus「～が舟と共にひっくり返る」は日常語で次のようになると考えられる．
　　　cíp　　　tura　　　∨　　　okús
　　　舟　　　～とともに　　　～がひっくり返る
　　　～が舟とともにひっくり返る（十勝地方，本別の沢井トメノ氏による．十勝方言では，アクセントの頂きを担わない音節の h は脱落するか声門閉鎖音と交替する．）
　雅語で目的語をとる派生動詞 ko-hokus「～が～とともにひっくり返る」が用いられている一方で，日常語では目的語をとらない hokus「～がひっくり返る」が用いられ，その不備を補うように後置詞的副詞 tura「～とともに」が「舟」を導いている（後置詞的

— 47 —

副詞は先に触れた後置詞と同じく名詞に従属し副詞句を形成する[1.3.5.2.]）．日常語的な cíp tura hokús は音節数だけから言えば句をなしえるけれど，次の点で雅語的表現としてふさわしくない．すなわち，もし cíp tura hokús と言えば，名詞が後置詞的副詞 turá をとった形 cíp tura「舟とともに」と hokús「〜がひっくり返る」がそれぞれアクセントの単位をなし，1句に高さの頂が2つでき，句としてのまとまりが失われると考えられる．通常，句は1つのアクセント単位を成すべきものであり，一方，後置詞（前節 ta「に」など）および後置詞的副詞は直前の名詞とともに1つのアクセント単位をなすからである．したがって後置詞と後置詞的副詞は1つの句（詩句）の途中に現れることはまれで，普通，句の末尾に見られる．

1.3.7.5　雅語的表現（3）　雅語特有の動詞

雅語ではさらに複雑な形をした動詞が用いられる．

　　10-22　　pirka rera　　　　清い風
　　　　　　 pirka wakka　　　 清い水
　　10-23　　ci-sana-san-ke,　 〜が下る
　　　　　　 cis kor hosippa　 泣きながら帰った
　　10-24　　kamuy cep utar　 鮭ども（は）
　　　　　「清い風清い水が流れて来て，泣きながら帰って行った鮭どもは」

日常語では上の第2，3句を次のように言うと考えられる．

　　pirka　　　wakka　　　san
　　〜が清い　 水　　　　　〜が下る
　　清い水が流れる

雅語で pirka wakka san と1句で言わない理由は，主語 pírka wakka と述語 sán がそれぞれアクセントの単位をなし，アクセントの頂きが2つできてしまうことのほかに，おそらく pirka rera / pirka wakka「清い風，清い水」というように似た構造の句を重

− 48 −

1.3 『アイヌ神謡集』の文法

ねるためであろう．そのために san「～が流れる」を次行 cis kor hosippa に送ると1句が6音節になってしまうのみならず，句としてのまとまりが失われる．といって san 1個では句にならない．そこで ci-sana-san-ke のような冗長ではあるが堂々とした形の動詞に置き換わったのであろう（1.3.3.2 I (5) 参照）．

　雅語には，-atki, -natara などの日常語では見られない接尾辞が cvc 語根とともに用いられるが，これによって4音節の動詞が形成される．例えば，cawcawatki「～がビュンビュンと音をたてる」，kunnatara「～が黒々としている」などがある．

　動詞がさらに長大化し1句に納まりきらないとき，後半部を次の句に送るほかないが，一つの動詞としてのまとまりをつけるため接続助詞 kane に特殊な用法が発達している．2の書き改めたテキストでは，1句に納まりきらないで後半部が次の句に送られた動詞に対して，第1句目の末尾にハイフン - をつけた．

　　1-201　　ci eyaykiror-　　私は～を深く興
　　　　　　'ante kane,　　　がりました．そして
　　　　　　私は「深く興がりました．そして」

1.3.7.6 雅語的表現(4) 雅語特有の名詞句

　動詞ばかりではなく，名詞句にもかなり複雑な形をとるものがある．

　　4-14　　ci　　aki　　ne　　　　kur
　　　　　　私　　～の弟　　～は～である　人
　　　　　　私の弟である人（つまり私の弟）

日常語でこれに対応する言い方は次のようなものだと考えられる．
　　ku aki 私・～の弟（私の弟）

ku は ci に対する日常語の形．aki は ak「弟」の所属形．先の ci-sana-san-ke と同様，雅語がこのような言い回しを好むようになったのは，ci aki「私の弟」だけでは3音節にしかならず，句として成り立たないからであると考えられる．

参考文献

文法書

　主な文法書のみを示す．もっぱら『アイヌ神謡集』のアイヌ語を対象とした文法書はないが，下の金田一，知里『アイヌ語法概説』が知里幸恵の方言（胆振地方中部，幌別方言）を最も多く反映している．

浅井亨　「アイヌ語の文法 アイヌ語石狩方言文法の概略」児玉作左衛門，犬飼哲夫，高倉新一郎監修『アイヌ民族誌』1969 年（昭和44年）771-800 頁

金田一京助　「アイヌ ユーカラ 語法摘要」『アイヌ叙事詩ユーカラの研究第二冊 虎杖丸の曲』東洋文庫論叢第14 ノ2 東洋文庫 1931 年（昭和6 年）1-233 頁

金田一京助，知里真志保　『アイヌ語法概説』岩波書店 1936 年（昭和11 年）

知里真志保　「アイヌ語法研究 樺太方言を中心として」『樺太庁博物館報告』第4 巻第4 号，1942 年

田村すず子　「アイヌ語」亀井孝，河野六郎，千野栄一編『言語学大辞典 第1 巻世界言語編（上）』1988 年（昭和63 年）6-94 頁

村崎恭子　『カラフトアイヌ語 文法篇』国書刊行会 1979 年（昭和54年）

Kirsten, Refsing. *The Ainu Language: The Morphology and Syntax of the Shizunai Dialect*.　Aarhus, Denmark: Aarhus University Press, 1986.

神謡研究

知里真志保　「呪師とカワウソ アイヌの創造神コタンカルカムイの起源的考察」『北方文化研究報告』第7 号 北海道大学 1952 年（昭和27 年）47-80 頁

知里真志保　「アイヌの神謡」『北方文化研究報告』第9 号 北海道大学 1954 年（昭和29 年）1-78 頁

知里真志保　「アイヌの神謡 二」『北方文化研究報告』第16 号 北海道大学 1961 年（昭和36 年）1-34 頁

文法用語一覧

　角括弧［　］ではさまれたものは，3.「『アイヌ神謡集』辞典」で見出し語に続いて示されるもの．

　右欄の数字は，1.「『アイヌ神謡集』の言語」での説明箇所（節番号）を示す．番号がついていない用語は特に解説されていない．それらについては「語彙（日本語・アイヌ語）」を参照されたい．

あ	アクセント	1.3.7.1
い	［位置名詞］	1.3.4.3
	［位置名詞修飾接頭辞］	
	［位置名詞長形形成接尾辞］	1.3.7.3
	［一項動詞］	1.3.3.1
	韻律	1.3.7
お	音節	1.3.1.1
	［音節増加接頭辞］	
	音素	1.3.1.2
か	開音節	1.3.1.1
	雅語	1.3.7.2, 3, 4, 5, 6
	［間投詞］	
き	［擬音語］	
	［起点・方向接頭辞］	
	［起点・方向接尾辞］	
	［疑問・不定代名詞］	
	［疑問・不定副詞］	
	［強調形］	
け	［形式名詞］	1.3.4.7
こ	合成名詞	1.3.4.6
	［後置詞］	1.3.5.2
	［後置詞的副詞］	1.3.5.2
	語幹	1.3.3.3

さ	［再帰接頭辞］	1.3.3.3
	［サケヘ］	1.2.2
	［三項動詞］	1.3.3.1
し	［cvc 語根］	1.3.3.4
	［使役接尾辞］	1.3.3.3
	詩句	1.3.7.2
	［指示代名詞］	
	［指示副詞］	
	［指示連体詞］	
	［指小辞］	
	自動詞語基	1.3.3.2
	［自動詞語基形成接尾辞］	1.3.3.4
	［終助詞］	1.3.2.1
	［充当相の接頭辞］	1.3.3.3
	［所属形］	1.3.4.2
	［所属形形成接尾辞］	1.3.4.2
	［所属形長形形成接尾辞］	1.3.7.3
	［助動詞］	1.3.3.1
せ	声門閉鎖音	1.3.1.2
	節(せつ)	1.3.2
	［接続助詞］	1.3.5.3
	［ゼロ項動詞］	1.3.3.1
た	［他動詞語基］	1.3.3.2
	［他動詞語基形成接尾辞］	1.3.3.4
	［短縮形］	
ち	［長形］	1.3.7.3
と	［動詞句］	1.3.3
	［動詞語基複数形形成接尾辞］	1.3.3.5
	［動詞複数形形成接尾辞］	1.3.3.5
に	［二項動詞］	1.3.3.1

文法用語一覧

	［日常語］	1.3.7.2, 3, 4, 5, 6
	［人称接語］	1.3.4.4
	［人称代名詞］	
は	［反復形］	1.3.3.6
ひ	鼻音	1.2.3.2
	鼻濁音	1.2.3.2
ふ	付加語的	1.3.4.1
	複合動詞	1.3.3.2
	［副詞］	1.3.5.1
	副詞句	1.3.5
	［副詞形成接尾辞］	1.3.5.1
	［副詞的接頭辞］	
	［副詞的接尾辞］	
	［副助詞］	1.3.6
	［複数形］	1.3.3.5
	［不定人称接頭辞］	1.3.3.3
	［部分接頭辞］	1.3.3.3
	文	1.3.2
へ	閉音節	1.3.1.1
	［変異形］	1.3.1.3
ほ	抱合	1.3.3.2
	［補充接頭辞］	1.3.3.3
む	無声子音字	1.2.3.2
め	［名詞］	1.3.4.1
	名詞句	1.3.4
	［名詞的助詞］	1.3.4.1 (6), (7), (8)
	［名詞的接尾辞］	
ゆ	有声子音字	1.2.3.2
れ	［連体詞］	1.3.4.5
	［連体詞的接頭辞］	

		連体修飾的	1.3.4.1
わ		分かち書き	1.2.3.1
記号		〜	1.3.3.1
		…	1.3.5.3
		-	1.3.7.5

第2章

『アイヌ神謡集』テキスト

原本より転載したアイヌ語テキストの各行の下に本辞典編集の便宜のため改訂したテキストを併記した．さらにその下に日本語訳を原本より転載した．転載にあたり，漢字を現在の慣用に改めた．また各行の頭に作品番号と行番号を付けた．作品番号は原本の掲載順とした．なお，これらの番号は原本には付けられていない．
　テキストの取り扱いについては前章の 1.2「『アイヌ神謡集』のテキストを参照すること．
　原本に見られる脚注は本章末尾の「原注」に一括した．

序

　其の昔此の広い北海道は，私たちの先祖の自由の天地でありました．天真爛漫な稚児の様に，美しい大自然に抱擁されてのんびりと楽しく生活してゐた彼等は，真に自然の寵児，何と云ふ幸福な人だちであつたでせう．
　冬の陸には林野をおほふ深雪を蹴つて，天地を凍らす寒気を物ともせず山又山をふみ越えて熊を狩り，夏の海には涼風泳ぐみどりの波，白い鴎の歌を友に木の葉の様な小舟を浮べてひねもす魚を漁り，花咲く春は軟かな陽の光を浴びて，永久に囀づる小鳥と共に歌ひ暮して蕗とり蓬摘み，紅葉の秋は野分に穂揃ふすゝきをわけて，宵まで鮭とる篝も消えて，谷間に友呼ぶ鹿の音を外に，円かな月に夢を結ぶ．嗚呼何といふ楽しい生活でせう．平和の境，それも今は昔，夢は破れて幾十年，此の地は急速な変転をなし，山野は村に，村は町にと次第々々に開けてゆく．
　太古ながらの自然の姿も何時の間にか影薄れて野辺に山辺に嬉々として暮してゐた多くの民の行方も又何処．僅かに残る私たち同族は，進みゆく世のさまにたゞ驚きの眼をみはるばかり．而も其の眼からは一挙一動宗教的観念に支配されてゐた昔の人の美しい魂の輝きは失はれて，不安に充ち不平に燃え，鈍りくらんで行手も見わかず，よその御慈悲にすがらねばならぬ，あさましい姿，おゝ亡びゆくもの……それは今の私たちの名，何といふ悲しい名前を私たちは持つてゐるのでせう．
　其の昔，幸福な私たちの先祖は，自分の此の郷土が末にかうした惨めなありさまに変らうなどとは，露ほども想像し得なかつたのでありませう．
　時は絶えず流れる，世は限りなく進展してゆく．激しい競争場裡に敗残の醜をさらしてゐる今の私たちの中からも，いつかは，二人三人でも強いものが出て来たら，進みゆく世と歩をならべる日も，やがては来ませう．それはほんたうに私たちの切なる望み，明暮祈つてゐる事で御座います．

第2章『アイヌ神謡集』テキスト

けれど……愛する私たちの先祖が起伏す日頃互に意を通ずる為に用ひた多くの言語，言ひ古し，残し伝へた多くの美しい言葉，それらのものもみんな果敢なく，亡びゆく弱きものと共に消失せてしまふのでせうか．おゝそれはあまりにいたましい名残惜しい事で御座います．

アイヌに生れアイヌ語の中に生ひたつた私は，雨の宵雪の夜，暇ある毎に打集ふて私たちの先祖が語り興じたいろいろな物語の中極く小さな話の一つ二つを拙ない筆に書連ねました．

私たちを知つて下さる多くの方に読んでいたゞく事が出来ますならば，私は，私たちの同族祖先と共にほんたうに無限の喜び，無上の幸福に存じます．

　　大正十一年三月一日

　　　　　　　　　　　　　　　　　　　　知　里　幸　恵

2.1 梟の神の自ら歌つた謠
「銀の滴降る降るまはりに」

Kamuichikap kamui yaieyukar, "Shirokanipe ranran pishkan."
kamuy cikap kamuy yay'eyukar, "sirokani pe ranran piskan."
梟の神の自ら歌つた謠「銀の滴降る降るまはりに」

1-1   "Shirokanipe ranran pishkan, konkanipe
      "sirokani pe ran ran piskan, konkani pe
      「銀の滴降る降るまはりに，金の滴

1-2   ranran pishkan" / arian rekpo / chiki kane
      ran ran piskan" / ari an rekpo / ci ki kane
      降る降るまはりに．」と云ふ歌を私は歌ひながら

1-3   petesoro / sapash aine, / ainukotan / enkashike
      pet esoro / sap as a ine, / aynu kotan / enkasike
      流に沿つて下り，人間の村の上を

1-4   chikush kor / shichorpokun / inkarash ko
      ci kus kor / si corpok un / inkar as ko
      通りながら下を眺めると

1-5   teeta wenkur / tane nishpa ne, / teeta nishpa
      teeta wenkur / tane nispa ne, / teeta nispa
      昔の貧乏人が今お金持になってゐて，昔のお金持が

1-6   tane wenkur ne / kotom shiran.
      tane wenkur ne / kotom sir an.
      今の貧乏人になってゐる様です．

1-7　　Atuiteksam ta / ainuhekattar / akshinotponku[1]
　　　atuy teksam ta / aynu hekattar / ak sinot pon ku
　　　海辺に人間の子供たちがおもちゃの小弓に

1-8　　akshinotponai / euweshinot korokai.
　　　ak sinot pon ay / euesinot kor okay.
　　　おもちゃの小矢をもつてあそんで居ります．

1-9　　"Shirokanipe ranran pishkan,
　　　"sirokani pe ran ran piskan,
　　　「銀の滴降る降るまはりに

1-10　konkanipe ranran pishkan" / arian rekpo
　　　konkani pe ran ran piskan" / ari an rekpo
　　　金の滴降る降るまはりに．」といふ歌を

1-11　chiki kane / hekachiutar / enkashike
　　　ci ki kane / hekaci utar / enkasike
　　　歌ひながら子供等の上を

1-12　chikush awa, / unchorpoke / ehoyuppa
　　　ci kus a wa, / un corpoke / ehoyuppa
　　　通りますと，（子供等は）私の下を走りながら

1-13　ene hawokai: ―
　　　ene hawokay: ―
　　　云ふことには，

1-14　"Pirka chikappo! / kamui chikappo!
　　　"pirka cikappo! / kamuy cikappo!
　　　「美い鳥！　神様の鳥！

― 60 ―

2.1 梟の神の自ら歌つた謡「銀の滴降る降るまはりに」

1-15   Keke hetak, / akash wa / toan chikappo
       keke hetak, / ak as wa / toan cikappo
       さあ，矢を射てあの鳥

1-16   kamui chikappo / tukan wa ankur, / hoshkiukkur
       kamuy cikappo / tukan wa an kur, / hoski uk kur
       神様の鳥を射当てたものは，一ばんさきに取つた者は

1-17   sonno rametok / shino chipapa / ne ruwe tapan"
       sonno rametok / sino cipapa / ne ruwe tap an"
       ほんたうの勇者ほんたうの強者だぞ.」

1-18   hawokai kane, / teeta wenkur / tane nishpa nep
       hawokay kane, / teeta wenkur / tane nispa ne p
       云ひながら，昔貧乏人で今お金持になつてる者の

1-19   poutari, / konkani ponku / konkani ponai
       poutari, / konkani pon ku / konkani pon ay
       子供等は，金の小弓に金の小矢を

1-20   uweunupa / untukan ko, / konkani ponai
       ueunupa / un tukan ko, / konkani pon ay
       番へて私を射ますと，金の小矢を

1-21   shichorpok chikushte / shienka chikushte,
       si corpok ci kuste / si enka ci kuste,
       私は下を通したり上を通したりしました.

1-22   rapokita, / hekachiutar / tumukeheta
       rapoki ta, / hekaci utar / tumukehe ta
       其の中に，子供等の中に

第2章『アイヌ神謡集』テキスト

1-23　shine hekachi / yayan ponku / yayan ponai
　　　sine hekaci / yayan pon ku / yayan pon ay
　　　一人の子供がたゞの（木製の）小弓にたゞの小矢

1-24　ukoani iyeutanne, / chinukar chiki
　　　ukoani ieutanne, / ci nukar ciki
　　　を持つて仲間にはいつてゐます．私はそれを見ると

1-25　wenkur poho / ne kotomno / imi ka wano
　　　wenkur poho / ne kotom no / imi ka wano
　　　貧乏人の子らしく，着物でも

1-26　akoeraman. / Kipnekorka / shiktumorke[(2)]
　　　a koeraman. / ki p ne korka / siktumorke
　　　それがわかります．けれどもその眼色を

1-27　chiuwante ko, / nishpasani / nekotomno, / shinnai-
　　　ci uwante ko, / nispa sani / ne kotom no, / sinnay
　　　よく見ると，えらい人の子孫らしく，一人変り

1-28　chikapne / iyeutanne. / Anihi nakka / yayan ponku
　　　cikap ne / ieutanne. / anihi nakka / yayan pon ku
　　　者になつて仲間入りをしてゐます．自分もたゞの小弓に

1-29　yayan ponai / uweunu wa / unramante ko,
　　　yayan pon ay / ueunu wa / un ramante ko,
　　　たゞの小矢を番へて私をねらひますと，

1-30　teeta wenkur / tane nishpanep / poutari / euminare
　　　teeta wenkur / tane nispa ne p / poutari / euminare
　　　昔貧乏人で今金持の子供等は大笑ひをして

2.1 梟の神の自ら歌つた謡「銀の滴降る降るまはりに」

1-31 ene hawokai:—
　　　ene hawokay:—
　　　云ふには,

1-32 "Achikara[3] ta / wenkur hekachi
　　　"acikara ta / wenkur hekaci
　　　「あらをかしや貧乏の子

1-33 toan chikappo / kamui chikappo / aokaiutar
　　　toan cikappo / kamuy cikappo / aokay utar
　　　あの鳥神様の鳥は私たちの

1-34 akor konkaniai ka / somouk[4] ko, / enepkoran
　　　a kor konkani ay ka / somo uk ko, / e nepkor an
　　　金の小矢でもお取りにならないものを, お前の様な

1-35 wenkur hekachi / kor yayanai / muninchikuniai
　　　wenkur hekaci / kor yayan ay / munin cikuni ay
　　　貧乏な子のたゞの矢腐れ木の矢を

1-36 toan chikappo / kamui chikappo / shinoshino
　　　toan cikappo / kamuy cikappo / sino sino
　　　あの鳥神様の鳥がよくよく

1-37 uk nankor wa."
　　　uk nankor wa."
　　　取るだらうよ.」

1-38 hawokai kane / wenkur hekachi / ukooterke
　　　hawokay kane / wenkur hekaci / ukooterke
　　　と云つて, 貧しい子を足蹴にしたり

— 63 —

1-39   ukokikkik. / Kipnekorka / wenkur hekachi
        ukokikkik. / ki p ne korka / wenkur hekaci
        たゝいたりします．けれども貧乏な子は

1-40   senne ponno / ekottanu / uneyoko.
        senne ponno / ekottanu / un eyoko.
        ちつとも構はず私をねらつてゐます．

1-41   Shirki chiki / ihomakeutum / chiyaikore.
        sirki ciki / ihoma kewtum / ci yaykore.
        私はそのさまを見ると，大層不憫に思ひました．

1-42   "Shirokanipe ranran pishkan,
        "sirokani pe ran ran piskan,
        「銀の滴降る降るまはりに，

1-43   konkanipe ranran pishkan." / arian rekpo
        konkani pe ran ran piskan." / ari an rekpo
        金の滴降る降るまはりに．」といふ歌を

1-44   chiki kane / moiretara / kamuinish kashi
        ci ki kane / moyretara / kamuy nis kasi
        歌ひながらゆつくりと大空に

1-45   chikoshikarinpa, / wenkur hekachi
        ci kosikarimpa, / wenkur hekaci
        私は輪をゑがいてゐました．貧乏な子は

1-46   oatchikiri / otuimaashi / oatchikiri / ohanke ashi,
        oat cikiri / otuymaasi / oat cikiri / ohankeasi,
        片足を遠く立て片足を近くたてゝ，

2.1 梟の神の自ら歌つた謠「銀の滴降る降るまはりに」

1-47 poknapapushi / shikoruki / yoko wa anaine
   poknapapusi / sikoruki / yoko wa an a ine
   下唇をグッと噛みしめて，ねらつてゐて

1-48 unkotushura, / tapan ponai / ekshirkonna
   un kotusura, / tap an pon ay / ek sir konna
   ひようと射放しました．小さい矢は美しく飛んで

1-49 tonnatara, / shirki chiki / chisantekehe
   tonnatara, / sirki ciki / ci santekehe
   私の方へ来ました，それで私は手を

1-50 chiturpa wa / nean ponai / chieshikari
   ci turpa wa / nean pon ay / ci esikari
   差のべてその小さい矢を取りました．

1-51 shikachikachiash / rapash humi
   sikacikaci as / rap as humi
   クルクルまはりながら私は

1-52 chiekisarshut / maukururu.
   ci ekisarsut- / mawkururu.
   風をきつて舞下りました．

1-53 Ikichiash awa, / nerok hekattar / uhoyuppare
   ikici as a wa, / nerok hekattar / uhoyuppare
   すると，彼の子供たちは走つて

1-54 wenotaupun / shiokotpakor / unuwetushmak.
   wen ota upun / siokotpa kor / un uetusmak.
   砂吹雪をたてながら競争しました．

1-55　Toitoi kata / hachirash / koiramno / hoshkinopo
　　　toytoy ka ta / hacir as / koiramno / hoskinopo
　　　土の上に私が落ちると一しよに，一等先に

1-56　wenkur hekachi / unkoshirepa / uneshikari.
　　　wenkur hekaci / un kosirepa / un esikari.
　　　貧乏な子がかけついて私を取りました，

1-57　Shirki chiki, / teeta wenkur / tane nishpa nep
　　　sirki ciki, / teeta wenkur / tane nispa ne p
　　　すると，昔貧乏人で今が金持になつてる者の

1-58　poutari / iyoshino / hoyuppa wa arki,
　　　poutari / iosino / hoyuppa wa arki,
　　　子供たちは後から走って来て

1-59　tuwan wenitak / rewan wenitak / shuipa kane
　　　tu wan wen itak / re wan wen itak / suypa kane
　　　二十も三十も悪口をついて

1-60　wenkur hekachi / ukooputuipa / ukokikkik.
　　　wenkur hekaci / ukooputuypa / ukokikkik.
　　　貧乏な子を押したりたゝいたり

1-61　"Shirun hekachi / wenkur hekachi
　　　"sirun hekaci / wenkur hekaci
　　　「にくらしい子，貧乏人の子

1-62　hoshki tashi / aki kushnep / eiyetushmak."
　　　hoski tasi / a ki kusne p / e i etusmak."
　　　私たちが先にしようとする事を先がけしやがって．」

― 66 ―

2.1 梟の神の自ら歌つた謡「銀の滴降る降るまはりに」

1-63　hawokai ko, / wenkur hekachi / unkashike
　　　hawokay ko, / wenkur hekaci / un kasike
　　　と云ふと，貧乏な子は，私の上に

1-64　kamu kamu / unhonkokishma.
　　　kamukamu / un honkokisma.
　　　おほひかぶさつて，自分の腹にしつかりと私を押へてゐました．

1-65　Hushkotoi wano / iki aine / ainuutur wa
　　　husko toy wano / iki a ine / aynu utur wa
　　　もがいてもがいてやつとの事人の隙から

1-66　soikosanu / orowano / hoyupu humi / taknatara.
　　　soykosanu / oro wano / hoyupu humi / taknatara.
　　　飛出しますと，それから，どんどんかけ出しました．

1-67　Teeta wenkur / tane nishpa nep / poutari
　　　teeta wenkur / tane nispa ne p / poutari
　　　昔貧乏人で今は金持の子供等が

1-68　shuma ari / nihum ari / yapkir korka
　　　suma ari / nihum ari / yapkir korka
　　　石や木片を投げつけるけれど

1-69　wenkur hekachi / senne pono / ekottanu
　　　wenkur hekaci / senne pono / ekottanu
　　　貧乏な子はちつとも構はず

1-70　wenotaupun / shiokote / hoyupu aine / shine ponchise
　　　wen ota upun / siokote / hoyupu a ine / sine pon cise
　　　砂吹雪をたてながらかけて来て一軒の小屋の

― 67 ―

1-71　chisesoikehe / akoshirepa. / Pon hekachi
　　　cise soykehe / a kosirepa. / pon hekaci
　　　表へ着きました．子供は

1-72　rorunpurai kari / unahunke / kurkashike
　　　rorunpuray kari / un ahunke / kurkasike
　　　第一の窓から私を入れて，それに

1-73　itakomare, / tapne tapne / nekatuhu / eisoitak.
　　　itak omare, / tap ne tap ne / ne katuhu / eisoytak.
　　　言葉を添へ，斯々のありさまを物語りました．

1-74　Chiseupshor wa / onneumurek
　　　cise upsor wa / onne umurek
　　　家の中から老夫婦が

1-75　tekkakipo / rikunruke / raunruke / arki wa
　　　tekkakipo / rikunruke / raunruke / arki wa
　　　眼の上に手をかざしながらやって来て

1-76　inkarash ko, / shino wenkur / ikikorkaiki
　　　inkar as ko, / sino wenkur / iki korkayki
　　　見ると，大へんな貧乏人ではあるけれども

1-77　nishpa ipor / katkemat ipor / ukoturpa,
　　　nispa ipor / katkemat ipor / ukoturpa,
　　　紳士らしい淑女らしい品をそなへてゐます，

1-78　unnukar awa, / ikkeu noshki / komkosampa.
　　　un nukar a wa, / ikkew noski / komkosanpa.
　　　私を見ると，腰の央をギックリ屈めて，ビックリしました．

− 68 −

2.1 梟の神の自ら歌つた謡「銀の滴降る降るまはりに」

1-79 Poroshikupkur / yaikokutkor / yupu kane
      poro sikupkur / yaykokutkor- / yupu kane
      老人はキチンと帯をしめ直して,

1-80 unkoonkami.
      un koonkami.
      私を拝し

1-81 "Kamuichikap kamui / pase kamui
      "kamuy cikap kamuy / pase kamuy
      ふくらふの神様, 大神様,

1-82 wenash shiri / chiwenchisehe
      wen as siri / ci wen cisehe
      貧しい私たちの粗末な家へ

1-83 koshirepa shiri / iyairaikere.
      kosirepa siri / iyayiraykere.
      お出で下さいました事, 有難う御座います.

1-84 Teeta anak / nishpa otta / yayukopishkip
      teeta anak / nispa ot ta / yayukopiski p
      昔は, お金持に自分を数へ入れるほどの者で

1-85 chine akorka / tane anakne / tan korachi
      ci ne a korka / tane anakne / tan koraci
      御座いましたが今はもう此の様に

1-86 shirun wenkur ne / okayash wa, / kotankor[5] kamui
      sirun wenkur ne / okay as wa, / kotan kor kamuy
      つまらない貧乏人になりまして, 国の神様

― 69 ―

1-87   pase kamui / chireushire ka
       pase kamuy / cirewsire ka
       大神様お泊め申すも

1-88   aeoripak / kiwaneyakka / tanto anak
       a eoripak / ki wa ne yakka / tanto anak
       畏れ多い事ながら今日はもう

1-89   tane shirkunne kushu / tanukuran pase kamui
       tane sir kunne kusu / tanukuran pase kamuy
       日も暮れましたから，今宵は大神様を

1-90   areushire wa / nisatta anak / ouse inau aripoka
       a rewsire wa / nisatta anak / ouse inaw ari poka
       お泊め申上げ，明日は，たゞイナウだけでも

1-91   pase kamui / aomante kushne." / ari okaipe
       pase kamuy / a omante kusne." / ari okay pe
       大神様をお送り申し上げませう。」と言ふ事を

1-92   ye kor / tuwan onkami / rewan onkami / ukakushte.
       ye kor / tu wan onkami / re wan onkami / ukakuste.
       申しながら何遍も何遍も礼拝を重ねました．

1-93   Poroshikupmat / rorunpurai / chorpoketa
       poro sikupmat / rorunpuray / corpoke ta
       老婦人は，東の窓の下に

1-94   okitarunpe / soho kar wa / otta unante.
       okitarunpe / soho kar wa / ot ta un ante.
       敷物をしいて私を其処へ置きました．

2.1 梟の神の自ら歌つた謡「銀の滴降る降るまはりに」

1-95　Taporowa / opittano / hotkei nani / etoro hawe
　　　tap oro wa / opittano / hotke i nani / etoro hawe
　　　それからみんな寝ると直ぐに高いびきで

1-96　meshrototke.
　　　mesrototke.
　　　寝入つてしまひました.

1-97　Chinetopake / ashurpe ututta / rokash kane
　　　ci netopake / asurpe utut ta / rok as kane
　　　私は私の体の耳と耳の間に坐つて

1-98　okayash aine / shiannoshki / turpaketa
　　　okay as a ine / si annoski / turpake ta
　　　ゐましたがやがて，ちようど，真夜中時分に

1-99　chirikipuniash.
　　　cirikipuni as.
　　　起上りました.

1-100　"Shirokanipe ranran pishkan,
　　　　"sirokani pe ran ran piskan,
　　　　「銀の滴降る降るまはりに,

1-101　konkanipe ranran pishkan."
　　　　konkani pe ran ran piskan."
　　　　金の滴降る降るまはりに.」

1-102　arian rekpo / haukenopo / chiki kane,
　　　　ari an rekpo / hawkenopo / ci ki kane,
　　　　といふ歌を静かにうたひながら

1-103　tapan ponchise / eharkiso[6] un / eshiso un[7]
　　　　tap an pon cise / eharkisoun / esisoun
　　　　此の家の左の座へ右の座へ

1-104　terkeash humi / tununitara.
　　　　terke as humi / tununitara.
　　　　美しい音をたてゝ飛びました.

1-105　Shirappaash ko / unpishkan ta
　　　　sirappa as ko / un piskan ta
　　　　私が羽ばたきをすると, 私のまはりに

1-106　pirkaikor / kamuiikor / tuihumkonna
　　　　pirka ikor / kamuy ikor / tuy hum konna
　　　　美しい宝物, 神の宝物が美しい音をたてゝ

1-107　tununitara.
　　　　tununitara.
　　　　落ち散りました.

1-108　Irukai neko / tan ponchise pirkaikor
　　　　irukay ne ko / tan pon cise pirka ikor
　　　　一寸のうちに, 此の小さい家を, りつぱな宝物

1-109　kamuiikor / chieshikte.
　　　　kamuy ikor / ci esikte.
　　　　神の宝物で一ぱいにしました.

1-110　"Shirokanipe ranran pishkan,
　　　　"sirokani pe ran ran piskan,
　　　　「銀の滴降る降るまはりに,

2.1 梟の神の自ら歌つた謡「銀の滴降る降るまはりに」

1-111 konkanipe ranran pishkan."
   konkani pe ran ran piskan."
   金の滴降る降るまはりに.」

1-112 arian rekpo / chiki kane / tapan ponchise
   ari an rekpo / ci ki kane / tap an pon cise
   といふ歌をうたひながら此の小さい家を

1-113 irukai neko / kani chise / poro chise ne
   irukay ne ko / kani cise / poro cise ne
   一寸の間にかねの家, 大きな家に

1-114 chikar okere, / chiseupshoro / kamuiimoma
   ci kar okere, / cise upsoro / kamuy imoma
   作りかへてしまひました, 家の中は, りつぱな宝物の積場

1-115 chiekarkar, / kamuikosonte / pirkaike
   ci ekarkar, / kamuy kosonte / pirka ike
   を作り, りつぱな着物の美しいのを

1-116 chitunashkarkar / chiseupshoro / chietomte.
   ci tunaskarkar / cise upsoro / ci etomte.
   早つくりして家の中を飾りつけました.

1-117 Nishpa horari ruwe / okkashita / tan porochise
   nispa horari ruwe / okkasi ta / tan poro cise
   富豪の家よりももつとりつぱに此の大きな家の

1-118 upshoroho / chitomtekarkar, / chiokere ko
   upsoroho / ci tomtekarkar, / ci okere ko
   中を飾りつけました. 私はそれを終ると

1-119　hushko anpe / chishikopayar / chihayokpehe[(8)]
　　　　husko an pe / ci sikopayar / ci hayokpehe
　　　　もとのまゝに私の胃の

1-120　ashurpeututa / rokash kane / okayash.
　　　　asurpe utut ta / rok as kane / okay as.
　　　　耳と耳の間に坐つてゐました．

1-121　chisekorutar / chiwentarapka.
　　　　cise kor utar / ci wentarapka.
　　　　家の人たちに夢を見せて

1-122　Ainunishpa / maukowen wa wenkur ne wa,
　　　　aynu nispa / mawkowen wa wenkur ne wa,
　　　　アイヌのニシパが運が悪くて貧乏人になつて

1-123　teeta wenkur / tane nishpa nep / utarorke wa
　　　　teeta wenkur / tane nispa ne p / utar orke wa
　　　　昔貧乏人で今お金持になつてる者たちに

1-124　apiye hawe / akorewen shiri / chinukar wa,
　　　　a piye hawe / a korewen siri / ci nukar wa,
　　　　ばかにされたりいぢめられたりしてるさまを私が見て

1-125　chierampoken kushu, / pashtakamui
　　　　ci erampoken kusu, / pasta kamuy
　　　　不憫に思つたので，私は身分の卑しいたゞの神では

1-126　chine ruwe ka / shomone korka, / ainuchise
　　　　ci ne ruwe ka / somo ne korka, / aynu cise
　　　　ないのだが，人間の家

2.1　梟の神の自ら歌つた謡「銀の滴降る降るまはりに」

1-127　chiko reushi / chipirkare ruwe / ne katuhu
　　　 ci korewsi / ci pirkare ruwe / ne katuhu
　　　 に泊つて，恵んでやつたのだといふ事を

1-128　chieramante.
　　　 ci eramante.
　　　 知らせました．

1-129　Taporowa / ponno okayash / shirpeker awa
　　　 tap oro wa / ponno okay as / sir peker a wa
　　　 それが済んで少したつて夜が明けますと

1-130　chisekor utar / shine ikinne / uhopunpare.
　　　 cise kor utar / sine ikin ne / uhopunpare.
　　　 家の人々が一しよに起きて

1-131　Shik noyanoya inkanrokpe / opittano
　　　 sik noyanoya inkan rok pe / opittano
　　　 目をこすりこすり家の中を見るとみんな

1-132　amso kata / oahuntaipa. / Poroshikupmat
　　　 amso ka ta / oahuntaypa. / poro sikupmat
　　　 床の上に腰を抜かしてしまひました．老婦人は

1-133　tuchish wenpe / yayekote, / poroshikupkur
　　　 tu cis wenpe / yayekote, / poro sikupkur
　　　 声を上げて泣き老人は

1-134　tu pekernupe / re pekernupe / yaikorapte,
　　　 tu peker nupe / re peker nupe / yaykorapte,
　　　 大粒の涙をポロポロこぼして

― 75 ―

1-135　okai rokine, / poroshikupkur / chirikipuni
　　　　okay rok ine, / poro sikupkur / cirikipuni
　　　　ゐましたが，やがて，老人は起上り

1-136　unotta arki / tuwan onkami / rewan onkami
　　　　un ot ta arki / tu wan onkami / re wan onkami
　　　　私の処へ来て，二十も三十も礼拝

1-137　ukakushte / kurkashike / itakomare:
　　　　ukakuste / kurkasike / itak omare:
　　　　を重ねて，そして云ふ事には

1-138　"Tarap hetapne / mokor hetapne / chiki kuni
　　　　"tarap he tap ne / mokor he tap ne / ci ki kuni
　　　　「たゞの夢たゞの眠りをしたのだと

1-139　chiramu awa / iyosserkere / ikaran ruwe,
　　　　ci ramu a wa / iosserkere / i kar an ruwe,
　　　　思つたのに，ほんたうに，かうしていたゞいた事．

1-140　wenash shiri / otuiash[9] shiri / chiwenchisehe
　　　　wen as siri / otuy as siri / ci wen cisehe
　　　　つまらないつまらない，私共の粗末な家に

1-141　koshirepa / patek neyakka / chieyairaikep,
　　　　kosirepa / patek ne yakka / ci eyayirayke p,
　　　　お出で下さる事だけでも有難く存じますものを

1-142　Kotankor Kamui / pase kamui / maukowenash ruwe
　　　　kotan kor kamuy / pase kamuy / mawkowen as ruwe
　　　　国の神様大神様，私たちの不運な

― 76 ―

2.1 梟の神の自ら歌つた謡「銀の滴降る降るまはりに」

1-143　chierampoken / unekarkar,
　　　　cierampoken / un ekarkar,
　　　　事を哀れんで下さいまして

1-144　chikashnukar[10]nakka / shipase ike / aunekarkar
　　　　cikasnukar nakka / sipase ike / a un ekarkar
　　　　お恵みのうちにも最も大きいお恵みをいたゞき

1-145　kiruweokai." / ari okaipe chishturano
　　　　ki ruwe okay." / ari okay pe / cis turano
　　　　ました事」と云ふ事を泣きながら

1-146　eonkami.
　　　　eonkami.
　　　　申しました.

1-147　Taporowa / poroshikupkur / inauni tuye
　　　　tap oro wa / poro sikupkur / inaw ni tuye
　　　　それから，老人はイナウの木をきり

1-148　pirka inau / tomtekar wa / unetomte.
　　　　pirka inaw / tomtekar wa / un etomte.
　　　　りつぱなイナウを美しく作つて私を飾りました.

1-149　Poroshikupmat / yaikokutkor / yupu kane
　　　　poro sikupmat / yaykokutkor- / yupu kane
　　　　老婦人は身仕度をして

1-150　pon hekachi / shikashuire / usa nina
　　　　pon hekaci / sikasuyre / usa nina
　　　　小さい子を手伝はせ，薪をとつたり

― 77 ―

1-151 usa wakkata / sakeshuye / etokooiki, / irukai neko
       usa wakkata / sake suye / etokooyki, / irukay ne ko
       水を汲んだりして，酒を造る仕度をして，一寸の間に

1-152 iwan shintoko / rororaipa.
       iwan sintoko / rororaypa.
       六つの酒樽を上座にならべました．

1-153 Orowano apehuchi[11] / kamuihuchi tura
       oro wano apehuci / kamuy huci tura
       それから私は火の老女老女神と

1-154 usaokai / kamuiorushpe / chieuweneusar.[12]
       usa okay / kamuy oruspe / ci euenewsar.
       種々な神の話を語り合ひました．

1-155 Tutko pakno / shiran ko, / kamuierushuipe
       tutko pakno / sir an ko, / kamuy e rusuy pe
       二日程たつと，神様の好物ですから

1-156 nepnekushu / chiseupshoro / sakehura
       ne p ne kusu / cise upsoro / sake hura
       はや，家の中に酒の香が

1-157 epararse.
       epararse.
       漂ひました．

1-158 Tata otta / nea hekachi / okamkino
       tata ot ta / nea hekaci / okamkino
       そこで，あの小さい子に態と

2.1 梟の神の自ら歌つた謡「銀の滴降る降るまはりに」

1-159　hushko amip / amire wa / kotanepitta okai
　　　　husko amip / a mire wa / kotan epitta okay
　　　　古い衣物を着せて，村中の

1-160　Teeta wenkur / tane nishpa nep / utarorkehe
　　　　teeta wenkur / tane nispa ne p / utar orkehe
　　　　昔貧乏人で今お金持になつてゐる人々を

1-161　ashke[13] aukte kushu / asange wakushu
　　　　aske a ukte kusu / a sanke wa kusu
　　　　招待する為使ひに出してやりました．ので

1-162　oshiinkarash ko / ponhekachi / chisepishno
　　　　osi inkar as ko / pon hekaci / cise pisno
　　　　後見送ると，子供は家毎に

1-163　ahun wa / sonkoye ko,
　　　　ahun wa / sonko ye ko,
　　　　入つて使ひの口上を述べますと

1-164　teeta wenkur / tane nishpa nep / utarorkehe
　　　　teeta wenkur / tane nispa ne p / utar orkehe
　　　　昔貧乏人で今お金持になつてゐる人々は

1-165　euminare:
　　　　euminare:
　　　　大笑ひをして

1-166　"Usainetapshui / wenkurutar / koohanepo
　　　　"usayne tap suy / wenkur utar / koohanepo
　　　　「これはふしぎ，貧乏人どもが

第2章『アイヌ神謡集』テキスト

1-167　nekonaan / sake kar wa / nekonaan
　　　　nekon a an / sake kar wa / nekon a an
　　　　何んな酒を造つて何んな

1-168　marapto an wa / eunahunke / hawe ta an,
　　　　marapto an wa / eunahunke / hawe ta an,
　　　　御馳走があつてそのため人を招待するだらう．

1-169　payean wa / nekona shirki ya / inkarash wa
　　　　paye an wa / nekon a sirki ya / inkar as wa
　　　　行つて何んな事があるか見物して

1-170　aemina ro." ari
　　　　a emina ro." ari
　　　　笑つてやりませう．」と

1-171　hawokai kane / inne topa ne / uweutanne
　　　　hawokay kane / inne topa ne / ueutanne
　　　　言ひ合ひながら大勢打連れて

1-172　arki aine / toop tuimano / ouse Chise / nukar wa
　　　　arki a ine / toop tuymano / ouse cise / nukar wa
　　　　やって来て，ずーっと遠くから，たゞ家を見たゞけで

1-173　ehomatpa / yashtoma wa / nani hoshippap ka okai,
　　　　ehomatpa / yastoma wa / nani hosippa p ka okay,
　　　　驚いてはづかしがり，其の儘帰る者もあります

1-174　chisesoi pakno / arki wa / oahuntaipap ka okai.
　　　　cise soy pakno / arki wa / oahuntaypa p ka okay.
　　　　家の前まで来て腰を抜かしてゐるのもあります．

2.1 梟の神の自ら歌つた謡「銀の滴降る降るまはりに」

1-175　Shirki chiki / chisekor katkemat / soine wa
　　　sirki ciki / cise kor katkemat / soyne wa
　　　すると，家の夫人が外へ出て

1-176　ainuopitta / ashkehe uk wa / ahupte ko,
　　　aynu opitta / askehe uk wa / ahupte ko,
　　　人皆の手を取つて家へ入れますと，

1-177　opitta no / shinu kane / reye kane / ahup wa
　　　opittano / sinu kane / reye kane / ahup wa
　　　みんなゐざり這ひよつて

1-178　hepunpa ruwe / oararisham.
　　　hepunpa ruwe / oarar isam.
　　　顔を上げる者もありません．

1-179　Shiranchiki / chisekon nishpa / chirikipuni
　　　sir an ciki / cise kon nispa / cirikipuni
　　　すると，家の主人は起上つて

1-180　ki charanke / kakkokhau[14] ne / ouseturse
　　　ki caranke / kakkok haw ne / ouse turse
　　　カツコウ鳥の様な美しい声で物を言ひました．

1-181　ene ene / ne katuhu / eisoitak:
　　　ene ene / ne katuhu / eisoytak:
　　　斯々の訳を物語り

1-182　"Tapne tapne / wenkur ane wa / raukisamno
　　　"tap ne tap ne / wenkur a ne wa / rawkisamno
　　　「此の様に，貧乏人でへだてなく

— 81 —

1-183　ukopayekai ka / aeaikap ruwe / ne a korka
　　　 ukopayekay ka / a eaykap ruwe / ne a korka
　　　 互に往来も出来なかつたのだが

1-184　pase kamui / unerampokiwen, / nep wenpuri
　　　 pase kamuy / un erampokiwen, / nep wen puri
　　　 大神様があはれんで下され，何の悪い考へも

1-185　chikon ruwe ka / somone a kushu / tankorachi
　　　 ci kon ruwe ka / somo ne a kusu / tan koraci
　　　 私どもは持つてゐませんのでしたので此の様に

1-186　aunkashnukar / ki ruwene kushu,
　　　 a un kasnukar / ki ruwe ne kusu,
　　　 お恵をいたゞきましたのですから

1-187　tan tewano / kotanepitta / shine utar
　　　 tan tewano / kotan epitta / sine utar
　　　 今から村中，私共は一族の者

1-188　ane ruwene kushu / uwekatairotkean
　　　 a ne ruwe ne kusu / uekatayrotke an
　　　 なんですから，仲善くして

1-189　ukopayekaian / ki kunine / nishpa utar
　　　 ukopayekay an / ki kuni ne / nispa utar
　　　 互に往来をしたいといふ事を皆様に

1-190　akoramkor / shiri tapan." / ari okaipe
　　　 a koramkor / siri tap an." / ari okay pe
　　　 望む次第であります」といふ事を

− 82 −

2.1 梟の神の自ら歌つた謡「銀の滴降る降るまはりに」

1-191　echaranke awa / nishpa utar
　　　　ecaranke a wa / nispa utar
　　　　申し述べると，人々は

1-192　otusanashke / oresanashke / ukaenoipa
　　　　otu sanaske / ore sanaske / ukaenoypa
　　　　何度も何度も手をすりあはせて

1-193　chisekor nishpa / koyayapapu, / tewano anak
　　　　cise kor nispa / koyayapapu, / tewano anak
　　　　家の主人に罪を謝し，これからは

1-194　uwekatairotke kuni / eukoitak.
　　　　uekatayrotke kuni / eukoitak.
　　　　仲よくする事を話合ひました．

1-195　Chiokai nakka / aunkoonkami.
　　　　ciokay nakka / a un koonkami.
　　　　私もみんなに拝されました．

1-196　Taporowa / ainuopitta / ramuriten wa
　　　　tap oro wa / aynu opitta / ramuriten wa
　　　　それが済むと，人はみな，心が柔らいで

1-197　shisak tonoto / ukoante.
　　　　sisak tonoto / ukoante.
　　　　盛んな酒宴を開きました．

1-198　Chiokai anak / Kamui Huchi / Chisekor Kamui[15]
　　　　ciokay anak / kamuy huci / cise kor kamuy
　　　　私は，火の神様や家の神様や

1-199　Nusakor[16] Huchi tura / uweneusarash kor
　　　　nusa kor huci tura / uenewsar as kor
　　　　御幣棚の神様と話合ひながら

1-200　ainupitoutar / tapkar shiri / rimse shiri
　　　　aynu pito utar / tapkar siri / rimse siri
　　　　人間たちの舞を舞つたり躍りをしたりするさまを

1-201　chinukar wa / chieyaikiror / ante kane,
　　　　ci nukar wa / ci eyaykiror- / ante kane,
　　　　眺めて深く興がりました．そして

1-202　tutko rerko / shiran ko / ikuoka an,
　　　　tutko rerko / sir an ko / iku oka an,
　　　　二日三日たつと酒宴は終りました．

1-203　ainupitoutar / uwekatairotke shiri
　　　　aynu pito utar / uekatayrotke siri
　　　　人間たちが仲の善いありさまを

1-204　chinukar wa / chieramushinne,
　　　　ci nukar wa / ci eramusinne,
　　　　見て，私は安心をして

1-205　Kamui Huchi / Chisekor Kamui
　　　　kamuy huci / cise kor kamuy
　　　　火の神家の神

1-206　Nusakor Huchi / chietutkopak.
　　　　nusa kor huci / ci etutkopak.
　　　　御幣棚の神に別れを告げました．

2.1 梟の神の自ら歌つた謡「銀の滴降る降るまはりに」

1-207 Taporowa / chiunchisehe / chikohekomo.
tap oro wa / ci un cisehe / ci kohekomo.
それが済むと私は自分の家へ帰りました．

1-208 Unetokta / chiunchisehe / pirka inau
un etok ta / ci un cisehe / pirka inaw
私の来る前に，私の家は美しい御幣

1-209 pirka sake / chieshikte.
pirka sake / ciesikte.
美酒が一ぱいになつてゐました．

1-210 Shiran chiki / hanke kamui / tuima kamui
sir an ciki / hanke kamuy / tuyma kamuy
それで近い神遠い神に

1-211 chikosonkoanpa / chitak wa / shisak tonoto
ci kosonkoanpa / ci tak wa / sisak tonoto
使者をたてゝ招待し，盛な酒宴を

1-212 chiukoante, / ikutuikata / kamuiutar
ci ukoante, / iku tuyka ta / kamuy utar
張りました，席上，神様たちへ

1-213 chikoisoitaka, / ainukotan chihotanukar
ci koisoytak a, / aynu kotan ci hotanukar
私は物語り，人間の村を訪問した時の

1-214 eneshirani / eneshirkii / chiomommomo ko,
ene sir an i / ene sirki i / ci omommomo ko,
其の村の状況，其の出来事を詳しく話しますと

1-215　kamuiutar / unkopuntek.
　　　　kamuy utar / un kopuntek.
　　　　神様たちは大そう私をほめたてました.

1-216　Kamuiutar / hekompaita / pirka inau
　　　　kamuy utar / hekompa i ta / pirka inaw
　　　　神様だちが帰る時に美しい御幣を

1-217　tup chikore / rep chikore.
　　　　tup ci kore / rep ci kore.
　　　　二つやり三つやりしました.

1-218　Nea ainukotan orun / inkarash ko
　　　　nea aynu kotan or un / inkar as ko
　　　　彼のアイヌ村の方を見ると,

1-219　tane anakne / ratchitara / ainupitoutar
　　　　tane anakne / ratcitara / aynu pito utar
　　　　今はもう平穏で, 人間たちは

1-220　opittano / uwekatairotke / nea nishpa
　　　　opittano / uekatayrotke / nea nispa
　　　　みんな仲よく, 彼のニシパが

1-221　kotan esapane wa okai,
　　　　kotan esapane wa okay,
　　　　村の頭になってゐます,

1-222　nea hekachi / tane anakne / okkai pakno
　　　　nea hekaci / tane anakne / okkay pakno
　　　　彼の小供は, 今はもう, 成人

2.1 梟の神の自ら歌つた謡「銀の滴降る降るまはりに」

1-223 shikup wa, / mat ka kor / po ka kor,
 sikup wa, / mat ka kor / po ka kor,
 して，妻ももち子も持つて

1-224 onaha ka, / unuhu ka, / nunuke kor okai,
 onaha ka, / unuhu ka, / nunuke kor okay,
 父や母に孝行をしてゐます，

1-225 rammaramma / sakekarichi ko
 ramma ramma / sake karici ko
 何時でも何時でも，酒を造つた時は

1-226 ikiratpa ta / usa inau / usa sake unenomi,
 ikir atpa ta / usa inaw / usa sake un enomi,
 酒宴のはじめに，御幣やお酒を私に送つてよこします．

1-227 chiokai nakka / ainuutar / sermakaha
 ciokay nakka / aynu utar / sermakaha
 私も人間たちの後に坐して

1-228 hempara nakka / chiehorari,
 hempara nakka / ci ehorari,
 何時でも

1-229 ainumoshir / chiepunkine wa okayash.
 aynu mosir / ci epunkine wa okay as.
 人間の国を守護つてゐます．

1-230 ari kamuichikap kamui isoitak.
 ari kamuy cikap kamuy isoytak.
 と，ふくらふの神様が物語りました．

2.2 狐が自ら歌つた謡「トワトワト」

Chironnup yaieyukar "Towa towa to"
cironnup yay'eyukar "towa towa to"
狐が自ら歌つた謡「トワトワト」

2-1　Towa towa to
　　　towa towa to
　　　トワトワト

2-2　Shineanto ta / armoisam un / nunipeash kusu
　　　sine an to ta / armoysam un / nunipe as kusu
　　　或日に浜辺へ食物を拾ひに

2-3　sapash.
　　　sap as.
　　　出かけました.

2-4　Shumatumu / chashchash, / towa towa to
　　　suma tumu / cascas, / towa towa to
　　　石の中ちやらちやら

2-5　nitumu chashchash, / towa towa to
　　　ni tumu cascas, / towa towa to
　　　木片の中ちやらちやら

2-6　sapash kor / shietok un / inkarash awa
　　　sap as kor / si etok un / inkar as a wa
　　　行きながら自分の行手を見たところが

2.2 狐が自ら歌つた謡「トワトワト」

2-7 　armoisam ta / hunpe yan wa
　　　armoysam ta / humpe yan wa
　　　海辺に鯨が寄上つて

2-8 　ainupitoutar / ushiyakko / turpa kane
　　　aynu pito utar / usiyukko- / turpa kane
　　　人間たちがみんな盛装して

2-9 　isoetapkar / iso erimse / ichautar / irurautar
　　　iso etapkar / iso erimse / ica utar / irura utar
　　　海幸をば喜び舞ひ海幸をば喜び躍り肉を切る者運ぶ者が

2-10　utasatasa / nishpautar / isoeonkamip[1]
　　　utasatasa / nispa utar / iso eonkami p
　　　行交ふて重立つた人たちは海幸をば謝し拝む者

2-11　emush ruikep / armoisama / kokunnatara,
　　　emus ruyke p / armoysama / kokunnatara,
　　　刀をとぐ者など浜一ぱいに黒く見えます．

2-12　chinukat chiki / shino chieyaikopuntek.
　　　ci nukat ciki / sino ci eyaykopuntek.
　　　私はそれを見ると大層喜びました．

2-13　"Hetakta usa / tooani / chikoshirepa
　　　"hetak ta usa / too an i / ci kosirepa
　　　「あゝ早くあそこへ着いて

2-14　ponno poka / chiahupkar okai." ari
　　　ponno poka / ci ahupkar okay." ari
　　　少しでもいゝから貰ひたいものだ」と

— 89 —

2-15　yainuash kushu / "Ononno!"[2] Ononno!" ari
　　　 yaynu as kusu / "ononno! ononno!" ari
　　　 思つて「ばんざーい！ばんざーい」と

2-16　hotuipaash kor,
　　　 hotuypa as kor,
　　　 叫びながら

2-17　shumatumu / chashchash, / towa towa to
　　　 suma tumu / cascas, / towa towa to
　　　 石の中ちやらちやら

2-18　nitumu / chashchash, / towa towa to
　　　 ni tumu / cascas, / towa towa to
　　　 木片の中ちやらちやら

2-19　payeash aine / hankeno payeash / inkarash awa
　　　 paye as a ine / hankeno paye as / inkar as a wa
　　　 行つて行つて近くへ行つて見ましたら

2-20　senneka shui / inkarash kuni / chiramuai
　　　 senne ka suy / inkar as kuni / ci ramu a i
　　　 ちつとも思ひがけなかつたのに

2-21　humpe yan ruwe / nekuni patek / chiramuap
　　　 humpe yan ruwe / ne kuni patek / ci ramu a p
　　　 鯨が上つたのだとばかり思つたのは

2-22　armoisam ta / setautar / osomai an wa
　　　 armoysam ta / seta utar / osoma i an wa
　　　 浜辺に犬どもの便所があつて

2.2 狐が自ら歌つた謡「トワトワト」

2-23   poro shinupuri / chishireanu,
       poro si nupuri / cisireanu,
       大きな糞の山があります

2-24   newaanpe / humpe ne kuni / chiramu ruwe
       ne wa an pe / humpe ne kuni / ci ramu ruwe
       それを鯨だと私は思つたので

2-25   ne rokokai.
       ne rok okay.
       ありました．

2-26   ainupitoutar / isoerimse / isoetapkar
       aynu pito utar / iso erimse / iso etapkar
       人間たちが海幸をば喜で躍り海幸をば喜び舞ひ

2-27   usa icha / usa irura / kishiri nekuni
       usa ica / usa irura / ki siri ne kuni
       肉を切つたりはこんだりしてゐるのだと

2-28   chiramurokpe / shipashkurutar
       ci ramu rok pe / si paskur utar
       私が思つたのはからすどもが

2-29   shi tokpa / shi charichari
       si tokpa / si caricari
       糞をつゝつき糞を散らし散らし

2-30   tonta terke / teta terke / shirine awokai.
       tonta terke / teta terke / siri ne aw okay.
       其方へ飛び此方へ飛びしてゐるのでした．

2-31 irushkakeutum / chiyaikore.
iruska kewtum / ci yaykore.
私は腹が立ちました．

2-32 "Toishikimanaush / towa towa to
"toy sikimanaus / towa towa to
「眼の曇つたつまらない奴

2-33 wenshikimanaush / towa towa to
wen sikimanaus / towa towa to
眼の曇つた悪い奴

2-34 sarpoki huraot / towa towa to
sarpokihuraot / towa towa to
尻尾の下の臭い奴

2-35 sarpoki munin / towa towa to
sarpokimunin / towa towa to
尻尾の下の腐つた奴

2-36 ointenu / towa towa to
ointenu / towa towa to
お尻からやにの出る奴

2-37 otaipenu / towa towa to
otaypenu / towa towa to
お尻から汚い水の出る奴

2-38 inkar hetap / neptap teta / ki humi okai."
inkar he tap / nep tap teta / ki humi okay."
何といふ物の見方をしたのだらう．」

2.2 狐が自ら歌つた謠「トワトワト」

2-39　Orowano shui
　　　oro wano suy
　　　それからまた

2-40　shumatumu chashchash, / towa towa to
　　　suma tumu cascas, / towa towa to
　　　石の中ちやらちやら

2-41　nitumu chashchash, / towa towa to
　　　ni tumu cascas, / towa towa to
　　　木片の中ちやらちやら

2-42　rutteksam peka / hoyupuash kor
　　　rutteksam peka / hoyupu as kor
　　　海のそばから走りながら

2-43　inkarash awa / unetokta
　　　inkar as a wa / un etok ta
　　　見たところが私の行手に

2-44　chip an kane / shiran kiko / chiposhketa
　　　cip an kane / sir an ki ko / cip oske ta
　　　舟があつて其の舟の中で

2-45　ainu tunpish / uniwente[3] kor okai,
　　　aynu tun pis / uniwente kor okay,
　　　人間が二人互ひにお悔みをのべてゐます.

2-46　"Usainetap shui / nep aehomatup
　　　"usayne tap suy / nep aehomatup
　　　「おや，何の急變が

− 93 −

第2章『アイヌ神謡集』テキスト

2-47　an wa tapne / shirki kiya, / senne nepeka
　　　 an wa tap ne / sirki ki ya, / senne nepe ka
　　　 あるのであゝいふ事をしてゐるのだらう，もしや

2-48　chipkohokush / utar hene / okai ruwe hean?
　　　 cip kohokus / utar hene / okay ruwe he an?
　　　 舟と一しよに引繰かへつた人でもあるのではないかしら，

2-49　Hetakta usa / nohankeno / payeash wa
　　　 hetak ta usa / nohankeno / paye as wa
　　　 おゝ早くずつと近くへ行つて

2-50　ainuorushpe / chinu okai."
　　　 aynu oruspe / ci nu okay."
　　　 人の話を聞きたいものだ.」と

2-51　yainuash kushu / tapan hokokse[4]
　　　 yaynu as kusu / tap an hokokse
　　　 思ふのでフオホホーイと

2-52　chiriknapuni,
　　　 ci riknapuni,
　　　 高く叫んで

2-53　shumatumu chashchash, / towa towa to
　　　 suma tumu cascas, / towa towa to
　　　 石の中ちやらちやら

2-54　nitumu chashchash, / towa towa to
　　　 ni tumu cascas, / towa towa to
　　　 木片の中ちやらちやら

— 94 —

2.2 狐が自ら歌つた謡「トワトワト」

2-55　terkeash kane / payeash wa / inkarash awa
　　　terke as kane / paye as wa / inkar as a wa
　　　飛ぶやうにして行つて見たら

2-56　chip ne kuni / chiramuap / atuiteksamta an
　　　cip ne kuni / ci ramu a p / atuy teksam ta an
　　　舟だと思つたのは浜辺にある

2-57　shirar ne wa, / ainu ne kuni / chiramuap
　　　sirar ne wa, / aynu ne kuni / ci ramu a p
　　　岩であつて人だと思つたのは

2-58　tu porourir / ne awokai.
　　　tu poro urir / ne aw okay.
　　　二羽の大きな鵜であつたのでした．

2-59　Tu porourir / tannerekuchi / turpa yonpa.
　　　tu poro urir / tanne rekuci / turpa yonpa.
　　　二羽の大きな鵜が長い首をのばしたり縮めたり

2-60　ikichi shiri / uniwente an / shirine pekor
　　　ikici siri / uniwente an / siri ne pekor
　　　してゐるのを悔みを言ひ合つてゐる様に

2-61　chinukan ruwe / ne awokai.
　　　ci nukan ruwe / ne aw okay.
　　　私は見たのでありました．

2-62　"Toishikimanaush, / towa towa to
　　　"toy sikimanaus, / towa towa to
　　　「眼の曇つたつまらない奴

2-63 wenshikimanaush, / towa towa to
 wen sikimanaus, / towa towa to
 眼の曇つた悪い奴

2-64 sarpoki huraot, / towa towa to
 sarpokihuraot, / towa towa to
 尻尾の下の臭い奴

2-65 sarpoki munin, / towa towa to
 sarpokimunin, / towa towa to
 尻尾の下の腐つた奴

2-66 ointenu, / towa towa to
 ointenu, / towa towa to
 お尻からやにの出る奴

2-67 otaipenu, / towa towa to
 otaypenu, / towa towa to
 お尻から汚い水の出る奴

2-68 inkar hetap / neptap teta / ki humi okai."
 inkar he tap / nep tap teta / ki humi okay."
 何と云ふ物の見方をしたのだらう.」

2-69 Orowa no shui
 oro wano suy
 それからまた

2-70 shumatumu chashchash, / towa towa to
 suma tumu cascas, / towa towa to
 石の中ちやらちやら

2.2 狐が自ら歌つた謡「トワトワト」

2-71 nitumu chashchash, / towa towa to
      ni tumu cascas, / towa towa to
      木片の中ちやらちやら

2-72 terkeash kane / petturashi / payeash awa,
      terke as kane / pet turasi / paye as a wa,
      飛ぶ様にして川をのぼつて行きましたところが

2-73 toop penata / menoko tunpish
      toop pena ta / menoko tun pis
      ずーつと川上に女が二人

2-74 utka otta / roshki kane / uchishkar kor okai.
      utka ot ta / roski kane / uciskar kor okay.
      浅瀬に立つてゐて泣き合つてゐます．

2-75 chinukar chiki / chiehomatu,
      ci nukar ciki / ci ehomatu,
      私はそれを見てビツクリして

2-76 "Usainetapshui / nep wenpe an,
      "usayne tap suy / nep wenpe an,
      「おや，何の悪い事があつて

2-77 nep ashurek[5] wata / uchishkaran[6] shiri
      nep asur ek wa ta / uciskar an siri
      何の凶報が来てあんなに泣き合つて

2-78 okaipe ne ya?
      okay pe ne ya?
      ゐるのだろう，

2-79 Hetaktausa / shirepaash wa / ainuorushpe
hetak ta usa / sirepa as wa / aynu oruspe
あゝ早く着いて人の話を

2-80 chinu okai."
ci nu okay."
聞きたいものだ。」

2-81 yainuash kushu,
yaynu as kusu,
と思つて

2-82 shumatumu chashchash, / towa towa to
suma tumu cascas, / towa towa to
石の中ちやらちやら

2-83 nitumu chashchash, / towa towa to
ni tumu cascas, / towa towa to
木片の中ちやらちやら

2-84 terkeash kane / payeash wa / inkarash awa
terke as kane / paye as wa / inkar as a wa
飛ぶ様にして行つて見たら

2-85 pethontomta / tu uraini / roshki kanan ko,
pet hontom ta / tu uray ni / roski kanan ko,
川の中程に二つの簗があつて

2-86 tu uraiikushpe / chiukururu ko,
tu uray ikuspe / ciwkururu ko,
二つの簗の杭が流れにあたつてグラグラ動いてゐるのを

2.2 狐が自ら歌つた謡「トワトワト」

2-87 　tu menoko / uko hepoki / ukohetari kane
　　　tu menoko / ukohepoki / ukohetari kane
　　　二人の女がうつむいたり仰むいたりして

2-88 　uchishkar shiri / ne kuni / chiramu ruwe
　　　uciskar siri / ne kuni / ci ramu ruwe
　　　泣き合つてゐるのだと私は思つたの

2-89 　ne awokai,
　　　ne aw okay,
　　　でありました.

2-90 　"Toishikimanaush, / towa towa to
　　　"toy sikimanaus, / towa towa to
　　　「眼の曇つたつまらぬ奴

2-91 　wenshikimanaush, towa towa to
　　　wen sikimanaus, / towa towa to
　　　眼の曇つた悪い奴

2-92 　sarpokihuraot, / towa towa to
　　　sarpokihuraot, / towa towa to
　　　尻尾の下の臭い奴

2-93 　sarpokimunin, / towa towa to
　　　sarpokimunin, / towa towa to
　　　尻尾の下の腐つた奴

2-94 　ointenu, / towa towa to
　　　ointenu, / towa towa to
　　　お尻からやにの出る奴

2-95   otaipenu, / towa towa to
       otaypenu, / towa towa to
       お尻から汚い水の出る奴

2-96   inkar hetap / neptap teta / ki humi okai."
       inkar he tap / nep tap teta / ki humi okay."
       何といふ物の見方をしたのだらう.」

2-97   Orowano shui / petturashi
       oro wano suy / pet turasi
       それからまた，川をのぼつて

2-98   shumatumu chashchash, / towa towa to
       suma tumu cascas, / towa towa to
       石の中ちやらちやら

2-99   nitumu chashchash, / towa towa to
       ni tumu cascas, / towa towa to
       木片の中ちやらちやら

2-100 terkeash kane / hoshippa ash wa / arkiash.
       terke as kane / hosippa as wa / arki as.
       飛ぶやうにして帰つて来ました.

2-101 Shietokun / inkarash awa,
       si etok un / inkar as a wa,
       自分の行手を見ましたところが

2-102 nekonne shiri / ne nankora,
       nekon ne siri / ne nankor a,
       どうしたのだか

2.2 狐が自ら歌つた謠「トワトワト」

2-103 chiunchisehe / nuikohopuni
　　　 ci un cisehe / nuy kohopuni
　　　 私の家が燃えあがつて

2-104 kamuinish kata / rikin shupuya
　　　 kamuy nis ka ta / rikin supuya
　　　 大空へ立ちのぼる煙は

2-105 kutteknish ne, / chinukar chiki
　　　 kuttek nis ne, / ci nukar ciki
　　　 立ちこめた雲の様です．それを見た私は

2-106 homatpaash / yainuturainuash pakno
　　　 homatpa as / yaynuturaynu as pakno
　　　 ビックリして気を失ふほど

2-107 homatpaash, / matrimimse[7] / chiriknapuni
　　　 homatpa as, / matrimimse / ci riknapuni
　　　 驚きました．女の声で叫びながら

2-108 terkeash awa / unetunankar / hemantaanpe
　　　 terke as a wa / un etunankar / hemanta an pe
　　　 飛上りますと，むかふから誰かが

2-109 taruipeutanke[8] / riknapuni / unteksamta
　　　 ta ruy pewtanke / riknapuni / un teksam ta
　　　 大きな声でホーイと叫びながら私のそばへ

2-110 chitursere, / inkarash awa / chimachihi
　　　 citursere, / inkar as a wa / ci macihi
　　　 飛んで来ました．見るとそれは私の妻で

— 101 —

2-111　homatuipor / eun kane / hese hawe / taknatara:
　　　　homatu ipor /　eun kane / hese hawe / taknatara:
　　　　ビックリした顔色で息せききつて

2-112　"Chikor nishpa / nekonne hawe tan?"
　　　　"ci kor nispa / nekon ne hawe tan?"
　　　　「旦那様何うしたのですか？」と

2-113　Hawash chiki / inkarash awa / neita tapne
　　　　hawas ciki / inkar as a wa / ne i ta tap ne
　　　　云ふので，見ると

2-114　chiseuhui / an pokor / inkarash awa
　　　　cise uhuy / an pokor / inkar as a wa
　　　　火事の様に見えたのに

2-115　chiunchisehe / ene ani nepkor
　　　　ci un cisehe / ene an i nepkor
　　　　私の家はもとのまゝ

2-116　ash kane an, / ape ka isam / shupuya ka isam,
　　　　as kane an, / ape ka isam / supuya ka isam,
　　　　たつてゐます．火もなし，煙もありません．

2-117　oroyachiki / chimachihi / iyuta ko
　　　　oroyaciki / ci macihi / iuta ko
　　　　それは，私の妻が搗物をしてゐると

2-118　rapoketa / rerarui wa / tuituye amam
　　　　rapoke ta / rera ruy wa / tuytuye amam
　　　　その時に風が強く吹いて簸てゐる粟の

2.2 狐が自ら歌つた謠「トワトワト」

2-119　murihi / rera paru shiri
　　　　murihi / rera paru siri
　　　　糠が吹飛ばされるさまを

2-120　shupuya nepkor / chinukan ruwe / ne rokokai.
　　　　supuya nepkor / ci nukan ruwe / ne rok okay.
　　　　煙の様に私は見たのでありました．

2-121　Nunipeash yakka / aep omukenash / kashikunshui,
　　　　nunipe as yakka / aep'omuken as / kasikun suy,
　　　　食物を探しに出かけても食物も見付からず，其の上に

2-122　peutankeash wa / chimachihi
　　　　pewtanke as wa / ci macihi
　　　　また，私が大声を上げたので私の妻が

2-123　ehomatu kushu, / tuituye koran / amam neyakka
　　　　ehomatu kusu, / tuytuye kor an / amam ne yakka
　　　　それに驚いて簸てゐた粟をも

2-124　mui turano / eyapkir wa / isam kushu,
　　　　muy turano / eyapkir wa / isam kusu,
　　　　簸と一しよに放り飛ばしてしまつたので

2-125　tanukuran anak / sayosakash,
　　　　tanukuran anak / sayosak as,
　　　　今夜は食べる事も出来ません

2-126　irushkaash kushu / chiamasotki / sotkiasam
　　　　iruska as kusu / ciamasotki / sotki asam
　　　　私は腹立だしくて床の底へ

2-127　chikoyayoshura.
　　　　ci koyayosura.
　　　　身を投げて寝てしまひました.

2-128　"Toishikimanaush, / towa towa to
　　　　"toy sikimanaus, / towa towa to
　　　　「眼の曇つたつまらぬ奴

2-129　wenshikimanaush, / towa towa to
　　　　wen sikimanaus, / towa towa to
　　　　眼の曇つた悪い奴

2-130　sarpoki huraot, towa towa to
　　　　sarpokihuraot, / towa towa to
　　　　尻尾の下の臭い奴

2-131　sarpokimunin, / towa towa to
　　　　sarpokimunin, / towa towa to
　　　　尻尾の下の腐つた奴

2-132　ointenu, / towa towa to
　　　　ointenu, / towa towa to
　　　　お尻からやにの出る奴

2-133　otaipenu, / towa towa to
　　　　otaypenu, / towa towa to
　　　　お尻から汚い水の出る奴

2-134　inkar hetap / neptap teta / ki humi okai."
　　　　inkar he tap / nep tap teta / ki humi okay."
　　　　何といふ物の見方をしたのだらう.」

2.2 狐が自ら歌つた謡「トワトワト」

2-135　ari
　　　　ari
　　　　と

2-136　Chironnup tono yaieyukar.
　　　　cironnup tono yay'eyukar.
　　　　狐の頭が物語りました．

2.3　狐が自ら歌つた謡
　　　「ハイクンテレケ　ハイコシテムトリ」

Chironnup　yaieyukar　"Haikunterke Haikoshitemturi"
cironnup yay'eyukar "haykunterke haykositemturi"
狐が自ら歌つた謡「ハイクンテレケ　ハイコシテムトリ」

3-1　　Haikunterke / Haikoshitemturi
　　　 haykunterke / haykositemturi
　　　 ハイクンテレケ ハイコシテムトリ

3-2　　Moshiresani / kamuiesani / tapkashike
　　　 mosiresani / kamuy'esani / tapkasike
　　　 国の岬神の岬の上に

3-3　　chiehorari / okayash.
　　　 ci ehorari / okay as.
　　　 私は坐して居りました．

3-4　　Shineanto ta / soita soineash / inkarash awa,
　　　 sine an to ta / soy ta soyne as / inkar as a wa,
　　　 或日に外へ出て見ますと

3-5　　pirka neto / netokurkashi / teshnatara, / atuisho kata
　　　 pirka neto / neto kurkasi / tesnatara, / atuy so ka ta
　　　 海は凪ぎてひろびろとしてゐて，海の上に

3-6　　Okikirmui / Shupunramka / Samayunkur
　　　 okikirmui / supunramka / samayunkur
　　　 オキキリムイとシユプンラムカとサマユンクルが

2.3 狐が自ら歌つた謡「ハイクンテレケ ハイコシテムトリ」

3-7　repa kushu / resoush wa / paye korokai. / Shirki chiki
　　　repa kusu / resous wa / paye kor okay. / sirki ciki
　　　海猟に三人乗りで出かけてゐます，それを見た私は

3-8　chikor wenpuri / unkosankosan.
　　　ci kor wen puri / un kosankosan.
　　　私の持つてる悪い心がむらむらと出て来ました．

3-9　tapanesannot / moshiresani / kamui esani
　　　tap an esannot / mosiresani / kamuy'esani
　　　此の岬国の岬神の岬

3-10　Tapkashike / too heperai / too hepashi
　　　tapkasike / too heperay / too hepasi
　　　の上をずーつと上へずーつと下へ

3-11　koshneterke / chikoikkeukan / matunitara
　　　kosne terke / ci koikkewkan- / matunitara
　　　軽い足取で腰やはらかにかけ出しました．

3-12　nitnepause[1] / pausenitkan / chikekkekekke
　　　nitne pawse / pawse nit kan / ci kekkekekke
　　　重い調子で木片をポキリポキリと折る様にパーウ，パウと叫び

3-13　tapan petetok / chinukannukar / shirwen nitnei
　　　tap an petetok / ci nukannukar / sir wen nitne i
　　　此の川の水源をにらみにらみ暴風の魔を

3-14　chihotuyekar, / neikorachi tapan petpo
　　　ci hotuyekar, / ne i koraci tap an petpo
　　　呼びました．すると，それにつれて此の川の

− 107 −

3-15   petetokwano / yupkerera / shupne rera
　　　petetok wano / yupke rera / supne rera
　　　水源から烈しい風つむじ風が

3-16   chisanasanke / atuika oshma / hontomota
　　　cisanasanke / atuy ka osma / hontomo ta
　　　吹出して海にはいると直ぐに

3-17   tapan atui / kannaatui / chipoknare
　　　tap an atuy / kanna atuy / cipoknare
　　　此の海は，上の海が下になり

3-18   poknaatui / chikannare. / Okikirmui / utarorke
　　　pokna atuy / cikannare. / okikirmuy / utar orke
　　　下の海が上になりました．オキキリムイたち

3-19   kon repachip / repunkuratui / yaunkuratui
　　　kon repa cip / repunkur atuy / yaunkur atuy
　　　の漁舟は沖の人の海と，陸の人の海との

3-20   uweushi ta / anisapushkap / kaiuturu
　　　ueus i ta / anisapuskap / kay uturu
　　　出会つたところ(海の中程)に，非常な急変に会つて波の間をク

3-21   koshikarimpa. / Tapan ruyanpe / nupuri shinne
　　　kosikarimpa. / tap an ruyanpe / nupuri sinne
　　　ルリと廻りました．大きな浪が山の様に

3-22   chip kurkashi / kotososatki. / Shirki chiki
　　　cip kurkasi / kotososatki. / sirki ciki
　　　舟の上へかぶさり寄ります．すると，

2.3 狐が自ら歌つた謡「ハイクンテレケ ハイコシテムトリ」

3-23　Okikirmui Samayunkur Shupunramka
　　　okikirmuy samayunkur supunramka
　　　オキキリムイ，サマユンクル，シユプンラムカは

3-24　humse tura / chipokonanpe / kohokushhokush.
　　　humse tura / cipokonanpe / kohokushokus.
　　　声をふるつて，舟を漕ぎました．

3-25　Tapan ponchip / komham turse / shikopayar
　　　tap an pon cip / komham turse / sikopayar
　　　此の小さい舟は落葉の飛ぶ様に吹飛ばされ

3-26　chikipokaiki / upsh anke / shirki korka
　　　ci kipo kayki / upsi anke / sirki korka
　　　今にもくつがへりさうになるけれども

3-27　ineapkushu / ainupitoutar / okirashnu wa
　　　ineapkusu / aynu pito utar / okirasnu wa
　　　感心にも人間たちは力強くて

3-28　shirki nankora / tapan ponchip / rera tumta
　　　sirki nankor a / tap an pon cip / rera tum ta
　　　此の小舟は風の中に

3-29　kampekurka / echararse.
　　　kanpe kurka / ecararse
　　　波の上をすべります．

3-30　Chinukat chiki / chikor wenpuri / unkosankosan.
　　　ci nukat ciki / ci kor wen puri / un kosankosan.
　　　其を見ると私の持つてゐる悪い心がむらむらと出て来ました．

3-31　koshneterke / chikoikkeukan / matunitara,
　　　kosne terke / ci koikkewkan- / matunitara,
　　　軽い足取で腰やはらかにかけまはり

3-32　nitne pause / pausenitkan / chikekkekekke
　　　nitne pawse / pawse nit kan / ci kekkekekke
　　　重い調子で木片がポキリポキリと折れる様にパウ，パウと叫び

3-33　shirwen nitnei / sermaka chiush / chikoarikiki.
　　　sir wen nitne i / sermaka ci us / ci koarikiki.
　　　暴風の魔を声援するのみに精を出しました．

3-34　Shirki aine / hunakpaketa / Samayunkur
　　　sirki a ine / hunak pake ta / samayunkur
　　　そうしてる中に，やっと，サマユンクルが

3-35　tektuika wa / tektuipok wa / kem chararse
　　　tek tuyka wa / tek tuypok wa / kem cararse
　　　手の上から，手の下から血が流れて

3-36　shinkiekot.
　　　sinki ekot.
　　　疲れてたふれました．

3-37　Shirki chiki rauki mina / chiuweshuye.
　　　sirki ciki rawki mina / ci uesuye.
　　　そのさまを見て私はひそかに笑ひを浮べました．

3-38　Orowanoshui / arikikiash
　　　oro wano suy / arikiki as
　　　それからまた，精を出して

2.3 狐が自ら歌つた謠「ハイクンテレケ ハイコシテムトリ」

3-39　koshneterke / chikoikkeukan / matunitara,
　　　kosne terke / ci koikkewkan- / matunitara,
　　　軽い足取りで腰やはらかにかけまはり

3-40　nitnepause / pausenitkan / chikekkekekke,
　　　nitne pawse / pawse nit kan / ci kekkekekke,
　　　重い調子で木片をポキリポキリと折る様に叫び

3-41　shirwen nitnei / sermaka chiush.
　　　sir wen nitne i / sermaka ci us.
　　　暴風の魔を声援しました．

3-42　Okikirmui / Shupunramka / etunne kane
　　　okikirmuy / supunramka / etunne kane
　　　オキキリムイとシユプンラムカと二人で

3-43　ukoorshutke / tumashnu assap / pekotopo pekoreupa
　　　ukoorsutke- / tumasnu assap / pekotopo pekorewpa
　　　励まし合ひながら勇しく舟を漕いで

3-44　ikichi aine / hunakpaketa / Shupunramka
　　　ikici a ine / hunak pake ta / supunramka
　　　居りましたが，と，ある時シユプンラムカは

3-45　tektuika wa / tektuipok wa / kem chararse
　　　tek tuyka wa / tek tuypok wa / kem cararse
　　　手の上から手の下から血が流れて

3-46　shinki ekot. / Shirki chiki
　　　sinki ekot. / sirki ciki
　　　疲れてたふれてしまひました，それを見て

— 111 —

3-47　rauki mina / chiuweshuye.
　　　rawki mina / ci uesuye.
　　　ひそかに私は笑ひました．

3-48　Orowanoshui / koshne terke / chikoikkeukan
　　　oro wano suy / kosne terke / ci koikkewkan-
　　　それからまた軽い足取で腰やはらかに

3-49　matunitara, / nitne pause, / pausenitkan
　　　matunitara, / nitne pawse, / pawse nit kan
　　　飛びまはり重い調子でかたい木片を

3-50　chikekkekekke / chikoarikiki.
　　　ci kekkekekke / ci koarikiki.
　　　ポキリポキリと折る様に叫び精を出しました．

3-51　Kipnekorka / Okikirmui / shinki ruwe / oararisam,
　　　ki p ne korka / okikirmuy / sinki ruwe / oarar isam,
　　　けれども，オキキリムイは疲れた様子は少しも無い．

3-52　earkaparpe / eitumamor / noye kane
　　　ear kaparpe / eitumamor- / noye kane
　　　一枚の薄物を体にまとひ，

3-53　chipokonanpe / kohokushhokush, / iki aineno
　　　cipokonanpe / kohokushokus, / iki a ine no
　　　舟を漕いでゐます，そのうちに

3-54　tektuipok ta / kor kanchi / chioarkaye.
　　　tek tuypok ta / kor kanci / cioarkaye.
　　　手の下で其の持つてゐた楫が折れてしまひました．

2.3 狐が自ら歌つた謡「ハイクンテレケ ハイコシテムトリ」

3-55　Shirki chiki, / shinkiekot / Samayunkur
　　　sirki ciki, / sinki ekot / samayunkur
　　　すると，疲れ死んだサマユンクルに

3-56　kotetterke / kor kanchi / eshikari / shinen ne kane
　　　kotetterke / kor kanci / esikari / sinen ne kane
　　　躍りかかり其の持ってゐる楫をもぎとってたった一人で

3-57　chipokonanpe / kohokushhokush.
　　　cipokonanpe / kohokushokus.
　　　舟を漕ぎました．

3-58　chinukatchiki, / chikor wenpuri / unkosankosan,
　　　ci nukat ciki, / ci kor wen puri / un kosankosan,
　　　私はそれを見ると，持前の悪い心がむらむらと出て来ました．

3-59　nitnepause / pausenitkan / chikekkekekke,
　　　nitne pawse / pawse nit kan / ci kekkekekke,
　　　重い調子でかたい木片をポキリポキリと折る様に叫び

3-60　koshneterke / chikoikkeukan / matunitara,
　　　kosne terke / ci koikkewkan- / matunitara,
　　　軽い足取りで腰やはらかにかけまはり

3-61　arikikiash / shirwen nitnei / sermaka chiush.
　　　arikiki as / sir wen nitne i / sermaka ci us.
　　　精を出して暴風の魔に声援しました．

3-62　Ki aineno / Samayunkur / kor kanchi nakka
　　　ki a ine no / samayunkur / kor kanci nakka
　　　そうしてるうちにサマユンクルの舵も

3-63　chioarkaye, / Okikirmui / Shupunramka
　　　cioarkaye, / okikirmuy / supunramka
　　　折れてしまひました．オキキリムイはシユプンラムカに

3-64　kotetterke, / kor kanchi / eshikari,
　　　kotetterke, / kor kanci / esikari,
　　　躍りかゝり其の楫をとつて

3-65　tumashnu assap / pekotopo / pekorewe.
　　　tumasnu assap / pekotopo / pekorewe.
　　　勇しく舟を漕ぎました．

3-66　Kipne korka / nea kanchi ka / ruyanpe kaye,
　　　ki p ne korka / nea kanci ka / ruyanpe kaye,
　　　けれども彼の楫も波に折られてしまひました．

3-67　tata otta / Okikirmui / chiposhketa
　　　tata ot ta / okikirmuy / cip oske ta
　　　そこで，オキキリムイは舟の中に

3-68　chiashtushtekka, / yupke rera / rera tumta
　　　ciastustekka, / yupke rera / rera tum ta
　　　立ちつくして，烈しい風のうちに

3-69　sennekashui / ainupito / unnukar kuni
　　　senne ka suy / aynu pito / un nukar kuni
　　　まさか人間の彼が私を見つけようとは

3-70　chiramu awa / moshiresani / kamuiesani
　　　ci ramu a wa / mosiresani / kamuy'esani
　　　思はなかつたに，国の岬神の岬の

2.3 狐が自ら歌つた謡「ハイクンテレケ ハイコシテムトリ」

3-71　tapkashikun / chishiknoshkike / enitomomo,
　　　tapkasikun / ci siknoskike / enitomomo,
　　　上の，私の眼の央を見つめました．

3-72　ipor kon ruwe / pirka rokpe / kor wenpuri
　　　ipor kon ruwe / pirka rok pe / kor wen puri
　　　今までやさしかつた顔に怒りの色を

3-73　enantui ka / eparsere, / pushtotta[2] oro / oiki kane
　　　enan tuyka / eparsere, / pustotta oro / oyki kane
　　　あらはして，鞄をいぢつてゐたが

3-74　hemanta sanke / inkarash awa / noyaponku
　　　hemanta sanke / inkar as a wa / noya pon ku
　　　中から出したものを見ると，蓬の小弓と

3-75　noyaponai / sanasanke.
　　　noya pon ay / sanasanke.
　　　蓬の小矢を取り出しました．

3-76　Shirki chiki / raukimina / chiuweshuye,
　　　sirki ciki / rawki mina / ci uesuye,
　　　それを見てひそかに私は笑ひました．

3-77　"Ainupito / nep ki ko / ashtoma heki,
　　　"aynu pito / nep ki ko / astoma he ki,
　　　「人間なぞ何をしたつて，恐い事があるものか，

3-78　ene okai / noyaponai[3] / nep aekarpe taana."
　　　ene okay / noya pon ay / nep a ekar pe ta an a."
　　　あんな蓬の小矢は何に使ふものだらう．」

3-79　　yainuash kane / tapan esannot
　　　　yaynu as kane / tap an esannot
　　　　と思って此の岬

3-80　　moshiresani / kamuiesani / tapkashike
　　　　mosiresani / kamuy'esani / tapkasike
　　　　国の岬神の岬の上を

3-81　　too heperai / too hepashi / koshneterke
　　　　too heperay / too hepasi / kosne terke
　　　　ずーっと上へずーっと下へ軽い足取りで

3-82　　chikoikkeukan / matunitara, / nitnepause
　　　　ci koikkewkan- / matunitara, / nitne pawse
　　　　腰やはらかにかけまはり，重い調子で

3-83　　pausenitkan / chikekkekekke,
　　　　pawse nit kan / ci kekkekekke,
　　　　かたい木片をポキリポキリと折る様にパウ，パウと叫び

3-84　　shirwen nitnei chikopuntek.
　　　　sir wen nitne i ci kopuntek.
　　　　暴風の魔をほめたゝへました．

3-85　　Rapoketa / Okikirmui / eak ponai / ek aine
　　　　rapoke ta / okikirmuy / eak pon ay / ek a ine
　　　　其の中に，オキキリムイの射放した矢が飛んで来たが

3-86　　chiokshutuhu / kororkosanu.
　　　　ci oksutuhu / kororkosanu.
　　　　ちょうど私の襟首のところへ突きささりました．

2.3 狐が自ら歌つた謡「ハイクンテレケ ハイコシテムトリ」

3-87　Pateknetek / nekonneya / chieramishkare.
　　　patek ne tek / nekon ne ya / ci eramiskare.
　　　それつきりあとどうなつたか解らなくなつてしまひました.

3-88　Hunakpaketa / yaishikarunash / inkarash awa
　　　hunak pake ta / yaysikarun as / inkar as a wa
　　　ふと気がついて見ると

3-89　pirka shirpirka / chishireanu, / atuiso kashi
　　　pirka sir pirka / cisireanu, / atuy so kasi
　　　大そう好いお天気で，海の上は

3-90　teshnatara, / Okikirmui / kon repachip / oararisam.
　　　tesnatara, / okikirmuy / kon repa cip / oarar isam.
　　　広々として，オキキリムイの漁舟も何もありません.

3-91　Nekonne humi / ne nankora, / chikankitaye wano
　　　nekon ne humi / ne nankor a, / ci kankitaye wano
　　　何うした事か私は頭のさきから

3-92　chipokishirke pakno / tatkararse / shikopayar.
　　　ci pokisirke pakno / tatkararse / sikopayar.
　　　足のさきまで雁皮が燃え縮む様に痛みます.

3-93　Sennekashui / ainupito / eak ponai / ene uniyuninka kuni
　　　senne ka suy / aynu pito / eak pon ay / ene un iuninka kuni
　　　まさか人間の射た小さい矢がこんなに私を苦しめ

3-94　chiramuai / orowano / hochikachikaash,
　　　ci ramu a i / oro wano / hocikacika as,
　　　やうとは思はなかつたのに，それから手足をもがき苦しみ

3-95　tapan esannot / moshiresani / kamuiesani
　　　tap an esannot / mosiresani / kamuy'esani
　　　此の岬，国の岬，神の岬，

3-96　tapkashike / too heperai / too hepashi / rayayaiseash kor
　　　tapkasike / too heperay / too hepasi / rayayayse as kor
　　　の上を，ずーっと上へ，ずーっと下へ泣叫びながら

3-97　raiyepashash, / tokap hene kunne hene / shiknuash ranke
　　　rayyepas as, / tokap hene kunne hene / siknu as ranke
　　　もがき苦しみ，昼でも夜でも生きたり

3-98　raiash ranke / ki aineno / nekonneya
　　　ray as ranke / ki a ine no / nekon ne ya
　　　死んだり，してゐる中に，何うしたか

3-99　chieramishkare.
　　　ci eramiskare.
　　　わからなくなりました．

3-100　Hunakpaketa / yaishikarunash / inkarash awa,
　　　 hunak pake ta / yaysikarun as / inkar as a wa,
　　　 ふと気がついて見ると

3-101　poro shitunpe / ashurpeutut ta / okayash kane / okayash.
　　　 poro situmpe / asurpe utut ta / okay as kane / okay as,
　　　 大きな黒狐の耳と耳との間に私は居りました．

3-102　Tutko pakno / shiran awa / Okikirmui / kamuishiri ne
　　　 tutko pakno / sir an a wa / okikirmuy / kamuy siri ne
　　　 二日ほどたつた時，オキキリムイが神様の様な様子で

2.3 狐が自ら歌つた謠「ハイクンテレケ ハイコシテムトリ」

3-103　arki wa / sancha otta / mina kane / ene itaki: —
　　　　arki wa / sanca ot ta / mina kane / ene itak i: —
　　　　やつて来て，ニコニコ笑つて言ふことには，

3-104　"Iramashure / moshiresani / kamuiesani
　　　　"iramasire / mosiresani / kamuy'esani
　　　　「まあ見ばのよい事，国の岬神の岬

3-105　tapkashike / epunkine / shitunpe kamui,
　　　　tapkasike / epunkine / situmpe kamuy,
　　　　の上を見守る黒狐の神様は，

3-106　pirkapuri / kamuipuri / kor akushu
　　　　pirka puri / kamuy puri / kor a kusu
　　　　善い心神の心を持つてゐたから

3-107　rai neyakka / katupirkano / ki ruwe okai."
　　　　ray ne yakka / katu pirka no / ki ruwe okay."
　　　　死にざまの見ばのよい死方をしたのですね。」

3-108　itak kane, / chisapaha / uina wa,
　　　　itak kane, / ci sapaha / uyna wa,
　　　　言ひながら私の頭を取つて

3-109　unchisehe ta / ampa wa, / chikannanotkewe
　　　　un cisehe ta / anpa wa, / ci kannanotkewe
　　　　自分の家へ持つて行き私の上顎の骨を

3-110　yaikota kor / ashinruikkeu[4] ne kar, / chipoknanotkewe
　　　　yaykota kor / asinru ikkew ne kar, / ci poknanotkewe
　　　　自分の便所のどだいとし，私の下顎を

— 119 —

3-111　machihi kor / ashinruikkeu ne kar wa,
　　　　macihi kor / asinru ikkew ne kar wa,
　　　　其の妻の便所の礎として,

3-112　chinetopake anak / neeno / toikomunin wa isam.
　　　　ci netopake anak / neeno / toykomunin wa isam.
　　　　私のからだは其の儘土と共に腐つてしまひました.

3-113　Orowano / kunne hene / tokaphene
　　　　oro wano / kunne hene / tokap hene
　　　　それから夜でも昼でも

3-114　shihurakowenash / ki aineno / toirai wen rai
　　　　sihurakowen as / ki a ine no / toy ray wen ray
　　　　悪い臭気に苦しんでゐる中に私はつまらない死方, 悪い

3-115　chiki.
　　　　ci ki.
　　　　死方をしました.

3-116　Pashtakamui / chine ruwe ka / somone akorka,
　　　　pasta kamuy / ci ne ruwe ka / somo ne a korka,
　　　　たゞの身分の軽い神でもなかつたのですが

3-117　arwenpuri / chikora kushu / nepneushi ka
　　　　arwen puri / ci kor a kusu / nep ne us i ka
　　　　大変な悪い心を私は持つてゐた為何にも

3-118　chierampeutek / wenrai / chiki shiri tapanna.
　　　　ci erampewtek / wen ray / ci ki siri tap an na.
　　　　ならない, 悪い死方を私はしたのですから

2.3 狐が自ら歌つた謡「ハイクンテレケ ハイコシテムトリ」

3-119　Tewano okai / chironnuputar, / itekki
　　　　tewano okay / cironnup utar, / itekki
　　　　これからの狐たちよ，決して

3-120　wenpuri kor yan.
　　　　wen puri kor yan.
　　　　悪い心を持ちなさるな．

3-121　ari chironnup kamui yaieyukar.
　　　　ari cironnup kamuy yay'eyukar.
　　　　と狐の神様が物語りました．

2.4　兎が自ら歌つた謡「サムパヤ テレケ」

Isepo yaieyukar "Sampaya terke"
isepo yay'eyukar "sampaya terke"
兎が自ら歌つた謡「サムパヤ テレケ」

4-1　　Sampaya terke
　　　　sampaya terke
　　　　サンパヤ テレケ

4-2　　Tu pinnai kama / re pinnai kama / terkeash kane
　　　　tu pinnay kama / re pinnay kama / terke as kane
　　　　二ツの谷三ツの谷を飛越え飛越え

4-3　　shinotash kor / yupinekur oshi / ekimun payeash.
　　　　sinot as kor / yupi ne kur osi / ekimun paye as.
　　　　遊びながら兄様のあとをしたつて山へ行きました．

4-4　　Keshtoanko / yupinekur / oshi payeash / ingarash ko,
　　　　kesto an ko / yupi ne kur / osi paye as / inkar as ko,
　　　　毎日毎日兄様のあとへ行つて見ると

4-5　　Ainupito / kuare[1] wa anko, / ne ku / yupinekur
　　　　aynu pito / ku are wa an ko, / ne ku / yupi ne kur
　　　　人間が弩を仕掛けて置いてあると其の弩を兄様が

4-6　　hechawere ranke, / newaambe / chiemina kor patek
　　　　hecawere ranke, / ne wa an pe / ci emina kor patek
　　　　こはしてしまふ．それを私は笑ふのを

2.4 兎が自ら歌つた謠「サムパヤ テレケ」

4-7 okayashpe nekushu, / tananto shui
okay as pe ne kusu, / tan an to suy
常としてゐたので此の日また

4-8 payeash wa / ingarash awa, / sennekashui
paye as wa / inkar as a wa, / senne ka suy
行つて見たら，ちつとも

4-9 shiran kuni / chiramuai
sir an kuni / ci ramu a i
思ひがけない

4-10 yupinekur / kuorokush wa / rayaiyaise koran.
yupi ne kur / ku oro kus wa / rayayyayse kor an.
兄様が弩にかゝつて泣叫んでゐる．

4-11 Chiehomatu / yupinekur / samaketa
ci ehomatu / yupi ne kur / samake ta
私はビックリして，兄様のそばへ

4-12 terkeash wa / paye ash awa, / yupinekur
terke as wa / paye as a wa, / yupi ne kur
飛んで行つたら兄様は

4-13 chish turano / ene itaki: —
cis turano / ene itak i: —
泣きながら云ふことには

4-14 "Ingarkusu / chiakinekur, / tantewano
"inkar kusu / ci aki ne kur, / tan tewano
「これ弟よ，今これから

第2章『アイヌ神謡集』テキスト

4-15 ehoyupu wa / eoman wa
e hoyupu wa / e oman wa
お前は走って行って

4-16 akor kotan / kotanoshmakta / eshirepa chiki
a kor kotan / kotan osmak ta / e sirepa ciki
私たちの村の後へ着いたら

4-17 'Yupinekur / kuorokush na, / hu ohohoi!' ari
'yupi ne kur / ku oro kus na, / hu ohohoy!' ari
兄様が弩にかゝったよ——, フオホホーイと

4-18 ehotuipa kushnena."
e hotuypa kusne na."
大声でよぶのだよ.」

4-19 hawash chiki,
hawas ciki,
私はきいて

4-20 chieesekur / echiu kane, / orowano
ci esekur- / eciw kane, / oro wano
ハイ, ハイ, と返辞をして, それから

4-21 tu pinnai kama / re pinnai kama / terkeash kane
tu pinnay kama / re pinnay kama / terke as kane
二つの谷三つの谷飛び越え飛び越え

4-22 shinotash kor / sapash aine,
sinot as kor / sap as a ine,
遊びながら来て

2.4 兎が自ら歌つた謠「サムパヤ テレケ」

4-23 chikor kotan / kotanoshmake / chikoshirepa.
　　　ci kor kotan / kotan osmake / ci kosirepa.
　　　私たちの村の村後へ着きました．

4-24 Otta eashir / yupinekur / unuitekai
　　　ot ta easir / yupi ne kur / un uytek a i
　　　そこではじめて兄様が私を使ひによこしたことを

4-25 chieshikarun, / tanrui hotuye / chiki kushne awa
　　　ci esikarun, / tan ruy hotuye / ci ki kusne a wa
　　　思ひ出しました，私は大声で叫び声を挙げやうとした

4-26 yupinekur / nekontapne / unuitek awa
　　　yupi ne kur / nekon tap ne / un uytek a wa
　　　が，兄様が何を言つて私を使によこしてあつたのか

4-27 oar chioira. / Chiashtushtekkaash
　　　oar ci oyra. / ciastustekka as
　　　すつかり私は忘れてゐました．其処に立ちつくして

4-28 chieyaishikarunka, / kipnekorka / oar chioira.
　　　ci eyaysikarunka, / kip ne korka / oar ci oyra.
　　　思ひ出さうとしたが何うしてもだめだ．

4-29 Orowano / hetopo shui
　　　oro wano / hetopo suy
　　　それからまた

4-30 tu pinnai kama / re pinnai kama
　　　tu pinnay kama / re pinnay kama
　　　二つの谷を越え三つの谷を越え

― 125 ―

4-31　horkaterke / horkatapkar / chiki kane,
　　　horka terke / horka tapkar / ci ki kane,
　　　後へ逆飛び逆躍びしながら

4-32　yupinekur / ottaani un / arkiash wa
　　　yupi ne kur / ot ta an i un / arki as wa
　　　兄様のゐる処へ来て

4-33　ingarash awa / nepka isam.
　　　inkar as a wa / nep ka isam.
　　　見ると誰もゐない.

4-34　Yupinekur / ouse kemi / shirush / kane shiran."
　　　yupi ne kur / ouse kemi / sirus / kane sir an."
　　　兄様の血だけが其処等に附いてゐた.

4-35　(ari anko oyakta terke)
　　　(ari an ko oyak ta terke)
　　　(こゝまでで話は外へ飛ぶ.)

4-36　"Ketka woiwoi / ketka, / ketka woi ketka"
　　　"ketka woywoy / ketka, / ketka woy ketka"
　　　ケトカヲイヲイケトカ，ケトカヲイケトカ

4-37　keshtoanko / kimta payeash,
　　　kesto an ko / kim ta paye as,
　　　毎日毎日私は山へ行つて

4-38　Ainupito / arewaan ku / chihechawere,
　　　ainu pito / are wa an ku / ci hecawere,
　　　人間が弩を仕掛てあるのをこはして

2.4 兎が自ら歌つた謡「サムパヤ テレケ」

4-39   newaanbe / chiemina kor patek / okayash awa
       ne wa an pe / ci emina kor patek / okay as a wa
       それを面白がるのが常であつた処が

4-40   shineanta shui, / neaita ku aare kane
       sine an ta suy, / nea i ta ku a are kane
       或日また，前の所に弩が仕掛けて

4-41   shiran kiko, / utorsamata / pon noyaku
       sir an ki ko, / utorsama ta / pon noya ku
       あると，其の側に小さい蓬の弩が

4-42   aare kane shiran,
       a are kane sir an,
       仕掛てある，

4-43   chinukar chiki
       ci nukar ciki
       私はそれを見ると

4-44   "Eneokaipe / nep aekarpe tan?"
       "ene okay pe / nep a ekar pe tan?"
       「こんな物，何にする物だらう。」

4-45   yainuash / chiemina rushui kushu
       yaynu as / ci emina rusuy kusu
       と思つてをかしいので

4-46   ponno chikeretek, / nani kiraash kusu
       ponno ci kere tek, / nani kira as kusu
       ちよつとそれに触つて見た，直ぐに逃げやうと

— 127 —

4-47　ikichiash awa / sennekashui / shirki kuni
　　　 ikici as a wa / senne ka suy / sirki kuni
　　　 したら，思ひがけ

4-48　chiramuai, / nea ku oro / chioshma humi
　　　 ci ramu a i, / nea ku oro / ci osma humi
　　　 なく，其の弩にいやといふ程

4-49　chimonetoko / rorkosanu.
　　　 ci monetoko / rorkosanu.
　　　 はまつてしまつた．

4-50　Kiraash kushu / yayehotuririash ko
　　　 kira as kusu / yayehoturiri as ko
　　　 逃げやうともがけば

4-51　poo yupkeno / aunnumba / enewa poka
　　　 poo yupkeno / a un numpa / ene wa poka
　　　 もがくほど，強くしめられるので何うする事も

4-52　ikichiashi ka / isam kusu / chishash kor
　　　 ikici as i ka / isam kusu / cis as kor
　　　 出来ないので，私は泣いて

4-53　okayash awa / unsamata / hemantaanpe
　　　 okay as a wa / un sama ta / hemanta an pe
　　　 ゐると，私の側へ何だか

4-54　chitursere, / ingarash awa, / chiakinekur
　　　 citursere, / inkar as a wa, / ci aki ne kur
　　　 飛んで来たので見るとそれは私の弟

2.4 兎が自ら歌つた謡「サムパヤ テレケ」

4-55　ne kanean. / Chienupetne wa / chiutarihi
　　　ne kane an. / ci enupetne wa / ci utarihi
　　　であつた．私はよろこんで，私たちの一族のものに

4-56　chikoashuranure / chiuitek awa
　　　ci koasuranure / ci uytek a wa
　　　此の事を知らせる様に言ひつけてやつたが

4-57　orowano / chitere ikeka, / nep humi ka / oararisam,
　　　oro wano / ci tere ike ka, / nep humi ka / oarar isam,
　　　それからいくら待つても何の音もない．

4-58　Chishash kor / okayash awa, / unsamata
　　　cis as kor / okay as a wa, / un sama ta
　　　私は泣いてゐると，私の側へ

4-59　ainukurmam / chishipushure. / Ingarash awa
　　　aynu kurmam / cisipusure. / inkar as a wa
　　　人の影があらはれた．見ると，

4-60　kamuishirine an / Ainu okkaipo
　　　kamuy siri ne an / aynu okkaypo
　　　神の様な美しい人間の若者

4-61　sancha otta / mina kane, / unuina wa
　　　sanca ot ta / mina kane, / un uyna wa
　　　ニコニコして，私を取つて，

4-62　hunakta unani. / Ingarash awa
　　　hunak ta un ani. / inkar as a wa
　　　何処かへ持つて行つた．見ると

― 129 ―

4-63   poro chise / upshoroho / kamuikorpe
        poro cise / upsoroho / kamuykorpe
        大きな家の中が神の宝物で

4-64   chieshikte kane / shiran.
        ciesikte kane / sir an.
        一ぱいになつてゐる，

4-65   Nea okkaipo / apeare wa,
        nea okkaypo / ape are wa,
        彼の若者は火を焚いて

4-66   tanporo shu / hoka otte, / sosamotpe[2] / etaye wa,
        tan poro su / hoka otte, / sosamotpe / etaye wa,
        大きな鍋を火にかけて掛けてある刀を引抜いて

4-67   chinetopake / rush turano / taukitauki
        ci netopake / rus turano / tawkitawki
        私のからだを皮のまゝブツブツに切つて

4-68   shuoro eshikte, / orowano / shuchorpoke / eusheush
        su oro esikte, / oro wano / su corpoke / euseus
        鍋一ぱいに入れそれから鍋の下へ頭を突入れ突入れ

4-69   ape are. / Nekonaka / ikichiash wa
        ape are. / nekon a ka / ikici as wa
        火を焚きつけ出した．何うかして

4-70   kiraashrushui kusu / ainu okkaipo / shikuturu
        kira as rusuy kusu / aynu okkaypo / sikuturu
        逃げたいので私は人間の若者の隙を

— 130 —

2.4 兎が自ら歌つた謡「サムパヤ テレケ」

4-71   chitushmak korka / ainu okkaipo / unoyakun
        ci tusmak korka / aynu okkaypo / un oyak un
        ねらふけれども，人間の若者はちつとも私から

4-72   inkar shiri / oarisam.
        inkar siri / oar isam.
        眼をはなさない．

4-73   "Shu pop wa / chiash yakun, / nepneushi ka
        "su pop wa / ci as yakun, / nep ne us i ka
        鍋が煮え立つて私が煮えてしまつたら，何にも

4-74   chierampeutek / toi rai / wen rai / chiki etokush." ari
        ci erampewtek / toy ray / wen ray / ci ki etokus." ari
        ならないつまらない死方，悪い死方をしなければならない，と

4-75   yainuash kane, / ainu okkaipo / shikuturu
        yaynu as kane, / aynu okkaypo / sikuturu
        思って人間の若者の油断を

4-76   chitushmak aine, / hunakpaketa,
        ci tusmak a ine, / hunak pake ta,
        ねらつてねらつて，やつとの事

4-77   shine kamahau ne / chiyaikattek,
        sine kamahaw ne / ci yaykat tek,
        一片の肉に自分を化らして

4-78   rikun shupa / chiyaikopoye, / shuparurkehe
        rikun supa / ci yaykopoye, / su parurkehe
        立上る湯気に身を交て鍋の縁に

4-79   chikohemeshu, / harkisotta terkeashtek
        ci kohemesu, / harkisotta terke as tek
        上り，左の座へ飛下りると直ぐに

4-80   soyo terkeash, / chish turano,
        soyoterke as, / cis turano,
        戸外へ飛出した，泣きながら

4-81   terkeash kane pashash kane, / kiraash aine
        terke as kane pas as kane, / kira as a ine
        飛んで息を切らして逃げて来て

4-82   chiunchisehe / chikoshirepa,
        ci un cisehe / ci kosirepa,
        私の家へ着いて

4-83   eashka yaikahumshuash.
        eas ka yaykahumsu as.
        ほんとうにあぶないことであつたと胸撫で下した．

4-84   Shioka un / inkarash awa,
        si oka un / inkar as a wa,
        後ふりかへつて見ると，

4-85   Yayan ainu / use okkaipo / nekuni patek
        yayan aynu / use okkaypo / ne kuni patek
        たゞの人間，たゞの若者とばかり

4-86   chiramuap, / Okikirmui / kamui rametok
        ci ramu a p, / okikirmuy / kamuy rametok
        思つてゐたのはオキキリムイ，神の様な強い方

— 132 —

2.4 兎が自ら歌つた謡「サムパヤ テレケ」

4-87　ne ruwe ne awan.
　　　ne ruwe ne aw an.
　　　なのでありました.

4-88　Yayan ainupito / are ku ne kuni / chiramu wa,
　　　yayan aynu pito / are ku ne kuni / ci ramu wa,
　　　たゞの人間が仕掛けた弩だと思つて

4-89　keshtokeshto / irara ash wa, / Okikirmui
　　　kesto kesto / irara as wa, / okikirmuy
　　　毎日毎日悪戯をしたのをオキキリムイ

4-90　rushka kusu / noyaponku ari
　　　ruska kusu / noya pon ku ari
　　　は大そう怒つて蓬の小弩で

4-91　unraike kusu / ikia korka, / chiokai ka
　　　un rayke kusu / iki a korka, / ciokay ka
　　　私を殺さうとしたのだが私も

4-92　pashta kamui / chine somoki ko, / toi rai / wen rai
　　　pasta kamuy / ci ne somoki ko, / toy ray / wen ray
　　　たゞの身分の軽い神でもないのに,つまらない死方悪い死方

4-93　chiki yakne / chiutarihi ka, / yaierampeutek kuni
　　　ci ki yakne / ci utarihi ka, / yay'erampewtek kuni
　　　をしたら,私の親類のもの共も,困り惑ふであらう

4-94　chierampoken / unekarkar kusu,
　　　cierampoken / un ekarkar kusu,
　　　事を不憫に思つて下されて

— 133 —

4-95　renkaine / kiraash yakka / somo unnoshpa
　　　renkayne / kira as yakka / somo un nospa
　　　おかげで，私が逃げても追かけなかつた

4-96　ruwe ne awan.
　　　ruwe ne aw an.
　　　のでありました．

4-97　Eepakita, / hoshkino anak, / isepo anak
　　　eepaki ta, / hoskino anak, / isepo anak
　　　それから，前には，兎は

4-98　yuk pakno / netopake rupnep / nea korka,
　　　yuk pakno / netopake rupne p / ne a korka,
　　　鹿ほども体の大きなものであつたが

4-99　tankorachi an / wen irara / chiki kusu
　　　tan koraci an / wen irara / ci ki kusu
　　　此の様な悪戯を私がした為に

4-100　Okikirmui / shinekamahawe pakno / okayash ruwe ne.
　　　　okikirmuy / sine kamahawe pakno / okay as ruwe ne.
　　　　オキキリムイの一つの肉片ほど小さくなつたのです．

4-101　Tewano okai / autarihi, / opittano, / enepakno
　　　　tewano okay / a utarihi, / opittano, / ene pakno
　　　　これからの私たちの仲間はみんなこの位の

4-102　okai kunii ne nangor.
　　　　okay kunii ne nankor.
　　　　からだになるのであらう．

2.4 兎が自ら歌つた謡「サムパヤ テレケ」

4-103　Tewanookai / Isepoutar, / itekki irara yan.
　　　　tewano okay / isepo utar, / itekki irara yan.
　　　　これからの兎たちよ，決していたづらをしなさるな．

4-104　ari Isepotono poutari pashkuma wa onne.
　　　　ari isepo tono poutari paskuma wa onne.
　　　　と，兎の首領が子供等を教へて死にました．

2.5　谷地の魔神が自ら歌つた謡「ハリツクンナ」

Nitatorunpe yaieyukar, "Harit kunna"
nitat or un pe yay'eyukar, "harit kunna"
谷地の魔神が自ら歌つた謡「ハリツクンナ」

5-1　Harit kunna
　　　harit kunna
　　　ハリツクンナ

5-2　Shineanto ta / shirpirka kusu
　　　sine an to ta / sir pirka kusu
　　　或日に好いお天気なので

5-3　chikor nitat otta / chishikihi newa / chiparoho patek
　　　ci kor nitat ot ta / ci sikihi newa / ci paroho patek
　　　私の谷地に眼と口とだけ

5-4　chietukka wa, / inkarash kane / okayash awa
　　　ci etukka wa, / inkar as kane / okay as a wa
　　　出して見てゐたところが

5-5　to opishun / ainukutkesh sarasara.
　　　to opisun / aynu kutkes sarasara.
　　　ずっと浜の方から人の話声がきこえて来た．

5-6　Inkar ash awa / tu okkaipo / usetur ka / rarpa kane.
　　　inkar as a wa / tu okkaypo / useturka- / rarpa kane.
　　　見ると，二人の若者が連れだって来た．

2.5 谷地の魔神が自ら歌つた謠「ハリツクンナ」

5-7 Hoshki ekpe, / rametoksone / rametokipor
     hoski ek pe, / rametok sone / rametok ipor
     先に来た者は勇者らしく勇者の品を

5-8 eipottumu / niunatara, / kamuishirine okaiko,
     eipottumu- / niwnatara, / kamuy siri ne okay ko,
     そなへて，神の様に美しいが

5-9 iyoshi ekpe / chinukar ko, / katuhu ka / wenawena
     iosi ek pe / ci nukar ko, / katuhu ka / wen a wen a
     後から来た者を見ると，様子の悪い

5-10 rerek okkayo newa, / hemantaokaipe / eukoitakkor
     rerek okkayo ne wa, / hemanta okay pe / eukoitak kor
     顔色の悪い男で，何か話合ひながら

5-11 arki aine, / chikor nitat / samakehe kushpa,
     arki a ine, / ci kor nitat / samakehe kuspa,
     やつて来たが私の谷地の側を通り

5-12 unpekano / arki aike, / iyoshino ek / rerek ainu
     un pekano / arki a ike, / iosino ek / rerek aynu
     ちようど私の前へ来ると，あとから来た顔色の悪い男が

5-13 ashash kane iki / etuhu kishma,
     asas kane iki / etuhu kisma,
     立止り立止り自分の鼻をおほひ

5-14 "Hm, shirun nitat / wen nitat, / kotchake akush awa
     "hm, sirun nitat / wen nitat, / kotcake a kus a wa
     「おゝ臭い，いやな谷地，悪い谷地の前を通つたら

5-15   ichakkere / neptapteta / wen huraha / okaipeneya?"
       icakkere / nep tap teta / wen huraha / okay pe ne ya?"
       まあ汚い，何だらうこんなに臭いのは，」

5-16   ari hawean.
       ari hawean.
       と言つた，

5-17   Inu newa / chikip ne korka, / okayash humi ka
       inu newa / ci ki p ne korka, / okay as humi ka
       私はたゞ聞いたばかりだけれど自分の居るか居ないかも

5-18   chierampeutek / turushkinrane / unkohetari.
       ci erampewtek / turus kinra ne / un kohetari.
       わからぬほど腹が立つた．

5-19   Yachitum wa / soyoterkeash, / terkeashko
       yaci tum wa / soyoterke as, / terke as ko
       泥の中から飛出した．私が飛上ると

5-20   toi yasashke / toi pererke. / Chinotsephumi
       toy yasaske / toy pererke. / ci notsep humi
       地が裂け地が破れる．牙を

5-21   taunatara, / nerokpe / chitoikonoshpa, / ikiash awa,
       tawnatara, / nerokpe / ci toykonospa, / iki as a wa,
       鳴らしながら，彼等を強く追つかけたところが

5-22   hoshki ekpe / weninkarpo / kitek
       hoski ek pe / wen inkarpo / ki tek
       先に来た者は，それと見るや

2.5 谷地の魔神が自ら歌つた謡「ハリックンナ」

5-23 　chepshikiru / ekannayukar, / rerek ainu
　　　 cep sikiru / ekannayukar, / rerek aynu
　　　 魚がクルリとあとへかへる様に引かへして顔色の悪い男の

5-24 　tempokihi kush wa, / too hoshkino / kirawa isam.
　　　 tempokihi kus wa, / too hoskino / kira wa isam.
　　　 わきの下をくぐりずーっと逃げてしまつた．

5-25 　Rerek ainu / tutem retem / chinoshpa ko
　　　 rerek aynu / tu tem re tem / ci nospa ko
　　　 青い男を二間三間追つかけると

5-26 　chioshikoni, / kitaina wano / chioanruki.
　　　 ci osikoni, / kitayna wano / ci oanruki.
　　　 直ぐ追ひついて頭から呑んでしまつた．

5-27 　Tataotta / nea okkayo / chitoikonoshpa, / sapash aine
　　　 tata ot ta / nea okkayo / ci toykonospa, / sap as a ine
　　　 そこで今度は彼の男をありつたけの速力で追つかけて来て

5-28 　Ainu kotan / poro kotan / oshmakehe / akoshirepa.
　　　 aynu kotan / poro kotan / osmakehe / a kosirepa.
　　　 人間の村，大きな村の後へ着いた．

5-29 　Ingarash awa / unetunankar,
　　　 inkar as a wa / un etunankar,
　　　 見るとむかふから

5-30 　Ape Huchi / Kamui Huchi / hure kosonte / iwan kosonte
　　　 apehuci / kamuy huci / hure kosonte / iwan kosonte
　　　 火の老女神の老女があかい着物，六枚の着物に

— 139 —

第2章『アイヌ神謡集』テキスト

5-31 kokutkor kane, / iwan kosonte / opannere,
      kokutkor kane, / iwan kosonte / opannere,
      帯をしめ，六枚の着物を羽織つて

5-32 hure kuwa / ekuwakor kane, / Unteksamta / chitursere.
      hure kuwa / ekuwakor kane, / un teksam ta / citursere.
      あかい杖をついて私の側へ飛んで来た．

5-33 "Usainetapshui / nep ekar kusu / tan ainu kotan
      "usayne tap suy / nep e kar kusu / tan aynu kotan
      「これはこれは，お前は何しに此のアイヌ村へ

5-34 ekosan shiri tan, / hetak hoshipi, / hetak hoshipi!"
      e kosan siri tan, / hetak hosipi, / hetak hosipi!"
      来るのか．さあお帰り，さあお帰り．」

5-35 itak kane / hure kuwa / kani kuwa / unkurkashi
      itak kane / hure kuwa / kani kuwa / un kurkasi
      言ひながら，あかい杖かねの杖をふり上げて私を

5-36 eshitaiki, / kuwatuika wa / otuwennui / orewennui
      esitayki, / kuwa tuyka wa / otu wen nuy / ore wen nuy
      たゝくと，杖から焔が

5-37 unkurkashi / wenaptoshinne / chiranaranke.
      un kurkasi / wen apto sinne / ciranaranke.
      私の上へ雨の様に降つて来る．

5-38 Kipne korka / senneponno / chiekottanu,
      ki p ne korka / senne ponno / ci ekottanu,
      けれども私はちつとも構はず，

— 140 —

2.5　谷地の魔神が自ら歌つた謡「ハリックンナ」

5-39　chinotsephum / taunatara kor, / nea ainu
　　　ci notsep hum / tawnatara kor, / nea aynu
　　　牙打鳴らしながら彼の男を

5-40　chitoikonoshpa ko / nea ainu, / kotantum peka
　　　ci toykonospa ko / nea aynu, / kotan tum peka
　　　追かけると，彼の男は村の中を

5-41　pashno karip / shikopayar. / Oshi terkeash ko
　　　pasno karip / sikopayar. / osi terke as ko
　　　よくまはる環の様に走つて行く．そのあとを飛んで

5-42　toi yasashke / toi pererke. / Kotanutur / haushitaiki
　　　toy yasaske / toy pererke. / kotan utur / haw sitayki
　　　行くと，大地が裂け大地が破れる，村中は大さはぎ

5-43　mattek ampap, / potek ampap, urayayaisere,
　　　mat tek anpa p, / po tek anpa p, / urayayaysere,
　　　妻の手を引く者子の手を引く者泣叫び

5-44　ukirarep / shirpop apkor / hawash korka,
　　　ukirare p / sir pop apkor / hawas korka,
　　　逃げゆくもの，煮えくりかへるやうなありさま，けれども

5-45　senneponno / chiekottanu, / wen toiupun
　　　senne ponno / ci ekottanu, / wen toy upun
　　　私は少しも構はず，土吹雪

5-46　chishiokote, / Kamui Huchi / unteksama / ehoyupu ko
　　　ci siokote, / kamuy huci / un teksama / ehoyupu ko
　　　をたてる，火の老女神は私の側を走つて来ると

― 141 ―

5-47　　wen nuiikir / unenkata / patkepatke,
　　　　wen nuy ikir / un enka ta / patkepatke,
　　　　大へんな焔が，私の上に飛交ふ．

5-48　　Rapokita / nea okkayo / shine chise / chiseupshor
　　　　rapoki ta / nea okkayo / sine cise / cise upsor
　　　　其の中に，彼の男は一軒の家に

5-49　　korawoshma / hontomota / soyoterke.
　　　　korawosma / hontomo ta / soyoterke.
　　　　飛込むと直ぐにまた飛出した

5-50　　Inkarash awa, / noya ponku / noya ponai / uweunu
　　　　inkar as a wa, / noya pon ku / noya pon ay / ueunu
　　　　見ると，蓬の小弓に蓬の小矢をつがへて

5-51　　unetunankar / sancha otta / minakane / yokoyoko,
　　　　un etunankar / sanca ot ta / mina kane / yokoyoko,
　　　　むかふから，ニコニコして，私をねらつてゐる．

5-52　　shirki chiki / chiemina rushui.
　　　　sirki ciki / ci emina rusuy.
　　　　それを見て私は可笑しく思つた

5-53　　"Enean pon noyaai / neike auninpe tan?" ari
　　　　"ene an pon noya ay / ne ike a unin pe tan?" ari
　　　　「あんな小さな蓬の矢，何で人が苦しむものか」と

5-54　　yainuash kane / chinotsephum / taunatara,
　　　　yaynu as kane / ci notsep hum / tawnatara,
　　　　思ひながら私は牙を打鳴らして

2.5 谷地の魔神が自ら歌つた謡「ハリツクンナ」

5-55   kitaina wano / chiruki kushu / ikichiash awa,
       kitayna wano / ci ruki kusu / ikici as a wa,
       頭から呑まうとしたら

5-56   rapoketa / nea okkayo / chiokshutu peka
       rapoke ta / nea okkayo / ci oksutu peka
       其の時彼の男は私の首ツ玉を

5-57   unshirkochotcha, / pateknetek / nekonneya
       un sirkocotca, / patek ne tek / nekon ne ya
       したゝかに射た．それつきり何うしたか

5-58   chieramishkare.
       ci eramiskare.
       わからなくなつてしまつた．

5-59   Hunakpaketa / yaishikarunash, / ingarash awa
       hunak pake ta / yaysikarun as, / inkar as a wa
       ふと気がついて見たところが

5-60   poro chatai / ashurpeututta / okayash kane okayash.
       poro catay / asurpe utut ta / okay as kane okay as.
       大きな龍の耳と耳の間に私はゐた．

5-61   Kotankor utar / uwekarpa, / nea chinoshpa okkaipo
       kotan kor utar / uekarpa, / nea ci nospa okkaypo
       村の人々が集つて，彼の私が追つかけた若者が

5-62   aripawekur / tenke kane, / chirakewehe / ukotata,
       aripawekur- / tenke kane, / ci rakewehe / ukotata,
       大声で指図をして，私の屍体をみんな細かに刻み

— 143 —

第2章『アイヌ神謡集』テキスト

5-63   shine aniun / rurpa wa / uhuika wa / nepashuhu
        sine an i un / rurpa wa / uhuyka wa / ne pasuhu
        一つ所へ運んで焼いて其の灰を

5-64   kimuniwa / iwaoshmake / kochari wa isam.
        kimun iwa / iwa osmake / kocari wa isam.
        山の岩の岩の後へ捨てゝしまつた．

5-65   Tap eashir / ingarash ko, / oyachiki, / yayan ainu
        tap easir / inkar as ko, / oyaciki, / yayan aynu
        今になつてはじめて見ると，それは，たゞの人間

5-66   useokkaipo / ne kuni / Chiramu awa,
        use okkaypo / ne kuni / ci ramu a wa,
        たゞの若者だと思つたのは

5-67   Okikirmui / kamui rametok / ne awan.
        okikirmuy / kamuy rametok / ne aw an.
        オキヽリムイ神の勇者であつた

5-68   Ashtoma wen kamui / nitne kamui / chine kiwa,
        astoma wen kamuy / nitne kamuy / ci ne ki wa,
        恐しい悪い神，悪魔神，私はそれであつて

5-69   ainu kotan / koehangeno / okayash wa,
        aynu kotan / koehankeno / okay as wa,
        人間の村の近くにゐるので

5-70   Okikirmui / Kotan eyam kusu, / unshimemokka
        okikirmuy / kotan eyam kusu, / un simemokka
        オキヽリムイは村の為を思つて，私をおこらせ

2.5 谷地の魔神が自ら歌つた謡「ハリツクンナ」

5-71　unshinoshpare wa, / noyaai ari / unraike ruwe
　　　un sinospare wa, / noya ay ari / un rayke ruwe
　　　自分を追ひかけさせて，蓬の矢で私を殺したので

5-72　nerokokai. / Orowa, / hoskino / chioanruki
　　　ne rok okay. / oro wa, / hoskino / ci oanruki
　　　あつた．それから，先に私が呑んでしまつた

5-73　rerekainu anak, / ainune kuni / chiramu awa,
　　　rerek aynu anak, / aynu ne kuni / ci ramu a wa,
　　　青い男は，人間だと思つたのだつたが

5-74　oyachiki / Okikirmui / eosomap / ainune kar wa,
　　　oyaciki / okikirmuy / eosoma p / aynu ne kar wa,
　　　それは，オキヽリムイがその放糞を人に作り

5-75　tura wa / ek ruwe / ne awan.
　　　tura wa / ek ruwe / ne aw an.
　　　それを連れて来たのであつた．

5-76　Nitne kamui / chinea kushu, / tane anakne
　　　nitne kamuy / ci ne a kusu, / tane anakne
　　　私は魔神であつたから今はもう

5-77　poknamoshir / arwen moshir un / aunomante kusu,
　　　pokna mosir / arwen mosir un / a un omante kusu,
　　　地獄のおそろしい悪い国にやられたのだから

5-78　tewano anak / ainu moshir / nep akoeyampe ka
　　　tewano anak / aynu mosir / nep a koeyam pe ka
　　　これからは，人間の国には，何の危険も

― 145 ―

5-79　　isam, / aeerannakpe ka isam nankor.
　　　　isam, / a eerannak pe ka isam nankor.
　　　　ない，邪魔ものもないであらう．

5-80　　Ashtoma nitne kamui / chinea korka,
　　　　astoma nitne kamuy / ci ne a korka,
　　　　私は恐しい魔神であつたけれども

5-81　　shine ainupito / chinupurkashure / unekarkar,
　　　　sine aynu pito / cinupurkasure / un ekarkar,
　　　　一人の人間の計略にまけて

5-82　　tane anakne / toi rai / wen rai / chiki shiri tapan,
　　　　tane anakne / toy ray / wen ray / ci ki siri tap an,
　　　　今はもう，つまらない死方，悪い死方をするのです．

5-83　　ari nitatorun nitne kamui yayeyukar.
　　　　ari nitat or un nitne kamuy yayeyukar.
　　　　と谷地の魔神が物語りました．

2.6　小狼の神が自ら歌つた謡「ホテナオ」

Pon Horkeukamui yaieyukar "Hotenao"
pon horkew kamuy yay'eyukar "hotenao"
小狼の神が自ら歌つた謡「ホテナオ」

6-1　　Hotenao
　　　　hotenao
　　　　ホテナオ

6-2　　Shineantota / nishmuash kusu / pishta sapash,
　　　　sine an to ta / nismu as kusu / pis ta sap as,
　　　　或日に退屈なので浜辺へ出て

6-3　　shinotash kor / okayash awa, / shine ponrupneainu
　　　　sinot as kor / okay as a wa, / sine pon rupne aynu
　　　　遊んでゐたら一人の小男が

6-4　　ek koran wakusu, / hepashi san ko / hepashi chietushmak,
　　　　ek kor an wa kusu, / hepasi san ko / hepasi ci etusmak,
　　　　来てゐたから，川下へ下ると私も川下へ

6-5　　heperai ek ko / heperai chietushmak.
　　　　heperay ek ko / heperay ci etusmak.
　　　　下り，川上へ来ると私も川上へ行き道をさへぎつた．

6-6　　Ikichiash awa, / hepashi iwanshui
　　　　ikici as a wa, / hepasi iwan suy
　　　　すると川下へ六回

6-7   heperai iwanshui / ne ita / ponrupneainu
       heperay iwan suy / ne i ta / pon rupne aynu
       川上へ六回になつた時小男は

6-8   kor wenpuri / enantuika / eparsere, / eneitaki: ─
       kor wen puri / enan tuyka / eparsere, / ene itak i: ─
       持前の疳癪を顔に表して言ふことには

6-9   "Pii tuntun, / pii tun tun!
       "pii tun tun, / pii tun tun!
       「ピイピイ

6-10   tan hekachi / wen hekachi / eiki chiki,
       tan hekaci / wen hekaci / e iki ciki,
       此の小僧め悪い小僧め，そんな事をするなら

6-11   tan esannot / teeta rehe / tane rehe
       tan esannot / teeta rehe / tane rehe
       此の岬の，昔の名と今の名を

6-12   ukaepita / eki kushnena!"
       ukaepita / e ki kusne na!"
       言解いて見ろ」

6-13   Hawash chiki / chiemina kor / itakash hawe
       hawas ciki / ci emina kor / itak as hawe
       私は聞いて笑ひながらいふこと

6-14   ene okai: ─
       ene okay: ─
       には‥‥

2.6 小狼の神が自ら歌つた謡「ホテナオ」

6-15 "Nennamora / tan esannot / teeta rehe
      "nennamora / tan esannot / teeta rehe
      「誰が此の岬の昔の名と

6-16 Tane rehe / erampeuteka!
      tane rehe / erampewtek a!
      今の名を知らないものか！

6-17 Teeta anak / shinnupur kusu
      teeta anak / sin nupur kusu
      昔は，尊いえらい神様や人間が居つたから

6-18 tapan esannot / 'Kamuiesannot' ari
      tap an esannot / 'kamuy'esannot' ari
      此の岬を神の岬と

6-19 ayea korka / tane anakne / shirpan kusu
      a ye a korka / tane anakne / sir pan kusu
      言つたものだが，今は時代が衰へたから

6-20 'Inauesannot' ari / aye ruwe / tashi anne!"
      'inaw'esannot' ari / a ye ruwe / tasi an ne!"
      御幣の岬とよんでゐるのさ！」

6-21 itakash awa / ponrupneainu / eneitaki: —
      itak as a wa / pon rupne aynu / ene itak i: —
      云ふと，小男のいふことには

6-22 "Pii tuntun, / pii tuntun!
      "pii tuntun, / pii tuntun!
      「ピイトンピイトン

6-23 Tan hekachi, / sonnohetap / ehawan chiki
      tan hekaci, / sonno he tap / e hawan ciki
      此小僧め本当にお前はさういふなら

6-24 tapan petpo / teeta rehe / tane rehe
      tap an petpo / teeta rehe / tane rehe
      此の川の前の名と今の名を

6-25 ukaepita / eki kushnena."
      ukaepita / e ki kusne na."
      言つて見ろ.」

6-26 hawash chiki / itakash hawe / ene okai: ―
      hawas ciki / itak as hawe / ene okay: ―
      聞くと，私の言ふことには

6-27 "Nennamora / tapan petpo / teeta rehe
      "nennamora / tap an petpo / teeta rehe
      「誰が此の川の前の名

6-28 tane rehe / erampeuteka!
      tane rehe / erampewtek a!
      今の名を知らないものか！

6-29 teeta kane / shinnupurita / tapan petpo
      teeta kane / sin nupur i ta / tap an petpo
      昔，えらかつた時代には此の川を

6-30 'Kanchiwetunash' ari / ayea korka
      'kanciwetunas' ari / a ye a korka
      流れの早い川と言つてゐたのだが

2.6 小狼の神が自ら歌つた謠「ホテナオ」

6-31   tane shirpan kushu / 'Kanchiwemoire' ari
       tane sir pan kusu / 'kanciwemoyre' ari
       今は世が衰へてゐるので流れの遅い川と

6-32   aye ruwe tashi anne!"
       a ye ruwe tasi an ne!"
       言つてゐるのさ。」

6-33   itakash awa / ponrupneainu / ene itaki: ―
       itak as a wa / pon rupne aynu / ene itak i: ―
       云ふと小男の云ふことには

6-34   "Pii tuntun, / pii tun tun!"
       "pii tun tun, / pii tun tun!"
       「ピイトントンピイトントン

6-35   sonnohetapne / ehawan chiki,
       sonno he tap ne / e hawan ciki,
       本当にお前そんな事を云ふなら

6-36   ushinritpita / aki kushnena!"
       usinritpita / a ki kusne na!"
       お互の素性の解合ひをやらう。」

6-37   hawash chiki / itakash hawe / eneokai: ―
       hawas ciki / itak as hawe / ene okay: ―
       聞いて私の云ふことには

6-38   "Nennamora / eshinrichihi / erampeuteka!
       "nennamora / e sinricihi / erampewtek a!
       「誰がお前の素性を知らないものか！

6-39 otteeta / Okikirmui / kimta oman wa,
     otteeta / okikirmuy / kim ta oman wa,
     大昔，オキヽリムイが山へ行つて

6-40 kucha karita / keneinunpe / kar aike
     kuca kar i ta / kene inunpe / kar a ike
     狩猟小舎を建てた時榛の木の炉縁を作つたら

6-41 ne inunpe / apekar wa / sattek okere,
     ne inunpe / ape kar wa / sattek okere,
     その炉縁が火に当つてからからに乾いてしまつた．

6-42 Okikirmui / oararkehe / oterke ko / oararkehe
     okikirmuy / oar arkehe / oterke ko / oar arkehe
     オキヽリムイが片方を踏むと片一方が

6-43 hotari. Newaanpe / Okikirmui / rushka kushu
     hotari. ne wa an pe / okikirmuy / ruska kusu
     上る，それをオキヽリムイが怒つて

6-44 ne inunpe / pet otta / kor wa san wa,
     ne inunpe / pet ot ta / kor wa san wa,
     其の炉縁を川へ持つて下り

6-45 oshura wa / isam ruwe ne.
     osura wa / isam ruwe ne.
     捨てゝしまつたのだ．

6-46 Orowano / ne inunbe / petesoro / mom aineno,
     oro wano / ne inunpe / pet esoro / mom a ine no,
     それから其の炉縁は流れに沿ふて流れていつて

2.6 小狼の神が自ら歌つた謠「ホテナオ」

6-47 atuioro oshma, / tu atuipenrur / re atuipenrur
      atuy oro osma, / tu atuy penrur / re atuy penrur
      海へ出で，彼方の海此方の海波

6-48 chieshirkik shiri / kamuiutar / nukar wa,
      ciesirkik siri / kamuy utar / nukar wa,
      に打つけられる様を神様たちが御覧になつて，

6-49 aeoripak / Okikirmui / tekekarpe / neeno
      a eoripak / okikirmuy / tekekarpe / neeno
      敬ふべきえらいオキヽリムイの手作りの物が其の様に

6-50 yaierampeutek wa / mom aineno / atuikomunin
      yay'erampewtek wa / mom a ine no / atuykomunin
      何の役にもたゝず迷ひ流れて海水と共に腐つてしまふのは

6-51 aenunuke kusu, / kamuiutar orowa
      a enunuke kusu, / kamuy utar oro wa
      勿体ない事だから神様たちから

6-52 ne inumbe / cheppone akar wa / 'Inumpepecheppo' ari
      ne inunpe / ceppo ne a kar wa / 'inunpepeceppo' ari
      其の炉縁は魚にされて，炉縁魚

6-53 arekore ruwe ne.
      a rekore ruwe ne.
      と名づけられたのだ．

6-54 Awa, / ne inumpepecheppo, / yaishinrit
      a wa, / ne inunpepeceppo, / yaysinrit-
      ところが其の炉縁魚は，自分の素性が

6-55　erampeutek wa / ainune yaikar wa / iki koran,
　　　erampewtek wa / aynu ne yaykar wa / iki kor an,
　　　わからないので，人にばけてうろついてゐる．

6-56　Ne inumpepecheppo / ene ruwe tashi anne."
　　　ne inunpepeceppo / e ne ruwe tasi an ne."
　　　その炉縁魚がお前なのさ．」

6-57　itakash awa, / pon rupneainu iporohoka
　　　itak as a wa, / pon rupne aynu iporoho ka
　　　云ふと，小男は顔色を

6-58　wenawena ikokanu wa an aine
　　　wen a wen a ikokanu wa an a ine
　　　変へ変へ聞いてゐたが

6-59　"Pii tun tun, / pii tun tun!
　　　"pii tun tun, / pii tun tun!
　　　「ピイトントン，ピイトントン！

6-60　eani anak / Pon Horkeusani / ene ruwe tashi
　　　eani anak / pon horkew sani / e ne ruwe tasi
　　　お前は，小さい，狼の子なの

6-61　anne."
　　　an ne."
　　　さ．」

6-62　itakkeseta / atui orun / terke humi / chopkosanu,
　　　itak kese ta / atuy or un / terke humi / copkosanu,
　　　云ひ終ると直ぐに海へパチヤンと飛込んだ．

— 154 —

2.6 小狼の神が自ら歌つた謡「ホテナオ」

6-63 oshi inkarash awa, / shine hure cheppo
      osi inkar as a wa, / sine hure ceppo
      あと見送ると一つの赤い魚が

6-64 honoyanoya wa / too herepashi
      honoyanoya wa / too herepasi
      尾鰭を動かしてずーっと沖へ

6-65 oman wa isam.
      oman wa isam.
      行ってしまつた.

6-66 ari pon horkeu kamui isoitak
      ari pon horkew kamuy isoytak
      と, 幼い狼の神様が物語りました.

2.7　梟の神が自ら歌つた謡「コンクワ」

Kamuichikap Kamui yaieyukar "Konkuwa"
kamuy cikap kamuy yay'eyukar "konkuwa"
梟の神が自ら歌つた謡「コンクワ」

7-1　　Konkuwa
　　　　konkuwa
　　　　コンクワ

7-2　　"Teeta kane / itakash hawe / karinbaunku
　　　　"teeta kane / itak as hawe / karimpa un ku
　　　　「昔私の物言ふ時は桜皮を巻いた弓の

7-3　　kunum noshki / chauchawatki / korachitapne
　　　　ku num noski / cawcawatki / koraci tap ne
　　　　弓把の央を鳴り渡らす如くに

7-4　　itakash hawe / okai awa,
　　　　itak as hawe / okay a wa,
　　　　言つたのであつたが

7-5　　tane rettekash / tane onneash / ki humi okai.
　　　　tane rettek as / tane onne as / ki humi okay.
　　　　今は衰へ年老ひてしまつた事よ.

7-6　　Newaneyakka / nenkatausa / pawetokkor wa,
　　　　ne wa ne yakka / nen ka ta usa / pawetok kor wa,
　　　　けれども誰か雄弁で

— 156 —

2.7 梟の神が自ら歌つた謠「コンクワ」

7-7　sonko otta / yayotuwaship / an yakne,
　　　sonko ot ta / yayotuwasi p / an yakne,
　　　使者としての自信を持つてる者があつたら

7-8　kanto orun / sonkoemko / eiwansonko
　　　kanto or un / sonko emko / eiwan sonko
　　　天国へ五つ半の談判

7-9　chieuitekkarokai" ari
　　　ci euytekkar okay" ari
　　　を言ひつけてやりたいものだ.」と

7-10　kutoshintoko / putakashike / chioreporep kor
　　　 kutosintoko / puta kasike / ci oreporep kor
　　　 たが付のシントコの蓋の上をたゝきながら

7-11　itakash awa, / apa otta / kanakankunip
　　　 itak as a wa, / apa ot ta / kanakankunip
　　　 私は云つた，ところが入口で誰かゞ

7-12　"Nen unmoshma / sonko otta / pawetokkor wa
　　　 "nen un mosma / sonko ot ta / pawetok kor wa
　　　 「私をおいて誰が使者として雄弁で

7-13　yayotuwashi ya" ari, itak wakusu
　　　 yayotuwasi ya" ari, itak wa kusu
　　　 自信のあるものがあるでせう」といふので

7-14　inkarash awa / Pashkurokkayo / ne kane an.
　　　 inkar as a wa / paskur okkayo / ne kane an.
　　　 見ると鴉の若者であつた

— 157 —

7-15　Chiahunge wa, / orowano / kutoshintoko
　　　ci ahunke wa, / oro wano / kutosintoko
　　　私は家に入れて，それから，たがつきのシントコの

7-16　puta kashike / chioreporep kor
　　　puta kasike / ci oreporep kor
　　　蓋の上をたゝきながら

7-17　pashkurokkayo / chiuitek kushu,
　　　paskur okkayo / ci uytek kusu,
　　　鴉の若者を使者にたてる為

7-18　ne sonko / chiye aine / rerko shiran,
　　　ne sonko / ci ye a ine / rerko sir an,
　　　其の談判を云ひきかせて三日たつて

7-19　resonko patek / chiyerapokta / ingarash awa,
　　　re sonko patek / ci ye rapok ta / inkar as a wa,
　　　三つ目の談判を話しながら見ると

7-20　Pashkurokkayo / inumbeoshmak
　　　paskur okkayo / inunpe osmak
　　　鴉の若者は炉縁の後で

7-21　koherachichi. / Shirki chiki / wenkinrane
　　　koheracici. / sirki ciki / wen kinra ne
　　　居眠りをしてゐる，それを見ると，癪に

7-22　unkohetari / Pashkurokkayo
　　　un kohetari / paskur okkayo
　　　さはつたので鴉の若者を

2.7 梟の神が自ら歌つた謠「コンクワ」

7-23 chirapkokikkik, / chiraike wa isam.
      ci rapkokikkik, / ci rayke wa isam.
      羽ぐるみ引ぱたいて殺してしまつた．

7-24 Orowano shui / kutoshintoko / putakashike
      oro wano suy / kutosintoko / puta kasike
      それから又たがつきのシントコの蓋の上を

7-25 chiorep kor,
      ci orep kor,
      たゝきながら

7-26 "Nenkatausa / sonko otta / yayotuwaship
      "nen ka ta usa / sonko ot ta / yayotuwasi p
      「誰か使者として自信のある者が

7-27 an yakne / kanto orun / sonkoemko / eiwansonko
      an yakne / kanto or un / sonko emko / eiwan sonko
      あれば天国へ五ツ半の

7-28 chieuitekkar okai" ari.
      ci euytekkar okay" ari.
      談判を言ひつけてやりたい．」と

7-29 itakash awa, / hemanta shui / apa orun
      itak as a wa, / hemanta suy / apa or un
      言ふと，誰かゞまた入口へ

7-30 "Nen unmoshma / pawetokkor wa
      "nen un mosma / pawetok kor wa
      「誰が私をおいて，雄弁で

— 159 —

7-31 　　kanto orun / auiteknoine anpe / okai hawe."
　　　　kanto or un / a uytek noyne an pe / okay hawe."
　　　　天国へ使者に立つほどの者がありませう,」

7-32 　　itak wakushu, / ingarash awa / Metoteyami
　　　　itak wa kusu, / inkar as a wa / metoteyami
　　　　云ふので見ると山のかけす

7-33 　　ne kane an.
　　　　ne kane an.
　　　　であつた．

7-34 　　Chiahunke wa / orowano shui
　　　　ci ahunke wa / oro wano suy
　　　　家へ入れてそれからまた

7-35 　　kutoshintoko / putakashike / chiorep kor
　　　　kutosintoko / puta kasike / ci orep kor
　　　　たが付のシントコの蓋の上をたゝきながら

7-36 　　sonkoemko / eiwansonko chiye wa
　　　　sonko emko / eiwan sonko ci ye wa
　　　　五ツ半の談判を話して

7-37 　　inererko shiran, / inesonko / chiyerapokta
　　　　inererko sir an, / ine sonko / ci ye rapok ta
　　　　四日たつて，四つの用向を言つてゐるうちに

7-38 　　metoteyami / inumpe oshmak / koherachichi.
　　　　metoteyami / inunpe osmak / koheracici.
　　　　山のかけすは炉縁の後で居眠りをしてゐる,

2.7 梟の神が自ら歌つた謠「コンクワ」

7-39 Chirushka kushu / Metoteyami / chirapkokikkik
　　　ci ruska kusu / metoteyami / ci rapkokikkik
　　　私は腹が立つて山のかけすを羽ぐるみひつぱたいて

7-40 chiraike wa isam.
　　　ci rayke wa isam.
　　　殺してしまつた，

7-41 Orowano shui / kutoshintoko / puta kashike
　　　oro wano suy / kutosintoko / puta kasike
　　　それからまたたが付のシントコの蓋の上を

7-42 chiorep kane,
　　　ci orep kane,
　　　たゝきながら，

7-43 "Nenkatausa / pawetokkor wa / sonko otta
　　　"nen ka ta usa / pawetok kor wa / sonko ot ta
　　　「誰か雄弁で使者として

7-44 yayotuwaship / an yakne / kanto orun
　　　yayotuwasi p / an yakne / kanto or un
　　　自信のある者があれば，天国へ

7-45 sonkoemko / eiwansonko / chikore okai."
　　　sonko emko / eiwan sonko / ci kore okay."
　　　五ツ半の談判を持たせてやりたい.」

7-46 itakash aike, / kanakankunip
　　　itak as a ike, / kanakankunip
　　　と云ふと，誰かゞ

— 161 —

7-47　oripak kane / shiaworaye, / inkarash awa
　　　 oripak kane / siaworaye, / inkar as a wa
　　　 慎深い態度ではいつて来たので見ると

7-48　Katkenokkayo[1] / kamuishirine
　　　 katken okkayo / kamuy siri ne
　　　 川鴉の若者美しい様子で

7-49　harkisone / ehorari. / Shirki chiki,
　　　 harkiso ne / ehorari. / sirki ciki,
　　　 左の座に座つた．それで私は

7-50　kutosintoko / puta kashike / chiorep kane,
　　　 kutosintoko / puta kasike / ci orep kane,
　　　 たが付のシントコの蓋の上をたゝきながら

7-51　sonkoemko / eiwansonko / kunne hene
　　　 sonko emko / eiwan sonko / kunne hene
　　　 五ツ半の用件を夜でも

7-52　tokap hene / chiecharanke. / Inkarash ko
　　　 tokap hene / ci ecaranke. / inkar as ko
　　　 昼でも言ひ続けた．見れば

7-53　Katkenokkayo / nepechiu ruwe / oarisamno
　　　 katken okkayo / nep eciw ruwe / oar isam no
　　　 川ガラスの若者何も疲れた様子もなく

7-54　ikokanu wa / okai aine, / tokaprerko / kunnererko
　　　 ikokanu wa / okay a ine, / tokap rerko / kunne rerko
　　　 聞いてゐて昼と夜を

2.7 梟の神が自ら歌つた謡「コンクワ」

7-55 chiukopishki / iwanrerko / ne ita
　　　ci ukopiski / iwanrerko / ne i ta
　　　数へて六日目に

7-56 chiyeokere ko nani / rikunshuika
　　　ci ye okere ko nani / rikunsuy ka
　　　私が言ひ終ると直ぐに天窓から

7-57 chioposore, / kanto orun / omanwa isam.
　　　cioposore, / kanto or un / oman wa isam.
　　　出て天国へ行つてしまつた．

7-58 Ne sonko / ikkewe anak, / ainumoshir
　　　ne sonko / ikkewe anak, / aynu mosir
　　　其の談判の大むねは，人間の世界に

7-59 kemush wa / ainupitoutar / tane anakne
　　　kemus wa / aynu pito utar / tane anakne
　　　饑饉があつて人間たちは今にも

7-60 kemekot kushki. / Nepikkeune / eneshirki shirineya
　　　kemekot kuski. / nep ikkew ne / ene sirki siri ne ya
　　　餓死しようとしてゐる．何う云ふ訳かと

7-61 inkarash awa, / kanto otta
　　　inkar as a wa, / kanto ot ta
　　　見ると天国に

7-62 Yukkor Kamui newa / Chepkor kamui
　　　yuk kor kamuy newa / cep kor kamuy
　　　鹿を司る神様と魚を司る神様とが

― 163 ―

第2章『アイヌ神謡集』テキスト

7-63 ukoramkor wa / yuk somosapte / chep somosapte
ukoramkor wa / yuk somo sapte / cep somo sapte
相談をして鹿も出さず魚も出さぬことに

7-64 ruwe ne awan kusu, / kamuiutar orowa
ruwe ne aw an kusu, / kamuy utar oro wa
したからであつたので神様たちから

7-65 nekona aye yakka / senneponno / ekottanuno
nekon a a ye yakka / senne ponno / ekottanu no
何んなに言はれても知らぬ顔をして

7-66 okai kusu, / ainupitoutar / ekimne kushu
okay kusu, / ainu pito utar / ekimne kusu
ゐるので人間たちは猟に

7-67 kimta paye yakka / yuk ka isam, / chepkoiki kushu
kim ta paye yakka / yuk ka isam, / cep koyki kusu
山へ行つても鹿も無い，魚漁に

7-68 petotta / paye yakka / chep ka isam ruwe / ne awan.
pet ot ta / paye yakka / cep ka isam ruwe / ne aw an.
川へ行つても魚も無い．

7-69 Chinukar wa / chirushka kushu / kanto orun
ci nukar wa / ci ruska kusu / kanto or un
私はそれを見て腹が立つたので

7-70 Yukkor Kamui / Chepkor Kamui / chiko sonkoanpa
yuk kor kamuy / cep kor kamuy / ci kosonkoanpa
鹿の神魚の神へ使者をたてた

― 164 ―

2.7 梟の神が自ら歌つた謡「コンクワ」

7-71　ki ruwene.
　　　ki ruwe ne.
　　　のである．

7-72　Orowano / keshtokeshto / shiran aine,
　　　oro wano / kesto kesto / sir an a ine,
　　　それから幾日もたつて

7-73　kantokotor / sepepatki / humash aine,
　　　kanto kotor / sepepatki / hum as a ine,
　　　空の方に微かな音がきこえてゐたが

7-74　kanakankunip / shiaworaye. / Inkarash awa
　　　kanakankunip / siaworaye. / inkar as a wa
　　　誰かがはいつて来た．見ると

7-75　Katkenokkayo / tanean pirka / shioarwenrui,
　　　katken okkayo / tane an pirka / sioarwenruy,
　　　川ガラスの若者今は前よりも美しさを増し

7-76　rametokipor / eipottumu / niunatara,
　　　rametok ipor / eipottumu- / niwnatara,
　　　勇しい気品をそなへて

7-77　itasasonko echaranke.
　　　itasa sonko ecaranke.
　　　返し談判を述べはじめた．

7-78　Kanto otta / Yukkor Kamui / Chepkor kamui
　　　kanto ot ta / yuk kor kamuy / cep kor kamuy
　　　天国の鹿の神や魚の神が

― 165 ―

7-79　tanto pakno / yuk somoatte / chep somoatte
　　　tanto pakno / yuk somo atte / cep somo atte
　　　今日まで鹿を出さず魚を出さなかつた

7-80　ikkewe anak / ainupitoutar / yukkoiki ko
　　　ikkewe anak / aynu pito utar / yuk koyki ko
　　　理由は，人間たちが鹿を捕る時に

7-81　chikuni ari / yuksapa kik, / iri ko
　　　cikuni ari / yuk sapa kik, / iri ko
　　　木で鹿の頭をたゝき，皮を剥ぐと

7-82　yuksapaha / neeno kenash kata
　　　yuk sapaha / neeno kenas ka ta
　　　鹿の頭を其の儘山の木原に

7-83　oshurpa wa are, / chepkoiki ko
　　　osurpa wa are, / cep koyki ko
　　　捨ておき，魚をとると

7-84　muninchikuni ari / chepsapa kik kushu,
　　　munin cikuni ari / cep sapa kik kusu,
　　　腐れ木で魚の頭をたゝいて殺すので，

7-85　yukutar / atushpa kane / chishkor
　　　yuk utar / atuspa kane / cis kor
　　　鹿どもは，裸で泣きながら

7-86　Yukkor Kamui / otta hoshippa, / cheputar
　　　yuk kor kamuy / ot ta hosippa, / cep utar
　　　鹿の神の許へ帰り，魚どもは

2.7 梟の神が自ら歌つた謠「コンクワ」

7-87　muninchikuni / ekupakane / Chepkor Kamui
　　　munin cikuni / ekupa kane / cep kor kamuy
　　　腐れ木をくはへて魚の神の

7-88　otta hoshippa. / Yukkor Kamui Chepkorkamui
　　　ot ta hosippa. / yuk kor kamuy cep kor kamuy
　　　許へ帰る．鹿の神魚の神は

7-89　irushka kushu / ukoramkor wa / yuk somoatte
　　　iruska kusu / ukoramkor wa / yuk somo atte
　　　怒つて相談をし，鹿を出さず

7-90　chep somoatte / ruwe neakorka, / tantewano
　　　cep somo atte / ruwe ne a korka, / tan tewano
　　　魚を出さなかつたのであつた．がこののち

7-91　ainupitoutar / yuk hene / chep hene
　　　aynu pito utar / yuk hene / cep hene
　　　人間たちが鹿でも魚でも

7-92　korkatu pirka / kusune yakun / yuk aatte
　　　kor katu pirka / kusu ne yakun / yuk a atte
　　　ていねいに取扱ふといふ事なら鹿も出す

7-93　chep aatte / kikushne. / ari, / Yukkor Kamui
　　　cep a atte / ki kusne. / ari, / yuk kor kamuy
　　　魚も出すであらう．と鹿の神と

7-94　Chepkor Kamui / hawokai katuhu / omommomo.
　　　cep kor kamuy / hawokay katuhu / omommomo.
　　　魚の神が言つたといふ事を詳しく申立てた．

7-95   Chinu orowa / Katkenokkayo otta
         ci nu oro wa / katken okkayo ot ta
         私はそれを聞いてから川ガラスの若者に

7-96   iramyeash wa, / inkarash awa / sonnokaun
         iramye as wa, / inkar as a wa / sonno ka un
         讃辞を呈して，見ると本当に

7-97   ainupitoutar / yuk hemem / chep hemem
         aynu pito utar / yuk hemem / cep hemem
         人間たちは鹿や魚を

7-98   korkatu wen / kirokokai.
         kor katu wen / ki rok okay.
         粗末に取扱つたのであつた．

7-99   Orowa / tewano anak / iteki / neeno / ikichi kuni
         oro wa / tewano anak / iteki / neeno / ikici kuni
         それから，以後は，決してそんな事をしない様に

7-100   ainupitoutar / mokor otta / tarap otta
         aynu pito utar / mokor ot ta / tarap ot ta
         人間たちに，眠りの時，夢の中に

7-101   chiepakashnu awa / ainupitoutar ka
         ci epakasnu a wa / aynu pito utar ka
         教へてやつたら，人間たちも

7-102   ipashterampo / yaikorpare, / orowano anak
         ipaste rampo / yaykorpare, / oro wano anak
         悪かつたといふ事に気が付き，それからは

2.7 梟の神が自ら歌つた謡「コンクワ」

7-103　inau korachi / isapakikni / tomtekarkar
　　　　inaw koraci / isapakikni / tomtekarkar
　　　　幣の様に魚をとる道具を美しく作り

7-104　ari chepkoiki, / yukkoiki ko / yuksapaha ka
　　　　ari cep koyki, / yuk koyki ko / yuk sapaha ka
　　　　それで魚をとると，鹿の頭も

7-105　pirkano / tomte wa / inaukorpare. / Kiwakushu
　　　　pirkano / tomte wa / inaw korpare. / ki wa kusu
　　　　きれいに飾つて祭る，それで

7-106　cheputar / nupetneno / pirka inau / ekupa kane
　　　　cep utar / nupetne no / pirka inaw / ekupa kane
　　　　魚たちは，よろこんで美しい御幣をくはへて

7-107　Chepkor Kamui / otta paye, / yukutar
　　　　cep kor kamuy / ot ta paye, / yuk utar
　　　　魚の神のもとに行き，鹿たちは

7-108　nupetneno / ashirsapakar kane / Yukkor Kamui
　　　　nupetne no / asir sapa kar kane / yuk kor kamuy
　　　　よろこんで新しく月代をして鹿の神

7-109　otta hoshippa. / Newaanpe Yukkor Kamui
　　　　ot ta hosippa. / ne wa an pe yuk kor kamuy
　　　　のもとに立帰る．それを鹿の神や

7-110　Chepkor Kamui / enupetne kusu,
　　　　cep kor kamuy / enupetne kusu,
　　　　魚の神はよろこんで

7-111　poronno chepatte, / poronno yukatte.
　　　　poronno cep atte, / poronno yuk atte.
　　　　沢山，魚を出し，沢山鹿を出した．

7-112　Ainupitoutar / tane anakne / nep erannak
　　　　aynu pito utar / tane anakne / nep erannak
　　　　人間たちは，今はもう何の困る事も

7-113　neperushui / somokino okai,
　　　　nep e rusuy / somoki no okay,
　　　　ひもじい事もなく暮してゐる

7-114　chinukat chiki / chieramushinne.
　　　　ci nukat ciki / ci eramusinne.
　　　　私はそれを見て安心をした．

7-115　Chiokai anak / tane onneash / tane rettekash
　　　　ciokay anak / tane onne as / tane rettek as
　　　　私は，もう年老い，衰へ弱つた

7-116　ki wa kushu, / kanto orun / payeash kuni
　　　　ki wa kusu, / kanto or un / paye as kuni
　　　　ので，天国へ行かうと

7-117　chiramua korka, / chiepunkine ainumoshir
　　　　ci ramu a korka, / ci epunkine aynu mosir
　　　　思つてゐたのだけれども，私が守護してゐる人間の国に

7-118　kemush wa / ainupitoutar / kemekot kushki ko
　　　　kemus wa / aynu pito utar / kemekot kuski ko
　　　　饑饉があつて人間たちが餓死しようとしてゐるのに

2.7 梟の神が自ら歌った謡「コンクワ」

7-119　chiekottanu / somokino / payeash ka / eaikap kushu,
　　　　ci ekottanu / somoki no / paye as ka / eaykap kusu,
　　　　構はずに行く事が出来ないので

7-120　tanepakno / okayasha korka, / tane anakne
　　　　tane pakno / okay as a korka, / tane anakne
　　　　これまで居たのだけれども，今はもう

7-121　nepaerannakpe ka / isam kushu / shinorametok
　　　　nep a erannak pe ka / isam kusu / sino rametok
　　　　何の気がゝりも無いから，最も強い者

7-122　upenrametok / unokaketa / ainumoshir
　　　　upen rametok / un okake ta / aynu mosir
　　　　若い勇者を私のあとにおき人間の世を

7-123　chiepunkinere, / tane kanto orun / payeash shiri tapan.
　　　　ci epunkinere, / tane kanto or un / paye as siri tap an.
　　　　守護させて，今天国へ行く所なのだ．

7-124　ari Kotankor Kamui kamui ekashi
　　　　ari kotan kor kamuy kamuy ekasi
　　　　と，国の守護神なる翁神（梟）が

7-125　isoitak orowa kanto orun oman. / ari.
　　　　isoytak oro wa kanto or un oman. / ari.
　　　　物語って天国へ行きました．と，

2.8 海の神が自ら歌つた謠「アトイカトマトマキ, クントテアシフム, フム！」

Repun Kamui yaieyukar "Atuika tomatomaki kuntuteashi hm hm!"
repunkamuy yay'eyukar "atuy ka tomatomaki kuntuteasi hm hm!"
海の神が自ら歌つた謠「アトイカトマトマキ, クントテアシフム, フム！」

8-1 Atuika tomatoma ki / kuntuteashi hm hm!
     atuy ka tomatoma ki / kuntuteasi hm hm!
     アトイカトマトマキ, クントテアシフムフム

8-2 Tanneyupi / iwan yupi / tanne sapo / iwan sapo
     tanne yupi / iwan yupi / tanne sapo / iwan sapo
     長い兄様六人の兄様, 長い姉様六人の姉様

8-3 takne yupi / iwan yupi / takne sapo / iwan sapo
     takne yupi / iwan yupi / takne sapo / iwan sapo
     短い兄様六人の兄様, 短い姉様六人の姉様が

8-4 unreshpa wa / okayash ko / chiokai anak
     un respa wa / okay as ko / ciokay anak
     私を育てゝ居たが, 私は

8-5 ikittukari / chituyeamset / amset kashi
     ikit tukari / cituyeamset / amset kasi
     宝物の積んである傍に高床をしつらへ, 其の高床の上に

8-6 chiehorari, / kepushpenuye / shirkanuye
     ci ehorari, / kepuspe nuye / sirka nuye
     すわつて鞘刻み鞘彫り

2.8 海の神が自ら歌つた謠「アトイカトマトマキ, クントテアシフム, フム！」

8-7 chikokipshirechiu, / neambe patek
     ci kokipsireciw, / neanpe patek
     それのみを

8-8 monraike ne / chiki kane / okayash.
     monrayke ne / ci ki kane / okay as.
     事として暮してゐた.

8-9 Keshtoanko / kunnewano / chiyuputari
     kesto an ko / kunne wano / ci yuputari
     毎日, 朝になると兄様たちは

8-10 ikayop se wa / chisautari tura / soyunpa wa,
     ikayop se wa / ci sautari tura / soyunpa wa,
     矢筒を背負つて姉様たちと一しよに出て行つて

8-11 onumananko / semiporkan / toine kane
     onuman an ko / sem ipor kan / toyne kane
     暮方になると疲れた顔色で

8-12 nepka sakno / hoshippa wa, / chisautari
     nep ka sak no / hosippa wa, / ci sautari
     何も持たずに帰つて来て姉様たちは

8-13 shinki shiri / shuke kiwa / unkoipunpa,
     sinki siri / suke ki wa / un koipunpa,
     疲れてゐるのに食事拵へをし, 私にお膳を出して

8-14 okaiutar nakka / ipe wa / iperuwoka / chishiturire ko,
     okay utar nakka / ipe wa / ipe ruwoka / cisiturire ko,
     自分たちも食事をして食事のあとが片付くと

— 173 —

第2章『アイヌ神謡集』テキスト

8-15 orowano / chiyuputari / aikarneap / kotekkankari,
oro wano / ci yuputari / ay kar neap / kotekkankari,
それから兄様たちは矢を作るのに忙しく手を動かす．

8-16 ikayop shik ko, / opittano / shinkipne kushu,
ikayop sik ko, / opittano / sinki p ne kusu,
矢筒が一ぱいになると，みんな疲れてゐるものだから

8-17 hotke wa / etorohawe / meshrototke.
hotke wa / etoro hawe / mesrototke.
寝ると高鼾を響かせてねむつてしまふ．

8-18 Ne shimkeanko / kunnenisat / pekernisat
ne simke an ko / kunne nisat / peker nisat
其の次の日になるとまだ暗い中に

8-19 ehopunpa, / chisautari / shuke wa / unkoipunpa,
ehopunpa, / ci sautari / suke wa / un koipunpa,
みんな起きて姉様たちが食事拵へをして私に膳を出し

8-20 opittano / ipeokere ko / too shui ikayop se wa
opittano / ipe okere ko / too suy ikayop se wa
みんな食事が済むと，また矢筒を背負つて

8-21 paye wa isam. / Shui onumananko
paye wa isam. / suy onuman an ko
行つてしまふ，また夕方になると

8-22 semiporkan / toine kane / nepka sakno / arki wa,
sem ipor kan / toyne kane / nep ka sak no arki wa,
疲れた顔色で何も持たずに帰つて来て

− 174 −

2.8 海の神が自ら歌つた謠「アトイカトマトマキ、クントテアシフム、フム！」

8-23　chisautari / shuke, / chiyuputari / aikar kane
　　　ci sautari / suke, / ci yuputari / ay kar kane
　　　姉様たちは食事拵へ兄様だちは矢を作つて,

8-24　hempara nakka / ikichi kor okai.
　　　hempara nakka / ikici kor okay.
　　　何時でも同じ事をしてゐた.

8-25　Shineantota shui / chiyuputari / chisautari
　　　sine an to ta suy / ci yuputari / ci sautari
　　　或日にまた兄様たち姉様たちは

8-26　ikayop se wa / soyunpa wa isam.
　　　ikayop se wa / soyunpa wa isam.
　　　矢筒を背負つて出て行つてしまつた.

8-27　Ikorkanuye / chiki kor / okayash aine
　　　ikor ka nuye / ci ki kor / okay as a ine
　　　宝物の彫刻を私はしてゐたがやがて

8-28　amset kata / hopunpaash / konkani ponku
　　　amset ka ta / hopunpa as / konkani pon ku
　　　高床の上に起上り金の小弓に

8-29　konkani ponai / chiukoani, / soineash wa
　　　konkani pon ay / ci ukoani, / soyne as wa
　　　金の小矢を持つて外へ出て

8-30　inkarash awa, / netokurkashi / teshnatara,
　　　inkar as a wa, / neto kurkasi / tesnatara,
　　　見ると海はひろびろと凪ぎて

― 175 ―

第2章『アイヌ神謡集』テキスト

8-31　shiatuipa wa / shiatuikesh wa / humpeutar
　　　si atuypa wa / si atuykes wa / humpe utar
　　　海の東へ海の西へ鯨たちが

8-32　shinotshirkonna / chopopatki ko,
　　　sinot sir konna / copopatki ko,
　　　パチャパチャと遊んで居る．すると

8-33　shiatuipata / tannesapo / iwan sapo / sai kar ko,
　　　si atuypa ta / tanne sapo / iwan sapo / say kar ko,
　　　海の東に長い姉様六人の姉様が手をつらねて輪をつくると，

8-34　takne sapo / iwan sapo / sainikor un / humpe okeupa,
　　　takne sapo / iwan sapo / say nikor un / humpe okewpa,
　　　短い姉様六人の姉様が，輪の中へ鯨を追込む，

8-35　tanne yupi / iwan yupi / takne yupi / iwan yupi
　　　tanne yupi / iwan yupi / takne yupi / iwan yupi
　　　長い兄様六人の兄様短い兄様六人の兄様が

8-36　sainikor un / humpe ramante ko / neanhumpe
　　　say nikor un / humpe ramante ko / nean humpe
　　　輪の中へ鯨をねらひ射つと，其の鯨の

8-37　chorpoke aikush / enkashi aikush.
　　　corpoke ay kus / enkasi ay kus.
　　　下を矢が通り上を矢が通る．

8-38　Keshtokeshto / eneanikichi / kikor okairuwe
　　　kesto kesto / ene an ikici / ki kor okay ruwe
　　　毎日毎日彼等はこんな事をして

— 176 —

2.8 海の神が自ら歌つた謡「アトイカトマトマキ，クントテアシフム，フム！」

8-39　nerokokai. / Inkarash ko / atuinoshkita
　　　ne rok okay. / inkar as ko / atuy noski ta
　　　ゐたのであつた．見ると海の中央に

8-40　shinokorhumpe / upokorhumpe / heperai / hepashi
　　　sinokorhumpe / upokor humpe / heperay / hepasi
　　　大きな鯨が親子の鯨が上へ下へ

8-41　shinot shiri / chopopatki, / chinukar wakushu
　　　sinot siri / copopatki, / ci nukar wa kusu
　　　パチヤパチヤと遊んでゐるのが見えたので

8-42　otuimashir wa / konkani ponku / konkani ponai
　　　otuyma sir wa / konkani pon ku / konkani pon ay
　　　遠い所から金の小弓に金の小矢を

8-43　chiuweunu / chitukan awa / earai ari
　　　ci ueunu / ci tukan a wa / ear ay ari
　　　番へてねらひ射つたところ，一本の矢で

8-44　shineikinne / upokorhumpe / chishirko chotcha.
　　　sine ikin ne / upokor humpe / ci sirkocotca.
　　　一度に親子の鯨を射貫いてしまつた．

8-45　Tataotta / shinehumpe / noshki chituye
　　　tata ot ta / sine humpe / noski ci tuye
　　　そこで一つの鯨のまんなかを斬つて

8-46　humpearke / chisautari / sainikorun
　　　humpe arke / ci sautari / say nikor un
　　　其の半分を姉様たちの輪の中へ

－ 177 －

8-47　chieyapkir, / orowano / humpearke etuhumpe
　　　 ci eyapkir, / oro wano / humpe arke etu humpe
　　　 はふりこんだ．それから鯨一ツ半の鯨を

8-48　chiishpokomare, / ainumoshir
　　　 ci ispokomare, / aynu mosir
　　　 尾の下にいれて人間の国に

8-49　kopake un / yapash aine / Otashut kotan
　　　 kopake un / yap as a ine / otasut kotan
　　　 むかつて行きオタシユツ村に

8-50　chikoshirepa, / humpearke / etuhumpe
　　　 ci kosirepa, / humpe arke / etu humpe
　　　 着いて一ツ半の鯨を

8-51　kotanrakehe / chikooputuye.
　　　 kotan rakehe / ci kooputuye.
　　　 村の浜へ押上げてやつた．

8-52　Taporowa / atuiso kata moireherori
　　　 tap oro wa / atuy so ka ta moyre herori
　　　 それから海の上にゆつくりと

8-53　chikoyaikurka / omakane, / hoshippaash wa
　　　 ci koyaykurka- / oma kane, / hosippa as wa
　　　 游いで帰つて

8-54　arpaash awa, / kanakankunip
　　　 arpa as a wa, / kanakankunip
　　　 来たところが，誰かが

— 178 —

2.8 海の神が自ら歌つた謡「アトイカトマトマキ，クントテアシフム，フム！」

8-55　hesehawe / taknatara, / unpishkani / ehoyupu,
　　　 hese hawe / taknatara, / un piskani / ehoyupu,
　　　 息を切らして其の側をはしるものがあるので

8-56　ingarash awa / atuichakchak / ne kane an.
　　　 inkar as a wa / atuycakcak / ne kane an.
　　　 見ると，海のごめであつた．

8-57　Tashkan tuitui kor / ene itaki: ―
　　　 tas kan tuytuy kor / ene itak i: ―
　　　 息をきらしながらいふことには

8-58　"Tominkarikur Kamuikarikur / Isoyankekur
　　　 "tominkarikur kamuykarikur / isoyankekur
　　　 「トミンカリクル，カムイカリクル，イソヤンケクル

8-59　kamuirametok / pasekamui,
　　　 kamuy rametok / pase kamuy,
　　　 勇マシイ神様大神様,

8-60　nep ekarkushu / toyainuutar / wenainuutar
　　　 nep e kar kusu / toy aynu utar / wen aynu utar
　　　 あなたは何の為に，卑しい人間共悪い人間共に

8-61　kuntuiso / ekoyanke ruwetan.
　　　 kuntu iso / e koyanke ruwe tan.
　　　 大きな海幸をおやりになつたのです．

8-62　Toyainuutar / wenainuutar / mukar ari
　　　 toy aynu utar / wen aynu utar / mukar ari
　　　 卑しい人間共悪い人間共は，斧もて

8-63　　iyoppe ari / kuntuiso / taukitauki / toppatoppa
　　　　iyoppe ari / kuntu iso / tawkitawki / toppatoppa
　　　　鎌をもて大きな海幸をブツブツ切つたり突つついたり

8-64　　keurekor okaina, / kamuirametok
　　　　kewre kor okay na, / kamuy rametok
　　　　削り取つてゐます，勇しい神様

8-65　　pasekamui / keke hetak / kuntuiso
　　　　pase kamuy / keke hetak / kuntu iso
　　　　大神様さあ早く大海幸を

8-66　　okaetaye yan. / Tepeshkeko / iso ayanke yakka
　　　　okaetaye yan. / tepeskeko / iso a yanke yakka
　　　　お取返しなさいませ．あんなに沢山，海幸をおやりに

8-67　　toyainuutar / wenainuutar
　　　　toy aynu utar / wen aynu utar
　　　　なつても卑しい人間たち悪い人間たちは

8-68　　eyairaike ka / somokino / ene ikichii tan."
　　　　eyayirayke ka / somoki no / ene ikici i tan."
　　　　有難いとも思はずこんな事をします.」

8-69　　hawokai chiki / chiemina, / itakash hawe
　　　　hawokay ciki / ci emina, / itak as hawe
　　　　と云ふので私は笑つて云ふ

8-70　　naikosanu, / ene okai: ―
　　　　naykosanu, / ene okay: ―
　　　　ことには

2.8 海の神が自ら歌つた謡「アトイカトマトマキ, クントテアシフム, フム！」

8-71　"Ainupitoutar / chikorparep / ne kushu
　　　"aynu pito utar / ci korpare p / ne kusu
　　　「私は人間たちに呉れてやつたものだから

8-72　tane anakne / korpe newa anpe / Ainupitoutar
　　　tane anakne / kor pe ne wa an pe / aynu pito utar
　　　今はもう自分の物だから，人間たちが

8-73　yaikota korpe / iyoppe ari hene / mukar ari hene
　　　yaykota kor pe / iyoppe ari hene / mukar ari hene
　　　自分の持物を鎌でつつかうが斧で

8-74　tokpatokpa / meshpameshpa / nekona hene
　　　tokpatokpa / mespamespa / nekon a hene
　　　削らうが何うでも

8-75　ene kanrushuii nepkor / kar wa epa ko
　　　ene kan rusuy i nepkor / kar wa epa ko
　　　自分たちの自由に食べたらいゝではないか

8-76　nekonne hawe?" / itakash awa
　　　nekon ne hawe?" / itak as a wa
　　　それが何うなのだ.」といふと

8-77　atuichakchak / eramuka / patek kane / okai korka,
　　　atuycakcak / eramuka / patek kane / okay korka,
　　　海のごめは所在無げにしてゐるけれども

8-78　senne ponno / chiekottanu / atuiso kata
　　　senne ponno / ci ekottanu / atuy so ka ta
　　　私はそれを少も構はず海の上を

— 181 —

第2章『アイヌ神謡集』テキスト

8-79 moireherori / chikoyaikurka / oma kane
moyre herori / ci koyaykurka- / oma kane
ゆつくりとおよいで

8-80 tane chupahun / kotpoketa / chikor atui
tane cup ahun / kotpoke ta / ci kor atuy
もう日が暮れようとしてゐる時に，私の海へ

8-81 chikoshirepa. / Inkarash awa
ci kosirepa. / inkar as a wa
着いた．見ると

8-82 tunikashma / wanchiyupi / tunikashma
tun ikasma / wan ci yupi / tun ikasma
十二人の兄様，十二人の

8-83 wanchisaha / nea humpearke / nimpakoyaikush
wan ci saha / nea humpe arke / ninpa koyaykus
姉様は，彼の半分の鯨をはこび

8-84 ukohayashi / turpa kane,
ukohayasi- / turpa kane,
きれなくてみんなで掛声高く

8-85 shiatuipa ta / ukoyaeramushitne / kor okai.
si atuypa ta / ukoyaeramusitne / kor okay.
海の東に，グヅグヅしてゐる．

8-86 Shiyorokeutum / chiyaikore.
siyoro keutum / ci yaykore.
私は実にあきれてしまつた．

― 182 ―

2.8 海の神が自ら歌つた謡「アトイカトマトマキ，クントテアシフム，フム！」

8-87   Senne chiekottanu / chiunchisehe
       senne ci ekottanu / ci un cisehe
       私はそれに構はずに家へ

8-88   chikohekomo, / amsetkashi / chiehorari.
       ci kohekomo, / amset kasi / ci ehorari.
       帰り，高床の上にすわつた．

8-89   Taporowa / shioka un / ainu moshir / chikohosari
       tap oro wa / si oka un / aynu mosir / ci kohosari
       そこで後ふりかへつて人間の世界の方を

8-90   inkarash awa, / chiyankea / humpearke
       inkar as a wa, / ci yanke a / humpe arke
       見ると，私が打上げた一つ

8-91   etuhumpe / okarino / nishpautar
       etu humpe / okarino / nispa utar
       半の鯨のまはりをとりまいてりつぱな男たちや

8-92   katkematutar / ushiyukko / turpa kane
       katkemat utar / usiyukko- / turpa kane
       りつぱな女たちが盛装して

8-93   isoetapkar / isoerimse, / makunhunki
       iso etapkar / iso erimse, / makun hunki
       海幸をば喜び舞ひ海幸をば歓び躍り，後の砂丘

8-94   hunki kata / okitarunpe / sohonewa
       hunki ka ta / okitarunpe / soho ne wa
       の上にはりつぱな敷物が敷かれて

8-95　kashike ta / Otashut kotan / kotankornishpa
　　　kasike ta / otasut kotan / kotan kor nispa
　　　その上にオタシユツ村の村長が

8-96　iwan kosonte / kokutkor / iwan kosonte
　　　iwan kosonte / kokutkor / iwan kosonte
　　　六枚の着物に帯を束ね，六枚の着物を

8-97　opannere, / kamuipaunpe / ekashpaunpe
　　　opannere, / kamuy paunpe / ekas paunpe
　　　羽織つて，りつぱな神の冠，先祖の冠を

8-98　kimuirarire / kamuiranketam / shitomushi
　　　kimuyrarire / kamuy ranke tam / sitomusi
　　　頭に冠り，神授の剣を腰に佩き

8-99　kamuishirine / tekrikikur / puni kane
　　　kamuy siri ne / tekrikikur- / puni kane
　　　神の様に美しい様子で手を高くさし上げ

8-100　onkami koran. / Ainupitoutar / chishturano
　　　 onkami kor an. / aynu pito utar / cis turano
　　　 礼拝をしてゐる．人間たちは泣いて

8-101　isoenupetne kor okai.
　　　 iso enupetne kor okay.
　　　 海幸をよろこんでゐる．

8-102　Neike tapne / atuichakchak / ainupitoutar
　　　 ne ike tap ne / atuycakcak / aynu pito utar
　　　 何をごめが人間たちが

2.8 海の神が自ら歌つた謠「アトイカトマトマキ,クントテアシフム,フム！」

8-103　mukar ari / iyoppe ari / chiyankehumpe
　　　　mukar ari / iyoppe ari / ci yanke humpe
　　　　斧で鎌で私の押上げた鯨を

8-104　tokpatokpa ari / hawokai awa, / kotankor nishpa hemem
　　　　tokpatokpa ari / hawokay a wa, / kotan kor nispa hemem
　　　　突つついてゐると言つたが,村長を

8-105　kotankorutar, / hushkotoi wano
　　　　kotan kor utar, / husko toy wano
　　　　はじめ村民は,昔から

8-106　ikorsokkarne kor / kamui posomi / sapte wa
　　　　ikor sokkar ne kor / kamuy posomi / sapte wa
　　　　宝物の最も尊いものとしてゐる神剣を取り出して

8-107　ari icha wa / rurpa kor okai.
　　　　ari ica wa / rurpa kor okay.
　　　　それで肉を斬つて搬んでゐる,

8-108　Orowano / chiyuputari / chisautari / arkishiri
　　　　oro wano / ci yuputari / ci sautari / arki siri
　　　　それから,私の兄様たち姉様たちは帰つて来る

8-109　oararisam.
　　　　oarar isam.
　　　　様子もない.

8-110　Tutko rerko / shiran awa / purai orun
　　　　tutko rerko / sir an a wa / puray or un
　　　　二日三日たつた時,窓の方に

8-111　chishiksama / chiikurure, / tampe kusu
　　　 ci siksama / ciikurure, / tanpe kusu
　　　 何か見える様だ，それで

8-112　ingarash awa, / rorunpurai / purai kata
　　　 inkar as a wa, / rorunpuray / puray ka ta
　　　 振りかへつて見て見ると，東の窓の上に

8-113　kani tuki / kampashuikan / momnatara,
　　　 kani tuki / kanpasuy kan / momnatara,
　　　 かねの盃にあふれる程

8-114　sakeo kane kashiketa
　　　 sake o kane kasike ta
　　　 酒がはいつてゐて其の上に

8-115　kikeushpashui[1] / an kane shiran ko,
　　　 kike us pasuy / an kane sir an ko,
　　　 御幣を取りつけた酒箸が載つてゐて，

8-116　hoshipi ranke / sonkoye hawe / eneokai:－
　　　 hosipi ranke / sonko ye hawe / ene okay:－
　　　 行きつ戻りつ，使者としての口上を述べて云ふには‥‥

8-117　"Chiokai anak / Otashutunkur / chine wa
　　　 "ciokay anak / otasutunkur / ci ne wa
　　　 「私はオタシユツ村の人で

8-118　oripakash yakka / pashuiepuni / aki shirinena." ari
　　　 oripak as yakka / pasuy epuni / a ki siri ne na." ari
　　　 畏多い事ながらおみきを差上げます。」と

2.8 海の神が自ら歌つた謡「アトイカトマトマキ，クントテアシフム，フム！」

8-119　Otashut kotan / kotankor nishpa / kor utari
　　　　otasut kotan / kotan kor nispa / kor utari
　　　　オタシユツ村の村長が村民

8-120　oppittano / kotchakene / unkoyairaike katuhu
　　　　opittano / kotcake ne / un koyayirayke katuhu
　　　　一同を代表に私に礼をのべる

8-121　omommomo,
　　　　omommomo,
　　　　次第をくはしく話し，

8-122　"Tominkarikur / Kamuikarikur / Isoyankekur
　　　　"tominkarikur / kamuykarikur / isoyankekur
　　　　「トミンカリクル，カムイカリクル，イソヤンケクル

8-123　pase kamui / kamui rametok / somooyape
　　　　pase kamuy / kamuy rametok / somo oya pe
　　　　大神様勇しい神様でなくて誰が，

8-124　tan korachi / chikor kotani / kemush wa
　　　　tan koraci / ci kor kotani / kemus wa
　　　　此の様に私たちの村に饑饉があつて

8-125　tane anakne / yaiwenukarash pakno
　　　　tane anakne / yaywenukar as pakno
　　　　もう，何うにも仕様がない程

8-126　epsakashrapokta / unerampokiwenpe tan.
　　　　epsak as rapok ta / un erampokiwen pe tan.
　　　　食物に窮してゐる時に哀れんで下されませう．

8-127　Chikor kotani / chiramatkore / unekarkan ruwe,
　　　 ci kor kotani / ciramatkore / un ekarkan ruwe,
　　　 私たちの村に生命を與へて下さいました事，

8-128　iyairaikere, / iso chienupetne kushu
　　　 iyayiraykere, / iso ci enupetne kusu
　　　 誠に有難う御座います，海幸をよろこび

8-129　pon tonotopo / chikar kiwa / pon inaupo
　　　 pon tonotopo / ci kar ki wa / pon inawpo
　　　 少しの酒を作りまして，小さな幣を

8-130　chikotama / pasekamui / chikoyayattasa
　　　 ci kotama / pase kamuy / ci koyayattasa
　　　 添え，大神様に謝礼

8-131　kishiri tapan na." / ari okaipe,
　　　 ki siri tap an na." / ari okay pe,
　　　 申上る次第であります.」といふ事を

8-132　kikeushpashui / hoshipi ranke / echaranke.
　　　 kike us pasuy / hosipi ranke / ecaranke.
　　　 幣つきの酒箸が行きつ戻りつ申立てた.

8-133　Shirki chiki / chirikipuniash / kani tuki
　　　 sirki ciki / cirikipuni as / kani tuki
　　　 それで私は起上つて，かねの盃を

8-134　chiuina wa / chirikunruke / chiraunruke
　　　 ci uyna wa / ci rikunruke / ci raunruke
　　　 取り，押しいたゞいて

2.8 海の神が自ら歌つた謡「アトイカトマトマキ, クントテアシフム, フム!」

8-135 rorunso kata iwan shintoko / puta chimaka,
rorunso ka ta iwan sintoko / puta ci maka,
上の座の六つの酒樽の蓋を開き

8-136 pirkasake / ponno ranke / chiomare ine
pirka sake / ponno ranke / ci omare ine
美酒を少しづゞ入れて

8-137 kani tuki / puraika un / chiande.
kani tuki / puray ka un / ci ante.
かねの盃を窓の上にのせた.

8-138 Taporowa / amsetkashi / chiosorushi,
tap oro wa / amset kasi / ci osorusi,
それが済むと, 高床の上に腰を下し

8-139 inkarash awa / nea tuki / pashui turano
inkar as a wa / nea tuki / pasuy turano
見ると彼の盃は箸と共に

8-140 oararisam. / Orowano / kepushpenuye
oarar isam. / oro wano / kepuspe nuye
なくなつてゐた. それから, 鞘を刻み

8-141 shirkanuye / chiki kor / okayash aine,
sirka nuye / ci ki kor / okay as a ine,
鞘を彫り, してゐてやがて

8-142 hunakpaketa / hepuniash wa / ingarash awa
hunak pake ta / hepuni as wa / inkar as a wa
ふと面をあげて見ると,

8-143　chiseupshoro / pirka inau / chieshikte,
　　　　cise upsoro / pirka inaw / ciesikte,
　　　　家の中は美しい幣で一ぱいになつてゐて

8-144　chiseupshoro / retar urar / etushnatki, / retar imeru
　　　　cise upsoro / retar urar / etusnatki, / retar imeru
　　　　家の中は白い雲がたなびき白いいなびかりが

8-145　eshimaka kor shiran. / Anramashu / chiuweshuye.
　　　　esimaka kor sir an. / anramasu / ci uesuye.
　　　　ピカピカ光つてゐる．私はあゝ美しいと思つた．

8-146　Orowano shui / tutko rerko / shiran aike,
　　　　oro wano suy / tutko rerko / sir an a ike,
　　　　それからまた，二日三日たつと，

8-147　otta eashir / chisesoike un / chiyuputari
　　　　ot ta easir / cise soyke un / ci yuputari
　　　　その時やつと，家のそとで，兄様たちや

8-148　chisautari / ukohayashi / turpa kane, / nea humpe
　　　　ci sautari / ukohayasi- / turpa kane, / nea humpe
　　　　姉様たちが掛声高く彼の鯨を

8-149　nimpa wa / arki humash. / Shiyorokeutum
　　　　ninpa wa / arki hum as. / siyoro kewtum
　　　　引張つて来たのがきこえだした．私はあきれて

8-150　chiyaikore. / Chiseupshorun / ahup shiri
　　　　ci yaykore. / cise upsor un / ahup siri
　　　　しまつた．家の中へはいる様子を

― 190 ―

2.8 海の神が自ら歌つた謠「アトイカトマトマキ, クントテアシフム, フム！」

8-151　chinukar ko, / chiyuputari / chisautari
　　　　ci nukar ko, / ci yuputari / ci sautari
　　　　眺めると，兄様たちや姉様たちは

8-152　shinkiruipe / ipottumkonna / shumnatara.
　　　　sinki ruy pe / ipottum konna / sumnatara.
　　　　たいへん疲れて，顔色も萎れてゐる．

8-153　Shiaworaipa, / inauikir / nukanrokwa
　　　　siaworaypa, / inaw ikir / nukan rok wa
　　　　みんなはいつて来て，沢山の幣を見ると，

8-154　homatpa wa / onkamirok onkamirok.
　　　　homatpa wa / onkami rok onkami rok.
　　　　驚いてみんな何遍も何遍も拝した．

8-155　Rapoketa / rorunso kata / iwan shintoko
　　　　rapoke ta / rorunso ka ta / iwan sintoko
　　　　其のうちに，東の座の六つの酒樽は

8-156　kampashuikan / momnatara, / kamuierushuipe
　　　　kanpasuy kan / momnatara, / kamuy e rusuy pe
　　　　溢れるばかりになつて，神の好物の

8-157　sakehura / chise upshor / epararse.
　　　　sake hura / cise upsor / epararse.
　　　　酒の香が家の中に漂ふた．

8-158　Orowano / chiseupshoro / pirka inau / chietomte,
　　　　oro wano / cise upsoro / pirka inaw / ci etomte,
　　　　それから私は，美しい幣で家の中を飾りつけ，

8-159　tuima kamui / hanke kamui / ashkechiuk,
　　　　tuyma kamuy / hanke kamuy / aske ci uk,
　　　　遠方の神近所の神を招待し

8-160　shisak tonoto / chiukoante. / Chisautari
　　　　sisak tonoto / ci ukoante. / ci sautari
　　　　盛んな酒宴を張つた．姉様たちは

8-161　humpe shuipa / kamuiutar / kopumpa ko
　　　　humpe suypa / kamuy utar / kopunpa ko
　　　　鯨を煮て，神たちに出すと，

8-162　kamuiutar / ukoohapse / echiu kane.
　　　　kamuy utar / ukoohapse- / eciw kane.
　　　　神たちは，舌鼓を打ってよろこんだ．

8-163　Chikupnoshki / oman kane / chirikipuniash,
　　　　cikup noski / oman kane / cirikipuni as,
　　　　宴酣の頃私は起上り

8-164　tapnetapne / ainumoshir / kem ush wa
　　　　tap ne tap ne / aynu mosir / kemus wa
　　　　斯々，人間世界に饑饉があつて

8-165　chierampokiwen, / iso chiyankekatuhu / hemem
　　　　ci erampokiwen, / iso ci yanke katuhu / hemem
　　　　あはれに思ひ，海幸を打上げた次第や

8-166　ainupitoutar / chipirkare ko / wen kamuiutar
　　　　aynu pito utar / ci pirkare ko / wen kamuy utar
　　　　人間たちをよくしてやると，悪い神々が

2.8 海の神が自ら歌つた謡「アトイカトマトマキ, クントテアシフム, フム！」

8-167 unkeshke kushu, / atuichakchak / unkeutumwente
un keske kusu, / atuycakcak / un kewtumwente
それをねたみ, 海のごめが私に中

8-168 katuhu hemem, / Otashut kotan
katuhu hemem, / otasut kotan
傷した事や, オタシユツ村の

8-169 kotankor nishpa / eneene / unkoyairaike wa
kotan kor nispa / ene ene / un koyayirayke wa
村長が斯々の言葉をとつて私に礼をのべ

8-170 kikeushpashui / sonkokor wa / ek katuhu
kike us pasuy / sonko kor wa / ek katuhu
幣つきの酒箸が使者になつて来た事など

8-171 chiomommomo / chiecharanke ko, / kamuiutar
ci omommomo / ci ecaranke ko, / kamuy utar
詳しく物語ると, 神たちは

8-172 irhetchehau / irihumsehaw / ukoturpa
ir hetce haw / iri humse haw / ukoturpa
一度に揃つて打ちうなづきつゝ,

8-173 iramye hawe / kari kane.
iramye hawe / kari kane.
私をほめたゝへた.

8-174 Orowano shui / shisak tonoto / chiukoante,
oro wano suy / sisak tonoto / ci ukoante,
それからまた, 盛な宴をはり

— 193 —

8-175　kamuiutar / chikupshopata
　　　 kamuy utar / cikup so pa ta
　　　 神たちの，其処に

8-176　chikupshokeshta / tapkar humi rimsehawe
　　　 cikup so kes ta / tapkar humi rimse hawe
　　　 此処に舞ふ音躍る音は

8-177　tununitara, / chisautari / nimaraha
　　　 tununitara, / ci sautari / nimaraha
　　　 美しき響をなし，姉様たちは

8-178　anipuntari / ampa kane / chikupshoutur
　　　 anipuntari / anpa kane / cikup so utur
　　　 提子を持つて席の間を酌して

8-179　erututtke, / nimaraha / kamuimenokutar
　　　 erututke, / nimaraha / kamuy menokutar
　　　 まはるもあり，女神たち

8-180　eutanne / hechiri hawe / tununitara.
　　　 eutanne / heciri hawe / tununitara.
　　　 と共に美しい声で歌ふもある．

8-181　Tutko rerko / shiran ko / iku aokere.
　　　 tutko rerko / sir an ko / iku a okere.
　　　 二日三日たつて宴を閉ぢた．

8-182　Kamuiutar / pirka inau / tup rep ranke
　　　 kamuy utar / pirka inaw / tup rep ranke
　　　 神々に美しい幣を二つ三つづゝ

2.8 海の神が自ら歌つた謡「アトイカトマトマキ，クントテアシフム，フム！」

8-183　chikorpare ko / kamuiutar / ikkeunoshki
　　　　ci korpare ko / kamuy utar / ikkew noski
　　　　上げると神々は腰の央を

8-184　komkosanpa, / onkamirok / onkamirok,
　　　　komkosanpa, / onkami rok / onkami rok,
　　　　ギックリ屈めて何遍も何遍も礼をして，

8-185　opittano / unchisehe / kohekompa.
　　　　opittano / un cisehe / kohekompa.
　　　　みんな自分の家に立帰つた．

8-186　Okakeheta / rammakane / tanne yupi / iwan yupi
　　　　okakehe ta / ramma kane / tanne yupi / iwan yupi
　　　　そのあと，何時でも同じく長い兄様六人の兄様

8-187　tanne sapo / iwan sapo / takne sapo / iwan sapo
　　　　tanne sapo / iwan sapo / takne sapo / iwan sapo
　　　　長い姉様六人の姉様短い姉様六人の姉様

8-188　takne yupi / iwan yupi / tura okayash.
　　　　takne yupi / iwan yupi / tura okay as.
　　　　短い兄様六人の兄様と一しよにゐ，

8-189　Ainupitoutar / sakekar ko / pishnopishno
　　　　aynu pito utar / sake kar ko / pisno pisno
　　　　人間たちが酒を造るとその度毎に

8-190　unnomi / un orun / inauepumpa ranke.
　　　　un nomi / un or un / inaw epunpa ranke.
　　　　私に酒を送り私のところへ幣をよこす．

8-191 Tane anakne / ainupitoutar / nep e rushui
       tane anakne / aynu pito utar / nep e rusuy
       今はもう，人間たちも食物の不足も

8-192 nep erannakpe ka / isamno / ratchitara
       nep erannak pe ka / isam no / ratcitara
       何の困る事も無く平穏に

8-193 okaikushu, / chieramushinne wa okayash.
       okay kusu, / ci eramusinne wa okay as.
       暮してゐるので，私は安心をしてゐます．

2.9 蛙が自ら歌つた謡 「トーロロハンロクハンロク！」

Terkepi yaieyukar "Tororo hanrok, hanrok!"
terkepi yay'eyukar "tororo hanrok, hanrok!"
蛙が自らを歌つた謡「トーロロハンロクハンロク！」

9-1 Tororo hanrok, hanrok!
tororo hanrok, hanrok!
トーロロハンロクハンロク

9-2 Shineantota / muntum peka / terketerkeash
sine an to ta / mun tum peka / terketerke as
「或日に，草原を飛廻つて

9-3 shinotashkor / okayash aine / ingarash awa,
sinot as kor / okay as a ine / inkar as a wa,
遊んでゐるうちに見ると，

9-4 shine chise / an wakusu / apapaketa / payeash wa
sine cise / an wa kusu / apa pake ta / paye as wa
一軒の家があるので戸口へ行つて

9-5 inkarash awa, / chiseupshotta / ikittukari
inkar as a wa, / cise upsot ta / ikit tukari
見ると，家の内に宝の積んである側に

9-6 chituyeamset / chishireanu. / Amset kata
cituyeamset / cisireanu. / amset ka ta
高床がある．其高床の上に

9-7　　shine okkaipo / shirkanuye / kokipshirechiu
　　　 sine okkaypo / sirka nuye / kokipsireciw
　　　 一人の若者が鞘を刻んでうつむいて

9-8　　okai chiki / chirara kusu / tonchikamani kata
　　　 okay ciki / ci rara kusu / toncikama ni ka ta
　　　 ゐたので，私は悪戯をしかけようと思って敷居の上に

9-9　　rokash kane. / "Tororo hanrok, hanrok!" ari
　　　 rok as kane. / "tororo hanrok, hanrok!" ari
　　　 坐つて，「トーロロハンロクハンロク！」と

9-10　 rekash awa, / nea okkaipo / tam tarara
　　　 rek as a wa, / nea okkaypo / tam tarara
　　　 鳴いた，ところが，彼の若者は刀持つ手を上げ

9-11　 unnukar awa, / sancha otta / mina kane,
　　　 un nukar a wa, / sanca ot ta / mina kane,
　　　 私を見ると，ニッコリ笑つて，

9-12　 "Eyukari ne ruwe? / esakehawe ne ruwe?
　　　 "e yukari ne ruwe? / e sakehawe ne ruwe?
　　　 「それはお前の謡かえ？お前の喜の歌かえ？

9-13　 na henta chinu." / itak wakushu
　　　 na henta ci nu." / itak wa kusu
　　　 もつと聞きたいね，」といふので

9-14　 chienupetne, / "Tororo hanrok, hanrok!" ari
　　　 ci enupetne, / "tororo hanrok, hanrok!" ari
　　　 私はよろこんで「トーロロハンロクハンロク！」と

2.9 蛙が自ら歌つた謡「トーロロハンロクハンロク！」

9-15 rekash awa / nea okkaipo / ene itaki: —
 rek as a wa / nea okkaypo / ene itak i: —
 鳴くと，彼の若者のいふ事には

9-16 "Eyukari ne ruwe? / esakehawe ne ruwe?
 "e yukari ne ruwe? / e sakehawe ne ruwe?
 「それはお前のユーカラかえ？サケハウかえ？

9-17 na hankenota / chinu okai."
 na hankeno ta / ci nu okay."
 もつと近くで聞きたいね，」

9-18 hawashchiki / chienupetne, / outurun
 hawas ciki / ci enupetne, / outurun
 私はそれをきいて嬉しく思ひ下座の方の

9-19 inumpe kata / terkeashtek,
 inumpe ka ta / terke as tek,
 炉縁の上へピョンと飛んで

9-20 "Tororo hanrok, hanrok!" rekash awa
 "tororo hanrok, hanrok!" rek as a wa
 「トーロロハンロクハンロク！」と鳴くと

9-21 nea okkaipo shui / ene itaki: —
 nea okkaypo suy / ene itak i: —
 彼の若者のいふことには

9-22 "Eyukari ne ruwe? / esakehawe ne ruwe?
 "e yukari ne ruwe? / e sakehawe ne ruwe?
 「それはお前のユーカラかえ？サケハウかえ？

9-23　na hankenota / chinu okai" hawash chiki,
　　　na hankeno ta / ci nu okay" hawas ciki,
　　　もつと近くで聞きたいね。」それを聞くと私は

9-24　shino chienupetne, / roruninumpe
　　　sino ci enupetne, / rorun inunpe
　　　本当に嬉しくなつて，上座の方の炉縁の

9-25　shikkeweta / terkeashtek,
　　　sikkewe ta / terke as tek,
　　　隅のところへピョンと飛んで

9-26　"Tororo, hanrok, hanrok!" / rekash awa
　　　"tororo, hanrok, hanrok!" / rek as a wa
　　　「トーロロハンロクハンロク！」と鳴いたら

9-27　arekushkonna / nea okkaipo / matke humi
　　　arekuskonna / nea okkaypo / matke humi
　　　突然！彼の若者がパッと起ち

9-28　shiukosanu, / hontomota / shi apekesh
　　　siwkosanu, / hontomo ta / si apekes
　　　上つたかと思ふと大きな薪の燃えさしを

9-29　teksaikari / unkaun / eyapkir humi
　　　teksaykari / un ka un / eyapkir humi
　　　取上げて私の上へ投げつけた音は

9-30　chiemonetok / mukkosanu, / pateknetek
　　　ci emonetok- / mukkosanu, / patek ne tek
　　　体の前がふさがつたやうに思はれて，それつきり

2.9 蛙が自ら歌つた謡「トーロロハンロクハンロク！」

9-31 nekona neya / chieramishkare.
　　　 nekon a ne ya / ci eramiskare.
　　　 何うなつたかわからなくなつてしまつた.

9-32 Hunakpaketa / yaishikarunash / inkarash awa,
　　　 hunak pake ta / yaysikarun as / inkar as a wa,
　　　 ふと気がついて見たら

9-33 mintarkeshta / shine piseneterkepi
　　　 mintar kes ta / sine pisene terkepi
　　　 芥拾場の末に，一つの腹のふくれた蛙が

9-34 rai kane an ko / ashurpeututta / okayash kanan,
　　　 ray kane an ko / asurpe utut ta / okay as kanan,
　　　 死んでゐて，其の耳と耳の間に私はすはつてゐた.

9-35 pirkano / inkarash awa, / useainu / unchisehe
　　　 pirkano / inkar as a wa, / use aynu / un cisehe
　　　 よく見ると，たゞの人間の家

9-36 ne kuni / chiramuap / Okikirmui / kamui rametok
　　　 ne kuni / ci ramu a p / okikirmuy / kamuy rametok
　　　 だと思つたのは，オキキリムイ，神の様に

9-37 unchisehe / neawokai ko
　　　 un cisehe / ne aw okay ko
　　　 強い方の家なのであつた，そして

9-38 Okikirmui / nei ka / chierampeutekno
　　　 okikirmuy / ne i ka / ci erampewtek no
　　　 オキキリムイだといふ事も知らずに

― 201 ―

9-39　iraraash ruwe / neawan.
　　　irara as ruwe / ne aw an.
　　　私が悪戯をしたのであつた．

9-40　Chiokai anak / tane tankorachi / toi rai wen rai
　　　ciokay anak / tane tan koraci / toy ray wen ray
　　　私はもう今此の様につまらない死方悪い死方

9-41　chikishiri tapan na, tewano okai
　　　ci ki siri tap an na, tewano okay
　　　をするのだから，これからの

9-42　terkepiutar / itekki ainuutar otta / irara yan.
　　　terkepi utar / itekki aynu utar ot ta / irara yan.
　　　蛙たちよ，決して，人間たちに悪戯をするのではないよ．

9-43　ari piseneterkepi hawean kor raiwa isam.
　　　ari pisene terkepi hawean kor ray wa isam.
　　　と，ふくれた蛙が云ひながら死んでしまつた．

2.10 小オキキリムイが自ら歌つた謠 「クツニサクトンクトン」

Pon Okikirmui yaieyukar "Kutnisa kutunkutun"
pon okikirmuy yay'eyukar "kutnisa kutun kutun"
小オキキリムイが自ら歌つた謠「クツニサクトンクトン」

10-1　Shineantota / petetok un / shinotash kushu
　　　sine an to ta / petetok un / sinot as kusu
　　　或日に水源の方へ遊びに

10-2　payeash awa, / petetokta / shine ponrupnekur
　　　paye as a wa, / petetok ta / sine pon rupnekur
　　　出かけたら，水源に一人の小男が

10-3　neshko urai / kar kushu / uraikik neap
　　　nesko uray / kar kusu / uray kik neap
　　　胡桃の木の簗をたてる為め杭を打つのに

10-4　kosanikkeukan / punashpunash.
　　　kosan ikkew kan / punaspunas.
　　　腰を曲げ曲げしてゐる．

10-5　Unnukar awa / ene itaki: ―
　　　un nukar a wa / ene itak i: ―
　　　私を見ると，いふ事には‥‥

10-6　"Ehumna? / Chikarkunekur / unkashuiyan"
　　　"e hum na? / ci karku ne kur / un kasuy yan"
　　　「誰だ？私の甥よ，私に手傳つてお呉れ」

第2章『アイヌ神謡集』テキスト

10-7 　ari hawean. / Inkarash ko / neshko urai
　　　ari hawean. / inkar as ko / nesko uray
　　　といふ．見ると，胡桃の簗

10-8 　nepne kushu / neshko wakka / nupki wakka
　　　ne p ne kusu / nesko wakka / nupki wakka
　　　なものだから，胡桃の水，濁つた水

10-9 　chisanasanke, / kamuicheputar
　　　cisanasanke, / kamuycep utar
　　　が流れて来て鮭どもが

10-10　hemeshpako / neshko wakka / kowen kushu
　　　hemespa ko / nesko wakka / kowen kusu
　　　上つて来ると胡桃の水が嫌なので

10-11　chish kor hoshippa. / Chirushka kushu
　　　cis kor hosippa. / ci ruska kusu
　　　泣きながら帰つてゆく．私は腹が立つたので

10-12　ponrupnekur / kor uraikiktuchi
　　　pon rupnekur / kor uray kik tuci
　　　小男の持つてゐる杭を打つ槌を

10-13　chieshikari, / ponrupnekur / ikkeunoshki
　　　ci esikari, / pon rupnekur / ikkew noski
　　　引たくり小男の腰の央を

10-14　chikik humi / tokkosanu. / Ponrupnekur
　　　ci kik humi / tokkosanu. / pon rupnekur
　　　私がたゝく音がポンと響いた．小男の

2.10 小オキキリムイが自ら歌つた謠「クツニサクトンクトン」

10-15　ikkeunoshki / chioarkaye, / chioanraike
　　　 ikkew noski / ci oarkaye, / ci oanrayke
　　　 腰の央を折つてしまつて殺してしまひ

10-16　poknamoshir / chikooterke. / Nea neshko uraini
　　　 pokna mosir / ci kooterke. / nea nesko uray ni
　　　 地獄へ踏落してやつた．彼の胡桃の杭を

10-17　chiosausawa / inuash aike, / iwan⁽¹⁾ poknashir
　　　 ci osawsawa / inu as a ike, / iwan pokna sir
　　　 揺り動かして見ると六つの地獄の

10-18　imakakehe / chioushi humiash.
　　　 imakakehe / ciousi humi as.
　　　 彼方まで届いてゐる様だ．

10-19　Orowano / ikkeukiror / montumkiror
　　　 oro wano / ikkew kiror / mon tum kiror
　　　 それから，私は腰の力からだ中の力を

10-20　chiyaikosanke, / neuraini / shinrichi wano
　　　 ci yaykosanke, / ne uray ni / sinrici wano
　　　 出して，其の杭を根本から

10-21　chioarkaye, / poknamoshir / chikooterke.
　　　 ci oarkaye, / pokna mosir / ci kooterke.
　　　 折つてしまひ，地獄へ踏落してしまつた．

10-22　Petetoko wa / pirka rera / pirka wakka
　　　 pet etoko wa / pirka rera / pirka wakka
　　　 水源から清い風清い水が

－ 205 －

10-23　chisanasanke, / chishkor hoshippa
　　　　cisanasanke, / cis kor hosippa
　　　　流れて来て，泣きながら帰つて行つた

10-24　Kamuicheputar / pirka rera / pirka wakka
　　　　kamuycep utar / pirka rera / pirka wakka
　　　　鮭どもは清い風清い水に

10-25　eyaitemka / wenminahau / wenshinothau
　　　　eyaytemka / wen mina haw / wen sinot haw
　　　　気を恢復して，大さわぎ大笑ひして遊び

10-26　pepunitara kor / hemeshpa shiri
　　　　pepunitara kor / hemespa siri
　　　　ながら，パチヤパチヤと

10-27　chopopatki. / Chinukar wa / chierameshinne
　　　　copopatki. / ci nukar wa / ci eramesinne
　　　　上つて来た，私はそれを見て，安心をし

10-28　petesoro / hoshippaash. / ari
　　　　pet esoro / hosippa as. / ari
　　　　流れに沿うて帰つて来た．と

10-29　Pon Okikirmui isoitak.
　　　　pon okikirmuy isoytak.
　　　　小さいオキキリムイが物語つた．

2.11 小オキキリムイが自ら歌つた謡「この砂赤い赤い」

Pon Okikirmui yaieyukar "Tanota hure hure"
pon okikirmuy yay'eyukar "tan ota hure hure"
小オキキリムイが自ら歌つた謡「この砂赤い赤い」

11-1 Tanota hurehure
 tan ota hure hure
 この砂赤い赤い

11-2 Shineantota / petturashi / shinotash kushu
 sine an to ta / pet turasi / sinot as kusu
 或日に流れをさかのぼつて遊びに

11-3 payeash awa, / pon nitnekamui / chikoekari.
 paye as a wa, / pon nitne kamuy / ci koekari.
 出かけたら，悪魔の子に出会つた．

11-4 Neita kusu / pon nitnekamui / shirka wena
 ne i ta kusu / pon nitne kamuy / sirka wen a
 何時でも悪魔の子は様子が美しい

11-5 nanka wena, / kunne kosonte / utomechiu
 nanka wen a, / kunne kosonte / utomeciw
 顔が美しい．黒い衣を着けて

11-6 neshko ponku / neshko ponai / ukoani,
 nesko pon ku / nesko pon ay / ukoani,
 胡桃の小弓に胡桃の小矢を持つてゐて

11-7 unnukar awa, / sanchaotta / mina kane
　　 un nukar a wa, / sanca ot ta / mina kane
　　 私を見ると，ニコニコして

11-8 ene itaki: ―
　　 ene itak i: ―
　　 いふことには

11-9 "Pon Okikirmui / shinotash ro!
　　 "pon okikirmuy / sinot as ro!
　　 「小オキキリムイ，遊ばう．

11-10 Keke hetak / chepshuttuye / chiki kushne na."
　　　keke hetak / cep sut tuye / ci ki kusne na."
　　　さあこれから，魚の根を絶やして見せよう．」

11-11 itak kane / neshko ponku / neshko ponai
　　　itak kane / nesko pon ku / nesko pon ay
　　　と言つて，胡桃の小弓に胡桃の小矢を

11-12 uweunu / petetok un / aieak awa,
　　　ueunu / petetok un / ay eak a wa,
　　　番へ水源の方へ矢を射放すと，

11-13 petetoko wa / neshko wakka / nupki wakka
　　　pet etoko wa / nesko wakka / nupki wakka
　　　水源から胡桃の水，濁つた水が

11-14 chisanasanke, / kamuicheputar / hemeshpa ko
　　　cisanasanke, / kamuycep utar / hemespa ko
　　　流れ出し，鮭どもが上つて来ると

2.11　小オキキリムイが自ら歌つた謠「この砂赤い赤い」

11-15　neshko wakka / kowen wa / chish turano
　　　　nesko wakka / kowen wa / cis turano
　　　　胡桃の水が厭なので泣きながら

11-16　orhetopo / mom wa paye, / pon nitnekamui
　　　　orhetopo / mom wa paye, / pon nitne kamuy
　　　　引き返して流れて行く．悪魔の子は

11-17　newaanpe / sanchaotta / mina kane an.
　　　　ne wa an pe / sanca ot ta / mina kane an.
　　　　それをニコニコしてゐる．

11-18　Shirki chiki / newaanpe / chirushka kushu,
　　　　sirki ciki / ne wa an pe / ci ruska kusu,
　　　　私はそれを見て腹が立つたので

11-19　chikor shirokani ponku / shirokani ponai
　　　　ci kor sirokani pon ku / sirokani pon ay
　　　　私の持つてゐた，銀の小弓に銀の小矢を

11-20　chiuweunu, / petetok un / akash awa,
　　　　ci ueunu, / petetok un / ak as a wa,
　　　　番へ水源へ矢を射はなすと

11-21　petetok wa / shirokani wakka / pirka wakka
　　　　petetok wa / sirokani wakka / pirka wakka
　　　　水源から銀の水，清い水が

11-22　chisanasanke, / chishturano / mom wa paye
　　　　cisanasanke, / cis turano / mom wa paye
　　　　流れ出し，泣きながら流れて行つた

11-23　kamuicheputar / pirka wakka / eyaitemka,
　　　　kamuycep utar / pirka wakka / eyaytemka,
　　　　鮭どもは清い水に元気を恢復し

11-24　wenshinothau / wenminahau / pepunitara
　　　　wen sinot haw / wen mina haw / pepunitara
　　　　大笑ひをして遊びさわいで

11-25　hemeshpa shiri / chopopatki.
　　　　hemespa siri / copopatki.
　　　　パチヤパチヤ川を上つて行つた．

11-26　Shirki chiki / pon nitnekamui / korwenpuri
　　　　sirki ciki / pon nitne kamuy / kor wen puri
　　　　すると，悪魔の子は，持前の疳癪を

11-27　enantuika / eparsere:
　　　　enan tuyka / eparsere:
　　　　顔に表して，

11-28　"Sonno hetap eiki chiki / yukshut tuye
　　　　"sonno he tap e iki ciki / yuk sut tuye
　　　　「本当にお前そんな事をするなら，鹿の根を

11-29　chiki kushne na." / itak kane,
　　　　ci ki kusne na." / itak kane,
　　　　絶やして見せよう.」と云つて

11-30　neshko ponku / neshko ponai / uweunu,
　　　　nesko pon ku / nesko pon ay / ueunu,
　　　　胡桃の小弓に胡桃の小矢を番へ

2.11 小オキキリムイが自ら歌つた謠「この砂赤い赤い」

11-31 kanto kotor / chotcha aike / kenashso kawa
kanto kotor / cotca a ike / kenas so ka wa
大空を射ると，山の木原から

11-32 neshko rera / shupne rera / chisanasanke,
nesko rera / supne rera / cisanasanke,
胡桃の風つむじ風が吹いて来て

11-33 kenashso kawa / apkatopa / shinnai kane
kenas so ka wa / apka topa / sinnay kane
山の木原から，牡鹿の群は別に

11-34 momanpetopa / shinnai kane / rerapunpa,
momampe topa / sinnay kane / rera punpa,
牡鹿の群はまた別に，風に吹上げられ

11-35 toop kanto orun / rikip shirikan / maknatara,
toop kanto or un / rikip siri kan / maknatara,
ずーつと天空へきれいにならんで上つて行く．

11-36 pon nitnekamui / sancha otta emina kane an.
pon nitne kamuy / sanca ot ta emina kane an.
悪魔の子はニコニコしてゐる，

11-37 Shirki chiki / wen kinra ne / unkohetari
sirki ciki / wen kinra ne / un kohetari
それを見た私はかつと癪にさはつたので

11-38 shirokani ponku / shirokani ponai
sirokani pon ku / sirokani pon ay
銀の小弓に銀の小矢を

― 211 ―

11-39　chiuweunu / yuktopa oshi / akash awa
　　　　ci ueunu / yuk topa osi / ak as a wa
　　　　番へて，鹿の群のあとへ矢を射放すと，

11-40　kanto orowa / shirokani rera / pirka rera
　　　　kanto oro wa / sirokani rera / pirka rera
　　　　天上から，銀の風清い風が

11-41　chiranaranke, / reraetoko / apkatopa
　　　　ciranaranke, / rera etoko / apka topa
　　　　吹降り，牡鹿の群は

11-42　shinnai kane / momanpetopa / shinnai kane
　　　　sinnay kane / momampe topa / sinnay kane
　　　　別に，牝鹿の群はまた別に，

11-43　kenashso ka / chiorapte.
　　　　kenas so ka / ciorapte.
　　　　山の木原の上へ吹下された．

11-44　Shirki awa / pon nitnekamui
　　　　sirki a wa / pon nitne kamuy
　　　　すると，悪魔の子は

11-45　kor wenpuri / enantuika / eparsere,
　　　　kor wen puri / enan tuyka / eparsere,
　　　　持前の疳癪を顔に現し

11-46　"Achikarata[1] / sonnohetap
　　　　"acikara ta / sonno he tap
　　　　「生意気な，本当に

― 212 ―

2.11 小オキキリムイが自ら歌つた謠「この砂赤い赤い」

11-47 eiki chiki / ukirornukar / aki kushne na."
 e iki ciki / ukirornukar / a ki kusne na."
 お前そんな事をするなら，力競べをやらう。」

11-48 itak kane / hokanashimip / yaikoare.
 itak kane / hokanasi mip / yaykoare.
 と言ひながら上衣を脱いだ．

11-49 Chiokai nakka / earkaparpe / chiyaikonoye,
 ciokay nakka / ear kaparpe / ci yaykonoye,
 私も薄衣一枚になつて

11-50 chikotetterke / unkotetterke, / Orowano
 ci kotetterke / un kotetterke, / oro wano
 組付いた．彼も私に組付いた．それからは

11-51 upoknareash / ukannareash / ukoterkeash ko,
 upoknare as / ukannare as / ukoterke as ko,
 互に下にしたり上にしあつたり相撲をとつたが

11-52 ineapkushu / pon nitnekamui / okirashnu wa
 ineapkusu / pon nitne kamuy / okirasnu wa
 大へんに悪魔の子が力のある事には

11-53 humashnankora. / Kipnekorka / hunakpaketa
 hum as nankor a. / ki p ne korka / hunak pake ta
 驚いた．けれども，とう

11-54 ikkeukiror / montumkiror
 ikkew kiror / mon tum kiror
 とう，或る時間に，私は腰の力からだの力を

― 213 ―

11-55　chiyaikosanke, / pon nitnekamui
　　　　ci yaykosanke, / pon nitne kamuy
　　　　みんな出して，悪魔の子を

11-56　shikautapkurka / chieshitaiki,
　　　　si ka utap kurka / ci esitayki,
　　　　肩の上まで引担ぎ

11-57　kimun iwa / iwakurkashi / chiekik humi
　　　　kimun iwa / iwa kurkasi / ci ekik humi
　　　　山の岩の上へ彼を打ちつけた音が

11-58　rimnatara. / Chioanraike / poknamoshir
　　　　rimnatara. / ci oanrayke / pokna mosir
　　　　ぐわんと響いた．殺してしまつて地獄へ

11-59　chikooterke, / humokake / chakkosanu.
　　　　ci kooterke, / hum okake / cakkosanu.
　　　　踏落したあとはしんと静まり返つた．

11-60　Taporowa / petesoro / hoshippaash ko
　　　　tap oro wa / pet esoro / hosippa as ko
　　　　それが済んで，私は流れに沿うて帰つて来ると，

11-61　pet otta / kamuicheputar / mina hawe
　　　　pet ot ta / kamuycep utar / mina hawe
　　　　川の中では鮭どもが笑ふ声

11-62　shinot hawe / pepunitara kor / hemeshpa shiri
　　　　sinot hawe / pepunitara kor / hemespa siri
　　　　遊ぶ声がかまびすしくのぼつて来るのが

2.11 小オキキリムイが自ら歌つた謠「この砂赤い赤い」

11-63 　chopopatki, / kenashso kata
　　　　copopatki, / kenas so ka ta
　　　　バチヤバチヤきこえる．山の木原では，

11-64 　apkautar / momanpeutar / wenminahau
　　　　apka utar / momampe utar / wen mina haw
　　　　牡鹿ども，牝鹿どもが笑ふ声

11-65 　wenshinothau ronroratki,
　　　　wen sinot haw ronroratki,
　　　　遊ぶ声が其処ら一ぱいになつて

11-66 　taanta / toonta / ipeshirkonna
　　　　taanta / toonta / ipe sir konna
　　　　其処に此処に物を

11-67 　moinatara. / Chinukar wa
　　　　moynatara. / ci nukar wa
　　　　食べてゐる．私はそれを見て

11-68 　chieramushinne / chiunchisehe
　　　　ci eramusinne / ci un cisehe
　　　　安心をし，私の家へ

11-69 　chikohoshipi.
　　　　ci kohosipi.
　　　　帰つて来た．

11-70 　ari pon Okikirmui isoitak.
　　　　ari pon okikirmuy isoytak.
　　　　と，小さいオキキリムイが物語つた．

2.12 獺が自ら歌つた謡
　　　「カツパレウレウカツパ」

Esaman yaieyukar "Kappa reu reu kappa"
esaman yay'eyukar "kappa rew rew kappa"
獺が自ら歌つた謡「カツパレウレウカツパ」

12-1　Kappa reureu kappa.
　　　kappa rew rew kappa.
　　　カツパレウレウカツパ

12-2　Shineantota / petesoro / shinotash kor
　　　sine an to ta / pet esoro / sinot as kor
　　　或日に，流れに沿うて遊びながら

12-3　maash wa / sapash kiwa, / Samayunkur
　　　ma as wa / sap as ki wa, / samayunkur
　　　泳いで下りサマユンクルの

12-4　kor wakkataru / putuhu ta / sapash awa,
　　　kor wakkataru / putuhu ta / sap as a wa,
　　　水汲路のところに来ると，

12-5　Samayunkur / kot tureshi / kamui shiri ne
　　　samayunkur / kot turesi / kamuy siri ne
　　　サマユンクルの妹が神の様な美しい容子で

12-6　oattekkor / niatush ani / oattekkor
　　　oattekkor / niatus ani / oattekkor
　　　片手に手桶を持ち片手に

2.12 獺が自ら歌つた謠「カツパレウレウカツパ」

12-7　kinatantuka[1] / anpa kane / ek koran wakusu
　　　kina tantuka / anpa kane / ek kor an wa kusu
　　　蒲の束を持つて来てゐるので

12-8　petparurketa / chisapaha patek / chietukka,
　　　pet parurke ta / ci sapaha patek / ci etukka,
　　　川の縁に私は頭だけ出し,

12-9　"Ona ekora?
　　　"ona e kor a?
　　　「お父様をお持ちですか？

12-10　unu ekora?" itakash awa
　　　 unu e kor a?" itak as a wa
　　　 お母様をお持ちですか？」と云ふと,

12-11　pon menoko / homaturuipe / shikkankari
　　　 pon menoko / homatu ruy pe / sikkankari
　　　 娘さんは驚いて眼をきよろきよろさせ

12-12　unnukar awa / kor wenpuri / enantui ka
　　　 un nukar a wa / kor wen puri / enan tuyka
　　　 私を見つけると, 怒の色を顔に

12-13　eparsere,
　　　 eparsere,
　　　 現して,

12-14　"Toi sapakaptek, / wen sapakaptek,
　　　 "toy sapakaptek, / wen sapakaptek,
　　　 「まあ, にくらしい偏平頭, 悪い偏平頭が

12-15　iokapushpa,[2] / nimakitarautar, / cho cho ...."
　　　　iokapuspa, / nimakitara utar, co co ...."
　　　　人をばかにして．犬たちよココ‥‥」

12-16　ari hawean awa / poro nimakitarautar[3]
　　　　ari hawean a wa / poro nimakitara utar
　　　　と言ふと，大きな犬どもが

12-17　usawokuta, / unnukar awa / notsep humi
　　　　usaokuta, / un nukar a wa / notsep humi
　　　　駆け出して来て，私を見ると牙を鳴ら

12-18　taunatara. / Chiehomatu, / petasama
　　　　tawnatara. / ci ehomatu, / pet asama
　　　　してゐる．私はビックリして川の底へ

12-19　chikorawoshma, / nani petasam peka
　　　　ci korawosma, / nani petasam peka
　　　　潜り込んで直ぐ其のまゝ川底を通つて

12-20　kiraash wa sapash.
　　　　kira as wa sap as.
　　　　逃げ下つた．

12-21　Sapash aine / Okikirmui / kor wakkataru
　　　　sap as a ine / okikirmuy / kor wakkataru
　　　　そうして，オキキリムイの水汲路の

12-22　putuhu ta / chisapaha patek / chietukka,
　　　　putuhu ta / ci sapaha patek / ci etukka,
　　　　川口へ頭だけだして

2.12 獺が自ら歌つた謠「カツパレウレウカツパ」

12-23　inkarash awa / Okikirmui / kot tureshi
　　　　inkar as a wa / okikirmuy / kot turesi
　　　　見ると，オキキリムイの妹が

12-24　kamui shirine / oattekkor / niatush ani
　　　　kamuy siri ne / oattekkor / niatus ani
　　　　神の様に美しい様子で片手に手桶を持ち

12-25　oattekkor / kinatantuka / anpa kane
　　　　oattekkor / kina tantuka / anpa kane
　　　　片手に蒲の束を持つて

12-26　ek wakushu / itakash hawe / ene okai: ―
　　　　ek wa kusu / itak as hawe / ene okay: ―
　　　　来たので私のいふことには，

12-27　"Ona ekora?
　　　　"ona e kor a?
　　　　「御父様をお持ちですか？

12-28　Unu ekora?" / itakash awa
　　　　unu e kor a?" / itak as a wa
　　　　御母様をお持ちですか？」といふと，

12-29　ponmenoko / homaturuipe / shikkankari
　　　　pon menoko / homatu ruy pe / sikkankari
　　　　娘さんは驚いて眼をきよろきよろさせ

12-30　unnukar awa / kor wempuri / enantuikashi
　　　　un nukar a wa / kor wen puri / enan tuykasi
　　　　私を見ると，怒りの色を顔に

12-31　eparsere,
　　　　eparsere,
　　　　表して,

12-32　"Toi sapakaptek / wen sapakaptek
　　　　"toy sapakaptek / wen sapakaptek
　　　　「まあ，にくらしい偏平頭，悪い偏平頭が

12-33　iokapushpa, / nimakitarautar, / cho cho ...."
　　　　iokapuspa, / nimakitara utar, / co co ...."
　　　　人をばかにして．犬たちよココ‥‥」

12-34　itak awa / poro nimakitarautar / chisaokuta.
　　　　itak a wa / poro nimakitara utar / cisaokuta.
　　　　と言ふと大きな犬どもが駈出して来た．

12-35　Shirki chiki / eshiranpe / chieshikarun,
　　　　sirki ciki / esir an pe / ci esikarun,
　　　　それを見て私は先刻の事を思出し

12-36　chieminarushui kor / petasama / chikorawoshma
　　　　ci emina rusuy kor / pet asama / ci korawosma
　　　　可笑しく思ひながら川の底へ

12-37　kiraash kushu / ikichiash awa,
　　　　kira as kusu / ikici as a wa,
　　　　潜りこんで逃げようとしたら

12-38　sennekashui / nimakitarautar / ikichi kuni
　　　　senne ka suy / nimakitara utar / ikici kuni
　　　　まさか犬たちがそんな事をしようとは

2.12 獺が自ら歌つた謠「カツパレウレウカツパ」

12-39   chiramuai / notsep humi / taunatara,
        ci ramu a i / notsep humi / tawnatara,
        思はなかつたのに，牙を鳴らしながら

12-40   petasam pakno / unkotetterke
        petasam pakno / un kotetterke
        川の底まで私に飛付き

12-41   yaoro unekatta, / chisapaha / chinetopake
        ya oro un ekatta, / ci sapaha / ci netopake
        陸へ私を引摺り上げ，私の頭も私の体も

12-42   apukpuk / arishparishpa / ki aineno
        a pukpuk / a risparispa / ki a ine no
        噛みつかれ噛みむしられて，しまひに

12-43   nekonaneya / chieramishkare.
        nekon a ne ya / ci eramiskare.
        何うなつたかわからなくなつてしまつた．

12-44   Hunakpaketa / yaishikarunash / inkarash awa,
        hunak pake ta / yaysikarun as / inkar as a wa,
        ふと気が着いて見ると

12-45   poro esaman / ashurpeututta / rokash kane
        poro esaman / asurpe utut ta / rok as kane
        大きな獺の耳と耳の間に私はすはつて

12-46   okayash.
        okay as.
        ゐた．

12-47 Samayunkur ka / Okikirmui ka
       samayunkur ka / okikirmuy ka
       サマユンクルもオキキリムイも

12-48 ona ka sak / unu ka sak ruwe / chieraman wa
       ona ka sak / unu ka sak ruwe / ci eraman wa
       父もなく母もないのを私は知つて

12-49 enean irara / chiki kushu / aunpanakte,
       ene an irara / ci ki kusu / a un panakte,
       あんな悪戯をしたので罰を当てられ

12-50 Okikirmui kor / setautar orowa / aunraike,
       okikirmuy kor / seta utar oro wa / a un rayke,
       オキキリムイの犬どもに殺され

12-51 toi rai / wen rai / chiki / shiri tapan.
       toy ray / wen ray / ci ki / siri tap an.
       つまらない死方, 悪い死方をするのです.

12-52 Tewano okai / esamanutar / itekki irara yan.
       tewano okay / esaman utar / itekki irara yan.
       これからの獺たちよ, 決して悪戯をしなさるな.

12-53 ari esaman yaieyukar.
       ari esaman yay'eyukar.
       と, 獺が物語つた.

2.13　沼貝が自ら歌つた謡「トヌペカランラン」

Pipa yaieyukar "Tonupeka ranran"
pipa yay'eyukar "tonupeka ran ran"
沼貝が自ら歌つた謡「トヌペカランラン」

13-1　Tonupeka ranran
　　　 tonupeka ran ran
　　　 トヌペカランラン

13-2　Satshikush an wa / ottaokayashi ka
　　　 sat sikus an wa / ot ta okay as i ka
　　　 強烈な日光に私の居る所も

13-3　sat wa okere, / tane anakne / raiash kushki.
　　　 sat wa okere, / tane anakne / ray as kuski.
　　　 乾いてしまつて今にも私は死にさうです.

13-4　"Nenkatausa / wakka unkure
　　　 "nen ka ta usa / wakka un kure
　　　 「誰か, 水を飲ませて下すつて

13-5　untemka okai! / Wakkapo!" ohai / chiraikotenke,
　　　 un temka okay! / wakkapo!" ohay / ci raykotenke,
　　　 助けて下さればいゝ. 水よ水よ」と私たちは泣き叫んで

13-6　okayash awa, / too hosashi / shine menoko
　　　 okay as a wa, / too hosasi / sine menoko
　　　 ゐますと, ずーつと浜の方から一人の女が

第2章『アイヌ神謡集』テキスト

13-7　saranip se kane / arki kor okai.
　　　saranip se kane / arki kor okay.
　　　籠を背負つて来てゐます．

13-8　Chishash kor / okayash awa / unsama kush
　　　cis as kor / okay as a wa / un sama kus
　　　私たちは泣いてゐますと，私たちの傍を通り

13-9　unnukar awa,
　　　un nukar a wa,
　　　私たちを見ると，

13-10　"Toi pipa / wen pipa, / neptap / chishkar hawe
　　　"toy pipa / wen pipa, / nep tap / ciskar hawe
　　　「をかしな沼貝悪い沼貝，何を泣いて

13-11　iramshitnere / okaipe neya?" / itak kane
　　　iramsitnere / okay pe ne ya?" / itak kane
　　　うるさい事さわいでゐるのだらう.」と言つて

13-12　unotetterke / unureetursere / unseikoyaku,
　　　un otetterke / un ureetursere / un seykoyaku,
　　　私たちを踏みつけ，足先にかけ飛ばし，貝殻と共につぶして

13-13　toop ekimun / paye wa isam.
　　　toop ekimun / paye wa isam.
　　　ずーつと山へ行つてしまひました．

13-14　"Ayapo, oyoyo! / Wakkapo!" ohai chiraikotenke
　　　"ayapo, oyoyo! / wakkapo!" ohay ci raykotenke
　　　「おゝ痛，苦しい，水よ水よ」と泣叫んで

— 224 —

2.13 沼貝が自ら歌つた謠「トヌペカランラン」

13-15 okayash awa, / too hosashi shui / shine menoko
       okay as a wa, / too hosasi suy / sine menoko
       ゐると，ずつと浜の方からまた一人の女が

13-16 saranip se kane / arki kor okai.
       saranip se kane / arki kor okay.
       籠を背負つて来てゐます．私たちは

13-17 "Nenkatausa / wakka unkure / untemka okai!
       "nen ka ta usa / wakka un kure / un temka okay!
       「誰か私たちに水を飲ませて助けて下さるといゝ，

13-18 Ayapo, oyoyo! / Wakkapo!" ohai / chiraikotenke,
       ayapo, oyoyo! / wakkapo!" ohay / ci raykotenke,
       おゝ痛おゝ苦しい，水よ水よ．」と叫び泣きました

13-19 okayash awa / pon menoko / kamui shirine
       okay as a wa / pon menoko / kamuy siri ne
       すると，娘さんは，神の様な美しい気高い様子で

13-20 unsamta arki / unnukat chiki,
       un sam ta arki / un nukat ciki,
       私の側へ来て私たちを見ると，

13-21 "Inunukashki / shirsesek wa / pipautar
       "inunukaski / sir sesek wa / pipa utar
       「まあかはいさうに，大へん暑くて沼貝たちの

13-22 sotkihi ka / satwa okere, / wakkaewen hawe
       sotkihi ka / sat wa okere, / wakka ewen hawe
       寝床も乾いてしまつて水を欲しがつて

13-23　neshun okaine, / nekonanep / okai ruwe tan,
　　　　nesun okay ne, / nekon a ne p / okay ruwe tan,
　　　　ゐるのだね，何うしたのでせう

13-24　aotetterke / apkor okai." itak kane
　　　　a otetterke / apkor okay." itak kane
　　　　何だか踏みつけられでもした様だが ....」と言いつゝ

13-25　unopitta / unumomare, / korham oro
　　　　un opitta / un umomare, / korham oro
　　　　私たちみんなを拾ひ集めて蕗の葉に

13-26　unomare, / pirka to oro / unomare.
　　　　un omare, / pirka to oro / un omare.
　　　　入れて，きれいな湖に入れてくれました．

13-27　Pirka namwakka / chieyaitemka,
　　　　pirka nam wakka / ci eyaytemka,
　　　　清い冷水でスッカリ元気を恢復し

13-28　shino tumashnuash. / Otta eashir
　　　　sino tumasnu as. / ot ta easir
　　　　大へん丈夫になりました．そこで始めて

13-29　nea menokutar / shinrichihi / chihunara
　　　　nea menokutar / sinricihi / ci hunara
　　　　彼の女たちの気性を探ぐつて

13-30　inkarash awa, / hoshkino ek / unureeyaku
　　　　inkar as a wa, / hoskino ek / un ureeyaku
　　　　見ると，先に来て，私を踏つぶした

2.13 沼貝が自ら歌つた謡「トヌペカランラン」

13-31 shirun menoko / wen menoko anak / Samayunkur
sirun menoko / wen menoko anak / samayunkur
にくらしい女,わるい女はサマユンクルの

13-32 kottureshi newa, / unerampokiwen
kot turesi ne wa, / un erampokiwen
妹で,私たちを憫み

13-33 unshiknure / pon menoko / kamui moiremat anak
un siknure / pon menoko / kamuy moyre mat anak
助けて下さつた若い娘さん淑やかな方

13-34 Okikirmui / kottureshi / ne awan.
okikirmuy / kot turesi / ne aw an.
は,オキキリムイの妹なのでありました.

13-35 Samayunkur / kottureshi / chiepokpa kushu
samayunkur / kot turesi / ci epokpa kusu
サマユンクルの妹は悪くらしいので

13-36 kor amamtoi / chishumka wa, / Okikirmui
kor amam toy / ci sumka wa, / okikirmuy
其の粟畑を枯らしてしまひ,オキキリムイの

13-37 kottureshi / kor amamtoi / chipirkare.
kot turesi / kor amam toy / ci pirkare.
妹の其の粟畑をばよく実らせました.

13-38 Ne paha ta / Okikirmui / kottureshi / shino harukar.
ne paha ta / okikirmuy / kot turesi / sino haru kar.
其の年に,オキキリムイの妹は大そう多く収穫をしました.

— 227 —

13-39　chirenkaine / ene shirkii / eraman wa,
　　　　ci renkayne / ene sirki i / eraman wa,
　　　　私の故為でさうなつた事を知つて

13-40　pipakap ari / amampush tuye.
　　　　pipa kap ari / amam pus tuye.
　　　　沼貝の殻で粟の穂を摘みました．

13-41　Orowano / keshpaanko / ainu menokutar
　　　　oro wano / kespa an ko / aynu menokutar
　　　　それから，毎年，人間の女たちは

13-42　amampush tuye ko / pipakap eiwanke ruwe ne
　　　　amam pus tuye ko / pipa kap eiwanke ruwe ne
　　　　粟の穂を摘む時は沼貝の殻を使ふ様になつたのです．

13-43　ari shine pipa yaieyukar.
　　　　ari sine pipa yay'eyukar.
　　　　と，一つの沼貝が物語りました．

原 注

　原本の脚注をすべてここに納める．1-(1), 1-7. とあるのは，第1番目の作品の脚注(1)が第1番目の作品の7行目につけられたものであることを示す．

1-(1), 1-7. 昔は男の子が少し大きくなると，小さい弓矢を作つて与へます．子供はそれで樹木や鳥などを的に射て遊び，知らずしらずの中に弓矢の術に上達します．
　　　　ak……は弓術 shinot は遊戯 ponai は小矢．
1-(2), 1-26. shiktumorke……眼つき．
　　　　人の素性を知らうと思ふ時は，その眼を見ると一ばんよくわかると申しまして，少しキヨロキヨロしたりすると叱られます．
1-(3), 1-32. achikara……（汚い）といふ意味．
1-(4), 1-34. 鳥やけものが人に射落されるのは，人の作つた矢が欲しいので，その矢を取るのだと言ひます．
1-(5), 1-86. kotankorkamui……国または村を持つ神．
　　　　山には，nupurikorkamui ……山を持つ神（熊）と nupuri-pakorkamui……山の東を持つ神（狼）などがあつて，ふくらふは熊，狼の次におかれます．
　　　　kotankorkamui は山の神，山の東の神，の様に荒々しいあはて者ではありません，それでふだんは沈着いて，眼をつぶつてばかりゐて，よつぽど大変な事のある時でなければ眼を開かないと申します．
1-(6), 1-103. eharkiso……左の座．
1-(7), 1-103. eshiso……右の座．
　　　　家の央に囲炉裡があつて，東側の窓のある方が上座，上座から見て右が eshiso 左が harkiso．上座に座るのは男子に限ります，お客様などで，家の主人よりも身分の卑しい人は上座につく事を遠慮します．右の座には主人夫婦がならんです

わる事にきまつてゐます．右座の次が左の座で，西側（戸口の方）の座が一ばん下座になつてゐます．

1-(8), 1-119. hayokpe　冑．
　　鳥でもけものでも山にゐる時は，人間の目には見えないが，各々に人間の様な家があつて，みんな人間と同じ姿で暮してゐて，人間の村へ出て来る時は冑を着けて出て来るのだと云ひます．そして鳥やけものゝ屍体は冑で本体は目には見えないけれども，屍体の耳と耳の間にゐるのだと云ひます．

1-(9), 1-140. otuipe……尻の切れた奴．
　　犬の尻尾の切れた様に短いのはあまり尊びません．
　　極くつまらない人間のことを wenpe ……悪い奴，otuipe ……尻尾の切れた奴と悪口をします．

1-(10), 1-144. chikashnukar. 神が大へん気に入つた人間のある時，ちつとも思ひがけない所へ，其の人間に何か大きな幸を恵与すると，其の人は ikashnukar an と云つてよろこびます．

1-(11), 1-153. apehuchi……火の老女．火の神様は，家の中で最も尊い神様でおばあさんにきまつてゐます．山の神や海の神，その他種々な神々が此のふくらふの様にお客様になつて，家へ来た時は，此の apehuchi が主になつて，お客のお相手をして話をします．たゞ kamuihuchi（神老女）と云つてもいゝ事になつてゐます．

1-(12), 1-154. neusar　語り合ふ事．
　　種々な世間話を語り合ふのも neusar．普通 kamuiyukar（神謡）や uwepeker（昔譚）の様なものを neusar と云ひます．

1-(13), 1-161. ashke a uk. ashke は指，手．a uk は取る．何か祝ひがある時人を招待する事を云ひます．

1-(14), 1-180. kakkokhau……カツコウ鳥の声．
　　カツコウ鳥の声は，美しくハツキリと耳に響きますから，ハキハキとしてみんなによくわかるやうに物を云ふ人の事をカツコウ鳥の様だと申します．

1-(15), 1-198. chisekorkamui……家を持つ神．

原 注

火の神が主婦で，家の神が主人の様なものです，男性で chisekorekashi……家を持つおぢいさんとも申します．

1-(16), 1-199. nusakorkamui……御幣棚を持つ神，老女．

御幣棚の神も女性にきまつてゐます，何か変事の場合人間にあらはれる事がありますが，その時は蛇の形をかりてあらはれると云ひます，それで御幣棚の近所に，または東の方の窓の近所に，蛇が出て来たりすると，「きつと御幣棚のおばあさんが用事があつて外出したのだらう」と言つて，決して其の蛇を殺しません．殺すと罰が当りますと云ひます．

2-(1), 2-10. isoeonkami. iso は海幸 eonkami は……を謝す事．

鯨が岸で打上げられるのは海の大神様が人間に下さる為に御自分で持つて来て，岸へ打上げて下さるものだと信じて，其の時は必ず重立つた人が盛装して沖の方をむいて礼拝をします．

2-(2), 2-15. ononno. これは海に山に猟に出た人が何か獲物を持つて帰つて来た時にそれを迎へる人が口々に言ふ言葉です．

2-(3), 2-45. uniwente……大水害のあと，火災のあと，火山の破裂のあと，その他種々な天災のあつたあとなどに，または人が熊に喰はれたり，海や川に落ちたり，その他何によらず変つた事で負傷したり，死んだりした場合に行ふ儀式の事．

其の時は槍や刀のさきを互ひに突き合せながらお悔みの言葉を交します．一つの村に罹災者が出来ると，近所の村々から沢山の代表者がその村に集つてその儀式を行ひますが，一人と一人でも致します．

2-(4), 2-51. kokokse……uniwente の時，また大へんな変り事が出来た時に神様に救ひを求める時の男の叫び声．フオホホーイと，これは男に限ります．［kokokse は hokokse の誤りであらう－切替］

2-(5), 2-77. ashur は変つた話，ek は来る．

……村から遠い所に旅に出た人が病気したとか死んだとかした時にその所からその人の故郷へ使者がその変事を知らせ

に来るとか，外の村で誰々が死にましたとか，何々の変つた事がありましたとかと村へ人が知らせに来る事を云ひます．

その使者を ashurkorkur（変つた話を持つ人）と云ひます．ashurkorkur は村の近くへ来た時に先づ大声をあげて hokokse（フオホホーイ）をします．すると，それをきゝつけた村人は，やはり大声で叫びながら村はづれまで出迎へてその変り事をきゝます．

2-(6), 2-77. uchishkar ……泣き合ふ．これは女の挨拶，長く別れてゐて久しぶりで会つた時，近親の者が死んだ時，誰かゞ何か大変な危険にあつて，やつと免れた時などに，女どうしで手を取合つたり，頭や肩を抱き合つたりして泣く事．

2-(7), 2-107. matrimimse（女の叫び声）……何か急変の場合または uniwente の場合，男は hokokse（フオホホーイ）と太い声を出しますが，女はほそくホーイと叫びます．

女の声は男の声よりも高く強くひゞくので神々の耳にも先にはいると云ひます．それで急な変事が起つた時には，男でも女の様にほそい声を出して，二声三声叫びます．

2-(8), 2-109. peutanke …… rimimse と同じ意ですが，これは普通よく用ひられる言葉で，rimimse の方は少し難かしい言葉になつてゐます．

3-(1), 3-12. pau. 狐の鳴声の擬声詞．

3-(2), 3-73. pushtotta……鞄の様な形のもので，海猟に出かける時に火道具，薬類，其の他細々の必要品を入れて持つてゆくもの．同じ用途のもので piuchiop, karop などがありますが，蒲，アツシ織などで作りますから，陸で使用します，pushtotta は熊の皮，あざらしの皮，其の他の毛皮で製しますから水がとほらないので，海へ持つて行くのです．

3-(3), 3-78. noya ai……蓬の矢．蓬はアイヌの尊ぶ草です，蓬の矢で打たれると，浮ぶ事が出来ないから悪魔の最も恐れるものだと云ふので遠出する時必要品の一つに数へられます．

3-(4), 3-110. もとは男の便所と女の便所は別になつてゐました．

原　注

　　ashinru も eosineru も同じく便所の事．[eosineru は esoineru の誤り－切替]

　　狐の中で黒狐は最も尊いものだとしてゐます．海の中に突き出てゐる岬は大概黒狐の所領で，黒狐はよつぽどの大へんがなければ，人に声をきかせないと申します．

　　Okikurumi（Okikirmui）と Samayunkur と Shupunramka とはいとこ同志で，Shupunramka は一ばん年上で Okikirmui は一ばん年下だと云ひます．Shupunramka は温和な人で内気ですから何も話がありませんが，Samayunkur は短気で，智恵が浅く，あはて者で，根性が悪い弱虫で，Okikirmui は神の様に智恵があり，情深く，勇気のあるえらい人だと云ふので，其の物語りは無限と云ふほど沢山あります．

4-(1), 4-5．アマッポ（弩）即ち「仕掛け弓」を仕掛くる事．

4-(2), 4-66．刀剣．これは戦争の時に使ふ刀剣とは違ふので，ふだん家の右座の宝物の積んである上に吊してあるのがそれです．戦争の時には使ひませんが，uniwente などのときには使ひます．

7-(1), 7-48．katken……川ガラス，昔から大そういゝ鳥として尊ばれる鳥です．

8-(1), 8-115．御幣で飾りをつけたものであつて，神様にお神酒を上げる時に使ひます，此の kike-ush-pashui は人間の代理を勤めて人間が神様に云はうと思ふ事を神様のところへ行つて，伝へると云ひます．御幣をつけてゐない普通の箸を iku pashui と云ひます（酒宴の箸）．

10-(1), 10-17．iwan poknashir……六つの地獄．地の下には六段の世界があつて其処には種々な悪魔が住んでゐます．

11-(1), 11-46．achikara……（きたない）．をかしい，生意気なといふ意味をふくむ．

　　此の物語は Okikirmui の父と pon nitnekamui の父とは，前に大層激しい戦争をした事があるので，此の pon okikirmui と pon nitnekamui とは敵どう志になつてゐます．その

親達の戦争した模様は別な物語に詳しく出てゐます．
12-(1), 12-7. kinatantuka ……蒲の束．蒲は編んで筵の様な敷物にするのですが，よく乾いてゐるのを其の侭編むといけませんから，少し湿してからつかひます，此の話にあるのも，その為に女が川へ持つて行くのでせう．
12-(2), 12-15. i-okapushpa. 人は死んでしまつた親や親類などの名を言つたり，その事をふだん話したりする事を i-oka-pushpa と言つて大へん嫌ひます，また，人のかくしてゐた事をそばからほぢり出して，みんなに言つたり，其の人の聞きにくい様な其の人の前の行為などを口に出したりする事をも i-okapushpa と言ひます．
12-(3), 12-16. nimakitara……牙の剥出してゐる．これは犬の事，山のけものたちは，人が猟に行くと犬を連れて行きますが，その犬に歯をむき出してかゝられるのが一ばん恐いので犬にこんな名をつけて恐がつてゐます．

知里幸恵さんの事

金田一京助

　知里幸恵さんは石狩の近文の部落に住むアイヌの娘さんです．故郷は胆振の室蘭線に温泉で有名な登別で，そこの豪族ハエプト翁の孫女として生まれたのです．お父さんの知里高吉さんは発明な進歩的な人だつたので，早く時勢を洞察し，率先して旧習を改め，鋭意新文明の吸収に力められましたから，幸恵さんは幼い時から，さう云ふ空気の中に育ちました．その母系は，幌別村の大酋長で有名なカンナリ翁を祖翁とし，生みのお母さんは，姉さんと一緒に早く函館へ出て英人子トルシプ師の伝道学校に修学し，日本語や日本文は勿論の事，ローマ字や英語の知識をも得，殊に敬虔なクリスチヤンとして種族きつての立派な婦人です．其の人々をお母さんと伯母さんに持つた幸恵さんは，信者の子と生まれて信者の家庭に育ち，父祖伝来の信仰深い種族的情操をこれによつて純化し，深化し，茲に美しい信仰の実を結び，全同胞の上に振りかゝる逆運と，目に余る不幸の中に素直な魂を護つて清い涙ぐましい祈りの生活をつゞけて二十年になりました．
　唯々「この人にしてこの病あり」と歎かはしいのは心臓に遺伝的な固疾をもつて，か弱く生ひ立たれたことです．それに近文の部落から，旭川の町の女子職業学校へ通ふ一里余りの道は朝朝遅れまいと急ぎ足で通ふ少女の脚には余りに遠過ぎました．その為，尚更心臓を悪くして大事な卒業の三学年は病褥の上に大半を過ごしました．それでも在校中は副級長に選ばれたり，抜群の成績を贏ち得て，和人のお嬢さん達の中に唯ゝひとりアイヌ乙女の誇を立派に持ちつゞけました．
　幸恵さんの標準語に堪能なことは，とても地方出のお嬢さん方では及びもつかない位です．すらすらと淀みなく出る其の優麗な文章に至つては，学校でも讃歎の的となつたもので，啻に美しく優れてゐるのみではなく，その正確さ，どんな文法的な過誤をも

第 2 章『アイヌ神謡集』テキスト

見出すことが出来ません．而も幸恵さんは，その母語にも亦同じ程度に，或は其以上に堪能なのです．今度其部落に伝はる口碑の神謡を発音どほり厳密にローマ字で書き綴り，それに自分で日本語の口語訳を施したアイヌ神謡集を公刊することになりました．幸恵さんの此方面の造詣は主として御祖母さんに負ふらしく，父方の御祖母さんも母方の御祖母さんも，揃ひも揃つて種族的敍事詩の優秀な伝承者であるのです．

　凡てを有りの侭に肯定して一切を神様にお任せした幸恵さんも，さすがに幾千年の伝統をもつ美しい父祖の言葉と伝へとを，此まゝ泯滅に委することは忍びがたひ哀苦となつたのです．か弱い婦女子の一生を捧げて過去幾百千万の同族をはぐくんだ此の言葉と伝説とを，一管の筆に危く伝へ残して種族の存在を永遠に記念しようと決心した乙女心こそ美しくもけなげなものではありませんか．アイヌ神謡集はほんの第一集に過ぎません．今後ともたとひ家庭の人となつても，生涯の事業として命のかぎり此の仕事を続けて行くと云つて居られます．

　　　　　　　　　　　　大正十一年七月十五日

　　　　　　＊　　　　＊　　　　＊　　　　＊

　今雑司ヶ谷の奥，一むらの椎の木立の下に，大正十一年九月十九日，享年二十一歳，知里幸恵之墓と刻んだ一基の墓石が立つてゐる．幸恵さんは遂に其宿痾の為に東京の寓で亡くなられたのである．而もその日迄手を離さなかつた本書の原稿はかうして幸恵さんの絶筆となつた．種族内のその人の手に成るアイヌ語の唯一の此記録はどんな意味からも，とこしへの宝玉である．唯この宝玉をば神様が惜んでたつた一粒しか我々に恵まれなかつた．

　　　　　　　　　大正十二年七月十四日　京助追記

第3章

『アイヌ神謡集』辞典

凡　例

見出し語

　知里幸恵編『アイヌ神謡集』のアイヌ語テキスト，脚注（原注）に現れる全てのアイヌ語の単語，助詞，単語構成要素を見出し語として掲げ ABC 順に並べた．また，例えば，テキストに動詞複数形のみが見られ，基本となる単数形が見られないなどの場合，基本となる形も見出し語として掲げた．

　見出し語が複合語である場合は，ハイフン - で語構成要素の境目を示した．例えば ahun-ke^2 のように．

　複合語と複合語ではない単純な構成の単語が同音異義の場合，前者を先に置いた．例えば haw-e^7, hawe の順に．

　複合語ではない単純な構成のものに同音異義が認められるときは，動詞，名詞，副詞，助詞，接頭辞，接尾辞の順に並べ，右肩に番号をふった．しかし，編集上の不手際からこの順が守られていないこともある．同音異義が認められる単純な構成のものが複合語の構成要素になっているときにも，同じ番号がふられている．例えば，複合語の ahun-ke^2 の -ke の右肩の番号は，それが使役接尾辞の -ke^2 であることを示している．

関連語句

　見出し語として掲げられた語を構成要素として内部に含む複合語は，記号→が先頭につけられ，その見出し語のもとに全て関連語として示されている．例えば，見出し語 ahun のもとには ahun を内部に含む語 ahunke などが，

　　→ahunke

のようにあげられている．また，ahunke は -ke^2 を内部に含んでいるから，見出し語 -ke^2 のもとにも

　　→ahunke

凡 例

のようにあげられている．なお，ahunke は ahun-ke² という形で見出し語にあげられている．

　見出し語として掲げられた語を内部に含む句（動詞句，名詞句，副詞句）や節などのうち重要なものを見出し語のもとに示した．この場合，それらの句や節の意味と出典箇所が記されたものと，記されていないものとがある．例えば，見出し語 ar¹-ke⁴ のもとに

　　　humpe arke 鯨の半身 8-46, 83.

　　　humpe arke etu humpe →etu

などがあげられている．2番目の例のように意味と出典箇所が記されていないものは記号→が末尾につけられ，さらにその後ろに参照すべき別の見出し語が示されている．この場合，見出し語 e⁴-tu のもとに humpe arke etu humpe の意味と出典箇所が見いだされることが示されている．

意味と文法説明

　見出し語に続いて品詞名などを角括弧［　］にくくって示す．これらのうち重要なものは，第1章「『アイヌ神謡集』の言語」で解説されている．本辞典で用いられている品詞名などの文法用語は，その章の末尾の「文法用語一覧」に示されている．

　意味は多くの場合，翻訳によって示されるが，翻訳せずに意味を説明するとき，あるいは文法説明を試みるときは，その説明を丸括弧（　）でくくった．

　翻訳のうち，かぎ括弧「　」でくくったものは，『アイヌ神謡集』の日本語訳テキストから直接引用したものである．ただし，原本における旧かなづかいなどは現代の慣用に改めた．

　訳語を2つ以上示すときはセミコロン；で区切った．

　1つの語に2つ以上の意味が認められ，しかもその間に大きな隔たりがあるときは[1], [2]のように番号をつけて別々に示した．

　動詞の意味には状態と状態変化の対立がないので，例えば us には「くっついている」と「くっつく」の2つの訳語を与えるべ

− 239 −

きであるが，多くの場合はどちらか一方の訳語のみを示した．

　一項動詞は名詞的に用いられることがあるが（1.3.4.6(3)），多くの場合，名詞的意味の訳語は示さなかった．

出典箇所

　出典箇所は，12-20，35．13-7．などのように作品番号と行番号で示した．この例は，第12話の20行目と35行目，第13話の7行目のことである．

参考文献

辞典編集のため直接参照した辞典などを掲げる．

知里真志保『分類アイヌ語辞典 第1巻 植物篇』1953年（昭和28年）
　『著作集 別巻Ⅰ』平凡社 1976年（昭和51年）
知里真志保『分類アイヌ語辞典 第3巻 人間篇』1954年（昭和29年）
　『著作集 別巻Ⅱ』平凡社 1975年（昭和50年）
知里真志保『地名アイヌ語小辞典』1956年（昭和31年）『著作集3』
　平凡社 1973年（昭和48年）
知里真志保『分類アイヌ語辞典 第2巻 動物篇』1962年（昭和37年）
　『著作集 別巻Ⅰ』平凡社 1976年（昭和51年）
久保寺逸彦『アイヌ叙事詩神謡・聖伝の研究』岩波書店 1977年（昭和52年）（特に註解および註解索引を参考にした）
久保寺逸彦『アイヌ語・日本語辞典稿』北海道教育庁生涯学習部文化課 1992年（平成4年）
田村すず子『アイヌ語沙流方言辞典』草風館 1996年（平成8年）
服部四郎『アイヌ語方言辞典』岩波書店 1964年（昭和39年）
山田秀三『北海道の地名』北海道新聞社 1984年（昭和59年）
Batchelor, John. *An Ainu-English-Japanese Dictionary*. 4th ed. 1938. Tokyo: Iwanami-Shoten, 1981.

A

a¹ [一項動詞] 〜が座る
　→are
　→rok¹
a² [人称接語] (主格形．二項動詞，三項動詞の前に置かれその主語となる．an²，i² 参照；名詞所属形の前に置かれ所有者を示す)
　[1] 人（不定人称）（いわゆる受身の文に用いられることがある）
　　a are 〜は置かれる 4-40, 42.
　　a eerannak 人が〜（場所）で〜を気がかりに思う 5-79.
　→aehomatup
　　a ekar 人が〜で〜をする 3-78. 4-44.
　→aekirusi (?)
　　a enunuke 人が〜を惜しむ（〜は惜しまれる）6-51.
　　a eoripak 敬うべき〜 6-49.
　→aep
　　a erannak 人が〜を気がかりに思う 7-121.
　　a kar 〜は形を変えられる 6-52.
　　a koeraman 〜は理解される 1-26.
　　a koeyam 人が〜（場所）で〜を心配する 5-78.
　　a korewen 〜が失礼に取り扱われる 1-124.
　　a kosirepa 〜（場所）が到着せられる（人が〜に到着する）1-71. 5-28.
　→amip
　　a mire 〜は〜を着せられる 1-159.
　　a okere 〜は終わる（〜は終えられる）8-181.
　　a otetterke 〜は踏みつけられる 13-24.
　　a piye 〜は馬鹿にされる 1-124.
　　a pukpuk 〜はかみつかれる 12-42.
　　a rekore 〜は命名される 6-53.
　　a risparispa 〜はむしられる 12-42.
　　a sanke 〜は遣られる 1-161.
　→astoma
　　a uk 人が〜を取る（原注 1-⑬参照）
　　a ukte 〜は〜を取らせられる 1-161.

— 241 —

第3章 『アイヌ神謡集』辞典

a un 人が私（たち）を；私（たち）は（…される）（二項動詞，三項動詞の前に置かれる）
 a un ekarkar 私は〜をされる 1-144.
 a un kasnukar 私は恵みをいただく 1-186.
 a un koonkami 私は拝まれる 1-195.
 a un numpa 私は締められる 4-51.
 a un omante 私は送られる 5-77.
 a un panakte 私は罰せられる 12-49.
 a un rayke 私は殺される 12-50.
a unin 人が〜に痛みを感じる 5-53.
a uytek 〜は使われる 7-31.
a ye 〜は（…と）呼ばれる；〜は言われる 6-19, 20, 30, 32. 7-65.
[2]私（たち）が（一人称．対話文の中にのみ認められる．地の文では ci² がこれに代わる．しかし，会話文の中であっても，ci² が一人称を示すことがある．つまり，
 地の文　　ci
 会話文　　ci 〜 a
ということになる）

a atte 私は〜を繁殖させる 7-92, 93.
a eaykap 私は〜ができない 1-183.
a emina 私は〜をあざ笑う 1-170.
a eoripak 私は〜に畏れ慎む 1-88.
a ki 私は〜をする 1-62. 6-36. 8-118. 11-47.
a kor 私は〜を持つ 1-34. 4-16.
a koramkor 私は〜にお願いする 1-190.
a kus 私は〜を横切る 5-14.
a ne 私は〜である 1-182, 188. →aokay
a omante 私は〜を送る 1-91.
a rewsire 私は〜を泊める 1-90.
[3]私（たち）の（対話文の中にあって，所属形の名詞につき所属先を示す）
 a utarihi 私の仲間たち 4-101.
[4]あなた（二人称敬称）
 a yanke あなたは〜を陸に上げられる（「海幸をおやりになる」）8-66.
a³ [終助詞]（話し手の疑いの感情，皮肉，疑問の気持ちを表す）3-78. 6-16, 28, 38. 11-4, 5. 12-9, 10, 27, 28.
 nankor a →nankor

a⁴ ［助動詞］（行為が既に行われたことを示す．接続助詞の前に置かれ，前文の行為が後文の行為より前に行われたことを示すことが多い．複数形は rok²） 1-213. 8-90.
　　... a ... a だんだん…になる
　　　　wen a wen a 〜がだんだん悪くなる 5-9. 6-58.
　　a i →i¹ ［2］, ［5］
　　a ike →ike
　　a ine(no) →ine²
　　a korka →korka
　　a kusu →kusu¹
　　a p →p¹
　→apkor
　→aw²
　　a wa →wa²
　　a wa →wa³
　→rok²
　（連体詞 ne² に後接する）
　→nea
　（疑問を表す副詞に後接する）
　　nekon a →nekon
　（その他）
　→ineap
-a⁵ ［使役接尾辞］
　→ama
-a⁶ ［他動詞語基形成接尾辞］（cvc 語根から他動詞語基を形成する）
　→maka
　→sawa

-a⁷ ［自動詞語基形成接尾辞］（名詞から自動詞語基を形成する）
　→repa
-a⁸ ［所属形形成接尾辞］
　→asama
-a⁹ ［位置名詞長形形成接尾辞］
　→armoysama
　→sama
　→sermaka
　→teksama
　→utorsama
acikara ［間投詞］（人をののしるとき用いる．原注 1-(3), 11-(1) 参照）
　　acikara ta 汚い！ 1-32. 11-46.
a²-ehomatu-p¹ ［名詞］「急変」（突然起こった事故）2-46.
a²-e⁴-kir-us-i⁴ ［名詞］「目次」（原本のアイヌ語目次に見られる単語（AEKIRUSHI）．この語の構成はよく分からない）
a²-e¹-p¹ ［名詞］食べ物
　→aep'omuken
aep-'omuken ［一項動詞］〜は食べ物が見つからないで飢える 2-121.
-**aha** ［位置名詞長形形成接尾辞］
　→sermakaha
ahun ［一項動詞］（←aw¹-n²）〜が（家に）入る 1-163.
　→ahunke
　→ahup
　　cup ahun →cup

ahun-ke[2] [二項動詞] 〜が〜を（家に）入れる 1-72. 7-15, 34.
　→ahupte
　→eunahunke
　→unahunke

ahup [ahun の複数形]（←aw[1]-p[2]）1-177. 8-150.
　→ahupkar
　→ahupte

ahup-kar[6] [二項動詞] 〜が〜（祭り，宴会）に参加する 2-14.

ahup-te[2] [ahunke の複数形] 1-176.

ak[1] [一項動詞] 〜が矢を射る（原注1-(1)参照）1-15. 11-20, 39.
　　ak sinot pon ay →ay
　　ak sinot pon ku →ku
　→eak

ak[2] [名詞] 弟
　→aki

ak[2]**-i**[7] [ak[2] の所属形] 〜の弟
　　aki ne kur 〜の弟
　　ci aki ne kur 私の弟 4-14, 54.

am [一項動詞] 〜が寝る
　→ama
　→amset
　→amso

am-a[5] [二項動詞] 〜が〜を横たえる
　→ciamasotki

amam [名詞] 粟 2-118, 123.
　　amam pus →pus
　　amam toy →toy

a[2]**-mi-p**[1] [名詞] 着物 1-159.

am-set [名詞]「高床」
　　amset ka/kasi「高床の上」8-5, 28, 88, 138. 9-6.
　→cituyeamset

am-so [名詞]「床」（とこ）1-132.

an[1] [一項動詞] 〜がある；〜がいる 1-168. 2-22, 44, 47, 56, 76, 114. 4-32. 7-7, 27, 44. 8-115. 9-4. 13-2.
　　an pe →pe[3]（p[1]）
　→ante
　→anu
　→ekiroro'an
　→eraman
　→eyaykiror'ante
　→hawan
　→hawean
　　oka an →oka
　→okay[1]
　→omanan
　　sir an →sir[1]
（接続助詞の後ろに置かれ，助動詞句を作る）
　　e nepkor an →nepkor
　→kanan
　　kane an →kane
　　kor an →kor[2]
　　noyne an pe →noyne
　　wa an →wa[2]
（形式名詞の後ろに置かれ強い感情を表わす助動詞句を作る）

hawe an →hawe
ne aw an →aw²
pe ta an a →ta²
ruwe an →ruwe
sir an →sir²
→tan²
(時間を表す名詞の後ろに置かれ，接続助詞 ko に後続される)
  kespa an ko 毎年 13-41
  kesto an ko 毎日 4-4, 37. 8-9.
  ne simke an ko その翌日 8-18.
  onuman an ko 暮れ方になると 8-11, 21.
(後置詞的副詞の後ろに置かれ，副詞句を節および連体修飾句に変える)
  ari an →ari
  ari an ko →ari
  tan koraci an →koraci
(疑問を表す副詞の後ろに置かれ，疑問の連体修飾句を作る)
  nekon a an →nekon
(指示副詞などの後ろに置かれ，指示の連体詞(句)を作る)
  ene an →ene
  hemanta an pe →hemanta
→nean
→taan
  tan an to →to²
  tap an →tap²
→toan
  too an i →too
(その他の連体修飾句を作る場合)
→ruyanpe
  sine an →sine
  siri ne an →siri
  tane an →tane
(人称代名詞の構成要素として)
→ani
→anihi
→eani

an² [人称接語][1]私(たち)が(一人称．対話文で用いられ，一項動詞の後ろに置かれてその主語となる．a²[2], i² 参照)
  i ... an →i²
  paye an 私は行く 1-169.
  uekatayrotke an 私たちは仲良くする 1-188.
  ukopayekay an 私たちは行き来し合う 1-189.
[2]人(不定人称．一項動詞の an¹ であるかもしれない．一項動詞+an の形のものは，an が人称接語であるのか動詞であるのかはっきりしないことがある)
  uciskar an「泣き合」う 2-77.
  uniwente an「悔やみを言い合」う 2-60.

an³ [名詞] 夜
→annoski

an⁴- [ar²- の変異形]
→anramasu

第3章 『アイヌ神謡集』辞典

anak ［副助詞］は（文の主題を示すとともに他のものとの対比を示す）
　→anakne
　（人称代名詞の後ろに現れる場合）1-198．6-60．7-115．8-4，117．9-40．
　（普通名詞の後ろに現れる場合）3-112．4-97．5-73．7-58，80．13-31，33．
　（時間を表す副詞などの後ろに現れる場合）1-84，88，90，193．2-125．4-97．5-78．6-17．7-99，102．

anak-ne[1] ［anak の長形］は（文の主題を示すとともに他のものとの対比を示す）
　　tane anakne →tane

ani ［二項動詞］［1］〜が〜をつかむ 12-6，24．
　→anpa[1]
　→ukoani
　［2］〜が〜を運ぶ 4-62．
　→anipuntari
　→anpa[1]
　→ukoani

an[1]**-i**[1] ［人称代名詞］彼自身（複数形は okay[1] utar）
　→anihi
　→eani

an[1]**-ihi**[1] ［人称代名詞 ani の長形］彼自身 1-28．

ani-puntari ［名詞］銚子（提子）8-178．

anisapuskap ［不明］「非常な急変に会って」3-20．

anke ［助動詞］…しそうになる 3-26．

an[3]**-noski** ［名詞］真夜中
　　si annoski 真夜中 1-98．

anpa[1] ［ani の複数形］［1］〜が〜をつかむ 5-43，43．8-178．12-7，25．
　［2］〜が〜を運ぶ 3-109．

anpa[2] ［anu の複数形］
　→kosonkoanpa

an[4]**-ramasu** ［一項動詞］〜が美しさにうっとりする（←ar[2]-ramasu）
　　anramasu uesuye 〜が美しさにうっとりする（anramasu が名詞化しており、逐語訳すれば、「美しさにうっとりすることを〜が幾度も揺する」となる）8-145．

an[1]**-te**[2] ［二項動詞］〜が〜を置く 1-94．8-137．
　→ukoante

an[1]**-u**[2] ［二項動詞］〜が〜を置く
　→anpa[2]
　→cisireanu
　→koasuranure

a[2]**-okay**[1] ［人称代名詞］私（会話文で用いられる．ciokay 参照）
　　aokay utar 私たち 1-33．

— 246 —

apa ［名詞］戸口；家の入口 7-11, 29.
 apa pake ta 戸口のそばに 9-4.
apapu ［二項動詞］〜が〜を責める
 →yayapapu
ape ［名詞］火 2-116.
 ape are 〜が火を起こす 4-65, 69.
 →apehuci
 ape kar 〜が火に当たる 6-41.
 →apekes
ape-huci ［名詞］火の老女神（火の女神の称号の一つ．原注1-⑾参照）
 apehuci kamuy huci 火の老女神・偉大な老女（火の女神の称号の一つ）1-153. 5-30.
ape-kes[1] ［名詞］燃えている薪(まき)
 si apekes 大きな薪の燃えさし 9-28.
apka ［名詞］雄鹿
 apka topa 雄鹿の群れ 11-33, 41.
 apka utar 雄鹿たち 11-64.
apkor ［a[4] pekor の短縮形］あたかも…するかのように 5-44. 13-24.
apto ［名詞］雨 5-37.
ar[1] ［名詞］二つ一組の片方；物の片側；長いものの一端；半分；片端（sine を参照）

→arke
→armoysam
→ear
→oar
→yayattasa
ar[2]- ［副詞的接頭辞］とても（行為, 様態の程度の激しさを表す.）
→anramasu
→arekuskonna
→aripawekurtenke
→arwen
→oar
a[1]-**re**[3] ［二項動詞］〜が〜を座らせる；置く；（服を）脱ぐ
 ape are →ape
 ku are →ku[2]
 wa are 〜が〜に対してなんらかの行為を行い, その後, そのままほおっておく 7-83.
→yaykoare
ar[2]-**ekuskonna** ［副詞］突然に（ekuskonna の強調形）9-27.
ari ［後置詞的副詞］[1]〜で（道具・手段を導く）1-90. 4-90. 5-71. 7-81, 84. 8-43, 62, 63, 73, 73, 103, 103. 13-40.
 ari yapkir →yapkir
それで
 ari cep koyki 〜がそれで魚を取る 7-104.
 ari ica 〜がそれで肉を切る 8-107.

[2] ～と（言う）
　ari an ～という～ 1-2，10，43，102，112．
　ari an ko ～というところで（話が変わる）4-35．
　ari a ye →ye
　ari hawean →hawean
　ari hawokay →hawokay
　ari hotuypa →hotuypa
　ari isoytak →isoytak
　ari itak →itak
　ari koyayirayke ～が～に～と言って感謝する 8-118．
　ari okay pe ～ということ（を言う）1-91，145，190．8-131．
　ari paskuma →paskuma
　ari rek ～が～と鳴く 9-9，14．
　ari rekore →rekore
　ari yay'eyukar →yay'eyukar
　ari yaynu →yaynu
[3]（…した）とさ（物語を打ち切る表現）7-125．

arikiki［一項動詞］～が「精を出す」3-38，61．
→koarikiki

ar²-ipawekurtenke［一項動詞］～が大声で指図する 5-62．

ar¹-ke⁴［ar¹ の長形］
→arkehe
　humpe arke 鯨の半身 8-46，83．
　　humpe arke etu humpe →etu

arke-he⁵［arke の長形］半分；片端
　oar arkehe 両端のうち片一方 6-42，42．

arki［ek の複数形］1-58，75，136，172，174．2-100．3-103．4-32．5-11，12．8-22，108，149．13-7，16，20．

ar¹-moy¹-sam［名詞］「浜辺」（湾の対岸のことか）
→armoysama
　armoysam ta/un 海辺に・へ 2-2，7，22．

armoysam-a⁹［armoysam の長形］2-11．

arpa［oman の異方言形］（胆振地方中部(幌別)では oman の複数形は paye であり，arpa の形は胆振地方東部（穂別，鵡川），日高地方西部（沙流）のもの）8-54．

ar²-wen［一項動詞］～が大変に悪い
　arwen mosir →mosir
　arwen puri kor →puri

as¹［一項動詞］～が立つ；～が立ち止まる
→asas
→asi
→ciastustekka
　ci un cisehe as kane an 私の家が立っている 2-116．
→punas

— 248 —

arikiki 〜 as

→roski
as² ［一項動詞］〜（音）がする
　→hawas
　　hum as →hum
　　humi as →humi
　　wa hum as nankor a →hum
as³ ［人称接語］私（たち）が（一項動詞の後ろに立ち，その主語となる．複数形を持つ自動詞語基だけからなる動詞の後ろに立つ場合，その動詞は主語の単数性，複数性に関わりなくかならず複数形となる．例えば，arki as「私（たち）は来る」のようになり，ek as とはならない．ただし，hoyupu「〜が走る」の場合，複数形と結合した hoyuppa as という形は見られず，単数形 hoyupu と結合した形が見られる）
　　aep'omuken as 私は食べ物が見つからない 2-121.
　　ak as 私は矢を射る 1-15. 11-20, 39.
　　arikiki as 私はがんばる 3-38, 61.
　　arki as 私は来る 2-100. 4-32.
　　arpa as 私は行く 8-54.
　　ci as 私は煮える 4-73.
　　ciastustekka as 私はハッとして立ち止まる 4-27.
　　cirikipuni as 私は立ち上がる 1-99. 8-133, 163.

cis as 私は泣く 4-52, 58. 13-8.
epsak as 私は食料がなくて飢える 8-126.
hacir as 私は落ちる 1-55.
hepuni as 私は顔を上げる 8-142.
hocikacika as 私は苦しみもがく 3-94.
homatpa as 私は驚く 2-106, 107.
hopunpa as 私は起き上がる 8-28.
hosippa as 私は帰る 2-100. 8-53. 10-28. 11-60.
hotuypa as 私は叫ぶ 2-16.
hoyupu as 私は走る 2-42.
iki as 私はそれを行う 5-21.
ikici as 私はある振舞いを繰り返す 1-53. 4-47, 52, 69. 5-55. 6-6. 12-37.
inkar as 私は見る 1-4, 76, 162, 169, 218. 2-6, 19, 20, 43, 55, 84, 101, 110, 113, 114. 3-4, 74, 88, 100. 4-4, 8, 33, 54, 59, 62, 84. 5-4, 6, 29, 50, 59, 65. 6-63. 7-14, 19, 32, 47, 52, 61, 74, 96. 8-30, 39, 56, 81, 90, 112, 139, 142. 9-3, 5, 32, 35. 10-7. 12-23, 44. 13-30.
inu as 私は聞く 10-17.

iramye as 私は感謝の言葉を述べる 7-96.
irara as 私は悪ふざけをする 4-89. 9-39.
iruska as 私は怒る 2-126.
itak as 私は言う 6-13, 21, 26, 33, 37, 57. 7-2, 4, 11, 29, 46. 8-69, 76. 12-10, 26, 28.
kira as 私は逃げる 4-46, 50, 70, 81, 95. 12-20, 37.
ma as 私は泳ぐ 12-3.
mawkowen as 私は運が悪い 1-142.
nismu as 私は退屈だ 6-2.
nunipe as 私は食べ物を捜しに行く 2-2, 121.
okay as 私は居る 1-86, 98, 120, 129, 229. 3-3, 101, 101. 4-7, 39, 53, 58, 100. 5-4, 17, 60, 60, 69. 6-3. 7-120. 8-4, 8, 27, 141, 188, 193. 9-3, 34. 12-46. 13-2, 6, 8, 15, 19.
onne as 私は年をとる 7-5, 115.
oripak as 私は畏れ慎む 8-118.
otuy as 私の尻尾が切れている 1-140.
pas as 私は走る 4-81.
paye as 私は行く 2-19, 19, 49, 55, 72, 84. 4-3, 4, 8, 12, 37. 7-116, 119, 123.
9-4. 10-2. 11-3.
pewtanke as 私はペウタンケをする 2-122.
rap as 私は落下する 1-51.
ray as 私は死ぬ 3-98. 13-3.
rayayase as 私は鳴き声を上げる 3-96.
rayyepas as 私はもがき苦しむ 3-97.
rek as 私は鳴く 9-10, 15, 20, 26.
rettek as 私はやせ細る 7-5, 115.
rok as 私は座る 1-97, 120. 9-9. 12-45.
sap as 私は下る 1-3. 2-3, 6. 4-22. 5-27. 6-2. 12-3, 4, 20, 21.
sayosak as 私は粥もなくて飢える 2-125.
sihurakowen as 私はくその臭いで気分が悪くなる 3-114.
sikacikaci as 私はクルクルまわる 1-51.
siknu as 私は生き返る 3-97.
sinot as 私(たち)は遊ぶ 4-3, 22. 6-3. 9-3. 10-1. 11-2, 9. 12-2. (11-9の例は聞き手を含んだ「私たち」)
sirappa as 私は大きく羽ばたく 1-105.
sirepa as 私は到着する 2-79.

soyne as 私は外に出る 3-4. 8-29.
soyoterke as 私は外に飛び出す 4-80. 5-19.
terke as 私は跳ねる 1-104. 2-55, 72, 84, 100, 108. 4-2, 12, 21, 79, 81. 5-19, 41. 9-19, 25.
terketerke as 私は飛び跳ねる 9-2.
tumasnu as 私は元気を回復する 13-28.
uenewsar as 私たちは物語をして楽しむ 1-199.
ukannare as 私たちは互いに上になり合う 11-51.
ukoterke as 私たちは相撲を取り合う 11-51.
upoknare as 私たちは互いに下になり合う 11-51.
wen as 私（たち）は貧しい 1-82, 140.
yap as 私は陸に上がる 8-49.
yayehoturiri as 私はもがく 4-50.
yaykahumsu as 私はほっと安心する 4-83.
yaynu as 私は考える 2-15, 51, 81. 3-79. 4-45, 75. 5-54.
yaynuturaynu as 私は気を失う 2-106.
yaysikarun as 私は思い出す 3-88, 100. 5-59. 9-32. 12-44.
yaywenukar as 私はどうにもしようがない 8-125.

asam ［名詞］底
  →asama
  →petasam
  sotki asam →sotki

asam-a^8 ［asam の所属形］〜の底
  pet asama →pet

as^1-**as**^{1} ［as^{1}の反復形］〜が何度も立ち止まる 5-13.

as^1-**i**^{4} ［二項動詞］〜が〜を立てる
  →ohankeasi
  →otuymaasi

-**asi** ［起点・方向接尾辞］
  (he^4-...-asi という形で）〜の方へ
  →hepasi
  →herepasi
  (ho^2-...-asi という形で）〜の方から
  →hokanasi
  →hosasi

asin ［一項動詞］〜が外へ出る
  →asinru
  →asip

asin-**ru** ［名詞］便所（原注 3-(4) 参照）
  asinru ikkew「便所の土台」3-110, 111.

asip［asin の複数形］（用例はない）

asir［一項動詞］〜が新しい
　asir sapa kar →sapa

aske［名詞］手；〜の手（所属形）
　→askehe
　　aske uk 〜が〜を招待する（家に招き入れる，酒宴に招くなど。原注 1-⑬ 参照）8-159.
　　aske ukte 〜が〜に〜を招待させる 1-161.
　→sanaske

aske-he[6]［aske の所属形長形］〜の手
　askehe uk 〜が〜を招待する 1-176.

-asnu［自動詞語基形成接尾辞］（なんらかの能力が発揮されることを表す）
　→epakasnu
　→okirasnu
　→tumasnu

assap［名詞］櫂
　assap pekotopo pekorewe/pekorewpa 〜が盛んに舟を漕ぐ 3-43，65.

astoma［a^2 sitoma の短縮形］〜は恐ろしい（人が〜をこわがる）3-77．5-68，80.

-asu［自動詞語基形成接尾辞］（不明）
　→ramasi
　→ramasu

asur［名詞］うわさ；「変わった話」
　asur ek うわさが耳に達する 2-77.
　asur kor kur 伝令；「変わった話を持つ人」（原注 2-(5) 参照）
　→asurpe
　→koasuranure

asur-pe[4]［名詞］「耳」
　asurpe utut ta okay/rok 〜が耳と耳の間に座る（動物の肉体が死んだ後，その動物の神はその動物の頭蓋骨の中の耳と耳の間に座っている自己を見いだす）1-97，120．3-101．5-60．9-34．12-45.

at[1]［一項動詞］〜が豊富にある
　→atte

at[2]［ar^1 の変異形］
　→yayattasa

-atki［自動詞語基形成接尾辞］（cvc 語根の反復形に付き，その語根が表す音が断続することを表す）
　→cawcawatki
　→copopatki
　→ronroratki
　→sepepatki
　→tososatki

atpa［名詞］初め
　ikir atpa ta →ikir
at¹-te²［二項動詞］〜が〜を豊富に与える（鹿を支配する神，魚を支配する神が鹿と魚を人間の世界へ与えるという文脈で用いられる．cep, yuk 参照．sapte「〜が〜を下ろす」とも言い替えられる）7-79, 79, 89, 90, 92, 93, 111, 111.
atusa［一項動詞］〜が裸になる
　→atuspa
atuspa［atusa の複数形］7-85.
atuy［名詞］海 3-16, 17. 6-47, 62.
　→atuycakcak
　→atuy ka toma toma ki kuntuteasi hm hm!
　→atuykes
　→atuykomunin
　　atuy noski 海の中央（atuypa と atuykes の間）8-39.
　→atuypa
　　atuy penrur 海の波 6-47, 47.
　　atuy so ka/kasi 海面 3-5, 89. 8-52, 78.
　　atuy teksam ta 浜辺に 1-7. 2-56.
　　kanna atuy cipoknare pokna atuy cikannare 上の海が下になり，下の海が上になる（海の逆巻く様子）3-17.
　　… kor atuy 〜の領海 8-80.
　　repunkur atuy 外国の領海 3-19.
　　yaunkur atuy 自国の領海 3-19.
atuy-cakcak［名詞］かもめ（「海のごめ」）8-56, 77, 102, 167.
atuy ka¹ toma toma ki¹ kuntuteasi hm hm!［第8話の折り返し句］
atuy-kes¹［名詞］西の方の海
　si atuykes「西の海」8-31.
atuy-ko²-munin［一項動詞］〜（木）が海水に浸かっているうちに腐る 6-50.
atuy-pa²［名詞］東の方の海
　si atuypa「東の海」8-31, 33, 85.
aw¹［名詞］家の中（-n², -p² 参照）
　→ahun
　→ahup
　→siaworaye
　→siaworaypa
aw²［形式名詞］（a⁴ と関係があると思われる．aw an の複数形は aw okay ないし rok okay）
　ne aw an 〜が〜であることが判明する 5-67. 13-34.
　　ruwe ne aw an …であることが判明する 4-87, 96. 5-75. 7-64, 68. 9-39.
　ne aw okay 〜が〜であるこ

とが判明する 2-58, 89. 9-37.
 ruwe ne aw okay…であることが判明する 2-61.
 siri ne aw okay…であることが判明する 2-30.

ay［名詞］矢
 ak sinot pon ay 子供の遊びのための小さな矢（→ku²）1-8.（原注1-(1)参照）
 ay eak ～が矢を射る 11-12.
 ay kar ～が矢を作る 8-15, 23.
 corpoke ay kus 矢がはずれて～の下をかすめる 8-37.
 eak pon ay ～が射た小さな矢 3-85, 93.
 ear ay ari ただ一本の矢で 8-43.
 enkasi ay kus 矢がはずれて～の上をかすめる 8-37.
 konkani (pon) ay 金の（小さな）矢 1-19, 20, 34. 8-29, 42.
 munin cikuni ay 腐った木の矢 1-35.
 nesko pon ay 胡桃の木で作った小さな矢 11-6, 11, 30.
 noya (pon) ay 蓬の（小さな）矢 3-75, 78. 5-50, 71.
 pon ay 小さな矢 1-48, 50. 3-85, 93.
 pon noya ay 小さな蓬の矢 5-53.
 sirokani pon ay 銀の小さな矢 11-19, 38.
 yayan(pon)ay 並の（小さな）矢 1-23, 29, 35.

ayapo［間投詞］おお（痛い！）
 ayapo oyoyo（泣き声を表す）13-14, 18.

ayay［擬音語］（泣きわめく声を表す）
 →ayayse

ayay-se²［一項動詞］～が泣きわめく
 →rayayayse

ayyay［擬音語］（泣きわめく声を表す）
 →ayyayse

ayyay-se²［一項動詞］～が泣きわめく
 →rayayyayse

aykap［一項動詞］～は下手だ；できない
 →eaykap

aynu［名詞］（神に対して）人間；男 1-65. 2-45, 57. 5-39, 40, 73, 74. 6-55.
 aynu cise 人間の家 1-126.
 aynu hekattar 人間の子供たち 1-7.
 aynu kotan 人間の村 1-3, 213, 218. 5-28, 33, 69.
 aynu kurmam 人影 4-59.
 aynu kutkes 人の話し声 5-5.

aynu menokutar 人間の女たち 13-41.
aynu mosir 人間の国 1-229. 5-78. 7-58, 117, 122. 8-48, 89, 164.
aynu nispa「アイヌのニシパ」1-122.
aynu okkaypo 人間の若者 4-60, 70, 71, 75.
aynu opitta 人々皆 1-176, 196.
aynu oruspe 人間についての噂話 2-50, 79.
aynu pito(utar) 人間（たち）1-200, 203, 219. 2-8, 26. 3-27, 69, 77, 93. 4-5, 38, 88. 5-81. 7-59, 66, 80, 91, 97, 100, 101, 112, 118. 8-71, 72, 100, 102, 166, 189, 191.
aynu utar 人間たち 1-227. 8-60, 60, 62, 62, 67, 67. 9-42.
pon rupne aynu「小男」(pon rupnekur →rupnekur) 6-3, 7, 21, 33, 57.
rerek aynu「顔色の悪い男」5-12, 23, 25, 73.
use aynu「ただの人間」9-35.
yayan aynu (pito)「ただの人間」4-85, 88. 5-65.

C

ca¹ ［二項動詞］～が～を切り離す
 →ica
ca² ［名詞］唇
 →sanca
ca³ ［位置名詞］（不明）
 →kotca
cak- ［cvc 語根］（静かな音）
 →cakkosanu
cakcak ［名詞］（ある種の鳥の鳴き声を表したものか）
 →atuycakcak
cakke ［一項動詞］～が汚い
 →icakkere
cak-kosanu ［一項動詞］～がしんと静まり返る 11-59.
car- ［cvc 語根］（さらさら流れる音）
 →carar-
caranke ［一項動詞］～が「談判」する 1-180.
 →ecaranke

第３章　『アイヌ神謡集』辞典

carar-〔car- の反復形〕
　→cararse
carar-se[2]〔一項動詞〕～(血)が流れる 3-35, 45.
　→ecararse
cari〔二項動詞〕～が～を散らす
　→caricari
　→kocari
cari-cari〔cari の反復形〕～が～を幾度も散らす 2-29.
cas(不明)(→suma)
　→cascas
cas-cas〔cas の反復形〕(不明)
　　ni tumu cascas →suma
　　suma tumu cascas →suma
catay〔名詞〕龍(日本語「蛇体」を借用したものか) 5-60.
caw-〔cvc 語根〕(矢を放すときの音)
　→cawcawatki
　→hecawe
caw-caw-atki〔一項動詞〕～(弓把のまん中)がビュンビュン鳴る 7-3.
cep〔名詞〕魚；鮭 7-68, 91, 97.
　　cep atte ～(鮭の神)が魚を人間の世界に下ろす 7-79, 90, 93, 111.
　　cep kor kamuy →kamuy
　　cep koyki ～が魚を取る 7-67, 83, 104.
　→ceppo
　　cep sapa 魚の頭 7-84.
　　cep sapte ～(鮭の神)が魚を人間の世界に下ろす 7-63.
　　cep sikiru ekannayukar 魚が身を翻すように(すばやく) 5-23.
　　cep sut tuye ～が魚の根を切る(それが切れてしまうと魚が絶える) 11-10
　　cep utar 魚たち 7-86, 106.
　→kamuycep
cep-po[2]〔名詞〕魚 6-52, 63.
　→inunpepeceppo
ci[1]〔一項動詞〕～が煮える 4-73.
ci[2]〔人称接語〕(地の文では物語の主人公(とその仲間)を指す. 引用文－会話文－では, その文の元々の話し手を指す. a[2][2]参照)
　〔1〕私(たち)が(二項動詞, 三項動詞の直前に立ち, その主語となる. as[3], un[2] 参照)
　　ci ahunke 私は～を入れる 7-15, 34.
　　ci ahupkar 私は～(ご馳走)に預かる 2-14.
　　ci ante 私は～を置く 8-137.
　　ci ecaranke 私は～を述べる 7-52. 8-171.
　　ci ehomatu 私は～に驚く 2-75. 4-11. 12-18.
　　ci ehorari 私は～に座る 1-228. 3-3. 8-6, 88.

— 256 —

ci ekarkar 私は〜に〜をする 1-115.

ci ekik 私は〜を〜で叩く 11-57.

ci ekisarsutmawkururu 私は〜（音）を立てて風を切って舞い降りる 1-52.

ci ekottanu 私は〜を気に掛ける 5-38, 45. 7-119. 8-78, 87.

ci emina 私は〜をあざ笑う 4-6, 39, 45. 5-52. 6-13. 8-69. 12-36.

ci emonetokmukkosanu 私は〜に当たって気を失う 9-30.

ci enupetne 私は〜を喜ぶ 4-55. 8-128. 9-14, 18, 24.

ci epakasnu 私は〜について物語る 7-101.

ci epokpa 私は〜を憎む 13-35.

ci epunkine 私は〜を守護する 1-229. 7-117.

ci epunkinere 私は〜に〜を守護させる 7-123.

ci eraman 私は〜を理解する 12-48.

ci eramante 私は〜に〜を理解させる 1-128.

ci eramesinne 私は〜を見て安心する 10-27.

ci eramiskare 私は〜がわからない 3-87, 99. 5-58.
9-31. 12-43.

ci erampewtek 私は〜を知らない 3-118. 4-74. 5-18. 9-38.

ci erampoken 私は〜を憐れむ 1-125.

ci erampokiwen 私は〜を憐れむ 8-165.

ci eramusinne 私は〜を見て安心する 1-204. 7-114. 8-193. 11-68.

ci esekureciw 私は〜に対してハイと返事する 4-20.

ci esikari 私は〜を奪い取る 1-50. 10-13.

ci esikarun 私は〜を忘れる 4-25. 12-35.

ci esikte 私は〜を〜で満たす 1-109.

ci esitayki 私は〜を担ぎ上げる 11-56.

ci etomte 私は〜を〜で飾る 1-116. 8-158.

ci etukka 私は〜の先端を突き出す 5-4. 12-8, 22.

ci etusmak 私は〜をめがけて〜と競走する 6-4, 5.

ci etutkopak 私は〜に別れを告げる 1-206.

ci euenewsar 私は〜について物語り合う 1-154.

ci euytekkar 私は〜に〜を言付ける 7-9, 28.

ci eyapkir 私は〜を投げる 8-47.

ci eyaykiror'ante 私は〜を喜ぶ 1-201.

ci eyaykopuntek 私は〜を喜ぶ 2-12.

ci eyayrayke 私は〜に感謝する 1-141.

ci eyaysikarunka 私は〜を思い出す 4-28.

ci eyaytemka 私は〜で元気を回復する 13-27.

ci hecawere 私は〜(罠)をはずす 4-38.

ci hotanukar 私は〜を訪問する 1-213.

ci hotuyekar 私は〜を呼ぶ 3-14.

ci hunara 私は〜を捜す 13-29.

ci ispokomare 私は〜を尾びれの中にしまう 8-48.

ci kar 私は〜を作る 1-114. 8-129.

ci kekkekekke 私は〜をポキリポキリと折る 3-12, 32, 40, 50, 59, 83.

ci kere 私は〜に触れる 4-46.

ci ki 私は〜をする 1-2, 11, 44, 102, 112, 138. 3-115, 118. 4-25, 31, 74, 93, 99. 5-17, 82. 8-8, 27, 141. 9-41. 11-10, 29. 12-49, 51.

ci kik 私は〜を叩く 10-14.

ci kipo 私は〜をする 3-26.

ci koarikiki 私は〜をするために精を出す 3-33, 50.

ci koasuranure 私は〜に〜への伝言を委託する 4-56.

ci koekari 私は〜と出会う 11-3.

ci kohekomo 私は〜に帰る 1-207. 8-88.

ci kohemesu 私は〜を登る 4-79.

ci kohosari 私は〜を振り返る 8-89.

ci kohosipi 私は〜に帰る 11-69.

ci koikkewkanmatunitara 私の腰が〜と共にしなやかに動く 3-11, 31, 39, 48, 60, 82.

ci koisoytak 私は〜に物語る 1-213.

ci kokipsireciw 私は面伏せに〜(彫刻)に励む 8-7.

ci kooputuye 私は〜を〜に押しやる 8-51.

ci kooterke 私は〜を〜に蹴りやる 10-16, 21. 11-59.

ci kopuntek 私は〜を誉め讃える 3-84.

ci kor / kon 私は〜を持つ 1-185. 2-112. 3-8, 30, 58, 117.

ci

4-23. 5-3, 11. 8-80, 124, 127. 11-19.

ci korawosma 私は〜に潜り込む 12-19, 36.

ci kore 私は〜に〜をやる 1-217, 217. 7-45.

ci korewsi 私は〜に泊まる 1-127.

ci korpare 私は〜に〜をやる 8-71, 183.

ci kosikarimpa 私は〜（場所）で回る 1-45.

ci kosirepa 私は〜に到着する 2-13. 4-23, 82. 8-50, 81.

ci kosonkoanpa 私は〜に使者を送る 1-211. 7-70.

ci kotama 私は〜に〜を添える 8-130.

ci kotetterke 私は〜に組み付いて争う 11-50.

ci koyayattasa 私は〜に返礼する 8-130.

ci koyaykurkaoma 私は〜を繰り返す 8-53, 79.

ci koyayosura 私は〜に身を投げ出す 2-127.

ci kus 私は〜を横切る 1-4, 12.

ci kuste 私は〜に〜を横切らせる 1-21, 21.

ci maka 私は〜を開ける 8-135.

ci ne 私は〜である 1-85, 126.

3-116. 4-92. 5-68, 76, 80. 8-117.

ci nospa 私は〜を追いかける 5-25, 61.

ci notsep hum / humi 私が牙を鳴らす音（？）5-20, 39, 54.

ci nu 私は〜を聞く 2-50, 80. 7-95. 9-13, 17, 23.

ci nukannukar 私は〜をにらみつける 3-13.

ci nukar / nukan / nukat 私は〜を見る 1-24, 124, 201, 204. 2-12, 61, 75, 105, 120. 3-30, 58. 4-43. 5-9. 7-69, 114. 8-41, 151. 10-27. 11-67.

ci oanrayke 私は完全に殺す 10-15. 11-58.

ci oanruki 私は〜を丸ごと飲み込む 5-26, 72.

ci oarkaye 私は〜を完全に折る 10-15, 21.

ci okere 私は〜をなしおえる 1-118.

ci omare 私は〜を〜に入れる 8-136.

ci omommomo 私は〜を詳しく述べる 1-214. 8-171.

ci orep 私は〜を叩いて拍子をとる 7-25, 35, 42, 50.

ci oreporep 私は〜を叩いて拍子をとる 7-10, 16.

— 259 —

第3章 『アイヌ神謡集』辞典

ci osawsawa 私は〜の根元を揺さぶる 10-17.
ci osikoni 私は〜を追いつめる 5-26.
ci osma 私は〜にぶつかる 4-48.
ci osorusi 私は〜に腰をおろす 8-138.
ci oyra 私は〜を忘れる 4-27, 28.
ci pirkare 私は〜を美しくする 1-127. 8-166. 13-37.
ci ramu 私は〜を思う 1-139. 2-20, 21, 24, 28, 56, 57, 88. 3-70, 94. 4-9, 48, 86, 88. 5-66, 73. 7-117. 9-36. 12-39.
ci rapkokikkik 私は〜(鳥)を羽ごと叩く 7-23, 39.
ci rara 私は〜にいたずらをする 9-8.
ci raunruke 私は〜を低く置く 8-134.
ci rayke 私は〜を殺す 7-23, 40.
ci raykotenke 私は〜(泣き声)を上げる 13-5, 14, 18.
ci riknapuni 私は〜を上に上げる 2-52, 107.
ci rikunruke 私は〜を高く置く 8-134.
ci ruki 私は〜を飲み込む 5-55.
ci ruska 私は〜に怒りを感じる 7-39, 69. 10-11. 11-18.
ci sikopayar 私は人に私を〜と見間違えさせる 1-119.
ci siokote 私は〜を自分の後ろに結わえ付ける 5-46.
ci sirkocotca 私は〜を射抜く 8-44.
ci sumka 私は〜を枯らせる 13-36.
ci tak 私は〜を招待する 1-211.
ci tere 私は〜を待つ 4-57.
ci tomtekarkar 私は〜を美しく飾る 1-118.
ci toykonospa 私は〜を激しく追いかける 5-21, 27, 40.
ci tukan 私は〜を射る 8-43.
ci tunaskarkar 私は〜をすばやく作る 1-116.
ci turpa 私は〜を伸ばす 1-50.
ci tusmak 私は〜を狙う 4-71, 76.
ci tuye 私は〜を切る 8-45.
ci uesuye 私は〜を幾度も揺さぶる 3-37, 47, 76. 8-145.
ci ueunu 私は〜(弓に矢)をつがえる 8-43. 11-20, 39.
ci uk 私は〜を取る 8-159.
ci ukoani 私は〜を二つ一緒にして持つ 8-29.
ci ukoante 私たちは〜(酒)を交わす 1-212. 8-160, 174.

ci

ci ukopiski 私は〜を順に数える 7-55.
ci un 私は〜に住んでいる 1-207, 208. 2-103, 115. 4-82. 8-87. 11-68.
ci us 私は〜にくっつく 3-33, 41, 61.
ci uwante 私は〜を調べる 1-27.
ci uyna 私は〜を取る 8-134.
ci uytek 私は〜を使う 4-56. 7-17.
ci wentarapka 私は〜に夢見をさせる 1-121.
ci yanke 私は〜を陸に上げる 8-90, 103, 165.
ci yaykar 〜は化ける 4-77.
ci yaykonoye 私は〜をきちんと着る 11-49.
ci yaykopoye 私は〜にわが身を混ぜる 4-78.
ci yaykore 私は〜を持つ 1-41. 2-31. 8-86, 150.
ci yaykosanke 私は〜を私の内から出す 10-20. 11-55.
ci ye 私は〜を言う 7-18, 19, 36, 37, 56.
[2]（一人称代名詞の構成要素として）
→ciokay
[3]私（たち）の
　ci renkayne →renkayne
[4]私（たち）の（名詞所属形の前に立ち，所属先を指す）
ci aki ne kur 私の弟 4-14, 54.
ci hayokpehe 私の鎧 1-119.
ci kankitaye 私の頭の頂 3-91.
ci kannanotkewe 私の上顎 3-109.
ci karku ne kur 私の甥 10-6.
ci macihi 私の妻 2-110, 117, 122.
ci monetoko 私の手の先（？） 4-49.
ci netopake 私の体 1-97. 3-112. 4-67. 12-41.
ci oksutu / oksutuhu 私の襟首 3-86. 5-56.
ci paroho 私の口 5-3.
ci pokisirke 私の足先 3-92.
ci poknanotkewe 私の下顎 3-110.
ci rakewehe 私の死体（？） 5-62.
ci saha 私の姉 8-83.
ci santekehe 私（ふくろう）の手 1-49.
ci sapa / sapaha 私の頭 3-108. 12-8, 22, 41.
ci sautari 私の姉たち 8-10, 12, 19, 23, 25, 46, 108, 148, 151, 160, 177.
ci sikihi 私の目 5-3.
ci siknoskike 私の目のまん中

3-71.
ci siksama 私の目の周囲の筋肉 8-111.
ci utarihi 私の一族 4-55, 93.
ci wen cisehe 私の貧しい家 1-82, 140.
ci yupi 私の兄 8-82.
ci yuputari 私の兄たち 8-9, 15, 23, 25, 108, 147, 151.

ci³-〔不定人称接頭辞〕（主格形. 目的格形は i³-. 二項動詞的語幹か，三項動詞的語幹に接合する．この接頭辞を持った派生動詞は日常語，日常語を用いる口承文学作品ではほとんど用いられず，おもに韻文（雅語）による口承文学作品で用いられる．この派生動詞は5音節ないし4音節から構成され，単独で韻文の行を成しうる．そのために詩語として発達したものだと考えられる．

(1)〔ci-＋自動詞語基＋使役接尾辞〕（ci- は使役者．この派生動詞の主語は自動詞語基の主語に相当するもの）

→ciastustekka
→ciesikte
→cikannare
→cioarkaye
→ciorapte
→cipoknare
→ciranaranke
→cirewsire
→cisanasanke
→cisireanu
→citursere

(2)〔ci-＋si²-＋他動詞語基＋使役接尾辞〕（ci- は使役者．この派生動詞の主語は他動詞語基の主語，すなわち他動作主に相当するもの．〔si-＋他動詞語基〕で示される再帰的行為を表す）

→cisipusure
→cisiturire

(3)〔ci-＋i³-＋他動詞語基＋使役接尾辞〕（ci- は使役者．この派生動詞の主語は他動作主．〔i³-＋他動詞語基〕で示される行為を表す）

→ciikurure

(4)〔ci-＋o³-＋他動詞語基＋使役接尾辞〕（ci- は使役者．この派生動詞の主語は o³- の所属先．目的語は他動詞語基の目的語に相当するもの，すなわち受動者．〔o³-＋他動詞語基〕で示される行為を表す）

→cioposore
→ciousi

(5)〔ci-＋他動詞語基〕（ci- は他動詞語基の主語に相当するもの，すなわち他動作主．この派生動詞の主語は他動詞語基

ci- ～ cika

基の目的語に相当するもの，すなわち受動者．受動者が他動詞語基によって示される行為を受けることによって行う行為を表す）
→cirikipuni
→cisaokuta

(6) [ci- + e⁴- + 名詞的要素 + 他動詞語基]（ci- は他動作主．名詞的要素は受動者となる．この派生動詞の主語はこの名詞的要素の所属先に当たるもの）
→ciesirkik

(7)（以下の一項動詞は名詞化し，ekarkar の目的語になる）
→cierampoken
→cikasnukar
→cinupurkasure

(8)（次の一項動詞は，主語をとったものが名詞句化し［節の名詞句化］，句全体が ekarkar の目的語になる）
→ciramatkore

(9)（次の名詞は，[ci- + 二項動詞 + 名詞] の型の合成名詞．意味の上で ci- は［二項動詞］の主語に相当し，被修飾語である名詞は目的語に相当する）
→ciamasotki
→cituyeamset

-**ci**⁴ [-ici の変異形]
→ikici

ci³-ama-sotki［名詞］寝床 2-126.

ci³-as¹-tustek-ka³［一項動詞］～がハッとして立ち止まる（「立ち尽くす」）3-68. 4-27.

ci³-erampoken［名詞］哀れみ cierampoken ekarkar ～が～を哀れむ 1-143. 4-94.

ci³-e⁴-sik¹-te²［二項動詞］～が～でいっぱいになる 1-209. 4-64. 8-143.

ci³-e⁴-sir¹-kik［一項動詞］～の表面が～に打たれる
　inunpe atuy penruru ciesirkik 炉縁木の表面が波に打たれる 6-48.

ci³-i³-kuru-re³［一項動詞］～が寄せて来る流体状のものを受けて揺れる
　ci siksama ciikurure 私の目の側が寄せて来る流体状のものを受ける（この節はおそらく目の周囲の筋肉の震えを示している．「私」は何者かの接近を第六感で察知している．この第六感は接近しつつある者から発して目の周囲の筋肉に作用する）8-111.

cika［二項動詞］～が～をじたばたさせる
→hocikacika

ci³-kanna-re³［一項動詞］〜が上になる（→atuy）3-18.
cikap［名詞］鳥
　→cikappo
　　kamuy cikap kamuy
　　　→kamuy
　　sinnay cikap 毛色の変わった者（本来，群れに混じった異種の鳥のことか）1-28.
cikap-po²［名詞］鳥（cikapの小児語か）1-14, 15, 33, 36.
　　kamuy cikappo ふくろう（kotan kor kamuy の小児語または愛称形）1-14, 16, 33, 36.
ci³-kasnukar［名詞］（神の）恵み（元々，「人が〜の上を見る」）1-144.（原注1-⑩参照）.
ciki［接続助詞］…すると；…するなら；…するので（前文の事柄が後文の事柄の前提となる）13-20.
　　ci nukar/nukat ciki →nukar
　　hawan/hawokay ciki 〜がそう言うのなら 6-23, 35. 8-69.
　　hawas ciki そう言うので 2-113. 4-19. 6-13, 26, 37. 9-18, 23.
　　iki ciki 〜がそうするなら 6-10. 11-28, 47.
　　kokipsireciw okay ciki 〜が〜をするためにうつむいているので 9-8.
　　sir an ciki →sir²
　　sirepa ciki 〜が着いたなら 4-16.
　　sirki ciki →sirki
cikiri［名詞］足；〜の足
　　oat cikiri 片足 1-46, 46.
cikuni［名詞］木；木の棒；（連体詞的に用いられて）木製の〜 1-35. 7-81, 84, 87.
cikup［名詞］酒宴
　　cikup noski oman kane「宴たけなわの頃」8-163.
　　cikup so 酒宴の座 8-175, 176, 178.
ci³-nupur-kasu-re³［一項動詞］〜の巫術が他の者を凌ぐほど優れている
　　cinupurkasure ekarkar 〜が〜を凌いで巫術に優れている 5-81.
ci³-oar-kay¹-e⁶［一項動詞］〜が完全に折れる 3-54, 63.
ci²-okay¹［人称代名詞］私；私たち
　　ciokay anak 私（たち）は 1-198. 7-115. 8-4, 117. 9-40.
　　ciokay ka 私（たち）も 4-91.
　　ciokay nakka 私（たち）も 1-195, 227. 11-49.
ci³-o³-poso-re³［二項動詞］〜が〜をくぐり抜ける 7-57.

ci-kanna-re ～ cise

ci³-o²-rap-te² [二項動詞] ～が
～に落ちる 11-43.
ci³-o³-us-i⁴ [二項動詞] ～(長さ
のあるもの)の末端が～に届く
10-18.
cip [名詞] 舟 2-44, 44, 48, 56.
3-22, 25, 28, 67.
　→cipo
　　repa cip 海猟をするための舟
　　3-19, 90.
cipapa [名詞]「強者」1-17.
cip-o¹ [一項動詞] ～が舟に乗
る;漕ぐ
　→cipokonanpe
ci³-pokna-re³ [一項動詞] ～が
下になる (→atuy) 3-17.
cipokonanpe [名詞] (不明. お
そらく cipo kor² neanpe「～が
舟を漕ぎながら, それ(ととも
に)」) 3-24, 53, 57.
ci³-ramat-kor¹-e⁶ [一項動詞]
～が甦える
　　ciramatkore ekarkar ～が甦
　　えるように, ～が～にして
　　あげる 8-127.
ci³-rana-ran-ke² [一項動詞]
～が落ちる;降る 5-37. 11-41.
ci³-rewsi-re³ [一項動詞] ～が
宿泊する 1-87.
ci³-riki-puni [一項動詞] ～が
立ち上がる 1-99, 135, 179.
8-133, 163.
cironnup [名詞] 狐

cironnup kamuy 狐の神
3-121.
cironnup tono「狐の頭(かしら)」
2-136.
cironnup utar 狐たち 3-119.
cis [一項動詞] ～が泣く 4-52,
58. 7-85. 10-11, 23. 13-8.
　→ciskar
　　cis turano 泣きながら (cis は
　　「泣き」の意味で名詞化して
　　いる) 1-145. 4-13, 80.
　　8-100. 11 - 15, 22.
　　tu cis wenpe yaykote
　　　→wenpe
　→uciskar
ci³-sana-san-ke² [一項動詞]
～が(川に沿って)下る 3-16.
10-9, 23. 11-14, 22, 32.
ci³-sa²-o²-kuta [一項動詞] ～
(犬の群れ)があたかも投げ捨て
られたかのように下手へと走
る 12-34.
cise [名詞] 家 1-172.
　　aynu cise 人間の家 1-126.
　　cise as 家が建つ (→cisehe)
　→cisehe
　　cise kor kamuy/katkemat/
　　nispa/utar 家の神(原注 1-
　　⑮参照)・女主人・主人
　　(cise kon nispa の形も含め
　　る)・家人 1-121, 130, 175,
　　179, 193, 198, 205.
　　cise kor ekasi →ekasi

cise pisno 家ごとに 1-162.
cise soy(ke/kehe) 家の外 1-71，174．8-147．
cise uhuy 家が燃える；(家が燃える) 火事 2-114．
cise upsor(o/oho) / upsot 家の内部 1-74，114，116，117，156．4-63．5-48．8-143，144，150，157，158．9-5．
kani cise 金の家 1-113．
pon cise 小さな家 1-70，103，108，112．
poro cise 大きな家 1-113，117．4-63．
sine cise 一軒の家 5-48．9-4．

cise-he[6]［cise の所属形長形］〜の家
ci un cisehe as kane an 私の家が立っていた 2-115．
ci wen cisehe 私の貧しい家 1-82，140．
un cisehe 〜の家（kotani 参照）1-207，208．2-103，115．3-109．4-82．8-87，185．9-35，37．11-68．

ci[3]**-sipusu-re**[3]［一項動詞］〜が現れる 4-59．

ci[3]**-sir**[1]**-e**[4]**-an**[1]**-u**[2]［一項動詞］〜がある 2-23．3-89．9-6．

ci[3]**-situri-re**[3]［一項動詞］〜が延びる；伸びる
ipe ruwoka cisiturire 食事のあとがかたづく 8-14．

cis-kar[6]［二項動詞］〜が〜を泣かす；〜が〜に関して泣く 13-10．
→uciskar

ci[3]**-turse-re**[3]［一項動詞］〜が飛んで来る 2-110．4-54．5-32．

ci[3]**-tuye-amset**［名詞］「高床」8-5．9-6．

ciw[1]［二項動詞］〜が〜を突く
→e[3]-ciw
→e[4]-ciw

ciw[2]［名詞］水の流れ
→ciwkururu
→kanciw

ciw[2]**-kururu**［一項動詞］〜が水の流れを受けて揺れる 2-86．

co co［間投詞］（犬をけしかける声．「ココ」と音訳される）12-15，33．

cop-［cvc 語根］（水が跳ねる音）
→copkosanu
→copop-

cop-kosanu［一項動詞］パシャンと〜（水の跳ねる音）がする 6-62．

copop-［cop- の反復形］
→copopatki

copop-atki［一項動詞］パシャパシャと〜（水の跳ねる音）がする 8-32，41．10-27．11-25，63．

cor-［位置名詞修飾接頭辞］（不

cise-he ～ e

明）
　→corpok
cor-pok［位置名詞］〜の下
　→corpoke
　　si corpok 自分の下 1-4，21．
corpok-e⁸［corpok の長形］〜
　の下 1-12，93．4-68．8-37．
cotca［二項動詞］〜が〜を射る

11-31．
　→sirkocotca
cup［名詞］太陽；月
　cup ahun 日が沈む；日没
　　cup ahun kotpake ta 日が
　　　暮れようとするときに
　　　8-80．

E

e¹［二項動詞］〜が〜を食べる；
　〜が〜（酒）を飲む
　→aep
　→epa
　→epsak
　　e rusuy 〜は〜が食べたい
　　　7-113．8-191．
　　　kamuy e rusuy pe 神が
　　　　食べたいもの（酒）
　　　　（この解釈は佐藤知己
　　　　氏による）1-155．
　　　　8-156．
e²［人称接語］[1]おまえが；おま
　えを（動詞の直前に立ち，その
　主語ないし目的語になる．『神
　謡集』には主語となる例しかな
　い）
　　e hawan おまえは言う 6-23，
　　　35．

e hotuypa おまえは叫ぶ 4-18．
e hoyupu おまえは走る 4-15．
e iki おまえはする 6-10．
　11-28，47．
e kar おまえは〜を作る 5-33．
　8-60．
e ki おまえは〜をする 6-12，
　25．
e kor おまえは〜を持ってい
　る 12-9，10，27，28．
e kosan おまえは（山から）
　〜（村）に出る 5-34．
e koyanke おまえは〜のもと
　へ〜を陸揚げする 8-61．
e ne おまえは〜である 1-34．
　6-56，60．
e oman おまえは行く 4-15．
e sirepa おまえは到着する
　4-16．

(二人称代名詞の構成要素として)
→eani
(複合人称接語(おまえが・私を)の構成要素として)
　e i おまえが私を
　e i etusmak おまえが私に対して〜に関して先んじる(抜駆けする) 1-62.
(次の例の e の文法的機能は不明. 本来の形は e ek hum ne ya「おまえが来たのか?」か)
　e hum na →hum¹
[2]おまえの(名詞所属形の直前に立つ)
　e sakehawe おまえの「喜びの歌」9-12, 16, 22.
　e sinricihi おまえの出自 6-38.
　e yukari おまえの歌 9-12, 16, 22.

e³-［部分接頭辞］〜の先端
(1)目的語相当要素となって動詞語幹に接頭している場合
→ekar-i⁵
→ekar-i⁶
→ekupa
→epuni
→epunpa
→etukka
→eum
→uekarpa
(2)主語相当要素となって動詞語幹に接頭している場合

→eciw
→esan
→esannot
→eus

e⁴-［補充接頭辞］〜で(道具, 手段, 場所, 原因, 理由を導く)
→aekirusi (?)
→ciesikte
→ciesirkik
→cisireanu
→eak
→eaykap
→ecaranke
→ecararse
→eciw
→eerannak
→ehomatpa
→ehomatu
→ehopuni
→ehopunpa
→ehorari
→ehoyuppa
→ehoyupu
→eipottumuniwnatara
→eisoytak
→eitumamornoye
→eiwan
→ekar
→ekarkar
→ekatta
→ekik
→ekiror' an
→ekisarsutmawkururu

e-

→ekot
→ekote
→ekuwakor
→emina
→emonetokmukkosanu
→enitomomo（?）
→enomi
→enunuke
→enupetne
→eonkami
→eoripak
→eosoma
→epakasnu
→epararse
→eparsere
→epokpa
→epunkine
→eraman
→eramesinne
→eramiskare
→erampewtek
→erampoken
→erampokiwen
→eramsitne
→eramusinne
→eramusitne
→erimse
→erututke
→esapane
→esikari
→esikarun
→esikte
→esimaka

→esirkik
→esitayki
→etapkar
→etomte
→etu
→etunne
→etusmak
→etusnatke
→euenewsar
→euesinot
→eukoitak
→euminare
→eunahunke
→eutanne
→euytekkar
→ewen
→eyapkir
→eyaykiror'ante
→eyaykopuntek
→eyayrayke
→eyaysikarunka
→eyaytemka
→eyoko
→eyukar
→inaw'esannot（?）
→kamuy'esani（?）
→kamuy'esannot（?）
→kanciwemoyre（?）
→kanciwetunas（?）
→mosiresani（?）
→teksaykari
→uekatayrotke
→uenewsar

→uepeker
→uesinot
→uesuye
→uetusmak
→ueunu
→ueus
→ueutanne
→ukaenoypa
→ukaepita
→ureetursere
→ureeyaku
→yayehoturiri
→yayekote
→yayeyukar

e[5]- ［起点・方向接頭辞］（動詞語基に接頭し，「どこそこまで」という方向性を表す．o[4]- を参照）
→ehankeno
（名詞的要素に接頭し，「どこそこへ」という方向性を表す）
→eharkiso
→eharkisoun
→ekimne
→ekimun
→enan（?）
→esiso
→esisoun
→esoyne

-**e**[6]［使役接尾辞］
→cioarkaye
→ciramatkore
→kaye
→kore

→tuye
→tuytuye
→yaykore

-**e**[7]［所属形形成接尾辞］
→hawe
→ikkewe
→kamahawe
→kanciwemoyre（?）
→kanciwetunas（?）
→kankitaye
→kannanotkewe
→kese
→pawe
→poknanotkewe
→sakehawe
→sikkewe

-**e**[8]［位置名詞長形形成接尾辞］
→corpoke
→kopake
→kotpoke
→osmake
→rapoke

-**e**[9]［他動詞語基形成接尾辞］
→hecawe
→noye
→rewe

e[10]［間投詞］ハイ（応諾．原文では ee と綴られる）
→ese

e[11]- ［音節増加接頭辞］
→ear

e[4]-**ak**[1]［二項動詞］〜が〜(矢)を射る 3-85，93．11-12．

e²-an¹-i¹［人称代名詞］おまえ
　eani anak おまえは 6-60.

e¹¹-ar¹［連体詞］ただ一つの～
　3-52. 8-43. 11-49.

eas［副詞］初めて
　eas ka その時初めて；やっと 4-83.

easir［副詞］初めて 5-65.
　ot ta easir その時初めて 4-24. 8-147. 13-28.

e⁴-aykap［助動詞］…できない
　ka eaykap …もできない 1-183. 7-119.（1-183 は ukopayekay ka a² eaykap という節の中で，二項動詞として用いられている）

e⁴-caranke［二項動詞］～が～を述べる 1-191. 7-52, 77. 8-132, 171.

e⁴-cararse［二項動詞］～が～を滑る 3-29.

e³-ciw¹［二項動詞］～の先端が～を突く；～が～に刺さる（人間の頭部が何かにぶつかる）
　→kokipsireciw（額が座っている高床の上を刺す）
　　nep eciw ruwe oar isam「何も疲れた様子もなく」（おそらく元々の意味は「～の頭が（眠気を催したため、こっくりして）何かにぶつかる様子もなく」．→heracici）7-53.

e⁴-ciw¹［三項動詞］[1]～が～をつく
　→utomeciw
　[2]（瞬間的な発声を表す動詞を構成する）
　→esekureciw
　→ukoohapseeciw

eepak［位置名詞］～以来
　→eepaki

eepak-i⁸［eepak の長形］それ以来
　eepaki ta それ以来 4-97.

e⁴-erannak［三項動詞］～が～（場所）で～を気がかりに思う
　a eerannak pe ka isam ～（場所）には邪魔ものがない 5-79.

e⁵-hanke-no¹［副詞］近くまで
　→koehankeno

e⁵-harkiso［名詞］「左の座」（原注 1-(6) 参照）
　→eharkisoun

e⁵-harkiso-un⁶［副詞］左座へ 1-103.

-ehe［所属形長形形成接尾辞］
　→raykewehe
　→santekehe

e⁴-homatpa［ehomatu の複数形］1-173.

e⁴-homatu［二項動詞］～が～に驚く 2-75, 123. 4-11. 12-18.
　→aehomatup
　→ehomatpa

e⁴-**hopuni**［二項動詞］〜が〜（時間）に起きる
　→ehopunpa

e⁴-**hopunpa**［ehopuni の複数形］8-19.

e⁴-**horari**［二項動詞］〜（神）が〜に座る 3-3. 7-49. 8-6, 88.
　　sermakaha ehorari →sermakaha

e⁴-**hoyuppa**［ehoyupu の複数形］1-12.

e⁴-**hoyupu**［二項動詞］〜が〜を走る 5-46. 8-55.
　→ehoyuppa

e⁴-**ipottumu-niwnatara**
　［一項動詞］〜で顔色が輝いている
　　rametok ipor eipottumuniwnatara「勇者の品を備える」;「勇ましい気品を備える」5-8. 7-76.

e⁴-**isoytak**［二項動詞］〜が〜を物語る 1-73, 181.

e⁴-**i³-tumam-or¹-noye**［二項動詞］〜が〜を体にまとう 3-52.

e⁴-**iwan**［二項動詞］〜が〜で六つになる
　　sonko emko eiwan sonko もう半分の便りで六つになる便り（「五つ半の便り」.sonko 参照）7-8, 27, 36, 45, 51.

eiwanke［二項動詞］〜が〜（道具）を使用する 13-42.

ek［一項動詞］〜が来る（原注 2-(5)参照）1-48. 3-85. 5-7, 9, 12, 22, 75. 6-4, 5. 8-170. 12-7, 26. 13-30.
　→arki
　asur ek →asur

ekannayukar［接続助詞］あたかも…のように 5-23.

e⁴-**kar¹**［三項動詞］〜が〜で〜を作る；為す 3-78. 4-44.（1-139 の kar は ekar の誤りであろう）
　→ekarkar
　→tekekarpe

e³-**kar⁵-i⁵**［一項動詞］〜が誰かと出会う
　→koekari

e³-**kar⁵-i⁶**［二項動詞］〜が〜と出会う
　→uekarpa

ekarkan［ekarkar の変異形］8-127.

e⁴-**karkar**［三項動詞］[1]〜が〜を〜で飾る 1-115.
　[2]〜が〜に対して〜を行う（「〜を」には名詞化した［ci-＋二項動詞］か, ［ci-＋二項動詞］を含んだ節が代入される. たとえば, cierampoken un ekarkar「〜が私に憐れみを行う（私を憐れむ）」ci kor kotani ciramatkore un ekar-

e-hopuni ～ en-

kar「～が私の村の甦えることを私に行う（私の村を甦えらせてくれる）」1-143, 144. 4-94. 5-81. 8-127.

ekas［名詞］先祖
　ekas paunpe →paunpe

ekasi［名詞］歳をとった男性；祖父
　cise kor ekasi 家の神（原注 1-⑮参照）
　kotan kor kamuy kamuy ekasi →kamuy

e⁴-katta［三項動詞］～が～を～に引き寄せる 12-41.

e⁴-kik［三項動詞］～が～を～で打つ 11-57.

e⁵-kim-ne¹［一項動詞］～が狩をする 7-66.

e⁵-kim-un⁶［副詞］山へ 4-3. 13-13.

e⁴-kiror-'an¹［二項動詞］～が～を喜ぶ
　→eyaykiror' ante

e⁴-kisarsut-mawkururu［二項動詞］～の耳の根元が風を受けて～（風の音）をたてて振動する 1-52.

e⁴-kot¹［二項動詞］～が～で死ぬ
　→kemekot
　sinki ekot →sinki

e⁴-kote［三項動詞］～が～を～に結び付ける

→yayekote

ekottanu［二項動詞］～が～に対して気遣う 7-119.
　senne (ponno) ekottanu ～は～を少しも気に掛けない 1-40, 69. 5-38, 45. 7-65. 8-78, 87.

e³-kupa［二項動詞］～が～をくわえる 7-87.

ekuskonna［副詞］突然に
　→arekuskonna

e⁴-kuwa-kor¹［二項動詞］～が～（杖）を携える 5-32.

e⁴-mina［二項動詞］～が～を笑う；あざ笑う 1-170. 4-6, 39, 45. 5-52. 6-13. 8-69. 11-36. 12-36.

emko［名詞］半分
　sonko emko 半分の便り（eiwan, sonko 参照）7-8, 27, 36, 45, 51.

e⁴-monetok-mukkosanu［二項動詞］「体の前がふさがったように思われる」（～の手の先が～（衝撃を与える音）によって「ふさがる」。物に当り，気を失う様子）9-30.

emus［名詞］刀 2-11.

en-［位置名詞修飾接頭辞］（位置名詞 ka「～の上」に接頭し，基準となるものから離れた上を意味する）
　→enka

— 273 —

e[5]-**nan** ［名詞］顔；表情

　　enan tuyka/tuykasi 心の内面から顔の面(へ)

　　kor wen puri enan tuyka/tuykasi eparsere →puri

ene ［指示副詞］（ene＋動詞＋形式名詞という句で用いられることが多い．この形式は節を名詞句化するパターンの一つである）[1]そのように；このように（前に述べたことを指す）3-93. 8-68.

　　ene an/okay そのような～ 3-78. 4-44. 5-53. 8-38. 12-49.

　　ene ene かくかくしかじか 8-169.

　　ene pakno これくらいの（大きさになる）4-101.

　　ene sir an i そのような様子 1-214.

　　ene sirki そのように事が起こる 7-60.

　　　ene sirki i そのようなこと 1-214. 13-39.

　　　ene sirki siri そのようなことが起こること 7-60.

[2]（後ろに引用文を導く名詞句を作る．ene hawokay, ene okay は本来 ene hawokay i, ene okay i であり，発話行為を表わす名詞句となっている）

　　ene ene ne katuhu かくかくしかじかのこと

　　　ene ene ne katuhu eisoytak ～が以下のことを長々と述べる 1-181.

　　ene hawokay ～が言うことは以下のよう 1-13, 31.

　　ene itak i →itak

　　itak/ye hawe ene okay ～が言う・～が～について言うことは以下のよう 6-14, 26, 37. 8-70, 116. 12-26.

[3]いつものように

　　ene an i nepkor いつもと変わりなく 2-115.

[4]どのようにでも（不定）

　　ene kan rusuy i nepkor どのようにでも好きなように 8-75.

　　ene wa poka どう（することもできない）4-51.

enitomomo ［二項動詞］～が～を見つめる 3-71.

en-ka[1] ［位置名詞］～の上（基準となるものから離れている）5-47.

　　→enkasi

　　si enka 自分の上 1-21.

enka-si[4] ［enka の長形］8-37.

　　→enkasike

enkasi-ke[4] ［enkasi の長形］1-3, 11.

e[4]-**nomi** ［三項動詞］～が～を～

(御幣や酒)で祭る 1-226.

e⁴-nunuke［三項動詞］〜が〜を〜に関してもったいなく思う
... tekekarpe ... atuykomunin a enunuke 私は手作りの物を海水とともに腐ることに関してもったいなく思う（＝私は手作りの物が海水とともに腐ることをもったいなく思う）6-51.

e⁴-nupetne［二項動詞］〜が〜を喜ぶ 4-55. 7-110. 8-101, 128. 9-14, 18, 24.

e⁴-onkami［二項動詞］〜が〜に関して感謝する（原注 2-(1)参照）1-146.
iso eonkami →iso

e⁴-oripak［二項動詞］〜が〜を敬う；畏れ慎む 1-88. 6-49.

eosineru（esoineru の誤り）
→esoyneru

e⁴-osoma［二項動詞］〜が〜（糞）をする 5-74.

e¹-pa⁶［e¹ の複数形］8-75.

epa［二項動詞］〜が〜に到着する
→sirepa

e⁴-pak²-asnu［三項動詞］〜が〜に〜を教える 7-101.

e⁴-pararse［二項動詞］〜が〜の表面いっぱいに広がる 1-157. 8-157.

e⁴-parse-re³［三項動詞］〜が〜を〜の表面いっぱいに広げる
kor wen puri enan tuyka eparsere →puri

epitta［後置詞的副詞］〜の一面に
kotan epitta 村中に 1-159, 187.

e⁴-pok-pa⁷［二項動詞］〜が〜を憎らしく思う 13-35.

e¹-p¹-sak［一項動詞］〜に食べるものがない；飢える 8-126.

e³-puni［二項動詞］〜が〜の先端を上げる
→epunpa
pasuy epuni 〜が（神様に）酒を捧げる（本来，「〜が酒箸の先端を上げる」）8-118.

e³-punpa［epuni の複数形］
inaw epunpa 〜が（神々に）御幣を捧げる（本来，「〜が御幣を立てる」か）8-190.

e⁴-punki-ne¹［二項動詞］〜が〜を守護する 1-229. 3-105. 7-117.
→epunkinere

epunkine-re³［三項動詞］〜が〜に〜を守護させる 7-123.

e⁴-ram²-an¹［二項動詞］〜が〜を知る；〜が〜をわかる 12-48. 13-39.
→eramante
→koeraman

eraman-te² ［三項動詞］〜が〜に〜を知らせる 1-128.

e⁴-rame-sinne ［二項動詞］〜が〜を見て安心する 10-27.

e⁴-ram²-iskare ［二項動詞］〜は〜がわからない 3-87, 99. 5-58. 9-31. 12-43.

e⁴-ram²-pewtek ［二項動詞］〜は〜を知らない 3-118. 4-74. 5-18. 6-16, 28, 38, 55. 9-38.
　→yayerampewtek
　→yaysinrit'erampewtek

erampoken ［erampokiwen の短縮形］1-125.
　→cierampoken

e⁴-ram²-poki-wen ［二項動詞］〜が〜を憐れむ 1-184. 8-126, 165. 13-32.
　→erampoken

e⁴-ram²-sitne ［二項動詞］〜が〜を見て気分を害する
　→eramusitne
　→iramsitnere
　→yayeramsitne

eramuka ［一項動詞］〜にはすることがない
　　eramuka patek kane okay
　　「所在無げにしている」8-77.

e⁴-ramu-sinne ［二項動詞］〜が〜を見て安心する 1-204. 7-114. 8-193. 11-68.

e⁴-ramu-sitne ［eramsitne の変異形］
　→yaeramusitne

erannak ［二項動詞］〜は〜を気がかりに思う；〜が〜に困る 7-112, 121. 8-192.
　→eerannak

e⁴-rimse ［二項動詞］〜が〜を祝って輪になって踊る 2-9, 26. 8-93.

e⁴-rututke ［二項動詞］〜が〜を静かに歩む 8-179.

erututtke ［erututke の誤り］

esaman ［名詞］カワウソ 12-45, 52, 53.

e³-san ［一項動詞］〜の先端が下手・浜手へ下る
　→esannot
　（以下の e- は e⁴- かもしれない）
　→kamuy'esani
　→mosiresani

e³-san-not ［名詞］岬 3-9, 79, 95. 6-11, 15, 18.（以下の e- は e⁴- かもしれない）
　→inaw'esannot
　→kamuy'esannot

e⁴-sapa-ne¹ ［二項動詞］〜が〜の首領になる
　　kotan esapane 〜が村の頭になる 1-221.

e¹⁰-se² ［一項動詞］〜が承諾する（原文では eese と綴られる）
　→esekureciw

ese-kur⁴-'eciw ［二項動詞］〜が〜（事柄）について「ハイハイ

eraman-te ～ e-tomte

と返事をする」4-20.
e⁴-**sikari**［二項動詞］〜が〜を
　すばやく取る；〜が〜を奪い取
　る 1-50, 56. 3-56, 64. 10-13.
e⁴-**sikarun**［二項動詞］〜が〜
　を思い出す 4-25. 12-35.
e⁴-**sik¹-te²**［三項動詞］〜が〜
　を〜で満たす 1-109. 4-68.
　→ciesikte
e⁴-**simaka**［二項動詞］〜が〜
　（場所）で輝く 8-145.
esir［副詞］ 先ほど
　　esir an pe 先ほどあったこと
　　12-35.
e⁴-**sir¹-kik**［三項動詞］〜が〜
　で〜の表面を打つ
　→ciesirkik
e⁵-**siso**［名詞］右座（原注 1-(7)
　参照）
　→esisoun
e⁵-**siso-un⁶**［副詞］右座へ 1-103.
e⁴-**sitayki**［三項動詞］〜が〜
　を〜に持ち上げる 11-56.；〜が
　〜を〜に振り下ろして打つ 5-36.
esoro［後置詞的副詞］〜（川）に
　沿って下流へ
　　pet esoro 川に沿って（下る）
　　1-3. 6-46. 10-28. 11-60.
　　12-2.
e⁵-**soy-ne¹**［一項動詞］〜が家
　の外に出る
　→esoyneru
esoyne-ru［名詞］便所

（→asinru）（原注 3-(4) 参照）.
e⁴-**tapkar**［二項動詞］〜が〜を
　祝って躍る
　　iso etapkar 〜が海の幸を喜
　　び躍る 2-9, 26. 8-93.
etaye［二項動詞］〜が〜を引き
　寄せる 4-66.
　→okaetaye
etok［位置名詞］；［名詞］［1］〜
　の進行方向
　　si etok un 自分の行く手へ
　　2-6, 101.
　　un etok ta 私の行く手；私が
　　到着する前に 1-208. 2-43.
［2］〜の前（時間的）
　→etoko
［3］源；先
　→etoko
　→monetok
　→petetok
［4］（人間の優れた能力を示す名
　詞を構成する）
　→pawetok
　→rametok
etok-o⁶［etok の長形］
　→etokooyki
　　pet etoko →pet
　　rera etoko →rera
etoko-oyki［二項動詞］〜が〜
　の準備をする 1-151.
etokus［助動詞］まさに…しよ
　うとするところである 4-74.
e⁴-**tomte**［三項動詞］〜が〜を

〜で飾る 1-116, 148. 8-158.
etoro［一項動詞］〜がいびきをかく
    etoro hawe 〜がいびきをかく音 1-95. 8-17.
etu［名詞］鼻
    →etuhu
e⁴-tu［連体詞］〜があれば二つになる〜
    humpe arke etu humpe 一頭半の鯨 8-47, 50, 91.
    →etunne
etu-hu²［etu の所属形長形］5-13.
e³-tuk-ka³［二項動詞］〜が〜の先端を突き出す 5-4. 12-8, 22.
etunankar［後置詞的副詞］離れたところから〜に向かって
    un etunankar 向こうから私に向かって 2-108. 5-29, 51.
e⁴-tun-ne¹［二項動詞］〜が〜とで二人になる
    etunne kane 〜が〜と二人で 3-42.
e⁴-tusmak［三項動詞］〜が〜に〜に関して先んじる 1-62. 6-4, 5.
    →uetusmak
e⁴-tusnatki［二項動詞］〜が〜（場所）でたなびく 8-144.
etutkopak［二項動詞］〜が〜に別れを告げる 1-206.

e⁴-uenewsar［二項動詞］〜が〜について話し合う 1-154.
e⁴-uesinot［二項動詞］〜が〜で遊び合う 1-8.
e⁴-ukoitak［二項動詞］〜が〜について話し合う 1-194. 5-10.
e⁴-uminare［二項動詞］〜が〜を笑い合う 1-30, 165.
e³-un¹［二項動詞］〜が〜（表情）を顔に浮かべる 2-111.
e⁴-unahunke［二項動詞］〜が〜のために人を招待する 1-168.
e³-us［二項動詞］〜の顔が〜に付く（〜が自分の顔を〜に付ける）
    →euseus
eus-eus［eus の反復形］〜が自分の顔を幾度も〜（火）に付ける（火を吹く動作）4-68.
e⁴-utanne［二項動詞］〜が〜に仲間として加わる 8-180.
    →ieutanne
e⁴-uytek-kar⁷［三項動詞］〜が〜に〜（伝言）を託す 7-9, 28.
e⁴-wen［二項動詞］[1]〜が〜に欠乏してそれをほしがる 13-22. [2]〜は〜に関して悪い
    →korewen
eyam［二項動詞］〜が〜を気遣い大切にする；〜が〜を心配する 5-70.
    →koeyam
eyami［名詞］かけす（鳥）

etoro ～ harit

→metoteyami

e[4]-**yapkir**［二項動詞］～が～を投げる（同じ行為を ari yapkir と言うこともある）2-124. 8-47. 9-29.

e[4]-**yayirayke**［二項動詞］～が～に感謝する 1-141. 8-68.

e[4]-**yay-kiror-'an**[1]-**te**[2]［二項動詞］～が～に興じる 1-201.
→ekiror' an

e[4]-**yaykopuntek**［二項動詞］～が～に喜ぶ（獲物を得たときなど）2-12.

e[4]-**yaysikarunka**［二項動詞］～が～を思いだそうと努力する 4-28.

e[4]-**yaytemka**［二項動詞］～が～で気分を回復する；生き返る 10-25. 11-23. 13-27.

e[4]-**yoko**［二項動詞］～が～に狙いを定める（獲物を射るさい）1-40.

e[4]-**yukar**［二項動詞］～が～について物語る
→yay'eyukar

H

-**ha**[1]［所属形長形形成接尾辞］
→huraha
→nimaraha
→onaha
→saha
→sapaha

-**ha**[2]［音節増加接尾辞］
→paha

hacir［一項動詞］～が落ちる 1-55.

ham［名詞］葉
→komham
→korham

hanke［一項動詞］～が近くにある
hanke kamuy tuyma kamuy
→kamuy
→hankeno
→ohankeasi
tuyma kamuy hanke kamuy
→kamuy

hanke-no[1]［副詞］近くに 2-19. 9-17, 23.
→ehankeno
→nohankeno

hanrok（不明）
→tororo hanrok, hanrok

harit（不明）

第 3 章 『アイヌ神謡集』辞典

→harit kunna
harit kunna［第 5 話の折り返し句］
harki［連体詞］左の～
　→harkiso
harki-so［名詞］左座
　→eharkiso
　→eharkisoun
　　harkiso ne ehorari 左座に座る 7-49.
　→harkisotta
harkisotta［副詞］左座に（本来，harkiso or¹ ta³ という形であったと思われる）4-79.
haru［名詞］食料（『神謡集』では「粟」の意味で用いられる）
　　haru kar ～が粟を収穫する 13-38.
haw［名詞］声（名詞として働いている一項動詞に付いてその行為に伴う声を表す．例えば mina haw「笑い声」）8-172, 172. 10-25, 25. 11-24, 24, 64, 65.
　→hawan
　→hawas
　→hawe
　→hawokay
　　haw sitayki ～（場所）が大騒ぎである 5-42.
　　kakkok haw かっこうの鳴き声 1-180.
　→sakehaw
haw-an¹［hawean の短縮形］～が言う
　　e hawan ciki おまえがそう言うのならば 6-23, 35.
　→hawokay
haw-as²［ゼロ項動詞］[1]声がする 5-44.
　[2]（引用文の後ろに現れ）そのような発話がある
　　hawas ciki そのように言われたので 2-113. 4-19. 6-13, 26, 37. 9-18, 23.
haw-e⁷［haw の所属形］～の声
　→hawan
　→hawean
　→hawokay
　→sakehawe
hawe［形式名詞］（節を名詞化し，そこで述べられる行為が生む声を示す．例えば，kamuy-cep mina hawe 鮭が笑う声）1-124. 2-111. 7-2. 8-17, 55, 69, 173, 176, 180. 11-61, 62. 13-10.
（文末に立ち，話し手の驚き，疑い，皮肉の感情を示す）…と言うのか，いや言えまい 7-31. 8-76.
　　itak as hawe →itak
　　hawe an（節の内容をある種の強い感動を込めて提示する．節の内容は伝聞ないし，発話行為に関するもの）
　　　hawe nesun okay ne

― 280 ―

harit kunna 〜 he-

(hawe okay の強調形) 13-22.

hawe okay（hawe an の複数形）7-4.

hawe ta an（hawe an の強調形）1-168.

hawe tan（hawe ta an の短縮形）2-112.

hawe ene okay（…と言う）は次のこと（引用文を導く）8-116.

hawe-an[1]［一項動詞］〜が言う（〜の声がある）

ari hawean 〜が〜と言う 5-16. 9-43. 10-7. 12-16.

→hawan
→hawokay

hawke［一項動詞］〜は静かである；〜はわずかである
→hawkeno

hawke-no[1]［副詞］静かに；かすかに
→hawkenopo

hawkeno-po[2]［副詞］静かに 1-102.

haw-okay[1]［hawan の複数形］（本来の形は haweokay）

"…" hawokay「…」と〜が言う 1-18, 38, 63. 8-69.

"…" ari hawokay「…」と〜が言う 1-171. 7-94. 8-104.

ene hawokay 以下のように〜が言う 1-13, 31.

hayasi［名詞］力仕事をするときのかけ声（日本語の「はやし」と関係があるか）
→ukohayasiturpa

haykostemturi（不明）
→haykunterke haykositemturi

haykunterke（不明）
→haykunterke haykositemturi

haykunterke haykositemturi［第3話の折り返し句］

hayokpe［名詞］神がまとう鎧（すなわちふくろう神なら，ふくろうの身体（原本では「冑」と訳される．原注 1-(8) 参照）
→hayokpehe

hayokpe-he[6]［hayokpe の所属形長形］1-119.

he[1]［副助詞］（話し手のあなどりの気持ちを示す．反語的表現にも用いられる．）

astoma he ki ちっとも恐いことなんかあるものか 3-77.

he tap →tap[2]

ruwe he an →ruwe

sonno he tap (ne) →tap[2]

he[2]［擬音語］（息の音）
→hese

he[3]-［再帰接頭辞］自分の頭
→hecawe
→hekomo
→hekompa
→hepoki
→hepuni

— 281 —

→hepunpa
→heracici
→herori
→hetari
→hetopo
he[4]- ［起点・方向接頭辞］（向かう方向を示す副詞を構成する）
→hepasi
→heperay
→herepasi
-**he**[5] ［位置名詞長形形成接尾辞］
→arkehe
→imakakehe
→okakehe
→orkehe
→osmakehe
→parurkehe
→rakehe
→samakehe
→soykehe
→tumukehe
-**he**[6] ［所属形長形形成接尾辞］
→askehe
→cisehe
→hayokpehe
→rehe
he[3]-**caw**-**e**[9] ［一項動詞］〜（弓）が発射する；〜（スプリング式の罠）がはずれる
→hecawere
hecawe-**re**[3] ［二項動詞］〜が〜（弓）を発射させる；〜が〜（スプリング式の罠）をはずす 4-6, 38.

heciri ［一項動詞］〜が歌う 8-180.
hekaci ［名詞］子供；男の子 1-23, 158, 222.
　hekaci utar 子供たち 1-11, 22.
→hekattar(?)
　pon hekaci 小さな子供 1-71, 150, 162.
　sirun hekaci 汚い子供 1-61.
　tan hekaci この子供！（罵る） 6-10, 23.
　wen hekaci 悪い子供 6-10.
　wenkur hekaci 貧乏人の子供 1-32, 35, 38, 39, 45, 56, 60, 61, 63, 69.
hekattar ［名詞］子供達（←hekaci utar（?）あるいは hekatu「〜が生まれる」服部四郎『アイヌ語方言辞典』28頁から派生したものか） 1-7, 53.
he[3]-**komo** ［一項動詞］〜が帰途につく
→hekompa
→kohekomo
he[3]-**kompa** ［hekomo の複数形］ 1-216.
→kohekompa
hemanta ［疑問不定代名詞］何か；誰か 3-74. 7-29.
　hemanta an pe 何か；誰か 2-108. 4-53.

hemanta okay pe（hemanta an pe の複数形）何かいろいろのこと 5-10.
hemem［副助詞］も（列挙）
　… hemem … 〜も〜も 8-104.
　… hemem … hemem 〜も〜も 7-97.
　… hemem … hemem … 〜も〜も〜も 8-165.
hemespa［hemesu の複数形］10-10, 26. 11-14, 25, 62.
hemesu［一項動詞］〜が川をさかのぼる
　→hemespa
　→kohemesu
hempara［疑問不定副詞］いつ
　hempara nakka いつでも 1-228. 8-24.
hene［副助詞］や；やら（列挙・譲歩）
　… hene 〜か、あるいはそれと同種のもの 2-48.
　… hene … hene 〜や〜 3-97, 113. 7-51, 91.
　… ari hene … ari hene 〜やら〜やらで 8-73.
　nekon a hene どのようにでも 8-74.
henta［副詞］（不明）
　na henta もっと 9-13.
hepasi［副詞］（本来、he^4-pa^5-asi の形だったと思われる）川下

へ 3-10, 81, 96. 6-4, 4, 6. 海の西へ 8-40.
he^4-pe^2-ray^3［副詞］川上へ 3-10, 81, 96.；川上（名詞的）6-5, 5, 7.；海の東へ 8-40.
he^3-poki［一項動詞］〜が自分の頭を下げる
　→ukohepoki
he^3-puni［一項動詞］〜が自分の顔を上げる 8-142.
　→hepunpa
he^3-punpa［hepuni の複数形］1-178.
he^3-racici［一項動詞］〜が眠気を催して頭を垂れる（eciw 参照）
　→koheracici
he^4-rep^2-asi［副詞］沖へ 6-64.
he^3-rori［一項動詞］〜が潜る
　moyre herori ゆったりとした潜水 8-52, 79.
he^2-se^2［一項動詞］〜が息をする；息の音をたてる
　hese hawe 〜の息の音 2-111. 8-55.
het［擬音語］（ユーカラを聞くときかけるかけ声）
　→hetce
hetak［副詞］早く（命令文に用いられる。相手をせきたてる表現）
　keke hetak さあ早く…しなさい 8-65. さあ…しよう

― 283 ―

1-15. さあ…して見せよう 11-10.
　hetak ... hetak ... 早く…しろ 5-34.
　hetak ta usa 何でもよいから、早く 2-13, 49, 79.
he³-tari［一項動詞］〜が自分の頭を上げる
　→kohetari
　→ukohetari
hetce［一項動詞］〜が het（ユーカラの聞き手がかけるかけ声）という声をあげて拍子をとる（本来、het-se² という形だったと考えられる）
　ir hetce haw ir humse haw ukoturpa「一度に揃って打ちうなづきつつ」8-172.
he³-topo［副詞］もと来た方へ
　hetopo suy 再びもと来た方へ 4-29.
　→orhetopo
-hi¹［形式名詞長形形成接尾辞］
　→ihi
-hi²［所属形長形形成接尾辞］
　→sotkihi
hm［間投詞］（嫌悪、驚きを表す。おそらく、声門を破裂させて m に移る音）5-14.
　→atuy ka toma toma ki kuntuteasi hm hm!
ho¹-［再帰接頭辞］自分の末端
　→hocikacika

→hokus
→honoyanoya
→hopuni/hopunpa
→horari
→hotari
→hoturi
ho²-［起点・方向接頭辞］（始発点の方向を示す副詞を構成する）
　→hokanasi
　→hosasi
-ho³［所属形長形形成接尾辞］
　→poho
　→soho
ho¹-cika-cika［一項動詞］〜が尻や足をじたばたさせてもがく 3-94.
hoka［名詞］火；炉
　hoka otte 〜が〜（鍋）を火に掛ける 4-66.
ho²-kan¹-asi［副詞］（体の）上から
　hokanasi mip yaykoare 〜が体の上から着物を脱ぐ（「上着を脱いだ」）11-48.
hokok［擬音語］「フオホホーイ」（おそらく［'ho'ho'ho ... 'hooj］という音を示すもの．［']は声門の閉鎖．原注 2-(4) 参照）
　→hokokse
hokok-se²［一項動詞］〜が hokok という声をあげる（原注 2-(4), (5), (6) 参照）2-51.
　→hu¹

he-tari ~ hoski-no

→kokokse

ho¹-kus［一項動詞］〜がひっくり返る（〜が自分の尻を横切る）

→hokushokus

→kohokus

hokus-hokus［hokusの反復形］（舟を漕ぐ動作を表す．櫂を漕ぐとき，体を激しく揺すること からか）

→kohokushokus

homatpa［homatuの複数形］2-106，107．8-154．

→ehomatpa

homatu［一項動詞］〜が驚く 2-111．12-11，29．

→ehomatu

→homatpa

hon［名詞］腹

→honkokisma

hon-ko²-kisma［二項動詞］〜が〜を抱きかかえる 1-64．

ho¹-noyanoya［一項動詞］〜が自分の末端を揺する（魚が尾ひれを揺する）6-64．

hontom［位置名詞］〜の途中

→hontomo

　pet hontom 川の中流 2-85．

hontom-o⁶［hontomの長形］

　hontomo ta …すると直ちに 3-16．5-49．9-28．

ho¹-puni［一項動詞］〜が立ち上がる

→ehopuni

→hopunpa

→kohopuni

ho¹-punpa［hopuniの複数形］8-28．

→ehopunpa

→uhopunpare

ho¹-rari［一項動詞］〜（神）が住む；〜（神）が座る 1-117．

→ehorari

horka［一項動詞］〜が逆さまになる 4-31，31．

horkew［名詞］狼

　pon horkew kamuy →kamuy
　pon horkew sani →sani

hosari［一項動詞］〜が振り返って眺める

→kohosari

hosasi［副詞］浜手へ（本来，ho²-sa²-asiという形だったと思われる）13-6，15．

hosipi［一項動詞］〜が帰る 5-34，34．8-116，132．

→hosippa

→kohosipi

hosippa［hosipiの複数形］1-173．2-100．7-86，88，109．8-12，53．10-11，23，28．11-60．

hoski［副詞］初めに；先に（→iosi）1-16．5-7，22．

→hoskino

　hoski tasi 誰よりも先に 1-62．

hoski-no¹［副詞］初めに；先に 5-24，72．13-30．

hoskino anak 初めは 4-97.
　→hoskinopo
hoskino-po[2] ［副詞］真っ先に 1-55.
hotanu ［二項動詞］〜が〜を訪れる；見舞う
　→hotanukar
hotanu-kar[7] ［二項動詞］〜が〜を訪れる；見舞う 1-213.
ho[1]**-tari** ［一項動詞］〜が自分の末端を上げる 6-43.
hotenao ［第6話の折り返し句］（知里真志保『カムイ・ユカル』に「主人公の狼神の子が歌う部分は一句一句「ホテナオ」という折りかえしをつけて歌うが、途中で小男（実は炉ぶち魚）が歌うくだりはすべて「ピイツンツン・ピイツンツン」という折り返しになる。」(68頁)とある)
hotke ［一項動詞］〜が横になる；寝る 1-95. 8-17.
ho[1]**-turi** ［一項動詞］〜が自分の末端を引く
　→hoturiri
hoturiri ［hoturi の反復形］〜が自分の末端をぐいぐい引く
　→yayehoturiri
hotuye ［一項動詞］〜が呼び叫ぶ 4-25.
　→hotuyekar
　→hotuypa
hotuye-kar[7] ［一項動詞］〜が叫んで呼ぶ 3-14.
hotuypa ［hotuye の複数形］ari hotuypa 〜が〜と叫んで呼ぶ 2-16. 4-18.
hoyuppa ［hoyupu の複数形］1-58.
　→ehoyuppa
　→uhoyuppare
hoyupu ［一項動詞］〜が走る 1-66, 70. 2-42. 4-15.
　→ehoyupu
　→hoyuppa
hu[1] ［間投詞］hu ohohoy *hokokse* の叫び声（→hokok）4-17.
-hu[2] ［所属形長形形成接尾辞］
　→etuhu
　→unuhu
huci ［名詞］歳をとった女；祖母
　→apehuci
　　kamuy huci 火の神（apehuci の別称. 原注 1-(11), (15) 参照）1-153, 198, 205. 5-30, 46.
　　nusa kor huci 御幣棚の神（原注 1-(16) 参照）1-199, 206.
hum[1] ［形式名詞］（節の後ろに立ち、節の内容によって生じる音を表す）
　　e hum na「誰だ？」(e ek hum ne ya の短縮形か. あるいは、「humna 誰 humna ne ya? 誰であるか」[金田一・

hoskino-po ～ humpe

知里『アイヌ語法概説』§82〕のhumnaと関係あるか？）10-6.
　hum as …という音がする；…と感じられる 7-73. 8-149.
　→humi
　　wa hum as nankor a なんと（力がある）ことか！（このときの接続助詞waの現れについては不明）11-53.
　　humによって名詞句化された節が -unitara, -natara によって形成される動詞の主語となる場合 1-106. 5-39, 54.
　　humによって名詞句化された節が位置名詞の目的語になる場合 11-59.
hum² 〔擬音語〕（力を入れるときのかけ声．うなずく声．おそらく〔'm〕という音を表す．声門閉鎖が解けたときの気流が鼻腔から出てmに移る音．知里真志保博士は『アイヌ民譚集』で「ウン」と音訳している）
　→humse
hum¹-**i**⁸ 〔hum¹ の長形〕〔1〕〔名詞〕音；視覚以外の感覚
　humi ne …したのである
　　nekon ne humi ne nankor a（痛みを覚えて）いったいどうしたことか！ 3-91.
　nep humi ka oarar isam 何の音沙汰もない 4-57.
〔2〕〔形式名詞〕…する音；けはい；匂い
　humi as …したように感じ取れる 10-18.
　humi が -kosanu によって形成される動詞の主語となる場合 6-62. 9-27. 10-14.
　humi が -natara, -unitara によって形成される動詞の主語となる場合 1-66, 104. 5-20. 8-176. 11-57. 12-17, 39.
　humi が補充接頭辞 e⁴- の目的語になる場合 1-51. 4-48. 9-29.（原文では 4-48 chimonetoko とあり，e- を欠いているが，chiemonetoko と正すべきではないか． 9-30 参照）
　ki humi okay …してしまったことよ！（詠嘆）2-38, 68, 96, 134. 7-5.
　okay as humi ka ci erampewtek 私は（怒りで）「自分の居るか居ないかもわからない 5-17.
humpe 〔名詞〕鯨 2-24.
　ci yanke a humpe 私が陸にあげた鯨 8-90.
　ci yanke humpe 私が陸にあげ

た鯨 8-103.
humpe arke 鯨の半分 8-46, 83.
 humpe arke etu humpe 1つ半の鯨 8-47, 50, 90.
humpe corpoke 鯨の下 8-36.
humpe ninpa ～が鯨を引っ張る 8-148.
humpe noski 鯨のまんなか 8-45.
humpe okewpa ～が鯨を追う 8-34.
humpe ramante ～が鯨を狙い撃つ 8-36.
humpe suypa ～が鯨を煮る 8-161.
humpe utar 鯨たち 8-31.
humpe yan 鯨が陸にあがる 2-7, 21.
→nokorhumpe
→sinokorhumpe
 upokor humpe「親子の鯨」8-40, 44.
hum²-se²［一項動詞］～が hum² とかけ声をかける（舟漕ぎのかけ声）；～が hum² と言ってうなずく 8-172.
 humse tura「声をふるって」3-24.
humsu［二項動詞］（不明）
→yaykahumsu
hunak［疑問不定代名詞］どこか；いつか

hunak pake ta ある時ふと気づくと；いつのまにか 3-34, 44, 88, 100. 4-76. 5-59. 8-142. 9-32. 11-53. 12-44.
hunak ta どこかへ 4-62.
hunara［二項動詞］～が～を捜す
 sinricihi hunara ～が～の素性を探る 13-29.
hunki［名詞］海岸段丘（「砂丘」）
 hunki ka ta 砂丘の上に 8-94.
 makun hunki「後ろの砂丘」8-93.
hura［名詞］臭い；香り
→huraha
 sake hura 酒の香り 1-156. 8-157.
→sarpokihuraot
→sihurakowen
hura-ha¹［hura の所属形長形］～のにおい 5-15.
hure［一項動詞］～が赤い 5-30, 32, 35. 6-63.
→tan ota hure hure
husko［一項動詞］～が古い 1-159.
 husko an pe 元あったこと
  husko an pe sikopayara ～が元のままにふるまう 1-119.
 husko toy wano 昔から 8-105；長い間 1-65.

I

i[1] ［名詞的助詞］;［形式名詞］…するもの;…すること;…するとき;…するところ
→ihi
→ike
［1］…するもの（動詞句を名詞句に変える．前に立つ動詞句に対し，それに連体修飾される関係にある）
→kamuy'esani
→mosiresani
　ot ta an/okay i 〜がいるところ 4-32. 13-2.
→sani
　sir wen nitne i →nitne
　us i 〜がおちつく場所（但し本文では「〜が」に代入されるべきものが欠けている）3-117. 4-73.
（代名詞などの構成要素として）
→ani
→eani
　nea i ta →nea
　ne i →ne[2]
　sine an i →sine
　too an i →too
［2］…すること（節を名詞句に変える）4-52. 9-38.

　a i …してしまったこと 4-24.
　ene an i nepkor →ene
　ene ikici i tan そんなことをすることよ！ 8-68.
　ene itak i →itak
　ene kan rusuy i 〜が〜をしたいこと 8-75.
　ene sir an i →ene
　ene sirki i このような結果 1-214. 13-39.
［3］…するとき（節を時を表す名詞句に変える）1-216. 6-7, 29, 40. 7-55.
［4］…するところ（節を場所を表す名詞句に変える）2-22. 3-20.
［5］…すると（接続助詞のように働く）1-95.
　a i …したが（逆接）2-20. 3-94. 4-9, 48. 12-39.

i[2] ［人称接語］わたし（たち）を（目的格形．主格形は a[2]．対話文で用いられる）
　e i →e[2]
　i ... an[2] 私は…される
　　i kar an 私はされる 1-139.
　　i kasnukar an 私には神の恵みがある（原注1-⑽参照）

第3章 『アイヌ神謡集』辞典

i³-［不定人称接頭辞］（目的格形．主格形は ci³-．目的語相当の要素として二項動詞的語幹に接頭するものであるため，派生された動詞は目的語を取れなくなる．すなわち，二項動詞的語幹の主語に相当するものを主語とする一項動詞を形成する．例えば，nu「〜₁が〜₂を聞く」から i-nu「〜₁が耳をすませる」が形成される）
→ciikurure
→ica
→icakkere
→ieutanne
→iki
→ikokanu
→iku
→ikuspe
→imi
→inu
→iokapuspa
→iosi（後置詞的副詞に接頭した例）
→iosserekere
→ipaste
→iramasire
→irara
→iri
→irura
→iruska
→itasa
→iunin
→iuta
→iyayraykere
→koipuni/koipunpa
→koiramno
（合成動詞において，抱合されている名詞的要素に接頭する．この場合の i-の働きは，名詞的要素の意味を限定するものと考えられる．例えば，*i-ram*-ye「i-・心・〜が〜を言う」は「〜が感謝の言葉を述べる」ということであるから，i-ram は「感謝の心」ということになる．同様に e-*i-tumam*-or-noye は「人間の胴」，*i-sapa*-kik-ni は「魚の頭」の意味と解釈される）
→eitumamornoye
→ipawekurtenke
→iramsitnere
→iramye
→isapakikni

-i⁴［使役接尾辞］
→aekirusi（?）
→asi
→ciousi
→usi

-i⁵［自動詞語基形成接尾辞］
→kari
→riki

-i⁶［他動詞語基形成接尾辞］
→kari
→poki
→puni

— 290 —

i- ～ i-ke

　　→turi
-i[7]［所属形形成接尾辞］
　　→aki
　　→kemi
　　→kotani
　　→maci
　　→muri
　　→nimaki
　　→poknapapusi
　　→poutari
　　→rekuci
　　→sautari
　　→siki
　　→sinrici
　　→utari
　　→yukari
　　→yupi
　　→yuputari
-i[8]［位置名詞・形式名詞長形形成接尾辞］
　　→eepaki
　　→humi
　　→piskani
　　→poki
　　→rapoki
　　→siri
i[3]-ca[1]［一項動詞］〜が肉などを切り離す 2-9, 27. 8-107.
i[3]-cakke-re[3]［一項動詞］〜が汚い 5-15.
-ici［動詞複数形形成接尾辞］（習慣的に行われる行為、反復的動作を表す）

　　→-ci[4]
　　→ikici
　　→karici
i[3]-eutanne［一項動詞］〜が仲間に加わる 1-24, 28.
i[1]-hi[1]［i[1]の長形］
　　→anihi
-ihi［所属形長形形成接尾辞］
　　→macihi
　　→murihi
　　→sikihi
　　→sinricihi
　　→tempokihi
　　→utarihi
ihoma［一項動詞］〜が憐れむ
　　ihoma kewtum 憐れみの心 1-41.
ik［名詞］背骨を構成する一つ一つの骨のような小さい骨
　　→ikir
　　→ikkew
ikasma［二項動詞］〜には〜余計にある（数を表す句で用いられる）
　　tun ikasma wan 12人の〜（「2人・余計にある・10の〜（人）」）8-82, 82.
ikayop［名詞］矢筒
　　ikayop se 〜が矢筒を背負う 8-10, 20, 26.
　　ikayop sik 矢筒が矢でいっぱいになる 8-16.
i[1]-ke[4]［i[1]の長形］[1]…するもの

(動詞句を名詞句に変える．前に立つ動詞句に対し，それに修飾される関係にある．次の三つの用例のうち最初の二つは「～のうち…であるもの」という選択の意味の句)
　　kamuy kosonte pirka ike「りっぱな着物の美しいの」1-115．
　　cikasnukar nakka sipase ike「お恵みのうちにも最も大きいお恵み」1-144．
　　ne ike ～であるもの 5-53．
(指示詞的句の構成要素として)
　　ne ike tap ne →tap²
[2] …すると (接続助詞のように働く)
　　a ike …したところ 5-12．6-40．7-46．8-146．10-17．11-31．
　　ike ka …しても 4-57．

i³-ki¹ [一項動詞] (前に述べられたことを受けて) ～がそれをする 4-91．5-21．6-10．11-28, 47．
　　iki a ine no そのうち 3-53．
　　iki korkayki ～であるけれど 1-76．
　→ikici

iki [一項動詞] ～が細かな動作を繰り返す；～がうごめく；～がじたばたする；～がもがく 1-65．5-13．6-55．
　→ikici

iki-ci⁴ [一項動詞] ～が前で述べられたことと同じ動作を繰り返す；～が細かな動作を繰り返す (i³-ki, iki のどちらと派生関係にあるのか不明なことが多い)
1-53．2-60．3-44．4-47, 52, 69．5-55．6-6．7-99．8-24, 38, 68．12-37, 38．

ikin [ikir の変異形] 1-130．8-44．

ik-ir [名詞] [1] 列, 並んで長く伸びているもの 5-47．8-153．
　　sine ikin ne そろって一度に 1-130．8-44．
[2] 宝壇 (儀礼用の道具が並び置かれていることから)
　　ikit tukari 宝壇のそばに 8-5．9-5．
[3] 儀式などの時間的な継起体
　　ikir atpa ta 酒宴の初めに 1-226．

ikit [ikir の変異形] 8-5．9-5．

ik-kew [名詞] [1]「腰」(「背骨」のことか) 10-4．
　　ikkew kiror →kiror
　　ikkew noski 背骨のまん中 1-78．8-183．10-13, 15．
　→koikkewkanmatunitara
[2]「土台」
　　asinru ikkew 便所の土台 3-110, 111．
[3] 話の要点；理由
　→ikkewe

i-ki 〜 ine

nep ikkew ne どういうわけで 7-60.

ikkew-e[7] ［ikkew［3］の所属形］〜（話）の要点；理由 7-58, 80.（7-80 は形式名詞的に用いられている）

i[3]**-kokanu** ［一項動詞］〜が耳をすます 6-58. 7-54.

ikor ［名詞］宝物；宝刀（儀礼用の道具）

   ikor ka nuye「宝物の彫刻」8-27.

   ikor sokkar →sokkar

   pirka ikor kamuy ikor「美しい宝物，神の宝物」1-106, 108.

i[3]**-ku**[1] ［一項動詞］〜が酒を飲む（『神謡集』では常に名詞的に「酒宴」の意味で用いられる）1-202, 212. 8-181.

   iku pasuy →pasuy

i[3]**-kus-pe**[3] ［名詞］柱

   uray ikuspe やなの杭 2-86.

imakake ［位置名詞］〜の彼方 →imakakehe

imakake-he[5] ［imakake の長形］10-18.

imeru ［名詞］光（simaka 参照）8-144.

i[3]**-mi** ［名詞］着物（本来は一項動詞「〜が着物を着る」である）1-25.

imoma ［名詞］宝壇（ikor を並べ置くところ）1-114.

inaw ［名詞］「御幣」7-103.

   inaw epunpa 〜が神に御幣を捧げる 8-190.

→inaw'esannot

   inaw ikir「沢山の幣」8-153.

   inaw korpare 〜が〜（魚・鹿）に御幣を持たせて祭る 7-105.

   inaw ni 御幣の材料となる木 1-147.

→inawpo

   ouse inaw ari poka「ただイナウだけでも」（神を送る）1-90.

   pirka inaw「美しい御幣」1-148, 208, 216. 7-106. 8-143, 158, 182.

   usa inaw usa sake 御幣やら酒やら（を神に送る）1-226.

inaw-'esannot ［名詞］「御幣の岬」（地名）6-20.

inaw-po[2] ［名詞］小さな御幣 8-129.

ine[1] ［連体詞］四つの〜 7-37.

→inererko

ine[2] ［接続助詞］…して 8-136.

   a ine …しているうちに；…していると，その結果 1-3, 47, 65, 70, 98, 172. 2-19. 3-34, 44, 85. 4-22, 76, 81. 5-11, 27. 6-58. 7-18, 54, 72, 73. 8-27,

49, 141. 9-3. 12-21.
  a ine no …しているうちに 3-53, 62, 98, 114. 6-46, 50. 12-42.
  rok ine（a ine の複数形）1-135.
ine[3]（不明）
  →ineap
ine[3]-**a**[4]-**p**[1] ［名詞］（不明）
  →ineapkusu
ineap-kusu[1] ［副詞］驚いたことに
  ineapkusu ... okirasnu wa sirki nankor a 驚いたことに〜は大変力が強い 3-27. 11-52.
ine[1]-**rerko** ［名詞］四日
  inererko sir an 四日が過ぎる 7-37.
inkan ［inkar の変異形］1-131.
inkar ［一項動詞］〜が見る 1-131, 169. 2-20. 5-4.
  inkar as a wa 私が見ると（新しい登場人物，新しい事態，新しい情景の意外な出現に主人公が気づいたことを表す．また，それらの事柄を物語に導入する働きを持つ．物語の展開点に用いられる）2-6, 19, 43, 55, 84, 101, 110, 113, 114. 3-4, 74, 88, 100. 4-8, 33, 54, 59, 62, 84. 5-6, 29, 50, 59.

6-63. 7-14, 19, 32, 47, 61, 74, 96. 8-30, 56, 81, 90, 112, 139, 142. 9-3, 5, 32, 35. 12-23, 44. 13-30.
  inkar as ko 私が見ると（予想された事態が新たに出現したことを表す．inkar as a wa のような意外性はない）1-4, 76, 162, 218. 4-4. 5-65. 7-52. 8-39. 10-7.
  inkar he tap nep tap teta ki humi okay「何という物の見方をしたのだろう」2-38, 68, 96, 134.
  inkar kusu これはこれは，（不意に出会った者が誰であるか判ったときに用いられる）4-14.
  →inkarpo
  oyak un inkar 〜が〜から眼をそらす 4-72.
inkar-po[2] ［名詞］一瞥
  wen inkarpo ki tek 〜が「それを見るや」否や 5-22.
inne ［一項動詞］〜が大勢である
  inne topa ne →topa
inte ［名詞］「やに」（服部四郎『アイヌ語方言辞典』5頁「目くそ」の項参照）
  →ointenu
i[3]-**nu**[1] ［一項動詞］〜が聞き耳を立てる 10-17.
  inu newa ci ki p ne korka

— 294 —

「私はただ聞いたばかりだけれど」5-17.

inun [一項動詞] 〜が魚群が来るのを見張る (Batchelor, "Inun vi. To smoke (as fish)")
→inunpe

inun-pe[3] [名詞] 炉縁（木）（炉の中を海にたとえている）6-40, 41, 44, 46, 52. 7-20, 38. 9-19, 24.
→inunpepeceppo

inunpepe-ceppo [名詞] (inunpepeはおそらく，もとinunpe-ipe)「炉縁魚」6-52, 54, 56.

inunukaski [間投詞] かわいそうに！13-21.

i[3]**-okapuspa** [一項動詞]「人を馬鹿にして」(「〜が人の過去を暴く」が元の意味か)（原注12-(2)参照）12-15, 33.

i[3]**-osi** [副詞] 後ろからついて；後から 5-9.
→iosino

iosi-no[1] [副詞] 後ろからついて；後から 1-58. 5-12.

i[3]**-osserke-re**[3] [一項動詞] 〜が人を驚かせる 1-139.

i[3]**-pas**[1]**-te**[2] [一項動詞] 〜がはっとして気づく
ipaste rampo はっと気づく心 7-102.

i[3]**-pawe-kur**[4]**-tenke** [一項動詞] 〜が声をあげて指図する

→aripawekurtenke

ipe [一項動詞] 〜が食事する；[名詞] 食事 8-14, 14, 20. 11-66.
→inunpepeceppo

ipor [名詞] 表情；顔立ち；気品
homatu ipor 驚きの顔 2-111.
ipor kon ruwe 顔つき 3-72.
→iporoho
→ipottum
katkemat ipor 淑女の気品 1-77.
nispa ipor 紳士の気品 1-77.
rametok ipor 勇者の気品 5-7. 7-76.
sem ipor 疲れきった顔 8-11, 22.

ipor-oho[1] [ipor の所属形長形] 〜の顔色 6-57.

ipot [ipor の変異形]
→ipottum

ipot-tum [名詞] 表情；顔立ち；顔色 8-152.
→ipottumu

ipottum-u[4] [ipottum の所属形] 〜の表情
→eipottumuniwnatara

ir [連体詞] 一斉の〜
→ikir
ir hetce haw iri humse haw ukoturpa「一度に揃って打ちうなづきつつ」8-172.
→iri

第 3 章 『アイヌ神謡集』辞典

i³-**ramasi-re**³ ［一項動詞］ 〜が美しい 3-104.

i³-**ram**²-**sitne-re**³ ［一項動詞］ 〜がうるさい；煩わしい 13-11.

i³-**ram**²-**ye** ［一項動詞］ 〜が感謝の言葉を述べる 7-96. 8-173.

i³-**rara** ［一項動詞］ 〜がいたずらをする 4-89, 99, 103. 9-39. 12-49, 52.
　　ot ta irara 〜が〜にいたずらをしてからかう 9-42.

i³-**ri** ［一項動詞］ 〜が皮を剥ぐ 7-81.

iri ［ir の変異形］ 8-172.

irukay ［副詞］ しばらく；すぐに
　　irukay ne ko しばらくすると 1-108, 113, 151.

i³-**rura** ［一項動詞］ 〜が獲物などを運ぶ 2-9, 27.

i³-**ruska** ［一項動詞］ 〜が怒る 2-31, 126. 7-89.

is ［名詞］ シャチの尾ひれ
　→ispokomare

isam ［一項動詞］ 〜がない
　　ka isam 〜さえもない 2-116, 116. 4-33, 52, 57. 5-79, 79. 7-67, 68, 121. 8-192.
　　oar/oarar isam 〜はまるでない 1-178. 3-51, 90. 4-57, 72. 7-53. 8-109, 140.
　→rawkisam
　　wa isam …していなくなってしまう；…してなくなって

しまう 2-124. 3-112. 5-24, 64. 6-45, 65. 7-23, 40, 57. 8-21, 26. 9-43. 13-13.

i³-**sapa-kik-ni** ［名詞］ 魚の頭を打つ棒 7-103.

isepo ［名詞］ うさぎ 4-97, 103.
　　isepo tono「兎の首領」4-104.

iskare ［一項動詞］（不明）
　→eramiskare

iso ［名詞］ 獲物；「海幸」
　　iso enupetne 〜が海の幸に喜ぶ 8-101, 128.
　　iso eonkami 〜が海の幸に感謝し礼拝する（原注 2-(1) 参照）2-10.
　　iso erimse 〜が海の幸に喜び踊る 2-9, 26. 8-93.
　　iso etapkar 〜が海の幸に喜び踊る 2-9, 26. 8-93.
　　iso yanke 〜（シャチの神）が海の幸を陸に上げる 8-66, 165.
　→isoyankekur
　→isoytak
　　kuntu iso →kuntu

iso-yanke-kur¹ ［名詞］ 海の獲物を陸に上げるもの（シャチの神 repunkamuy の称号の一つ. tominkarikur kamuykarikur isoyankekur pase kamuy kamuy rametok あるいは，tominkarikur kamuykarikur isoyankekur kamuy rametok pase kamuy とい

— 296 —

う句に現れる）8-58，122．

isoytak［一項動詞］（←iso-itak)
〜が物語る（合成名詞から一項動詞に転じたものと推定される）
ari isoytak 〜が…と物語る（物語を締めくくる常套句．主語は主人公の名前）1-230．6-66．7-125．10-29．11-70．
→eisoytak
→koisoytak

is-pok-omare［二項動詞］〜が〜を尾ひれの下に入れる 8-48．

itak［一項動詞］〜が言う；〜が話す
"…" ari itak 〜が「…」と言う 7-11，13，29．
"…" itak 〜が「…」と言う
"…" itak as a ike 私が「…」と言うと 7-46．
"…" itak as a wa 私が「…」と言うと 6-21，33，57．8-76．12-10，28．
"…" itak a wa 〜が「…」と言うと 12-34．
"…" itak kane 〜が「…」と言いながら 3-108．5-35．11-11，29，48．13-11，24．
"…" itak wa kusu 〜が「…」と言うので 7-32．9-13．
ene itak i 〜が以下のように話す 3-103．4-13．6-8，21，33．8-57．9-15，21．10-5．

11-8．
→isoytak
itak as hawe 私の話す声 7-2, 4．
itak as hawe ene okay 私の話すことは以下のようである 6-13，26，37．8-69．12-26．
（名詞として「言葉」の意味で）
itak kese ta 言葉の端に（言い終えると）6-62．
kurkasike itak omare（前文を受けて）〜が…の上に言葉を載せる（「〜が…しながら話す」ということ）1-73，137．
→ukoitak
wen itak 悪口 1-59，59．

i³-tasa［一項動詞］〜がすれ違う
itasa sonko「返し談判」返事（往信とすれ違う便りということから）7-77．

iteki［副詞］（命令文において禁止を表す）7-99．
→itekki

itekki［iteki の強調形］3-119．4-103．9-42．12-52．

i³-unin［一項動詞］〜が痛みを感じる
→iuninka

iunin-ka³［二項動詞］〜が〜を痛める（〜に痛い思いをさせる）3-93．

i³-uta［一項動詞］〜が粟などをついて籾を落とす 2-117.
iwa［名詞］「岩」
    iwa kurkasi「岩の上」11-57.
    iwa osmake「岩の後」5-64.
    kimun iwa「山の岩」5-64. 11-57.
iwan［連体詞］六つの〜
    →eiwan
    iwan kosonte 六枚の着物 5-30, 31. 8-96, 96.
    iwan pokna sir「六つの地獄」10-17.
    →iwanrerko
    iwan sapo 六人の姉 8-2, 3, 33, 34, 187, 187.
iwan sintoko 六つの「酒樽」1-152. 8-135, 155.
iwan suy 六回 6-6, 7.
iwan yupi 六人の兄 8-2, 3, 35, 35, 186, 188.
iwan-rerko［名詞］六日
    iwanrerko ne i ta 六日になったとき 7-55.
i³-yayirayke-re³［一項動詞］〜が感謝する；(挨拶言葉として)ありがとうございます(形式名詞の後ろに立つ) 1-83. 8-128.
iyoppe［名詞］鎌
    iyoppe ari 鎌で(つつく) 8-63, 73, 103.

K

ka¹［位置名詞］〜の上(接触・点的 →enka, →kurka, →tuyka)
    amset ka ta「高床の上」に 8-28. 9-6.
    amso ka ta「床の上」に 1-132.
    atuy ka 海面 3-16.
    →atuy ka toma toma ki kun- tuteasi hm hm!
    atuy so ka ta 広々とした海に 3-5. 8-52, 78.
    →enka
    hunki ka ta 砂丘の上に 8-94.
    ikor ka 宝物の表面 8-27.
    inunpe ka ta 炉縁の上に 9-19.
    kamuy nis ka ta「大空に」2-104.
    →kasi
    kenas ka ta「山の木原」の上に 7-82.
    kenas so ka 広々とした「山

i-uta ～ ka

の木原」11-43.
kenas so ka ta 山の木原の上に 11-63.
kenas so ka wa 山の木原の上から 11-31, 33.
→kurka
→nanka
→peka
puray ka 窓枠の上
　puray ka ta 窓枠の上に 8-112.
　puray ka un 窓枠の上へ 8-137.
rikunsuy ka 天窓の上 7-56.
rorunso ka ta 上座の上 8-135, 155.
si ka 自分の上 11-56.
→sirka
→tapka
toncikama ni ka ta 敷居の上に 9-8.
toytoy ka ta 地面に 1-55.
→tuyka
→ukaenoypa
→ukaepita
→ukakuste
un ka un 私の上へ 9-29.
→useturkararpa
→yaykahumsu

ka[2] ［副助詞］…も 1-87, 173, 174, 223, 223, 224, 224. 3-66. 4-91. 5-9. 6-57. 7-101, 104. 12-47, 47. 13-2, 22.

imi ka wano 服装からも（貧乏人の子だということがわかる）1-25.

（後ろに否定的な表現が立つ場合）

ka eaykap …もできない 1-183. 7-119.
ka erampewtek ～は～もわからない 3-117. 4-73. 5-17. 9-38.
ka isam …もない 2-116, 116. 4-33, 52, 57. 5-78, 79. 7-67, 68, 121. 8-192.
ka sak ～には～もない 12-48, 48.
ka somo ... …することもない 1-34. 3-116.
ka somoki …することもない 8-68.
ka yayerampewtek ～も自分の出自がわからない 4-93.
ruwe ka somo ne →ruwe

（疑問・不定を表わす代名詞，副詞の後ろに立ち，不定の意味を強める）

nekon a ka →nekon
nen ka →nen
nep ka →nep

（副詞の後ろに立ち，その意味を強める）

eas ka →eas
senne ka suy →senne
senne nepe ka →senne

sonno ka un →sonno
　（接続助詞的な ike とともに）
　　　ike ka →ike
-**ka**³［使役接尾辞］
　　→ciastustekka
　　→etukka
　　→iuninka
　　→sumka
　　→temka
　　→uhuyka
　　→wentarapka
　　→yaysikarunka
　　→yaytemka
kaci［二項動詞］〜が〜を廻す
　　→sikacikaci
kaki［名詞］（不明）
　　→tekkakipo
kakkok［名詞］かっこう鳥
　　kakkok haw ne かっこう鳥の声のように（原注1-⑭参照）1-180.
kama［後置詞的副詞］〜を越えて 4-2, 2, 21, 21, 30, 30.
kamahaw［名詞］汁の中の一片の肉 4-77.
　　→kamahawe
kamahaw-e⁷［kamahaw の所属形］〜の一片の肉 4-100.
kamu［二項動詞］〜が〜を（自分の体で）覆う
　　→kamukamu
kamu-kamu［kamu の反復形］〜が〜を自分の体で覆い，その

姿勢をとり続ける 1-64.
kamuy［名詞］[1]神
cep kor kamuy/yuk kor kamuy 魚を支配する神・鹿を支配する神（両者は組で言われ，かつ，接続語なしで連結されることが多い）7-62, 70, 78, 86, 87, 88, 93, 94, 107, 108, 109, 110.
　　cironnup kamuy 狐の神 3-121.
　　cise kor kamuy 家の神（原注1-⑮参照）1-198, 205.
　　hanke kamuy tuyma kamuy/tuyma kamuy hanke kamuy 近くにいる神遠くにいる神・遠くにいる神近くにいる神（多くの神々を招待するという文脈に現れる）1-210. 8-159.
　　kamuy cikap kamuy ふくろうの神 1-81, 230.
　　kamuy e rusuy pe 神が食べたがるもの（酒）1-155. 8-156.
　→kamuykorpe
　　kamuy ranke tam →tam
　　kamuy utar 神々 1-212, 215, 216. 6-48, 51. 7-64. 8-161, 162, 171, 175, 182, 183.
　　kotan kor kamuy 村を支配する神（原注1-⑤参照）1-86, 142. 7-124.

nitne kamuy →nitne
nupuri kor kamuy 山を支配する神(熊)(原注1-(5)参照)
nupuripa kor kamuy 山の東を支配する神(狼)(原注1-(5)参照)
nusa kor kamuy 御幣棚の神(原注1-(16)参照)
pase kamuy 位の高い神(『アイヌ神謡集』では,ふくろうの神 kotan kor kamuy と,シャチの神 repunkamuy の称号として用いられる);(独立的に用いられる場合)1-89,91,184. 8-130.;(ふくろう,シャチの神の他の称号と共に用いられる場合)1-81,87,142. 8-59,65,123.
pasta kamuy 位の低い神 1-125. 3-116. 4-92.
pon horkew kamuy 狼の神 6-66.
pon nitne kamuy →nitne
→repunkamuy
situmpe kamuy 黒狐の神(知里真志保『分類アイヌ語辞典動物篇』145頁参照)3-105.
wen kamuy 悪い神
astoma wen kamuy 恐ろしい悪い神 5-68.
wen kamuy utar 悪い神々 8-166.
yuk kor kamuy(上の cep kor kamuy/yuk kor kamuy を参照)
[2]神の〜;立派な〜;聖なる〜(連体詞的に名詞にかかる場合)
apehuci kamuy huci →apehuci
→kamuycep
kamuy cikap kamuy フクロウの神 1-81, 230.
kamuy cikappo →cikappo
kamuy ekasi(ふくろうの神の称号)
kotan kor kamuy kamuy ekasi 村を支配するふくろうの神 7-124.
→kamuy'esani
→kamuy'esannot
kamuy huci(火の神の称号.原注1-(11),(15)参照)1-153, 198, 205. 5-30, 46.
kamuy ikor 聖なる宝物 1-106, 109.
kamuy imoma 宝物が置いてある場所 1-114.
→kamuykarikur
kamuy kosonte 立派な着物 1-115.
kamuy menokutar 女神たち 8-179.
kamuy moyre mat →mat

第3章 『アイヌ神謡集』辞典

kamuy nis →nis
kamuy oruspe →oruspe
kamuy paunpe →paunpe
kamuy posomi →posomi
kamuy puri →puri
kamuy rametok →rametok
kamuy siri ne 神々しく（人を指す単語の後ろに置かれ，「神々しい〜」）3-102. 7-48. 8-99. 12-5, 24. 13-19.
kamuy siri ne an/okay 神々しい〜 4-60. 5-8.
kamuy yukar →yukar
pirka ... kamuy ... 美しく，立派な〜 1-14, 106, 109. 3-106.

kamuy-cep［名詞］鮭
kamuycep utar 鮭たち 10-9, 24. 11-14, 23, 61.

kamuy-'esan-i[1]［名詞］「神の岬」（岬の名）
mosiresani kamuy'esani →mosiresani

kamuy-'esannot［名詞］「神の岬」（岬の名）6-18.

kamuy-kari-kur[1]［名詞］（isoyankekur「海の神」の称号の一つ．意味不明．isoyankekur 参照）8-58, 122.

kamuy-kor[1]**-pe**[3]［名詞］儀式のための道具（「宝物」）4-63.

kan[1]［名詞］物の上の部分
→hokanasi
→kanciw
→kankitay
→kanna
→kanpasuy
→kanpe

kan[2]［副助詞］（不明．音節数の充足のために用いられるか．以下の用例の中のスラッシュは詩句の区切りを表す）
kanpasuy kan/momnatara → momnatara
→koikkewkan/matunitara
kosan ikkew kan/punas-punas →punaspunas
nitne pawse/pawse nit kan/ci kekkekekke → kekkekekke
rikip siri kan/maknatara → maknatara
sem ipor kan/toyne kane → toyne
tas kan tuytuy kor →tas

kan[3]（不明）
→kankari

kan[4]［kar[2] の変異形］8-75.

kanakan［一項動詞］（不明）
→kanakankunip

kanakan-kuni-p[1]［名詞］だれか（が）7-11, 46, 74. 8-54.

kanan[kane an[1] の短縮形]（kane 参照）2-85. 9-34.

kanci［名詞］かじ（おそらく車

― 302 ―

kamuy-cep ～ kane

櫂．日本語の「舵」に由来するか）3-54, 56, 62, 64, 66.

kan[1]**-ciw**[2]［名詞］「流れ」（と原著者は訳しているが，おそらく本来はもっと限定された意味を持っていたと思われる．知里真志保『アイヌ語地名小辞典』43頁参照．あるいは，春の雪解けのとき，結氷した川の上を上流の解けた水が流れることをいったものか）
→kanciwemoyre
→kanciwetunas

kanciw-e[4]**-moyre**［名詞］「流れの遅い川」（川の名．e[4] は -e[7] かもしれない）6-31.

kanciw-e[4]**-tunas**［名詞］「流れの速い川」（川の名．e[4] は -e[7] かもしれない）6-30.

kane［接続助詞］[1]…しながら（前文と後文の内容が同時に継続的に続くことを示す．以下，前文の動詞と共に示す．動詞が複合語の場合，動詞語基の形で示すことがある．例えば，
　ekuwakor kane は kor kane としてあげてある．
動詞の形が派生・合成によって長くなった場合，その後半部分が次の行（詩句）に送られ，かつ，その部分だけでは次の行の音節数が満たされないとき，kane を補う．次の場合：1-79, 149, 201. 2-8. 3-52. 4-20. 5-6, 62. 8-53, 79, 84, 92, 148, 162.）
　anpa kane ～が～を持ち運びながら 8-178. 12-7, 25.
　as kane ～が立ちながら 5-13.
　atuspa kane ～が裸になって 7-85.
　eciw kane ～が～を頭で刺しながら 4-20. 8-162.
　ekupa kane ～が～をくわえながら 7-87, 106.
　etunne kane ～が～と二人連れで 3-42.
　eun kane ～が～（表情）を浮かべながら 2-111.
　eyaykiror'ante kane ～が～を喜びながら 1-201.
　hawokay kane ～が言いながら 1-18, 38, 171.
　itak kane ～が言いながら 3-108. 5-35. 11-11, 29, 48. 13-11, 24.
　kar kane ～が～を作りながら 7-108. 8-23.
　ki kane ～が～をしながら 1-2, 11, 44, 102, 112. 4-31.
　kor kane ～が～を持ちながら 5-31, 32.
　mina kane ～が笑いながら 3-103. 4-61. 5-51. 9-11. 11-7.

ne kane ～が～になって 3-56. 8-11, 22.
noye kane ～が～をねじりながら 3-52.
o kane ～が～にあって 8-114.
oma kane ～が～にあって 8-53, 79.
oman kane ～が行きながら 8-163.
oripak kane ～が畏れ慎みながら 7-47.
oyki kane ～が～をいじりながら 3-73.
pas kane ～が走りながら 4-81.
puni kane ～が～を持ち上げながら 8-99.
rarpa kane ～が～を載せながら 5-6.
rep kane ～が拍子をとりながら 7-42, 50.
reye kane ～がはいながら 1-177.
rok kane ～が座りながら 9-9.
roski kane ～が立ちながら 2-74.
se kane ～が～を背負いながら 13-7, 16.
sinnay kane ～が別々に 11-33, 34, 42, 42.
sinu kane ～が膝をずって歩く 1-177.

suypa kane ～が～を揺すりながら 1-59.
tari kane ～が～を上に向けながら 2-87.
tenke kane ～が～(声)を上げる 5-62.
terke kane ～が跳ねながら 2-55, 72, 84, 100. 4-2, 21, 81.
turpa kane ～が～を伸ばしながら 2-8. 8-84, 92, 148.
yaynu kane ～が考えながら 3-79. 4-75. 5-54.
yupu kane ～が～を締めながら 1-79, 149.

（助動詞句を構成する）

kane an[1]/okay[1] …している（→kanan) 1-97, 120. 2-85, 116. 3-101. 5-4, 60. 8-8, 77. 9-34, 34. 11-17, 36. 12-45.
　ne kane an …しているのに気が付く 4-55. 7-14, 33. 8-56.
　kane sir an …しているのが見える 2-44. 4-34, 40, 42, 64. 8-115.

[2]（時間を示す副詞の後ろに立つ．音節数を増加させるため）

ramma kane →ramma
teeta kane →teeta

[3]（助動詞として．意味不明）

iramye hawe kari kane. ～

は「私をほめたゝへた」8-173.
kani [連体詞] 金の～
　kani cise 金の家 1-113.
　kani kuwa 金の杖 5-35.
　kani tuki 金の盃 8-113, 133, 137.
kan³-kari [二項動詞] ～が～をぐるぐる回す
　→kotekkankari
　→sikkankari
kan¹-kitay [名詞] 「頭の先」
　→kankitaye
kankitay-e⁷ [kankitay の所属形] ～の頭のてっぺん
　ci kankitaye wano ci pokisirke pakno「私の頭の先から足の先まで」3-91.
kan¹-na⁴ [一項動詞] ～が上にある；～が上になる；上の～
　→cikannare
　　kanna atuy 上の海
　　kanna atuy cipoknare pokna atuy cikannare 上の海が下になり、下の海が上になる（海が荒れるさま）3-17.
　→kannanotkew
　→kannare
　→ukannare
kanna-notkew [名詞] 上顎
　→kannanotkewe
kannanotkew-e⁷ [kannanotkew の所属形] ～の上顎 3-109.
kanna-re³ [二項動詞] ～が～を上にする
　→cikannare
　→ukannare
kan¹-pasuy [名詞] 酒杯の上に置かれた酒箸 8-113, 156.
kan¹-pe¹ [名詞] 水面 3-29.
kanto [名詞] 天
　kanto kotor 天球 7-73. 11-31.
　kanto oro wa「天上」から 11-40.
　kanto or un「天国」へ；「天空」へ 7-8, 27, 31, 44, 57, 69, 116, 123, 125. 11-35.
　kanto ot ta「天国」に 7-61, 78.
kap [名詞] 皮；貝の殻
　pipa kap →pipa
kap- [cvc 語根] (平たい様子を表す)
　→kaptek
kapar [一項動詞] ～が薄い
　→kaparpe
kapar-pe³ [名詞] 薄い物（着物, 椀などの高級な物）
　ear kaparpe 一枚の薄衣（を身にまとう）3-52. 11-49.
kappa （不明）
　→kappa rew rew kappa
kappa rew rew kappa [第12

話の折り返し句〕(知里真志保『カムイ・ユカル』では「つぶれあたま・とまれとまれ・つぶれあたま」と訳されている)

kap-tek[4] 〔一項動詞〕～が偏平である

→sapakaptek

kar[1] 〔二項動詞〕[1]～が～を作る

　asir sapa kar →sapa
　ay kar ～が矢を作る 8-15, 23.
→ekar
　inunpe kar ～が炉ぶち木を作る 6-40.
→karici
→karkar
　kuca kar ～が狩り小屋を作る 6-40.
　ne kar ～が～を～にする (作る) 1-114. 3-110, 111. 5-74. 6-52.
　sake kar ～が酒を造る 1-167. 8-189.
　say kar →say
　soho kar →soho
→tomtekar
　tonotopo kar ～が酒を造る 8-129.
　uray kar ～が簗を作る 10-3.
→yaykar
[2]～が～(行為)をする 1-139 (この場合については ekar 参照)

→ekar
→ekarkar
　nep e kar kusu おまえは何をしようとて 5-33. 8-60.
→tapkar (?)

kar[2] 〔二項動詞〕[1]～が～(動物)を解体する 8-75.
[2]～が～(木の実, 穀物)を収穫する
　haru kar →haru

kar[3] 〔二項動詞〕～が～(風, 熱)に当たる 6-41.

kar[4] (おそらく, ekar の誤り) 1-139.

kar[5]- [cvc 語根](回転する様子)
→karar-
→kar-i[5]
→kar-i[6]
→karpa

-**kar**[6] 〔使役接尾辞〕(動詞の取りうる名詞項の数を一つ増やす点で他の使役接尾辞と同じであるが, ahupkar の -kar を使役接尾辞とするのには疑問がある)
→ahupkar
→ciskar
→uciskar

-**kar**[7] 〔不明〕(動詞に付く接尾辞である. -kar[6] と異なり, 動詞の取りうる名詞項の数を変えない)
→euytekkar
→hotanukar
→hotuyekar

karar- [kar⁵-の反復形]（くるくる回る様子）
　→kararse

karar-se² [一項動詞] ～（樺の皮）がくるくる回る
　→tatkararse

kar⁵-i⁵ [一項動詞] ～が回る
　→ekari
　→karip
　→karpa

kar⁵-i⁶ [二項動詞] ～が～を回す
　→ekari
　→esikari
　　iramye hawe kari ～が口々に誉めたたえる 8-173.
　→kamuykarikur
　→kankari
　→sikari
　→teksaykari
　→tominkarikur

kari [後置詞的副詞] ～を通って 1-72.

kar¹-ici [二項動詞] ～が～を幾度も作る 1-225.

karimpa¹ [二項動詞] ～が～を回す
　→kosikarimpa

karimpa² [名詞] 桜の樹皮
　karimpa un ku →ku²

kari-p¹ [名詞] 輪
　pasno karip よく走る輪
　pasno karip sikopayar あたかもよく走る輪のように 5-41.

kar¹-kar¹ [kar¹ の反復形] ～が～を作る；～が～（行為）をする
　→ekarkar
　→tomtekarkar
　→tunaskarkar

karku [名詞] 甥
　ci karku ne kur 私の甥 10-6.

karop [名詞] 猟に携える小物入れ（原注 3-(2) 参照）

kar⁵-pa⁷ [kar⁵-i⁵ の複数形]
　→uekarpa

kas [kasi の短縮形]
　→kasnukar

ka¹-si⁴ [ka¹ の長形] 1-44. 3-89. 8-5, 88, 138.
　→kas
　→kasike

kasi-ke⁴ [kasi の長形] 1-63. 7-10, 16, 24, 35, 41, 50. 8-95, 114.
　→kasikun

kasikun [kasike un³ の短縮形] ～の上に
　kasikun suy さらにまた 2-121.

kas-nukar [二項動詞] ～（神）が～（人）に恵みを垂れる（原注 1-(10) 参照）1-186.
　→cikasnukar
　　i kasnukar an 私は神の恵みが与えられる（原注 1-(10)

参照)
kasu［助動詞］…しすぎる
　→cinupurkasure
kasuy［二項動詞］〜が〜(人)を手伝う 10-6.
　→sikasuyre
kat［名詞］姿；形
　→katu
　→katuhu
katayrotke［一項動詞］〜が人を愛しく思う
　→uekatayrotke
katkemat［名詞］名門の婦人
　　cise kor katkemat 奥様 1-175.
　　katkemat ipor「淑女らしい品」1-77.
　　katkemat utar「淑女たち」8-92.
katken［名詞］カワガラス（鳥.原注 7-(1) 参照）
　　katken okkayo カワガラスの若者 7-48, 53, 75, 95.
katta［二項動詞］〜が〜を引き寄せる
　→ekatta
kat-u[4]［kat の所属形］；［形式名詞］[1]（名詞として）〜の姿；形；様子
　→katuhu
　[2]（形式名詞として）…する仕方 3-107. 7-92, 98.
　→katuhu

kat-uhu［kat の所属形長形］；［形式名詞］[1]（名詞として）〜の姿；形；様子 5-9.
　[2]（形式名詞として）…ということ（を物語る）1-73, 127, 181. 7-94. 8-120, 165, 168, 170.
kay[1]［一項動詞］〜が折れる
　→cioarkaye
　→kaye
kay[2]［名詞］波
　　kay uturu 波間 3-20.
kay[1]-**e**[6]［二項動詞］〜が〜を折る 3-66.
　→cioarkaye
　→oarkaye
kayki［接続助詞］（…する）が，しかし
　　kipo kayki 〜が〜（行為）をするが，しかし 3-26.
ke[1]［間投詞］（促す掛け声）
　→keke
-**ke**[2]［使役接尾辞］
　→ahunke
　→ciranaranke
　→cisanasanke
　→ranke
　→rayke
　→sanke
　→yanke
-**ke**[3]［自動詞語基形成接尾辞］
　→matke
　→patke

— 308 —

kasu ~ kepuspe

→perke
→rututke
→yaske
→yupke
-**ke**[4] ［位置名詞長形形成接尾辞］（位置名詞のみならず，部位を表す名詞に付くこともある）
→arke
→enkasike
→ike（形式名詞についた例）
→kasike
→kotcake
→kurkasike
→noskike
→okake
→orke
→pake
→parurke
→pokisirke
→rake
→samake
→soyke
→sutke
→tapkasike
→tumuke
→turpake
ke[1]-**ke**[1] ［間投詞］さあ，さあ！（相手を促す）
　keke hetak さあ，さあ，早く！ 1-15. 8-65. 11-10.
kekke ［二項動詞］〜が〜（硬い枝）を折る
→kekkekekke

kekke-kekke ［kekke の反復形］〜が〜（串）を「ポキリポキリ」と折る
　nitne pawse pawse nit kan ci kekkekekke 私（狐）は硬い狐の叫び声，その声の串をポキリポキリ折る（狐の鳴き方を棒を折る音にたとえる） 3-12, 32, 40, 50, 59, 83.
kem[1] ［名詞］血
　kem cararse 血が流れる 3-35, 45.
→kemi
kem[2] ［名詞］飢饉
→kemekot
→kemus
kem[2]-**ekot** ［一項動詞］〜が飢えで死ぬ 7-60, 118.
kem[1]-**i**[7] ［kem[1] の所属形］〜の血 4-34.
kem[2]-**us** ［一項動詞］〜（人間の世界）に飢饉が起こる 7-59, 118. 8-124, 164.
kenas ［名詞］「山の木原」（鹿の群れのいるところ） 7-82.
　kenas so ka 木原のある一帯 11-31, 33, 43, 63.
kene ［名詞］ハンノキ（木の一種．火に当たるとたやすく歪む．知里真志保『アイヌ語分類辞典植物篇』179頁参照） 6-40.
kepuspe ［名詞］

kepuspe nuye 〜が「鞘刻み」をする 8-6, 140.

kere［二項動詞］〜が〜に触れる
 ponno kere tek 〜が〜をちょっと触ってみて 4-46.

kes[1]［名詞］物の末端
 →apekes
 →atuykes
 cikup so kes 酒宴の末席 8-176.
 →kese
 →kutkes
 mintar kes「あくすて場」9-33.

kes[2]-［連体詞的接頭辞］毎（日，年）
 →kespa
 →kesto

kes[1]**-e**[7]［kes[1] の所属形］〜の下端
 itak kese ta →itak

keske［二項動詞］〜が〜（人）をねたむ 8-167.

kes[2]**-pa**[4]［名詞］毎年
 kespa an ko 毎年（kespa の雅語的表現．どちらも副詞句として用いられる）13-41.

kes[2]**-to**[2]［名詞］毎日
 kesto an ko 毎日（kesto の雅語的表現．どちらも副詞句として用いられる）4-4, 37. 8-9.
 kesto kesto 毎日，毎日 4-89. 8-38.
 kesto kesto sir an a ine 数日たった後 7-72.

ketka（不明）
 → ketka woy woy ketka, ketka woy ketka

ketka woy woy ketka, ketka woy ketka［第4話の二番目の折り返し句］（第4話では，2つの折り返し句があり，主人公が変わると折り返し句も変わる）4-36.

kew［名詞］骨
 →ikkew
 →notkew
 →raykew

kewre［二項動詞］〜が〜を削る 8-64.

kewtum［名詞］心；気持ち
 ihoma/iruska/siyoro kewtun ci yaykore 私は哀れみ・怒り・驚きの気持ちを持つ 1-41. 2-31. 8-86, 149.
 →kewtumwente

kewtum-wente［二項動詞］〜が〜を怒らせる 8-167.

ki[1]［二項動詞］〜が〜をする（目的語が形式名詞なども含めた本来的な名詞であるもの）1-62, 180. 3-77, 107. 8-8.
 inkar he tap nep tap teta ki

humi okay「何という物の見方をしたのだろう」2-38, 68, 96, 134.（目的語が名詞的に用いられた一項動詞ないし一項動詞に準ずるものである場合）1-2, 11, 44, 102, 112, 138. 3-115, 118. 4-25, 31, 74, 93, 99. 5-22, 82. 6-12, 25, 36. 8-27, 38, 118, 141. 9-41. 11-10, 29, 47. 12-49, 51.
→atuy ka toma toma ki kun- tuteasi hm hm!
→iki
→kipo
... newa ci ki p ne korka 私が〜をしたのに関わらず 5-17.
→piski
（前の文の内容を受ける ki ）
ki a ine no そうこうしているうちに 3-62, 98, 114. 12-42.
ki p ne korka しかし；それにも関わらず 1-26, 39. 3-51, 66. 4-28. 5-38. 11-53.

ki[2]［助動詞］（強意）
he ki …なんかするものか（反語）3-77.
ki humi okay …してしまったことよ（詠嘆）7-5.
ki kuni ne …するように（意志）1-189.

ki kusne …するつもりである（意志）7-93.
ki rok okay …であることが判明した 7-98.
ki ruwe ne 確かに…するのである（相手に受け合う）1-186. 7-71.
ki ruwe okay 確かに…することよ（詠嘆）1-145.
ki siri ne …しているように見える 2-27.
ki siri tap an …する次第であります 8-131.
ki wa …して 5-68. 8-13, 129. 12-3.
ki wa kusu →kusu
ki wa ne yakka →yakka
ki ya …するのか？ 2-47.
sir an ki ko …するのが見えて 2-44. 4-41.
→somoki

-ki[3]［位置名詞長形形成接尾辞］
→rawki

kik［二項動詞］〜が〜を叩く；〜が〜を打つ 7-81, 84. 10-3, 14.
→ciesirkik
→ekik
→esirkik
→isapakikni
→kikkik
uray kik tuci →tuci

kik-kik［kik の反復形］〜が〜

を何度もたたく
→rapkokikkik
→ukokikkik

kike［名詞］御幣についている削り掛け
kike us pasuy →pasuy

kim［名詞］山
→ekimne
→ekimun
kim ta 山に(行く)4-37. 6-39. 7-67.
→kimun

kim-un[1]［一項動詞］〜が山にある
kimun iwa「山の岩」5-64. 11-57.

kimuy［名詞］頭
→kimuyrarire

kimuy-rarire［二項動詞］〜が〜(冠)をかぶる 8-98.

kina［名詞］蒲；ござの材料となる草
kina tantuka 刈った蒲の束(原注 12-(1) 参照) 12-7, 25.

kinra［名詞］激しい怒り
wen/turus kinra ne un kohetari 激しい怒りが私の中で頭をもたげる 5-18. 7-21. 11-37.

kip［名詞］額
→kokipsireciw

ki[1]**-po**[2]［二項動詞］〜が〜をする（ki[1] の強調形）
kipo kayki 〜が〜をするにもかかわらず 3-26.

kir［名詞］骨髄
→aekirusi (?)
→kiror
→okirasnu

kira［一項動詞］〜が逃げる 4-46, 50, 70, 81, 95. 5-24. 12-20, 37.
→ukirare

kir-or[1]［名詞］力（おそらくアイヌは筋力の源が骨髄にあると考えていた）
ikkew kiror mon tum kiror 背骨の力，手の中の力（原著者は「腰の力，体中の力」と訳すが，おそらく，この句全体が「体中の力」を指したものと考えられる）10-19. 11-54.
→ukirornukar

kiror［名詞］喜び
→ekiror'an
→eyaykiror'ante

kiru［二項動詞］〜が〜を回転させる
→sikiru

kisar［名詞］耳（asurpe 参照）
→kisarsut

kisar-sut［名詞］耳の付け根
→ekisarsutmawkururu

kisma［二項動詞］〜が〜を強

kike ～ ko-

く押さえる 5-13.
→honkokisma
kitar［名詞］（おそらく，樹皮の一種）
→okitarunpe
kitay［名詞］頂
→kankitay
→kitayna
kitay-na[4]［一項動詞］〜が頂にある；〜が頂になる；（名詞的に）頂
　kitayna wano ruki 〜が〜（人間）を頭から飲み込む（kitayna は，ここで名詞的に用いられている．wano 参照）5-26, 55.
ko[1]［接続助詞］［1］…すると；…するとき（単なる順接，あるいは前文の内容と後文の内容が順にあるいは同時に起こり，前文の内容が後文の内容の前提，理由となる場合）1-20, 29, 63, 105, 118, 163, 176, 214, 225. 2-44, 85, 86, 117. 3-77. 4-5, 41, 50. 5-19, 25, 40, 41, 46. 6-4, 5, 42. 7-56, 80, 81, 83, 104. 8-4, 14, 16, 20, 32, 33, 36, 75, 161, 166, 171, 183, 189. 9-34. 10-10. 11-14, 51, 60. 13-42.
　ari an ko →ari
　ci nukar ko →nukar
　ci uwante ko →uwante

inkar as ko →inkar
［2］（前文が時，時の推移を表す場合）
kespa/kesto/onuman/simke an ko 毎年・毎日・日が暮れると・翌朝 4-4, 37. 8-9, 11, 18, 21. 13-41.
irukay ne ko しばらくすると 1-108, 113, 151.
sir an ko 時がたって 1-155, 202. 8-115, 181.
［3］（対比を表す場合）1-34. 4-92. 5-8. 7-118. 9-37.
ko[2]-［補充接頭辞］
si-ko- →si[3]-
u-ko- →u[1]-
yay-ko- →yay[1]-
［1］〜に対して；〜にむかって
→honkokisma（［3］に分類すべきかもしれない）
→koarikiki
→koasuranure
→kocari
→koehankeno
→koekari
→koeraman（?）
→kohekomo
→kohekompa
→kohemesu
→koheracici
→kohetari
→kohosari
→kohosipi

第3章 『アイヌ神謡集』辞典

→koipuni
→koipunpa
→koisoytak
→kokipsireciw
→kokutkor
→koonkami
→kooputuye
→kooterke
→kopoye
→kopuni
→kopunpa
→kopuntek
→korawosma
→kosan
→kosonkoanpa
→kotama
→kotososatki
→kotusura
→koyanke
→koyayapapu
→koyayattasa
→koyayosura
→koyayrayke

[2]〜(場所)で
→atuykomunin
→koeyam
→kokunnatara
→korewsi
→kororkosanu
→kosikarimpa
→kosirepa
→kotekkankari

[3]〜と共に

→kohokus
→kohopuni
→koikkewkanmatunitara
→koiramno
→kopa
→koramkor
→kotetterke
→koyaykurkaoma
→rapkokikkik
→raykotenke
→seykoyaku
→sirkocotca
→toykomunin
→toykonospa
→usiyukkoturpa

[4]〜によって
→kowen
→mawkowen
→sihurakowen

[5](抱合された名詞的要素と同じ意味の目的語を取る場合)
→kokutkor

ko²-arikiki [二項動詞] 〜が〜することに精を出す 3-33, 50.

ko²-asur-anu-re³ [三項動詞] 〜が〜に〜への伝言を委託する 4-56.

ko²-cari [三項動詞] 〜が〜を〜にまき散らす 5-64.

ko²-ehankeno [副詞] 〜の近くに 5-69.

ko²-ekari [二項動詞] 〜が〜に出会う 11-3.

— 314 —

ko²-eraman［三項動詞］（補充接頭辞 ko- は余分なものだと思われる）〜は〜から〜がわかる 1-26.

ko²-eyam［三項動詞］〜が〜の事を〜（場所）で気に掛ける 5-78.

ko²-hekomo［二項動詞］〜が〜に引き返す 1-207. 8-88.
→kohekompa

ko²-hekompa［kohekomo の複数形］8-185.

ko²-hemesu［二項動詞］〜が〜に登る 4-79.

ko²-heracici［二項動詞］〜が〜に頭を下げたままでいる（頭を何かにもたれさせて居眠りをする）7-21, 38.

ko²-hetari［二項動詞］〜が〜に頭を上げる
　wen kinra ne un kohetari（主語が現れていないが、おそらく「気持ち」を意味する主語が隠れていて）（気持ちが）激しい怒りとなって私に頭をもたげる 5-18. 7-22. 11-37.
→ukohetari

ko²-hokus［二項動詞］〜が〜と共にひっくり返る
　cip kohokus 〜が舟とともにひっくり返る 2-48.
→kohokushokus

kohokus-hokus［kohokus の反復形］〜が〜(舟)を激しく漕ぐ 3-24, 53, 57.

ko²-hopuni［二項動詞］〜が〜と共に立ち上がる
　nuy kohopuni 〜が燃え上がる 2-103.

ko²-hosari［二項動詞］〜が〜の方を振り返って見る 8-89.

ko²-hosipi［二項動詞］〜が〜に帰る 11-69.

ko²-ikkew-kan²-matunitara［二項動詞］〜の背骨が〜と共にしなやかに動く
　kosne terke ci koikkewkan-matunitara 私の背骨が軽やかな跳ねと共にしなやかに動く（狐が軽快に歩むさま）3-11, 31, 39, 48, 60, 82.

ko²-i³-puni［二項動詞］〜が〜に料理などを差し出す
→koipunpa

ko²-i³-punpa［koipuni の複数形］8-13, 19.

ko²-i³-ram-no¹［接続助詞］…すると同時に（本来の形はおそらく koiramuno）1-55.

ko²-isoytak［二項動詞］〜が〜に物語る 1-213.

kokanu［二項動詞］〜が〜(話)に耳を傾ける
→ikokanu

ko²-kip-sir¹-eciw［二項動詞］
～がうつむいて～（彫刻）に励む（逐語訳的には，「～の額が～（彫刻）をするために床に刺さる」）8-7. 9-7.

kokokse［hokokse の誤りか］
（原注 2-(4) 参照）

ko²-kunnatara［二項動詞］～（群衆）が～に黒々と群れている 2-11.

ko²-kut¹-kor¹［二項動詞］～が～（帯）を帯する（締める）5-31. 8-96.

kom-［cvc 語根］（丸まる様子を表す）
→komham
→komkosanpa
→komkosanu
→komo
→kompa

kom-ham［名詞］枯葉 3-25.

kom-kosanpa［komkosanu の複数形］～（腰）がすばやく屈む
  ikkew noski komkosanpa ～の腰がすばやく一回屈む 1-78. 8-184.

kom-kosanu［一項動詞］～（腰）がすばやく屈む
→komkosanpa

kom-o⁹［二項動詞］～が～を折り曲げる
→hekomo
→kompa

kom-pa⁷［komo の複数形］
→hekompa

kon［kor¹ の変異形］

konkani［連体詞］金の～
  konkani pe 金の滴（→sirokani）1-1, 10, 43, 101, 111.
  konkani (pon) ay 金の（小さな）矢 1-19, 20, 34. 8-29, 42.
  konkani pon ku 金の小さな弓 1-19. 8-28, 42.

konkuwa［第 7 話の折り返し句］

konna［副助詞］（-atki, -natara, -unitara の接尾辞をとって構成される動詞の主語の後ろに立って音節数を調節する）1-48, 106. 8-32, 152. 11-66.

koohane［副詞］（不明）
→koohanepo

koohane-po²［副詞］（不明）1-166.

ko²-onkami［二項動詞］～が～を拝む 1-80, 195.

ko²-oputuye［三項動詞］～が～を～に押しやる 8-51.

ko²-oterke［三項動詞］～が～を～に踏み落とす 10-16, 21. 11-59.

ko²-pa¹［三項動詞］～が～を～と同じに見る
→sikopayar

kopak［位置名詞］～の方
→kopake

kopak-e[8]［kopak の長形］
    kopake un ～に向かって 8-49.
ko²-poye［三項動詞］～が～を～に混ぜ込む
    →yaykopoye
ko²-puni［三項動詞］～が～に～(食事)を差し出す
    →kopunpa
ko²-punpa［kopuni の複数形］8-161.
ko²-puntek［二項動詞］～が～を讃える 1-215. 3-84.
    →yaykopuntek
kor¹［二項動詞］[1]～が～を所有する
    →ciramatkore
      ipor kon ruwe pirka ～が「やさしい顔」をしている 3-72.
    →koramkor
    →kore
    →korpare
      kor wa san ～が～を持って（川に）下りる 6-44.
      mat/po/ona/unu kor ～には妻・子・父・母がある 1-223, 223. 12-9, 10, 27, 28.
      pawetok kor ～には雄弁の才がある 7-6, 12, 30, 43.
      puri kor/kon ～は（良い、悪い）気性だ 1-185. 3-106, 117, 120.
      sonko kor ～が伝言を伝える 8-170.
    →ukoramkor
    →upokor
    →yaykore
    →yaykorpare
(...₁ kor ...₂「～₁が持っている～₂」という名詞句に見られる例)
    →kamuykorpe
      kon repa cip ～の海猟舟 3-19, 90.
      kor amam toy ～の粟畑 13-36, 37.
      kor asinru ～の便所 3-110, 111.
      kor atuy ～の海 8-80.
      kor ay/ku ～の矢・弓 1-34, 35. 11-19.
      kor kamuy posomi ～の神剣 8-106.
      kor kanci ～の櫂 3-54, 56, 62, 64.
      kor kotan ～の村 4-16, 23.
      kor kotani ～の村 8-124, 127.
      kor nispa ～の旦那様 2-112.
      kor nitat ～の谷地 5-3, 11.
      kor seta utar ～の犬ども 12-50.
      kor uray kik tuci ～の簗を打つ槌 10-12.
      kor utari ～の一族 8-119.

kor wakkataru 〜の水汲み場
　　　12-4, 21.
　　kor wen puri 〜の悪い気性
　　　3-8, 30, 58, 72. 6-8.
　　　11-26, 45. 12-12, 30.
　　kot turesi 〜の妹 12-5, 23.
　　　13-32, 34, 35, 37, 38.
（…₁ kor …₂「〜₁を持っている
〜₂」；「〜₁を支配する〜₂」と
いう名詞句に現れる例）
　　asur kor kur →asur
　　cep kor kamuy →kamuy
　　cise kor ekasi →ekasi
　　cise kor kamuy →kamuy
　　cise kor katkemat
　　　→katkemat
　　cise kor/kon nispa →nispa
　　cise kor utar →utar
　　kor pe 〜の持ち物 8-72, 73.
　　kotan kor kamuy →kamuy
　　kotan kor nispa →nispa
　　kotan kor utar →kotan
　　nupuri kor kamuy →kamuy
　　nupuripa kor kamuy
　　　→kamuy
　　nusa kor huci →huci
　　nusa kor kamuy →kamuy
　　yuk kor kamuy →kamuy
［2］〜が〜を身につける
→ekuwakor
→kokutkor
→kutkor
→yaykokutkoryupu

［3］〜が〜（獲物）を処理する
（アイヌ文化において，獲物
を処理することは，神を客と
してもてなすことであるから
［4］と同じ意味になる）7-92,
98.
［4］〜が〜（人間）をもてなす
→korewen
kor²［接続助詞］…しながら
（arki, cis, ek, hawas, hawe-
an, hotuypa, hoyupu, ikici,
itak, kewre, ki, kote, kus,
maka, mina, -natara, nunuke,
nupetne, onkami, orep, paye,
rayayayse, rurupa, rusuy, sap,
-se, sinot, sitne, tuytuy, tuy-
tuye, uenewsar, -unitara, ye
の後ろに立つ）1-4, 54, 92,
199. 2-6, 16, 42. 3-96. 4-3,
22. 5-10, 39. 6-13. 7-10, 16,
35, 85. 8-57. 9-43. 10-11,
23, 26. 11-62. 12-2, 36.
→cipokonanpe
　　kor an¹/okay¹ …している
　　　1-8, 224. 2-45, 74, 123.
　　　3-7. 4-10, 52, 58. 6-3,
　　　4, 55. 8-24, 27, 38, 64,
　　　85, 100, 101, 107, 141.
　　　9-3. 12-7. 13-7, 8, 16.
　　kor patek okay …してばかり
　　　いる 4-6, 39.
　　kor sir an …している様子が
　　　見える 8-145.

－ 318 －

kor³ ［名詞］（蕗に関係する意味を持つものと思われる）
→korham

-kor⁴ （不明）
→oattekkor

koraci ［後置詞的副詞］～にそっくりに 7-103.
　koraci tap ne あたかも…のように（接続助詞のように用いられる）7-3.
　ne i koraci それと同時に 3-14.
　tan koraci このように 1-85, 185. 8-124. 9-40.
　tan koraci an このような～ 4-99.

ko²-ram²-kor¹ ［二項動詞］～が～に相談する；～が～にお願いする 1-190.
→ukoramkor

ko²-rawosma ［二項動詞］～が～に潜り入る 5-49. 12-19, 36.

kor¹-e⁶ ［三項動詞］～が～に～を与える 1-217, 217. 7-45.
→ciramatkore
→korpare
→rekore
→yaykore

kor¹-ewen ［二項動詞］～が～をいじめる（～をもてなすことに関して～は悪い）1-124.

ko²-rewsi ［二項動詞］～が～に泊まる 1-127.

kor³-ham ［名詞］蕗の葉 13-25.

korka ［接続助詞］…するが（逆接）1-68, 126. 3-26. 4-71. 5-44. 8-77.
　a korka …したが 1-85, 183. 3-116. 4-91, 98. 5-80. 6-19, 30. 7-90, 117, 120.
　ki p ne korka →ki

korkayki ［接続助詞］…するが（逆接）
　iki korkayki ～であるけれど 1-76.

ko²-rorkosanu ［二項動詞］～（矢）が～にささる 3-86.

kor¹-pa⁶-re³ ［kore の複数形］7-105. 8-71, 183.
→yaykorpare

ko²-san ［二項動詞］［1］～が～に下る（山から村へ）5-34. ［2］～が～に傾く 10-4.
→kosankosan

kosan-kosan ［kosan の反復形］～（感情、気性）が表に現れる
　ci kor wen puri un kosankosan 私の「持ち前の悪い心がむらむらと出て」くる 3-8, 30, 58.

-kosanpa ［-kosanu の複数形］
→komkosanpa

-kosanu ［自動詞語基形成接尾辞］（cvc 語根に付いて、一回切りのすばやい動作を表す）
→cakkosanu

→copkosanu
→komkosanu
→-kosanpa
→mukkosanu
→naykosanu
→rorkosanu
→siwkosanu
→soykosanu
→tokkosanu
ko^2-si^3-karimpa［二項動詞］
〜が〜(場所)で回る 1-45. 3-21.
ko^2-sirepa［二項動詞］〜が〜
に到着する；〜が〜(場所)を訪
問する 1-56, 71, 83, 141. 2-
13. 4-23, 82. 5-28. 8-50, 81.
kosne［一項動詞］〜が軽い
kosne terke 軽やかな歩み
kosne terke ci koikkewkan-
matunitara →koikkewkan-
matunitara
ko^2-sonko-anpa^2［二項動詞］
〜が〜に使者を立てる 1-211.
7-70.
kosonte［名詞］着物
hure kosonte 赤い着物（火の
神 ape huci の着物）5-30.
iwan kosonte kokutkor
(kane)iwan kosonte opan-
nere 六枚の着物を重ね着
して帯で締め，その上に六
枚の着物を重ね着して帯を
締めないで裾を翻す 5-30.
8-96.

kamuy kosonte 立派な着物
1-115.
kunne kosonte 黒い着物
(pon nitne kamuy「悪魔の
子」が着る）11-5.
kot^1［一項動詞］〜が死ぬ
→ekot
kot^2［kor^1 の変異形］
kot^3-［位置名詞修飾接頭辞］
(不明)
→kotca
→kotpok
kota（不明）
→yaykota
ko^2-tama［三項動詞］〜が〜を
〜に添える 8-130.
kotan［名詞］村
a kor kotan 私(たち)の村
4-16.
aynu kotan 人間の村 1-3,
213, 218. 5-28, 33, 69.
ci kor kotan 私(たち)の村
（kotani 参照）4-23.
kotan epitta 村中に 1-159,
187.
kotan esapane 〜は村の首領
である 1-221.
kotan eyam 〜が村での生活
に気を使い，村を大切にす
る 5-70.
→kotani
kotan kor kamuy →kamuy
kotan kor nispa 村を支配する

ko-si-karimpa ～ kot-pok

  首領 8-95, 104, 119, 169.
 kotan kor utar 村人 5-61.
  8-105.
 kotan osmak(e/ehe) 村の裏
  （村の裏山の方）4-16, 23.
  5-28.
 kotan rakehe 村が臨んでいる
  川端 8-51.
 kotan tum peka 村の中を通
  って 5-40.
 kotan utur 村の中の家々の間
  5-42.
 otasut kotan オタスッの村
  8-49, 95, 119, 168.
kotan-i[7]［kotan の所属形］～の
 村
 ci kor kotani 私の村（所属形
  の用法としては破格である．
  kotani「～の村」は kor[1] が
  無くても何かに所属するこ
  とを表しているからである．
  従って本来，ci kotani「私
  の村」という形があったと
  思われる．この kotani「～
  の村」が所属形であるとい
  う意識が無くなったとき
  ci kor kotani という形が生
  まれたと思われる．あるい
  はまた，本来「～の村」の
  意味で使われていた kor
  kotan が単に「村」の意味
  に感じられることによって
  生まれた形かもしれない．

  cisehe, utari 参照）8-124,
  127.
kot[3]**-ca**[3]［位置名詞］～のすぐ前
 →kotcake
kotca-ke[4]［kotca の長形］5-14.
 kotcake ne ～（人）が～（人々）
  の代表となる 8-120.
kote［二項動詞］～が～をゆわ
 いつける
 →ekote
 →kotpa
 →siokote
 →yayekote
ko[2]**-tek**[1]**-kankari**［二項動詞］
 ～が～（矢を作ること）のため手
 をぐるぐる回す（手を忙しく動
 かし矢を作る動作）8-15.
ko[2]**-tetterke**［二項動詞］～が
 ～に組み付いて争う 3-56, 64.
 11-50, 50. 12-40.
kotom［接続助詞］…するらしく
 ne kotom no ～が～であるら
  しく 1-25, 27.
 ne kotom sir an ～が～であ
  るらしい 1-6.
kotor［名詞］曲面
 kanto kotor →kanto
ko[2]**-tososatki**［二項動詞］
 ～（波）が～（舟）に降りかかる
 3-22.
kotpa［kote の複数形］
 →siokotpa
kot[3]**-pok**［位置名詞］～の直前

— 321 —

第3章 『アイヌ神謡集』辞典

（時間的）
　→kotpoke
kotpok-e[8]　［kotpokの長形］
　cup ahun kotpoke ta「もう日の暮れようとしているときに」8-80.
ko[2]**-tusura**　［二項動詞］〜が〜に向かって「ひょうと射放」す 1-48.
ko[2]**-wen**　［二項動詞］〜が〜を嫌う；〜が〜によって悪くなる 10-10. 11-15.
　→mawkowen
　→sihurakowen
ko[2]**-yanke**　［三項動詞］〜が〜を〜(陸)に上げる 8-61.
ko[2]**-yayapapu**　［二項動詞］〜が〜に謝る 1-193.
ko[2]**-yayattasa**　［二項動詞］〜が〜に返礼する 8-130.
ko[2]**-yayirayke**　［二項動詞］〜が〜に感謝する 8-120, 169.
ko[2]**-yay**[1]**-kurka-oma**　［二項動詞］（シャチの泳ぎ方．本来，ko-yay-si-kurka-oma-re の形．久保寺逸彦『アイヌ神謡・聖伝の研究』603頁参照）「〜が〜を繰り返す」
　　moyre herori ci koyaykurkaoma 私はゆったりとした潜水をしては海面に跳ね上がり，泳ぎ行く 8-53, 79.
koyaykus　［助動詞］…することができない 8-83.
ko[2]**-yayosura**　［二項動詞］〜が〜(寝床)に自分の身を投げ出す 2-127.
koyki　［二項動詞］〜が〜(獲物)を捕る
　　cep/yuk koyki 〜が魚・鹿を捕 7-67, 80, 83, 104, 104.
ku[1]　［二項動詞］〜が〜を飲む
　→iku
　→kure
ku[2]　［名詞］弓；仕掛弓；罠 4-5.
　　ak sinot pon ku 子供の遊びのための小さな弓（原注1-(1)参照）1-7.
　　are ku 〜が仕掛けた仕掛弓・罠 4-38, 88.
　　karimpa un ku 桜の皮を巻き付けた弓 7-2.
　　konkani pon ku 金の小さな弓 1-19. 8-28, 42.
　　ku are 〜が仕掛弓（「アマッポ」）・罠を仕掛ける（原注4-(1)参照）4-5, 40, 41.
　　ku num 弓把.
　　ku num noski 弓把のまん中 7-3.
　　ku oro kus/osma 〜が仕掛弓・罠にかかる 4-10, 17, 48.
　　nesko pon ku 胡桃の木で作られた小さな弓 11-6, 11, 30.

— 322 —

kotpok-e ～ kun-ne

  noya pon ku 蓬で作られた小
   さな弓 3-74. 4-90. 5-50.
  pon noya ku（同上）4-41.
  sirokani pon ku 銀の小さな弓
   11-19, 38.
  yayan pon ku ただの（金では
   なく木製の）小さな弓
   1-23, 28.
kuca［名詞］狩猟小屋 6-40.
kun-［kur²- の変異形］
 →kunnatara
 →kunne
kuni［形式名詞］
 →kanakankunip
 [1] きっと…に違いないこと
  kuni cierampoken …するで
   あろうと不憫に思うこと
   4-93.
  kuni ci ramu …に違いないと
   私は思う 2-24, 88. 4-88.
  kuni ci ramu a i …に違いな
   いと私は思ったが（そうで
   ない）2-20. 3-93. 4-9, 47.
   12-38.
  kuni ci ramu a p/rok pe …に
   違いないと私は思ったが
   （そうではない）2-21, 27,
   56, 57. 9-36.
  kuni ci ramu a wa …に違い
   ないと私は思ったが（そう
   ではない）1-138. 3-69.
   5-66, 73.
  kuni patek ci ramu てっきり

   …に違いないと私は思う
   2-21. 4-85.
 [2]（未実現のことがらを必ず
  実現させるという主文の主語
  の意志を表す）1-194. 7-99,
  116.
  kuni ne かならず…であるよ
   うに（4-102 の例は kunii ne
   と表記されているが，強ま
   った発音を示している）
   1-189. 4-102.
 →kunii
kunii［kuni の強調形］
  kunii ne かならずや…する
   ように 4-102.
kunna（不明）
 →harit kunna
kun-natara［一項動詞］～が黒
  々と群れて居る
 →kokunnatara
kun-ne[1]［一項動詞］[1]～が黒
  い；～が暗い
  kunne kosonte 黒い着物
   11-5.
  kunne nisat peker nisatta 暗
   い夜明け（まだ明けきらな
   い暗いうちに）8-18.
  sir kunne 辺りが暗い；日が
   暮れる 1-89.
 [2]（名詞的・副詞的に）夜（に）
  kunne hene tokap hene 夜
   も昼も 3-113. 7-51.
  kunne wano 朝早くから（夜

明け前から）8-9.

 tokap hene kunne hene 昼も夜も 3-97.

 tokap rerko kunne rerko ukopiski 〜が昼の日数，夜の日数を数える 7-54.

kuntu［一項動詞］〜が危険である（Batchelor 208頁参照）

 kuntu iso 鯨（「大いなる海幸」．捕るのに危険な獲物ということか？）8-61, 63, 65.

kuntuteasi（不明）

 →atuy ka toma toma ki kuntuteasi hm hm!

kupa［二項動詞］〜が〜をかむ

 →ekupa

kur[1]［名詞的助詞］…する人（主語相当語として動詞句に後接し，それが示す行為の行為者を示す名詞（句）を構成する）

 aki ne kur →aki

 asur kor kur →asur

 ci karku ne kur →karku

 hoski uk kur 先に〜を取った者 1-16.

 →isoyankekur

 kamuy cikappo tukan wa an kur ふくろうを射当てた者 1-16.

 →kamuykarikur

 →otasutunkur

 →repunkur

 →rupnekur

 →samayunkur

 →sikupkur

 →tominkarikur

 →wenkur

 →yaunkur

 yupi ne kur →yupi

kur[2]-［cvc 語根］（黒い様子，暗い様子）

 →kunnatara

 →kunne

 →kurmam

 →kuttek

kur[3]-［位置名詞修飾接頭辞］（広がり）

 →kurka

-kur[4]［名詞的接尾辞］声（複合動詞中の「声」に関係する名詞的要素に後接する）

 →esekur'eciw

 →ipawekurtenke

-kur[5]（riki に後接する．rikikur- は複合動詞の中で副詞的に働く）

 →rikikur-

ku[1]**-re**[3]［三項動詞］〜が〜に〜を飲ませる 13-4, 17.

kur[3]**-ka**[1]［位置名詞］〜の上（平面への面的な接触 →ka[1]）

 kanpe kurka 水面の上 3-29.

 →koyaykurkaoma

 →kurkasi

 utap kurka 両肩の上 11-56.

kurka-si[4]［kurka の長形］3-5,

kuntu 〜 kusu

22. 5-35, 37. 8-30. 11-57.
→kurkasike
kurkasi-ke[4] [kurkasi の長形]
... kurkasike itak omare …
しながら述べる 1-72, 137.
kur[2]-mam [名詞] 影
aynu kurmam「人の影」4-59.
kuru [二項動詞] 〜が〜（押し寄せる流体状のもの）を受ける
→ciikurure
→kururu
kururu [kuru の反復形] 〜が〜（押し寄せる流体状のもの）を受け続ける
→ciwkururu
→mawkururu
kus [二項動詞] 〜が〜を横切る；〜が〜を通る
corpoke kus 〜が〜の下を横切る 8-37.
enkasi kus 〜が〜の上を横切る 8-37.
enkasike kus（同上）1-4, 12.
→hokus
→ikuspe
kotcake kus 〜が〜の前を横切る 5-14.
ku oro kus 〜が仕掛け弓にかかる 4-10, 17.
→kuspa
→kuste
sama kus 〜が〜のそばを横切る 13-8.

tempokihi kus 〜が〜の脇の下を横切る 5-24.
kuski [助動詞] …しそうである
kemekot kuski 〜が飢え死にしそうだ 7-60, 118.
ray as kuski 私は死にそうだ 13-3.
kusne [kusu[2] ne[1] の短縮形]（詳しくは kusu[2] を参照）1-62, 91. 4-18, 25. 6-12, 25, 36. 7-93. 11-10, 29, 47.
kus-pa[6] [kus の複数形]
samakehe kuspa 〜が〜のそばを横切る 5-11.
kus-te[2] [三項動詞] 〜が〜に〜を横切らせる
si corpok/si enka ci kuste 私は〜（矢）に私の下・私の上を横切らせる（矢をかわす情景）1-21.
→ukakuste
kusu[1] [接続助詞] [1]…するので；…したので（理由，原因）1-89, 125, 156, 186, 188. 2-15, 51, 81, 123, 124, 126. 4-7, 45, 52, 70, 90, 94, 99. 5-2, 70, 77. 6-2, 17, 19, 31, 43, 51. 7-39, 64, 66, 69, 84, 89, 110, 119, 121. 8-16, 71, 128, 167, 193. 10-8, 10, 11. 11-18. 12-49. 13-35.
a kusu …したので 1-185. 3-106, 117. 5-76.

→ineapkusu
　inkar kusu →inkar
　ki wa kusu それで 7-105, 116.
　ne i ta kusu いつも 11-4.
　tanpe kusu（後置詞的副詞のように用いられた例）それで 8-111.
　wa kusu …したので（前文の内容が後文の内容を引き起こす心理上の契機となる．明確な原因・結果の関係を導かない）1-161. 6-4. 7-13, 32. 8-41. 9-4, 13. 12-7, 26.
　[2]…するために（目的）1-161. 2-2. 3-7. 4-46, 50, 91. 5-33, 55. 7-17, 66, 67. 8-60. 9-8. 10-1, 3. 11-2. 12-37.
kusu²［形式名詞］（意志を表す）
　kusu ne（7-92 を除き，kusne と表記される）きっと…するつもりだ
　(1)（主語の意志を表す）1-91. 4-25. 7-93.
　　a ki kusne na 私たちは～をしよう 6-36. 11-47.
　　a ki kusne p 私がしようと思っていたこと 1-62.
　　ci ki kusne na 私たちは～をしてみせるぞ 11-10, 29.
　(2)（話し手－主語ではない

－の意志を表す）4-18. 7-92.
　　e ki kusne na おまえは～をしてみろ 6-12, 25.
kut¹［名詞］帯
　→kokutkor
　→kutkor
　→kutosintoko
　→yaykokutkoryupu
kut²［名詞］喉
　→kutkes
kut³-［kur²- の変異形］
　→kuttek
kuta［二項動詞］～が～を投げ捨てる
　→cisaokuta
　→usaokuta
kut²-kes¹［名詞］遠くから聞こえる人の声
　　aynu kutkes 遠くから聞こえる人間の話し声 5-5.
kut¹-kor¹［一項動詞］～が帯を締める
　→kokutkor
　→yaykokutkoryupu
kutnisa（不明）
　→kutnisa kutun kutun
kutnisa kutun kutun［第10話の折り返し句］
kut¹-o¹-sintoko［名詞］たが付きのほかい（桶のようにたがのついたほかい）7-10, 15, 24, 35, 41, 50.

― 326 ―

kusu ～ mat-

kut³-tek⁴［一項動詞］～が真っ黒である
 kuttek nis 真っ黒な雲 2-105.
kutun（不明）
 →kutnisa kutun kutun
kuwa［名詞］杖 5-32, 35, 35, 36.
 →ekuwakor

M

ma［一項動詞］～（カワウソ）が泳ぐ 12-3.
maci［mat¹ の所属形］（←mat¹-i⁷）～の妻
 →macihi
macihi［maci の長形］（←mat¹-ihi）～の妻 3-111.
 ci macihi 私の妻 2-110, 117, 122.
mak¹［名詞］（川岸に対して）山手
 →makun
mak²-［cvc 語根］（明るい様子）
 →maka
 →maknatara
mak²-a⁶［二項動詞］～が～を開ける
 puta maka ～がふたを開ける 8-135.
 →simaka
mak²-natara［一項動詞］～が美しく輝き渡っている
 rikip siri kan maknatara ～が登って行く様子は美しい 11-35.
mak¹-un¹［一項動詞］～が山手にある 8-93.
mam［名詞］（不明）
 →kurmam
mana［名詞］ほこり
 →sikimanaus
marapto［名詞］「御馳走」
 marapto an ご馳走がある 1-168.
mat¹［名詞］妻；女
 kamuy moyre mat「しとやかな」女 13-33.
 →maci
 →macihi
 mat kor ～が結婚する 1-223.
 →matrimimse
 mat tek 妻の手 5-43.
 →sikupmat
mat²-［cvc 語根］（すばやく立ち上がる様子）
 →matke

→matunitara

mat²-ke³［一項動詞］〜がぱっと立ち上がる 9-27.

mat¹-rimimse［名詞］（変事を告げる女の叫び声．高い裏声による．原注 2-(6) 参照）2-107.

mat²-unitara［一項動詞］〜がしなやかに動く
→koikkewkanmatunitara

maw［名詞］風；悪い風（人の運命を変える力のある風）
→mawkowen
→mawkururu

maw-ko²-wen［一項動詞］〜が悪い風の吹き廻しで没落する 1-122, 142.

maw-kururu［一項動詞］風（空気の流れ）が〜をくるくる廻す；〜が風を受けて，くるくる回る
→ekisarsutmawkururu

menoko［名詞］女 2-73, 87. 13-6, 15.
→menokutar
　pon menoko 少女 12-11, 29. 13-19, 33.
　sirun menoko「にくらしい女」13-31.
　wen menoko「悪い女」13-31.

menokutar［名詞］
　（←menoko utar）女達 8-179. 13-29, 41.

mes-［cvc 語根］（いびきをかく音）
→mesrototke

mespa［mesu の複数形］
→mespamespa

mespa-mespa［mespa の反復形］〜が〜を削りに削る 8-74.

mes-rototke［一項動詞］〜の音（いびきの音）がする
　etoro hawe mesrototke 〜がいびきをかく音がする 1-96. 8-17.

mesu［二項動詞］〜が〜を削る
→mespa

metot［名詞］山（内陸部の高山のことか）
→metoteyami

metot-eyami［名詞］「山のかけす」7-32, 38, 39.

mi［二項動詞］〜が〜を着る
→amip
→imi
→mip
→mire

mina［一項動詞］〜が笑う
→emina
　mina hawe 〜が笑う声 11-61.
　rawki mina →rawki
　sanca ot ta mina kane「にこにこし」ながら（逐語訳すれば「下唇で笑いながら」．獲物などを捕らえたときの，しめしめという笑い）3-103. 4-61. 5-51. 9-11.

mat-ke 〜 mosma

11-7, 17.
　→uminare
　　wen mina haw 大きな笑い声 10-25. 11-24, 64.
mintar［名詞］家の前の空き地；土間
　　mintar kes あく捨て場 9-33.
mi-p[1]［名詞］〜の着物 11-48.
　→amip
mi-re[3]［三項動詞］〜が〜に〜を着せる 1-159.
mokor［一項動詞］〜が眠る（ただし、本文では、「眠り」の意味で名詞的に用いられている）1-138. 7-100.
mom[1]［一項動詞］〜が水の上を流れる；漂う 6-46, 50.
　　mom wa paye 〜が流れて行く 11-16, 22.
mom[2]-［cvc 語根］（流れる様子）
　→momnatara
momampe［名詞］雌鹿
　　momampe topa 雌鹿の群れ 11-34, 42.
　　momampe utar 雌鹿たち 11-64.
mom[2]**-natara**［一項動詞］〜が漂い揺れる
　　kanpasuy kan momnatara 杯の上に置いてあるパスイが漂い揺れる（杯に満々と酒の入っているさま）8-113, 156.

mon［名詞］手（原訳では、「体」と訳されている）
　→monetok
　　mon tum kiror「体(中)の力」(kiror 参照) 10-19. 11-54.
mon-etok［名詞］手（体）の先
　→emonetokmukkosanu
　→monetoko
monetok-o[7]［monetok の所属形］〜の手（体）の先
　　ci monetoko rorkosanu (e[4]-を補って、ci e-monetoko-rorkosanu という形で解釈すべきと思われる) 4-49.
monrayke［一項動詞］〜が仕事をする（本文では、名詞的に、「仕事」の意味で用いられている）8-8.
mosir［名詞］世界；国
　　aynu mosir 人間の世界 1-229. 5-78. 7-58, 117, 122. 8-48, 89, 164.
　→mosiresani
　　pokna mosir「地獄」10-16, 21. 11-58.
　　pokna mosir arwen mosir「地獄」5-77.
mosir-e[4]**-san-i**[1]［名詞］「国の岬」(岬の名)
　　mosiresani kamuy'esani「国の岬、神の岬」3-2, 9, 70, 80, 95, 104.
mosma［二項動詞］〜が〜を考

慮に入れない；無視する 7-12, 30.
moy[1]［名詞］湾
→armoysam
moy[2]-［cvc 語根］（鹿が草を食べている様子）
→moynatara
moy[2]-**natara**［一項動詞］（鹿が草を食べている様子）11-67.
moyre［一項動詞］〜がゆったりとした動きをする
　　kamuy moyre mat しとやかな女 13-33.
→kanciwemoyre
　　moyre herori ゆるやかな潜水 8-52, 79.
→moyretara
moyre-tara[2]［副詞］ゆっくりと 1-44.
muk-［cvc 語根］（ふさがる様子）
→mukkosanu
mukar［名詞］おの
　　mukar ari おので 8-62, 73, 103.

muk-kosanu［一項動詞］〜が「ふさがる」
→emonetokmukkosanu
mun［名詞］草
　　mun tum peka 草原の中を 9-2.
munin［一項動詞］〜が腐る
→atuykomunin
　　munin cikuni 腐った木 7-84, 87.
　　munin cikuni ay 腐った木の矢 1-35.
→sarpokimunin
→toykomunin
mur［名詞］糠
→muri
→murihi
mur-i[7]［mur の所属形］〜の糠
→murihi
mur-ihi［muri の長形］
　　amam murihi（その）粟の糠 2-119.
muy［名詞］箕 2-124.

N

-**n**[1]［名詞的助詞］（数詞に付き人数を示す）
→sinen

→tun
-**n**[2]［自動詞語基形成接尾辞］（場所を示す名詞的語根につき、そ

の場所への移動を示す自動詞語基を形成する．複数形は -p² によって形成される．ahun は aw¹ と -n² との結合に由来すると考えられる）
→ahun
→ran
→rikin
→san
→yan
na¹ ［副詞］もっと
　na hankeno ta もっと近くで 9-17, 23.
　na henta →henta
na² ［終助詞］（聞き手に同意，納得などを迫る訴えかけ）4-17. 8-64.
　（ki) kusu ne / kusne na …するのだよ；～してみろ；～してみよう；～してみせよう 4-18. 6-12, 25, 36. 11-10, 29, 47.
　ki siri ne na ～するのですよ 8-118.
　ki sir tap an na ～ / …するのですよ 3-118. 8-131. 9-41.
na³ [ne¹ ya² の短縮形（？）]
　e hum na →hum¹
-na⁴ ［自動詞語基形成接尾辞］（この接尾辞によって形成された自動詞語基は 副詞的要素として合成動詞の中に抱合されることが多い）

→kanna
→kitayna
→pena
→pokna
→rana
→rikna
→sana
nakka [ne¹ yakka の短縮形] ～も；～であっても（譲歩）3-62.
　anihi nakka 彼自身も 1-28.
　ciokay nakka 私自身も 1-195, 227. 11-49.
　hempara nakka いつでも 1-228. 8-24.
　... nakka sipase ike ～の中で最も優れたもの 1-144.
　okay utar nakka 彼ら自身も 8-14.
nam ［一項動詞］～が冷たい
　nam wakka 冷水 13-27.
namora （不明）
→nennamora
nan ［名詞］顔
→enan
→nanka
nani ［副詞］すぐに 1-95, 173. 4-46. 7-56. 12-19.
nan-ka¹ ［名詞］顔の造作；表情 11-5.
nankor ［助動詞］…であろう（推量，未来の予測）4-102. 5-79.
　nankor a （文末に現れ，驚きをあらわす）

nekon ne humi ne nankor a いったいどうしたことか！（痛みを感じて）3-91.
nekon ne siri ne nankor a いったいどうしたことか！（情景を見て）2-102.
wa hum as nankor a なんと…であることか！（体に何かを感じて）11-53.
wa sirki nankor a なんと…であることか！（情景を見て）3-28.
nankor wa さぞかし…するであろうよ（皮肉）1-37.

-**natara**［自動詞語基形成接尾辞］（cvc 語根に付き，状態が長く持続する様子，空間的に広がる様子を示す自動詞語基を形成する）
→kunnatara
→maknatara
→momnatara
→moynatara
→niwnatara
→rimnatara
→sumnatara
→taknatara
→tawnatara
→tesnatara
→tonnatara

nay-［cvc 語根］（金属音を表す）
→naykosanu

nay-kosanu［一項動詞］（本来，金属音がすることを表す．ここでは美しい声のすることを表す）
itak as hawe naykosanu 私の言う声が美しく響く 8-70.

ne[1]［二項動詞］［1］〜は〜である；〜が〜になる（「〜である〜」という形の名詞句に現れるものもここに含める）1-5, 6, 17, 18, 25, 27, 30, 57, 67, 85, 122, 123, 126, 156, 160, 164, 182, 188. 2-24, 56, 57, 57, 58, 105. 3-116. 4-85, 87, 88, 92. 5-10, 53, 66, 67, 68, 73, 76, 80. 6-7, 56, 60. 8-94, 117. 9-12, 12, 16, 16, 22, 22, 36, 37, 38. 10-8. 13-32, 34. (6-7：heperay iwan suy ne i ta 川上に（行くことが）6度目になったときに)
ci aki/ci karku/yupi ne kur わたしの弟・わたしの甥・私の兄 4-3, 4, 5, 10, 11, 12, 14, 17, 24, 26, 32, 34, 54. 10-6. (yupi ne kur には ci がつかない)
inkar as a wa ... ne kane an 見れば，（それは）〜であった 4-54. 7-14, 33. 8-56.
iwan rerko ne i ta 6日目に 7-55.
→na[3]

-natara ～ ne

→nakka
→nepkor
→newa
　ne yakka ～をも；～であっても；～の中でも（nakka 参照）2-123. 3-107.
　　ki wa ne yakka →yakka
　　ne² wa ne¹ yakka →yakka
　　patek ne yakka →patek
　patek ne tek →patek
→sine
　sinen ne kane 一人で 3-56.
[2]（名詞的助詞・形式名詞＋ne）
　humi ne →humi
　kuni/kunii ne →kuni
→kusne
　p/pe ne …するのだ 1-156. 2-78. 4-7, 98. 5-15. 8-16, 71, 72. 10-8. 13-11.
　　ki p ne korka それにもかかわらず 1-26, 39. 3-51, 66. 4-28. 5-17, 38. 11-53.（5-17：ci ki p ne korka）
　ruwe ne →ruwe
→sinne（sir²-ne）
　siri ne →siri
[3]（副詞句を構成する）
　tap ne →tap² [1]
[4]（副詞句に付いて，動詞句を構成する）
→anakne

ene ene ne katuhu →ene
irukay ne ko →irukay
nekon a ne p okay ruwe tan →nekon
nekon (a) ne ya →nekon
nekon ne hawe/humi/siri いったいどうしたことか！2-112. 3-91. 8-76.
[5]（副助詞について副助詞句を作る）
　he tap ne →tap² [2]
[6]（自動詞語基形成接尾辞として，cvc 語根，名詞と結合し自動詞語基を形成する）
→ekimne
→epunkine
→esapane
→esoyne
→etunne
→kunne
→panne
→pisene
→sinne（←sir¹-ne）
→sitne
→soyne
→takne
→toyne
→utanne

ne² [指示連体詞] その～（ne¹「～₁である～₂」の特殊な連体修飾的用法．この～₁が省略され，「それである～₂」というのが ne² 本来の意味である）1-73. 4-5.

— 333 —

第3章 『アイヌ神謡集』辞典

5-63. 6-41, 44, 46, 52, 54, 56. 7-18, 58. 8-18. 10-20. 13-38.
　→nea
　→nean
　　ne i それ；そのとき；そこ
　　　ne i koraci →koraci
　　　ne i ta kusu いつも 11-4.
　　　ne² i ta tap ne¹ →tap²
　　ne ike tap ne →tap²
　→neno
　→nerok
　　ne wa an pe それ 2-24. 4-6, 39. 6-43. 7-109. 11-17, 18.
　　ne² wa ne¹ yakka →yakka
ne³ [後置詞] 〜として；〜になって；〜に（なる，作る）1-28, 86, 113, 171, 180. 3-110, 111, 117. 4-73, 77. 5-18, 74. 6-52, 55. 7-60. 8-8, 106, 120. 11-37.
　　kamuy siri ne →kamuy
　　sine ikin ne →ikir
ne⁴（不明）
　　harkiso ne ehorari 〜は左座（の人）となって(左座に)座る(?) 7-49.
ne⁵ [終助詞] …するのだな（確認の気持ちを表す）
　　hawe nesun okay ne →hawe
　　ruwe tasi an ne →ruwe
ne²-a⁴ [指示連体詞] その〜；前に述べた〜（複数形は, nerok）1-158, 218, 220, 222. 3-66. 4-48, 65. 5-27, 39, 40, 48, 56, 61. 8-83, 139, 148. 9-10, 15, 21, 27. 10-16. 13-29.
　　nea i ta 以前あったところに 4-40.
　→neap
　→nerok
ne²-an¹ [指示連体詞] その〜 1-50. 8-36.
　→neanpe
nean-pe³ [指示代名詞] それ（直前の文の内容をさす）8-7.
　→cipokonanpe
nea-p¹ [指示代名詞] それ（直前の文の内容をさす）8-15. 10-3.
neeno [neno の強調形] 3-112. 6-49. 7-82, 99.
nekon [疑問・不定副詞] どのように
　　nekon a（nekon が表す疑問の念を強調したもの）7-65.
　　nekon a an どのような〜 1-167, 167.
　　nekon a hene どのようにでも好きなように 8-74.
　　nekon a ka どうにかして；なんとかして 4-69.
　　nekon a ne p okay ruwe tan いったい何があったのか 13-23.
　　nekon (a) ne ya いったい

— 334 —

ne 〜 nep

どうしたことか；どうなったのか（わからない）3-87, 98. 5-57. 9-31. 12-43.
 nekon a sirki ya どのような有様になっているか 1-169.
 nekon ne（形式名詞に続くために ne を取る）
  nekon ne hawe それがどうしたというのだ，いいではないか 8-76.
   nekon ne hawe tan いったいどうしたのか 2-112.
  nekon ne humi ne nankor a いったいどうしたことか 3-91.
  nekon ne siri ne nankor a（このようになったのは，）どうしたわけか 2-102.
 nekon tap ne いったいどのようなわけで 4-26.
nen [疑問・不定代名詞] だれ 7-12, 30.
 nen ka だれか
  nen ka ta usa だれでもよいから，だれか 13-4, 17.
   nen ka ta usa ... an ya-kne だれでもよいから〜のようなものがいたら 7-6, 26, 43.
 →nennamora

nen-namora [疑問・不定代名詞] だれ
 nennamora ... erampewtek a いったい誰が〜を知らないものか（誰でも知っている）6-15, 27, 38.
ne²-no¹ [指示副詞]（原著では，neeno と表記される．neno の強調された形．ne- が強く高く長めに発音される）
 [1] そのように 7-99.
 [2] そのまま（手を加えずに）3-112. 6-49. 7-82, 99.
nep [疑問・不定代名詞] [1] なに（か）3-77, 78. 4-44. 5-33. 7-112, 113. 8-60.
 →nepe
 nep eciw ruwe 〜が疲れたようす 7-53.
 nep ka 何か
  nep (...) ka isam なにもない（〜は全然ない）4-33. 5-78. 7-121. 8-191, 192.
  nep ka sak no 〜はなにも持たないで 8-12, 22.
  nep ne us i ka erampewtek 〜は落ち着くところも知らない（「何にもならない」悪い死に方）3-117. 4-73.
 [2] どんな〜（連体詞的に）1-184. 2-46, 76, 77. 4-57. 7-60.
 [3]（副詞的に）
  nep tap (teta) いったいなぜ

2-38, 68, 96, 134. 5-15. 13-10.

nepe［nep の強調形］（nep が強く発音され，その結果，-e- が -ey- に近い音になったため，-p が -pe に変わったのか。p¹/pe³ の交替については p¹ を参照）
　senne nepe ka →senne

nepkor［ne¹ pekor の短縮形］〜のように 2-120.
　ene an i nepkor いつもと変わりなく 2-115.
　ene kan rusuy i nepkor 〜がしたいように 8-75.
　e nepkor an おまえのような 1-34.

ne²-rok²［nea の複数形］1-53. →nerokpe

nerok-pe³［neap の複数形］5-21.

nesko［名詞］くるみの木
　nesko pon ay くるみの木でできた小矢 11-6, 11, 30.
　nesko pon ku くるみの木でできた小弓 11-6, 11, 30.
　nesko rera「くるみの風」11-32.
　nesko uray (ni) くるみの木でできたやな(の杭) 10-3, 7, 16.
　nesko wakka くるみの水 10-8, 10. 11-13, 15.

nesun［副助詞］（何らかの強調。

hawe 参照）13-23.

neto［名詞］凪
　pirka neto よい凪 3-5.
　neto kurkasi tesnatara 海が凪になって広々としている 3-5. 8-30.

netopake［名詞］体；〜の体 4-98.
　ci netopake 私の体 1-97. 3-112. 4-67. 12-41.

ne¹-wa²［副助詞］［1］〜と〜（名詞と名詞とを並列する）5-3. 7-62.
　［2］（不明）
　inu newa ci ki p ne korka「私はただ聞いたばかりだけれど」5-17.

newsar［一項動詞］〜が話をする；（名詞的に）世間話を語り合うこと；神謡；昔話（原注 1-⑿ 参照）→uenewsar

ni［名詞］木；棒；杭
　inaw ni イナウを作る材料となる木 1-147.
　→isapakikni
　ni tumu →suma
　toncikama ni →toncikama
　uray ni 簗の杭 2-85. 10-16, 20.

niatus［名詞］手桶 12-6, 24.

nihum［名詞］木片 1-68.

nikor［名詞］（輪の）中

say nikor 輪の中 8-34, 36, 46.
nimak [名詞] 歯
→nimaki
nimak-i[7] [nimak の所属形]
〜の歯
→nimakitara
nimaki-tara[1] [一項動詞] 〜が歯を剝き出す（原注 12-(3) 参照.『分類アイヌ語辞典・動物編』§268 参照）
nimakitara utar 犬ども 12-15, 16, 33, 34, 38.
nimara [名詞] 半数
→nimaraha
nimara-ha[1] [nimara の所属形長形] 〜の半数 8-177, 179.
nimpa [二項動詞] 〜が〜を引きずる 8-83, 149.
nina [一項動詞] 〜が薪を集める 1-150.
nipok [位置名詞] 〜の下（郷土研究社版の tuypok に対して弘南堂版に現われる形. 3-35)
nis [名詞] [1] 空
kamuy nis「大空」1-44. 2-104.
[2] 雲
kuttek nis 黒ぐろとした雲 2-105.
nisat [名詞] 夜明け
kunne nisat peker nisat（副詞句として）「まだ暗いうちに」8-18.
nisatta [副詞] 明日 1-90.
nismu [一項動詞] 〜が退屈する 6-2.
nispa [名詞] [1] お金持ち；村の主だった男；紳士 1-84, 220.
aynu nispa「アイヌのニシパ」1-122.
cise kon/kor nispa 家の主人 1-179, 193.
kotan kor nispa 村長 8-95, 104, 119, 169.
nispa horari ruwe お金持ちの住まいのありさま 1-117.
nispa iporo 立派な男の顔立ち 1-77.
nispa sani 立派な男の子孫, 血統 1-27.
nispa utar 立派な男達 1-189, 191. 2-10. 8-91.
teeta nispa tane wenkur ne 昔のお金持ちが今貧乏人である 1-5.
teeta wenkur tane nispa ne 昔の貧乏人が今お金持ちである 1-5, 18, 30, 57, 67, 123, 160, 164.
[2] 夫
ci kor nispa 私の旦那様（夫に対する呼びかけに言う）2-112.
nit [名詞] 細長く, 先のとがった棒；串

― 337 ―

nitne pawse pawse nit kan ci kekkekekke → kekkekekke
nitat［名詞］やち 5-3, 11, 14, 14.
 nitat or un nitne kamuy「谷地の魔神」5-83.
nitne［一項動詞］（普通，連体詞的に用いられる）[1]魔の～
 nitne kamuy「魔神」5-76.
  astoma nitne kamuy 恐ろしい魔神 5-80.
  astoma wen kamuy nitne kamuy 恐ろしい悪い魔神 5-68.
 nitat or un nitne kamuy 谷地にいる魔神 5-83.
 pon nitne kamuy 悪魔の子（原注 11-(1) 参照）11-3, 4, 16, 26, 36, 44, 52, 55.
 sir wen nitne i「暴風の魔」3-13, 33, 41, 61, 84.
[2]～(声の調子)が重い
 nitne pawse pawse nit kan ci kekkekekke → kekkekekke
niw-［cvc 語根］（顔の輝いていることを表す）
 →niwnatara
niwen［一項動詞］～が威嚇する（？）(Batchelor "*adj.* Austere. Wild. Fierce")

→uniwente
niw-natara［一項動詞］～(顔)が輝いている
 →eipottumuniwnatara
(-)**no**[1]［接続助詞］；［副詞形成接尾辞］
（文を副詞句に変えたり，動詞に付いて副詞を形成する）
 →ehankeno
  erampewtek no ～は～を知らずに 9-38.
 →hankeno
 →hawkeno
 →hawkenopo
  isam no ～が無くて 7-53. 8-192.
  ka somoki no …することなく 7-119. 8-68.
 →koiramno
 →nohankeno
  nupetne no ～は喜んで 7-106, 108.
 →okamkino
 →pirkano
  pirka no ～が良く 3-107.
 →ponno
 →rawkisamno
  no okay →okay[1]
  sak no ～は～を持たないで 8-12, 22.
 →tuymano
 →yupkeno
（副詞に付いた場合）

nitat ~ noy-

→hoskino
→hoskinopo
→opittano
（連体詞に付いた場合）
→neno
（後置詞的副詞に付いた場合）
→iosino
→okarino
→pakno
→pekano
→pisno
→turano
（接続助詞に付いた場合）
　a ine no →ine
　ne kotom no →kotom
（後置詞に付いた場合）
→wano

no[2]- ［副詞的接頭辞］よく；十分に（程度の高いことを表す）
→nohankeno

-no[3] ［副詞的接尾辞］（優れた性能）
→pasno

no[2]-**hanke**-**no**[1] ［副詞］ずっと近くに 2-49.

nokor ［一項動詞］（不明）
→nokorhumpe

nokor-**humpe** ［名詞］小イワシクジラ（知里『分類アイヌ語辞典動物編』）
→sinokorhumpe

nomi ［二項動詞］～が～を拝む 8-190.

→enomi

noski ［位置名詞］～の中央
→annoski
　atuy noski 海の中央 8-39.
　cikup noski oman kane「宴たけなわの頃」8-163.
　humpe noski 鯨のまん中 8-45.
　ikkew noski 腰のあたりの背骨（「腰のまん中」）1-78. 8-183. 10-13, 15.
　ku num noski「弓把のまん中」7-3.
→noskike

noski-**ke**[4] ［noski の長形］
→siknoskike

nospa ［二項動詞］～が～を追いかける 4-95. 5-25, 61.
→sinospare
→toykonospare

not ［名詞］顎；岬
→esannot
→notkew
→notsep

not-**kew** ［名詞］顎；顎骨
→kannanotkew
→poknanotkew

not-**sep** ［一項動詞］～（犬が）牙を鳴らす
　notsep hum/humi tawnatara ～が「牙を鳴らす」5-20, 39, 54. 12-17, 39.

noy- ［cvc 語根］（捻れた様子）

→noye
→noypa
noya[1]［二項動詞］〜が〜を揺する
　→noyanoya
noya[2]［二項動詞］〜が〜を擦る
　→noyanoya
noya[3]［名詞］蓬
　　noya ay 蓬の矢（原注 3 - ⑶参照）5-71.
　　noya pon ay 蓬の小さな矢 3-75，78. 5-50.
　　noya pon ku 蓬の小さな弓 3-74. 4-90. 5-50.
　　pon noya ay 小さな蓬の矢 5-53.
　　pon noya ku 小さな蓬の弓 4-41.
noya[1]**-noya**[1]［noya[1]の反復形］〜が〜を何度も揺する
　→honoyanoya
noya[2]**-noya**[2]［noya[2]の反復形］〜が〜を何度も擦る
　　sik noyanoya 〜が目を擦る 1-131.
noy-e[9]［二項動詞］〜が〜をねじる
　→eitumamornoye
　→noypa
　→yaykonoye
noyne［接続助詞］（…するに）ふさわしく
　　noyne an pe（…するに）ふさわしい者 7-31.
noy-pa[7]［noyeの複数形］
　→ukaenoypa
nu[1]［二項動詞］〜が〜を聞く 2-50，80. 7-95. 9-13，17，23.
　→inu
nu[2]［二項動詞］〜（体）から〜（血など）がでる
　→ointenu
　→otaypenu
nukan［nukarの変異形］
　→nukannukar
nukan-nukar［nukarの反復形］〜が〜をにらむ 3-13.
nukar［二項動詞］〜が〜を見る 1-172. 2-61，120. 3-69. 6-48. 8-153.
　　ci nukar/nukat ciki 私はそれを見ると 1-24. 2-12，75，105. 3-30，58. 4-43. 7-114.
　　ci nukar ko 私が〜を見ると 5-9. 8-151.
　　ci nukar wa (kusu) 私が〜を見ると 1-124，201，204. 7-69. 8-41. 10-27. 11-67.
　→kasnukar
　→nukannukar
　→ukirornukar
　　un nukar a wa 〜が私を見ると 1-78. 9-11. 10-5. 11-7. 12-12，17，30. 13-9.
　　un nukat ciki 〜が私を見ると 13-20.

noya ～ nuye

→yaywennukar

nukat［nukar の変異形］

num［名詞］玉状のもの
ku num →ku²

numpa［二項動詞］～が～を締め付ける 4-51.

nunipe［一項動詞］～が食べ物を捜しに浜や山を歩く 2-2, 121.

nunuke［二項動詞］～が～を敬う；いたましく思う；孝行する 1-224.
→enunuke

nupe［名詞］涙
tu peker nupe re peker nupe yaykorapte ～が「大粒の涙をポロポロこぼ」す 1-134.

nupetne［一項動詞］～が喜ぶ
→enupetne
nupetne no ～が喜んで 7-106, 108.

nupki［名詞］濁り水
nupki wakka 濁った水 10-8. 11-13.

nupur［一項動詞］～が巫術の力がある；「えらい」
→cinupurkasure
sin nupur 世に「尊い偉い神様や人間が居つた」6-17, 29.

nupuri［名詞］山
nupuri kor kamuy →kamuy
→nupuripa
nupuri sinne 山のように（大きい）3-21.
si nupuri 糞の山 2-23.

nupuri-pa²［名詞］「山の東」
nupuripa kor kamuy →kamuy

nusa［名詞］「御幣棚」(rorunpuray の正面にある inaw を立て並べたところ．棚状にはなっていない．形態からはむしろ幣柵というのが自然である）
nusa kor huci「御幣棚の神」（nusa kor kamuy とも．原注 1-⒃参照）1-199, 206.

nuy［名詞］炎
nuy kohopuni ～が燃え上がる 2-103.
otu wen nuy ore wen nuy 多くの激しい炎 5-36.
wen nuy ikir「大変な炎」5-47.

nuye［二項動詞］～が～を彫る
ikor ka nuye ～が刀，器物などの宝物の表面に彫刻をほどこす 8-27.
sirka nuye 刀のつかや鞘に彫刻をほどこす 9-7.
kepuspe nuye sirka nuye（同上）8-6, 140.

O

o¹ ［二項動詞］〜が〜にはまる
　→cipo
　→kutosintoko
　→piwciop
　　tuki sake o 盃に酒が入っている 8-114.
o²- ［補充接頭辞］〜に対して；〜の方へ
　→ciorapte
　→cisaokuta
　→orep
　→oterke
　→pekaorewe
　→pekaorewpa
　→pekaotopo
　→rororaypa
　→siaworaye
　→siaworaypa
　→siokote
　→siokotpa
　→soyoterke
　→usaokuta
o³- ［部分接頭辞］〜の末端；〜の尻；〜の肛門；〜の陰部
　→cioposore
　→ciousi
　→ointenu
　→okitarunpe
　→opannere
　→oposo
　→osawsawa
　→otaypenu
　→otuy
　→ous
o⁴- ［起点・方向接頭辞］どこそこから
　→okirasnu
　(o⁴-...-un⁶ という形で,「〜から」を意味する)
　→opisun
　→outurun
　(次の3つの派生語では,「遠い」「近い」を意味する一項動詞についている. おそらく,「どこそこから見て遠い, 近い」ということで,「基準点から見て」ということを強調した表現. 一方, e⁵- を接頭辞として持つ ehanke は「どこそこまでは近い」(「遠い」の例はない) ということで, 目的地を念頭に置いた表現)
　→ohankeasi
　→otuyma
　→otuymaasi
o⁵- ［音節増加接頭辞］
　→o-ar¹

→o-ar²
→ore
→otu
-o⁶ ［位置名詞長形形成接尾辞］
　→etoko
　→hontomo
　→oro
　→upsoro
-o⁷ ［所属形形成接尾辞］
　→monetoko
-o⁸ （不明）
　→okkayo
-o⁹ ［他動詞語基形成接尾辞］
　→komo
oahuntaye ［一項動詞］〜が驚いて腰を抜かす（この形は実証されていない）
　→oahuntaypa
oahuntaypa ［oahuntayeの複数形］（単数形の存在は確認されていない）1-132, 174.
oan(-) ［oar-の変異形］
　→oanrayke
　→oanruki
oan-rayke ［二項動詞］〜が〜を完全に殺す 10-15, 11-58.
oan-ruki ［二項動詞］〜が〜を丸ごとすっかり飲み込む 5-26, 72.
o⁵-ar¹ ［連体詞］片一方の〜
　oar arkehe 片一方の片端 6-42, 42.
　oat cikiri 片足 1-46, 46.

→oattekkor
o⁵-ar²(-) ［副詞］；［副詞的接頭辞］すっかり；まるで（ない）
　→cioarkaye
　→oanrayke
　→oanruki
　→oarar
　　oar ci oyra 私は〜をすっかり忘れる 4-27, 28.
　　oar isam 〜がまるでない 4-72. 7-53.
　→oarkaye
　→sioarwenruy
oarar ［oar(-)の反復形］まるで；まったく
　oarar isam 〜がまるでない 1-178. 3-51, 90. 4-57. 8-109, 140.
oar-kaye ［二項動詞］〜が〜を完全に折る 10-15, 21.
　→cioarkaye
oat ［oarの変異形］1-46, 46.
　→oattekkor
oat-tek¹-kor⁴ ［副詞］片手に 12-6, 6, 24, 25.
o⁴-hanke-asi ［二項動詞］〜が〜（自分の足）を近くに立てる
　oat cikiri ohankeasi 〜が片足を近くに立てる(→otuyma-asi) 1-46.
ohap ［擬音語］（舌鼓の音を表す）
　→ohapse
ohap-se² ［一項動詞］〜が舌鼓

を打つ
　　→ukoohapseeciw
ohay［名詞］泣き声
　　ohay ci raykotenke 私は泣き声を激しくあげる 13-5, 14, 18.
-oho[1]［所属形長形形成接尾辞］
　　→iporoho
　　→paroho
-oho[2]［位置名詞長形形成接尾辞］
　　→upsoroho
ohohoy［擬音語］（叫び声）
　　hu ohohoy →hu[1]
o[3]**-inte-nu**[2]［一項動詞］「お尻からやにの出る奴」（女性の蔑称か）2-36, 66, 94, 132.
ok［名詞］襟首
　　→oksut
oka［位置名詞］〜の後ろ；〜の後
　　oka an 〜が終わる 1-202.
　　→okaetaye
　　→okake
　　→okapuspa
　　→ruwoka
　　si oka un 自分の後ろを（振り返る）；自分のしてきたことを(振り返る) 4-84. 8-89.
oka-etaye［二項動詞］〜が〜を取り戻す 8-66.
oka-ke[4]［oka の長形］
　　hum okake …という音のした後 11-59.

　　→okakehe
　　un okake ta 私がいなくなった後に 7-122.
okake-he[5]［okake の長形］
　　okakehe ta 〜の後に 8-186.
okamki［一項動詞］〜が知らない振りをする
　　→okamkino
okamki-no[1]［副詞］知らない振りをして；わざと 1-158.
oka-puspa［二項動詞］〜が〜の過去を暴く
　　→iokapuspa
okari［後置詞的副詞］〜の回りを
　　→okarino
okari-no[1]［後置詞的副詞］〜の回りを 8-91.
okay[1]［an[1] の複数形］1-159, 173, 174. 2-48. 3-101. 5-17, 60, 69. 7-31, 120. 8-193. 9-34. 13-2.
　　apkor okay あたかも…するかのようである 13-24.
　　ari okay pe 〜ということ（を言う）1-91, 145, 190. 8-131.
　　aw okay …であることが判明する（単数形は aw an. aw[2] 参照）2-30, 58, 61, 89. 9-37.
　　hawe nesun okay ne →hawe
　　hawe okay →hawe

— 344 —

→hawokay
hemanta okay pe 何かいろいろなこと（を話す）5-10.
itak/ye hawe ene okay →ene
kane okay …している 1-98, 120. 3-101. 5-4, 60. 8-8, 77. 12-46.
ki humi okay …してしまったことよ！2-38, 68, 96, 134. 7-5.
kor okay …している 1-8, 224. 2-45. 3-7. 4-7, 39, 53, 58. 6-3. 8-24, 27, 38, 64, 85, 101, 107, 141. 9-3. 13-7, 8, 16.
nekon a ne p okay ruwe →nekon
ne okay 〜（身分）として生きている 1-86.
　kamuy siri ne okay 〜は神らしくある 5-8.
no okay …している 7-66, 113.
okay pe ne ya なんと〜であることか！5-15. 13-11.
pakno okay 〜は〜くらいの大きさである 4-100, 102.
→payekay
ponno okay as しばらくして 1-129.
rok okay …であることが判明する（単数形は aw an. aw² 参照）2-25, 120. 5-72.

7-98. 8-39.
ruwe okay …したことよ（感嘆）1-145. 3-107.
siri okay →siri
tewano okay これからの（次世代の）〜（子孫）3-119. 4-101, 103. 9-41. 12-52.
tura okay 〜が〜といっしょにいる 8-188.
usa okay いろいろの〜 1-154.
wa okay …している 1-221, 229. 7-54. 8-4, 193.
（助動詞的に動詞の直後に現れる）…している 1-135. 3-3. 9-8. 13-6, 11, 15, 19.
（代名詞的な形式を形成する）
→aokay
→ciokay
　okay utar かれら（anihi の複数形）8-14.
okay² ［終助詞］（願望）［1］…したいものだ 2-14, 50, 80. 7-9, 28, 45. 9-17, 23.
［2］…してもらいたいものだ 13-5, 17.
okere ［二項動詞］；［助動詞］
［1］〜が〜を終える 1-118. 8-20, 181.
［2］…し終える 1-114. 6-41. 7-56.
wa okere …し終える 13-3, 22.

okewe［二項動詞］〜が〜を追い込む
→okewpa

okewpa［okeweの複数形］8-34.

okikirmuy［名詞］オキキリムイ（人名）（原注 3-(4), 11-(1) 参照．原注には okikurumi というおそらく日高地方の方言形も載っている）3-6, 23, 42, 51, 63, 67, 85, 102. 4-89, 100. 5-70, 74. 6-39, 42, 43. 9-38. 12-47.
 a eoripak okikirmuy 人が敬うオキキリムイ 6-49.
 okikirmuy kamuy rametok「オキキリムイ，神の様な強い方」4-86. 5-67. 9-36.
 okikirmuy kon repa cip オキキリムイの漁舟 3-90.
 okikirmuy kor seta utar オキキリムイの犬ども 12-50.
 okikirmuy kor wakkataru オキキリムイの水汲み場 12-21.
 okikirmuy kot turesi オキキリムイの妹 12-23. 13-34, 36, 38.
 okikirmuy utar orke オキキリムイたち 3-18.
 pon okikirmuy 小さなオキキリムイ（原注 11-(1)参照）10-29. 11-9, 70.

okikurumi［名詞］オキクルミ（人名．okikirmuy 参照）

o⁴-kir-asnu［一項動詞］〜には力がある 3-27. 11-52.

o³-kitar-un¹-pe³［名詞］敷物の一種（おそらく，端に kitar を織り込んだ物）
 okitarunpe soho kar 〜が「敷物を敷く」1-94.
 okitarunpe soho ne「立派な敷物が敷かれて」いる 8-94.

okkasi［位置名詞］〜より優れた程度
 okkasi ta 〜より立派に 1-117.

okkay［名詞］成人した男 1-222.
→okkayo
→okkaypo

okkay-o⁸［名詞］若者 5-10, 27, 48, 56.
 katken okkayo カワガラスの若者 7-48, 53, 75, 95.
 paskur okkayo カラスの若者 7-14, 17, 20, 22.

okkay-po²［名詞］若者 4-65. 5-6, 61. 9-7, 10, 15, 21, 27.
 aynu okkaypo 人間の若者 4-60, 70, 71, 75.
 use okkaypo 下級の男（yayan 参照）4-85. 5-66.

ok-sut［名詞］襟首
→oksutu
→oksutuhu

oksut-u⁴［oksut の所属形］〜の

okewe ～ onuman

襟首 5-56.
oksut-uhu［oksutu の長形］3-86.
oma［二項動詞］～が～の中にある
　→omare
　→koyaykurkaoma
oman［一項動詞］［1］～が行く（特に川上など上方への移動）4-15. 6-39, 65. 7-57, 125.
　→arpa
　→omanan
　→omante
　→paye
　［2］～（儀式など）が進行する
　　cikup noski oman kane「宴たけなわの頃」8-163.
oman-an[1]［一項動詞］～が歩き回る
　→payekay
oman-te[2]［二項動詞］～が～を行かせる；～が～（神）を神の国に帰す 1-91. 5-77.
oma-re[3]［三項動詞］～が～を～に入れる 8-136.
　　oro omare ～が～を～の中に入れる 13-26, 26.
　→ispokomare
　　kurkasike itak omare →itak
omommomo［二項動詞］～が～を詳しく語る
　　i/katuhu omommomo（簡潔な要約を受けて）～がそれを詳しく語る 1-214. 7-94. 8-121, 171.
omuken［二項動詞］～は～（獲物）が捕れずに飢える（Batchelor. "To be unable to catch" 久保寺『アイヌ叙事詩神謡・聖伝の研究』63-16 では e-omken という形で現れる）
　→aep'omuken
ona［名詞］父 12-9, 27, 48.
　→onaha
ona-ha[1]［ona の所属形長形］～の父 1-224.
onkami［一項動詞］～が礼拝する；～がお礼をいう 8-100.
　→eonkami
　→koonkami
　　onkami rok onkami rok ～が何度も礼拝する 8-154, 184.
　　tu wan onkami re wan onkami ukakuste ～が何度も礼拝する 1-92, 136.
onne［一項動詞］［1］～が歳をとる 1-74. 7-5, 115.
　［2］～が死ぬ 4-104.
ononno［間投詞］オノンノ
　　ononno ononno（豊漁，豊猟があったときの獲物を喜び迎えるときの叫び声．原注 2-(2)参照）2-15.
onuman［名詞］夕方
　　onuman an ko 夕方になると 8-11, 21.

o³-**panne**-re³ ［二項動詞］ 〜が〜の裾を翻す
 iwan kosonte opannere 〜が六重の着物の裾を翻す（帯をしめない）5-31. 8-97.

opekus ［一項動詞］ 〜が下痢をする（o³-pe¹-kus. 堀崎サク氏から得た語例 →taype）

o⁴-**pis**¹-un⁶ ［副詞］ 浜の方から 5-5.

opitta ［副詞］ 皆
 aynu opitta 人々皆 1-176, 196.
 →opittano
 un opitta 私たち皆を 13-25.

opitta-no¹ ［副詞］ 皆で（…する） 1-95, 131, 177, 220. 4-101. 8-16, 20, 185.
 kor utari opittano kotcake ne 〜が村人一同を代表して 8-120.

o³-**poso** ［二項動詞］ 〜が〜をくぐり抜ける
 →oposore

oposo-re³ ［三項動詞］ 〜が〜に〜をくぐり抜かせる
 →cioposore

oputuye ［二項動詞］ 〜が〜を押しやる
 →kooputuye
 →oputuypa

oputuypa ［oputuye の複数形］
 →ukooputuypa

or¹ ［位置名詞］ 〜があるところ；〜の中（後置詞が直接，接続できない名詞の後ろに置かれ，その名詞を後置詞 ta³「に」，un³「へ」，wa¹「から」に続けたり，複項動詞 ekatta, esikte, kus, noye, omare, osma, oyki, un¹ の目的語として導く．これらの複項動詞の前では，noye (→eitumamornoye) と un¹ (→ni-tat or un) を除いて，oro と表記される．また後置詞 wa の前でも oro と表記される．これら oro と表記されるものもこの箇所で扱う）
 apa or un 戸口へ 7-29.
 apa ot ta 戸口に 7-11.
 atuy oro osma 〜が（川を下って）海に出る 6-47.
 atuy or un 海へ 6-62.
 →eitumamornoye
 →harkisotta
 kamuy ot ta 神のもとに 7-86, 88, 107, 109.
 kanto oro wa 天から 11-40.
 kanto or un 天へ 7-8, 27, 31, 44, 57, 69, 116, 123, 125. 11-35.
 kanto ot ta 天に 7-61, 78.
 →kiror
 korham oro un omare 蕗の葉に私を「入れる」13-25.
 kotan or un 村へ 1-218.

ku oro kus 〜が仕掛け弓にかかる 4-10, 17.
ku oro osma 〜が罠にかかる 4-48.
mokor ot ta 夢の中で 7-100.
nispa ot ta 金持ちに（数え入れる）1-84.
nitat or un 谷地に住んでいる 5-83.
nitat ot ta 谷地に 5-3.
okkayo ot ta 若者に（賛辞を呈する）7-95.
→orke
oro oyki 〜の中をまさぐる 3-73.
oro wa 〜のところから 11-40.；それから 5-72. 7-95, 99, 125.；〜によって（…される）6-51. 7-64. 12-50.
    tap oro wa（常に taporowa と表記される）それから 1-95, 129, 147, 196, 207. 8-52, 89, 138. 11-60.
    utar oro wa 〜たちによって 6-51. 7-64. 12-50.
oro wano それから（前文の内容を受けて，「その後」の意味と解すべきときもあるが，また，単に，談話を引続き展開することを示し，「まだ話が続く」の意味と解釈することもできる．oro wa 参照）1-66, 153. 3-94, 113. 4-20, 29, 57, 68. 6-46. 7-15, 72. 8-15, 47, 108, 140, 158. 10-19. 11-50. 13-41.
    oro wano anak それからは 7-102.
    oro wano suy それからまた 2-39, 69, 97. 3-38, 48. 7-24, 34, 41. 8-146, 174.
or un →un³
ot ta そこに 1-94.
    ot ta easir そのとき初めて 4-24. 8-147. 13-28.
    ot ta okay as i 私のいるところ 13-2.
pet ot ta 川に 6-44. 7-68. 11-61.
puray or un 窓辺へ 8-110.
pustotta oro oyki 〜が小物入れの中をさぐる 3-73.
sanca ot ta 下唇に（笑いを浮かべる）3-103. 4-61. 5-51. 9-11. 11-7, 17, 36.
sonko ot ta 伝言に関して 7-7, 12, 26, 43.
su oro esikte 〜が〜を鍋の中いっぱいに入れる 4-68.
tarap ot ta 夢の中で 7-100.
tata ot ta そこで（接続句として）1-158. 3-67. 5-27. 8-45.

to oro omare 〜が〜を湖の中に入れる 13-26.
　→ukoorsutketumasnu
un or un 私のところへ 8-190.
un ot ta 私のところに 1-136.
utar ot ta 〜たちに 9-42.
utka ot ta 浅瀬に 2-74.
　→utor
ya oro ekatta 〜が〜を陸に引き上げる 12-41.
yupi ne kur ot ta 「兄様のゐる処」に 4-32.

or²-［副詞的接頭辞］全く；完全に
　→orhetopo
　→oroyaciki
　→otteeta

o⁵-re²［連体詞］3つの〜
otu ... ore ... 多くの〜 1-192. 5-36.

o²-rep¹［二項動詞］〜が〜(酒樽のふた)を叩いて拍子をとる 7-25, 35, 42, 50.
　→oreporep

orep-orep［orep の反復形］〜が〜(酒樽のふた)をトントン叩いて拍子をとる 7-10, 16.

or²-hetopo［副詞］元来た方に 11-16.

oripak［一項動詞］〜がおそれ慎む 7-47. 8-118.
　→eoripak

or¹-ke⁴［or¹ の長形］
　→orkehe
　→siktumorke
utar orke 〜たち 3-18.
utar orke wa 〜たちから 1-123.

orke-he⁵［orke の長形］
utar orkehe 〜たち 1-160, 164.

or¹-o⁶［or¹ の長形］(→or¹)

or²-oyaciki［間投詞］(意外なことへの驚き) 2-117.

oruspe［名詞］話
aynu oruspe 人間同士がする噂話 2-50, 79.
kamuy oruspe 神々同士の噂話 1-154.

o³-sawsawa［二項動詞］〜が〜の根元を揺する 10-17.

osi［後置詞的副詞］〜の後を追って 4-3, 4. 5-41.
　→iosi
osi ak 〜が〜の後ろから矢を射掛ける 11-39.
osi inkar 〜が〜を見送る 1-162. 6-63.

osikoni［二項動詞］〜が〜を追いつめる 5-26.

oske［位置名詞］〜の中
cip oske 舟の中 2-44. 3-67.

osma［二項動詞］〜が〜にぶつかる；〜が〜に勢いよく入る
ka osma 〜が〜の表面にぶつかる 3-16.

− 350 −

oro osma ～が～の中に勢いよく入る 4-48. 6-47.
→rawosma

osmak［位置名詞］～の後ろ；～の裏；～の陰
　inunpe osmak 炉縁の陰 7-20, 38.
　kotan osmak ta 村の裏に（村の裏山の方角）4-16.
→osmake

osmak-e[8]［osmak の長形］
　iwa osmake 岩の後ろ 5-64.
　kotan osmake 村の裏（村の裏山の方角）4-23.
→osmakehe

osmake-he[5]［osmake の長形］
　kotan osmakehe 村の裏（村の裏山の方角）5-28.

osoma［一項動詞］～が糞をする 2-22.
→eosoma

osor［名詞］尻
→osorusi

osor-usi［二項動詞］～が～に座る 8-138.

osserke［一項動詞］～が驚く
→iosserkere

osura［二項動詞］～が～を捨てる 6-45.
→osurpa
→yayosura

osurpa［osura の複数形］7-83.

ot[1]［二項動詞］～が～にある

→otte
→sarpokihuraot
→sosamotpe

ot[2]［or[1] の変異形］
ot[3]-［or[2]- の変異形］
→otteeta

ota［名詞］砂；砂浜
→otasut
→tan ota hure hure
　wen ota upun siokote/siokotpa ～が砂吹雪を立てて走る 1-54, 70.

ota-sut［名詞］砂浜が磯浜に変わるところ（地名として用いられる。山田秀三『北海道の地名』参照）
　otasut kotan オタスッ村 8-49, 95, 119, 168.
→otasutunkur

otasut-un[1]**-kur**[1]［名詞］オタスッの住人 8-117.

o[3]**-taype-nu**[2]［一項動詞］「お尻から汚い水の出る奴」；～のお尻から汚い水が出る 2-37, 67, 95, 133.

o[2]**-terke**［二項動詞］～が～を踏みつける；～が～を蹴る 6-42.
→kooterke
→otetterke
→ukooterke

otetterke［oterke の反復形］～が～を幾度も踏みつける 13-12, 24.

ot¹-te² [三項動詞] ～が～(鍋)を～(火)に掛ける 4-66.

ot³-teeta [副詞]（←or²-teeta）大昔 6-39.

o⁵-tu [連体詞] 2つの～
　　otu ... ore ... 多くの～ 1-192, 5-36.

otuwasi [二項動詞] ～が～をほめる
　　→yayotumasi

o³-tuy¹ [一項動詞] ～は陰部が切れている（～は「極つまらない人間」である．原注1-(9)参照．女性のことを指しているのではなかろうか）1-140.
　　→otuype

o⁴-tuyma [一項動詞] ～が遠くにある
　　→otuymaasi
　　otuyma sir wa 遠くの方から 8-42.

otuyma-asi [二項動詞] ～が～(足)を遠くに立てる
　　oat cikiri otuymaasi ～が片足を遠くに立てる
　　（→ohankeasi）1-46.

otuy-pe³ [名詞]「極つまらない人間」（原注1-(9)参照．「女のようなやつ」という蔑称ではなかろうか）

o³-us [二項動詞] ～の末端が～にくっつく
　　→ciousi

ouse [副詞] ただ…するばかりである 1-90, 172, 4-34.
　　ki caranke kakkok haw ne ouse turse ～がする弁論がカッコウの鳴き声のように美しく聞こえる 1-180.

o⁴-utur¹-un⁶ [副詞]（家の）下座の方から 9-18.

oya [一項動詞] ～はよその者である；～はほかの物である
　　somo oya pe ほかではないもの（ほかならぬもの）8-123.

oyaciki [間投詞] 驚いたことに 5-65, 74.
　　→oroyaciki

oyak [位置名詞] ～とは別のところ 4-35.
　　oyak un inkar →inkar

oyki [二項動詞] ～が～(場所)をあれこれいじる
　　→etokooyki
　　oro oyki ～が～(場所)をあれこれいじる 3-73.

oyoyo [間投詞] 苦しい
　　ayapo oyoyo →ayapo

oyra [二項動詞] ～が～を忘れる
　　oar ci oyra 私は～をすっかり忘れる 4-27, 28.

P

p[1] ［名詞的助詞］；［名詞的接尾辞］；
［形式名詞］（母音の後ろに立つときは p の形をとるが，子音の後ろに立つときは pe[3] となる。ここでは，pe[3] も一括する）
［1］（対応する節における主語に相当するものとして連体修飾される）
 an pe （複数形は okay pe）
  ari okay pe →ari
  ene okay pe そのようなこと 4-44.
  esir an pe →esir
  hemanta an/okay pe → hemanta
  husko an pe →husko
  iramsitnere okay pe 不愉快にさせるもの 13-11.
  noyne an pe →noyne
 →ruyanpe
 emus ruyke p 刀を研ぐ者 2-11.
 hoski ek pe 最初に来る者 5-7, 22.
→ikuspe
→ineap
→inunpe
 iso eonkami p 海の幸を拝む者 2-10.
 iosi ek pe 後から来る者 5-9.
→kanakankunip
→kaparpe
→karip
 mat tek anpa p 妻の手を引く者 5-43.
 nani hosippa p すぐに帰る者 1-173.
 nekon a ne p 何か 13-23.
 ne p 〜である者 1-18, 30, 57, 67, 123, 160, 164.
→nerokpe
 okikirmuy eosoma p オキキリムイの糞した物（オキキリムイの糞）5-74.
→otuype
→paunpe
 po tek anpa p 子供の手を引く者 5-43.
 rok pe …した者（達）1-131. 3-72.
→sosamotpe
 sinki p 疲れた者 8-16.
 somo oya pe ほかならぬ物（母音で終わる動詞に pe が付いている点で例外的）8-123.

→tanpe
　ukirare p こぞって逃げる者 5-44.
→wenpe
　yayotuwasi p 自信のある者 7-7, 26, 44.
　yayukopiski p 自分を勘定に入れる者 1-84.
[2]（対応する節における目的語に相当するものとして動詞に連体修飾される）
→aehomatup （人が慌てるもの）
→aep
　a erannak pe 人が困窮する物 7-121.
　a ki kusne p 私がしようとしたこと 1-62.
　a koeyam pe 人が心配に思うこと（危険）5-78.
→amip
　a unin pe 痛いこと 5-53.
　aynu mosir a eerannak pe 人間の国で人が困窮する物 5-79.
　aynu pito utar ci korpare p 私が人間に与えた物 8-71.
　aynu pito utar erannak pe 人間が困窮する物 8-192.
→epsak（e[1]「〜が〜を食べる」の主語に相当するものが現れない点で特殊な構成. aep'omuken 参照）
　inu newa ci ki p ne korka →

　inu
　kamuy e rusuy pe 神が欲するもの（酒）1-155. 8-156.
→kamuykorpe
　ki p ne korka →ki[1]
　kor pe 〜の持ち物 8-72, 73.
→mip
→okitarunpe
→piwciop
→tekekarpe
[3]（連体詞に修飾される）
→neanpe
→neap
　ne wa an pe →ne[2]
→rep
→tup
[4]（形式名詞として節について, 接続助詞のように用いられる. [1]あるいは[2]の例とも解釈される. →rok[2]）
　ci eyayrayke p 私は〜がありがたいのに 1-141.
　ci sautari sinki ruy pe 私の姉たちは激しく疲れて 8-152.
　a p/rok pe …したのに
　　ne kuni (patek) ci ramu a p/rok pe 私は…に違いないと（ばかり）思っていたのに（[2]の用例とも考えられる）2-21, 28, 56, 57. 4-86. 9-36.
　p/pe ne →ne[1]
　pe ta an a →ta[2]

pe tan →tan²
pon menoko homatu ruy pe 娘は激しく驚いて 12-11, 29.
-p² [自動詞語基複数形形成接尾辞]（場所を示す名詞的語根につき，その場所への移動を表す．複数形を形成する．単数形は -n² によって形成される．ahup は aw¹ と -p² の結合に由来すると考えられる）
→ahup
→rap
→rikip
→sap
→yap
pa¹ [二項動詞] ～が～を見つける
→kopa
pa² [名詞] 頭；上手（下手に対する）；東
→atuypa
→nupuripa
→paunpe
  so pa 座の上手 8-175.
pa³ [名詞] 縁
→pake
→papus
pa⁴ [名詞] 年
→kespa
→paha
pa⁵ [名詞] 川下
→hepasi

-pa⁶ [動詞複数形形成接尾辞]
→epa
→korpare
→kuspa
→soyunpa
→ueunupa
→yaykorpare
-pa⁷ [動詞語基複数形形成接尾辞]（（ ）の中のものは単数形）
→anpa¹ (←ani)
→anpa² (←anu)
→atuspa (←atusa)
→epokpa (←?)
→hekompa (←hekomo)
→hemespa (←hemesu)
→homatpa (←homatu)
→hosippa (←hosipi)
→hotuypa (←hotuye)
→hoyuppa (←hoyupu)
→karpa (←kari)
→kompa (←komo)
→kosanpa (←kosanu)
→kotpa (←kote)
→mespa (←mesu)
→noypa (←noye)
→oahuntaypa (←oahuntaye)
→okewpa (←okewe)
→oputuypa (←oputuye)
→osurpa (←osura)
→punpa (←puni)
→puspa (←pusu)
→rappa (←rapu)
→rarpa (←rari)

→raypa（←raye）
　→respa（←resu）
　→rewpa（←rewe）
　→rispa（←rise）
　→rurpa（←rura）
　→suypa¹（←suye¹）
　→suypa²（←suye²）
　→turpa（←turi）
　→uekarpa（←uekari）
　→yonpa（←yoni）
pa⁴-ha²［pa⁴の長形］
　ne paha ta その年に 13-38.
pak¹［後置詞的副詞］〜まで
　→pakno
pak²［名詞］（「教える」に関係する意味を持っていると思われる）
　→epakasnu
pa³-ke⁴［位置名詞］（pa³の長形）
　apa pake ta 戸口のそばに 9-4.
　hunak pake ta →hunak
pak¹-no¹［後置詞的副詞］（pak¹の長形）
　〜まで（時間，場所）1-174. 3-92. 7-79, 120. 12-40.
　〜ほどの大きさに（なる）1-222. 4-98, 100, 101.
　〜ほど（時がたつ）1-155. 3-102.
　…するほど（驚く，困窮する）（接続助詞的）2-106. 8-125.
pan¹［一項動詞］〜（色）が薄い；〜（力）が弱い

　sir pan「世が衰える」（sir¹, nupur 参照）6-19, 31.
pan²-［par²-の変異形］
　→panne
panakte［二項動詞］〜が〜を罰する 12-49.
pan²-ne¹［一項動詞］〜が翻る
　→opannere
pa³-pus¹［名詞］唇
　→poknapapus
par¹［名詞］口
　→paroho
par²-［cvc 語根］（火が燃えているさま，裾などが翻るさまを表す）
　→opannere
　→parar-
　→parse
　→paru
parar-［par²-の反復形］
　→pararse
parar-se²［parse の反復形］〜が翻る
　→epararse
par¹-oho¹［par¹の所属形長形］〜の口 5-3.
par²-se²［一項動詞］〜が翻る；〜が炎を上げて燃える
　→eparsere
　→pararse
par²-u³［二項動詞］〜が〜をあおぐ
　rera paru 〜が風で吹き飛ぶ

— 356 —

pa-ha ～ patek

2-119.
parur［名詞］縁
　→parurke
parur-ke[4]［parur の長形］
　pet parurke 川の縁 12-8.
　→parurkehe
parurke-he[5]［parurke の長形］
　su parurkehe 鍋の口の縁 4-78.
pas[1]［一項動詞］〜が走る 4-81.
　→ipaste
　→pasno
pas[2]［名詞］おき（炉の）;「灰」
　→pasuhu
pase［一項動詞］〜が重い；尊い
　pase kamuy「大神様」1-81, 87, 89, 91, 142, 184. 8-59, 65, 123, 130.
　→sipase
paskuma［二項動詞］〜が〜に教える
　ari paskuma 〜が〜に〜ということを教える 4-104.
paskur［名詞］烏
　paskur okkayo 烏の若者 7-14, 17, 20, 22.
　si paskur 大きな烏 2-28.
pas[1]**-no**[3]［一項動詞］〜がよく走る
　pasno karip →karip
pasta［一項動詞］〜は地位が低い
　pasta kamuy 地位の低い神

1-125. 3-116. 4-92.
pas[2]**-uhu**［pas[2] の所属形］〜（焼いた屍体）の灰 5-63.
pasuy［名詞］「酒箸」（酒の滴を神に捧げるための道具，人が述べた祈り言葉を神に伝えると信じられている）8-139.
　iku pasuy「御幣をつけていない普通の箸」（原注 8-(1) 参照）
　→kanpasuy
　kike us pasuy 削り掛け（削り起こし）のついた酒箸（原注 8-(1) 参照）8-115, 132, 170.
　pasuy epuni 〜が酒箸の先端を立てる（酒を神に捧げる）8-118.
pat-［cvc 語根］（飛び散る様子を表す）
　→patke
patek［副助詞］〜だけ（限定）5-3. 7-19. 8-7. 12-8, 22.
　kor patek okay as 私は…してばかりいる 4-6, 39.
　kuni patek ci ramu てっきり…するに違いないと私は思う 2-21. 4-85.
　patek kane …してばかりで（いる）8-77.
　patek ne tek ここまでで（話はよそに飛ぶ）3-87.；それっきり 5-57. 9-30.

― 357 ―

patek ne yakka …するだけでも（ありがたい）1-141.

pat-ke[3]〔一項動詞〕〜（火）が跳ねる
→patkepatke

patke-patke〔patke の反復形〕〜（炎）が飛び交う 5-47.

pa[2]-un[1]-pe[3]〔名詞〕儀式のとき男性が頭に被る物；「冠」
　　ekas paunpe「先祖の冠」8-97.
　　kamuy paunpe「神の冠」8-97.

paw[1]〔名詞〕口（あるいは「声」か？）
→pawe
→pawetok

paw[2]-〔cvc 語根〕（狐の鳴き声を表す．原注 3-(1) 参照）
→pawse

paw[1]-e[7]〔paw[1] の所属形〕〜の口（あるいは「〜の声」か？）
→ipawekurtenke

paw[1]-etok〔名詞〕雄弁の才
　　pawetok kor 〜が雄弁の才を持つ 7-6, 12, 30, 43.

paw[2]-se[2]〔一項動詞〕〜（狐）がパゥと鳴く
　　nitne pawse pawse nit kan ci kekkekekke 私は「重い調子で木片をポキリポキリ折る様にパーウパーウと叫」ぶ 3-12, 32, 40, 49, 59,
82.

paye〔oman の複数形〕1-169. 2-19, 19, 49, 55, 72, 84. 3-7. 4-3, 4, 8, 12, 37. 7-67, 68, 107, 116, 119, 123. 8-21. 9-4. 10-2. 11-3. 13-13.
　　wa paye …してしまう（wa oman の複数形）11-16, 22.
→payekay

payekay〔omanan の複数形〕（本来，paye-okay[1] の形だったと思われる）〜が歩き回る
→ukopayekay

pe[1]〔名詞〕水（水滴，水面）
→kanpe
　　konkani pe 金の滴 1-1, 10, 43, 101, 111.
→peka
　　sirokani pe 銀の滴 1-1, 9, 42, 100, 110.
→wenpe

pe[2]〔名詞〕川上
→heperay
→pena

pe[3]〔p[1] の変異形〕

-pe[4]（不明）
→asurpe

pe[1]-ka[1]〔名詞〕水面
→pekaorewe
→pekaorewpa
→pekaotopo

peka〔後置詞的副詞〕

— 358 —

→pekano
[1]〜に沿って；〜を伝って 2-42. 12-19.
[2]〜（広がりのあるものの中）を横断して
　tum peka 〜の中を通って 5-40. 9-2.
[3]〜を貫いて
　oksutu peka 〜の襟首を貫いて（矢を射る）5-56.

peka-no[1]［後置詞的副詞］（peka の長形）〜がいるあたりを（通る）
　un pekano 私がいるあたりを 5-12.

peka-o[2]**-rewe**［二項動詞］〜が〜（櫂）を水面でしならせる（pekorewe と表記されるが，本来，peka-o-rewe の形だったと思われる）
　→pekorewe
　→pekaorewpa

peka-o[2]**-rewpa**［pekaorewe の複数形］
　→pekorewpa

peka-o[2]**-topo**［二項動詞］〜が〜（櫂）を水面で返す（pekotopo と表記されるが，本来，peka-o-topo の形だったと思われる）
　→pekotopo

peker［一項動詞］〜が明るい；〜が透明である
　peker nisat かなり，明るくなった明け方 8-18.
　peker nupe「大粒の涙」1-134, 134.
　sir peker 夜が明ける 1-129.
→uepeker

pekor［接続助詞］あたかも…であるかのように（pkor, pokor と表記されることもある）
→apkor
→nepkor
→pokor
　siri ne pekor あたかも…しているかのように 2-60.

pekorewe［pekaorewe の短縮形］3-65.

pekorewpa［pekorewe の複数形］3-43.

pekotopo［pekaotopo の短縮形］3-43, 65.

pen-［per- の変異形］
→penrur

pe[2]**-na**[4]［一項動詞］〜が川上に位置する；川上（名詞的に）
　pena ta 川上に 2-73.

pen-rur［名詞］波
　atuy penrur 海の波 6-47, 47.

pep-［cvc 語根］（笑いさざめく様子）
→pepunitara

pep-unitara［一項動詞］〜が笑いさざめいている 10-26. 11-24, 62.

per-［cvc 語根］（裂けている，

― 359 ―

割れている様子）
　→perke
　→penrur
pererke［perkeの反復形］
〜（大地が）裂ける 5-20，42．
per-ke[3]［一項動詞］〜が裂ける；
破れる；割れる
　→pererke
pet［名詞］川
　→petasam
　　pet asama 川底 12-18，36．
　　pet esoro 川に沿って（下る）
　　1-3．6-46．10-28．11-60．
　　12-2．
　→petetok
　　pet etoko 川の源 10-22．
　　11-13．
　　pet hontom 川の中流 2-85．
　　pet ot ta 川に・で 6-44．7-68．
　　11-61．
　　pet parurke 川の縁 12-8．
　→petpo
　　pet turasi 川に沿って（上る）
　　2-72，97．11-2．
pet-asam［名詞］川底 12-19，
40
pet-etok［名詞］川の源 3-13，
15．10-1，2．11-12，20，21．
pet-po[2]［名詞］川
　　tap an petpo この川 3-14．
　　6-24，27，29．
pewtanke［一項動詞］〜が変事
の起きたことを告げる叫び声を

上げる 2-109，122．（原注 2-(7)
参照）
pewtek［一項動詞］（不明）
　→erampewtek
pi［名詞］（不明）
　→terkepi
pii［間投詞］ピー（？）
　　pii tun tun pii tun tun! 人に
　　変じた炉縁魚があげる鳴き
　　声 6-9，22，34，59．
pinnay［名詞］谷
　　tu pinnay kama re pinnay
　　kama terke as kane 私は二
　　つの谷を越え，三つの谷を
　　越えて 4-2，21，30．
pipa［名詞］沼貝 13-10，10，21，
43．
　　pipa kap 沼貝の貝殻 13-40，
　　42．
pirka［一項動詞］〜が良い；〜
が美しい
（連体詞的用法）
　　pirka cikappo 美しい鳥 1-14．
　　pirka ike 良いもの 1-115．
　　pirka ikor 美しい宝物 1-106，
　　108．
　　pirka inaw 美しい御幣 1-148，
　　208，216．7-106．8-143，
　　158，182．
　　pirka ... kamuy ... →kamuy
　　pirka nam wakka 清く冷たい
　　水 13-27．
　　pirka neto 良い凪 3-5．

→pirkano
pirka puri 良い性格 3-106.
→pirkare
pirka rera 良い風 10-22，24．11-40．
pirka sake 良い酒 1-209．8-136．
pirka sir pirka 「大そう好いお天気」3-89．
pirka to きれいな湖 13-26．
pirka wakka きれいな水 10-22，24．11-21，23．
（述語的用法）
　katu pirka …する仕方が良い 3-107．7-92．
　ruwe pirka …している状態が良い 3-72．
　sir pirka 天気が良い 3-89．5-2．（3-89 の例は「好い天気」の意味で名詞として働いている）
（名詞的用法）美しさ 7-75．
pirka-no[1]［副詞］良く；美しく 7-105．9-35．
pirka-re[3]［二項動詞］〜が〜を良くする；美しくする 13-37．〜（神）が〜（人）に恵みを与える 1-127．8-166．
pis[1]［名詞］浜
→opisun
　pis ta 浜に 6-2．
pis[2]［後置詞的副詞］（数名詞の後ろで用いられる．意味は不明）

aynu/menoko tun pis 人間・女が二人 2-45，73．
→piski
→pisno
pise［名詞］膀胱などの袋状の臓器；それらから作られる袋
→pisene
pise-ne[1]［一項動詞］〜（腹）が膨れる
　pisene terkepi 腹の膨れた蛙 9-33，43．
piskan［位置名詞］〜のまわり；〜のあたり
→piskani
　piskan ta 〜のまわりに 1-105．
　sirokani pe ran ran piskan, konkani pe ran ran piskan 「銀の滴降る降るまわりに，金の滴降る降るまわりに」1-1，9，42，100，110．
piskan-i[8] [pikan の長形] 8-55．
pis[2]-ki[1]［二項動詞］〜が〜を数える
→ukopiski
pis[2]-no[1]［後置詞的副詞］〜ごとに
　cise pisno 一軒ごとに 1-162.
　pisno pisno そのたび，そのたび 8-189．
pita［二項動詞］〜が〜（紐）をほどく
→ukaepita
→usinritpita
pito［名詞］人

− 361 −

第3章 『アイヌ神謡集』辞典

　　　aynu pito 人間 3-69, 77, 93. 4-5, 38, 88. 5-81.
　　　aynu pito utar 人間たち 1-200, 203, 219. 2-8, 26. 3-27. 7-59, 66, 80, 91, 97, 100, 101, 112, 118. 8-71, 72, 100, 102, 166, 189, 191.
piwci［名詞］火打ち（石）（日本語からの借用）
　　→piwciop
piwci-o¹-p¹［名詞］火打ち石入れ（原注 3-(2) 参照）
piye［二項動詞］〜が〜を馬鹿にする 1-124.
po¹［名詞］子供（息子, 娘）5-43.
　　→poho
　　　po kor 〜が子供をもうける 1-223.
　　→poutar
　　→upokor
-po²［指小辞］
　（名詞に付いた場合）
　　→ceppo
　　→cikappo
　　→inawpo
　　→okkaypo
　　→petpo
　　→rampo
　　→sapo
　　→tekkakipo
　　→tonotopo
　　→wakkapo

　（名詞的に機能している一項動詞に付いた場合）
　　→inkarpo
　　→rekpo
　（動詞に付いた場合）
　　→kipo
　（副詞に付いた場合）
　　→hawkenopo
　　→hoskinopo
　　→koohanepo
po¹-ho³［po¹ の所属形長形］〜の子 1-25.
pok［位置名詞］〜の下
　　→corpok
　　→epokpa
　　→ispokomare
　　→kotpok
　　→pok-i⁶
　　→pok-i⁸
　　→pokna
　　→sarpok
　　→tempok
　　→tuypok
poka［副助詞］…ばかりでも；…だけでも（副詞句の後に現れる）
　　ari poka 〜だけでも 1-90.
　　ene wa poka →ene
　　ponno poka 少しだけでも 2-14.
pok-i⁶［二項動詞］〜が〜を下げる
　　→hepoki
pok-i⁸［pok の長形］

― 362 ―

piwci 〜 pon

→erampokiwen
→pokisir
→sarpoki

poki-sir[1] ［名詞］足先
→pokisirke

pokisir-ke[4] ［pokisir の長形］3-92.

pok-na[4] ［一項動詞］〜が下にある；〜が下になる；下の〜
→cipoknare
　pokna atuy 下の海（atuy 参照）3-18.
　pokna mosir →mosir
→poknanotkew
→poknapapus
→poknare
　pokna sir 地獄
　　iwan pokna sir 六つの地獄（原注 10-(1) 参照）10-17.

pokna-notkew ［名詞］下顎
→poknanotkewe

poknanotkew-e[7] ［poknanotkew の所属形］〜の下顎 3-110.

pokna-papus ［名詞］下唇
→poknapapusi

poknapapus-i[7] ［poknapapus 所属形］〜の下唇 1-47.

pokna-re[3] ［二項動詞］〜が〜を下にする
→cipoknare
→upoknare

pokor ［pekor の変異形］2-114.

pon ［一項動詞］〜が小さい
　ak sinot pon ay →ay
　ak sinot pon ku →ku[2]
　pon ay 小さな矢 1-19, 20, 23, 29, 48, 50. 3-75, 78, 85, 93. 5-50. 8-29, 42. 11-6, 11, 19, 30, 38.
　pon cip 小さな舟 3-25, 28.
　pon cise 小さな家 1-70, 103, 108, 112.
　pon hekaci 小さな子供 1-71, 150, 162.
　pon inawpo 小さな御幣 8-129.
　pon ku 小さな弓 1-19, 23, 28. 3-74. 4-90. 5-50. 8-28, 42. 11-6, 11, 19, 30, 38.
　pon menoko →menoko
→ponno
　pon noya ay 小さな蓬の矢 5-53.
　pon noya ku 小さな蓬の弓 4-41.
　pon tonotopo わずかな酒 8-129.
（人名，神の名の前に置かれて）子供の〜（原注 11-(1) 参照）
　pon horkew kamuy → kamuy
　pon horkew sani →sani
　pon nitne kamuy →nitne
　pon okikirmuy →okikirmuy

pon rupne aynu →aynu
pon rupnekur →rupnekur
pon-no[1] ［副詞］少し 4-46.
 ponno okay as 私は少しの時間そのままで過ごす（「少し（時が）たって」）1-129.
 ponno poka 少しばかり 2-14.
 ponno ranke 少しずつ 8-136.
 →pono
 senne ponno/pono →senne
pono ［ponno の変異形（？）］1-69.
poo ［副詞］ますます 4-51
pop ［一項動詞］〜が煮えたつ
 sir pop apkor 大地が煮えたつように（騒々しいこと）5-44.
 su pop 鍋が煮える 4-73.
poro ［一項動詞］[1] 〜が大きい
 poro catay 大きな龍 5-60.
 poro cise 大きな家 1-113, 117. 4-63.
 poro esaman 大きなカワウソ 12-45.
 poro kotan 大きな村 5-28.
 poro nimakitara utar 大きな犬達 12-16, 34.
 poro si nupuri 大きなくその山 2-23.
 poro situmpe 大きな黒狐 3-101.
 poro su 大鍋 4-66.
 poro urir 大きな鵜 2-58, 59.

[2] 〜が老いている
 poro sikupkur 老人（男）1-79, 133, 135, 147.
 poro sikupmat 老女 1-93, 132, 149.
poronno ［副詞］たくさん 7-111, 111.
poso ［二項動詞］〜が〜（すきまなど）を通り抜ける
 →cioposore
 →oposo
posomi ［名詞］刀（日本語「細身」の借用か）
 kamuy posomi「神剣」8-106.
po[1]**-utar** ［名詞］子供たち（息子、娘たち）
 →poutari
poutar-i[7] ［poutar の所属形］〜の子供たち 1-19, 30, 58, 67. 4-104.
poye ［二項動詞］〜が〜を混ぜる
 →kopoye
 →yaykopoye
puk ［二項動詞］〜が〜を噛みつく
 →pukpuk
puk-puk ［puk の反復形］〜が〜を噛みつき噛みつきする 12-42.
pun- ［cvc 語根］（上がる様子）
 →puni
 →punpa
 →puntek

punas [puni-as¹ の短縮形] ～が～（腰）を上げて立つ
　→punaspunas
punas-punas [punas の反復形] ～が～（腰）を上げ下げする
　kosan ikkew kan punaspunas ～が～に傾けた腰を上げ下げする（杭を打つ動作）10-4.
pun-i⁶ [二項動詞] ～が～を持ち上げる
　→cirikipuni
　→epuni
　→hepuni
　→hopuni
　→koipuni
　→kopuni
　→punas
　→punpa
　→riknapuni
　→tekrikikurpuni
punki [名詞] 守り手
　→epunkine
pun-pa⁷ [puni の複数形] 11-34.
　→epunpa
　→hepunpa
　→hopunpa
　→koipunpa
　→kopunpa
puntari [名詞] 銚子
　→anipuntari
pun-tek⁴ [一項動詞]（不明）
　→yaykopuntek

puray [名詞] 窓 8-110, 112, 137.
　→rorunpuray
puri [名詞] 性格；気性
　puri kor ～は（良い，悪い）性格である
　　arwen puri kor ～は大変悪い性格である 3-117.
　　pirka puri kamuy puri kor ～は神のように良い性格である 3-106.
　wen puri 悪い性格；激しい気性；怒り；「悪い心」
　　ci kor wen puri un kosankosan 私の怒りが私に現れる（「悪い心がむらむらと出て来ました」）3-8, 30, 58.
　　kor wen puri enan tuyka/tuykasi eparsere ～の怒りの色が顔面に燃え立つ 3-72. 6-8. 11-26, 45. 12-12, 30.
　　wen puri kor ～は「何の悪い考えも持っていない」1-184. 3-120.
pus¹ [名詞] 穂
　amam pus 粟の穂 13-40, 42.
　→papus
pus²- [cvc 語根]（破裂する様子；あらわになる様子）
　→puspa
　→pusu

pus²-pa⁶ [pusu の複数形]
　→okapuspa
pustotta [名詞] 火道具などを入れる毛皮で作った小さな鞄（原注 3-⑵ 参照）3-73.
pus²-u³ [二項動詞] 〜が〜を暴露する
　→puspa
　→sipusu
put [名詞] 川が海や本流に出会うところ；沢の口
　→putuhu
puta [名詞] ふた
　sintoko/kutosintoko puta ほかい・酒樽のふた 7-10, 16, 24, 35, 41, 50. 8-135.
put-uhu [put の所属形長形] 〜が本沢にぶつかるところ
　wakkataru putuhu 水汲み場のある沢が川に出合うところ 12-4, 22.

R

ra [名詞] 下（低いところ）；川の岸辺
　→rake
　→ran
　→rana
　→rap
　→raunruke
racici [二項動詞] 〜が〜を下げ続ける
　→heracici
ra-ke⁴ [ra の長形]
　→rakehe
rake-he⁵ [rake の長形]
　kotan rakehe「村の浜」8-51.
rakewehe [raykewehe の誤りか？]（知里真志保『分類アイヌ語辞典・人間編』196 頁参照）5-62.
ram¹ [ram²-u³ の短縮形]
　→koiramno
ram² [名詞] 心（rame, ramu という形になることがある．eramesinne, eramusinne, eramusitne を見よ）
　→eraman
　→eramesinne
　→eramiskare
　→erampewtek
　→erampoken
　→erampokiwen
　→eramsitne
　→eramusinne

→eramusitne
→iramsitnere
→iramye
→koramkor
→ramasi
→ramasu
→rametok
→rampo
→ram-u³
→ram-u⁴
→ukoramkor
→yaeramusitne

ramante［二項動詞］〜が〜を（矢で）狙い射つ 1-29. 8-36.

ramasi［ramasu の変異形］
→iramasire

ram²-asu［一項動詞］〜が美しさに感動する
→anramasu
→iramasire

ramat［名詞］魂
→ciramatkore

rame［ram² の変異形］
→eramesinne

ram²-etok［名詞］勇者
kamuy rametok すばらしい勇者（8-64 の例を除き，人名，神名の後ろに現れる．例えば，okikirmuy kamuy rametok「すばらしい勇者，オキキリムイ」など）4-86. 5-67. 8-59, 64, 123. 9-36.
rametok ipor 勇者の気品 5-7. 7-76.
rametok sone 勇者らしく 5-7.
sino rametok「最も強いもの」7-121.
sonno rametok 本当の勇者 1-17.
upen rametok 若い勇者 7-122.

ramma［副詞］いつも
ramma kane いつものように 8-186.
ramma ramma いつでもいつでも 1-225.

ram²-po²［名詞］心
ipaste rampo yaykorpare 〜がハッと悟る 7-102.

ram²-u³［二項動詞］〜が〜を思う；考える（koiramno の中で -ram- と表記される）
→koiramno
kuni ci ramu …に違いないと私は思う；…すべきと私は思う 1-139. 2-20, 24, 28, 56, 57, 88. 3-70, 94. 4-9, 48, 88. 5-66, 73. 7-117. 9-36. 12-39.
kuni patek ci ramu …に違いないとばかり私は思い込む 2-21. 4-86.

ram²-u⁴［ram² の所属形］〜の心
→ramuriten

ramu［ram² の変異形］

第 3 章 『アイヌ神謡集』辞典

→eramusinne（→eramesinne）
→eramusitne
ramu-riten［一項動詞］〜の「心が柔らぐ」1-196.
ra-n²［一項動詞］〜が下る
　→ciranaranke
　→ranke
　→rap
　　sirokani pe ran ran piskan, konkani pe ran ran piskan「銀の滴降る降るまわりに、金の滴降る降るまわりに」1-1，9，42，100，110.（第 1 話の折り返し句）
　　tonupeka ran ran（第 13 話の折り返し句）
ra-na⁴［一項動詞］〜が下の方に位置する
　→ciranaranke
ran-ke²［二項動詞］〜が〜を下ろす
　→ciranaranke
　　kamuy ranke tam「神授の刀」8-98.
　→rapte
ranke¹［助動詞］何度も…する 3-97，98．4-6．8-190.
　　hosipi ranke 〜が行きつ戻りつする 8-116，132.
ranke²［副助詞］ずつ
　　ponno ranke 少しずつ 8-136.
　　tup rep ranke 二つ、三つずつ 8-182.

ra-p²［ran の複数形］1-51.
　→ciorapte
　→rapte
rap［名詞］羽；翼
　→rapkokikkik
　→rappa
　→rapu
rap-ko²-kikkik［二項動詞］〜が〜（鳥を）「羽ぐるみひっぱた」く 7-23，39.
rapok［形式名詞］…している最中
　→rapoke
　→rapoki
　　rapok ta …している最中 7-19，37．8-126.
rapok-e⁸［rapok の長形］
　　rapoke ta おりから；そのうちに；そのとき 2-118．3-85．5-56．8-155.
　→rapoki
rapok-i⁸［rapok の長形］（rapoke と同じ意味か）
　　rapoki ta「其の中に」1-22．；そのうちに（時間の経過）5-48.
　→rapoke
rap-pa⁷［rapu の複数形］
　→sirappa
rap-te²［ranke の複数形］
　→ciorapte
　→yaykorapte
rap-u³［二項動詞］〜が〜（羽）を

— 368 —

羽ばたかせる（？）
　→rappa
rara［二項動詞］〜が〜にいたずらをする 9-8.
　→irara
rari［二項動詞］〜が〜の上に載る
　→horari
　→rarire
　→rarpa
rari-re[3]［三項動詞］〜が〜を〜の上に載せる
　→kimuyrarire
rarpa［rari の複数形］
　→useturkararpa
ratcitara［副詞］平穏に 1-219.
　　ratcitara okay 〜が平穏に暮らす 8-192.
raunruke［二項動詞］〜が〜を下げる（Batchelor の Tekkakipo の項に ran uiruke という形が出ている．また，Uiruke の項に "To put on (as earrings, etc.)" とある）
　　kani tuki ci rikunruke ci raunruke「かねの盃を押しいただいて」8-134.
　　tekkakipo rikunruke raunruke →tekkakipo
raw［名詞］奥（隠れた所）
　→rawke
　→rawki
　→rawosma

rawke（弘南堂版の rawki に対して郷土研究社版 3-37 に現われる形）
　→rawki
raw-ki[3]［raw の長形］
　　rawki mina ひそかな笑い
　　rawki mina ci uesuye 私はひそみ笑いをする 3-37，47，76.
　→rawkisam
rawkisam［rawki-isam の短縮形］（心に）裏がない
　→rawkisamno
rawkisam-no[1]［副詞］「へだてなく」（つきあう）1-182.
raw-osma［一項動詞］〜が潜る
　→korawosma
ray[1]［一項動詞］〜が死ぬ 3-98，107. 9-34，43. 13-3.
　→rayke
　→raykew
　→raykotenke
　　toy ray wen ray ci ki「私はつまらない死に方，悪い死に方を」する 3-114. 4-74，92. 5-82. 9-40. 12-51.
　　wen ray ci ki「悪い死に方を」する 3-118.
ray[2]-［副詞的接頭辞］激しく
　→rayayayse
　→rayayyayse
-**ray**[3]［起点・方向接尾辞］
　→heperay

ray²-ayayse［一項動詞］〜が泣き叫ぶ 3-96.
　→urayayaysere
ray²-ayyayse［一項動詞］〜が泣き叫ぶ 4-10.
raye［二項動詞］〜が〜を移動させる
　→raypa
　→siaworaye
ray¹-ke²［二項動詞］〜が〜を殺す 4-91. 5-71. 7-23, 40. 12-50.
　→oanrayke
ray¹-kew［名詞］死体
　→raykewehe
raykew-ehe［raykewの所属形長形］〜の死体（rakewehe参照）
ray¹-ko²-tenke［二項動詞］〜が〜（声）を激しく上げる
　ohay ci raykotenke 私は泣き叫ぶ 13-5, 14, 18.
raypa［rayeの複数形］
　→rororaypa
　→siaworaypa
rayyepas［一項動詞］〜が「もがき苦しむ」3-97.
re¹［名詞］名前
　→rehe
　→rekore
re²［連体詞］三つの〜 7-19.
　→ore
　→rep
　→resous

tu ... re ... →tu
-re³［使役接尾辞］（-te²の変異形）
→are
→ciikurure
→cikannare
→cinupurkasure
→cioposore
→cipoknare
→cirewsire
→cisipusure
→cisiturire
→citursere
→eparsere
→epunkinere
→hecawere
→icakkere
→iosserkere
→iramasire
→iramsitnere
→iyayiraykere
→kannare
→koasuranure
→korpare
→kure
→mire
→omare
→opannere
→oposore
→pirkare
→poknare
→rarire
→rewsire

ray-ayayse 〜 rera

→sikasuyre
→siknure
→sinospare
→uhopunpare
→uhoyuppare
→ukannare
→ukirare
→uminare
→upoknare
→urayayaysere
→ureetursere
→yaykorpare

re¹-he⁶ [re¹の所属形長形]〜の名前
 teeta rehe tane rehe 昔の名前と今の名前 6-11, 15, 24, 27.

rek [一項動詞]〜(蛙)が鳴く
 "…"(ari) rek 〜が「…」と鳴く 9-10, 15, 20, 26.
 →rekpo

re¹-kore [二項動詞]〜が〜に名前を与える
 ari rekore 〜が〜に〜という名前をつける
 ari a rekore 〜は〜と呼ばれている 6-53.

rek-po² [名詞] 歌
 ari an rekpo ci ki kane 〜という歌を私は歌いながら 1-2, 10, 43, 102, 112.

rekuci [rekutの所属形]
 (←rekut-i⁷) 〜の首 2-59.

rekut [名詞] 首；喉
 →rekuci

renkayne [後置詞的副詞]〜のおかげで 4-95.
 ci renkayne 私のおかげで 13-39.

re²-p¹ [名詞] 三つ
 tup ci kore rep ci kore 私は〜に 2 つ, 3 つやる 1-217.
 tup rep ranke 2 つ, 3 つずつ 8-182.

rep¹ [一項動詞]〜が拍子をとる
 →orep

rep² [名詞] 沖
 →herepasi
 →repa
 →repun

rep²-a⁷ [一項動詞]〜が海猟をする 3-7.
 repa cip →cip

rep²-un¹ [一項動詞]〜が沖にある
 →repunkamuy
 →repunkur

repun-kamuy [名詞] 海の神 (isoyankekur 参照. 第 8 話の表題に現れる)

repun-kur¹ [名詞] 海の向こうの人 (「沖の人」)
 repunkur atuy「沖の人の海」 3-19.

rera [名詞] 風
 nesko rera supne rera「胡桃

- 371 -

の風つむじ風」11-32.
 pirka rera きれいな風 10-22, 24. 11-40.
 rera etoko 風の先（風の行く手）11-41.
 rera paru ～が風にあおられる 2-119.
 rera punpa ～が風に吹き上げられる 11-34.
 rera ruy 風が強く吹く 2-118.
 rera tum ta 風の吹き荒れる中 3-28, 68.
 sirokani rera pirka rera「銀の風清い風」11-40.
 yupke rera 激しい風 3-68.
 yupke rera supne rera 激しいつむじ風 3-15.
rerek［一項動詞］～は顔色が悪い
 rerek aynu/okkayo 顔色の悪い男 5-10, 12, 23, 25, 73.
rerko［名詞］[1]三日
 rerko sir an 三日たつ 7-18.
 tokap rerko kunne rerko ci ukopiski iwanrerko ne i ta 私が昼を三日、夜を三日数え、六日目に 7-54.
 tutko rerko sir an 二日、三日たつ 1-202. 8-110, 146, 181.
[2]日数
→inererko
→iwanrerko

re²-so-us［一項動詞］～が(舟に)三人乗りする 3-7.
respa［resu の複数形］8-4.
resu［二項動詞］～が～を育てる
 →respa
ret-［cvc 語根］（痩せた様子. rer- かもしれない）
 →rettek
retar［名詞］～が白い
 retar imeru 白い稲光 8-144.
 retar urar 白いもや 8-144.
ret-tek⁴［一項動詞］～がすっかり痩せる（onne「～が老いる」とともに用いられる）7-5, 115.
rew¹-［cvc 語根］（しなっている状態；まがっている状態）
 →rewe
rew²（不明）
 →kappa rew rew kappa
rew¹-e⁹［二項動詞］～が～をしならす；～が～を曲げる
 →pekorewe
 →rewpa
rewpa［rewe の複数形］
 →pekorewpa
rewsi［一項動詞］～が泊まる
 →cirewsire
 →korewsi
 →rewsire
rewsi-re³［二項動詞］～が～を泊める 1-90.
 →cirewsire
reye［一項動詞］～が這う 1-177.

ri［二項動詞］〜が〜(皮)を剥ぐ
　→iri
rik［名詞］高い所
　→rik-i[5]
　→riki
　→rikna
　→rikun
　→rikunruke
rik-i[5]［一項動詞］〜が高いところにあがる
　→cirikipuni
　→rikikur-
riki［rik の変異形］
　→rikin
　→rikip
riki-kur[5]-［副詞的接頭辞］高く
　→tekrikikurpuni
riki-n[2]［一項動詞］〜が高く登る
　rikin supuya 昇る煙 2-104.
　→rikip
riki-p[2]［rikin の複数形］11-35.
rik-na[4]［一項動詞］〜が高いところにある
　→riknapuni
rikna-puni［二項動詞］〜が〜を高く持ち上げる 2-52, 107, 109.
rik-un[1]［一項動詞］〜が高いところにある
　　rikun supa 立ち上る湯気 4-78.
　→rikunsuy
rikunruke［二項動詞］〜がを上げる
　(→raunruke) 1-75. 8-134.
rikun-suy[1]［名詞］煙出しのための天窓 7-56.
rim-［cvc 語根］(どしんという音を表す；女性の高い裏声を表す)
　→rimim-
　→rimnatara
　→rimse
rimim-［rim- の反復形］
　→rimimse
rimim-se[2]［一項動詞］〜が叫ぶ(女性の高い裏声による叫び声で)(原注 2-(6), (7)参照)
　→matrimimse
rim-natara［一項動詞］〜がどしんと音を立てる 11-58.
rim-se[2]［一項動詞］〜が輪になり跳ねて踊る 1-200. 8-176.
　→erimse
rise［二項動詞］〜が〜をむしる
　→rispa
rispa［rise の複数形］
　→risparispa
rispa-rispa［rispa の反復形］〜が〜をむしりにむしる 12-42.
riten［一項動詞］〜が柔らかい
　→ramuriten
ro［終助詞］…しよう(勧誘を表す) 1-170, 11-9.
rok[1]［a[1] の複数形］1-97, 120. 9-9. 12-45.

第3章 『アイヌ神謡集』辞典

rok[2] [a[4] の複数形]
　→nerok
　　rok ine →ine
　　rok okay（aw[2] an[1] の複数形）2-25, 120. 5-72. 7-98. 8-39.
　　rok pe …すると（a[4] p[1] の複数形。pe の働きは接続助詞的ともみえるが，名詞的助詞ともみえる。→p[1][1][2][4]）1-131. 2-28. 3-72.
　　... rok ... rok（... a[4] ... a[4] の複数形）8-154, 184.
　　rok wa（a wa の複数形）8-153.
ronror- [ror[2]- の反復形]
　→ronroratki
ronror-atki [一項動詞] ～（鹿の鳴き声）が響き渡る 11-65.
ror[1] [名詞] 上座
　→rororaypa
　→rorun
ror[2]- [cvc 語根]（鹿の鳴き声；獲物が罠にはまる音）
　→ronror-
　→rorkosanu
rori [二項動詞] ～が～を沈める
　→herori
ror[2]**-kosanu** [一項動詞] ～が ror という音（罠にはまる音）を立てる
　　ku oro ci osma humi ci mo-netoko rorkosanu 私は罠にかかる（→monetok, monetoko）4-49.
　→kororkosanu
ror[1]**-o**[2]**-raypa** [二項動詞] ～が～（6つの酒樽）を上座に並べる 1-152.
ror[1]**-un**[1] [一項動詞] ～が上座にある
　　rorun inunpe 上座側の炉縁木 9-24.
　→rorunpuray
　→rorunso
rorun-puray [名詞] 神窓 1-72, 93. 8-112.
rorun-so [名詞] 上座
　　rorunso ka ta 上座の上に 8-135, 155.
roski [as[1] の複数形] 2-74, 85.
-rototke [自動詞語基形成接尾辞]（音の断続的な生起を表す）
　→mesrototke
ru [名詞] 道（下の3例とも，何かを行う場所を指すのに，その場所へいたる道をもってする例
　→asinru
　→esoyneru
　→wakkataru
ruki [二項動詞] ～が～を飲み込む 5-55.
　→oanruki
　→sikoruki
rupne [一項動詞] ～は大きい；～は成人する

- 374 -

netopake rupne 体が大きい 4-98.
pon rupne aynu →aynu
→rupnekur

rupne-kur[1]［名詞］大人
pon rupnekur「小男」(pon rupne aynu →aynu) 10-2, 12, 13, 14.

rur［名詞］海；潮
→penrur
→rutteksam

rura［二項動詞］〜が〜を運ぶ
→irura
→rurpa

rurpa［rura の複数形］5-63. 8-107.

rus［名詞］毛皮
rus turano（うさぎを）皮ごと（切る）4-67.

ruska［二項動詞］〜が〜(事柄)を怒る 4-90. 6-43.
ci ruska kusu 私は〜に腹を立てたので 7-39, 69. 10-11. 11-18.
→iruska

rusuy［助動詞］…したい 4-45, 70. 5-52. 12-36.
ene kan rusuy i nepkor kar 〜はしたければしたいようにする 8-75.
e rusuy →e[1]

rut[1]［rur の変異形］
→rutteksam

rut[2]-［cvc 語根］(物をずる音を表す)
→rutu
→rutut-

rut[1]-**teksam**［名詞］浜辺 2-42.

rut[2]-**u**[3]［二項動詞］〜が〜をずり動かす

rutut-［rut[2]- の反復形］ずるずる（物をずる音）
→rututke

rutut-**ke**[3]［一項動詞］〜が（足をずらしながら）静かに歩く
→erututke

ruwe［形式名詞］(節・文で述べられたことが確定的事実であることを示す)[1]（…している）こと 1-117, 142. 3-72. 7-53. 12-48.
ruwe an/okay …したことよ（感嘆，はっきり確認された事実に関して）1-145. 3-107.
ruwe he an …したのではなかろうか 2-48.
ruwe tan (ruwe ta an の短縮形. ruwe an のさらに感動の強まった形) 8-61. 13-23.
ruwe tap an …するのである（強い断定）1-17.
ruwe tasi an ne (ruwe an の意味を強め，強く相手に訴えかける) 6-20, 32,

56, 60.
ruwe ne …である（物語を展開する箇所ではなく，仮想上の聞き手，つまり，主人公の子孫に向けた陳述に現れることが多い．また，多く対話文（引用文）に現れる）1-127, 183, 186, 188. 2-21. 4-100. 6-45, 53. 7-71, 90. 13-42.
ruwe ka somo ne …というわけではない 1-126, 185. 3-116.
ruwe ne aw an …ということが判明する 4-87, 96. 5-75. 7-64, 68. 9-39.
ruwe ne aw okay（ruwe ne aw an の複数形）2-61, 88.
ruwe ne rok okay（ruwe ne aw an の複数形）2-24, 120. 5-71. 8-38.
ruwe oarar isam …していることはまるで無い 1-178. 3-51.
→ruwoka
[2]…したことよ（強い断定．終助詞的に）1-139. 8-127.
ne ruwe（それは）〜であるのか？（疑問文）9-12, 12, 16, 16, 22, 22.
ruwoka［ruwe-oka の短縮形］…した後；〜の後
ipe ruwoka 食事の後(が片付く) 8-14.
ruy［一項動詞］〜が激しい
homatu ruy pe 〜の驚きが激しくて 12-11, 29.
rera ruy 風が激しく吹く 2-118.
→ruyanpe
sinki ruy pe 〜の疲れが激しくて 8-152.
→sioarwenruy
tan ruy hotuye 大きな叫び声 4-25.
ta ruy pewtanke 変事を知らせる大きな叫び声 2-109.
ruy-an¹-pe³［名詞］大きな波 3-21, 66.
ruyke［二項動詞］〜が〜（刃物）を研ぐ
emus ruyke 〜が刀を研ぐ 2-11.

S

sa¹ [名詞] 姉
  →saha
  →sapo
  →sautar
sa² [名詞] 下流
  →cisaokuta
  →hosasi
  →san
  →sana
  →sap
  →usaokuta
sa¹-ha¹ [sa¹ の所属形長形] ～の姉 8-83.
sak [二項動詞] ～が～を欠く 12-48, 48.
  →epsak
  sak no ～は～を持たないで
  nep ka sak no ～は何も持たずに 8-12, 22.
  →sayosak
  →sisak
sake¹ [名詞] 酒 1-226. 8-114.
  pirka sake 良い酒 1-209. 8-136.
  sake hura 酒の香り 1-156. 8-157.
  sake kar/karici ～が酒を造る 1-167, 225. 8-189.
  sake suye ～が酒を造る 1-151.
sake² [名詞] 歌の節まわし（？）（サケヘ sakehe と関係あるか）
  →sakehaw
sake²-haw [名詞]「喜びの歌」（歌の節まわしだけを歌ったものか）
  →sakehawe
sakehaw-e⁷ [sakehaw の所属形] ～の「喜びの歌」9-12, 16, 22.
sam [位置名詞] ～の傍ら
  →armoysam
  →sama
  →sosamotpe
  →teksam
  un sam ta 私のそばに 13-20.
  →utorsam
sam-a⁹ [sam の長形]
  →samake
  →siksama
  un sama 私の傍ら 4-53, 58. 13-8.
sama-ke⁴ [sama の長形]
  →samakehe
  samake ta ～のそばに 4-11.
samake-he⁵ [samake の長形]

― 377 ―

5-11.
samay［名詞］（不明）
  →samayunkur
samay-un¹-kur¹［名詞］サマユンクル（原注 3-(4) 参照）3-6, 23, 34, 55, 62. 12-3, 47.
  samayunkur kot turesi サマユンクルの妹 12-5. 13-31, 35.
sampaya（不明）
  →sampaya terke
sampaya terke［第 4 話の折り返し句］
sa²-n²［一項動詞］〜が下る（川を）；〜が浜へ下りる；〜が川に降りる；（連体詞的に）下の〜
  →cisanasanke
  →esan
  →esannot
  hepasi san 〜が川下に下る 6-4.
  →kamuy'esani
  →kosan
  →mosiresani
  pet ot ta san 〜が川に降りる 6-44.
  →sanasanke
  →sanaske
  →sanca
  →sani
  →sanke
  →santek
  →sap

sa²-na⁴［一項動詞］〜が川下にある；川下に下る
  →cisanasanke
  →sanasanke
sana-sanke［二項動詞］〜が〜を（川下へ）下らす；〜が〜を取り出す 3-75.
  →cisanasanke
san-aske［名詞］前腕
  otu sanaske ore sansake ukaenoypa 〜がお互いに相手の前腕を何度もなぜる（挨拶の仕方）1-192.
san-ca²［名詞］下唇（前に出る唇）
  sanca ot ta emina kane an「ニコニコしている」（〜が〜を馬鹿にして薄笑っている）11-36.
  sanca ot ta mina kane「ニコニコして」；「ニッコリわらって」（〜が薄笑って）3-103. 4-61. 5-51. 9-11. 11-7, 17.
san-i¹［名詞］子孫
  nispa sani「えらい人の子孫」1-27.
  pon horkew sani 小さい狼の子 6-60.
san-ke²［二項動詞］〜が〜を取り出す；〜が〜を家から送り出す 1-161. 3-74.
  →sanasanke

→sapte
→yaykosanke
san-tek[1]［名詞］腕（鳥の伸びた足）
→santekehe
santek-ehe［santek の所属形長形］〜の腕 1-49.
sa[2]-p[2]［san の複数形］1-3. 2-3, 6. 4-22. 5-27. 6-2. 12-3, 4, 20, 21.
→sapte
sapa［名詞］頭
asir sapa kar 〜が「新しく月代」をする 7-108.
cep sapa 魚の頭 7-84.
→esapane
→isapakikni
→sapaha
→sapakaptek
yuk sapa 鹿の頭 7-81.
sapa-ha[1]［sapa の所属形長形］〜の頭 3-108. 7-82, 104. 12-8, 22, 41.
sapa-kaptek［名詞］偏平頭（カワウソ esaman に対する悪名として用いられる．「〜の頭が偏平である」という意味の一項動詞の名詞化）12-14, 14, 32, 32.
sa[1]-po[2]［名詞］姉；〜の姉
takne sapo iwan sapo 丈の短い六人の姉（シャチの神の姉）8-3, 34, 187.

tanne sapo iwan sapo 丈の長い六人の姉（シャチの神の姉）8-2, 33, 187.
sap-te[2]［sanke の複数形］7-63, 63. 8-106.
sar［名詞］尾
→sarpok
sara［一項動詞］〜（人の声）がする
→sarasara
saranip［名詞］葡萄の蔓の皮やシナの樹皮を編んで作った編み袋
saranip se 〜が編み袋を背負う 13-7, 16.
sara-sara［sara の反復形］〜（人の声）がする
aynu kutkes sarasara「人の話声が聞こえて来た」5-5.
sar-pok［名詞］尾の下（肛門のことか）
→sarpoki
sarpok-i[8]［sarpok の所属形］〜の尾の下
→sarpokihuraot
→sarpokimunin
sarpoki-hura-ot[1]［名詞］「尻尾の下の臭い奴」（「〜の尾の下が臭う」という意味の一項動詞の名詞化）2-34, 64, 92, 130.
sarpoki-munin［名詞］「尻尾の下の腐った奴」（「〜の尾の下が腐る」という意味の一項動詞

の名詞化) 2-35, 65, 93, 131.
sat［一項動詞］〜が乾く
　　sat sikus「強烈な日光」13-2.
　　→sattek
　　sat wa okere 〜が乾いてしま
　　　う 13-3, 22.
sat-tek[4]［一項動詞］〜がすっか
　　り乾く 6-41.
sa[1]**-utar**［名詞］姉たち
　　→sautari
sautar-i[7]［sautari の所属形］
　　〜の姉たち
　　ci sautari 私の姉 8-10, 12,
　　　19, 23, 25, 46, 108, 148,
　　　151, 160, 177.
saw-［cvc 語根］（緩んだ状態）
　　→sawa
saw-a[6]［二項動詞］〜が〜を緩
　　める（Batchelor に Sausauge
　　adj. Loose（as a nail in its hole）
　　とある）
　　→sawsawa
sawsawa［sawa の反復形］〜
　　が〜を揺すって緩める
　　→osawsawa
say［名詞］輪
　　say kar 〜が輪を作る 8-33.
　　say nikor 輪の中 8-34, 36,
　　　46.
　　→teksaykari
sayo［名詞］粥
　　→sayosak
sayo-sak［一項動詞］〜が粥も

なくて飢える 2-125.
se[1]［二項動詞］〜が〜を背負う
　　ikayop se 〜が矢筒を背負う
　　　8-10, 20, 26.
　　saranip se 〜が編み袋を背負
　　　う 13-7, 16.
-se[2]［自動詞語基形成接尾辞］
　　（cvc 語根などの擬音擬態語に
　　付いてその音がすること，様態
　　が見られることを表す）
　　→ayayse
　　→ayyayse
　　→cararse
　　→ese
　　→hese
　　→hetce（het-se）
　　→hokokse
　　→humse
　　→kararse
　　→ohapse
　　→pararse
　　→parse
　　→pawse
　　→rimimse
　　→rimse
　　→turse
sem［一項動詞］（不明）
　　sem ipor kan toyne kane 疲
　　　れた顔色で 8-11, 22.
senne［副詞］（否定）
　　senne ekottanu 〜が〜を少
　　　しも気にかけない 8-87.
　　senne ka suy 少しも…しない

senne ka suy ... kuni ci ramu a i/wa …しようとは，思いもかけなかったのに 2-20. 3-69, 93. 4-8, 47. 12-38.

senne nepe ka もしや…ではないか 2-47.

senne ponno 少しも…しない

senne ponno/pono ekottanu ～が～を少しも気にかけない 1-40, 69. 5-38, 45. 7-65. 8-78.（1-69 は senne pono ekottanu）

sep-［cvc 語根］（かすかな音）
→notsep（この場合，sep は二項動詞として機能しているかもしれない「～（犬）が顎を鳴らす」）
→sepep-

sepep-［sep- の反復形］
→sepepatki

sepep-atki［一項動詞］～がかすかな音を立てる
kanto kotor sepepatki hum as 天から神々の話す声が微かに聞こえる 7-73.

sermak［位置名詞］～の背後（霊的な意味）
→sermaka
→sermakaha

sermak-a[9]［sermak の長形］
→sermakaha
sermaka us ～が～を応援する 3-33, 41, 61.

sermak-aha［sermaka の長形］
sermakaha ehorari ～が～を見守る 1-227.

sesek［一項動詞］～が暑い
sir sesek 気温が高い 13-21.

set［名詞］巣；寝台
→amset

seta［名詞］犬
seta utar 犬ども 2-22. 12-50.

setur［名詞］背中
→useturkararpa

sey［名詞］貝殻
→seykoyaku

sey-ko[2]**-yaku**［二項動詞］～が～（貝）を貝殻とともに潰す 13-12.

si[1]［名詞］糞 2-23, 29, 29.
→sihurakowen

si[2]［連体詞］[1]大きな～；本当の～
si apekes 大きな薪の燃えさし 9-28.
→sinokorhumpe
si paskur 大きな鳥 2-28.
（時間や場所を表す名詞に付く）
si annoski →annoski
si atuykes →atuykes
si atuypa →atuypa
→siso
[2]（副詞的に）真に；本当に
→sioarwenruy

— 381 —

→sipase
[3]（名詞的に）一つ
→sine
si[3]- ［再帰接頭辞］（文の主語を指す）[1]自分を（二項動詞的語幹に接頭し，その目的語になる）
　→kosikarimpa
　→siaworaye
　→siaworaypa
　→sikacikaci
　→sikari
　→sikiru
　→sikopayar
　　si-ko[2]- 外から自分の中へ
　　　→sikoruki
　→simaka
　→siokote
　→sipusu
　→sirappa
　→sisak
　→situri
（使役接尾辞を取った他動詞語基に接頭し，その目的語になる）
　→sikasuyre
　→sinospare
[2]自分の（位置名詞の前に置かれ，その目的語になる）
　si corpok →corpok
　si enka →enka
　si etok →etok
　si ka →ka[1]
　si oka →oka

→sitomusi
-**si**[4] ［位置名詞長形形成接尾辞］
　→enkasi
　→kasi
　→kurkasi
　→tapkasi
　→tuykasi
si[3]-**aw**[1]-**o**[2]-**raye** ［一項動詞］〜が家の中に入ってくる 7-47, 74.
　→siaworaypa
si[3]-**aw**[1]-**o**[2]-**raypa** ［siaworaye の複数形］8-153.
sieminayar ［一項動詞］〜が笑い者になる（si[3]-e[4]-mina-yar. 砂沢クラ氏から得た語例.
　→-yar)
si[1]-**hura**-**ko**[2]-**wen** ［一項動詞］〜が糞の臭いに気分を悪くする 3-114.
sik[1] ［一項動詞］〜（容器）がいっぱいになる 8-16.
　→ciesikte
　→esikte
sik[2] ［名詞］目
　→siki
　→sikihi
　→sikkankari
　→siknoskike
　　sik noyanoya 〜が目をこする 1-131.
　→siksama
　→siktumorke

si- ～ sikup-kur

→sikutur

si³-kaci-kaci［一項動詞］〜が
くるくる回る 1-51.

si³-kari［一項動詞］〜が回る
→esikari

sikarun［一項動詞］〜が思い出
す
→esikarun
→yaysikarun
→yaysikarunka

si³-kasuy-re³［二項動詞］〜が
〜に自分を手伝わせる 1-150.

sik²-i⁷［sik² の所属形］〜の目
→sikihi
→sikimanaus

sik²-ihi［siki の長形］5-3.

siki-mana-us［名詞］「目の曇っ
た奴」（一項動詞「〜の目にほ
こりがくっつく」の名詞化）
2-32, 33, 62, 63, 90, 91, 128,
129.

si³-kiru［一項動詞］〜が身を翻
す
 cep sikiru ekannayukar 魚が
身を翻すようにすばやく
5-23.

sik²-kankari［一項動詞］〜が
目をきょろきょろさせる（驚い
たときの動作）12-11, 29.

sikkew［名詞］隅
→sikkewe

sikkew-e⁷［sikkew の所属形］
〜の隅

inunpe sikkewe ta 炉の隅に
9-25.

sik²-noskike［名詞］〜の目の中
ci siknoskike enitomomo
〜が私の目の中をにらみつ
ける 3-71.

siknu［一項動詞］〜が生きてい
る 3-97.
→siknure

siknu-re³［二項動詞］〜が〜を
生き返らす 13-33.

si³-kopa-yar［二項動詞］
［1］〜があたかも〜のように振
舞う（〜が人に自分を〜のよ
うに見せる）1-119. 5-41.
［2］（助動詞，接続助詞的に）あ
たかも…するようだ；あたか
も… するように 3-25, 92.

si³-ko²-ruki［二項動詞］〜が〜
を飲み込む 1-47.

sik²-sama［名詞］〜の目の周囲
ci siksama ciikurure 私の目
の周囲がふるえる（誰かが
やってくる予感，気配に気
づいて目の周囲の筋肉がふ
るえること）8-111.

sik²-tum-orke［名詞］目付き
（原注 1-(2) 参照）1-26.

sikup［一項動詞］〜が成長する
1-223
→sikupkur
→sikupmat

sikup-kur¹［名詞］成人（男）

— 383 —

poro sikupkur 老人（男）1-79,
　　133，135，147.
sikup-mat［名詞］成人（女）
　　poro sikupmat 老女 1-93,
　　132，149.
sikus［名詞］日光
　　sat sikus「強烈な日光」13-2.
sik²-utur²［名詞］瞬きする間
　　→sikuturu
sikutur-u⁴［sikutur の所属形］
　　〜が瞬きする間
　　sikuturu tusmak 〜は〜が油
　　　断している隙をうかがう
　　　4-70, 75.
si³-maka［一項動詞］〜（稲光）
　　が輝く
　　→esimaka
simemokka［二項動詞］〜が〜
　　を挑発し，怒らせる 5-70.
simke［名詞］翌日
　　ne simke an ko その翌日に
　　　8-18.
sin［sir¹ の変異形］6-17, 29.
si²-ne¹［連体詞］一つの〜；一人
　　の〜；ある〜（物語に新しく登
　　場する未知のものを示す名詞の
　　前に付く）；同じ〜 1-23, 70.
　　4-77, 100. 5-48, 81. 6-3, 63.
　　8-45. 9-4, 7, 33. 10-2. 13-6,
　　15, 43.
　　　sine an
　　　　sine an i 一箇所 5-63.
　　　　sine an ta あるとき 4-40.

sine an to ta →to²
sine ikin ne 一度に 1-130.
　　8-44.
→sinen
sine utar →utar
(sine「一つの」を si² と ne¹ に
分けることは仮説にすぎない．
この仮説は sine が二次的に発
生したものであり，「1」の観念
は，それがもしあったとすれば
別の単語で示されていたという
推定を含む．tu「二つの」，re
「三つの」が本来的な数詞（正
確には数連体詞）であるのに対
して，sine は数詞ではなかった，
という仮説である（もともとは
「真の」という意味を持ってい
たと考えられる）．sine が「1」
の観念を表すようになる以前は，
「二つ一組の片方」を意味する
ar¹ およびこれに音節増加接頭
辞 e¹¹-, o⁵- の付いた ear, oar
が「1」に類似した観念の表示
を兼ねていたであろう．この
「1」に類似した観念は「2」す
なわち双数 dual の観念が既
にあって，その上に成立したも
のではないかと考えられる．十
勝地方のアイヌ語には（以下の
例は沢井トメノ氏による），
'árenko「半分」という単語があ
る．enko は『アイヌ神謡集』
の emko「半分」と関係がある

だろう．そこで，この 'ar- は，「（半分に分けたものの）片方」「（半分に分けたもの）の一つ」と解釈できる．また，'ássuy (←'ar¹-suy²)「一回」を tu súy「二回」, re súy「三回」と比べると，'ar¹- は「1」を意味しているとしか思われないが，suy² を suy³「再び」と関係付ければ「〈再び〉の半分」を意味していることがわかる．典型的には目とか肩などが自然的なペアをなすが，自然的なペアをなさないものにも ar が用いられることがある．たとえば 'arúkuran「一晩」('ukúran「夜」) のような例がある．これも双数（二晩）にもとづいて生まれた派生語と考えられる．また，ar¹「片方」と ar²「とても」および o⁵-ar¹「片方の」と o⁵-ar²「すっかり」「まるで（ない）」は，この辞典では同音異義の関係にあるものとしてあつかったが，実は多義の関係にあって，ar²-, o⁵-ar² がともに意味を強めるものであるのは，これらが「1」に類似した観念を表しえたためであると思われる．このことは，sine が本来「真の」という意味であったと解釈できることと無関係ではなかろう．）

sine-n¹［名詞］一人

sinen ne kane 一人で 3-56.

sinki［一項動詞］〜が疲れる 3-51. 8-13, 16, 152.

 sinki ekot 〜が疲れて死ぬ 3-36, 46, 55.

sinnay［一項動詞］〜が別々になる；〜が他とは変わっている

 sinnay cikap「変わり者」；様子が他の人とは違っている者 1-27.

 sinnay kane 〜は別々に（行く）11-33, 34, 42, 42.

sinne［一項動詞］；［後置詞的副詞］(←sir¹-ne¹；←sir²-ne¹)

［1］（一項動詞として）〜が落ち着いている

→eramesinne

→eramusinne

［2］（後置詞的副詞として）まるで〜のように 3-21. 5-37.

sino［連体詞］；［副詞］［1］（連体詞として）本当の〜

 sino cipapa「本当の強者」1-17.

 sino rametok「本当の勇者」7-121.

 sino wenkur「本当の貧乏人」1-76.

［2］（副詞として）とても（嬉しいなど）2-12. 9-24. 13-28, 38.

 sino sino 本当に，本当に，（皮肉の表現に用いられる）

1-36.
si²-nokorhumpe［名詞］「大きな鯨」（イワシクジラ．『分類アイヌ語辞典動物篇』参照）8-40.
si³-nospa-re³［二項動詞］～が～に（わざと）自分を追わせる 5-71.
sinot［一項動詞］～が遊ぶ 4-3, 22. 6-3. 8-32, 41. 9-3. 10-1, 25. 11-2, 9, 24, 62, 65. 12-2.
　ak sinot pon ay →ay
　ak sinot pon ku →ku²
　→uesinot
sinrici［sinrit の所属形］（←sinrit-i⁷）～の根元（ねもと）10-20.
　→sinricihi
sinricihi［sinrici の長形］（←sinrit-ihi）6-38. 13-29.
sinrit［名詞］木の根本；素性；気性
　→sinrici
　→sinricihi
　→usinritpita
　→yaysinrit'erampewtek
sintoko［名詞］ほかい（漆塗り，和製の容器）；「酒樽」
　　iwan sintoko 六つの酒樽 1-152. 8-135, 155.
　→kutosintoko
sinu［一項動詞］～が膝をすって進む 1-177.

si²-oar¹-wen-ruy［一項動詞］～（美しさ）の程度が甚だしい 7-75.
si³-o²-kote［二項動詞］～が～を自分に結び付ける
　　ota/toy upun siokote ～が砂・土煙りを立てて走る 1-70. 5-46.
　→siokotpa
si³-o²-kotpa［siokote の複数形］1-54.
si²-pase［一項動詞］～が最も尊い 1-144.
si³-pusu［一項動詞］～が現れる
　→cisipusure
sir¹［名詞］[1]地面；物の表面
　→ciesirkik
　→cisireanu
　→esirkik
　→kokipsireciw
　→sinne
　→sirka
　→sirkocotca
　→sirun
　→sirus
　[2]国（mosir 参照）
　　pokna sir 地獄 10-17.
　[3]（時間，空間，雰囲気などを指す）
　　otuyma sir wa →otuyma
　→pokisir
　　sin nupur「尊い偉い神様や人間が居」た時代である

— 386 —

si-nokorhumpe ～ sir-i

6-17, 29.
sir an 時が過ぎる (日数を表す単語の後ろに現れる) 1-155, 202. 3-102. 7-18, 37, 72. 8-110, 146, 181.
→sirepa
sir kunne 日が暮れる 1-89.
sir pan (sin nupur の対義語)「世が衰える」6-19, 31.
sir peker 夜が明ける 1-129.
sir pirka (1)よい天気だ 5-2. (2)よい天気
 pirka sir pirka「大そう好いお天気」3-89.
sir pop apkor あたりが沸き立つように (人でごった返している) 5-44.
sir sesek 暑い 13-21.
sir wen 天気が悪い
sir wen nitne i →nitne

sir[2] [形式名詞] (…する) ありさま (視覚による認識)
→sinne
sir an (…する) 様子が見える (siri okay を参照せよ)
ene sir an i →ene
kane sir an (…して) いる様子が見える 2-44. 4-34, 41, 42, 64. 8-115.
kor sir an (…して) いる様子が見える 8-145.
ne kotom sir an →kotom
sir an ciki「すると」;「それ

で」(そうなったので) 1-179, 210.
senne ka suy sir an kuni ci ramu a i 思いがけなくも 4-9.
→siri
(節+sir が -natara により形成された動詞の主語となるもの)
sir konna 1-48. 11-66.
(節+sir が -atki により形成された動詞の主語となるもの)
sir konna 8-32.

si[3]**-rappa** [一項動詞] ～が羽ばたく 1-105.
sirar [名詞] 海中にある岩 2-57.
sir[1]**-epa** [一項動詞] ～が到着する 2-79. 4-16.
→kosirepa
sir[2]**-i**[8] [sir[2] の長形] (文末に現れ, 強い感動を表す) 1-82, 83, 140, 140. 8-13.
(節+siri が -atki により形成された動詞の主語になる場合) 8-41. 10-26. 11-25, 62.
(節+siri が -natara により形成された動詞の主語になる場合) 11-35.
(節+siri が nukar の目的語となる場合) 1-124, 200, 200, 203. 2-60, 119. 6-48. 8-150.
(節+siri が oar/oarar isam により形成された動詞の主語となる場合) 4-72. 8-108.

siri an
　siri tan (siri ta an の短縮形) (感動, 皮肉を表わす) 5-34.
　siri tap an …する「次第であります」;…するところだ (主人公が物語を語り終え, その後, 自分がどうなるかを述べる文に現れる) 1-190. 3-118. 5-82. 7-123. 8-131. 9-41. 12-51.
siri ne[1] …しているありさまである 2-27, 30, 88. 7-60.
　ki siri ne na …いたします (敬う相手に向かって何かをしてあげる) 8-118.
　nekon ne siri ne nankor a →nankor
siri ne[3] 〜のように
　kamuy siri ne →kamuy
　siri ne an/okay 〜のような
　kamuy siri ne an/okay → kamuy
　siri ne pekor …しているかのように 2-60.
　siri okay …する様子が見える (siri an の複数形) 2-77.
sir[1]-ka[1] [名詞] [1]人の姿 11-4. [2]刀の鞘, つかの表面
　sirka nuye 〜が刀の鞘, つかの表面に彫刻を施す 8-6, 141. 9-7.

sirki [ゼロ項動詞] ある状態になっている
　ene sirki →ene
　nekon a sirki ya →nekon
　senne ka suy sirki kuni ci ramu a i 思いがけなくも 4-47.
　tap ne sirki あのようなことがある 2-47.
　wa sirki nankor a →nankor (接続助詞の前に置かれる)
　sirki a ine そうしている内に 3-34.
　sirki a wa すると 11-44.
　sirki ciki その有様を見て 1-41, 49, 57, 175. 3-7, 22, 37, 46, 55, 76. 5-52. 7-21, 49. 8-133. 11-18, 26, 37. 12-35.
　sirki korka そのような有様であったけれど 3-26.
sir[1]-ko[2]-cotca [二項動詞] 〜が〜を「したゝかに射る」;〜が〜を射抜く (矢が獲物を貫通すると, 地面に刺さることからか?) 5-57. 8-44.
sirokani [連体詞] 銀の〜
　sirokani pe 銀の滴 (第1話の折り返し句に現れる) 1-1, 9, 42, 100, 110.
　sirokani pon ku sirokani pon ay 銀の小さな弓と矢 11-19, 38.

— 388 —

sirokani rera 銀の風（きれいな風）11-40.
sirokani wakka 銀の水（きれいな水）11-21.

sirokani pe ran ran piskan ［第1話の折り返し句］「銀の滴降る降るまはりに」1-1, 9, 42, 100, 110.

sir¹-un¹ ［一項動詞］（連体詞的）「にくらしい」～；「つまらない」（取るに足らない）～；「いやな」～ 1-61, 86. 5-14. 13-31.

sir¹-us ［一項動詞］～が地面に付いている 4-34.

si³-sak ［一項動詞］（連体詞的）貴重な～（本来「～が自分（と比較しうるもの）を欠く」の意味か）
sisak tonoto 貴重な酒 1-197, 211. 8-160, 174.

si²-so ［名詞］上座
→esiso
→esisoun

sit ［名詞］（不明）
→sitne

sitayki ［二項動詞］～が～を高く掲げる；～が～を打つ（物を高く掲げて，打ち下ろすことから）
→esitayki
haw sitayki ～（場所）が大騒ぎである 5-42.

sit-ne¹ ［一項動詞］～が汚くなる（？）
→eramsitne
→eramusitne
→iramsitnere

sitoma ［二項動詞］～が～を恐れる
→astoma

si³-tom²-usi ［二項動詞］～が～（刀）を腰にはく 8-98.

situmpe ［名詞］「黒狐」3-101.
situmpe kamuy 黒狐の神（原注3-(4)参照）3-105.

si³-turi ［一項動詞］～が伸びる
→cisiturire

siw- ［cvc 語根］（すばやい動作）
→siwkosanu

siw-kosanu ［一項動詞］（すばやい動作を表す）
matke humi siwkosanu ～が「パッと起き上がる」9-28.

siyoro ［一項動詞］～が哀れに思う
siyoro kewtum 哀れみの気持ち 8-86, 149.

siyuk ［名詞］盛装；晴れ着（原本では siyak と表記されるがおそらく誤植）
→usiyukkoturpa

so ［名詞］［1］平面
atuy so ka/kasi 海面上 3-5, 89. 8-52, 78.
kenas so ka →kenas
［2］座；床

→amso
   cikup so 酒宴の座 8-175, 176, 178.
→harkiso
→resous
→rorunso
→siso
→soho
   so kes 座の下手 8-176.
   so pa 座の上手 8-175.
→sosamotpe
   so utur（酒宴の）座のあいだ 8-178.
so-ho³［so の所属形長形］
   okitarunpe soho ne →okitarunpe
   okitarunpe soho kar →okitarunpe
sokkar［名詞］ござ
   ikor sokkar ne kor kamuy posomi「宝物の最も尊いものとしてゐる神剣」（北原次郎太氏の調査では，樺太で宝刀は普段ござに巻いてしまっておくとのこと）8-106.
somo［副詞］（動詞の前に置かれてその意味を否定する）1-34. 4-95. 7-63, 63, 79, 79, 89, 90.
   ruwe ka somo ne（…する）ことは全くない 1-126, 185. 3-116.

→somoki
   somo oya pe →oya
somo-ki²［助動詞］…しない
   ne somoki ko 〜は〜でないのに 4-92.
   somoki no …しないで 7-113, 119. 8-68.
sone［後置詞的副詞］
   rametok sone「勇者らしく」5-7.
sonko［名詞］便り；伝言
   itasa sonko 返事の便り 7-77.
   sonko emko eiwan sonko 五つ半の便り（六つで完全なメッセージになるが，残りの半分は使者の器量に任せられているということか？）7-8, 27, 36, 45, 51.
   sonko ikkew 便りの要点 7-58.
   sonko ot ta 伝言に関して（「使者として」（ふさわしい）ということ）7-7, 12, 26, 43.
（以下，sonko がどのような動詞の目的語となるかに従って整理する）
→kosonkoanpa
   sonko ecaranke 〜が伝言を述べる 7-51, 77.
   sonko euytekkar 〜が〜を使者として用いる 7-8, 27.
   sonko kor wa ek 〜が使者と

なって来る 8-170.
　sonko kore ～が～を使者にする 7-45.
　sonko ye ～が伝言を述べる 1-163. 7-18, 19, 36, 37, 56. 8-116.
sonno ［副詞］［1］本当に
　sonno he tap ... ciki 本気で（…する）なら 6-23. 11-28, 46.
　sonno he tap ne ... ciki 本気で（…する）なら 6-35.
　sonno ka un 話に聞く通り本当に 7-96.
　［2］本当の～（連体詞的に）
　sonno rametok 本当の勇者 1-17.
so-sam-ot[1]-**pe**[3] ［名詞］儀礼用の刀（原注(4)-2参照）4-66.
sotki ［名詞］寝床
　→ciamasotki
　sotki asam 寝床の底 2-126.
　→sotkihi
sotki-hi[2] ［sotki の所属形長形］13-22.
soy ［名詞］外（家の）
　cise soy 家の外 1-174.
　→esoyne
　→soyke
　→soykosanu
　→soyne
　→soyoterke
　soy ta soyne as 私は家の外に出る 3-4.
　→soyun
soy-ke[4] ［soy の長形］
　cise soyke 家の外 8-147.
　→soykehe
soyke-he[5] ［soyke の長形］
　cise soykehe 家の外 1-71.
soy-kosanu ［一項動詞］～が外に飛び出す 1-66.
soy-ne[1] ［一項動詞］～が外に出る 1-175. 3-4. 8-29.
soy-o[2]-**terke** ［一項動詞］～が外に跳ね出る 4-80. 5-19, 49.
　→esoyne
soy-un[1] ［一項動詞］～が外にある；～が外に出る
　→soyunpa
soyun-pa[6] ［soyun の複数形］8-10, 26.
su ［名詞］鍋
　su corpoke 鍋の下 4-68.
　su hoka otte ～が鍋を火に掛ける 4-66.
　su oro esikte ～が～で鍋を満たす 4-68.
　su parurkehe 鍋の縁 4-78.
　su pop 鍋がブツブツいう 4-73.
suke ［一項動詞］～が食事の用意をする；（名詞として）煮炊き 8-19, 23.
　suke ki ～が食事の用意をする 8-13.

― 391 ―

sum［一項動詞］〜が枯れる；しおれる
　→sumka
　→sumnatara
suma［名詞］石 1-68.
　suma tumu 石原
　suma tumu cascas, towa towa to ni tumu cascas, towa towa to「石の中ちゃらちゃら木片の中ちゃらちゃら」(知里真志保『アイヌの神謡』には，「［石原さらさら駆けぬける，木原もさらさら駆けぬける］とゆう折返の神謡では，狐が実際に日中石原や木原を駆けずりまわるのである」［16頁］とある) 2-4, 17, 40, 53, 70, 82, 98.
sum-ka[3]［二項動詞］〜が〜を枯らす
　amam toy sumka 粟畑を枯らす 13-36.
sum-natara［一項動詞］〜がしおれた様子である
　ipottum konna sumnatara (疲れて)顔色が悪い 8-152.
supa［名詞］湯気
　rikun supa 立ち上る湯気 4-78.
supne［一項動詞］〜が渦巻く
　supne rera つむじ風 3-15. 11-32.

supunramka［名詞］シュプンラムカ(登場人物の名前．原注3-(4)参照．supun は「うぐい」(魚)のこと) 3-6, 23, 42, 44, 63.
supuya［名詞］煙 2-104, 116, 120.
sut［名詞］付け根
　→kisarsut
　→oksut
　→otasut
　→sutke
　　cep/yuk sut tuye 〜が魚・鹿を根絶やしにする 11-10, 28.
sut-ke[4]［sut の長形］
　→ukoorsutketumasnu
suy[1]［名詞］あな
　→rikunsuy
suy[2]［名詞］回；度
　iwan suy 六回 6-6, 7.
suy[3]［副詞］再び 4-7, 29, 40. 7-29. 8-21, 25. 9-21. 13-15.
　kasikun suy →kasikun
　oro wano suy →or[1]
　senne ka suy →senne
　too suy またまた 8-20.
　usayne tap suy「これは不思議」；「おや」(驚きを表す感嘆表現) 1-166. 2-46, 76. 5-33.
suye[1]［二項動詞］〜が〜を煮る
　sake suye 〜が酒を造る

1-151.
→suypa¹
suye²［二項動詞］～が～を揺る；～が～をくりかえす
→suypa²
→uesuye

suypa¹［suye¹の複数形］8-161.
suypa²［suye²の複数形］
　　tu wan wen itak re wan wen itak suypa ～が盛んに悪口を言う 1-59.

T

ta¹［二項動詞］～が～(水)を汲む
→wakkata
ta²［副助詞］
（形式名詞のうしろに置かれ，その意味を強める）
　　ta an（反語，皮肉の意味を加える）
　　　hawe ta an →hawe
　　　hawe tan（hawe ta an の短縮形）→hawe
　　　pe ta an a …であることか！ 3-78.
（副詞句，間投詞の後ろに置かれ，その意味を強める）2-77.
　　acikara ta →acikara
　　na hankeno ta もっと近くに 9-17, 23.
　　ta usa
　　　hetak ta usa 早く（…したい）2-13, 49, 79.
（疑問・不定代名詞の後ろに置か れ，その意味を強める）
　　nen ka ta usa 誰か（…してほしい）7-6, 26, 43. 13-4, 17.
（動詞の前に置かれ，その意味を強める）2-109.
ta³［後置詞］～に（場所）
（名詞所属形の後ろに立つ場合）
　　cisehe ta ～の家に 3-109.
　　kese ta ～の端に 6-62.
　　putuhu ta ～の河口に 12-4, 22.
　　sikkewe ta ～の隅に 9-25.
（［名詞(非所属)＋ta］ないし［位置名詞＋ta］ないし［形式名詞＋ta］）
　　armoysam ta「浜辺に」2-7, 22.
　　atpa ta はじめに 1-226.
　　atuypa ta 海の上手に 8-33, 85.

corpoke ta 〜の下に 1-93.
eepaki ta 「それから」4-97.
enka ta 〜の上に 5-47.
etok ta 〜の行く手に 1-208. 2-43.
→harkisotta
hontom/hontomo ta 〜の中程に 2-85. 3-16. 5-49. 9-28.
hunak pake ta →hunak
hunak ta →hunak
i ta …するときに；…するところに 1-216. 2-113. 3-20. 4-40. 6-7, 29, 40. 7-55. 11-4.
kasike ta 〜の上に 8-95, 114.
ka ta 〜の上に 1-55, 132. 2-104. 3-5. 7-82. 8-28, 52, 78, 94, 112, 135, 155. 9-6, 8, 19. 11-63.
kes ta 端に 8-176. 9-33.
kim ta 山に 4-37. 6-39. 7-67.
kopake ta …する頃に 8-80.
noski ta 〜の中に 8-39.
okakehe ta 〜の後ろに 8-186.
okake ta 〜の後に 7-122.
okkasi ta 〜を凌いで 1-117.
oske ta 〜の内部に 2-44. 3-67.
osmak ta 〜の後ろに 4-16.
ot ta 〜があるところに 1-84, 94, 136, 158. 2-74. 3-67, 103. 4-24, 32, 61. 5-3,
27, 51. 6-44. 7-7, 11, 12, 26, 43, 61, 68, 78, 86, 88, 95, 100, 100, 107, 109. 8-45, 147. 9-11, 42. 11-7, 17, 36, 61. 13-2, 28.
oyak ta 別のところに 4-35.
paha ta （その）年に 13-38.
pake ta 〜のそばに 9-4.
pana ta 川上に 2-73.
parurke ta 縁に 12-8.
pa ta （その）年に 8-175.
petetok ta 川の源に 10-2.
piskan ta 〜の周囲に 1-105.
pis ta 浜辺に 6-2.
rapoke ta 「その時に」；「そのうちに」2-118. 3-85. 5-56. 8-155.
rapoki ta 「その中に」；「そのうちに」1-22. 5-48.
rapok ta …しているとき 7-19, 37. 8-126.
samake ta 〜のそばに 4-11.
sama ta 〜のそばに 4-53, 58.
sam ta 〜のそばに 13-20.
sine an to ta ある日に 2-2. 3-4. 5-2. 6-2. 8-25. 9-2. 10-1. 11-2. 12-2.
soy ta （家の）外に 3-4.
→taanta
teksam ta 〜のすぐそばに 1-7. 2-56, 109. 5-32.
→teta
→tonta

ta 〜 tan

→toonta
　tum ta 〜(風)の中に 3-28，68．
　tumukehe ta 〜(群れ)の中に 1-22．
　turpake ta →turpake
　tuyka ta 〜の上に 1-212．
　tuypok ta 〜の下に 3-54．
　upsot ta 〜の内部に 9-5．
　utorsama ta 〜のかたわらに 4-41．
　utut ta 〜の間に 1-97，120．3-101．5-60．9-34．12-45．(その他の場合)
　sine an ta ある時に 4-40．

ta[4]- ［副詞］そこに
→taan

ta[4]**-an**[1] ［指示連体詞］その〜（本文では名詞的に用いられる）
→taanta

taan-ta[3] ［指示副詞］そこに 11-66．

tak[1] ［二項動詞］〜が〜を招待する 1-211．

tak[2]- ［cvc 語根］（短い様子）
→taknatara
→takne

tak[2]**-natara** ［一項動詞］〜が小刻みである
　hese hawe taknatara 〜が息を切らしている 2-111．8-55．
　hoyupu humi taknatara 〜が「どんどん」走る 1-66．

tak[2]**-ne**[1] ［一項動詞］〜が短い
　takne sapo (シャチの神の)丈の短い姉 8-3，34，187．
　takne yupi (シャチの神の)丈の短い兄 8-3，35，188．

tam ［名詞］刀
　kamuy ranke tam「神授の刀」8-98．
　tam tarara 〜が刀を上げる 9-10．

tama ［二項動詞］〜が〜を添える
→kotama

tan[1] ［連体詞］［1］この〜 5-33．6-11，15．
　tan an to →to[2]
　tan hekaci この子供 6-10，23．
　tan koraci →koraci
　tan koraci an →koraci
→tan ota hure hure
→tanpe
　tan tewano これから 1-187．4-14．7-90．
→tanto
→tanukuran
［2］（［tan＋一項動詞（修飾語）＋名詞（被修飾語）］という形で修飾語の意味を強める）
　tan pon cise 小さな家 1-108．
　tan poro cise 大きな家 1-117．
　tan poro su 大きな鍋 4-66．
　tan ruy hotuye 大きな叫び声 4-25．

tan² [ta² an¹ の短縮形] (文の最後に形式名詞が立ち、そのあとさらに tan が立って文が完結する．感動，驚き，皮肉などを表す)
　hewe tan 2-112.
　i tan 8-68.
　pe tan 4-44. 5-53. 8-126.
　ruwe tan 8-61. 13-23.
　siri tan 5-34.
tane [副詞] [1]今（は）1-5, 6, 18, 30, 57, 67, 89, 123, 160, 164. 6-31. 7-5, 5, 115, 115, 123. 8-80. 9-40.
　tane an 今の～ 7-75.
　tane anakne 今は 1-85, 219, 222. 5-76, 82. 6-19. 7-59, 112, 120. 8-72, 125, 191. 13-3.
　tane pakno 今まで 7-120.
[2]今の～（連体詞的に）6-11, 16, 24, 28.
tanne [一項動詞] ～が長い
　tanne rekuci ～の長い首 2-59.
　tanne sapo（シャチの神の）丈の長い姉 8-2, 33, 187.
　tanne yupi（シャチの神の）丈の長い兄 8-2, 35, 186.
tan ota hure hure [第11話の折り返し句]「この砂赤い赤い」（知里真志保『カムイ・ユカル』では「この砂原・赤い・赤い」

（60頁）と訳されている）
tan¹-pe³ [指示代名詞] これ；それ
　tanpe kusu それで 8-111
tan¹-to² [名詞] 今日
　tanto anak 今日は 1-88.
　tanto pakno 今日まで 7-79.
tantuka [名詞]（蒲の）束（日本語の「手束」（たづか）からの借用語か）
　kina tantuka →kina
tan¹-ukuran [名詞] 今晩；今夜 1-89. 2-125.
tap¹ [名詞] 肩
　→tap³（?）
　→tapkar（?）
　→utap
tap² [副詞]；[副助詞] [1]（副詞）このように；そのように
　tap an この～；その～；まさにこの～ 1-48, 103, 112. 2-51. 3-9, 13, 14, 17, 21, 25, 28, 79, 95. 6-18, 24, 27, 29.
　tap easir そのときになって初めて 5-65.
　tap ne このように；そのように 2-47.
　tap ne tap ne このように 1-182.；かくかくしかじかと（語る）8-164.
　tap ne tap ne ne katuhu かくかくしかじかのこと

（を語る）1-73.
tap oro wa →or¹
usayne tap suy（意外な気持ちを表す副詞句）1-166. 2-46, 76. 5-33.
[2]（副助詞）
　he tap（名詞化した一項動詞の後ろに現れ）〜をするにしても
　　inkar he tap nep tap teta ki humi okay 〜は見るにしても、いったい何を間違ってそのように見たのであろうか 2-38, 68, 96, 134.
　he tap ne
　　sonno he tap (ne) 本当にそのように 6-23, 35. 11-28, 46.
　　tarap he tap ne mokor he tap ne ci ki「ただの夢、ただの眠りを私はした」1-138.
　nep tap いったい何を 13-10.
　　nep tap teta いったいどうして；いったい何を 2-38, 68, 96, 134. 5-15.
　ruwe tap an …するのである（強い断定を表す）1-17.
　siri tap an →siri
　tap ne
　　koraci tap ne →koraci
　　ne ike tap ne ... a wa どういうわけか…したが、しかし 8-102.
　　ne i ta tap ne ... a wa どういうわけか…したが、しかし 2-113.
　　nekon tap ne いったいどのようなわけで 4-26.
tap³-［位置名詞修飾接頭辞］（不明。tap¹ と関係があるか？）
　→tapka
tap³-ka¹［名詞］山の頂上
　→tapkasi
tap¹-kar¹［一項動詞］〜が舞う；〜が跳ね躍る
　→etapkar
　　horka tapkar ひっくり返るようにして跳ね躍る 4-31.
　　tapkar humi 舞う音 8-176.
　　tapkar siri 舞う様子 1-200.
tapka-si⁴［tapka の長形］
　→tapkasike
tapkasi-ke⁴［tapkasi の長形］3-2, 105. 3-10, 80, 96.（この3例では副詞的に用いられる）
　→tapkasikun
tapkasikun［tapkasike un³ の短縮形］頂上へ 3-71.
tara¹［二項動詞］〜が〜をあらわにする
　→nimakitara
　→tarara
-tara²［自動詞語基形成接尾辞］（長く持続するさま）

→moyretara
tarap［一項動詞］〜が夢見する；夢（名詞として）1-138.
  tarap ot ta 夢の中で 7-100.
  →wentarap
tarara［tara¹ の反復形］〜が〜をかざす
  tam tarara 〜が刀を上げる 9-10.
tari［二項動詞］〜が〜を持ち上げる
  →hetari
  →hotari
tas［名詞］息
  tas kan tuytuy kor 息切らせて 8-57.
tasa［二項動詞］〜が〜とすれ違う
  →itasa
  →utasa
  →yayattasa
tasi［副助詞］（強調）
  hoski tasi だれよりも先に 1-62.
  ruwe tasi an ne →ruwe
tat［名詞］樺の樹皮
  →tatkararse
tata¹［二項動詞］〜が〜を刻む
  →ukotata
tata²［指示副詞］そこで
  tata ot ta そこで（接続詞的句）1-158. 3-67. 5-27. 8-45.
tat-kararse［名詞］樺の樹皮が

くるくるまわり縮むさま
  tatkararse sikopayar さながら樺の樹皮がくるくるまわって燃え縮むように（痛みを表す）3-92.
taw-［cvc 語根］（犬の低いうなり声を表すか）
  →tawnatara
tawki［二項動詞］〜が〜を叩き切る；ぶつ切りにする
  →tawkitawki
tawki-tawki［tawki の反復形］〜が〜を「ブツブツに切る」4-67. 8-63.
taw-natara［一項動詞］〜（犬のうなり声，牙を鳴らす音）がする
  notsep hum/humi tawnatara →notsep
taype［名詞］「汚い水」（Batchelor によると濃い汁 soup；鍋の底に沈澱したもの．ここでは下痢便のことか．堀崎サク氏によれば下痢をすることを opekus（「〜の肛門を水が通り過ぎる」と解釈できる）と言うとのこと）
  →otaypenu
te¹-［指示代名詞］ここ（自立語としては用いられない）
  →teta
  →tewano
-te²［使役接尾辞］(-re³ の変異形．子音の後ろに付く形．一方，

tarap ~ tek-ekar-pe

-re³ は母音の後ろに付く）
→ahupte
→ante
→atte
→ciesikte
→ciorapte
→eramante
→esikte
→eyaykiror'ante
→ipaste
→kuste
→omante
→otte
→rapte
→sapte
→tomte
→ukte
→uniwente
→wente
ci- ＋［動詞語基］＋ -re/-te
　→ ci³-
u- ＋［動詞語基］＋ -re/-te
　→ u¹-

teeta ［副詞］昔（は）；昔の～
（連体詞的に）1-5, 5, 18, 30,
57, 67, 123, 160, 164. 6-11,
15, 24, 27.
　　teeta anak 昔は 1-84. 6-17.
　　teeta kane 昔 6-29. 7-2.
→otteeta

tek¹ ［名詞］手
→kotekkankari
　　mat tek 妻の手 5-43.

→oattekkor
　po tek 子供の手 5-43.
→santek
　tek anpa ～が手を握る 5-43,
　43.
→tekekarpe
→tekkakipo
→tekrikikurpuni
→teksaykari
　tek tuyka 手の甲 3-35, 45.
　tek tuypok 手の平 3-35, 45,
　54.

tek² ［接続助詞］（前文の内容と
後文の内容が間を置かず生じる
ことを示す）4-46, 77, 79. 5-22.
9-19, 25.
　　patek ne tek →patek

tek³- ［位置名詞修飾接頭辞］（直
ぐの近傍を表す）
→teksam

-tek⁴ ［自動詞語基形成接尾辞］
（cvc 語根に付き，すっかりその
状態になっていることを示す）
→kaptek
→kuttek
→puntek
→rettek
→sattek

tek¹-ekar-pe³ ［名詞］～の手ず
から作ったもの
　　okikirmuy tekekarpe オキキ
　　リムイの手ずから作ったも
　　の 6-49.

tek¹-kaki-po²［名詞］ひさしのように目の上にかざされた手
　tekkakipo rikunruke raunruke ～が目の上に手をかざす（Batchelor の Tekkakipo の項に Tekkakipo rik uiruke ran uirike, "to look up and down with the hand shading the eyes." とあり，また，Uiruke の項に "To put on (as earrings, etc)" などとある．）1-75.

tek¹-rikikur-puni［一項動詞］～が手を高く差し上げる 8-99.

tek³-sam［位置名詞］～のすぐそば
　atuy teksam ta 海のそば（浜辺）に 1-7. 2-56.
　→rutteksam
　→teksama
　un teksam ta 私のすぐそばに 2-109. 5-32.

teksam-a⁹［teksam の長形］
　un teksama 私のすぐそば 5-46.

tek¹-say-kari［二項動詞］～が～をすばやく手を廻して取り上げる（本来，tek-say-e⁴-kari か）9-29.

tem¹［一項動詞］～が気力を回復する
　→temka

tem²［名詞］[1]腕
　→tempok
　[2]両手を広げた長さ
　tu tem re tem「二間三間」5-25.

tem¹-ka³［二項動詞］～が～の気力を回復させる 13-5, 17.
　→yaytemka

tem²-pok［名詞］脇の下
　→tempokihi

tempok-ihi［tempok の所属形長形］～の脇の下
　tempokihi kus ～が～の脇の下を潜り抜ける 5-24.

tenke［二項動詞］～が～（大きな声）をあげる
　→ipawekurtenke
　→raykotenke

tepeskeko［副詞］「あんなに沢山」8-66.

tere［二項動詞］～が～を待つ 4-57.

terke［一項動詞］～が跳ねる；～が跳ねて行く 1-104. 2-55, 72, 84, 100, 108. 4-2, 12, 21, 79, 81. 5-19, 41. 6-62. 9-19, 25.
　　horka terke「後ろへ逆さ飛び」（あたかもひっくり返るようにして激しく跳ねること）4-31.
　　kosne terke 軽やかな跳ね方
　　kosne terke ci koikkew kan matunitara 私は「軽い足取

tek-kaki-po ～ tokap

りで腰やわらかに駆け」る
（狐の走る様子）3-11, 31,
39, 48, 60, 81.
→oterke
oyak ta terke ～（話）は他へ
飛ぶ 4-35.
→sampaya terke
→soyoterke
→terkepi
→terketerke
→tetterke
tonta terke teta terke ～（カ
ラス）がそこへここへと飛
び跳ねる 2-30.
→ukoterke
terke-pi［名詞］蛙
pisene terkepi 腹の膨れた蛙
9-33, 43.
terkepi utar 蛙たち 9-42.
terke-terke［terke の反復形］
～（蛙）が「跳ね回る」9-2.
tes-［cvc 語根］（広がり伸びる
様を表す）
→tesnatara
tes-natara［一項動詞］～が広
々としている
atuy so kasi tesnatara 海面が
広々としている 3-90.
neto kurkasi tesnatara 凪い
だ海が広々としている 3-5.
8-30.
te¹-ta³［指示副詞］[1]ここに
2-30. [2]（強調を表す）

nep tap teta →tap²
tetterke［terke の反復形］～が
よろよろする
→kotetterke
→otetterke
te¹-wano［指示副詞］これから
tan tewano これから 1-187.
4-14. 7-90.
tewano anak これからは
1-193. 5-78. 7-99.
tewano okay これからの～
3-119. 4-101, 103. 9-41.
12-52.
to¹［名詞］沼；湖 13-26.
to²［名詞］日
→kesto
sine an to ta ある日 2-2.
3-4. 5-2. 6-2. 8-25. 9-2.
10-1. 11-2. 12-2.
tan an to 今日 4-7.
→tanto
to³［副詞］ずっと遠く
→toan
to opisun 遠く浜の方から 5-5.
to⁴（不明）
→towa towa to
to³-an¹［指示連体詞］あの～
toan cikappo あの鳥 1-15,
33, 36.
tok-［cvc 語根］（ポンとものを
叩く音）
→tokkosanu
tokap［名詞］昼

kunne hene tokap hene →
　kunne
tokap hene kunne hene →
　kunne
tokap rerko kunne rerko
　ukoposki →kunne
tok-kosanu［一項動詞］〜がポンと音を立てる 10-14.
tokpa［二項動詞］〜が〜をつっつく 2-29.
　→tokpatokpa
tokpa-tokpa［tokpa の反復形］（toppatoppa と表記されることもある）〜が〜をつつきつつきする 8-63, 74, 104.
　→toppatoppa
tom[1]［一項動詞］〜が輝く
　→tomte
tom[2]［位置名詞］〜の中央部
　→sitomusi
　→utomeciw
toma（不明）
　→atuy ka toma toma ki kuntuteasi hm hm!
tomin［名詞］（不明）
　→tominkarikur
tomin-kari-kur[1]［名詞］トミンカリクル（repunkamuy（海の神）の異称）8-58, 122.
　→isoyankekur
tom[1]**-te**[2]［二項動詞］〜が〜を飾る 7-105.
　→etomte

→tomtekar
tomte-kar[1]［二項動詞］〜が〜を美しく作る；飾る 1-148.
　→tomtekarkar
tomte-karkar［tomtekar の反復形］〜が〜を美しく飾る；〜が〜を美しく作る 1-118. 7-103.
ton[1]［指示連体詞］あの
　→tonta
ton[2]-［cvc 語根］（矢が飛ぶ様）
　→tonnatara
toncikama［名詞］敷居
　toncikama ni 敷居（家の入口の）9-8.
ton[2]**-natara**［一項動詞］（矢が飛ぶ様）1-49.
tono［名詞］首領；大将
　cironnup tono →cironnup
　isepo tono →isepo
tonoto［名詞］酒
　sisak tonoto ukoante 〜が「盛んな宴を張る」1-197, 211. 8-160, 174.
　→tonotopo
tonoto-po[2]［名詞］酒
　pon tonotopo わずかの酒 8-129.
ton[1]**-ta**[3]［指示副詞］あちらに 2-30.
tonupeka（不明）
　→tonupeka ran ran
tonupeka ran ran［第13話の

− 402 −

折り返し句〕（知里真志保『カムイ・ユカル』では「トー・ヌペカ・ランラン」と表記され、「あれ・涙も・降る降る」と訳されている）
too〔副詞〕はるか遠く（to³ の強調形．方向や位置を表す副詞，副詞句を修飾する）5-24.
 too an i あそこ 2-13.
 too hepasi はるか川下に 3-10, 81, 96.
 too heperay はるか川上に 3-10, 81, 96.
 too herepasi はるか沖へ 6-64.
 too hosasi はるか浜手から 13-6, 15.
 too suy →suy
toon〔連体詞〕あの～
 →toonta
toon-ta³〔指示副詞〕あそこに 11-66.
toop〔副詞〕はるか遠く（方向や位置を表す副詞，副詞句を修飾する）1-172. 2-73. 11-35. 13-13.
topa〔名詞〕群れ（鹿の）
 apka topa 雄鹿の群れ 11-33, 41.
 inne topa ne「大勢打ち連れて」1-171.
 momampe topa 雌鹿の群れ 11-34, 42.

yuk topa 鹿の群れ 11-39.
topo〔二項動詞〕～が～を元来た方向に戻す
 →hetopo
 →pekotopo
toppatoppa〔tokpatokpa の変異形〕8-63.
tororo（不明）
 →tororo hanrok hanrok
tororo hanrok, hanrok〔第9話の折り返し句〕（知里真志保『カムイ・ユカル』に，「こゝではカエルの鳴き声になっているが，もと「沼の中に・すわれ・すわれ」，或は「あそこに・私はすわる・すわる」という意味だったように思われる．」(75頁)とある) 9-1, 9, 14, 20, 26.
tos-〔cvc 語根〕（波のかぶさる様子）
 →tosos-
tosos-〔tos- の反復形〕（散らばっている様子を表す）
 →tososatki
tosos-atki〔一項動詞〕～（波）が（舟に）幾度もかぶさる
 →kotososatki
towa（不明）
 →towa towa to
towa towa to〔第2話の折り返し句〕2-1, 4, 5, 17, 18, 32, 33, 34, 35, 36, 37, 40, 41, 53, 54, 62, 63, 64, 65, 66,

67, 70, 71, 82, 83, 90, 91, 92, 93, 94, 95, 98, 99, 128, 129, 130, 131, 132, 133.

toy［名詞］土；土地；畑 5-20, 20, 42, 42.
 amam toy「粟畑」13-36, 37.
 husko toy wano →husko
 →toykomunin
 →toykonospa
 →toyne
 →toytoy
 toy upun 土煙 5-45.
 toy ... wen ... つまらなく，悪い〜 2-32, 62, 90, 128. 3-114. 4-74, 92. 5-82. 8-60, 62, 67. 9-40. 12-14, 32, 51. 13-10.

toy-ko²-munin［一項動詞］
〜がすっかり腐る 3-112.

toy-ko²-nospa［二項動詞］
〜が〜を激しく追いかける 5-21, 27, 40.

toy-ne¹［一項動詞］〜が土のようである（疲れた様子）
 sem ipor kan toyne kane「疲れた顔色で」8-11, 22.

toy-toy［名詞］土
 toytoy ka ta 地面に 1-55.

tu［連体詞］二つの〜 2-58, 59, 85, 86, 87. 5-6.
 →etu
 →otu
 tu cis wenpe yayekote →wenpe
 →tun
 →tup
 tu ... re ... 多くの〜
 tu atuy penrur re atuy penrur 海のたくさんの波 6-47.
 tu peker nupe re peker nupe たくさんの清い涙 1-134.
 tu pinnay kama re pinnay kama 〜がたくさんの谷を越える 4-2, 21, 30.
 tu tem re tem 何間も 5-25.
 tu wan ... re wan ... 多くの〜
 tu wan wen itak re wan wen itak たくさんの悪口 1-59.
 tu wan onkami re wan onkami たくさんの祈り 1-92, 136.

tuci［名詞］槌
 uray kik tuci やなの杭を打つ槌 10-12.

tuk［一項動詞］〜が突き出る
 →etukka

tukan［二項動詞］〜が〜を（矢で）射る 1-16, 20. 8-43.

tukari［後置詞的副詞］〜に向かって；〜の方に
 ikit tukari 宝壇の方に 8-5. 9-5.

tuki［名詞］杯 8-139.

toy ~ tura-no

kani tuki 金の杯 8-113, 133, 137.
tum［位置名詞］〜の中
　→ipottum
　mon tum 腕の中
　mon tum kiror 腕の力 10-19. 11-54.
　rera tum ta 風の中に 3-28, 68.
　→siktumorke
　→tumasnu
　tum peka 〜の中を通って 5-40. 9-2.
　→tumu
　yaci tum wa「泥の中から」5-19.
tumam［名詞］からだ；胴
　→eitumamornoye
tum-asnu［一項動詞］[1]〜が元気である 13-28.
　→ukoorsutketumasnu
　[2]「勇ましく」(副詞として) 3-65.
tum-u[5]［tum の長形］
　ni tumu →suma
　suma tumu →suma
　→tumuke
tumu-ke[4]［tumu の長形］
　→tumukehe
tumuke-he[5]［tumuke の長形］
　hekaci utar tumukehe ta 子供達の群れの間に 1-22.
tu-n[1]［名詞］二人

aynu/menoko tun pis 人間・女が二人 2-45, 73.
　→etunne
　tun ikasma wan →ikasma
tun-［cvc 語根］(ある種の美しい響き)
　pii tun tun, pii tun tun! →pii
　→tununitara
tunas［一項動詞］〜が速い
　→kanciwetunas
　→tunaskarkar
tunas-karkar［二項動詞］〜が〜を手早く作る 1-116.
tun-unitara［一項動詞］〜(声,音)が美しく響く
　hawe/hum (i) tununitara … する声・音が美しく響く 1-104, 107. 8-177, 180.
tu-p[1]［名詞］二つ (rep 参照) 1-217, 8-182.
tur[1]［名詞］垢
　→turus
tur[2]-［cvc 語根］(伸びる様子)
　→turi/turpa[1]
　→turse
tura［後置詞的副詞］〜と共に 1-153, 199. 8-10, 188.
　humse tura ふんばり声を上げながら 3-24.
　→turano
　tura wa ek 〜が〜を連れて来る 5-75.
tura-no[1]［後置詞的副詞］〜と

— 405 —

共に 2-124. 4-67. 8-139.
　　cis turano →cis
turasi [後置詞的副詞] ～(川)に沿って(上流の方へ行く) 2-72, 97. 11-2.
turaynu [二項動詞] ～が～を失う
　　→yaynuturaynu
turesi [名詞] 妹
　　kot turesi ～の妹 12-5, 23. 13-32, 34, 35, 37, 38.
tur²-i⁶ [二項動詞] ～が～を引く；～が～を引き伸ばす
　　→hoturi
　　→situri
　　→turpa
tur²-pa⁷ [turi の複数形]
　　ci santekehe ci turpa wa 私(梟)は「手を差しのべて」1-50.
　　turpa yonpa ～(海鵜)が～(首)を伸ばしたり縮めたりする 2-59.
　　→ukohayasiturpa
　　→ukoturpa
　　→usiyukkoturpa
turpa [位置名詞] (不明)
　　→turpake
turpa-ke⁴ [turpa の長形]
　　si annoski turpake ta「真夜中時分に」1-98.
tur²-se² [一項動詞] ～が飛ぶ 3-25.

→citursere
　　ki caranke kakkok haw ne ouse turse ～が述べた言葉がカッコウの声のように美しく響く 1-180.
→ureetursere
tur¹-us [一項動詞] (連体詞的に)垢まみれの～；激しい～(怒り)
　　turus kinra 激しい怒り 5-18.
tusmak [二項動詞] ～が～を競う；～が～をめがけて(誰かに)先んじる
　　→etusmak
　　sikuturu tusmak ～が～の目を盗む(油断している隙を狙う) 4-71, 76.
　　→uetusmak
tusnatki [一項動詞] ～(もや)がたなびく
　　→etusnatki
tustek [一項動詞] ～が黙る
　　→ciastustekka
tusura [一項動詞] ～が矢を射放す
　　→kotusura
tutko [名詞] 二日間
　　tutko pakno sir an 二日時がたつ 1-155. 3-102.
　　tutko rerko sir an 二日、三日時がたつ 1-202. 8-110, 146, 181.
tuy¹ [一項動詞] ～が切れる

→otuy
→tuye
→tuytuy

tuy² ［一項動詞］〜が降る 1-106.
　→tuytuye

tuy³- ［位置名詞修飾接頭辞］
（広がりを表す）
　→tuyka
　→tuypok

tuy¹-**e**⁶ ［二項動詞］〜が〜を切る；断つ
　amam pus tuye 粟の穂を切り取る 13-40, 42.
　cep/yuk sut tuye 〜が魚・鹿を根絶やしにする 11-10, 28.
　→cituyeamset
　humpe noski tuye 〜が鯨のまん中を切る 8-45.
　inaw ni tuye 〜が御幣を作るための木を切る 1-147.

tuy³-**ka**¹ ［位置名詞］〜の表面（平面ではなく曲面の）
　enan tuyka 〜の顔面 3-73. 6-8. 11-27, 45. 12-12.
　iku tuyka ta 酒宴の席上 1-212.
　kuwa tuyka wa 杖の表面から 5-36.
　tek tuyka →tek¹
　→tuykasi

tuyka-si⁴ ［tuyka の長形］
　enan tuykasi 〜の顔面 12-30.

tuyma ［一項動詞］〜が遠くにある
　hanke kamuy tuyma kamuy →kamuy
　→otuyma
　tuyma kamuy hanke kamuy →kamuy
　→tuymano

tuyma-no¹ ［副詞］遠くで 1-172.

tuy³-**pok** ［位置名詞］〜の下（下面全体）
　→nipok
　tek tuypok →tek¹

tuy¹-**tuy**¹ ［tuy¹ の反復形］〜が断続する
　tas kan tuytuy 息が乱れている 8-57.

tuy²-**tuy**²-**e**⁶ ［二項動詞］〜が箕で穀物をあおり飛ばして糠や屑を除き去る 2-118, 123.

U

u[1]- ［再帰接頭辞］互い
（名詞的要素に接頭）互いの；2つの
→uciskar
→ukaenoypa
→ukaepita
→ukakuste
→ukirornukar
→useturkararpa
→usinritpita
→usiyukkoturpa
→utap
→utomeciw
（名詞的要素に接頭し，対偶関係を表す）
→upokor
（他動詞語基の目的語）…しあう
→usaokuta
→utasa
（使役接尾辞の目的語）
(1)…しあう
→uciskar
→ukannare
→upoknare
(2)みんなで…する
→uhopunpare
→uhoyuppare
→ukirare

→uminare
→uniwente
→urayayaysere
（部分接頭辞に導かれる）
　u-e[3]- 互いの顔を…する
　　→uekarpa
（補充接頭辞 e[4]- の目的語）
(1)…しあう；みんなで…する
→uekatayrotke
→uenewsar
→uepeker
→uesinot
→uetusmak
→ueutanne
(2)（繰り返しを表す）
→uesuye
(3)（存在を表す他動詞語基に接合する）
→ueunu
→ueus
（補充接頭辞 ko[2]- の目的語）
(1)（u-ko[2]- が一項動詞に接頭する場合）みんなで…する；…しあう
→ukohayasiturpa
→ukohepoki
→ukohetari
→ukoitak

u- ～ u-e-suye

 →ukoohapseeciw
 →ukoorsutketumasnu
 →ukopayekay
 →ukoramkor
 →ukoterke
 →ukoyaeramusitne
 (2)(u-ko²- が二項動詞に接頭し、u- が目的語を再帰的に指示する場合）二つを；みんなを
 →ukoani
 →ukopiski
 →ukoturpa
 (3)(u-ko²- が二項動詞に接頭し、u- が主語を再帰的に指示する場合）みんなで；大勢で
 →ukoante
 →ukokikkik
 →ukooputuye
 →ukooputuypa
 →ukooterke
 →ukotata
 （位置名詞の目的語）
 →ukakuste
u²-［使役接尾辞］
 →anu
 →cisireanu
 →unu
u³-［他動詞語基形成接尾辞］
 →paru
 →pusu
 →ramu
 →rapu（?）
 →rutu

 →yupu
u⁴-［所属形形成接尾辞］
 →ipottumu
 →katu
 →oksutu
 →ramu
 →sikuturu
u⁵-［位置名詞長形形成接尾辞］
 →tumu
 →uturu
u¹-cis-kar⁶［一項動詞］～が泣き合う（人が死ぬなどして）（原注 2-(6)参照）2-74, 77, 88.
u¹-e³-karpa［一項動詞］～が集まる 5-61.
u¹-e⁴-katayrotke［一項動詞］～が仲良くする 1-188, 194, 203, 220.
u¹-e⁴-newsar［一項動詞］～が語り合う 1-199.
 →euenewsar
u¹-e⁴-peker［名詞］昔話（原注 1-(12) 参照）
u¹-e⁴-sinot［一項動詞］～が共に遊ぶ
 →euesinot
u¹-e⁴-suye²［二項動詞］～が～を何度も揺する
  anramasu uesuye →
   anramasu
  rawki mina ci uesuye →
   rawki

— 409 —

第 3 章 『アイヌ神謡集』辞典

u¹-e⁴-tusmak［二項動詞］～が～をめがけて競い合う 1-54.

u¹-e⁴-unu［三項動詞］～が～を～につがえる（矢を弓に）1-29. 5-50. 8-43. 11-12, 20, 30, 39. →ueunupa

u¹-e⁴-unu-pa⁶［ueunu の複数形］1-20.

u¹-e⁴-us［二項動詞］～と～がくっつく 3-20.

u¹-e⁴-utanne［一項動詞］～たちが連れだって（行く）1-171.

u¹-hopunpa-re³［一項動詞］～たちが一斉に起き上がる 1-130.

u¹-hoyuppa-re³［一項動詞］～たちが一斉に走る 1-53.

-uhu［所属形長形形成接尾辞］
　→katuhu
　→oksutuhu
　→pasuhu
　→putuhu

uhuy［一項動詞］～が燃える
　cise uhuy（家の）火事
　　cise uhuy an 火事がある 2-114.
　→uhuyka

uhuy-ka³［二項動詞］～が～を燃やす 5-63.

uk［二項動詞］～が～を取る（人が獲物を）1-16.；（ふくろうが矢を）1-34, 37.（原注 1-(4) 参照），

aske/askehe uk →
　aske/askehe
　→ukte

u¹-ka¹-e⁴-noypa［二項動詞］
　otu sanaske ore sanaske uka-enoypa ～が両の手の平を胸元で擦りながら左右に揺する（男子の礼拝の仕方）1-192.

u¹-ka¹-e⁴-pita［二項動詞］～が～を次々と解きほぐす（名前の由来を解きほぐす）6-12, 25.

u¹-ka¹-kuste［二項動詞］～が～（祈りの言葉）を繰り返す（～が～を幾度も交差させる）1-92, 137.

u¹-kanna-re³［一項動詞］～たちが組み伏せあう（～たちが互いの上になる →upoknare）11-51.

u¹-kira-re³［一項動詞］～たちが皆一斉に逃げる 5-44.

u¹-kiror-nukar［一項動詞］～たちが力比べをする 11-47.

u¹-ko²-ani［二項動詞］～が～（矢と弓）を一緒に持つ 1-24. 8-29. 11-6.

u¹-ko²-ante［二項動詞］～たちがみんなで～(杯)を置き合う
　sisak tonoto ukoante ～たちが酒宴をひらく 1-197, 212. 8-160, 174.

u¹-ko²-hayasi-turpa［一項動

— 410 —

詞］〜たちがかけ声を掛け合う（鯨を引っ張りながら）8-84, 148.

u¹-ko²-hepoki ［一項動詞］〜たちが頭を下げ合う 2-87.

u¹-ko²-hetari ［一項動詞］〜たちが頭を上げ合う 2-87.

u¹-ko²-itak ［一項動詞］〜たちが語り合う
→eukoitak

u¹-ko²-kikkik ［二項動詞］〜たちが大勢で〜を叩く 1-39, 60.

u¹-ko²-ohapse-eciw ［二項動詞］〜たちが〜に対してともに舌鼓を打つ 8-162.

u¹-ko²-oputuypa ［二項動詞］〜たちが大勢で〜を押す 1-60.

u¹-ko²-or¹-sutke-tumasnu ［一項動詞］〜たちが「励まし合う 3-43.

u¹-ko²-oterke ［二項動詞］〜たちが大勢で〜を蹴る 1-38.

u¹-ko²-payekay ［一項動詞］〜たちが交流する 1-183, 189.

u¹-ko²-piski ［二項動詞］〜が〜（日数）を順に数える 7-55.
→yayukopiski

u¹-ko²-ram²-kor¹ ［一項動詞］〜たちが相談し合う 7-63, 89.

u¹-ko²-tata¹ ［二項動詞］〜たちが大勢で〜を刻み切る 5-62.

u¹-ko²-terke ［一項動詞］〜たちが組み合って喧嘩する 11-51.

u¹-ko²-turpa ［二項動詞］〜たちが〜を繰り広げる
 ir hetce haw iri humse haw ukoturpa 〜たちが「一度に揃ってうちうなず」く 8-172.
 nispa ipor katkemat ipor ukoturpa 〜たちが「紳士らしい淑女らしい品を備えてい」る 1-77.

u¹-ko²-yaeramusitne ［一項動詞］〜たちが皆で「グズグズ」する 8-85.

uk-te² ［三項動詞］〜が〜に〜を取らせる
 aske ukte →aske

ukuran ［名詞］夜
 →tanukuran

u¹-mina-re³ ［一項動詞］〜が大勢で笑う
 →euminare

umomare ［二項動詞］〜が〜を拾い集める 13-25.

umurek ［名詞］夫婦 1-74.

un¹ ［二項動詞］〜が〜にある
 →eun
 karimpa un ku →ku²
 →kimun
 →makun
 nitat or un nitne kamuy「谷地の魔神」5-83.
 →okitarunpe
 →otasutunkur
 →paunpe

第3章 『アイヌ神謡集』辞典

→repun
→rikun
→rorun
→samayunkur
→sirun
→soyun
　un cisehe →cisehe
→unu
→yaunkur
un² ［人称接語］［1］私（たち）を（二項動詞・三項動詞の前に置かれ，目的語となる）
　　a un →a²
　　un ahunke 〜が私を入れる 1-72.
　　un ani 〜が私をつかむ 4-62.
　　un ante 〜が私を置く 1-94.
　　un ekarkar/ekarkan 〜が〜を私にする 1-143. 4-94. 5-81. 8-127.
　　un ekatta 〜が私を〜に引きずる 12-41.
　　un enomi 〜が〜を用いて私を拝む 1-226.
　　un erampokiwen 〜が私を憐れむ 1-184. 8-126. 13-32.
　　un esikari 〜が私をひったくる 1-56.
　　un etomte 〜が私を〜で飾る 1-148.
　　un eyoko 〜が私を（矢で）狙う 1-40.
　　un honkokisma 〜が私を抱える 1-64.
　　un iuninka 〜が私を苦しめる 3-93.
　　un kasuy 〜が私を助ける 10-6.
　　un keske 〜が私をねたむ 8-167.
　　un kewtumwente 〜が私の気を悪くする（「私に中傷する」） 8-167.
　　un kohetari 〜が私に向かって頭をもたげる 5-18. 7-22. 11-37.
　　un koipunpa 〜が私に料理を盛る 8-13, 19.
　　un koonkami 〜が私を拝む 1-80.
　　un kopuntek 〜が私をほめたてる 1-215.
　　un kosankosan 〜が私の中に現れる 3-8, 30, 58.
　　un kosirepa 〜が私のいるところに到着する 1-56.
　　un kotetterke 〜が私に（争って）組み付く 11-50. 12-40
　　un kotusura 〜が私に（矢を）「ひょうと射放つ」 1-48.
　　un koyayrayke 〜が私に礼を述べる 8-120, 169.
　　un kure 〜が〜を私に飲ませる 13-4, 17.
　　un mosma 〜が私を差し置く

− 412 −

un

7-12, 30.
un nomi ～が私を拝む 8-190.
un nospa ～が私を追いかける 4-95.
un nukar ～が私を見る 1-78. 3-69. 9-11. 10-5. 11-7. 12-12, 17, 30. 13-9, 20.
un omare ～が～に私を入れる 13-26, 26.
un opitta un umomare ～が私たちみんなを集める（unが副詞と動詞のどちらにも前置された例）13-25.
un otetterke ～が私を踏みにじる 13-12.
un ramante ～が私を（矢で）狙う 1-29.
un rayke ～が私を殺す 4-91. 5-71.
un respa ～が私を育てる 8-4.
un seykoyaku ～が私を（私が被っている）貝殻とともに潰す 13-12.
un siknure ～が私を生き返らす 13-33.
un simemokka ～が私を怒らせる 5-70.
un sinospare ～が私にわざと自分を追いかけさせる 5-71.
un sirkocotca ～が私をしたたかに射る 5-57.
un temka ～が私の元気を快復させる 13-5, 17.
un tukan ～が私を矢で射る 1-20.
un uetusmak ～が私をめがけて競い合う 1-54.
un ureetursere ～が私を蹴り飛ばす 13-12.
un ureeyaku ～が私を足先で潰す 13-30.
un uyna ～が私をつかみ取る 4-61.
un uytek ～が私を使う 4-24, 26.
[2]私(たち)の（位置名詞の前に立ち、相対的位置を示すための基準となる）
un corpoke 私の下 1-12.
un enka 私の上 5-47.
un etok 私の行く手 1-208. 2-43.
un ka 私の上 9-29.
un kasike 私の上 1-63.
un kurkasi 私の上 5-35, 37.
un okake 私の後ろ 7-122.
un or/ot 私のいるところ 1-136. 8-190.
un oyak 私が居るところとは別なところ 4-71.
un piskan 私の周囲 1-105.
un piskani 私の周囲 8-55.
un sam 私のそば 13-20.
un sama 私のそば 4-53, 58. 13-8.

un teksam 私のすぐそば 2-109. 5-32.
un teksama 私のすぐそば 5-46.
[3] 私の（後置詞的副詞の前に立ちその目的語となる）
　un etunankar「むこうから」2-108. 5-29, 51.
　un pekano「ちょうど私の前へ」5-12.
un³ ［後置詞］～へ（方向）
　armoysam un「浜辺へ」2-2.
　corpok un ～の下へ 1-4.
　etok un ～の行く手へ 2-6, 101.
　i un (…する) ところへ 4-32. 5-63.
　→kasikun
　ka un ～の上へ 8-137. 9-29.
　kopake un ～の方へ 8-49.
　mosir un 国へ 5-77.
　nikor un 輪の中へ 8-34, 36, 46.
　oka un ～の後ろへ 4-84. 8-89.
　or un ～があるところへ 1-218. 6-62. 7-8, 27, 29, 31, 44, 57, 69, 116, 123, 125. 8-110, 190. 11-35.
　oyak un ～とは別なところへ 4-71.
　petetok un 川の源へ 10-1. 11-12, 20.
　soyke un（家の）外へ 8-147.
　→tapkasikun
　upsor un（家の）中へ 8-150.
un⁴ ［副助詞］（強い感動を表す）
　sonno ka un →sonno
un⁵- ［不定人称接頭辞］（目的格形．i³- と似た働きをするが unahunke という複合語の中にしか現れない．この un- の存在については佐藤知己氏による．）
　→unahunke
-**un**⁶ ［起点・方向接尾辞］（起点・方向接頭辞 e⁵-，o⁴- とともに位置名詞，場所を表す名詞をはさみ，その位置，場所を方向，起点とする副詞を作る）
　→eharkisoun
　→ekimun
　→esisoun
　→opisun
　→outurun
un⁵-**ahunke** ［一項動詞］～が人を招待する
　→eunahunke
unin ［二項動詞］～が～で痛みを感じる 5-53.
　→iunin
-**unitara** ［自動詞語基形成接尾辞］（cvc 語根に付き，自動詞語基を作る）
　→matunitara
　→pepunitara

→tununitara

u¹-niwen-te²［一項動詞］〜が「お悔やみを述べ」る 2-45, 60.（原注 2-(3), 2-(6), 4-(2) 参照．また，Batchelor の Niwenhoripi も参照）

unruke［三項動詞］（不明）
　→raunruke
　→rikunruke

un¹-u²［三項動詞］〜が〜を〜に置く
　→ueunu

unu［名詞］母 12-10, 28, 48.
　→unuhu

unu-hu²［unu の所属形長形］〜の母 1-224.

upen［一項動詞］〜が若い
　upen rametok →rametok

u¹-pokna-re³［一項動詞］〜たちが組み伏せあう（〜たちがお互いを下にする→ukannare）11-51.

u¹-po¹-kor¹［一項動詞］〜たちが親子の関係にある
　upokor humpe →humpe

ups［upsi の誤り］3-26.

upsi［一項動詞］〜(舟)がひっくり返る
　→ups

upsor［位置名詞］〜(家)の内部
　cise upsor/upsot 家の内部 1-74. 5-48. 8-150, 157. 9-5.

→upsoro
→upsoroho

upsor-o⁶［upsor の長形］
　cise upsoro 家の内部 1-114, 116, 156. 8-143, 144, 158.

upsor-oho²［upsoro の長形］
　cise upsoroho 家の内部 1-118. 4-63.

upsot［upsor の変異形］9-5.

upun［名詞］吹雪
　ota upun 砂嵐 1-54, 70.
　toy upun 地吹雪 5-45.

urar［名詞］もや，かすみ 8-144.

uray［名詞］簗（やな）
　nesko uray 胡桃の木で作ったやな 10-3, 7.
　uray ikuspe やなの杭 2-86.
　uray ni やなの杭 2-85. 10-16, 20.
　uray kik 〜が簗の杭を打つ 10-3.
　uray kik tuci やなの杭を叩く槌 10-12.

u¹-rayayayse-re³［一項動詞］〜が大勢で泣く 5-43.

ure［名詞］足先
　→ureetursere
　→ureeyaku

ure-e⁴-turse-re³［二項動詞］〜が〜を足先で蹴り飛ばす 13-12.

ure-e⁴-yaku［二項動詞］〜が

— 415 —

〜を足先で踏みつぶす 13-30.
urir［名詞］鵜 2-58, 59.
us［二項動詞］〜が〜にくっつく
　→aekirusi（?）
　→ciousi
　→eus
　→kemus
　kike us pasuy →pasuy
　nep ne us i ka ci erampewtek 私は落ち着くべき所も知らない 3-117. 4-73.
　→ous
　→resous
　sermaka us →sermaka
　→sikimanaus
　→sirus
　→turus
　→ueus
　→usi
usa［副詞］（譲歩）
　ta usa
　　hetak ta usa 早く（…してほしい）2-13, 49, 79.
　　nen ka ta usa 誰か（…してほしい）7-6, 26, 43. 13-4, 17.
　usa ... usa ... …したり…したりする；〜や〜や 1-150, 226. 2-27.
　usa okay 色々の〜 1-154.
u¹-sa²-o²-kuta［一項動詞］〜がこぞって下手へ駆ける 12-17.

usayne［副詞］（不明）
　usayne tap suy（意外なことに対する驚きを表す副詞句）1-166. 2-46, 76. 5-33.
use［連体詞］並の〜；ただの〜
　use aynu「ただの人間」9-35.
　yayan aynu use okkaypo → yayan
u¹-setur-ka¹-rarpa［一項動詞］〜が互いの背に乗り合う（二人が追い越し，追い越されつつ歩く情景）5-6.
us-i⁴［三項動詞］〜が〜を〜にくっつける
　→aekirusi(?)
　→ciousi
　→osorusi
　→sitomusi
u¹-sinrit-pita［一項動詞］〜が素性を暴き合う 6-36.
u¹-siyuk-ko²-turpa［一項動詞］〜（大勢の人）が盛装して連なる（2-8 原本では ushiyakko- となっている）2-8. 8-92.
ut［名詞］肋骨
　→utor
uta［二項動詞］〜が〜を搗く（脱穀のため杵で）
　→iuta
utan［utar の変異形］
　→ utanne
utan-ne¹［一項動詞］〜が仲間になる

→eutanne
→ueutanne
u¹-tap¹［名詞］両肩
　utap kurka 両肩の上 11-56.
utar［名詞］;［名詞的助詞］[1]
親族；仲間
　cise kor utar 家族 1-121, 130.
　kotan kor utar →kotan
　sine utar 一族 1-187.
→utanne
→utari
→utarihi
[2]（…する）者たち
→hekattar
　ica utar 肉を切る者たち 2-9.
　irura utar 肉を運ぶ者たち 2-9.
　kohokus utar 〜とともにひっくり返る者たち 2-48.
　okay utar →okay
[3]（生きているものを表す名詞の後ろに置かれ複数を示す）
　aokay utar 私たち 1-33.
　apka utar 牡鹿たち 11-64.
　aynu pito utar →pito
　aynu utar →aynu
　cep utar →cep
　cironnup utar →cironnup
　esaman utar カワウソたち 12-52.
　hekaci utar 子供たち 1-11, 22.
　humpe utar 鯨たち 8-31.
　isepo utar 兎たち 4-103.
　kamuycep utar →kamuycep
　kamuy utar →kamuy
　katkemat utar「りっぱな女たち」8-92.
→menokutar
　momampe utar 牝鹿たち 11-64.
　ne p utar 〜であるものたち 1-123, 160, 164.
　nimakitara utar →nimakitara
　nispa utar →nispa
　okikirmuy utar orke オキキリムイたち 3-18.
　paskur utar 烏たち 2-28.
　pipa utar 沼貝たち 13-21.
→poutar
→sautar
　seta utar 犬たち 2-22, 12-50.
　terkepi utar 蛙たち 9-42.
　wen kamuy utar →kamuy
　wenkur utar 貧乏人たち 1-166.
　yuk utar 鹿たち 7-85, 107.
→yuputar
utar-i⁷［utar の所属形］;［名詞］〜の一族；一族（cisehe, kotani 参照）
　kor utari 〜の一族 8-119.
utar-ihi［utar の所属形長形］
　a utarihi 私の一族 4-101.

第3章 『アイヌ神謡集』辞典

ci utarihi 私の一族 4-55, 93.
u¹-tasa ［一項動詞］〜がすれ違い合う
　→utasatasa
utasa-tasa ［utasa の反復形］〜が幾度も行き交う 2-10.
utka ［名詞］浅瀬 2-74.
u¹-tom²-eciw ［二項動詞］〜が〜（着物）の前をきちんと合わせて着る 11-5.
ut-or¹ ［名詞］肋骨のあるところ（田村すず子『アイヌ語沙流方言辞典』の解釈による）
　→utorsam
utor-sam ［位置名詞］〜の傍ら
　→utorsama
utorsam-a⁹ ［utorsam の長形］4-41.
utur¹ ［名詞］火尻座（炉に面した戸口側の座）
　→outurun
utur² ［位置名詞］〜の間
　　asurpe utut ta →asurpe

aynu utur wa 人々の群れの間から 1-65.
cikup so utur 酒宴の席の中 8-178.
kotan utur 村の中 5-42.
　→sikutur
　→uturu
　→utut
utur-u⁵ ［utur² の長形］
　kay uturu 波間 3-20.
utut ［utur² の変異形］
uwante ［二項動詞］〜が〜を調べる
　ci uwante ko 私が調べて見ると 1-27.
uyna ［二項動詞］〜が〜（下にあるもの）を取り上げる 3-108. 4-61. 8-134.
uytek ［二項動詞］〜が〜（人）を（使者として）使う 4-24, 26, 56. 7-17, 31.
　→euytekkar

W

wa¹ ［後置詞］〜から（起点）
　　atuykes wa「海の西へ」8-31.
　　atuypa wa「海の東へ」8-31.
　　ka wa 〜の上から 11-31, 33.

orke wa →orke
oro wa →or¹
otuyma sir wa →otuyma
pet etoko wa 川の源から

— 418 —

10-22. 11-13.
petetok wa 川の源から 11-21.
tum wa 〜の中から 5-19.
tuyka wa 〜の上から 5-36.
tuypok wa 〜の下から 3-35, 45.
upsor wa 〜の中から 1-74.
utur wa 〜の間から 1-65.
→wano
wa² ［接続助詞］（…し）て（時間の前後関係，論理的な関係を特に示さない，いわば意味的に無色な接続）1-15, 29, 50, 75, 90, 94, 122, 122, 124, 148, 159, 163, 167, 168, 169, 169, 172, 173, 174, 175, 176, 177, 182, 196, 201, 204, 211, 223. 2-7, 49, 55, 77, 79, 84, 118, 122. 3-7, 103, 108, 109, 111. 4-8, 10, 15, 32, 55, 61, 65, 66, 69, 73, 88, 89, 104. 5-4, 24, 63, 63, 71, 74. 6-39, 41, 44, 48, 52, 55, 64. 7-6, 12, 15, 30, 34, 36, 43, 59, 63, 89, 96, 105, 118. 8-10, 10, 12, 14, 17, 19, 20, 22, 26, 29, 75, 106, 107, 124, 134, 142, 154, 164, 169. 9-4. 11-15. 12-20, 48. 13-21, 36, 39.
 an/okay wa 〜があって（いて）…する 1-86. 2-22, 47. 5-69. 13-2.
 (yay)erampewtek wa 〜が〜を(自分の正体を)知らないで（…する）6-50, 55.
 ne wa 〜は〜であって…する 2-57. 5-10. 8-94, 117. 13-32.
→newa
（助動詞 a⁴/rok² と共に接続助詞句を構成する）
 a wa …すると（前文からは推し量れない意外なことが後文で言われる）
 ak as a wa 私が射ると 11-20, 39.
 arpa as a wa 私が行ったところ 8-54.
 ari hawean a wa 〜が〜と言うと 12-16.
 ari hawokay a wa 〜が〜と言ったのに，実はそうではなく 8-104.
 ay eak a wa 〜が矢を射ると 11-12.
 ci epakasnu a wa 私が〜に〜を教えると 7-101.
 ci ramu a wa 私が〜を考えていたのに 1-139. 3-70. 5-66, 73.
 ci tukan a wa 私が〜をねらい射ると 8-43.
 ci uytek a wa 〜が〜を使いに出すと 4-56.
 ecaranke a wa 〜が〜を述べると 1-191.

第3章 『アイヌ神謡集』辞典

hawe okay a wa …したのであったが 7-4.
iki as a wa 私がそうすると 5-21.
ikici as a wa 私がそれを繰り返しすると 1-53. 4-47. 5-55. 6-6. 12-37.
inkar as a wa →inkar
itak as a wa 私が言うと 6-21, 33, 57. 7-11, 29. 8-76. 12-10, 28.
itak a wa ～が言うと 12-34.
kus a wa ～が～を横切ると 1-12. 5-14.
kusne a wa …しようとすると 4-25.
okay as a wa 私が居ると 4-39, 53, 58. 5-4. 6-3. 13-6, 8, 15, 19.
paye as a wa 私が行くと 2-72. 4-12. 10-2. 11-3.
rek as a wa 私が鳴くと 9-10, 15, 20, 26.
sap as a wa 私が下ると 12-4.
sir an a wa 時がたつと 3-102. 8-110.
sirki a wa それを見ると 11-44.
sir peker a wa 夜が明けると 1-129.
terke as a wa 私が跳ねて行くと 2-108.

un nukar a wa ～は私を見ると 1-78. 9-11. 10-5. 11-7. 12-12, 17, 30. 13-9.
（文の冒頭に a wa が置かれる場合）ところが 6-54.
rok wa（a^4 wa の複数形）8-153.
（助動詞に類似した句を構成する）
wa an/okay …している 1-16, 47, 221, 229. 4-5, 38. 6-58. 7-54. 8-4, 72, 193.
wa are →are
（後ろに移動を表す動詞が立つ）
hosippa wa arki ～が帰って来る 2-100.
hosippa wa arpa ～が帰って行く 8-53.
hoyupu wa arki ～が走って来る 1-58.
hoyupu wa oman ～が走って行く 4-15.
kor wa ek ～が持って来る 8-170.
kor wa san ～が～を持って（川を）下る 6-44.
ma wa sap ～が泳いで（川を）下る 12-3.
ninpa wa arki ～が～を引っぱって来る 8-149.
terke wa paye ～が跳ねて行く 4-12.

− 420 −

wa ～ wa-no

　　tura wa ek ～が～と一緒に来
　　　る 5-75.
　　（助動詞句を構成する）
　　wa isam →isam
　　wa okere →okere
　　wa paye →paye
　　（その他の用例）
　　ene wa poka →ene
　　ki wa →ki²
　　ki wa kusu →kusu¹
　　ki wa ne yakka →yakka
　　ne wa an pe →ne²
　　ne wa ne yakka →yakka
　　wa hum as nankor a →hum¹
　　wa kusu →kusu¹
　　wa sirki nankor a →nankor
wa³ ［終助詞］（不明）
　　a wa oar ci oyra …したのか
　　　私はすっかり忘れる 4-26.
　　nankor wa さぞかし…するだ
　　　ろうよ（皮肉の表現）1-37.
wakka ［名詞］水
　　nam wakka 冷たい水 13-27.
　　nesko wakka 胡桃の水 10-8,
　　　10. 11-13, 15.
　　nupki wakka 濁った水 10-8.
　　　11-13.
　　pirka wakka 清い水 10-22,
　　　24. 11-23.
　　sirokani wakka 銀の水（清い
　　　水）
　　sirokani wakka pirka wakka
　　　銀の清い水 11-21.

　　wakka ewen ～が水に渇える
　　　13-22.
　　wakka kure ～が～に水を飲
　　　ませる 13-4, 17.
　　→wakkapo
　　→wakkata
wakka-po² ［名詞］「水よ」（水
　　がほしいことを示す）13-5, 14,
　　18.
wakka-ta¹ ［一項動詞］～が水
　　を汲む 1-151.
　　→wakkataru
wakkata-ru ［名詞］水汲み場
　　（のある沢）（この単語は本来，
　　戸口から水汲み場へいたる踏み
　　跡道を指したと思われる．同じ
　　ような由来を持つ単語に asinru,
　　esoyneru がある）12-4, 21.
wan ［連体詞］10個の～
　　tun ikasma wan →ikasma
　　tu wan ... re wan ... →tu
wa¹-no¹ ［格助詞］（wa¹ の長形）
　　（どこそこ）から
　　husko toy wano →husko
　　imi ka wano 服装からも（…
　　　であることがわかる）1-25.
　　kankitaye wano ～の頭から
　　　（爪先まで）3-91.
　　kitayna wano（人間を）頭か
　　　ら（飲み込む）5-26, 55.
　　kunne wano 朝早く 8-9.
　　oro wano →or¹
　　petetok wano 川の源から

― 421 ―

3-15.
　　sinrici wano 〜を根本から(折る) 10-20.
　　→tewano
wen [一項動詞] 〜が悪い；〜が貧しい；〜が激しい
（述語として）
　→erampokiwen
　→ewen
　　katu wen (…する) 仕方が悪い 7-98.
　→kowen
　　nanka wen 顔が醜い 11-5.
　　sirka wen 姿形が醜い 11-4.
　　sir wen →sir[1]
　　wen as 私(たち)は貧しい 1-82，140.
　　wen a wen a 〜がだんだん悪くなる 5-9．6-58.
　→wente
（修飾語として）
　→arwen
　　toy ... wen ... →toy
　　wen apto 激しい雨 5-37.
　　wen cisehe 〜の貧しい家 1-82，140.
　　wen hekaci にくたらしい子供 6-10.
　　wen huraha 〜の臭い匂い 5-15.
　　wen inkarpo すばやいいちべつ 5-22.
　　wen irara 悪いいたずら 4-99.

wen itak →itak
wen kamuy →kamuy
wen kinra 激しい怒り 7-21. 11-37.
→wenkur
wen menoko 悪い女 13-31.
wen mina haw 激しい笑い声 10-25．11-24, 64.
wen nitat 悪い谷地 5-14.
wen nuy 激しい炎 5-36, 36, 47.
wen ota upun 激しい砂嵐 1-54, 70.
→wen-pe[1]
→wen-pe[3]
wen puri 激しい気性；悪い性格；怒り 1-184．3-8, 30, 58, 72, 120．6-8．11-26, 45．12-12, 30.
wen ray 悪い死に方 3-118.
wen sinot haw 激しい遊びの声 10-25．11-24, 65.
wen toy upun 激しい土煙 5-45.
（合成動詞の構成要素として）
→sioarwenruy
→wentarap
→yaywennukar
wen-kur[1] [名詞] 貧乏人 1-122, 182.
　sino wenkur 本当の貧乏人 1-76.
　sirun wenkur「つまらない貧

wen ～ ya

乏人」1-86.
teeta nispa tane wenkur ne
昔金持ちであった者が今貧乏人になっている 1-6.
teeta wenkur tane nispa ne
昔貧乏人であった者が今金持ちになっている 1-5, 18, 30, 57, 67, 123, 160, 164.
wenkur hekaci 貧乏人の子供
1-32, 35, 38, 39, 45, 56, 60, 61, 63, 69.
wenkur poho 貧乏人の子供 1-25.
wenkur utar 貧乏人たち 1-166.

wen-pe[1] ［名詞］涙
tu cis wenpe yayekote ～が「声を上げて泣」く 1-133.

wen-pe[3] ［名詞］[1]悪いこと；変事
wenpe an 変事がある 2-76.
[2]「悪い奴」（原注 1-(9) 参照）

wen-tarap ［一項動詞］～が夢見をする
→wentarapka

wentarap-ka[3] ［二項動詞］～が～に夢見をさせる（神が人に夢でお告げを告げる）1-121.

wen-te[2] ［二項動詞］～が～を悪くする
→kewtumwente

woy （不明）
→ketka woy woy ketka, ketka woy ketka

Y

ya[1] ［名詞］陸 12-41.
→yan
→yap
→yaunkur

ya[2] ［終助詞］；［接続助詞］；［形式名詞］（疑問を表す．ne ya が na となることもある（na[3] 参照）．nekon, nen, ene sirki, tap ne sirki などを含む文の末尾に現れる．また，疑問の接続助詞として inkar に，疑問の形式名詞として eramiskare に続く）
1-169. 2-47. 3-87, 98. 5-57. 7-13, 60. 9-31. 12-43.
nep tap/nep tap teta/ta ...
okay pe ne ya なんと～であることか！ 2-78. 5-15. 13-11.

ya[3] ［不明］（おそらく，yay[1]- に由来するもの）

→yaeramusitne
yaci［名詞］やち；泥 5-19.
ya³-eramusitne［一項動詞］
（←yayeramsitne）～がぐずぐずする
→ukoyaeramusitne
yakka［接続助詞］(…して）も（予想通りにならない）2-121.
4-95. 7-65, 67, 68. 8-66, 118.
→nakka（ne¹ yakka の短縮形）
 ne yakka ～であっても 2-123. 3-107.
 ki wa ne yakka …ではあるけれど 1-88.
 ne wa ne yakka けれども 7-6.
 patek ne yakka …するだけでも 1-141.
yakne［接続助詞］もしも…ならば（仮定）4-93. 7-7, 27, 44.
yaku［二項動詞］～が～をつぶす
→seykoyaku
→ureeyaku
yakun［接続助詞］もしも…ならば（仮定）4-73. 7-92.
ya¹-n²［一項動詞］～が陸に上がる；～が陸に向かう
 humpe yan 鯨が陸に上がる 2-7, 21.
→yanke
→yap
yan［終助詞］（命令を表す）8-66. 10-6.
 itekki ...yan …するな（主人公が子孫たちに命じる）3-120. 4-103. 9-42. 12-52.
yan-ke²［二項動詞］～が～を陸に上げる（海の神が鯨を）8-66, 90, 103, 165.
→isoyankekur
→koyanke
ya¹-p²［yan の複数形］8-49.
yapkir［一項動詞］～がものを投げる
 ari yapkir ～が～を投げる 1-68, 68.
→eyapkir
-yar［使役接尾辞］～が人に…させる（ほかの使役接尾辞と同様，使役する者を導入するが，使役される者は不定なもの（「人」と訳する）となる．例えば，砂沢クラ氏から得た例をあげると，si-emina-yar「～が人に自分をあざ笑わせる」（＝～は人の笑い者になる）．emina「～が～をあざ笑う」．si- は再帰接頭辞で，emina の目的語となり，使役するもの［sieminayar の主語］と同一のものを指示する）
→sikopayar
yas-［cvc 語根］（裂ける様子）
→yaske
yasaske［yaske の反復形］
 toy yasaske 土面が裂ける

yaci ~ yayan

  5-20, 42.
yas-ke³ ［一項動詞］〜が裂ける
 →yasaske
yastoma ［一項動詞］〜が恥ず
 かしがる 1-173.
ya¹-un¹-kur¹ ［名詞］自国の人
 yaunkur atuy 自国の領海
 3-19.
yay¹- ［再帰接頭辞］自分（主語
 を再帰的に指す）
 yay-＋他動詞語基（yay- と他
  動詞語基の間にほかの要素が
  入る語例も含める）
 →yayapapu
 →yaykar
 →yayosura
 →yayotuwasi
 →yayukopiski
 →yaywennukar
 yay-＋動詞語基＋使役語尾
 →eyaykiror'ante
  koyaysikurkaomare →
   koyaykurkaoma
 →yaykore
 →yaykorpare
 →yaysikarunka
 →yaytemka
 yay-e⁴-＋動詞語基
 (1)自分自身について；自分自身
  に関して
 →yayerampewtek
 →yayeramsitne
 →yayeyukar

 (2)(その他)
 →yayehoturiri
 →yayekote
 yay-ko²-＋動詞語基
 (1)自分から離れて
 →yaykoare
 →yaykorapte
 →yaykosanke
 (2)自分に対して
 →yaykokutkoryupu
 →yaykonoye
 (3)(その他)
 →yaykopoye
 →yaykopuntek
 yay-＋名詞ないし位置名詞
 →koyaykurkaoma
 →yayattasa
 →yaykahumsu
 →yaysinrit'erampewtek
 (その他)
 →yaykota
 →yaysikarun
yay² ［擬音語］（泣き叫ぶ声）
 →ayyay
yayan ［連体詞］並の〜；ただの
 〜（use 参照）
  yayan aynu pito ただの人間
   4-88.
  yayan aynu use okkaypo
   ただの人間，ただの若者
   4-85. 5-65.
  yayan (pon) ay ただの(小)矢
   (木製の矢/小矢) 1-23, 29,

— 425 —

35.
　　yayan pon ku ただの小弓
　　（木製の小弓）1-23，28．
yay¹-apapu［一項動詞］〜がすまないと思う
　　→koyayapapu
yay¹-at²-tasa［一項動詞］〜が返礼する
　　→koyayattasa
yay¹-e⁴-hoturiri［一項動詞］〜が脱出しようとしてもがく 4-50．
yay¹-e⁴-kote［二項動詞］〜が〜を自分に結わえ付ける
　　tu cis wenpe yayekote 〜が「声を上げて泣」く 1-133．
yay¹-erampewtek［一項動詞］〜は自分が何者であるか知らない 4-93．6-50．
yay¹-eramsitne［一項動詞］〜がぐずぐずする（yaeramusitne という形で現れる）
yay¹-'e⁴-yukar［一項動詞］（5-83ではyayeyukarと書かれているが、それ以外はyaieyukarと書かれている）〜が自分に関して物語る
　　ari yay'eyukar …と〜が物語る（物語の最後で話を締めくくる文句）2-136．3-121．5-83．12-53．13-43．
yayirayke［一項動詞］〜が感謝する（この単語は、原本では

yairaikeと書かれている。この音形をyayraykeとしないのは、沙流方言でyayírayke という形で行われ（田村すず子『アイヌ語沙流方言辞典』）、また十勝方言でも同じ形であることによる。Batchelor は yaiiraike と表記している．yay'irayke という形で行われていたのかもしれない）
　　→eyayirayke
　　→iyayiraykere
　　→koyayirayke
yay¹-ka¹-humsu［一項動詞］〜が胸をなで下ろす 4-83．
yay¹-kar¹［一項動詞］〜が化ける（姿を変える）
　　ne yaykar/yaykat 〜が〜に化ける 4-77．6-55．
yaykat［yaykar の変異形］（yaykarがtek²の前でとった形）4-77．
yay¹-ko²-are［二項動詞］〜が〜を脱ぐ（着物を）11-48．
yay¹-ko²-kut¹-kor¹-yupu［一項動詞］〜が自分に帯を締める（ここで kut-kor「〜は帯を締める」は名詞化しており、yupu「〜が〜を締める」の目的語に相当するものとなっている）1-79，149．
yay¹-ko²-noye［二項動詞］〜が〜をきちんと着る（着物の前衿を重ねなおすこと——砂沢ク

— 426 —

yay¹-ko²-poye ［二項動詞］～が～に紛れ込む 4-78.

yay¹-ko²-puntek ［一項動詞］～が喜ぶ（獲物を得た時に）
→eyaykopuntek

yay¹-ko²-rapte ［二項動詞］～が～を自分の中から外へ出す（涙を）（nupe 参照) 1-134.

yay¹-kor¹-e⁶ ［二項動詞］～が～を持つ

... kewtum yaykore ～ の心を～が持つ（kewtum の前には名詞化した一項動詞 ihoma「憫み」, iruska「怒り」, siyoro「憫み」が立つ）1-41. 2-31. 8-86, 150.
→yaykorpare

yay¹-kor¹-pa⁶-re³ ［yaykore の複数形］

　　ipaste rampo yaykorpare → rampo

yay¹-ko²-sanke ［二項動詞］～が～を自分の中から外へ出す（力を）10-20. 11-55.

yay¹-kota ［副詞］他人とは関係なく自分で（金田一京助『アイヌ語法摘要』252頁, 脚注(1)参照）

　　yaykota kor 自分の～
　　　yaykota kor asinru ikkew 自分の便所の土台 3-110.
　　　yaykota kor pe 自分のもの

8-73.

yaynu ［一項動詞］（…と）～が考える, 思う 2-51, 81. 3-79. 4-45.

　　ari yaynu ～と～が考える 2-15. 4-75. 5-54.
→yaynuturaynu

yaynu-turaynu ［一項動詞］～が気を失う 2-106.

yay¹-osura ［一項動詞］～が自分の身を投げ捨てる
→koyayosura

yay¹-otuwasi ［一項動詞］～が自分を誇る 7-7, 13, 26, 44.

yay¹-sikarun ［一項動詞］～が意識を回復する（気を失ったり, 死んだ者が）(yayesikarun という形が本来の形であったと考えられる) 3-88, 100. 5-59. 9-32. 12-44.
→yaysikarunka

yay¹-sikarun-ka³ ［一項動詞］～が何かを思いだそうと努力する
→eyaysikarunka

yay¹-sinrit-'erampewtek ［一項動詞］～は自分の素性を知らない 6-54.

yay¹-tem¹-ka³ ［一項動詞］～が気力を回復する
→eyaytemka

yay¹-ukopiski ［一項動詞］～が自らを集団の中に数え入れる

― 427 ―

1-84.
yay[1]-**wen**-**nukar**［一項動詞］
〜が絶望する 8-125.
ye［二項動詞］[1]〜が〜を言う
　ari okay pe ye 〜ということ
　を〜が言う 1-92.
　→iramye
　　sonko ye 〜が伝言を述べる
　　1-163. 7-18, 19, 36, 37,
　　56. 8-116.
　[2]〜が〜に言う
　　nekon a a ye yakka 〜がどれ
　　ほど言われても 7-65.
　[3]〜が〜を名づける
　　ari a ye 〜は〜と呼ばれる
　　6-19, 20, 30, 32.
yoko［一項動詞］〜がねらう（矢
で獲物を捕るために）1-47.
　→eyoko
　→yokoyoko
yoko-**yoko**［yoko の反復形］
〜が獲物をねらう（動く獲物に
対してねらいを定めることか）
5-51.
yoni［二項動詞］〜が〜を縮める
　→yonpa
yonpa［yoni の複数形］2-59.
yuk［名詞］鹿 4-98. 7-67, 91,
97.
　　yuk atte 〜（鹿の神）が鹿を
　　人間に恵む 7-79, 89, 92,
　　111.
　　yuk kor kamuy →kamuy

yuk koyki →koyki
yuk sapa/sapaha 鹿の頭 7-81,
　82, 104.
yuk sapte 〜が鹿を人間に出
　す 7-63.
yuk sut 鹿の根（それが絶え
　てしまうと鹿が滅びてしま
　う）11-28.
yuk topa 鹿の群れ 11-39.
yuk utar 鹿たち 7-85, 107.
yukar［一項動詞］[1]〜が物語
る
　→eyukar
　→yay'eyukar
　[2]（名詞として）ユーカラ（「英
　雄叙事詩」）
　　kamuy yukar「神謡」（『アイ
　　ヌ神謡集』の各物語は ka-
　　muy yukar. 遺稿では ka-
　　muikar と書かれることも
　　多い。原注 1-⑫ 参照）
　→yukari
yukar-**i**[7]［yukar [2]の所属形］
〜のユーカラ
　　e yukari おまえのユーカラ
　　9-12, 16, 22.
yup[1]［名詞］兄
　→yupi
　→yuputar
yup[2]-［cvc 語根］（物理的緊張）
　→yupke
　→yupu
yup[1]-**i**[7]［yup[1] の所属形］〜の兄

（ci saha「私の姉」と対照して用いられる場合）
 tun ikasma wan ci yupi 私の12人の兄 8-82.
（sapo「～の姉」と対照して用いられる場合）
 takne yupi iwan yupi （シャチの神の）丈の短い兄6人 8-3, 35, 188.
 tanne yupi iwan yupi （シャチの神の）丈の長い兄6人 8-2, 35, 186.
 yupi ne kur「兄様」（私の兄.一人称の人称接語が付かない点で例外的. → aki）4-3, 4, 5, 10, 11, 12, 17, 24, 26, 32, 34.

yup²-ke³ ［一項動詞］～が激しい
 →yupkeno
 yupke rera 激しい風 3-15, 68.

yupke-no¹ ［副詞］激しく
 poo yupkeno ますます激しく 4-51.

yup²-u³ ［二項動詞］～が～をつく締める（帯を）；～が～に力を加える
 →yaykokutkoryupu

yup¹-utar ［名詞］兄たち
 →yuputari

yuputar-i⁷ ［yuputar の所属形］～の兄たち
 ci yuputari 私の兄たち 8-9, 15, 23, 25, 108, 147, 151.

語彙（日本語・アイヌ語）

　辞典の見出し語を日本語から引くことができるように編集した．辞典を利用するさいの参考として活用されたい．また，一部の品詞，接辞グループ，例えば人称代名詞とか再帰接頭辞などのように閉じた集合について，それがどのような要素からなるかを示した．品詞・接辞グループの名称は太字にした．略号 *pl.* は複数形を示すものである．

あ 行

あいだ　間　utur², uturu
あう　(…し) あう　u¹-
あう　会う ⟹ であう
あおぐ　扇ぐ　paru
あか　垢　tur¹; 垢まみれの　turus
あかい　赤い　hure
あがる　上がる [上がる様子] pun-
あかるい　明るい　peker, maknanatara; [明るい様子] mak²-
あきち　空き地　家の前の空き地　mintar
あくるひ　simke
あける　開ける　maka
あげる　(与える) kore, *pl.* korpare
あげる　上げる　esitayki; puni, *pl.* punpa; rikunruke; tari; 高く持ち上げる　riknapuni; (声を) 激しく上げる　raykotenke; (陸に) 上げる　yanke, koyanke; 先端 (頭) を上げる　epuni, *pl.* epunpa, hetari; 末端 (尻) を上げる　hopuni, *pl.* hopunpa, hotari
あご　顎　not; notkew; 顎骨　notkew; 上顎　kannanotkew, kannanotkewe; 下顎　poknanotkew, poknanotkewe
あさせ　浅瀬　utka
あざわらう　あざ笑う　emina
あし　足　cikiri; (足を) 遠くに立てる　otuymaasi
あしさき　足先　pokisir, pokisirke; ure
あした　明日　nisatta
あそこに　tonta
あそぶ　遊ぶ　sinot; いっしょに遊ぶ　uesinot, euesinot
あたえる　与える　kore, *pl.* korpare; 豊富に与える (神が鹿や鮭を人間に)　atte
あたかも　あたかも (〜の) ように振る舞う・あたかも (…する) ようだ・あたかも (…する) よ

− 430 −

あいだ〜あわれむ

うに　sikopayar, ekannayukar ⟹ まるで
あたかも　あたかも（…する）かのように・あたかも（〜で）あるかのように　apkor, nepkor, pekor, pokor
あたま　頭　sapa, sapaha; kimuy; 偏平頭　sapakaptek; 頭がぶつかる　eciw; 頭のてっぺん　kankitay, kankitaye; 頭を上げる　hepuni, *pl.* hepunpa; hetari, ukohetari; 頭を下げる　hepoki; ukohepoki;（眠気を催して）頭を垂れる　heracici, koheracici;（先端）pa², e³-, he³-
あたらしい　新しい　asir
あたり　piskan, piskani
あたる　当たる　風・熱に当たる　kar³
あちらに　tonta
あつい　暑い・熱い　sesek
あつまる　集まる　uekarpa
あと　（…した）後　ruwoka;（〜の）後　oka, okake, okakehe; 後から（ついて）　osi; iosi, iosino
あとをおって　後を追って　osi; iosi, iosino
あな　孔　suy¹
あなたが　（敬称）a²［4］
あに　兄　yup¹, yupi; 兄たち　yuputar, yuputari
あね　姉　sa¹, saha; sapo; 姉たち

sautar, sautari
あの［指示連体詞］　toan, ton¹, toon
あばく　暴く　人の過去を暴く　okapuspa, iokapuspa; 素性を暴き合う　usinritpita
あばらぼね　肋骨　ut; 肋骨のあるところ　utor
あみぶくろ　編み袋　saranip
あめ　雨　apto
あやまる　謝る　yayapapu, koyayapapu
あらあらしい　荒々しい　niwen（?）
あらそう　争う → きそう
あらわにする　tara¹, tarara
あらわれる　現れる　sipusu, cisipusure;（感情・気性が表に）現れる　kosankosan
ありさま　sir², siri
ある［連体詞］sine
ある　在る　an¹, *pl.* okay¹; cisireanu; o¹; ot¹; un¹; oma; 豊富にある　at¹
あるく　歩く　歩き回る　omanan, *pl.* payekay; 足をずらしながら静かに歩く　rututke, erututke; 追いつ追い越されつ歩く　useterkararpa
あわ　粟　amam, haru
あわれむ　哀れむ　ihoma, erampoken, erampokiwen, siyoro; 哀れみ　cierampoken

第3章 『アイヌ神謡集』辞典

あんしんする　安心する　eramesinne, eramusinne
あんなにたくさん　tepeskeko
いい　良い　⟹　よい
いう　言う　itak; hawan, hawean, *pl.* hawokay; ye;　⟹　のべる
いえ　家　cise, cisehe; 家の前の空き地　mintar; 家の中　aw¹
いかせる　行かせる　omante
いかり　怒り　激しい怒り　kinra
いかる　怒る　⟹　おこる
いき　息　tas; 息をする　hese;（息が）切れる　tuytuy; 息の音をたてる　hese;［息の音］he²
いきかう　行き交う　utasa, utasatasa; ukopayekay
いきかえらす　生き返らす　siknure
いきかえる　生き返る（元気になる）　eyaytemka
いきき　行き来　互いに行き来する　ukopayekay
いきている　生きている　siknu
いく　行く　oman/arpa, *pl.* paye
いさましく　勇ましく　tumasnu
いし　石　suma
いしきをかいふくする　意識を回復する　yaysikarun
いじめる　korewen
いじる　あれこれいじる　oyki
いたずらをする　rara; irara
いただき　頂　kitay; 頂にある　kitayna

いたましくおもう　いたましく思う（惜しむ）　nunuke
いたみをかんじる　痛みを感じる　unin; iunin
いためる　痛める（痛い思いをさせる）　iuninka
いちいんとなる　一員となる　yayukopiski
いちぞく　一族　utar, utari, utarihi
いちべつ　一瞥　inkarpo
いちめいし　位置名詞　ca¹, corpok, eepak, enka, etok, hontom, imakake, ka¹, kopak, kotca, kotpok, kurka, nipok, noski, oka, okkasi, or, oske, osmak, oyak, pake, piskan, pok, sam, sermak, teksam, tom², tum, turpa, tuyka, tuypok, upsor, utorsam, utur
いちめいししゅうしょくせっとうじ　位置名詞修飾接頭辞　cor-, en-, kot³-, kur³-, tap³-, tek³-, tuy³-
いちめいしちょうけいけいせいせつびじ　位置名詞長形形成接尾辞　-a⁹, -aha, -e⁸, -he⁵, -i⁸, -ke⁴, -ki³, -o⁶, -oho², -si⁴, -u⁵,
いちめんに　一面に　epitta
いつ　hempara
いつか　hunak
いっしょに　⟹　ともに
いっせいに　一斉に　一斉に逃げ

− 432 −

あんしんする〜うしなう

る　ukirare;　一斉に起き上がる　uhopunpare;　一斉に走る　uhoyuppare;　一斉に下手へ走る　usaokuta;　一斉の ir, iri

いったん　一端（長い物の）　ar¹, arke, arkehe

いっぱいにする　一杯にする　esikte

いっぱいになる　一杯になる　sik, ciesikte

いつも　ramma

いつものように　ene

いどうさせる　移動させる　raye, *pl.* raypa

いとしい　愛しい（人を）愛しく思う　katayrotke

イナウ　⟹ ごへい

いぬ　犬　seta; 犬ども　nimakitara utar; 犬の低いうなり声　taw-; 犬のうなり声、牙をならす音がする　tawnatara; ［犬をけしかける声］　co co

いぬく　射抜く　sirkocotca

いねむり　居眠り　すわったまま居眠りをする　koheracici

いびきをかく　etoro; ［いびきをかく音］ mes-; （いびきの音が）する　mesrototke

いま　今　tane

いもうと　妹　turesi

いやな　嫌な　sirun

いらい　以来　eepak, eepaki

いりぐち　入口（家の）　apa

いる　居る　an¹, *pl.* okay¹; un¹

いる　射る　cotca, tukan; したかに射る　sirkocotca; 矢を射放す　ak, eak, tusura, kotusura

いれる　入れる　ahunke, *pl.* ahupte; omare

いわ　岩　iwa; 海中にある岩　sirar

イワシクジラ（動物）　sinokorhumpe

いんぶ　陰部　o³-

う　鵜　urir

うえ　飢え　飢えで死ぬ　kemekot; 飢饉が起こる　kemus; ⟹ うえる，ききん

うえ　上　ka¹, kasi, kasike;（上空）enka, enkasi, enkasike;（平面への面的な接触）kurka, kurkasi, kurkasike; 上に・へ　kasikun; 上にある・になる　kanna, cikannare; 上にする　kannare; 物の上の部分　kan¹

うえる　飢える　aep'omuken; epsak; 獲物が捕れずに飢える　omuken ⟹ うえ，ききん

うける　受ける（押し寄せる流体状のものを）受ける　kuru, kururu

うごかす　動かす ⟹ いどうさせる

うごめく　iki

うさぎ　兎　isepo

うしなう　失う　turaynu

− 433 −

うしろ　後ろ　osmak, osmake, osmakehe; 後ろから（ついて）osi, iosi, iosino
うすい　薄い　kapar; 薄い物　kaparpe;（色が）薄い　pan¹
うずまく　渦巻く　supne
うた　歌　rekpo;「喜びの歌」sakehaw, sakehawe
うたう　歌う　heciri
うたがい　[疑い]　a³
うたれる　打たれる　表面が打たれる　ciesirkik
うちおろす　打ち下ろす　sitayki, esitayki
うつ　打つ　⟹　たたく
うつくしい　美しい　pirka, iramasire; 美しく　pirkano; 美しくする　pirkare; 美しく作る　tomtekar, tomtekarkar;（美しさの）程度が甚だしい　sioarwenruy;[美しい響き]　tun-、美しく響く　tununitara; 美しく輝きわたる　maknatara
うつす　移す　⟹　いどうさせる
うったえかけ　[訴えかけ]　na²
うっとりする（美しさに）anramasu
うで　腕　santek, santekehe; tem²; 前腕　sanaske
うながし　[促しの掛け声]　ke¹, keke
うなずく　humse; [うなずく声]　hum²

うばう　奪う　esikari
うみ　海　atuy, rur; 海の西へ hepasi; 海の東へ　heperay; 西の海　atuykes; 東の海　atuypa; 海の神　repunkamuy, isoyankekur, kamuykarikur, tominkarikur
うみのさち　海の幸　iso
うみりょう　海猟　海猟をする repa
うやまう　敬う　eoripak; nunuke
うら　裏　osmak, osmake, osmakehe
うらがない　心に裏がない　rawkisam; 心に裏がなく rawkisamno
うるさい　iramsitnere
うるし　漆　漆塗りの容器　⟹　ほかい
うわあご　上顎　kannanotkew, kannanotkewe
うわさ　噂　asur
うんめい　運命　人の運命を変える力のある風　maw; 運が悪くて没落する　mawkowen
えいゆうじょじし　英雄叙事詩 yukar, yukari
えもの　獲物　iso; 海の獲物を陸に上げる者（シャチの神）isoyankekur; 獲物などを運ぶ irura
えらい　偉い（巫術に長けて・巫術の力が横溢して）　nupur

— 434 —

えりくび　襟首　ok; oksut, oksutu, oksutuhu
お　尾 ⟹ おびれ，しっぽ
おい　甥　karku
おいかける　追いかける　nospa;（わざと）自分を追わせる sinospare; 激しく追いかける toykonospa
おいこむ　追い込む　okewe, *pl.* okewpa
おいつめる　追いつめる　osikoni
おう　追う ⟹ おいかける
おうだく　［応諾］　e¹⁰
おうだんして（～を）横断して　peka, pekano
おえる　終える　okere;（…し）おえる　okere
おおいたい　おお痛い　ayapo
おおいかぶさる　覆いかぶさる　kamu, kamukamu
おおかみ　狼　horkew
おおきい　大きい　poro, rupne, si²
おおぜいの　大勢の　inne
おおむかし　大昔　otteeta
おか　陸 ⟹ りく
おかげで　renkayne
おかねもち　お金持ち　nispa
おがむ　拝む　nomi; onkami, koonkami
おき（赤くおこった薪）pas², pasuhu
おき　沖　rep²; 沖にある　repun; 沖へ　herepasi; 沖の人（海の向こうに住んでいる人）repunkur
おきあがる　起きあがる ⟹ おきる，たちあがる
おきる　起きる　ehopuni, *pl.* ehopunpa ⟹ たちあがる
おく　奥　raw, rawki
おく　置く　anu, *pl.* anpa²; ante; are; unu; 置き合う　ukoante
おくやみをのべる　お悔やみを述べる　uniwente
おくりだす　送り出す　家から送り出す　sanke
おくる　送る　omante
おこらせる　怒らせる　kewtumwente, simemokka
おこる　怒る　ruska; iruska
おさえる　押さえる　強く押さえる　kisma
おさめる　治める　esapane
おじいさん　お祖父さん　ekasi
おしえる　教える　epakasnu; paskuma
おじか　雄鹿　apka
おしむ　惜しむ　nunuke; enunuke
おしやる　押しやる　oputuye, *pl.* oputuypa; kooputuye; 大勢で押しやる　ukooputuypa
おす　押す ⟹ おしやる
おそい　遅い　moyre
おそれつつしむ　畏れ慎む

おそれる　恐れる　oripak; eoripak
おそれる　恐れる　sitoma
おそろしい　恐ろしい　astoma
オタスッ（地名）otasut　砂浜が磯浜に変わるところ；オタスッの住人　otasutunkur
おちついている　落ち着いている　sinne
おちる　落ちる　ciorapte; ciranaranke; hacir
おっと　夫　nispa
おと　音　hum¹, humi;（音が）する　as²; 音の断続的な生起　-atki, -rototke
おとうと　弟　ak², aki
おとこ　男　aynu; 成人した男　okkay, sikupkur, rupnekur; 歳をとった男　ekasi; 若者　okkayo, okkaypo; 立派な男　nispa; 男の子　hekaci
おとずれる　訪れる　hotanu, hotanukar
おとな　大人　男　sikupkur, rupnekur; 女　sikupmat; 大人になる　rupne, sikup
おどる　踊る　tapkar, etapkar; 輪になり跳ねて踊る　rimse, erimse
おどろいたことに　驚いたことに［間投詞］ayapo, ineap kusu, oyaciki, oroyaciki
おどろき［驚き］tan²
おどろく　驚く　osserke;

homatu, pl. homatpa; ehomatu, pl. ehomatpa; 驚かす　iosserkere; 驚いて腰を抜かす　oahuntaye, pl. oahuntaypa
おなじ　同じ　sine
おなじにみる　同じに見る（同一視する）kopa
おねがいする　お願いする　koramkor
おの　斧　mukar
おび　帯　kut¹; 帯を締める　kutkor, yaykokutkor;（帯を）きつく締める　yupu
おびる　帯びる　⟹　はく
おびれ　尾びれ　is;（魚が）尾びれを揺する　honoyanoya; 尾びれの下に入れる　ispokomare
おまえ　e², eani
おもい　重い　pase;（声の調子が）重い　nitne
おもいだす　思い出す　sikarun, esikarun; 思いだそうとする　yaysikarunka, eyaysikarunka
おもいわずらう　思い煩う　⟹　きがかりにおもう
おもう　思う　ramu; yaynu
おもしろがる　ekiror'an, eyaykiror'ante
おやこ　親子　親子の関係にある　upokor　⟹　こづれの
およぐ　泳ぐ　ma
おりかえしく　折り返し句　atuy ka tomatomaki kuntuteasi hm

hm!; haritkunna; haykunterke haykositemturi; hotenao; kappa rew rew kappa; ketka woywoy ketka, ketka woy ketka; konkuwa; kutnisa kutunkutun; sampaya terke; sirokanipa ranran piskan; tanota hure hure; tonupeka ranran; tororo hanrok, hanrok; towa towa to

おりから（ちょうどそのとき） rapoke, rapoki

おりしも ⟹ おりから

おりまげる　折り曲げる ⟹ まげる

おりる　（浜へ）下りる　ran, *pl.* rap; san, *pl.* sap; cisanasanke

おる　折る　kaye; 完全に折る oarkaye; ポキリと折る　kekke, kekkekekke

おれいをいう　お礼を言う onkami

おれる　折れる　kay[1]; 完全に折れる　cioarkaye

おろす　下ろす　ranke, *pl.* rapte; raunruke

おんせつすうのちょうせい　[音節数の調整]　kan[2], kane [1], konna

おんせつぞうかせっとうじ　音節増加接頭辞　e[11]-, o[5]-

おんせつぞうかせつびじ　音節増加接尾辞　-ha[2]

おんな　女　mat[1], menoko; 女たち　menokutar;［蔑称］ointenu, otuype ; 歳をとった女 huci; 名門の女　katkemat;［女の高い裏声］ rim-, rimim-

か行

か　[疑問]　ya[2]

が　(…する)が（逆説）　korka, korkayki, kayki

かい　回　suy[2]

かい　貝 ⟹ ぬまがい

かい　櫂　assap; kanci

かいがら　貝殻　sey（貝を）貝殻ごと潰す　seykoyaku

かいがんだんきゅう　海岸段丘 ⟹ さきゅう

がいこく　外国 ⟹ たこく

かいたいする　解体する（動物を）解体する　kar[2]

かいてん　回転 ⟹ まわす, まわる

かえす　返す ⟹ へんれいする

かえる　蛙　terkepi

かえる　帰る　hosipi, *pl.* hosippa; kohosipi; hekomo, *pl.* hekompa

かお　顔　nan, enan; 顔の造作・表情　nanka; ある表情を顔に浮かべる　eun ; 顔がどこかに付く（顔を付ける）　eus, euseus

かおいろ　顔色　ipor, iporoho; ipottum, ipottumu; 顔色が悪い

— 437 —

rerek; 顔色が輝く　eipottum-niwnatara ⇒ ひょうじょう

かおり　香り　hura, huraha

かかげる　掲げる　tara¹, tarara; 高く掲げる　sitayki, esitayki

かがむ　屈む　すばやく屈む　komkosanu, pl. komkosanpa

かがやく　輝く　simaka, esimaka; tom¹;（顔が）輝く niwnatara, eipottumniwnatara; ［顔が輝いている様子］niw-

かく　欠く　sak

かくじょし　格助詞 ⇒ こうちし

かくにん　［確認］ne⁵

かげ　陰　（〜の）陰　osmak, osmake, osmakehe; ⇒ はいご

かげ　影　（人）影　kurman

かけごえ　掛け声　hayasi; ［ユーカラを聞くときかける掛け声］het;（ユーカラの聞き手が）掛け声を掛ける　hetce; ［力を入れるときの掛け声］hum²; フムと掛け声をかける　humse; 掛け声を掛け合う　ukohayasi-turpa

かけす　（鳥）eyami; 山のかけす metoteyami

かける　掛ける　（鍋を火に）掛ける　otte

かける　駆ける ⇒ はしる

かこ　過去　人の過去を暴く okapuspa, iokapuspa

かこう　河口　川が海や本流に出会うところ，沢の口　put, putuhu

かざす　翳す　tara¹, tarara

かざる　飾る　ekarkar; tomte, tomtekar, tomtekarkar; etomte

かじ　舵　kanci

かすかなおと　［かすかな音］sep-, sepep-; かすかな音を立てる　sepepatki; かすかに（聞こえる）hawkeno, hawkenopo

かすみ　霞　urar

かぜ　風　rera, maw; 風を受けてくるくる回る　mawkururu

かぞえる　数える　piski;（日を）数える　ukopiski; 数え入れる（自分をメンバーに）yayuko-piski

かた　肩　tap¹; 両肩　utap

かたいっぽうの　片一方の　oar²

かたがわ　片側　ar¹, arke, arkehe

かたち　形　kat, katu, katuhu

かたてに　片手に　oattekkor

かたな　刀　emus, posomi, tam; 儀礼用の刀　sosamotpe;（刀を）佩く　sitomusi

かたほう　片方　ar¹, arke, arkehe

かたむく　傾く　kosan

かたりあう　語り合う　uenewsar, euenewsar; ukoitak, eukoitak

かたわら　傍ら　sam, sama, samake, samakehe; teksam, teksama, utorsam, utorsama;

かおり〜かわっている

pake
かっこうどり　かっこう鳥　kakkok
かなた　彼方　imakake, imake-kehe
かならず　必ず　(…する)つもり(だ)　kusu²; 必ず(…する)よう(に)　kuni, kunii
かねもち　金持ち　nispa
かば　樺　樺の樹皮　tat; 樺の樹皮が丸まる様子　tatkararse
かばん　鞄　karop, pustotta
かぶさる　kamu, kamukamu
かぶりもの　被りもの　paunpe; ⟹ かんむり
かま　鎌　iyoppe
がま　蒲(植物)　kina
かみ　神　kamuy; 神の身体　hayokpe, hayokpehe
かみざ　上座　ror¹, rorunso; 上座にある　rorun; 上座に並べる　rororaypa
かみつく　噛みつく　puk, pukpuk
かみて　上手　pa²
かみのくに　神の国　神の国へ帰す　omante
かみのみさき　神の岬　(地名)　kamuy'esani, kamuy'esannot
かみまど　神窓　rorunpuray
かむ　噛む　kupa
かもめ　鴎　atuycakcak
かゆ　粥　sayo; 粥もなく飢える

sayosak
から　[起点]　wa¹, wano; o⁴-
から　殻　貝の殻　kap
からす　烏　paskur
からだ　体　netopake, 胴体　tumam; 体の上から　hokanasi
かり　狩り　狩りをする　ekimne; 狩り小屋　kuca
かりゅう　下流　sa²
かるい　軽い　kosne
かれ　彼　⟹ かれじしん
かれじしん　彼自身　ani, anihi, pl. okay utar
かれは　枯れ葉　komham
かれる　枯れる　sum; 枯らす　sumka
かわ　川　pet, petpo; 川底　petasam; 川の源　petetok; 川の岸辺　ra, rake, rakehe; 川を遡る　hemesu, pl. hemespa
かわ　皮　kap
かわいそうに　inunukaski
かわうそ　川獺(動物)　esaman, sapakaptek
かわかみ　川上　pe²; 川上へ　heperay
かわがらす　(鳥)　katken
かわく　乾く　sat; すっかり乾く　sattek
かわしも　川下　pa⁵; 川下へ　hepasi
かわっている　変わっている　(ほかとは違う)　sinnay

— 439 —

かわをはぐ 皮を剥ぐ ri, iri
かんがえ 考え 考えに入れない mosma; 考える ramu, yaynu
かんしゃする 感謝する yayirayke, eyayirayke, iyayirakere, koyayirayke;（神に）感謝する eonkami; 感謝の言葉を述べる iramye
かんぜんに 完全に oar¹(-), or²-
かんどう ［感動］ tan²; un⁴
かんとうし 間投詞 acikara, ayapo, co co, e¹⁰, hm, hu¹, inunukaski, ke¹, keke, ononno, oroyaciki, oyaciki, oyoyo, pii tun tun
かんどうする 感動する 美しさに感動する ramasu, anramasu
がんばる 頑張る arikiki; koarikiki
がんぼう ［願望］ okay²
かんむり 冠 paunpe;（冠を）かぶる kimuyrarire
かんゆう ［勧誘］ ro
かんりょう ［完了］ a⁴, *pl.* rok²
き 木 cikuni, ni; 木片 nihum
ぎおんご 擬音語 ［泣きわめく声］ ayay, ayyay, yay; ［息の音］ he²;「フォホホーイ」hokok, hu ohohoy, ［ユーカラを聞くとき入れる掛け声］ het; ［力を入れるときの掛け声］ hum²; ［うなずく声］ hum²; ［舌鼓の音］

ohap
きがかりにおもう 気がかりに思う erannak; eerannak
きがつく 気がつく（気を失ったり，死んだ者が）yaysikarun
ききみみをたてる 聞き耳を立てる inu
ききん 飢饉 kem²; 飢饉が起こる kemus; ⟹ うえ
きく 聞く nu¹; 聞き耳を立てる inu; 耳をすます・話をきく kokanu, ikokanu
きけんだ 危険だ kuntu
きざむ 刻む tata¹; 大勢で切り刻む ukotata
ぎしきのためのどうぐ 儀式のための道具 kamuykorpe
きしょう 気性 puri; sinrit, sinrici, sinricihi
きせる 着せる mire
きそう 競う tusmak, etusmak; 競い合う uetusmak
きたない 汚い cakke, icakkere; sitne(?); acikara
きちょうな 貴重な sisak
きづかう 気遣う ekottanu
きづく 気づく はっとして気づく ipaste
きっと きっと（…する）つもり（だ）［意志］ kusu²; きっと（…に）違いない（と）［確信］ kuni
きつね 狐 cironnup;（狐が）鳴

かわをはぐ〜ぎんの

く pawse; 狐の鳴き声 paw²-
きてん・ほうこうせっとうじ 起点・方向接頭辞 e⁵-, he⁴-, ho²-, o⁴-
きてん・ほうこうせつびじ 起点・方向接尾辞 -asi, -ray³, -un⁶
きとにつく 帰途につく hekomo, *pl.* hekompa
きにかける 気に掛ける ekottanu; koeyam
きのぼう 木の棒 cikuni, ni
きば 牙 牙を鳴らす notsep
きひん 気品 ipor, iporoho
きぶんをがいする 気分を害する eramsitne, eramusitne
きぶんをかいふくする 気分を回復する tem¹, yaytemka, eyaytemka
きもち 気持ち kewtum
きもの 着物 amip, imi, kosonte, mip
ぎもん ［疑問］ a³, ya² (終助詞)
ぎもんふていだいめいし 疑問・不定代名詞 hemanta, hunak, nen, nep
ぎもんふていふくし 疑問・不定副詞 hempara, nekon
きゅうへん 急変 aehomatup, 非常な急変に遭う anisapuskap
きょう 今日 tanto
きょうい ［強意］ ki²
きょうしゃ 強者 cipapa
きょうじる 興じる eyaykiror'ante
きょうちょう ［強調］ nesun, ta², tasi
きょうちょうけい 強調形 arekuskonna ← ekuskonna; arwen ← wen; itekki ← iteki; kipo ← ki¹; kunii ← kuni; neeno ← neno; nepe ← nep; too ← to³
きょくめん 曲面 kotor
きらう 嫌う kowen
きり 霧 urar
きりはなす 切り離す ca¹
きりょく 気力 気力を回復する tem¹, yaytemka, eyaytemka; 気力を回復させる temka
きる 切る ta¹, tata; tuye; 叩き切る tawki, tawkitawki; (肉などを)切り離す ca¹, ica
きる 着る mi, imi; きちんと着る yaykonoye; 着物の前をきちんと合わせて着る utomeciw
きれぎれだ ⟹ だんぞくする
きれる 切れる tuy¹
きわら 木原 kenas
きをうしなう 気を失う yaynuturaynu; 物に当たり気を失う emonetokmukkosanu
きんぞくおん ［金属音］ nay-
きんちょう ［緊張（物理的）］ yup²-
きんの 金の kani, konkani
ぎんの 銀の sirokani

第3章 『アイヌ神謡集』辞典

くい 杭 ikuspe, ni	喧嘩する ukoterke
くうかん 空間 sir¹	くみつく 組み付く 組み付いて争う kotetterke
くぐりぬける くぐり抜ける oposo, cioposore; くぐり抜かせる oposore	くみふせあう 組み伏せ合う ukannare; upoknare
くさ 草 mun; ござの材料となる草 kina	くむ 汲む ta¹
	くも 雲 nis
くさる 腐る munin; すっかり腐る toykomunin;（木が）海水につかっているうちに腐る atuykomunin	くらい 暗い kunne, kur²-; ⟹ くろい
	くりかえす 繰り返す suye², *pl.* suypa²;（祈りの言葉を）ukakuste;（細かな動作を）iki, ikici;（同じ動作を）ikici;（潜水と浮上を）koyaykurkaoma, koyaysikurkaomare
くし 串 nit	
くじら 鯨 humpe	
ぐずぐずする yaeramusitne, yayeramsitne; 皆でぐずぐずする ukoyaeramusitne	
	くりひろげる 繰り広げる ukoturpa
くそ 糞 si¹; 糞をする osoma; eosoma; 糞の臭いで気分を悪くする sihurakowen	くる 来る ek, *pl.* arki
	くるくるまわる くるくる回る kararse;［くるくる回る様子］karar-
くだる 下る（川を）san, *pl.* sap; cisanasanke; kosan; 先端が下手・浜手に下る esan	
	くるしい 苦しい oyoyo（間投詞）
くち 口 par¹, paroho; paw¹, pawe	くるみのき 胡桃の木 nesko
	ぐるり okari, okarino
くちびる 唇 papus; ca²; 下唇 poknapapus, poknapapusi, sanca	くろい 黒い kunne, kur²-; 黒々と群れている kunnatara, kokunnatara; 真っ黒な kuttek
	くろぎつね 黒狐 situmpe
くっつく us, ueus; くっつける usi; 末端が（〜に）くっつく（届く）ous, ciousi	くわえる （口に）ekupa
	くわわる 加わる ieutanne
くに 国 mosir, sir¹	**けいしきめいし** 形式名詞 aw², hawe, hum¹, humi, i¹, ike,
くび 首 rekut, rekuci	
くみあう 組み合う 組み合って	

— 442 —

くい～こし

ikkewe, katu, katuhu, kuni, kunii, kusu², p¹/pe³, rapok, ruwe, sir², ya²
けいしきめいしちょうけいけいせいせつびじ 形式名詞長形形成接尾辞 -hi¹, -i⁸
けがわ 毛皮 rus
けずりかけ 削りかけ（イナウの） kike
けずる 削る kewre; mesu, *pl.* mespa, mespamespa
けつぼうする 欠乏する ewen
けむり 煙 supuya
げりべん 下痢便 taype
げりをする 下痢をする opekus
ける 蹴る oterke; 大勢で蹴る ukooterke; 蹴り飛ばす ureetursere
けんお［嫌悪］ hm
げんき 元気 元気だ tumasnu ⟹ きりょく
コイワシクジラ（動物） nokor-humpe
こうこうする 孝行する nunuke
こうちし 後置詞［普通の名詞に直接接続できないもの．しかし．場所を示す特殊な名詞，位置名詞，名詞所属形とは直接接続される）］ta, un, wa/wano
こうちしてきふくし 後置詞的副詞［普通の名詞に直接接続できるもの．副詞として単独でも用いられる］ari, epitta, esoro,

etunankar, kama, kari, koraci, ne³, okari/okarino, osi, pak/pakno, peka/pekano, pisno, renkayne, sinne, sone, tukari, tura/turano, turasi
こうりゅうする 交流する uko-payekay
こうりょ 考慮 考慮しない mosma
こえ 声 haw, hawe; paw¹, pawe; -kur⁴; 声がする hawas;「フオホホーイ」という声をあげる hokokse; 遠くから聞こえる人の声 kutkes;（声の調子が）重い nitne;（声を）発する eciw;（美しい声が）響く nay-kosanu;（大きな声を）あげる tenke;（人の声）がする sara, sarasara
こえて 越えて kama
こきざみ 小刻み 小刻みだ taknatara
こぐ 漕ぐ（舟を）激しく漕ぐ kohokushokus
こくもつ 穀物 amam
ここ te¹-
ここに teta
こころ 心 kewtum; ram², ramu; rampo; 心が和らぐ ramuriten
ござ 茣蓙 okitarunpe; sokkar
こし 腰 ikkew, ikkewe; 腰をあげる punas; 腰を上げ下げする punaspunas

― 443 ―

第3章 『アイヌ神謡集』辞典

こする 擦る noya², noyanoya;（両手を）擦りながら左右に揺する ukaenoypa
ごちそう 御馳走 marapto
こつずい 骨髄 kir
こづれの 子連れの upokor
こと （…する）こと i¹, ⟹ けいしきめいし
ごとに 毎に pisno
ことば 言葉 itak;［言葉による認識］ hawe
こども 子供 hekaci; 子供たち hekattar;（息子、娘） po¹, poho;（息子、娘たち） poutar, poutari
この tan¹, taan
このように ene; tap²
ごへい 御幣 inaw 御幣の岬 inaw'esannot; 小さな御幣 inawpo; 御幣棚（幣柵） nusa
こまる 困る なくて困る erannak
ごめ（かもめ）（鳥） atuycakcak
こものいれ 小物入れ karop
こりょ 顧慮 顧慮しない mosma
これ tanpe; これから（今から） tewano
ころす 殺す rayke; 完全に殺す oanrayke
こんばん 今晩 tanukuran
こんや 今夜 tanukuran

さ行

ざ 座 so, soho
さあ，さあ ［促しの掛け声］ keke
さいきせっとうじ 再帰接頭辞 he³-, ho¹-, si³-, u¹-, yay¹-
さいちゅう （…している）最中 rapok
さかさまになる 逆さまになる horka
さがす hunara
さかずき 杯 tuki
さかだる 酒樽 sintoko
さかな 魚 cep, ceppo; 魚の頭を打つ棒 isapakikni; 魚の尾びれ is; 魚を燻製にする(?)・魚の遡上を見張る(?) inun
さかばし 酒箸 ⟹ さけばし
さがる 下がる ran, pl. rap
さきに 先に hoski, hoskino; 真っ先に hoskinopo
さきほど 先ほど esir
さきゅう 砂丘 hunki
さきんじる 先んじる tusmak; etusmak
さくら 桜 桜の樹皮 karimpa
サケ 鮭 cep; kamuycep
さけ 酒 sake¹; tonoto, tonotopo; 酒を飲む iku
さけばし 酒箸 pasuy; 杯（さかずき）の上にのせて置かれた酒

― 444 ―

こする～じかん

箸　kanpasuy
さけびごえ　叫び声　［オコクセ hokokse の声．男が声門を開閉させて叫ぶ］　hu ohohoy;［獲物（神）を迎えるときの叫び声］ononno; 変事を告げる女の叫び matrimimse
さけぶ　叫ぶ　hotuye, pl. hotuypa, hotuyekar;（女が）高い裏声で叫ぶ　rimimse; 変事の起きたことを告げるために叫ぶ　pewtanke
サケヘ　⇒ おりかえしく
さける　裂ける　perke; pererke;［裂けている様子］per-
さける　裂ける　yaske, yasaske;［裂ける様子］yas-
さげる　下げる　ranke, pl. rapte; raunruke, poki; 下げ続ける　racici
ささる　刺さる　eciw;（弓が）刺さる　kororkosanu
さしあげる　差し上げる　（客に料理を）差し上げる　kopuni, pl. kopunpa; koipuni, pl. koipunpa
さしずする　指図する　声をあげて指図する　ipawekurtenke; 大声で指図する　aripawekurtenke
させる　人に（…）させる　-yar ⇒ しえきせつびじ

さそい　［勧誘］　ro
さや　鞘　鞘や柄（つか）に彫刻をほどこす　kepuspe nuye; 鞘, 柄の表面　sirka
さわ　沢　沢の口　put, putuhu
さんかする　参加する（祭り，宴会に）　ahupkar
しえきせつびじ　使役接尾辞　-a^5, -e^6, -i^4, -ka^3, -kar^6, -ke^2, -re^3/-te^2, -u^2, -yar
しお　潮　rur
しおれる　萎れる　sum; 萎れた様子だ　sumnatara
しか　鹿　yuk; 雄鹿　apka; 雌鹿　momampe;（鹿の）群　topa;［鹿の鳴き声］ror^2-;（鹿の声が）響き渡る　ronroratki;［鹿が草を食べている様子］moy^2-, moynatara
しかく　視覚　［視覚による認識］sir^2, siri;［視覚以外の感覚による認識］hum^1, humi;［言語による認識］hawe;［確実な認識］ruwe
しかけゆみ　仕掛け弓　ku;（仕掛け弓が）発射する　hecawe;（仕掛け弓を）発射させる hecawere; ⇒ わな
しかし　⇒ が
しかた　仕方　（…する）仕方　katu, katuhu
じかん　時間　sir^1; 儀式などの時間的な継起体　ikir

第3章 『アイヌ神謡集』辞典

しきい　敷居　toncikama
しきもの　敷物　okitarunpe
じこ　事故（突然に起こる）
　aehomatup; 大変な事故に遭う
　anisapuskap
じこく　自国（他国に対して）自
　国の人　yaunkur
しごとをする　仕事をする
　monrayke
しじだいめいし　指示代名詞
　neanpe, neap, tanpe, te^1-
しじふくし　指示副詞　ene,
　neno, taanta, tata^2, teta,
　tewano, tonta, toonta
ししゃ　使者　使者をたてる
　kosonkoanpa;（使者として人
　を）使う　uytek
ししょうじ　指小辞　-po^2
しじれんたいし　指示連体詞
　ne^2, nea/nerok, nean, taan,
　tan^1, ton^1, toan, toon
しずかなおと　［静かな音］⟹
　ほのかなおと
しずかに　静かに　hawkeno,
　hawkenopo
しずまる　静まる　しんと静まり
　返る　cakkosanu;［静まり返る
　様子］　cak-
しずめる　沈める　rori
しそうだ　(…し)そうだ　kuski
じぞく　持続　［長く持続する様］
　-tara^2, -unitara
しそん　子孫　sani

した　下　corpok, corpoke;
　pok, poki; tuypok(nipok); ra,
　rake, rakehe; 下にある・なる
　pokna, cipoknare, rana; 下にす
　る　poknare
したあご　下顎　poknanotkew,
　poknanotkewe
したい　死体　raykew, rayke-
　wehe(rakewehe); 焼かれた死
　体の灰　pasuhu
したくちびる　下唇　poknapa-
　pus, poknapapusi; sanca
したつづみ　舌鼓　舌鼓を打つ
　ohapse; 舌鼓を打ち合う
　ukoohapseeciw;［舌鼓の音］
　ohap
したの　下の　san
じたばたさせる　cika
じたばたする　iki
しっぽ　尻尾　sar; 尾の下
　sarapok, sarapoki; 尻尾の下の
　臭い奴　sarpokihuraot; 尻尾の
　下の腐った奴　sarpokimunin
じどうしごきけいせいせつびじ
　自動詞語基形成接尾辞　-a^7,
　-asnu, -asu, -atki, -i^5, -ke^3,
　-kosanu, -n^2, -na^4, -natara,
　ne^1, -rototke, -se^2, -tara^2,
　-tek^4, -unitara
しとやかな　淑やかな　moyre
しなやかにうごく　しなやかに動
　く　matunitara
しならせる　rewe, *pl.* rewpa;

− 446 −

しなっている状態　rew¹-
しぬ　死ぬ　ray¹; kot¹, ekot
しはいする　支配する　esapane; kor¹
しばらく　irukay
じぶん　自分　si³-, yay¹-; 自分の頭 he³-; 自分の尻 ho¹-
じぶんがなにものであるかしらない　自分が何者であるか知らない　yayerampewtek; yaysinrit'erampewtek
じぶんで　自分で　（他人とは関係なく）　yaykota
じぶんのせんたん　自分の先端　he³-
じぶんのまったん　自分の末端　ho¹-
じぶんをしゅうだんのなかにかぞえいれる　自分を集団の中に数え入れる　yayukopiski
しぼる　絞る　numpa
しめる　締める　numpa;（帯を）きつく締める　yupu
じめん　地面　sir¹; 地面に付いている　sirus
しも　下　sa²; 下にある　sana
しもざ　下座 ⇒ ひじりざ
シャーマニズム ⇒ ふじゅつ
シャケ　鮭　cep, kamuycep
シャチ　（海獣）シャチの神　isoyankekur; シャチの泳ぎかた　moyre herori koyaykurkaoma, moyre herori koyaysikurkao-mare

じゃまにおもう　邪魔に思う ⇒ きがかりにおもう
じゅう　十　十個の　wan
しゅうい　周囲　piskan, piskani
しゅうかくする　収穫する　（粟を）収穫する　kar²
しゅうじょし　終助詞　a³, na², ne⁵, okay², ro, wa³, ya², yan,
じゅうとうそう　充当相 ⇒ ほじゅうせっとうじ
しゅえん　酒宴　cikup
しゅくはくする　宿泊する　rewsi, cirewsire
しゅごする　守護する　epunkine; 守護させる　epunkinere
しゅつじ　出自　自分の出自をしらない　yayerampewtek; yaysinrit'erampewtek ⇒ すじょう
じゅひ　樹皮　kitar(?), nikap, tat
しゅりょう　狩猟　狩猟小屋　kuca; ⇒ かり
しゅりょう　首領　tono; 首領となる　esapane
じゅんびする　準備する　etokooyki
しようする　使用する　eiwanke
じょうたい　状態　ある状態になる　siriki
しょうたいする　招待する　eunahunke, tak¹

しょうだくする　承諾する　ese
じょうほ　[譲歩]　hene, nakka, usa, yakka
しょくじ　食事　ipe; 食事する ipe; 食事の用意をする　suke
しょくりょう　食料　haru
しょざいない　所在ない ⟹ することがない
しょぞくけいけいせいせつびじ　所属形形成接尾辞　-a⁸, -e⁷, -i⁷, -o⁷, -u⁴
しょぞくけいちょうけいけいせいせつびじ　所属形長形成接尾辞　-ehe, -ha¹, -he⁶, -hi², -ho³, -hu², -ihi, -oho¹
じょどうし　助動詞　a⁴(*pl.* rok²), anke, eaykap, etokus, kasu, ki², koyaykus, kuski, nankor, okere, ranke¹, rusuy, sikopayar, somoki
しょゆうする　所有する　kor¹ ⟹ もつ
しょりする　処理する　(獲物を)処理する　kor¹
しらかば　白樺 ⟹ かば
しらせる　知らせる　eramante
しらない　知らない　erampewtek
しらないふりをして　okamkino
しらべる　調べる　uwante
しり　尻　osor; 尻から汚い水の出る奴　otaypenu; 尻からやにの出る奴　ointenu; 自分の尻を上げる　hotari; 自分の尻を伸す　hoturi, hoturiri; (末端)　kes¹, kese, o³-, ho¹-
しる　知る　eraman ⟹ わかる
しろい　白い　retar
しんこうほうこう　進行方向　(〜の) 進行方向　etok, etoko
しんぞく　親族　utar, utari, utarihi
しんどうする　振動する　耳元が風を受けて振動する　ekisarsutmawkururu ⟹ ゆれる
しんに　真に　si²
しんぱいする　心配する　eyam
じんめい　人名　okikirmuy, okikurumi; samayunkur; supunramka
しんよう　神謡　newsar
す　巣　set
すいてき　水滴　pe¹
すいめん　水面　kanpe, pe¹, peka; (櫂を) 水面でしならせる pekaorewe, *pl.* pekaorewpa; pekorewe *pl.* pekorewpa; (櫂を) 水面で返す　pekaotopo, pekotopo
すがた　姿　kat, katu, katuhu; sirka; 姿を変える　yaykar
すぎる　(…し) すぎる　kasu
すぐに　nani, irukay
すぐれる　優れる　巫術が優れる cinupurkasure
すこし　少し　ponno, pono

— 448 —

しょうだくする〜せんすいする

すじょう　素性　sinrit, sinrici, sinricihi ⟹ しゅつじ
すそ　裾　(裾を)翻す　opannere ずつ　ranke²
すっかり　oar¹(-)
すてる　捨てる　osura, *pl.* osurpa; 投げ捨てる　kuta
すな　砂　ota
すなはま　砂浜　ota; 砂浜が磯浜に変わるところ　otasut (地名)
すばやい　[すばやい動作]　siw-
すべる　滑る　ecararse
すまないとおもう　済まないと思う　yayapapu
すみ　隅　sikkew, sikkewe
すむ　住む　un¹; (神が)住む horari, ehorari
ずりうごかす　ずり動かす　rutu; 足をずらしながら静かに歩く　rututke; [物をずる音]　rut²-, rutut-
する　(音が)する　as²
する　(行う)　ki¹, kipo; kar¹, karkar; ekar, ekarkar; それをする　iki
することがない　eramuka
すれちがう　すれ違う　tasa, itasa; すれ違いあう　utasa, utasatasa
すわる　座る　a¹, *pl.* rok¹; osorusi; (神が)座る　horari, ehorari; 座らせる　are
せいかく　性格　puri

せいじん　成人　男　sikupkur; 女　sikupmat; ⟹ おとな
せいじんする　成人する　rupne, sikup
せいそう　盛装　siyuk; 盛装して列をなす　usiyukkoturpa
せいちょうする　成長する　sikup
せいをだす　精を出す　arikiki; koarikiki
せおう　背負う　se¹
せかい　世界　mosir
せけんばなし　世間話　世間話をする　newsar
せつぞくじょし　接続助詞　ciki, ekannayukar, ine², kane, kayki, ko¹, koiramno, kor, korka, korkayki, kotom, kusu¹, no¹, noyne, pekor, tek², wa², ya², yakka, yakne, yakun
ぜつぼうする　絶望する yaywennukar
せなか　背中　setur
せぼね　背骨　ikkew, ikkewe; 背骨がしなやかに動く koikkewkanmatunitara; ⟹ こし (腰)
せめる　責める　apapu
ゼロこうどうし　ゼロ項動詞 hawas, sirki. (hum as もゼロ項動詞とすべきかもしれない)
せんすいする　潜水する　⟹ もぐる

− 449 −

第3章 『アイヌ神謡集』辞典

せんぞ 先祖 ekas
せんたん 先端 pa², e³-, he³-;
　先端を上げる epuni,
　pl. epunpa, hetari; ⟹ あたま
そうだんする 相談する
　koramkor, ukoramkor
そうになる （…し）そうになる
　anke
そえる 添える tama; kotama
そこ 底 asam, asama
そこで tata² (tata ot ta は ot ta
　を強調したもの)
そだてる 育てる resu,
　pl. respa
そっくりに koraci
そって 沿って peka, pekano;
　（川に沿って）下流へ esoro;
　（川に沿って）上流へ turasi
そと 外 家の外（家の周囲）
　soy, soyke, soykehe; 外に出る
　soyne, soyun, *pl.* soyunpa ; 外
　に飛び出す soykosanu; 外に
　跳ね出る soyoterke; 外にある
　soyun
その ［指示連体詞］ ne²; nea,
　pl. nerok; nean; taan
そのうち rapoke, rapoki
そのとき rapoke, rapoki
そのまま neno, neeno
そのように ene; neno, neeno;
　tap²
そば ⟹ かたわら
そふ 祖父 ekasi

そぼ 祖母 huci
そら 空 nis
そらまど 空窓 rikunsuy
それ neanpe; neap, *pl.* nerokpe;
　tanpe

た行

だ （〜）は（〜）だ ne¹
たい （…し）たい rusuy; （…し）
　たいものだ okay²
だい 台 set
たいくつする 退屈する nismu
たいして （〜に）対して o²-
たいしょう 大将 tono
たいせつにする 大切にする
　eyam
だいべんをする 大便をする
　osoma ⟹ くそ
たいよう 太陽 cup ⟹ つき, ひ
たいらだ 平だ ⟹ へんぺいだ
たかい 高い 高い所 rik; 高い
　ところに上がる riki, rikin/
　rikip; 高いところにある
　rikna, rikun; 高く持ち上げる
　riknapuni; 高く riki-kur⁵-
たがい 互い u¹-
たかゆか 高床 amset, cituyeam-
　set
たから 宝 たからもの
　kamuykorpe; 宝物・宝刀
　ikor; 宝壇 imoma, ikir
だきかかえる 抱きかかえる

− 450 −

せんぞ～たんしゅくけい

honkokisma
たきぎ　薪 ⟹ まき　薪
たくさん　poronno ⟹ あんなに たくさん
たくす　託す（伝言を）託す euytekkar
だけ　［限定］patek
だけでも　（…）だけでも（ばかりでも）poka
たこく　他国　他国の人 repunkur
だす　出す　体の中から外に出す（力を）yaykosanke,（涙を）yaykorapte
たずさえる　携える（杖を）携える　ekuwakor
ただ　ただ（…する）ばかりだ ouse
たたえる　讃える　kopuntek
たたく　叩く　kik, kikkik, ekik;（鳥が）羽ぐるみ叩く rapkokikkik; 振り下ろして叩く sitayki; esitayki; 大勢で叩く ukokikkik; 表面をたたく esirkik
ただの　（価値のない）use; yayan
ただよう　漂う　mom; 漂い揺れる　momnatara
たち　（…する）者たち　utar; （～）たち　utar
たちあがる　立ち上がる　hopuni, *pl.* hopunpa; ehopuni, *pl.* ehopunpa; cirikipuni; uhopunpare; すばやく（ぱっと）立ち上がる　matke, siwkosanu; ［すばやく立ち上がる様子］ mat[2]-
たちどまる　立ち止まる　as[1], *pl.* roski; as'as; ハッとして立ち止まる　ciastustekka
たつ　断つ　tuye
たつ　立つ　as[1], *pl.* roski
たてる　立てる　asi
たどうしごきけいせいせつびじ 他動詞語基形成接尾辞　-a[6], -e[9], -i[6], -o[9], -u[3]
たなびく　棚引く　tusnatki; etusnatki
たに　谷　pinnay
たば　束　（蒲の）束　tankuka
たび　度　suy[2]
たべもの　食べ物　aep; 食べ物を探しに浜や山を歩く nunipe
たべる　食べる　e[1], *pl.* epa; 食べるものがない　epsak
たま　玉　玉状のもの　num
たましい　魂　ramat
だまる　黙る　tustek
たより　便り　sonko
だれ　誰　nen, nennamora
だれか　誰か　hemanta; kanakankunip
だろう　（…）だろう　［推量、予測］nankor
たんしゅくけい　短縮形

- 451 -

第3章 『アイヌ神謡集』辞典

apkor ← a⁴ pekor;
astoma ← a² sitoma;
erampoken ← erampokiwen;
hawan ← hawean;
kanan ← kane an¹;
kas ← kasi;
kasikun ← kasike un;
kusne ← kusu² ne;
na³ ← ne¹ ya²;
nakka ← ne¹ yakka;
nepkor ← ne¹ pekor;
pekorewe ← pekaorewe;
pekotopo ← pekaotopo;
punas ← punias;
ram¹ ← ramu;
rawkisam ← rawkiisam;
ruwoka ← ruweoka;
tan² ← ta² an¹;
tapkasikun ← tapkasike un³
だんぞくする　断続する　tuytuy
だんぱんする　談判する
　caranke, ecaranke
ち　血　kem¹, kemi
ちいさい　小さい　pon
ちかい　近い　hanke; 近くに
　hankeno, koehankeno; ずっと
　近くに　nohankeno; (足を) 近
　くに立てる　ohankeasi; 近くま
　で　ehankeno
ちがいない　違いない　きっと
　(…に) 違いない (と)　kuni
ちから　力　kiror; 力がある
　okirasnu; 力比べをする

ukirornukar
ちち　父　ona, onaha
ちぢめる　縮める　yoni,
　pl. yonpa
ちゅうおう　中央　noski,
　noskike; 中央部　tom²
ちょうこく　彫刻　鞘などに彫刻
　をほどこす　kepuspe nuye;
　(彫刻に) 励む　kokipsireciw
ちょうし　銚子　puntari;
　anipuntari
ちょうじょう　頂上　tapka,
　tapkasi, tapkasike; 頂上へ
　tapkasikun
ちょうどそのとき　⟹ おりから
ちょうはつする　挑発する　挑発
　して怒らせる　simemokka
ちらす　散らす　cari, caricari
つえ　杖　kuwa
つか　柄　⟹ さや
つかう　使う　eiwanke; (人を使
　者として) 使う　uytek
つがえる　(矢を弓に) つがえる
　ueunu, ueunupa
つかむ　ani, *pl.* anpa¹
つかれる　疲れる　sinki
つき　月　cup
つきだす　突き出す　先端を突き
　出す　etukka
つきでる　突き出る　tuk
つぎのように　次のように　[引
　用文を導く] ene
つく　着く　epa; sirepa;

— 452 —

だんぞくする〜てん

kosirepa
つく　突く　ciw, eciw
つく　搗く　uta; 粟などをついて籾を落とす　iuta
つくる　作る　kar¹, ekar, karkar; 幾度も作る　karici; 美しく作る　tomtekar, tomtekarkar; 手早く作る　tunaskarkar
つけね　付け根　sut, sutke
つける　付ける　unruke(?) ⟹ くっつく
つたって　（〜を）伝って　peka, pekano
つち　槌　tuci
つち　土　toy, toytoy; 土のようだ（疲れた様子）toyne
つっつく　tokpa, tokpatokpa, toppatoppa
つばさ　翼　rap
つぶす　潰す　yaku
つま　妻　mat¹, maci, macihi
つまらない　（取るに足らない）sirun; 極つまらない人間　otuype
つめたい　冷たい　nam
つもり　きっと（…する）つもり（だ）（意志）kusu²
つよい　強い　強い者 ⟹ きょうしゃ
つらぬいて　貫いて　peka, pekano
つれだつ　連れ立つ　ueutanne

て　（…し）て　ine²; tek²; wa²
て　手　tek¹; aske, askehe; mon; 手の先　monetok, monetoko; 手で作った日除け　tekkakipo; 手を高く差し上げる　tekrikikurpuni; 手をぐるぐる回す　kotekkankari
で　［道具・手段］　ari［1］
であう　出会う　ekari, koekari
であろう　⟹ だろう
ていど　程度　(美しさの)程度が甚だしい　sioarwenruy
ておけ　手桶　niatus
できない　aykap, eaykap; koyaykus
てずから　手ずから　手ずから作ったもの　tekekarpe
でた　出た（張り出した）san
てっきり　てっきり（…に）違いない（と）kuni
てつだいをさせる　手伝いをさせる　sikasuyre
てつだう　手伝う　(人を)手伝う　kasuy
てばやい　手早い　手早く作る　tunaskarkar
でも　［譲歩］　hene
でる　出る　(血が)出る　nu²; (家の外に)出る　esoyne; (外へ)でる　asin, pl. asip; (感情, 気性が表に)出る　kosan, kosankosan
てん　天　kanto

− 453 −

でんごん 伝言 asur, sonko; 伝言を委託する koasuranure
てんまど 天窓 rikunsuy
と (…する)と i¹, ike, ko¹, ciki
と [並列] newa
と と(言う) ari [2]
ど 度(回数) suy²
どう 胴 tumam
どうぐ・しゅだん [道具・手段] ari
どうじ 同時(…する)と同時に koiramno
どうしふくすうけいけいせいせつびじ 動詞複数形形成接尾辞 -ici, -pa⁶
とうちゃくする 到着する epa, sirepa, kosirepa
とうとい 尊い pase; 尊い最も尊い sipase
とうめいだ 透明だ peker
とお 十 ⟹ じゅう
とおい 遠い tuyma; otuyma, (足を)遠くに立てる otumaasi; 遠くで tuymano; 遠くへ to³; ⟹ はるかとおく
とおって (〜を)通って kari; peka, pekano
とおりぬける 通り抜ける(すきまを) poso
とおる 通る kus, *pl*. kuspa; 通らせる kuste
とき (…する)とき i¹, (…す

る)とき ko¹
ときほぐす 解きほぐす 次々と解きほぐす ukaepita
とぐ 研ぐ ruyke
とぐち 戸口 apa
とこ 床 amset; amso
どこか hunak
ところ (〜がある)ところ or¹, oro, orke, orkehe; (…する)ところ i¹; まさに(…する)ところだ etokus
ところだ まさに(…する)ところだ etokus
とさ (…した)とさ [物語の終了] ari [3]
とし 年 pa⁴, paha
として (〜)として ne³
としをとる 歳をとる onne
どしんというおと [どしんという音] rim-; どしんと音をたてる rimnatara
どだい 土台 ikkew
とち 土地 toy
とちゅう 途中 hontom, hontomo
とつぜんに 突然に ekuskonna, arekuskonna
とても sino; tan¹
とどく 届く(達する)(長いもの)の端が届く ous, ciousi
どのように nekon
どのようにでも [不定] ene
とびかう 飛び交う patkepatke

とびちる 飛び散る 飛び散るさま pat-
とぶ 飛ぶ turse, citursere
どま 土間 mintar
とまる 泊まる rewsi, cirewsire; korewsi
とめる 泊める rewsire
ともに (〜と) ともに tura, turano; u¹-
とらせる 取らせる ukte
とり 鳥 cikap, cikappo
とりあげる 取り上げる［奪うという意味ではない］ uyna; すばやく取り上げる teksaykari
とりだす 取り出す sanke, *pl.* sapte; sanasanke
とりのなきごえ (?)［鳥の鳴き声 (?)］ cakcak
とりもどす 取り戻す okaetaye
とる 取る uk; uyna; すばやく取る teksaykari; 奪い取る esikari
とる 捕る (獲物を) 捕る koyki
どろ 泥 yaci
とんでくる 飛んで来る citursere

な 行

な (…する) な［禁止］ iteki, itekki
な (…するのだ) な［確認］ ne⁵

な 名 ⟹ なまえ
ない isam; (…し) ない somo, somoki; 少しも (…し) ない senne; ⟹ かく
ないぶ 内部 ⟹ なか
なか 中 (〜の) 中 or¹, oro, orke, orkehe; oske; tum, tumu, tumuke, tumukehe; (家の) 中 upsor, upsoro, upsoroho, aw¹; (輪の) 中 nikor
ながい 長い tanne
なかす 泣かす ciskar
なかま 仲間 utar; 仲間になる utanne, eutanne; ieutanne; 仲間に加わる yayukopiski
なかよくする 仲良くする uekatayrotke
ながら (…し) ながら kane, kor²
ながれ 流れ ciw; kanciw; 流れの早い川 (地名) kanciwetunas; 流れの遅い川 (地名) kanciwemoyre
ながれる 流れる mom, (血が) cararse
なぎ 凪 neto
なきごえ 泣き声 ohay
なきさけぶ 泣き叫ぶ ayayse, ayyayse; 大声で泣き叫ぶ rayayayse, rayayyayse; 大勢が大声で泣き叫ぶ urayayaysere;［泣き叫ぶ声］ ayay, ayyay, yay²

第3章 『アイヌ神謡集』辞典

なく（鳥・蛙が）鳴く rek, (狐が) 鳴く pawse
なく 泣く cis; (〜を) 泣く ciskar; 共に泣く uciskar; 声をあげて泣く ⟹ 泣き叫ぶ
なげだす 投げ出す 身を投げ出す yayosura, koyayosura
なげる 投げる yapkir; eyapkir
なす 為す ekar
なづける 名付ける rekore, ye
なって (〜に) なって ne³
なに (か) 何 (か) hemanta, nep, nepe
なべ 鍋 su
なまえ 名前 re¹, rehe; 名前を付ける ⟹ なづける
なみ 波 kay²; 大きな波 ruyanpe; (波が舟に) 幾度もかぶさる tososatki; [波がかぶさる様子] tos-, tosos-
なみだ 涙 nupe, wenpe; (涙を) 流す yaykorapte
なみの 並の use, yayan
なら (…する) なら (前提) ciki
ならば (もしも…) ならば yakne, yakun
ならべる 並べる 上座に並べる rororaypa
なる (〜に) なる ne¹
なる 鳴る (弓が) ビュンビュン鳴る cawcawatki
なんども 何度も (…する)

ranke¹
に に (なる) ne³
に [場所] ta³
にえたつ 煮え立つ pop
にえる 煮える ci¹
におい 臭い hura, huraha
にく 肉 汁の中の一片の肉 kamahaw, kamahawe
にくらしい 憎らしい sirun
にくらしくおもう 憎らしく思う epokpa
にげる 逃げる kira; 一斉に逃げる ukirare
にごりみず 濁り水 nupki, nupki wakka
にし 西 海の西 atuykes; 海の西へ hepasi
にっこう 日光 sikus
にっすう 日数 rerko
にらむ 睨む nukannukar
にる 煮る suye¹, pl. suypa¹
にんげん 人間 aynu
にんしょうせつご 人称接語 a², an², i²; ci², as³, un²; e²
にんしょうだいめいし 人称代名詞 ani, anihi, pl. okay utar; aokay, pl. aokay utar; ciokay; eani,
ぬか 糠 mur, muri, murihi
ぬぐ 脱ぐ are, yaykoare
ぬさ 幣 ⟹ ごへい
ぬささく 幣柵 ⟹ ごへい
ぬま 沼 to¹

ぬまがい 沼貝　pipa
ね　根　sinrit, sinrici, sinricihi
ねじる　捩じる　noye, *pl.* noypa; 捩じれた様子　noy-
ねせる　寝せる（横にする）　ama
ねたむ　妬む　keske
ねどこ　寝床　amset; sotki, sotkihi, ciamasotki
ねむけ　眠気を催して頭を垂れる　heracici, koheracici
ねむる　眠る　mokor ⟹ いねむり（居眠り）
ねもと　根元 ⟹ ね
ねらう　狙う　狙い射る（矢で獲物を）ramante; 狙いを定めて構える　yoko, yokoyoko, eyoko
ねる　寝る　am, hotke
のうりょくのはっき［能力の発揮］-asnu
のせる　載せる　rarire
ので（…する）ので, （…した）ので（理由，原因）kusu¹
ので（…する）ので（前提）ciki
のど　喉　kut², rekut
ののしり［罵り］acikara
のびる　伸びる　situri, cisiturire; 伸びる様子　tur²-
のべる　述べる　ecaranke; 詳しく述べる　omommomo
のぼる　登る　hemesu, kohemesu
のませる　飲ませる　kure

のみこむ　飲み込む　ruki, oanruki, sikoruki
のむ　飲む　ku¹
のる　載る　rari, *pl.* rarpa

は行

は　歯　nimak, mimaki; 歯を剥き出す　nimakitara
は　葉　ham
は［主題，対比］anak, anakne
はい［応諾］e¹⁰
はい　灰　pas², pashuhu
はいご　背後　osmak, osmake, osmakehe;（～の）背後（霊的な意味）sermak, sermaka, sermakaha
はいる　入る　ahun, *pl.* ahup; osma; 家の中に入ってくる siaworaye, siaworaypa
はう　這う　reye
ばかにする　馬鹿にする iokapuspa; piye
ばかり（…して）ばかり　patek
ばかりでも（…）ばかりでも（…だけでも）poka
はく　佩く ⟹ かたな
はぐ　剥ぐ（皮を）ri, iri
ばくろする　暴露する　pusu, *pl.* puspa
はげしい　激しい　ruy, wen, yupke, turus; 激しく　yupkeno, ar²-, ray²-

第3章 『アイヌ神謡集』辞典

はげます 励ます 励まし合う ukoorsutketumasnu
ばける 化ける yaykar
はこぶ 運ぶ ani, *pl.* anpa[1]; rura, *pl.* rurpa
はじめ 初め atpa
はじめて 初めて eas, easir
はじめに 初めに hoski, hoskino
はしら 柱 ikuspe
はしる 走る hoyupu, *pl.* hoyuppa; ehoyupu, *pl.* ehoyuppa; pas[1]; cas, cascas; 一斉に走る uhoyuppare; 下手へ走る cisaokuta; こぞって下手へはしる usaokuta; よく走る pasno
ぱすい パスイ ⟹ さけばし
はずかしがる 恥ずかしがる yastoma
はだかになる 裸になる atusa, *pl.* atuspa
はたけ 畑 toy
はたらく 働く monrayke
ばっする 罰する panakte
ぱっとたちあがる ぱっと立ち上がる ⟹ たちあがる
はな 鼻 etu, etuhu
はなし 話 oruspe; 変わった話 asur
はなしあう 話し合う uenewsar, euenewsar; ukoitak, eukoitak
はなしをする 話をする newsar
はなす 話す itak, ye
はね 羽 rap
はねおどる 跳ね躍る tapkar, etapkar
はねる 跳ねる terke, terketerke, tetterke; 跳ね回る terketerke;（火が）跳ねる patke, patkepatke
はは 母 unu, unuhu
はばたかせる 羽ばたかせる rapu, *pl.* rappa
はばたく 羽ばたく sirappa
はま 浜 pis; 浜の方から hosasi, opisun; 浜に下る esan
はまべ 浜辺 armoysam, armoysama; ra, rake, rakehe; rutteksam
はまる o[1]
はやい 速い tunas
はやく 早く［相手をせきたてる］hetak
はやし 囃し ⟹ かけごえ
はら 腹 hon
はるかとおく はるか遠く too, toop
はれぎ 晴れ着 siyuk
はれつする 破裂する［破裂する様子］pus[2]-
はんご ［反語］［反語的に言って侮りの気持ちを表す］he[1]
はんすう 半数 nimara, nimaraha

— 458 —

ハンノキ（植物）　kene
はんぶん　半分　emko; nimara, nimaraha
ひ　火　ape, hoka; 火を吹く（火を起こすため）　euseus; [火が燃えている様子] par²-, parar-
ひ　日　to²
ひ　日（太陽）日の光 ⟹ にっこう
ひうち（いし）　火打ち（石）piwci; 火打ち石入れ　piwciop
ひがし　東　pa²; 海の東　atuypa; 海の東へ　heperay
ひかず　日数　rerko
ひかり　光　imeru
ひきかえす　引き返す　hekomo, *pl.* hekompa; kohekomo, *pl.* kohekompa
ひきずる　引き摺る　ninpa
ひきのばす　引き伸ばす　turi, *pl.* turpa
ひきよせる　引き寄せる　katta, ekatta; etaye
ひく　引く　turi, *pl.* turpa
ひくい　低い　地位が低い　pasta
ひぐれ　日暮れ　onuman
ひざ　膝　膝をすって進む　sinu
ひざまずく　ひざまずいて進む　sinu
ひじりざ　火尻座　utur¹; 火尻座から　outurun
ひたい　額　kip
ひだりざ　左座　harkiso, eharkiso; 左座に　harkisotta; 左座へ　eharkisoun
ひだりの　左の　harki
ひっくりかえる　ひっくり返る　hokus, hokushokus; kohokus, kohokushokus
ひと　人　aynu, kur¹, pito; 人の過去を暴く　okapuspa, iokapuspa; 人に（…）させる　-yar
ひとが　人が　[不定人称] a² [1], an²
ひとしい　等しい　sine
ひとしくみる　等しく見る　kopa
ひとつ　一つ　sine; si²
ひとつの　一つの　sine; ただ一つの　ear
ひとり　一人　sinen
ひとを　人を　un⁵-
ひとをまねく　人を招く　unahunke
ひにく　[皮肉] a³, tan²
ひのかみ　火の神 ⟹ ひのろうじょしん
ひのろうじょしん　火の老女神　apehuci
ひびく　響く　美しく響く　tununitara
ひょうじょう　表情　enan; ipor, iporoho; ipottum, ipottumu
ひょうしをとる　拍子をとる　rep¹, orep
ひょうめん　表面　sir¹, (〜の)

第 3 章 『アイヌ神謡集』辞典

表面　tuyka, tuykasi
ひらたいようす　[平たい様子]　kap-
ひる　昼　tokap
ひる　簸る　tuytuye
ひるがえす　翻す　裾を翻す　opannere
ひるがえる　翻る　panne, parse, pararse; [裾などが翻る様子・炎が踊る様子]　par²-, parar-
ひれ　⟹　おびれ
ひろいあつめる　拾い集める　umomare
ひろがり　広がり　[面的広がり] tuy³-; [広がり延びる様子] tes-; 表面いっぱいに広げる eparsere; 広々としている tesnatara
びんぼうな　貧乏な　wen; 貧乏人　wenkur
ふうふ　夫婦　umurek
ふき　蕗（植物）　kor²; 蕗の葉　korham
ふくしけいせいせつびじ　副詞形成接尾辞　-kur⁵, -no¹
ふくしてきせっとうじ　副詞的接頭辞　ar²-, no²-, oar¹(-), or²-, ray²-, rikikur-
ふくしてきせつびじ　副詞的接尾辞　-no³,
ふくじょし　副助詞　anak, anakne, he¹, hemem, hene, ka², kan², konna, nesun, newa, patek, poka, ranke², ta², tap², tasi, un⁴
ふくれる　膨れる　pisene
ふくろ　袋　pise
ふさがる　塞がる　急に塞がる mukkosanu; 塞がるようす muk-
ふさわしく　（…するのに）ふさわしく　noyne
ふしまわし　（歌の）節まわし　sake²
ふじゅつ　巫術　巫術の力がある nupur; 巫術の力が衰える pan; 巫術が優れる cinupurkasure
ふた　蓋　puta
ふたたび　再び　suy³
ふたつ　tup
ふたつの　二つの　tu, etu, otu
ふたり　二人　tun; 二人になる・二人で　etunne
ふち　縁　pa³, pake; parur, parurke, parurkehe
ふつか　二日　tutko
ぶつかる　osma
ふていにんしょうせっとうじ　不定人称接頭辞　主格形 ci³-; 目的格形 i³-
ふね　舟　cip; 舟に三人乗りをする　resous
ふねにのる　舟に乗る　cipo
ふねをこぐ　舟を漕ぐ　cipo, hokushokus
ふぶき　吹雪　upun

− 460 −

ぶんせっとうじ　部分接頭辞
　e³-, o³-
ふみおとす　踏み落す　kooterke
ふみつける　踏みつける
　oterke; 幾度も踏みつける
　otetterke
ふみつぶす　踏み潰す　ureeyaku
ふめい　不明（サケへは除く）
　-asu, -kar⁷, -kor⁴, -o⁸, -pe⁴,
　ca³, cipokonanpe, cor-, henta,
　humsu, ine³, ineap, iskare,
　kan³, kanakan, kepuspe, kitar
　（おそらく樹皮の一種）, koohane,
　koohanepo, kota, mam, namo-
　ra, ne⁴, nokor, pewtek, pis²,
　puntek, rew², samay, sem, sit²,
　tap³-, to⁴, tomin, turpa, usay-
　ne, wa³, ya³
ふりおろす　振り下ろす　振り下
　ろして叩く　esitayki
ふりかえる　振り返る　振り返っ
　て見る　hosari; kohosari
ふりかかる　降りかかる（波が舟
　に）　kotososatki
ふる　降る　ciranaranke, 降る
　tuy²
ふるい　古い　husko
ふるえる　震える　⇒しんどう
　する
ふれる　触れる　kere
ふんいき　雰囲気　sir¹
へ［方向］un³
へいおんに　平穏に　ratcitara

へいめん　平面　so
へただ　下手だ　aykap
へだてなく（つきあう．心に裏
　がない）　rawkisamno
べつのところ　別のところ　oyak
べつべつになる　別々になる
　sinnay
へり　縁　pa³, pake; parur,
　parurke, parurkehe
へんいけい　変異形　an⁴- ← ar²-;
　at² ← ar¹; -ci⁴ ← -ici;
　eramusitne ← eramsitne;
　ikin ← ikiri; ikit ← ikir;
　inkan ← inkar; ipot ← ipor;
　kan⁴ ← kar²; kon ← kor;
　kot² ← kor¹; kun- ← kur²-;
　kut³- ← kur²-; nukan ← nukar,
　nukat ← nukar;
　oan¹(-) ← oar¹(-); oat ← oar²;
　ot² ← or¹; pan² ← par²;
　pe³ ← p¹; pen ← per;
　pokor ← pekor; pono ← ponno;
　ramasi ← ramasu;
　rame ← ram²; ramu ← ram²;
　rut¹ ← rur; sin ← sir;
　sit¹ ← sir;
　toppatoppa ← tokpatokpa;
　upsot ← upsor; utan ← utar;
　utut ← utur; yaykat ← yaykar
へんじする　返事する　ハイと返
　事する　ese; esekur'eciw
べんじょ　便所　asinru;
　esoyneru

へんぺいだ　扁平だ　kaptek
へんれいする　返礼する　yayattasa, koyayattasa
ほ　穂　pus¹
ほう　方（～の）方　kopak, kopake;（～の方）に　tukari; o²-
ぼう　棒　cikuni, ni; 先のとがった棒　nit
ぼうこう　膀胱　膀胱などの袋状の臓器　pise
ほうだん　宝壇（儀礼用の道具が並び置かれているところ）　ikir, imoma
ほうとう　宝刀　ikor
ほうもんする　訪問する　kosirepa
ほか　（別のところ）　oyak
ほかい　行器　sintoko　たが付きのほかい　kutosintoko
ほかの　他の　oya
ぽきりとおる　ポキリと折る　kekke; ポキリポキリと折る　kekkekekke
ホコクセ　hokokse　を発するときの最初の声　hu¹
ほこり　mana
ほこる　誇る　自分を誇る　yayotuwasi; yaykopuntek
ほじゅうせっとうじ　補充接頭辞　*applicative* e⁴-, ko²-, o²-
ほせる　干せる　⟹　かわく
ぼつらくする　没落する（運が悪くて）　mawkowen
ほど　［程度］　pak¹, pakno
ほどく　ほどく（紐を）　pita
ほね　骨　kew; 背骨を構成する一つ一つの骨のような小さい骨　ik
ほのお　炎　nuy; 炎を上げて燃える　parse
ほのかなおと　［ほのかな音］　sep-, sepep-; ほのかな音を立てる　sepepatki
ほめる　誉める　kopuntek, otuwasi
ほりもの　彫り物（彫り物に）励む　kokipsireciw; ⟹ ちょうこく
ほる　彫る　nuye
ほんとうに　本当に　ar²-, si², sino, sonno
ほんとうの　本当の　si², sino, sonno
ぽんとおとをたてる　ポンと音を立てる　tokkosanu;［ポンとものを叩く音］tok-

ま行

まい　毎　kes²-; 毎年　kespa; 毎日　kesto
まいとし　毎年　kespa
まいにち　毎日　kesto
まう　舞う　tapkar, etapkar
まえ　前（空間的）　kotca,

kotcake
まえ 前（時間的） kotpok, kotpoke
まえ 前 前に述べた［指示連体詞］ nea, *pl.* nerok
まき 薪 薪を集める nina
まきちらす まき散らす cari, kocari
まぎれこむ 紛れ込む yaykopoye
まげる 曲げる 折り曲げる komo, *pl.* kompa
まさに まさに（…する）ところだ etokus
まずしい 貧しい wen
ますます poo
まぜこむ 混ぜ込む kopoye
まぜる 混ぜる poye, kopoye
まったく 全く or²-
まったく （ない） oar¹(-), oarar
まったん 末端 kes¹, kese; o³-; ho¹-; 末端を上げる hopuni, *pl.* hopunpa, hotari; ⟹ しり
まつ 待つ tere
まつる 祭る nomi, enomi
まで ［限界］ pak¹, pakno
まど 窓 puray
まとう 体にまとう eitumamornoye
まねく 招く ⟹ しょうたいする
まの 魔の（〜） nitne
まばたき 瞬き 瞬きする間 sikutur, sikuturu
まもる 守る epunkine; 守らせる epunkinere; 守り punki
まよなか 真夜中 annoski
まるで まるで（〜）のように sinne; ⟹ あたかも
まるで （ない） oar¹(-), oarar
まるまるようす ［丸まる様子］ kom-
まるめる 丸める komo, *pl.* kompa
まわす 回す kaci, kar⁵-i⁶, kankari, karimpa¹, kiru
まわり （あたり） piskan, piskani;（ぐるり） okari, okarino
まわる 回る kar⁵-i⁵, *pl.* karpa; kosikarimpa; sikari; くるくる回る sikacikaci, kararse;［まわる様子］ kar⁴-
まんなか noski, noskike; ⟹ ちゅうおう
み 身 身を投げる yayosura, koyayosura
み 箕 muy
みぎざ 右座（神窓から見て） siso; esiso; 右座へ esioun
みさき 岬 esani, esannot, not;「国の岬」（岬の名） mosiresani;「神の岬」（岬の名） kamuy'esani
みじかい 短い takne;［短い様子］ tak²-

みず 水 pe¹, wakka, wakkapo; 汚い水 taype ⟹ げりべん；濁った水 nupki(wakka); 水を汲む wakkata; 水汲み場・水汲み場のある沢 wakkataru; ［水がさらさら流れる音］ car-; ［水が跳ねる音］ cop-, copop-;（水の跳ねる音が）する copkosanu, copopatki; ⟹ すいてき，すいめん

みずうみ 湖 to¹

みたす 満たす esikte

みち 道 ru

みつける 見つける pa¹

みっつ 三つ rep; 三つの re², ore; 三日 rerko

みつめる 見つめる enitomomo

みな 皆 opitta; 皆で(…する) opittano

みにつける 身につける kor¹

みまう 見舞う hotanu, hotanukar

みみ 耳 kisar, asurpe; 耳の付け根 kisarsut; 耳をすます・傾ける kokanu, ikokanu

みもと 身元 ⟹ しゅつじ

みる 見る nukar, nukannukar; inkar, inkan; 一瞥 inkarpo; 同じに見る（同一視する） kopa

みをなげる 身を投げる yayosura, koyayosura

みをひるがえす 身を翻す sikiru

みんな 皆 opitta; 皆で(…する) opittano; u¹-

むいか 六日 iwanrerko

むかし 昔 teeta; 大昔 otteeta

むかしばなし 昔話 newsar, uepeker

むかって 向かって（〜）に向かって tukari; むこうから（〜）に向かって etunankar

むしする 無視する mosma

むし rise, *pl*. rispa; risparispa

むすびつける 結び付ける ekote

むっつ 六つの iwan, eiwan

むねをなでおろす 胸をなで下ろす(危機を脱して) yaykahumsu

むら 村 kotan, kotani; 村の主だった男 nispa

むれ 群（鹿の）群 topa

むれる 群れる 黒々と群れている kunnatara, kokunnatara

め 目 sik², siki, sikihi; 目の曇った奴 sikimanaus;（驚いて）目をきょろきょろさせる sikkankari; 目の周囲 siksam, siksama; 目の中 siknoski, siknoskike; 目付き siktumorke

めいしてきじょし 名詞的助詞 i¹, kur¹, p¹/pe³, utar

めいしてきせつびじ 名詞的接尾辞 -kur⁴, -p¹/-pe³, -n¹

めいれい［命令］ yan

みず〜やら

めくそ　目くそ　inte
めぐみ　恵み　（神が人に）恵みを与える　kasnukar, pirkare；神が人に与える恵み　cikasnukar
めじか　雌鹿　momampe
めつき　目付き　siktumorke
も　［譲歩］（…して）も　yakka, ka²；［列挙］hemem, hene
もえさし　燃えさし　apekes
もえる　燃える　uhuy
もがく　iki；尻や足をじたばたさせてもがく；脱出しようとしてもがく　yayehoturiri; hocikacika；もがき苦しむ　rayyepas
もくじ　目次　aekirusi
もくせいの　木製の　cikuni
もくへん　木片 ⟹ き木
もぐる　潜る　herori; rawosma, korawosma
もちあげる　持ち上げる ⟹ あげる（上げる）
もつ　持つ　kor¹; yaykore, *pl.* yaykorpare；（弓と矢を）一緒に持つ　ukoani
もったいなくおもう　もったいなく思う　nunuke, enunuke
もっている　持っている ⟹ もつ
もっと　na¹
もてなす　kor¹
もときたほうに　元来た方へ　hetopo, orhetopo
もどす　戻す　元来た方向に戻す

もの　topo
もの（…する）もの　i¹, ihi, ike, p¹/pe³
ものがたる　物語る　yukar, eyukar; isoytak; eisoytak; koisoytak; newsar；自分について物語る　yay'eyukar
もや　urar
もやす　燃やす　uhuyka

や行

や　［列挙・譲歩］hemem, hene
や　矢　ay；矢を射放す　tusura, kotusura；矢が飛ぶ　tonnatara；［矢が飛ぶ様子］ton-；［矢を作る動作］kotekkankari；［矢を放すときの音］caw-
やせる　痩せる　すっかり痩せる　rettek；痩せた様子　ret-(rer-かもしれない)
やち　谷地　nitat; 谷地　yaci
やづつ　矢筒　ikayop
やな　簗　uray
やに　inte
やま　山　kim; metot; nupuri; 山の東　nupuripa；山にある　kimun；山の木原　kenas；山へ　ekimun
やまて　山手　mak¹；山手にある　makun
やら　［列挙・譲歩］hemem; hene

− 465 −

やる （与える） kore, *pl.* korpare
やわらかい 柔らかい riten
やをいる 矢を射る ⟹ いる（射る）, や（矢）
ゆうがた 夕方 onuman
ゆうから ユーカラ yukar, yukari
ゆうしゃ 勇者 rametok
ゆうべん 雄弁 雄弁の才 pawetok
ゆげ 湯気 supa
ゆする 揺する noya¹, noyanoya; suye², *pl.* suypa²;（両手を）擦りながら左右に揺する ukaenoypa; 何度も揺する uesuye; 根元を揺すって緩める osawsawa; 尾びれを揺する honoyanoya
ゆっくりと moyretara; ゆっくりと動く moyre
ゆみ 弓 ku
ゆめ 夢 tarap, wentarap; 夢見する tarap, wentarap;（神が人に）夢見をさせる wentarapka
ゆるめる 緩める （刺さっているものを）揺すって緩める sawa, sawsawa
ゆるやかにうごく ゆるやかに動く moyre
ゆるんだじょうたい ［緩んだ状態］ saw-
ゆれる 揺れる 寄せて来る流体状のものを受けて揺れる ciikurure; 水の流れを受けて揺れる; ciwkururu ⟹ しんどうする
ゆわえつける 結わえ付ける kote, *pl.* kotpa; 自分に結わえ付ける yayekote
よあけ 夜明け nisat
よい 良い pirka; 良く pirkano
よう （…し）よう ［誘い］ ro
よういする 用意する etokooyki
ようす 様子 sir², siri
ようてん 要点（話の） ikkew, ikkewe
ように （〜の）ように ⟹ あたかも
よく （十分に） no²-
よく ［優れた性能］ -no³
よくじつ 翌日 simke
よくする 良くする pirkare
よけいにある 余計にある ikasma
よこぎる 横切る kus, *pl.* kuspa; 横切らせる kuste
よこたえる 横たえる ama
よこたわる 横たわる am; hotke
よその oya
よっか 四日 inererko
よっつの 四つの ine¹
よぶ 呼ぶ hotuye, *pl.* hotuypa, hotuyekar; 名づける ye
よみがえる 甦える ciramatkore

やる～わな

よもぎ　蓬　noya³
よりすぐれたていど　より優れた程度　okkasi
よる　夜　an³, kunne, ukuran
よろい　鎧　hayokpe, hayokpehe
よろこび　喜び　kiror
よろこぶ　喜ぶ　ekiror'an; nupetne, enupetne;（獲物を得て）yaykopuntek, eyaykopuntek
よろよろする　tetterke
よわい　弱い　（力が）弱い　pan¹

ら行

らいはいする　礼拝する　onkami; ⇒ まつる
らしく　（～）らしく　sone;（…する）らしく（思える）kotom
りく　陸　ya¹　陸に上がる　yan, *pl.* yap; 陸に上げる　yanke,（*pl.* yapte）
りゆう　理由　ikkew, ikkewe
りゅう　龍　catay
りょうて　両手　両手を広げた長さ　tem²
れいはいする　礼拝する　onkami; ⇒ まつる
れいをいう　礼を言う　onkami
れいをかえす　礼を返す　koyayattasa
れつ　列　ikir

れんたいしてきせっとうじ　連体詞的接頭辞　kes²-
ろ　炉　hoka
ろうじょ　老女　huci
ろっこつ　肋骨　⇒ あばらぼね
ろぶち(ぎ)　炉縁(木)　inunpe
ろぶちうお　炉縁魚(魚)　inunpepeceppo

わ行

わ　輪　karip; say
わかい　若い　upen
わかもの　若者　okkayo
わからない　分からない　eramiskare
わかる　分かる　eraman; koeraman
わかれをつげる　別れを告げる　etutkopak
わきのした　脇の下　tempok, tempokihi
わざと　okamkino
わすれる　忘れる　oyra
わずらわしい　煩わしい　iramsitnere
わたし(たち)　私(たち)　aokay, aokay utar, a² [2], [3], an², i²; ciokay, ci² [1], [3], as³, un²
わな　罠　ku;（罠が）はずれる　hecawe;（罠を）はずす　hecawere;（罠にはまる）音が

− 467 −

する　rorkosanu;［罠にはまる音］ror²-
わらいあう　笑い合う　uminare; euminare
わらいさざめいている　笑いさざめいている　pepunitara;［笑いさざめく様子］pep-
わらいものになる　笑い者になる　sieminayar
わらう　笑う　mina; emina; 大勢で笑う　uminare, euminare
わるい　悪い　wen, ewen, kowen; 悪くする　wente; とても悪い　arwen; ⟹ きらう, けつぼうする
われる　割れる　perke;［割れている様子］per-
わん　湾　moy¹; 湾の向こう岸　armoysam

その他

applicative ⟹ ほじゅうせっとうじ

cvc ごこん　cvc 語根　cak-, car-, caw-, cop-, kap-, kar⁵-, kom-, kur-, mak², mat²-, mes-, mom²-, moy²-, muk-, nay-, niw-, noy-, par²-, pat-, paw²-, pep-, per-, pun-, pus²-, ret-, rew¹-, rim-, ror²-, rut²-, saw-, sep-, siw-, tak²-, taw-, tes-, tok-, ton²-, tos-, tun-, tur²-, yas-, yup²-,

evidential ⟹ しかく

reciprocal ⟹ たがい

第4章

『アイヌ神謡集』関連書誌

『アイヌ神謡集』に関連する文献をあげる．見出しとして，各テキストについている表題ないし表題に準じるものを示す．それらがない場合は，代わりに初めの数句を示す．そのさい，アイヌ語の句であれば"と"で，日本語の句であれば「　」でくくる．表題がついている場合でも，内容をより具体的に示すため初めの数句を併記することがある．「(断片)」とあるのはアイヌ語の単語や句などをメモしたもの．「対訳」とあるのは，アイヌ語と日本語による対訳のこと．

1．遺稿

『知里幸恵嬢遺稿』市立旭川郷土博物館蔵（編者未見）松井恒幸，其田良雄「故知里幸恵嬢遺稿 解題」『旭川郷土博物館研究報告』第 5 号 1968 年（昭和 43 年）3 月 47-49 頁参照．

『知里幸恵ノート』1　北海道立図書館蔵

　「其 2 Ainu Upashkuma 神謡集原稿 Yukiye」（表紙）
　目次（以下の神謡の表題を記す）

　kamuikar（**kamui chikap kamui**）1-20 頁．『アイヌ神謡集』第 1 話に相当．対訳．藤本英夫『銀のしずく知里幸恵遺稿』「口絵梟の神の自ら歌った謡礎稿」はこの写真複写．北道邦彦編『ノート版 アイヌ神謡集 知里幸恵著』改訂版 2000 年 1 月 18-32 頁に相当．

　kamuikar（**chironnup**）狐 21-32 頁．『アイヌ神謡集』第 2 話に相当．対訳．北道（同上）33-43 頁に相当．

　kamuikar（**chironnup**）33-46 頁．『アイヌ神謡集』第 3 話に相当．対訳．北道（同上）44-53 頁に相当．

　kamui yukar（**Isepo**）47-60 頁．『アイヌ神謡集』第 4 話に相当．対訳．北道（同上）54-61 頁に相当．

　kamuikar（**nitatorunbe**）61-66 頁．『アイヌ神謡集』第 5 話に相当．対訳．最終部分なし．北道（同上）62-68 頁に相当．

『知里幸恵ノート』2　北海道立図書館蔵

　「神謡原稿 Yukiye」（表紙）
　（断片）6 行．日本語訳なし．
　Omanpeshunmat 1-47 頁．（『知里幸恵ノート』6 の続き）

『知里幸恵ノート』3　北海道立図書館蔵

　（無記入）（表紙）
　（断片）6 行日本語訳なし．
　"**Otteeta wen nitne-kamui**"「大昔，悪魔が」1 頁．対訳．オイナカムイと両頭の鱒の話．次の［Ne shinotcha 其の歌］の解説をなす．次のものとともに，日本語訳を除いて，萩中美枝『知里幸恵ノート 昭和 56 年度』「1．シノッチャ shinotcha（歌）」に相当．
　Ne shinotcha 其の歌 "**Ichaniu-Shondak**"「鱒のぼっちゃん」1-5 頁．対訳．
　"**Onne Pashkur ine?**"「年寄り鳥は何処へ行った？」5-7 頁．対訳．日本

― 471 ―

語訳を除いて，萩中美枝『知里幸恵ノート 昭和56年度』「2．口くらべ」および萩中美枝「アイヌの言葉あそび」に相当．

Shupun newa Chimakani newa Samambe「うごひとかじかと鰈」7-8頁．対訳．日本語訳を除いて，萩中美枝『知里幸恵ノート 昭和56年度』「3．Shupun newa Chimakani newa Samambe ウグイとカジカとカレイ」に相当．

Utashkar（呼吸くらべ）（4篇）8-9頁．

　"Itanini otuyekur"

　"Shinenna tunna"

　"Tan-hekachi"

　Erum Yayeyukar "Intok Intok Iyuta ash" 対訳．最初の3編のアイヌ語テキストは萩中美枝『知里幸恵ノート 昭和56年度』「4．Utashkar 呼吸くらべ」に相当．最後の1篇のアイヌ語テキストは同書「5．Erum yaye-yukar ねずみが自分のことを語る」に相当．

Kamui yukar Hotenao 11-16頁．対訳．『アイヌ神謡集』第6話に相当．日本語訳を除いて，萩中美枝『知里幸恵ノート昭和56年度』「6．Kamuy yukar」に相当．北道（同上）69-74頁に相当．

Pananbe newa Penanbe パナンベ（下の人）とペナンベ（上の人）」17頁．日本語訳なし．初めの5行だけの断片．18頁以降改めて書き始める．

Penambe newa Panambe 上の人と下の人（川の）18-24頁．対訳．金田一京助「アイヌの昔話二篇 知里幸恵集拾遺」に掲載の「Penambe newa Panambe ペナンベとパナンベ」に相当．日本語訳を除いて，萩中美枝『知里幸恵ノート 昭和56年度』「7．Penambe newa Panambe」に相当．この伝承に相当する他の伝承には，知里真志保『アイヌ民譚集』で第11話として紹介される日高，平賀村（沙流）の平賀エテノアのものがある．

Repun-menoko newa Kimun-menoko 海の女と山の女（トパと熊）25-32頁．対訳．日本語訳を除いて，萩中美枝『知里幸恵ノート 昭和56年度』「8．Repun-menoko newa kimun menoko」に相当．

upopo 1 1〜27（27篇）33-37頁．一部に日本語訳あり．

"**Tush hai turi Tush hai matu**"「麻縄をしごいてパッと一はしを」38頁．対訳．日本語訳を除いて，萩中美枝『知里幸恵ノート 昭和56年度』「9．先祖の名」に相当．

Oina-kamui seta hotukar オイナカムイが犬を呼ぶ 39頁．対訳．日本

1. 遺稿

語訳を除いて，萩中美枝『知里幸恵ノート 昭和56年度』「10. Oina-kamui seta hotukar オイナカムイの犬の呼び声」に相当．

kotan kar kamui の Imu 40頁．対訳．日本語訳を除いて，萩中美枝『知里幸恵ノート 昭和56年度』「11. コタンカラカムイのイム」に相当．

Kotan kar kamui の Eshna 41頁．日本語訳なし．

Menoko kamui ko itak 42-44頁．対訳．キツツキ Esoksoki を Samor-moshir「やまとの国」へ追い払う話．次の2つを含め，それらの日本語訳を除き，萩中美枝『知里幸恵ノート昭和56年度』「12. Menoko kamui ko itak 女の神が言い聞かせる」に相当．

"Oina-kamuik kottureshi"「オイナカムイの妹が」45頁．対訳．オイナカムイの妹がキツツキを海に流す話．

Esoksoki といふあのきれいな鳥は 45頁．日本語．キツツキが嫌われるわけ．

upopo 2 28～37（10篇）46-47頁．一部，対訳．

kamuikar kamui-chikap kamuy yaeyukar konkuwa —— sake he 48-58頁．対訳．『アイヌ神謡集』第7話に相当．北道（同上）75-84頁に相当．

"Ishkarputuun Nishpa ane wa okai an"「私は石狩の川口にゐる者であります」59-67頁．対訳．金田一京助「アイヌの昔話二篇 知里幸恵集拾遺」に掲載の「Ishkarunkur 石狩びと」に相当．日本語訳を除いて，萩中美枝『知里幸恵ノート昭和57度』「石狩の河口にいるニシパが自分の体験を物語る話」に相当．

"Atuika toma toma ki" 68-82頁．対訳．『アイヌ神謡集』第8話に相当．北道（同上）85-100頁に相当．

Urekreku 謎(64篇) 83-99頁，100-101頁．対訳．日本語訳を除いて，萩中美枝『知里幸恵ノート 昭和57年度』「Urekreku なぞなぞ」に相当．

"Aokai anak Kemram Tono ane wa"「私は饑饉の神様で」102-120頁．対訳，しかし日本語訳稿は未完．一部に金田一京助の訳が記されている．日本語訳を除いて，萩中美枝『知里幸恵ノート 昭和57年度』「ききんを司る神が自分の体験を物語る話」に相当．

kamuikar sakehe Tororo hanrok hanrok 121-124頁．対訳．『アイヌ神謡集』第9話に相当．北道（同上）102-105頁に相当．

Kutnisa kutun kutun 125-127頁．対訳．『アイヌ神謡集』第10話に相当．北道（同上）106-108頁に相当．

第4章 『アイヌ神謡集』関連書誌

Tanota fure fure 128-131頁．対訳．『アイヌ神謡集』第11話に相当．松井恒幸 其田良雄「故知里幸恵嬢遺稿」「カムイ・ユーカラ『此の砂は赤い赤い』(小さいオキキリムイの自伝物語)」と同じ話であるが表現の細部で異なる．北道(同上)109-113頁に相当．北道邦彦編訳『知里幸恵の神謡「ケソラプの神」「丹頂鶴の神」三つの「この砂赤い赤い」』の三つの「この砂赤い赤い」(A)(B)(C)に相当．

Kappa reu reu kappa 132-135頁．対訳．『アイヌ神謡集』第12話に相当．北道(同上)114-117頁に相当．

Tonupe ka ran ran 135-137頁．対訳．『アイヌ神謡集』第13話に相当．北道(同上)118-122頁に相当．

『知里幸恵ノート』4 (切替は北海道立図書館にてゼロックス・コピーで閲覧)

「**XIII Shupne shirika** コタンピラ傳 (4883行) **I Chiri Yukiye**」(表紙) 日本語訳なし．第1行から第4339行まで．遺稿『知里幸恵ノート』5に続く．金田一京助による語義および内容解釈に関する記載多数あり．金田一京助「Shupne shirka : Itak-e-ikatkar 蘆丸の曲 (別伝) 詞のあやかし」に相当．本書1.1.3参照．

『知里幸恵ノート』5 (切替は北海道立図書館にてゼロックス・コピーで閲覧)

「**XIV Shupne shirika** コタンピラ傳 (4883行) 結末アリ **II. Chiri Yukiye**」(表紙) 日本語訳なし．遺稿『知里幸恵ノート』4 [Shupne shirika] から続く．1-24頁．第4340行から第4883行まで．

Nou ou-ou "akoroyupi turano kaiki okaan hike" 28-45頁．一部，対訳．金田一京助が採録したもの．

Iyohaiochish "kani anakne utarasakpe apasakpe" 46-49頁．日本語訳なし．金田一京助が採録したもの．

Iyohaiochish "Tananto otta tapan shinotcha" 50-56頁．一部，対訳．金田一京助が採録したもの．

"**Hemanta nekusu kamuikarapuri**"「何ナレバ神の創めしならひ」対訳．金田一京助が採録したもの．

"**Kekimne kusu kimta karapa**"「山へはたらきにうしろの山へ行き」60-66頁．対訳．金田一京助が採録したもの．

Iyohai ochish eyaiochish "koro yupoyupo shinenne ampe"「兄さん兄さんまだひとりでゐらっしやる」67-69頁．対訳．一部に日本語訳なし．

— 474 —

2．遺稿および『アイヌ神謡集』中の諸作品を紹介したもの

金田一京助が採録したもの．
Shinotcha "kani anakne motoho wano"「私といふものハもとから」70-94頁．一部対訳．金田一京助が採録したもの．
"Yaunkuttureshi teeta anak" 95頁．日本語訳なし．金田一京助が採録したもの．
"Kuyaiorushpe ye ene okahi" 96-112頁．日本語訳なし．金田一京助が採録したもの．
「十勝ノ matyukara 久保寺君採集ナベザワユキ」114-115頁．日本語訳なし．
(断片) 金田一京助が採録したもの．116-124頁．

『知里幸恵ノート』6 北海道立図書館蔵
nuperan nupe keshorap kamui yaieyukar 1-11頁．日本語訳なし．ポン・フチ『ユーカラは甦える』(改訂版)「ケソラプ・カムィ，ヤィ・エ・ユカル（ケソラップ 鳥のカムイが自らを物語る）」113-122頁に相当．但し遺稿のローマ字表記がカタカナ表記に改められる．日本語訳はポン・フチ．北道邦彦『知里幸恵の神謡「ケソラプの神」「丹頂鶴の神」三つの「この砂赤い赤い」』"kesorap kamuy yayeyukar" 1-17頁に相当．但し遺稿のローマ字表記が改められる．
kamui yukar "to hu wo" 13-36頁．日本語訳なし．"Sarorui tono Pasekamui isoitak"という句で終わる．
Omanpeshunmat 37-186頁．日本語訳なし．『知里幸恵ノート』2に続く．ポン・フチ『アイヌ語は生きている』「ポンヤウンペ・ユーカラ『オマンペシ・ウン・マツ』」135-234頁．に相当．但し遺稿のローマ字表記が片仮名表記に改められる．日本語訳はポン・フチ．萩中美枝『知里幸恵ノート 昭和58年度』『知里幸恵ノート 昭和59年度』『知里幸恵ノート 昭和60年度』に相当．『知里幸恵ノート』の日本語訳は萩中美枝．
(断片) 197頁．
手紙・日記（編者未見）知里幸恵（藤本英夫編集協力）『銀のしずく 知里幸恵遺稿』草風館 東京1984年（昭和59年）；新装版草風館 東京1992年（平成4年）「口絵 梟の神の自ら歌った謡礎稿」

2．遺稿および『アイヌ神謡集』中の諸作品を紹介したもの

北道邦彦
『ノート版 アイヌ神謡集 知里幸恵著』改訂版 2000年1月 発売 札幌：弘南

第4章 『アイヌ神謡集』関連書誌

堂書店.

kamuykar (kamuy cikap kamuy) 18-32頁. 遺稿『知里幸恵ノート』1 1-20頁に相当.

kamuykar (cironnup) 33-43頁. 遺稿『知里幸恵ノート』1 21-32頁に相当.

kamuykar cironnup 44-53頁. 遺稿『知里幸恵ノート』1 33-46頁に相当.

kamuy yukar (isepo) 54-61頁. 遺稿『知里幸恵ノート』1 47-60頁に相当.

kamuykar (nitatorunpe) 62-68頁. 遺稿『知里幸恵ノート』1 61-66頁に相当.

kamuy yukar hotenao 69-74頁. 遺稿『知里幸恵ノート』3 11-16頁に相当.

kamuykar kamuycikap kamuy yayeyukar 75-84頁. 遺稿『知里幸恵ノート』3 48-58頁に相当.

atuyka tomatomaki kuntute he asi hm! hm! 85-100頁. 遺稿『知里幸恵ノート』3 68-82頁に相当.

kamuykar tororo hanrok hanrok 102-105頁. 遺稿『知里幸恵ノート』3 121-124頁に相当.

kutnisa kutun kutun 106-108頁. 遺稿『知里幸恵ノート』3 125-127頁に相当.

tan ota hure hure 109-113頁. 遺稿『知里幸恵ノート』3 128-131頁に相当.

kappa rew rew kappa 114-117頁. 遺稿『知里幸恵ノート』3 132-135頁に相当.

tonupe ka ran ran 118-122頁. 遺稿『知里幸恵ノート』3 135-137頁に相当.

『知里幸恵の神謡「ケソラプの神」「丹頂鶴の神」三つの「この砂赤い赤い」』2001年6月.

Kesorap kamuy yayeyukar 1-17頁. 対訳. 遺稿『知里幸恵ノート』6 "nuperan nupe keshorap kamui yaieyukar" 1-11頁に相当. 日本語訳は北道.

kamuykar "to hu wo" 18-80頁. 対訳. 遺稿『知里幸恵ノート』6 kamui yukar "to hu wo" 13-36頁に相当. 日本語訳は北道.

2. 遺稿および『アイヌ神謡集』中の諸作品を紹介したもの

三つの神謡「この砂赤い赤い」81-97，1-13，125-130 頁．対訳．遺稿『知里幸恵ノート』3 Tanota fure fure 128-131 頁，「故知里幸恵嬢遺稿」「カムイ・ユーカラ『此の砂は赤い赤い』（小さいオキキリムイの自伝物語）」38-45 頁，『アイヌ神謡集』第11話に相当する三つのテキストを対照させたもの．

金田一京助

「アイヌの昔話二篇　知里幸恵拾遺」『民族学研究』21 巻 3 号日本民族学会 1957 年（昭和 32 年）8 月 28-37 頁．

Penambe newa Panambe「ペナンベとパナンベ」28-32 頁．遺稿『知里幸恵ノート』3「Penambe newa Panambe 上の人と下の人（川の）」に相当．

Ishkarunkur「石狩びと」32-37 頁．遺稿『知里幸恵ノート』3「Ishkar-putuun Nishpa ane wa okai an. 私は石狩の川口にゐる者であります．」に相当．

Shupne shirka : Itak-e-ikatkar「蘆丸の曲　詞のあやかし」『アイヌ叙事詩　ユーカラ集 VIII Shupne shirka（蘆丸の曲）』三省堂 1968 年（昭和 43 年）117-300 頁．対訳．日本語訳は金田一京助．遺稿『知里幸恵ノート』4「Shupne shirika コタンピラ傳 I」，遺稿『知里幸恵ノート』5「Shupne shirika コタンピラ傳結末アリ II．」に相当．

佐々木長左衛門

『アイヌの話』旭屋書店　旭川 1922 年（大正 11 年）7 月「カムイ，ユカラ Kamui-yukar（神謡）小さいオキキリムイの物語」129-132 頁．「イタク，ウコラムヌカラ Itak ukoramnukar（知恵くらべ）」「其の一」132-133 頁，「其の二」133-136 頁．アイヌ語テキストなし．『知里幸恵嬢遺稿』に相当．

知里真志保（編）

「アイヌ神謡　銀のしずく降れ降れまわりに　ふくろう神が自分を演じた歌」郷土研究資料シリーズ No. 1　北海道郷土研究会　札幌 1951 年（昭和 26 年）対訳．『アイヌ神謡集』第 1 話に相当．アイヌ語テキストは編者の音韻解釈により改変されたもの．訳は編者の解釈によるもの．

知里真志保

『かむい・ゆうかる　アイヌ叙事詩入門』アポロ書房　札幌 1955 年（昭和 30 年）

「ふくろう神が所作しながら歌った歌」1-26 頁．『アイヌ神謡集』第 1 話に相当．アイヌ語テキストなし．知里真志保の訳．

第4章 『アイヌ神謡集』関連書誌

「沼貝が歌った神謡」27-33頁．『アイヌ神謡集』第13話に相当．アイヌ語テキストなし．知里真志保の訳．

「カワウソの歌った神謡」39-46頁．『アイヌ神謡集』第12話に相当．アイヌ語テキストなし．

「オキキリムイの子が歌った神謡」52-60頁．『アイヌ神謡集』第11話に相当．アイヌ語テキストなし．知里真志保の訳．

「狼神の子が歌った神謡」61-68頁．『アイヌ神謡集』第6話に相当．アイヌ語テキストなし．知里真志保の訳．

「カエルが歌った神謡」69-75頁．『アイヌ神謡集』第9話に相当．アイヌ語テキストなし．知里真志保の訳．

『アイヌ文学』元々社 1955年（昭和30年）

「沼貝が所作しながら歌った神謡」134-138頁．アイヌ語テキストなし．『アイヌ神謡集』第13話に相当．知里真志保の訳．

「カエルが所作しながら歌った神謡」139-142頁．アイヌ語テキストなし．『アイヌ神謡集』第9話に相当．知里真志保の訳．

「ふくろう神の自演の歌」153-163頁．アイヌ語テキストなし．『アイヌ神謡集』第1話に相当．知里真志保の訳．

知里真志保，小田邦雄

『ユーカラ鑑賞 アイヌ民族の叙事詩』1968年（昭和43年）

「フクローが所作しながら歌った神謡」11-40頁．アイヌ語テキストなし．『アイヌ神謡集』第1話に相当．知里真志保の訳．

「フクローが所作しながら歌った神謡」49-57頁．アイヌ語テキストなし．『アイヌ神謡集』第7話に相当．知里真志保の訳．

「二つの神謡について」123-137頁．「沼貝が所作しながら歌った神謡」（アイヌ語テキストなし．『アイヌ神謡集』第13話に相当 126-131頁．知里真志保の訳）と網走郡美幌町に伝承される「川貝が所作しながら歌った神謡」（アイヌ語テキストなし．123-126頁．）との対照．

「童話的な神謡について 幌別の神謡の系譜」224-258頁．

「カワウソが所作しながら歌った神謡」224-230頁．アイヌ語テキストなし．『アイヌ神謡集』第9話に相当．知里真志保の訳．

「オキキリムイの子が所作しながら歌った神謡」230-237頁．アイヌ語テキストなし．『アイヌ神謡集』第11話に相当．知里真志保の訳．

「狼神の子が所作しながら歌った神謡」238-244頁．アイヌ語テキストなし．『アイヌ神謡集』第6話に相当．知里真志保の訳．

2．遺稿および『アイヌ神謡集』中の諸作品を紹介したもの

「カエルが所作しながら歌った神謡」244-249 頁．アイヌ語テキストなし．『アイヌ神謡集』第 9 話に相当．知里真志保の訳．

知里真志保（註解）小田邦雄（鑑賞の手引）

kamuy-chikap kamuy kayeyukar「ふくろう神が自分を歌った歌 "sirokani-pe ran-ran piskan"」『郷土研究』第 8 号 郷土研究社 札幌 1969 年（昭和 44 年） 7-28 頁．アイヌ語テキストは註解者の音韻解釈により改められたもの．訳は註解者の解釈によるもの．表題の kayeyukar は yayeyukar の誤植．

萩中美枝

「アイヌのことば遊び」『言語』第 4 巻，第 2 号 大修館 1985 年（昭和 60 年） 67 頁．アイヌ語テキストは遺稿『知里幸恵ノート』3 "Onne Pashkur ine?" に相当．萩中美枝の訳．

萩中美枝編

『知里幸恵ノート 昭和 56 年度アイヌ民俗文化財調査報告書（口承文芸シリーズ I）』北海道教育委員会 1982 年（昭和 57 年）3 月（遺稿のアイヌ語テキスト掲載．遺稿の日本語訳は掲載されていない．訳は萩中美枝．）

「1．シノッチャ shinotcha（歌）」20-37 頁．遺稿『知里幸恵ノート』3 "Otteeta wen nitne-kamui" と［Ne shinotcha 其の歌］に相当．

「2．口くらべ」38-43 頁．遺稿『知里幸恵ノート』3 "Onne Pashkur ine?"「年寄り烏は何処へ行った？」に相当．

「3．**Shupun newa Chimakani newa Samambe** ウグイとカジカとカレイ」44-47 頁．遺稿『知里幸恵ノート』3 [Shupun newa Chimakani newa Samambe うごひとかじかと鰈] に相当．

「4．**Utashkar** 呼吸くらべ」48-53 頁．遺稿『知里幸恵ノート』3 [Utaskar 呼吸くらべ] の最初の 3 篇に相当．

「5．**Erum yayeyukar** ねずみが自分のことを語る」54-55 頁．遺稿『知里幸恵ノート』3 [Utashkar 呼吸くらべ] の最後の 1 篇に相当．

「6．**Kamuy yukar** 神々のユーカラ」56-71 頁．遺稿『知里幸恵ノート』3 [Kamui yukar Hotenao] に相当．

「7．**Penambe newa Panambe**」72-91 頁．遺稿『知里幸恵ノート』3 [Penambe newa Panambe 上の人と下の人（川の）] に相当．

「8．**Repun-menoko newa kimun-menoko**」94-111 頁．遺稿『知里幸恵ノート』3 "Repun-menoko newa kimun-menoko" に相当．

「9．先祖の名」112-113 頁．遺稿『知里幸恵ノート』3 "Tush hai turi

Tush hai matu"「麻縄をしごいてパッと一はしを」に相当．
「10. **Oina-kamui seta hotukar** オイナカムイの犬の呼び声」
114-116頁．遺稿『知里幸恵ノート』3［Oina-kamui seta hotukar オイナカムイが犬を呼ぶ］に相当．
「11. **コタンカラカムイのイム**」118-119頁．遺稿『知里幸恵ノート』3「kotan kar kamui の Imu」に相当．
「12. **Menoko kamui ko itak** 女の神が言い聞かせる」120-125頁．遺稿『知里幸恵ノート』3［Menoko kamui ko itak］に相当．

『知里幸恵ノート 昭和57年度アイヌ民俗文化財調査報告書（口承文芸シリーズII）』北海道教育委員会1983年（昭和58年）（遺稿のアイヌ語テキスト掲載．遺稿の日本語訳は掲載されていない．訳は萩中美枝）

「**Urekreku** なぞなぞ」1-64頁．遺稿『知里幸恵ノート』3「Urekreku 謎」に相当．

「石狩の河口にいるニシパが自分の体験を物語る話」24-45頁．遺稿『知里幸恵ノート』3「Ishkarputuun Nishpa ane wa okai an. 私は石狩の川口にゐる者であります．」に相当．

「ききんを司る神が自分の体験を物語る話」46-93頁．遺稿『知里幸恵ノート』3 "Aokai anak Kemram Tono ane wa"「私饑饉の神様」に相当．

『知里幸恵ノート 昭和58年度アイヌ民俗文化調査報告書（口承文芸シリーズIII）』北海道教育委員会1984年（昭和59年）（遺稿のアイヌ語テキスト掲載．訳は萩中美枝．）

Omanpesh un mat 10-83頁．遺稿『知里幸恵ノート』2, 6［Omanpe-shunmat］に相当．

『知里幸恵ノート 昭和59年度アイヌ民俗文化財調査報告書（口承文芸シリーズIV）』北海道教育委員会1985年（昭和60年）（遺稿のアイヌ語テキスト掲載．訳は萩中美枝．）

Omanpesh un mat II（上の続き）12-85頁．

『知里幸恵ノート 昭和60年度アイヌ民俗文化財調査報告書（口承文芸シリーズV）』北海道教育委員会1986年（昭和61年）（遺稿のアイヌ語テキスト掲載．訳は萩中美枝．）

「**Omanpesh un mat III**」（上の続き）12-151頁．

ポン・フチ

「ポンヤウンペ・ユーカラ『オマンペシ・ウン・マツ』」『アイヌ語は生きている』新泉社1976年（昭和51年）144-234頁．遺稿『知里幸恵ノート』

2，6 [Omanpeshunmat] に相当.

「ケソラプ・カムィ，ヤィ・エ・ユカル（ケソラップ 鳥のカムイが自ら物語る）」『ユーカラは甦える』（改訂版）新泉社 1987年（昭和62年）113-122頁. 遺稿『知里幸恵ノート』6 "nuperan nupe keshorap kamui yaieyukar" に相当.

松井恒幸 其田良雄

「故知里幸恵嬢遺稿」『旭川郷土博物館研究報告』第5号 1968年（昭和43年）35-49頁.

「『年寄烏はどうした』に始まるイタク・ウコラムヌカラ」
　35-37頁.

「『氷の上に小さい狼の子が転んだ』に始まるイタク・ウコラムヌカラ」37-38頁.

「カムイ・ユーカラ『此の砂は赤い赤い』（小さいオキキリムイの自伝物語）」38-45頁. 遺稿『知里幸恵ノート』3 Tanota fure fure と同じ話であるが表現の細部で異なる.

Ĉiri, Jukie. ***Ainaj Jukaroj***. red. Hoŝida Acuŝi. Sapporo, Japanujo : Hokkajda Esperanto-Ligo, 1987 eld., 1988 eld. 『アイヌ神謡集』の日本語訳からのエスペラント Esperanto による全訳. アイヌ語テキストなし. ただし，1988年版には Kirikae Hideo. "Gramatika Skizo kaj Vortareto por Legi Unu Rakonto-versaĵon el la Ainaj Jukaroj"（『アイヌ神謡集』中の1つの物語を読むための文法摘要と小辞典）(112-144) が付け加わっており，第10話の原アイヌ語テキストが紹介されている.

3．伝記，思い出，その他

石田肇

「知里幸恵さんのこと」『郷土研究』第8号 郷土研究社 札幌
　1969年（昭和44年）3-5頁.

北道邦彦

「『アイヌ神謡集』諸版本の本文について」『爐邊叢書　アイヌ神謡集　知里幸恵編　大正十二年八月十日発行　郷土研究社版　復刻版 2002年（平成14年）3-25頁.

切替英雄

「アイヌによるアイヌ語表記」『国文学解釈と鑑賞』第62第1号 1997年（平成9年）99-107頁.

第4章 『アイヌ神謡集』関連書誌

切替英雄 青柳文吉
「『知里幸恵ノート』内容及び書誌」「付・「知里幸恵ノート」解説」21-29頁
　『復刻版「知里幸恵ノート」』知里森舎 登別 2002年（平成14年）.

金田一京助
「序」佐々木長左衛門『アイヌの話』再版 佐々木豊栄堂 旭川 1926年（大正
　　15年）1-4頁.
「アイヌ天才少女の記録」『婦人公論』1937年（昭和12年）3月号272-282頁.
「近文の一夜」『心の小道をめぐって』金田一京助随筆選集1 三省堂 1964年
　　（昭和39年）26-31頁.
「アイヌ部落採訪談」同上書32-66頁. 特に61-64頁.
「『心の小道』をめぐって」同上書159-205頁. 特に194-203頁.
「故知里幸恵さんの追憶」『思い出の人々』金田一京助随筆選集2 三省堂
　　1964年（昭和39年）13-20頁.
「知里幸恵さんのこと」同上書21-23頁.『アイヌ神謡集』後書き「知里幸恵
　　さんの事」と同じ.
「秋草の花」同上書24-27頁.
「私の歩んだ道」金田一京助随筆選集3 三省堂 1964年（昭和39年）15-22
　　頁. 特に22頁.
「暗誦の限界」同上書154-157頁. 特に157頁.

金田一春彦
『父京助を語る』教育出版 1977年（昭和52年）「その四 知里幸恵さん」93-
　　98頁.

サラ・ストロング
「『聞いてると優しい美しい感じがいたします.』知里幸恵のノート」「付・
　　「知里幸恵ノート」解説」 1-3頁『復刻版「知里幸恵ノート」』知里森舎
　　登別 2002年（平成14年）.

知里真志保
「後記」『アイヌ民譚集』郷土研究社 東京 1937年（昭和12年）163-167頁.
「アイヌの神謡」『北方文化研究報告』第9号 北海道大学 1954年（昭和29
　　年）1-78頁. 特に18頁.

知里幸恵（藤本英夫編集協力）
『銀のしずく 知里幸恵遺稿』草風館 東京 1984年（昭和59年）; 新装版 草
　　風館 東京 1992年（平成4年）口絵「梟の神の自ら歌った謡礎稿」『知里
　　幸恵ノート』1. "kamuikar (kamui chikap kamui)" の写真複写)「神様に

— 482 —

3. 伝記, 思い出, その他

惜しまれた宝玉 知里幸恵年譜」「『アイヌ神謡集』序」「手紙」「知里幸恵写真帖」「日記」(1922年[大正11年]6月1日から7月28日までのもの).

富樫利一
「銀のしずく 知里幸恵の灯火」『室蘭民報』1999年（平成11年）7月6日から11月30日まで11回連載.

中川裕
「『アイヌ神謡集』を謡う」「付・「知里幸恵ノート」解説」 4-15頁『復刻版「知里幸恵ノート」』知里森舎 登別 2002年（平成14年）.

萩中美枝
『アイヌの文学 ユーカラへの招待』北の教養選書1 北海道出版企画センター 1980年（昭和55年）125頁.

藤本英夫
『天才アイヌ人学者の生涯』講談社 1970年（昭和45年）知里幸恵については, 45-53頁. 139-142頁, 142-145頁, 271-272頁.

『銀のしずく降る降る』新潮選書 新潮社 1973年（昭和48年）最も詳しい伝記. 知里幸恵関連写真, 自筆の書簡の写真版多数掲載. 金田一京助との出会い, 及び『アイヌ神謡集』ができる経緯については, 151-157頁, 173-185頁, 195-198頁, 201-210頁, 225-243頁, 247-251頁, 259-260頁.

『知里真志保の生涯』新潮選書 新潮社 1982年（昭和57年）42-67頁, 131-141頁, 279頁.

「銀のしずく降る降る」『中学国語1』教育出版 1996年（平成8年）文部省検定済教科書 156-171頁. 教科書のため新たに書かれたもの.

宮の内一平
「一粒の宝石 知里幸恵」『随筆集 被写体』旭川出版社 旭川 1976年（昭和46年）170-179頁.

横山むつみ
「知里幸恵ゆかりの地」「付・「知里幸恵ノート」解説」16-20頁『復刻版「知里幸恵ノート」』知里森舎 登別 2002年（平成14年）.

『アイヌ神謡集』のおもしろさ
知里幸恵展[1]にちなんで

北海道立文学館
2002年8月11日（改稿　11月11日）

　「『アイヌ神謡集』のおもしろさ 知里幸恵展にちなんで」と題してお話しようと思います．

　知里幸恵（1903-1922）の『アイヌ神謡集』（以下，単に，『神謡集』と呼ぶことにします）は，アイヌ語と日本語の対訳で編まれた13篇の神謡からなる民話集です．幸恵が死んでほぼ一年後に出版されました．刊行本のほかに『神謡集』の原稿が残っていて，道立図書館に所蔵されています．1920年か21年に書かれたものです．原稿の表紙には「Ainu Upashkuma 神謡集原稿」と記されています．Ainu Upashkuma は「アイヌのお話」とでも訳せましょう．

　神謡とは，kamui yukar ないし kamuikar と呼ばれる，主に動物神が主人公として登場する叙事詩です（このアイヌ口承文学の一ジャンルに神謡という日本語の名前をつけたのは金田一京助先生です）．神謡は「無限と云ふほど沢山あ」るから（これは幸恵自身の表現です），『神謡集』はほんとうにささやかな本であるに違いないのですが，金田一先生の書かれているとおり「とこしへの宝玉」（「知里幸恵のこと」『神謡集』のあとがき）を思わしめる可憐な作品集です．『神謡集』は，1923年の発行以来，80年近くにわたって愛読され続けた本です．これからも読み続けられるに違いありません．

　『神謡集』を読んでいつも驚くのは，アイヌ語から日本語への翻

---

[1] 北海道立文学館 特別企画展 大自然に抱擁されて 知里幸恵『アイヌ神謡集』の世界へ．札幌．2002年8月3日〜9月23日．

訳の的確さです．それは幸恵がアイヌ語と日本語の完璧な話し手であったのみならず，鋭い知力と豊かな感情に恵まれた女性であったことを示しています．ですから，対訳である『神謡集』は日本語のテキストを読むだけでも楽しいのです．しかし，いくら良くても翻訳は翻訳です．アイヌ語原文を読むことによってより深く理解できるという箇所はいくらでもあります．また，そうであるからこそ皆さんの中にもアイヌ語原文を直接読んでみたいという気持ちの方がきっとおられると思います．そんなことは誰にでもできることではない，などと思わないでください．実は，今日の私の話は，むしろ皆さんにアイヌ語原文にチャレンジしてみようと奮い立ってもらうことを目的にしています．なおまた，アイヌ語から『神謡集』を読むと，日本語訳の美しさ，巧みさも一層感じ取れます．

さて，この文学館で催されている知里幸恵展のパンフレットに既に書いたことですが，そこからお話を始めようと思います．幸恵展のパンフレットでは，「弓」を意味する ku クー という単語を取り上げて，『神謡集』でのこの単語の一風変わった用例について書きました．

『神謡集』第4話には動物を捕らえる罠がでてきます．それは ku と呼ばれているのですが，ku は今申しましたように普通「弓」と訳されます．ところが第4話の日本語訳では，ku に対して一貫して「弩」という余り見慣れない漢字が当てられているのです．たとえば冒頭から五行目の句 kuare wa は「弩を仕掛けて」と訳されています．これに付けられた脚注は次のようです．

　　　　アマッポ（弩）即ち「仕掛け弓」を仕掛くる事

ku は単に弓だけではなく，仕掛け弓（アマッポ）の意味にも用いられたようです．なお, kuare wa の are は「座らせる，置く」，wa は接続助詞です．一方，原稿のこの箇所に相当するところでは，ku に対して「弩」ではなく「わな」と「おとし」の二つの訳語が並べて記されています．また原稿のほかの箇所ではどちらか

— 485 —

一方で，つまり「わな」と訳されたり，「おとし」と訳されたりしています．「おとし」と訳されているときは，その訳語が丸括弧でくくられています．ようするに原稿では「弩」という字は用いられていません．なお，アマッポというのは，アイヌ語なのか日本語なのかよく分りません．アイヌ語の文脈では，私の知る限り避けられる単語です．

　「弩」という訳語はバチェラーのアイヌ語辞典から拾って来たのでしょうか．幸恵はその第2版（1905年）を持っていたのです（金田一京助「アイヌ語学講義」15節）．第2版の Kuare 及び Kuare-ku の項に次のような記載が見られます．

　　Kuare，クアレ，弩ヲ仕掛ル．v.t. To set a spring bow.

　　Kuare-ku，クアレク，弩．n. A spring bow. **Syn: Chiare-ku, Chama-ku.**

この「弩」という字をどう読んだらいいのか不明です．和訓は「いしゆみ」ないし「おおゆみ」となっているようです．アイヌは弩は用いません．しかし弩もアイヌの仕掛け弓も銃床に似た柄をもつ点で似ています．バチェラーの辞典の日本語の部分の編集を手伝った日本人が単にその形態の類似性のみに基づいて「弩」という文字を用いたらしいのです．

　さて，第4話のあらすじを見ていきましょう．

　　私は山に行く兄の後をつけて，兄が人間の仕掛けた ku を壊して（hechawere）歩くのを見ては愉快に思っていた．ところがある日，兄が ku にかかって（ku oro kush）泣き叫んでいた．兄は私を認めると，助けを呼んでくるように言った．私は谷を飛び越え飛び越え，遊びながら帰ったが，村を見下ろすところまでくると，何のために兄の使いになったのか忘れてしまっていることに

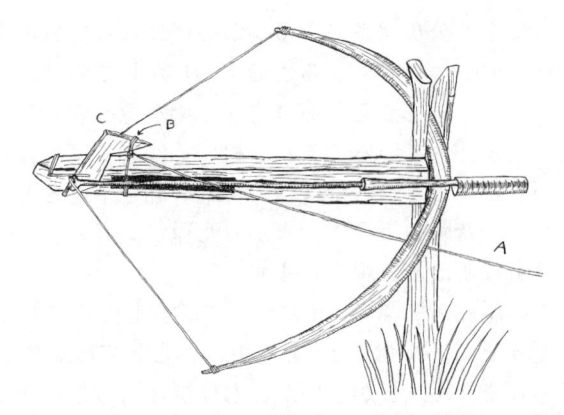

図1：仕掛け弓　アイヌ文化保存対策協議会編『アイヌ民族誌』1969より模写する．Aの触り糸を熊が通過するとBの輪がはずれCが反転し矢が発射する．トリカブトの毒の付いた矢尻が濡れないように筒がかぶせられている．

気づきハッとした．兄のもとに戻ると血だけが，そこここに残っていた．

　（ここで「私」が弟から兄に変わる．）私は人間の仕掛けた ku を壊しては（hechawere），おもしろがっていたが，ある日，また ku を見つけた．そのそばにヨモギの小さな ku が仕掛けてあるのがおかしくて，それに触ってみると，その ku にはまってしまった（ku oro oshma）．逃れようともがいたが（kiraash kushu yayehotuririash），ますます強く締めつけられて（aunnumba）どうすることもできなかった．助けを呼びにやった弟も戻ってこない．やがて，神のように美しい人間の若者（Okikirmuy ― 神話的英雄）が現れ，私を手に取ると家に持ち帰った．私は切り刻まれて鍋に入れられたが，若者が目を放した隙をうかがい一片の肉に化け，湯気に紛れて鍋から逃げることができた．鹿ほどもあった我が一族の体は，以後このように小さくなるだろう．と，兎の首領が語った．

このように主人公が何者であるかが最後になって分かるというところが神謡の一つのおもしろさです．しかしこの話にはまだまだ人の興味をそそるところがあります．弟が急を要するのに遊んで村に帰ったと述べているところ，村のそばまで来て肝心の用件を忘れてハッとするところではこの神謡の聞き手達も笑ったに違いありません．昔鹿のように大きかった兎が，今のように小さくなったわけもなるほどと思われます．

さて，この話にでてくる ku について検討してみましょう．最初に弟が話すところでは，ku を仕掛け弓として聴いていても特に問題はありません．しかもいかにも仕掛け弓らしく「兄様の血だけが其処等に附いてゐた」と語られています．

しかし，兄が話す段では，弓ではつじつまがあわなくなります．「逃れようともがく」（kiraash kushu yayehotuririash）とか，「しめつけられる」（aunnumba）という表現は，仕掛け弓とは別の，挟む，ないし締め付ける工夫のされた罠が使われたことを暗示しています．yayehotuririash とは，yay-e-ho-turiri-ash「自分（の力）・で・自分の尻（を）・伸ばしつづける・一人称の標識」と分析できるように体を締めつける罠から逃れようと尻を伸ばしている様子を表すものです．

また，罠にかかることは，弟の話では ku oro kush であり，兄の話では ku oro oshma と言われています．kush と oshma の動詞の違いは罠の種類の違いに対応しているに違いありません．幸恵の訳でも「かかる」と「はまる」と訳し分けられています（もっとも原稿ではどちらも「はまる」と訳されています[2]）．直訳すれば，ku oro kush は「ku を横切る」，ku oro oshma は「ku に勢いよく入る」となります．

ku は，弓，仕掛け弓のほかに，獲物を締めて捕らえる罠を意味していたのでしょうか．

それはともかく，弟の話と兄の話の食い違いははっきりしまし

---

[2] 原稿には ku oro kush が 2 回出てくるが，2 番目の ku oro kush は「かかる」と訳されている．

知里幸恵展にちなんで

た．次にこの食い違いのわけを考えたいと思います．皆さんにも考えていただきたいので，多少参考になるかもしれない，罠について私の知っていることを二，三述べておきます．

　仕掛け弓は大型獣すなわち鹿と熊を捕るために用いられます．矢尻には有名なトリカブトの毒 surku が塗り付けられます．したがって鹿ほども大きかった昔の兎がこれにかかるというのは話としては矛盾していません．小型獣を捕るには仕掛け弓は用いられず，supop とか akku とかいわれる仕掛けを用いますが，なるほどこれなら獲物を締めて捕らえることができますが，それで兎を捕ったという話は聞いたことがありません．兎を捕るには ka （「糸」を意味する ka と同じ単語かもしれません）を用いたようです．もちろん ka では鹿や熊は捕れません．

　大型獣は仕掛け弓で捕ると言いましたが，締めるような罠を用いて捕った可能性が全くないではありません．といいますのは，熊祭りで神の里子として預かっていた満一才のヒグマの仔を神の世界に帰すとき，首を二本の太い棒ではさみ絶命させます．これは，ひょっとすると昔のヒグマ猟の罠を反映するものなのかもしれません．これは人類学の渡辺仁先生がかつておっしゃったことです．兄が語る段に，もがけばもがくほど締められた（aunnumba）とありますが，熊の仔を神の国に送るときも numba「締める」という動詞を使います．aunnumba はこの動詞の一人称の受動形です．

　ku を壊すことは弟の段でも兄の段でも hechawere と言われていますが，この語の中核的な構成要素である chaw は，ku がもし仕掛け弓であるなら，弓のビュンと鳴る音を意味しています．hechawere は，恐らく仕掛け弓をむなしく発射させるというのが本来の意味でしょう（he- は再帰接頭辞，ここでは「（弓の）頭」，弓の上端のことでしょう．chawe の末尾の -e は他動詞を作る接尾辞．chawe で「ビュンと鳴らす」．hechawe で「（弓が）その上端をビュンと鳴らす」．-re は使役の接尾辞，hechawere で「（弓をして）その上端をビュンと鳴らしむ」すなわち，制動装置（トリ

— 489 —

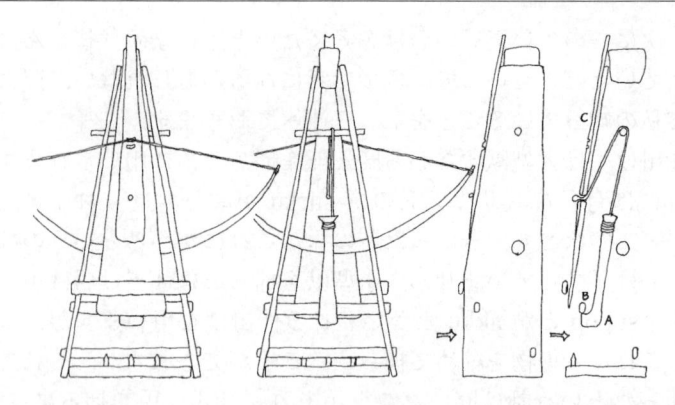

図2：akku あるいは supop 左 正面．中央 背面．右 側面．釧路市立博物館所蔵のものにしたがって図解する．この仕掛けの底には「あっくしぽっぷ 鼠を捕らへる機であります」と記されたラベルが貼られてあった．テンやネズミやイタチが ⇒ から頭を差し入れるとAがBからはずれ，Cが落ちる．調査にあたって，釧路市埋蔵文化財センターの学芸専門員松田猛氏のお世話になった．

ガー）をはずし矢を発射させるということになります）．なお，アイヌ語には日本語の「壊す」に対応する動詞はありません．砂沢クラ氏によれば，「壊す」をしいて訳せば wente となるそうです．wente は「悪くする」という意味の他動詞です．

hechawere （*ku* の）上端をビュンと鳴らす，すなわち（*ku* の）制動装置をはずす．

chaw ビュン（*ku* の鳴る音）．

chawe 〜$_a$ が〜$_o$ をビュンと鳴らす．-e は他動詞語基形成接尾辞．

he-chawe 〜$_a$ が自分=$_a$ の上端 $_o$ をビュンと鳴らす．he- は再帰接頭辞．自分の頭，自分の先端，自分の上端．

hechawe-re 〜$_c$ が〜$_a$ をして自分=$_a$ の上端 $_o$ をビュンと鳴らしむ，すなわち，〜$_c$ が〜$_a$ の上端 $_o$ をビュンと鳴らす．-re は使役接尾辞．

知里幸恵展にちなんで

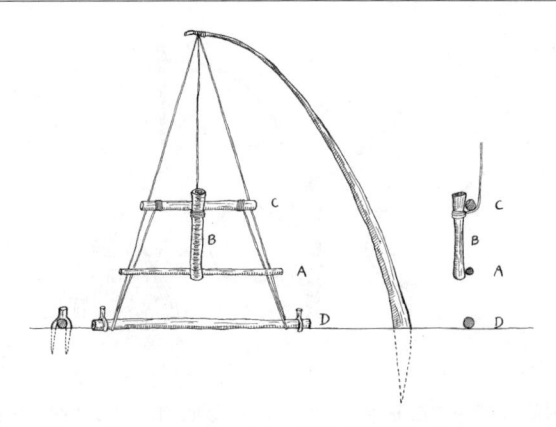

図3：カケス捕りの罠 パレケウコイキ 美幌 菊池又吉氏より．1985年．AにカケスがとまるとAはその重みで落ちる．するとBが反転してCが外れ，CとDに挟まれる．

　ku が仕掛け弓以外の罠であれば，これもやはりスプリングを止めている制動装置をはずすことを表しているのでしょう．参考までに仕掛け弓，akku ないし supop と呼ばれる罠，カケス（鳥）を捕る罠（パレケウコイキ），兎を捕る罠を図で示しておきます．akku は旭川に生まれた砂沢クラ氏から，supop は十勝の沢井トメノ氏から聞いた語形です．ak-ku は「弾ける ku」という語の成り立ちをしています．supop は，第一義は「箱」です．hechawere は上端をビュンと鳴らすという意味ですから，カケス捕りの罠（パレケウ・コイキは文字どおり「カケス捕り」）のようなものをはずすのを言うのによりふさわしい語なのかもしれません（しかし仕掛け弓であっても弓の梢方向の端（弓の上端）のほうが根元方向の端（弓の下端）よりも動きが大きく，より大きな音をたてたことでしょう）．
　兄がはまった ku は，小さなヨモギの ku ― pon noyaku でしたが，ヨモギ noya には不思議な力があったらしく，Okikirmuy（神話的英雄）が第3話で「私」（キツネ）を仕留めたとき，第5話で「私」（谷地の魔神）を仕留めたとき用いたのがヨモギの矢

― 491 ―

『アイヌ神謡集』のおもしろさ

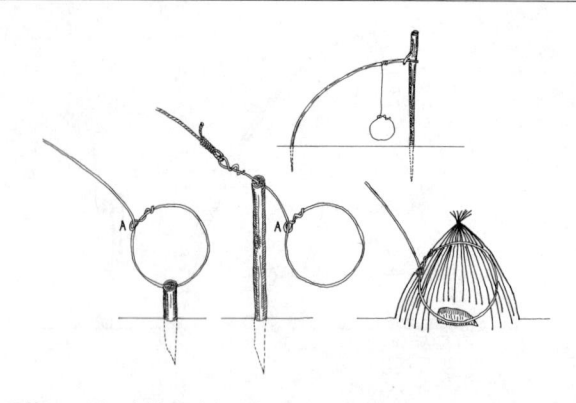

図4：兎捕りの罠　白糠 根本与三郎氏より．2002 年．針金で作られる．兎の足跡から兎の通り道がわかる．通り道に障害物があって，そこを飛び跳ねなければならないところに仕掛けるのが最も良い．また，通り道の両脇に立ち木があり，通り道が狭くなっているところもよい．また，スプリングにつなげ，兎を首つり状態にして捕らえることもある（針金をスプリングにつなげる方法については，アイヌ無形文化伝承保存会の高橋規氏よりおそわった．千歳地方に伝承されたものである）．図のAの小さな輪をとおる針金のカーブはなめらかなものでなければならない．そうでなければ針金が走らず輪が締まらない．頭が輪に入り「野郎」（兎）が暴れると輪が締まる．針金の端は枝や浮いた木の根に結わえたり（Aから末端までの針金の長さは約1 m），細引きをつないで立ち木に結わえる（この場合は，Aから末端までの針金の長さは約20cm）．ドスナラなどの堅い木の枝でニンジン，キャベツなどのおびき餌を囲い，その入り口に輪を仕掛けることもある．「野郎」が相当に暴れるので，立ち木に直接結わえると針金が折れ，逃げられることがある．まれに，前足と頭がともに輪に入り，針金が腹を締めることもある．そうした場合は針金の結わえたところが折られ逃げられる．針金が腹に食い込み毛が抜けて肉が露出した兎を銃で捕ったことがある．罠にはまり凍れた（しばれた）兎がキツネに半分食われることもある．兎の罠猟は11月末から12月にかけてやった．5月，6月ごろチャロ川の河原に兎がでる．山でダニにせめられるからだろう．以上は根本氏からうかがった兎猟の話であるが，根本氏は針金が容易に利用できる以前，何を用いていたかについては御存じなかった．バチェラーの辞典に次のような記述が見られるが，この罠に相当するものだと思われる．**Ka**, **カ**, n. A noose made of thread or horse-hair and used as a snare. As: — *Ka e* or *ka ama*, "to set a snare"

ai とヨモギの弓 ku でした．もっとも実際のハンティングでヨモギの弓矢が使われたわけではありません．

　ここで，私の一応の結論を述べたいと思います．弟の言う ku

― 492 ―

というのは，鹿ほども大きかった兎を捕るのにふさわしい仕掛け弓（アマッポ）だったと思います．一方，兄の言う ku は挟むか締めるかして獲物を捕らえる罠でした．そういった罠の例としてテンやネズミを捕らえる akku ないし supop（釧路市立博物館の「あっくしぽっぷ」），また美幌のカケス捕りと白糠の兎捕りの罠を図で示しましたが，私は，兄の言う ku は図 4 にある兎捕りの罠，バチェラーの辞典にある ka ではないかと思います．それは poo yupkeno aunnumba「（もがけばもがくほど）ますます強く締められる」という表現がこの罠にこそふさわしいのではないかと思うからです．また，兄がはまった ku は，兄が壊そうとした ku ではなく，その傍らにあった pon noyaku「小さな蓬の弩」でしたが，これが兎捕りの罠だったのではないかと思うのです．ka が ku と言われているのは，この ka がスプリングにつながっていたからでしょう．なお，兄が壊して歩いた ku は仕掛け弓であったと考えて差し支えないと思います．

　さて，今われわれが考えなくてはならないのは弟の段と兄の段で罠の種類が違っているわけでした．

　先に触れたように物語の主人公は一人称で示されますがその正体は普通，物語りの最後で明かされます．しかし神謡によっては物語の途中でヒントが与えられることがあります．たとえば，第 8 話では「私」の兄と姉が tanne yupi iwan yupi「長い兄様六人の兄様」，tanne sapo iwan sapo「長い姉様六人の姉様」，takne yupi iwan yupi「短い兄様六人の兄様」，takne sapo iwan sapo「短い姉様六人の姉様」と呼ばれています．この繰り返し言われる tanne「長い」と takne「短い」という修飾語が最初のほのめかしになっています．さらに，兄たちは姉たちの輪の中に鯨を追い込み矢を射掛けます．集団で鯨を襲うということが 2 つめのヒントになっています．また，「私」は捕らえた 1 頭半の鯨を「尾の下に入れ」ます（ishpokomare）．長い動詞に埋め込まれた ish「尾」という一言が聞き落としてはならないものとなっています．海を行く「私」はゆったりとした潜水を繰り返します（moireherori chikoyaikurka omakane — 幸恵は簡単に「ゆつくりと游いで」と訳しています）。「私」はカモメや人間から Isoyankekur と呼ばれます（また，Tominkarikur, Kamuikarikur という謎めいた名でも呼ばれています）。Iso-yanke-kur は「獲物（を）・陸にあげる・者」という意味です。このようにして，「私」が鯨を狩るシャチであること，人間に寄り鯨をもたらすシャチであることがしだいに明らかになっていきます。

兎の兄弟の神謡では，冒頭で

　　Tu pinnai kama / re pinnai kama / terkeash kane
　　二ツの谷三ツの谷を飛越え飛越え

と歌われますが，動詞 terke「跳ねる」（ash は1人称の標識）が「私」が兎であることの暗示となっています（なお，pinnai はここでは「谷」と訳されていますが，原稿では「溝」と訳されています）。

弟の話から兄の話に移るにつれ，罠が仕掛け弓から兎捕りの罠を思わしめるものに変わるのも主人公が兎であることのヒントになっていると解釈されます。以上が私のとりあえず考えつく結論です。

次の話題に移りましょう。『神謡集』第6話もまた興味深いものがあります。また，まずあらすじを見ることから始めましょう。

　　私は浜辺で一人の小男 pon rupne ainu と出会った。小男が川下へ下るとその行き先をさえぎり，川上に行くとその行き先をさえぎり，そうしたことが6度に及んだとき，堪えかねた小男は，「この小僧め悪い小僧め，そんな事をするなら此の岬の，昔の名と今の名を言解いてみろ」と怒りを露にして言った。私は笑ってこう答えた。「昔は，尊いえらい神様や人間が居つたから，此の岬を神の岬と言つたものだが，今は時代が衰えたから御幣の岬

とよんでいるのさ！」小男は今度は川の名の由来を問う問題を出した．わたしは，それにも難なく答えた．すると小男は「お互の素性の解合ひをやらう」と言った．わたしは，こう答えた．大昔オキキリムイ（神話的英雄の名）がハンノキの炉縁木（囲炉裏を囲む木 inumpe）を作ったら，火に当ってゆがみ，片方を踏むともう片方が上がるようになってしまった．オキキリムイは怒ってそれを川に捨ててしまった．ハンノキの炉縁木が川を下って海に出て波に打ちつけられているのを見た神々が，オキキリムイの作ったものが海水に腐ってしまうのを惜しみそれを魚に変え炉縁魚 inumpepecheppo と名付けた．ところがその炉縁魚は，自分の素性が分らないので，人にばけてうろついている，その炉縁魚がお前なのさ，と．話を聞くうちに顔色がだんだん悪くなってきた小男は「お前は，小さい，狼の子なのさ．」と言うとすぐに海へパチャンと飛び込んだ．あとを見送ると，1匹の赤い魚が尾鰭を動かしてずーっと沖へ行ってしまった．

この物語からは色々なことが読み取れます．たとえば，時代が時の流れとともに衰えるという衰退の歴史観がアイヌの間にあったことがうかがえます．ただ，「衰える」といっても私たちの感じかたで理解するのには慎重であるべきでしょう．「尊いえらい神様や人間が居つたから」と訳されているところはアイヌ語原文では簡潔に shinnupur kusu と言われています．kusu は「…だから」，理由を表す接続助詞です．shinnupur は，shir nupur で，直訳すると「あたりが濃い」ということになります．shir を「あたり」と訳すのは問題があるのですが，童謡にあります「今日はよい日」のタントシリピリカ tanto shir pirka の shir と同じものです．英語の *It is fine today.* の *it* に似ていると言えば言えます．nupur は「(味，色が) 濃い」のほかに「シャーマニズム tusu の力が優れている」という意味もあり，shir nupur は，「あたりに

シャーマンの力が横溢している」ということを表すものでしょう．この反対が，幸恵が「時代が衰えた」と訳している shir pan です．ごく表面的に訳せば「あたりが薄い」ということになります．これもシャーマニズムとの関連で理解すべきでしょう．なお，帯広の上野サダ氏（大正10年生まれ）が「私らの子供の頃はもう開けていたから」とおっしゃったので，「開けていた」というのはアイヌ語で何と言うのですか，と尋ねたことがあります．すると，shit chan とお答えになりました．shit chan は『神謡集』の shir pan に対応する十勝方言の形です．

さて，アイヌ語研究のなかで，地名の研究は一番人気の高いもので，多くの人が関心を寄せていますが，アイヌにおいてもやはり地名の由来を探ることに興味を持つことがあったことがこの話から分ります．小男は「私」に「此の岬の，昔の名と今の名を言解いて見ろ」と言っています．幸恵が「言解く」と訳している ukaepita は，幾重にも結ばれた紐をときほぐすという意味合いがあります．ものを知るということはその正しい名，そしてその名の由来を知ることだという考え方がアイヌにあったのではないかと思われるのです．

次に小男は ushinritpita aki kushnena!「お互の素性の解合ひをやらう．」と「私」に挑みます．私は「素性」という訳に幸恵の非凡な言語的才能をみます．「素性」と訳されている shinrit という単語は第一義的には「木の根」を意味します．なお，この単語そのものは shir-rit「大地の筋」という興味深い成り立ちをしています（rit は「筋肉組織の筋」，ちなみに「血管」は kem-rit ― kem「血」）．この shir はさきほどの tanto shir pirka「今日はよい日」の shir と語源は同じなのでしょうが，ここでは「大地」とか「島」という意味のものです．それはともかく，shinrit という単語は「木の根」から始まって，「先祖」また「出自」という意味を派生させ，そこからまた「素性」という意味を生んだと思われます．さらに「気性」と訳されている箇所もあります（第13話）．根本的な性質はその生れによって決まっているという人間観の反

知里幸恵展にちなんで

映が見られると思われます．

　小男は自分の shinrit が知りたいので ushinritpita aki kushnena!「お互いの shinrit の解き合いをやろう．」と言ったわけです．「私」によって解き明かされるとまるで魔法が解けたように人間の姿から本来の魚に戻って海に帰っていきました．自分の shinrit を知らない，『神謡集』でいうところの yaishinrit erampeutek の者は人間に化けて shinrit を尋ね歩き，それを人間に教えられて本然の自分の姿にたちもどるという構図が見えてきます．

　自分の素性を知らないことは重大なことであって，先の兎の兄弟の話では yaierampeutek という表現でそれが言われています．これを幸恵は「困り惑ふ」と訳しています．兎の首領が toy ray wen ray「つまらない死方悪い死方」をすると「親類のもの共も困り惑ふ」という文脈に現れます．ここでも「惑う」という訳語を選んだ幸恵の言語的才能に感心させられます．yai-erampewtek は直訳すれば「自分（を）・知らない」ということです．「私」がつまらない死に方をすれば，子孫が出自を見失い，困り惑うというふうに解釈すべきだと思われます．

　小男が飛び込んだ海には１匹の赤い魚がおり，尾びれを動かして沖へと行ってしまうのですが，１匹の赤い魚 shine hure cheppo という１句がこの魚とハンノキから作られた炉縁との同一性を保証しています．ハンノキの皮は赤の染料として用いられました．また，知里真志保先生の『分類アイヌ語辞典 植物編』にはハンノキの皮の煮汁を出血の多い妊産婦に飲ませたということが書かれています．いうまでもなく，赤は血液のシンボルです．たとえば，『神謡集』には出て参りませんが，アイヌ口承文学では，血まみれになって泣き叫ぶ様子が赤い着物を着て歌っていると象徴されることがあります．

　以上で小男の素性は確かなものとなったわけですが，それではこの物語の「私」は自分の shinrit を知っていたのでしょうか．小男は自分の出自に関する無知を承知で「お互の素性の解合ひをやらう．」と「私」に挑んだのですが，「私」のほうはどうだった

『アイヌ神謡集』のおもしろさ

のでしょうか．

　むろん神謡の聴き手たちは，「私」が誰であるのか知りません．知っていても知らないことを前提に語り手は語り続けます．さきほど言いましたように，主人公の行動はすべて一人称で示されます．したがって，物語の最後に「私」が誰であるのか示されるまで，「私」が誰であるのか分りません．『神謡集』の13篇の物語には，たとえばこの物語では「小狼の自ら歌つた謡「ホテナオ」」Pon Horkeukamui yaieyukar "Hotenao" というタイトルが付いていますが，これはテキストの同一性を確保するため，つまり，編集上の必要性のために付けられたもので，もともとはなかったものです．それは，幸恵の原稿を見ればわかります．本来，作品の同一性は，この物語でいえば Hotenao という意味のない文句が支えていたはずです．Hotenao のような無意味な文句は sakehe「折り返し句」と呼ばれるもので，それぞれの物語に固有のものが1つ決まっています．そしてこれは，ちょうど書物において，各ページの上の欄外にヘディングないしヘッダー（欄外見出し）として書物のタイトルや章のタイトルが繰り返し印刷されるのと似て，神謡という叙事詩の各行（詩句）の末尾にそれこそ判で押したように繰り返し現れるものです．ヘディングと違うのは，ヘディングの意味がテキストの内容と密接に結び付いているのに対して，sakehe とそれが結び付いている物語とは何の関係もないということです．関係がないどころか，無意味な文句なのです．Hotenao の意味を探ってもむだなことです．むしろ sakehe と作品とはソシュールのいわゆる恣意的な関係にあると理解したほうがいいでしょう．

　さて，主人公が自分の素性を知っていたかどうかという問題に戻りたいと思います．ユーカラなど人間の英雄が主人公となる叙事詩では，主人公の父母が既に死んでおり，というより，主人公が乳幼児のときに父母が戦で死に，iresu sapo, iresu yupo「私を育ててくれる姉，私を育ててくれる兄」と主人公に呼ばれる血縁関係のない男女，あるいは神の化身によって育てられることに

なっています。主人公は自分の出自を知りません。それどころか、自分の名前さえ知りません。自分の正しい名を知っているなら自分の出自を知っているはずだからです。したがって、第6話、すなわちHotenaoの物語の主人公も小男に「お前は、小さい、狼の子なのさ。」と言われるまで自分が狼の子であることを知らなかったと見るべきです。そこで、この物語の二人の登場人物、「私」と小男は、どちらも相手の素性は知っているが自分の素性は知らずにushinritpitaを競い合うことになります。自分の素性を知らない者が、それを棚に上げて素性の解き合いを挑むという構図です。しかも相手によって自分の出自が明らかにされることを双方は期待しているのです。「私」が小男の行く手をしつこくさえぎったのもそれを聞き出すための挑発とみなされます。

しかし、これと矛盾するようだけれど、自分の出自が明らかにされることは、たぶん苦痛の伴うことだったに違いありません。自分の出自を暴く者に対する憎しみというのはそうでなければどう説明できるのでしょうか。「私」によって順々と自分の出自が明らかにされる小男は iporoho ka wenawena ikokanu wa an aine「顔色を変へ変へ聞いていたが」と描かれていますが、この一節は読み落してはなりません（先に示したあらすじではwena-wenaを「(顔色が) だんだん悪くなる」と訳してみました）。これは小男のどのような感情を表しているのでしょうか。それは「私」に対する憎しみと怒りなのです。

さて、また、自分の出自を知らない者にその出自を問うことは、怒りを買うことでした。もっとも、アイヌの叙事詩の登場人物の顕在化した怒り wen puri の異様な激しさにはしばしば我々の理解を越えるものがあります。『神謡集』第12話では、「私」はSa-mayunkurの妹やOkikirmuiの妹に (Samayunkur, Okikirmuiは神話的英雄の名です) 両親のことを尋ねたために sapakaptek「偏平頭」と罵られ殺されます。SamayunkurやOkikirmuiの妹の怒りは、kor wen puri enan tuika(shi) eparsere「怒りの色を顔に表して」と描かれています。幸恵はそのように訳しているので

すが，もう少し原文にそった訳を試みてみますと，「持ち前の激しい怒り kor wen puri を顔の上に炎のように翻えして」ということになります．それは sapakaptek「偏平頭」が iokapushpa したためとされています．幸恵は，脚注で「人は死んでしまった親や親類などの名を言つたり，その事をふだん話したりする事を i-okapushpa と言つて大へん嫌ひます」と書いています．i-okapushpa は，「人の・過去（を）・暴く」という語の成り立ちをしています．物語は Samayunkur や Okikirmui の妹が両親のことを知らなかったとは言っておりません．また，幸恵もそのような説明はしていません．しかし，やはり知らなかったのです．この偏平頭は Ona ekora? Unu ekora?「御父様をお持ちですか？御母様をお持ちですか？」と尋ねました．しかも偏平頭は Samayunkur や Okikirmui の妹に両親が居ないことを知っていてわざとそうした質問をしたのです．それは物語の中ではっきりと述べられていることです．それは Hotenao の物語において「私」の出自を知っている小男が「私」に「お互の素性の解合ひをやらう」と言ったことと全く軌を一にしています．Samayunkur や Okikirmui の妹の怒りは，iokapushpa されたために激しく燃え翻ります．しかし単に自分の出自に触れられたからというだけではこの怒りは説明できません．偏平頭に自分の知らない出自が知られていたからこそ，それを殺すほどに怒ったのです．

なお，Samayunkur と Okikirmui の妹に偏平頭と罵られる「私」の正体は何かといいますと，それは「偏平頭」という言葉がすでにほのめかしとなっているのですが，カワウソです．物語の終末で，殺された「私」は，poro esaman ashurpeututta rokash kane okayash「大きな獺の耳と耳の間に私はすはつてゐた」と描かれています．「私」は殺されて初めてカワウソの耳と耳との間にすわっている自己を見いだすのです．すなわち，「私」は人間を挑発し人間に殺されることによって自己本来の在り方であるカワウソの神に戻ることができたのです．

アイヌの口承文学が，金田一先生のいう第一人称説述体により

知里幸恵展にちなんで

　主人公が誰であるか分らないまま進行するという形式を備えていることと，物語が，その解明がしばしば死を伴うところの主人公による自己の出自の探求，およびそれを知っている者の殺害というテーマを隠し持っているということとの間には深い関係があると思われます。

　以上で「『アイヌ神謡集』のおもしろさ　知里幸恵展にちなんで」を終わりたいと思います。ここで私が試みたのはアイヌ口承文学の一つの側面に光を当ててみることでした。本来，幸恵の美しい精神について述べることのほうがこの集まりの話題としてふさわしかったのかもしれませんが，幸恵には背景に退いてもらい，彼女が後世に残したテキストの解読のほうに目を向けてお話しました。神謡は主にお母さんやお婆さんが子供たちに歌い聞かせた叙事詩であって，子供たちは愛らしく耳をすまして聞き，お母さんやお婆さんはその子供たちの姿を見て喜びを感じたに違いありません。幸恵の翻訳はそういった雰囲気をよく伝えていると思います。それにもかかわらず読み取れば読み取れなくもないといった程度の事柄を取り上げ話題としました。そのため家庭の団欒で語られるという神謡の本来の在り方とはやや異なる，また，この場にふさわしからぬ話になってしまいました。これらはすべて私の力不足によるところです。しかし，近代にいたるまで狩猟採集民族である特色をよく残したアイヌを理解するためには，彼らの狩猟活動に対して関心を持たざるをえないのです。それがむごたらしく見えるとしたらそれは我々の偏見です。また，二番目の話はおそらく人間にとって普遍のテーマであるものがアイヌ口承文学にも見いだすことができるというふうに理解していただければ幸いです。翻って考えてみるに，現代の我々も見失われた自己の探求という衝動に衝き動かされて生きているのであり，それは多分に危険な衝動であるにも拘わらず我々はそこから逃れることができないのです。

　それでは，お話を聞いてくださりありがとうございました。これで本当に終わりにしたいと存じます。

あとがき

「『アイヌ神謡集』辞典」は，アイヌ語の知識を全く持っていない方が『アイヌ神謡集』のアイヌ語原文を直接読むことができるように工夫したものです．また，単語総索引を兼ねていますので，既にアイヌ語を深く研究されている方にも役に立つと思います．

辞典編集の基礎になった単語カードは，1980年（昭和55年）の秋から週に1回，約1年半の間行われたアイヌ語勉強会のおり，参加者の協力を得て作成しました．勉強会には，北海道大学，北海道教育大学札幌分校の学生諸君，そのほか，札幌市民数名が参加しました．私が講師役を引き受けましたが，熱心な方々から多くのことを教えられました．

1897年（明治30年）上川地方旭川市近文にお生まれのアイヌの婦人，砂沢クラ氏，同じく1909年（明治42年）福島県にお生れになり十勝地方本別町チェトイで育たれた沢井トメノ氏，1910年（明治43年）胆振地方虻田町にお生まれの堀崎サク氏からは，『アイヌ神謡集』に現れるいくつかの単語の意味を教えていただきました．本文の該当する箇所に御名前を記しました．

アイヌ語を研究されている浅井亨教授（富山大学人文学部），中川裕助教授（千葉大学文学部），佐藤知己氏（北海道大学大学院），アイヌ文学を研究されている萩中美枝氏，アリュート語を研究されている大島稔助教授（小樽商科大学短期大学部），ムンダ語を研究されている長田俊樹氏（ランチ大学［インド］大学院）より，アイヌ語文の分析，解釈につき多くのことを教えていただきました．この最後のお二人，大島稔氏と長田俊樹氏には，上記アイヌ語勉強会の運営につき多くの御助力を賜りました．

西洋古典を研究されている安西眞助教授（北海道大学文学部），手嶋兼輔講師（北海道工業大学教養部）よりは，西洋古典学でのLexiconのあり方につき多くの示唆を賜りました．同じく西洋古

あとがき

典を研究されている田中利光教授（北海道大学言語文化部）には，辞典の凡例の示し方につき助言を賜りました．

　日頃御指導下さっているエスキモー語学の宮岡伯人教授（北海道大学文学部）には本報告書のうち「『アイヌ神謡集』の言語」の原稿を丁寧に見ていただき，また報告書全体の構成について貴重な示唆を賜りました．

　最終稿を作成する段階で，北海道大学文学部言語学講座の学生諸君，また，私が札幌大学女子短期大学部で行っている「アイヌ文化論」講義に出席した学生諸君より多くの協力を得ることができました．

　この辞典はこのようにたくさんの方々の御支援と御協力によってできたものです．

　アイヌ語を学ぼうとされる方々に活用されることを心から願っています．

1989年4月18日

切替英雄

　　　　　＊　　　　＊　　　　＊　　　　＊

　この辞典は初め「北大言語学研究報告」(Hokkaido University Publications in Linguistics) の第2号として『『アイヌ神謡集』辞典テキスト，文法解説付き』(Lexicon to Yukiye Chiri's Ainu Shin-yōshū (Ainu Songs of Gods) with Text and Grammatical Notes) の書名で出版されたものです．1989年6月のことでした．

　この度，大学書林から出版するにあたり，辞典の見出し語を日本語から引くための「語彙（日本語・アイヌ語）」と本年8月11日に北海道立文学館で話した講演の原稿『『アイヌ神謡集』のおもしろさ』を付け加えました．

　また，北海学園大学人文学部日本文化学科をアイヌ語地名の論

文を書いて卒業した近藤由紀さんが表現・内容および単語出現箇所などを綿密に検討し，多くの誤りを指摘してくださいました．感謝の言葉もありません．

　カバーのデザインに使用のアイヌ文様の『壁掛け』については，作者の加藤町子氏，所蔵の国立民族学博物館および写真の為岡進氏に便宜を計っていただきました．ここに記して各位に御礼を申し上げます．

　大学書林への紹介の労をとってくださった宮岡伯人先生，大学書林社長の佐藤政人氏はこの辞典の原稿が完成されるのを辛抱強く待ってくださいました．ありがとうございました．

　　2002年11月13日

　　　　　　　　　　　　　　　　　　　　　　　　　切替 英雄

著者紹介

切替　英雄 ［きりかえ・ひでお］北海学園大学助教授（アイヌ語学）

目録進呈　落丁本・乱丁本はお取替えいたします。

平成15年5月30日　©第1版発行

編著者	切替英雄
発行者	佐藤政人

発行所
株式会社　大学書林
東京都文京区小石川4丁目7番4号
振替口座　00120-8-43740
電話　(03)3812-6281〜3
郵便番号　112-0002

アイヌ神謡集辞典

ISBN4-475-01864-1　TMプランニング・広研印刷・牧製本

大学書林
語学参考書

小泉　保 著	言語学とコミュニケーション	A5判	228頁
小泉　保 著	改訂音声学入門	A5判	256頁
下宮忠雄 編著	世界の言語と国のハンドブック	新書判	280頁
大城光正 吉田和彦 著	印欧アナトリア諸語概説	A5判	392頁
千種眞一 著	古典アルメニア語文法	A5判	408頁
島岡　茂 著	ロマンス語比較文法	B6判	208頁
小沢重男 著	蒙古語文語文法講義	A5判	336頁
津曲敏郎 著	満洲語入門20講	B6判	176頁
小泉　保 著	ウラル語統語論	A5判	376頁
池田哲郎 著	アルタイ語のはなし	A5判	256頁
黒柳恒男 著	ペルシア語の話	B6判	192頁
黒柳恒男 著	アラビア語・ペルシア語・ウルドゥー語対照文法	A5判	336頁
大野　徹 編	東南アジア大陸の言語	A5判	320頁
森田貞雄 三川基好 小島謙一 著	古英語文法	A5判	260頁
島岡　茂 著	仏独比較文法	B6判	328頁
島岡　茂 著	フランス語統辞論	A5判	912頁
小林　惺 著	イタリア文解読法	A5判	640頁
中岡省治 著	中世スペイン語入門	A5判	232頁
出口厚実 著	スペイン語学入門	A5判	200頁
寺﨑英樹 著	スペイン語文法の構造	A5判	256頁
池上岑夫 著	ポルトガル語とガリシア語	A5判	216頁

——目録進呈——